教师教育系列教材

教师学基础

魏建培　编　著

清华大学出版社

北　京

内 容 简 介

　　本书以教师研究范畴、方法、主题和教师教育实践为线索，描述了各主题内部的学术变迁，如专业基础、个人知识、文化、专业身份认同、生活与工作、案例分析、教师教育实践等。本书不仅梳理现代、当代理论流派，而且注重理论与教师教育实践的紧密联系，比较全面地展现了学科中复杂多变的学术场景与知识体系。

　　本书适合教育学、教育管理、教师教育、学前教师教育本科以及在职教师教育使用。

图书在版编目(CIP)数据

教师学基础/魏建培编著. --北京：清华大学出版社，2011.4
(教师教育系列教材)
ISBN 978-7-302-25038-8

Ⅰ.①教…　Ⅱ.①魏…　Ⅲ.①教师—教育理论—师资培训—教材　Ⅳ.①G451

中国版本图书馆 CIP 数据核字(2011)第 036935 号

责任编辑：孙兴芳
装帧设计：山鹰工作室
责任校对：王　晖
责任印制：何　芊

出版发行：清华大学出版社　　　　　　　地　　　址：北京清华大学学研大厦 A 座
　　　　　http://www.tup.com.cn　　　　邮　　　编：100084
　　　　社　总　机：010-62770175　　　邮　　　购：010-62786544
　　　　投稿与读者服务：010-62776969,c-service@tup.tsinghua.edu.cn
　　　　质　量　反　馈：010-62772015,zhiliang@tup.tsinghua.edu.cn
印　装　者：北京鑫海金澳胶印有限公司
经　　　销：全国新华书店
开　　　本：185×260　印　张：19.5　字　数：465 千字
版　　　次：2011 年 4 月第 1 版　　印　次：2011 年 4 月第 1 次印刷
印　　　数：1~4000
定　　　价：35.00 元

产品编号：036908-01

前　言

　　教师是促进教育平等与公平的重要保证，是提高教育质量的关键因素，教师是一切重大教育变革的核心力量。教师不只是教育改革决策与实施过程中的积极参与者，而且是社会经济发展的重要贡献者。《教师学基础》是教师研究领域中的一本导论性的读物，本书的编写目的在于推动教师专业发展和教师教育水平的提高，并由此提升教师专业实践的品质。

　　本书共分九章。第一章主要讨论了教师学研究对象、内容和方法，以及教师学研究的意义和国内外研究状况；第二章主要讨论在四种话语(即技术理性话语、实践理性话语、解放理性话语和儒学话语)下的教师专业基础问题；第三章讨论了教师个人知识的含义、特征、价值、构成、形态、表征和生成问题；第四章讨论了教师文化的含义、特点、类型、生成及改造的问题；第五章讨论了教师专业身份认同的含义、特点、价值、影响因素、研究现状以及与教师专业发展的关系问题；第六章探讨了教师生活、工作研究的含义、意义、国内外研究状况，特别探讨了教师叙事和教师个人生活史的问题；第七章探讨了教师教育中的案例问题；第八章探讨了反思型教师问题，主要探讨了反思的含义、种类、层级与教师教育关系等问题；第九章探讨了教师作为后形式实践家的专业形象及其教师教育的有关问题。本书适合高校教育学、教育管理、教师教育、学前教师教育本科专业，以及在职中小学、幼儿园教师进修使用。

　　本书在编写过程中坚持如下原则：一是广泛吸收教育学、课程理论和教师学的研究成果，在此基础上对一些有争论的问题提出一些新的看法；二是重视教师学的基本概念和基本理论的分析，力图做到概念清晰，逻辑性强；三是重视理论与实践的结合，本着"实践创造理论"和"理论开创实践"的原则，在第二至九章的开始都精选典型的"引导案例"，开启本章的理论分析，理论探索后，在本章的结束部分进行案例分析，使实践和理论高度融合在一起。

　　全书由魏建培编著，书中的内容是建立在许多专家学者的研究及实践成果基础之上的。对教师领域的描写，以下这些专家学者的贡献是无法绕开的，他们是：派纳、雷诺兹、陶伯曼、诺丁斯、吉鲁、佐藤学、金奇洛、斯坦伯格、范梅南、古德森、康纳利、克兰迪宁、舒尔曼、史特莱特、索提斯、钟启泉、张华、丁刚、陈向明、刘良行、姜美玲、霍力岩、孙冬梅、周淑卿、鱼霞等。对此，谨表谢意！本书在编写过程中得到了我的师兄赵炳辉教授的悉心指教，还有陈伟军教授的鼓励、支持与指导，在此一并表示感谢！

　　由于编者学识、水平和视野的限制，本书在编写过程中难免有许多不足之处，敬请广大读者批评指正。

编　者

目　　录

第一章　教师学研究基本范畴 1

第一节　教师学研究对象、内容和方法 1
一、教师学研究对象 1
二、教师学研究内容 3
三、教师学研究方法 10
第二节　教师学研究概况与意义 17
一、国内外教师学研究概况 17
二、教师学研究意义 20
本章小结 26
复习与思考题 26

第二章　教师专业基础 27

第一节　教师专业概述 28
一、专业概念 28
二、教师专业属性 30
三、专业及教师专业的反思 33
第二节　反思性实践家 36
一、实践理性话语下教师形象
与专业基础 36
二、实践性知识与实践性思维
特征 36
三、实践性知识生成和实践性思维
能力的发展 37
四、"反思性实践家"的教师
教育 39
第三节　"教师作为一个人"的专业
基础 43
一、解放理性话语下教师形象
及专业基础 44
二、关于"教师作为一个人"的自传
与传记探究 46
三、教育自传对"教师作为一个人"
的意义 47
四、职前教育与在职教育 51
第四节　道德创造家 52

一、儒学话语下教师专业形象
与专业基础 53
二、关于"道德创造家"的慎独 54
三、终身学习者 57
四、批判性公共知识分子 58
五、教师教育框架 60
本章小结 66
复习与思考题 66

第三章　教师个人知识 68

第一节　教师个人知识概述 70
一、教师个人知识的含义 70
二、教师个人知识的特征 72
三、教师个人知识的意义 75
第二节　教师个人知识的构成、形态
及表征 78
一、教师个人知识的构成 78
二、教师个人知识的形态及表征 81
第三节　教师个人知识的生成 88
一、教师个人知识的源泉 88
二、教师个人知识的生成机制 89
三、教师个人知识的生成方式 90
本章小结 98
复习与思考题 98

第四章　教师文化 100

第一节　教师文化概述 103
一、教师文化的含义和特点 103
二、教师文化的研究 106
第二节　教师文化的生成及类型 112
一、教师文化的生成 113
二、教师文化的类型 113
第三节　教师文化的改造 116
一、教师工作的特征及其文化
改造 117

二、教师文化中公共使命的丧失....122
三、教师文化的未来取向....124
本章小结....129
复习与思考题....129

第五章　教师专业身份认同....131
第一节　教师专业身份认同概述....133
一、教师专业身份认同的含义....133
二、教师专业身份认同的特点....138
三、教师专业身份认同的研究
现状....138
四、教师专业身份认同研究的
价值....141
第二节　教师专业身份认同的影响
因素....145
一、国家教育政策....145
二、学校组织文化....147
三、教师个体因素....149
第三节　教师专业身份认同与教师
专业发展....151
一、身份认同：教师由"被"发展
走向"自主"发展....151
二、教师：由"角色"到
"身份"....154
三、在论述中追寻身份认同....156
本章小结....161
复习与思考题....161

第六章　教师生活和工作....162
第一节　教师生活与工作研究概述....165
一、教师生活和工作研究的含义....165
二、传统教育研究的批判....166
三、教育研究转向....169
四、教师生活和工作研究的现实
与理论意义....170
第二节　国内外教师生活和工作研究....176
一、国外教师生活和工作研究....176
二、国内教师生活和工作研究....182
三、评论....185
第三节　教师叙事与教师教育....186

一、教师专业概念的重建：教师
作为一个人....186
二、叙事研究....188
三、叙事研究对教师教育的意义....189
第四节　生活史与教师专业发展....193
一、个人生活史的含义....193
二、个人生活史研究的意义....194
三、教师个人生活史研究的特征....195
四、教师个人生活史的构成....197
五、教师个人生活史研究的类型
及其操作策略....199
本章小结....206
复习与思考题....207

第七章　教师教育中的案例分析....209
第一节　专业教育与案例分析....211
一、作为专业教育的教师教育....211
二、什么是案例....212
三、案例的内容要求....213
四、案例分析的起源....214
五、案例分析的目的....216
第二节　案例分析价值与类型....219
一、案例分析价值....219
二、案例的类型....221
三、教师专业化与案例分析....222
本章小结....226
复习与思考题....226

第八章　成为反思型教师....228
第一节　反思及教师教育....233
一、反思的含义....234
二、反思的种类和层级....237
三、反思与教师教育....241
第二节　反思型教师教育——职前
培养....245
一、教学实习....245
二、课程建设....252
第三节　反思型教师教育——在职
研修....254
一、基本模型：走向行动教育....254

二、"行动教育"秉持的两个基本
　　理念 255
三、行动教育模式 256
四、教师实践反思：实现行动
　　与学习的建构性反思 256
本章小结 267
复习与思考题 267

第九章　走向后形式实践家的教师
　　　　教育 268

第一节　后形式实践家 269
一、经典专业主义 269
二、实践专业主义 270
三、后专业主义 271
四、后形式实践家 272
五、后形式实践家思维：后形式
　　思维 274

六、后形式实践家的专业基础：后形式
　　内省智能 275
七、后形式实践家的教师教育 277
第二节　后形式实践家的职前教育 278
一、目前教师教育的问题 278
二、教师教育概念重建 280
第三节　后形式实践家的在职教育 283
一、在职教师教育新取向 283
二、教师专业知识形成：教师
　　学问工程 287
三、教师发展的生活原理 289
四、教师教育中的案例方法 293
五、教师思维和发展 294
六、教师发展的目标理想 295
本章小结 297
复习与思考题 298

参考文献 299

我们将在局部细节上和教师的日常生活中发现教学的秘密；教师可以作为教学知识的最丰富、最有用的资源；那些希望了解教学的人必须在某些方面转向教师自身。

——舒伯特，埃尔斯(Schbert & Ayers)

第一章　教师学研究基本范畴

本章学习目标

➢ 教师学研究对象、内容和方法。
➢ 国内外教师学研究状况与意义。

核心概念

复杂性 (Complexity)；不确定性 (Uncertainty)；回归性 (Reflexivity)；无边界性 (Borderlessness)；量的研究(Quantitative Research)；质的研究(Qualitative Research)

第一节　教师学研究对象、内容和方法

教师职业伴随着人类社会的产生而产生，是人类社会古老而永恒的职业之一，但作为专门培养学校教师的专业性教育却只有三百多年的历史。教师作为人类文明的传递者和创造者，其社会功能、职业特征、素质要求等均不断发生变化和发展。随着教育普及化、教育理论与实践的丰富与发展，教师职业逐渐成为一种专门的、受人尊敬的职业，社会的要求又强化了教师职业的特定内涵。因此，在新的时代条件下，研究教师职业和个体发展的具体内容，对促进教师职业专业化和教师的专业发展有着重要而现实的意义。

一、教师学研究对象

(一)教师概念

教师，是人们在日常生活和学习中经常涉及的一个概念，但对它的理解和界定却存在

许多不同之处。在我国古代就有："师者，教人以道者之称也。""师也者，教之以事而喻诸德者也。""师者，所以传道授业解惑也。""师者，人之模范也。""智如泉源，行可以为表仪者，人之师也。"上述这些对教师概念的揭示，多是从教师的功能、作用和教师的品行等方面来说明问题的，在一定程度上反映了教师职业的某些特点。为深化对教师的理解，下面从三种话语的角度来展示有关教师概念的课题。

1. 技术熟练者

在技术理性话语下，教师作为"技术"，即教师作为"技术熟练者"(Technical Expert)，该话语把教师职业视为同现代确立的其他专门职业一样，受该专业领域的基础科学和应用科学的成熟度所支撑的专业化领域。

2. 反思性实践家

在实践理性的话语下，教师作为"实践"，即教师作为"反思性实践家"(Reflective Practitioner)。该话语主张把教师职业看成是从事文化实践和社会实践的实践家，教师职业具有复杂性——在复杂情境中从事复杂问题解决；并主张教师专业能力在于"实践性学识"(Practical Wisdom)的养成，即教师主体参与问题情境，同学生形成活跃的关系，并且基于反思与推敲，提炼问题，选择、判断、解决策略的"实践性学识"。

3. 教师作为"一个人"的专业形象

在解放理性话语下，教师专业形象是作为"一个人"(Teacher as Person)。在该话语下，个体被赋予了高于总体、背景和理论的神圣地位，这将会导致一个更加个性化的专业观的形成，即教师作为"一个人"。教师创造与运用知识，通常与教师对自我的理解以及所承担的职责和使命密切相关，教师们通过谈论自己的故事进行自我探究，这意味着，教师个体不受一切权威与预见的左右，根据自我内部的真实情况进行思考和行动。教师作为"一个人"，结束了教师作为"技术"和教师作为"实践"的仅仅从外部的观点、公共世界来定义教师形象，而是基于个体、基于内部来定义教师。这种教师形象把教师界定为高度个性化的、专业化的职业，这种观点主张教师的专业能力与教师的个人生活及个人生活史密切相关。

(二)教师学研究的对象、目的

教师学是教育科学体系中的一个分支，它是以各级各类教育机构教师的相关课题作为研究对象，从不同的话语展开对教师的理解。现代教师学研究的课题非常广泛，包括教师概念、教师文化、教师专业、个人知识、教师制度、教师心理、教师教育等。

传统教师学研究的目的，一方面是想揭示教师职业发展演变的规律性和教师个体成长发展的规律性；另一方面则是要通过研究教师职业的本质，教师的职业道德、知识能力、心理等方面的素质要求，根据揭示出来的规律，进行应用性研究，对教师的专业发展提供实践和方法上的指导，帮助教师提高自己的专业素养。现代教师学是一种教师理解范式，这意味着我们长久以来只是基于"技术理性"(规律)去控制、占有、工具化、标准化教师，把教师当作标准划一的文化符号来设计塑造的时代的终结与被解构。因为如果那样，我们与教师将永远彼此对立：我们对教师的控制越强，教师的存在离我们越远；我们越把教师工具化，我们自身也就越被工具化；我们越封闭教师的存在，我们自身的存在也就越被封闭。因此，"理解教师"意味着：现代教师学不是沿着"归纳—演绎"的路径发明教师教育的模式或程序并因而控制教师，而是从不同的"视域"理解教师，建构教师的意义；教师学不是被动地依附于实践，而是把实践作为反思和解读的文本；教师不只是学校分门别类的不同的学科教员，而是需要被理解和建构意义的个性化的存在。于是，教师学便由研究、开发同质化的"程序主义"的教师教育模式，转向为从多元话语的角度展开对教师的理解：分别从专业、文化、教育教学研究、后现代、自传或生活史、生活和工作等方面来展开对教师多元存在状态的理解。如此等等，构成了现代教师学的内容。这是教师研究的一个重要的转向，即教师研究的语言学转向。

二、教师学研究内容

教师学研究的内容基本遵循了从宏观到微观、从职业到个体、从理论到实践的思路。具体讲就是，按照时代发展的脉络，理清特定时代背景下教师职业和教师个体发展的特征和特定内容；从对教师职业的宏观叙述中重点体现教师个体发展的内涵，如教师职业功能的演变对教师个体角色转变和未来发展的影响；在构建教师职业素养的理论基础上，引导教师在教学实践中不断探索适合个体发展的途径。

(一)教师职业的特征

由于教师工作的目的、对象和手段与其他职业相比有很大的差异，所以就形成了教师职业独有的特征。

1. 教师职业是一种专业

唐纳德·舍恩(Donald Schon)认为，近代意义上的专门职业(技术熟练者)是以应用科学为基础的科学技术形成的背景下确立的，以立足于"科学技术在实践中的合理应用"的原理形成专门职业领域和专业教育的课程为特征。实际上，专业职(专业性的职业)的代表——医生和律师，是利用应用科学(理论)和科学(合理)技术的成熟度来界定专业性的内涵的。但是，这种立足于科学的、合理的技术应用于实践的专业概念，在今天已经显示出其不足之处。当今社会，专家面对着更为复杂的对象，而且是在更为复杂的社会背景中工作，他们直面的是单纯地根据现成的科学技术不能处理的状况却需要作出专业性的判断。这样，从反思自身的实践经验出发提高专业性就是不可或缺的了。这就要求专家不是通过论争来揭示自己专业技术的妥当性，而是要求他们不断地认识自己专业技术的片面性，学习他人的理论，形成拥有专业视野的专业性判断的能力。专家和顾客的关系也不仅是专家单向地、权威地给顾客作指示的关系，而是要求同顾客一起参与合作的关系。

唐纳德·舍恩基于上述认识，提出了"反思性实践家"的概念。"反思性实践家"不是实施作为科学技术应用的实践，而是根据活动过程之中的省察，形成专业过程中特有的专业认识和见识（即实践性知识），推进行使专业性判断的实践，是决策性实践。也就是说，"反思性实践家"的专业性概念，不是指现成的、合理的技术应用，而是存在于在实践过程中生成的专业性认识和思考方式。唐纳德·舍恩的专业职的研究不是直接以教师职业为对象作出阐述的，但是"反思性实践家"的概念却很好地揭示了作为"专家的教师"的特质。过去，主张教师专业性的一个最大问题是，难以明确地确定教师所固有的专业知识的性质与结构。由于教师的工作复杂性，所以用已有的理论与技术来确定它的专业领域极其困难。该领域，无论从哪个学术领域来看都受不确定的未知领域的支配，是合理技术之应用的过分复杂、含混的领域。具有这种特征的教师职业，从传统的科学理论与技术的成熟度来界定"专业职"的概念看，只能说是一种"准专业"。

以"实践性认识论"为基础，着眼于专业知识的性质和专业思考方式，以及"反思性实践家"的概念所提示的新形象，不仅提供了探讨"教师职业的专业性"概念的新天地，而且给出了矫正以往"在职教育"概念的有效启示。例如，根据舍恩的研究，教师职业"专业性"的界定，不仅可以从科学技术的合理应用的侧面，而且可以从实践性智慧与见识——在复杂的背景中处理未知问题的专业性选择和判断——的侧面，作出界定。通过"反思性实践"和"实践性知识"的探讨，可以确立教师职业是一个名副其实的专业性的职业，而不再是一个"准专业"。

2. 复杂性

"教师"这一角色拥有多面体般的复杂性(Complexus)。选择教师职业的人们其动机是多种多样的，但是谁都会意识到教师职业的魅力，也就是教育这一文化实践的"创造性"以及介入个人人生、为公共福利作出贡献的伦理性。这种创造性和伦理性，与机械反复的工作、谋求私利的工作、细枝末节的工作相比，具有无可比拟的魅力。这些魅力也是教师职业所固有的，然而，事实上，学校这一场所往往是创造性受到压抑、伦理性受到剥夺的场所。现实的学校往往是机械反复的场所，是学生与教师激烈地展开自我中心竞争的场所，是忙于应试的场所。尽管无论哪一位教师或学生都渴望教学的创造性与伦理性，然而应试主义的学校是一个阶层分选机构，总是作为压抑、异化、剥夺创造性与伦理性的机构发挥作用的。在这种矛盾的现实中，教师无所适从，不断地形成教师的存在论危机。

3. 回归性

教师的实践，正如美国教育社会学家威拉德(W.Willard)在《教学的社会学》(1932)中所指出的那样，教师职业具有就像势必回归投掷者手中的飞镖那样的"回归性"(Reflexivity)。威拉德把教师的伪善人格通过对学生的道德说教所形成的状态比作"飞镖"，这种比喻所蕴含的"回归性"这一特征，完全适用于教职这一工作：教师工作的责任"没有任何归属"，不管怎样进行"学生不好、社会不好、家庭不好"之类的批判，这种批判的标的就像飞镖那样回归，责任最终还是由教师自己来负。教育这一实践是对于自身外部发生作用的实践，同时也是作为变革自身的存在与关系的实践来加以完成的。

4．不确定性

美国教育社会学家洛蒂(D.C.Lortie)在《中学教师》(1975)中作为"职业风土病"(地方流行病，随时都有出现的可能，隐喻了教师职业的易变、不确定性)(Endemic)提出的"不确定性"(Uncertainty)也是教师的显著特征。正如洛蒂所指出的，许多专业问题的解决都基于科学的见解与合理技术的"确凿性"，而教师的工作几乎是由"不确定性"所支配的。某教师在某课堂里有效的计划，不能保障另一位教师在另一间课堂里有效；在某种语脉中有效的理论难以在另一种情境中通用。教育实践的评价也是一样，教育的实践既然是个人价值的创造或价值的丧失，那么，这种评价也就有其特定的立场，从某种立场看可能是完美的实践，从另一种立场来看也许是全盘否定。因此，教师工作的复杂性导致了绝望的"不确定性"。

教师工作的不确定性特征给教师带来了许多消极的情绪体验。由于不确定性的存在，个体教师在工作中容易产生迷茫感，且容易因缺乏工作成就感和效能感而失去自信。不仅如此，教学不确定性还容易使教师经常遭受"骗子综合症"这种消极心理疾患的折磨，即教师常常感到自己像是个骗子，他们感到自己不配作为有能力的专业人员而被看重，这容易导致教师情感上和思想上的控制和保守，并进而束缚教师发展的有效行动。另外，或是追求普遍万能的计划，或是购买操作主义的书籍，或是把显性的结果奉为圭臬，以过热的考试测定或评定学习成果，也是基于这种"不确定性"的焦虑所派生出来的教师的心理与行动。

实际上，工作上的这种不确定性是教师无法逃避的，教师如何应对教学工作不确定性带来的挑战呢？一方面，教师应借助对"不确定性"的思考，找出实现教育实践的创造性与探究性的道路。因为，教师职业的"不确定性"无非是体现了教育实践的情境依存性、价值多元性和理论复杂性。另一方面，则是加强同事之间的合作，利用集体的智慧来克服来自工作本身的不确定性的困惑。合作的力量是巨大的。通过合作、对话，教师能够克服工作不确定性给他们带来的困惑和迷茫，使工作顺利进行，也会使其自身专业发展保持旺盛的动机和活力。

5．无边界性

教师的工作无论在时间、空间上都具有连续不断地扩张的性质，具有"无边界性"(Borderlessness)的特征。医生的工作是通过治愈一种疾病而告结束，律师的工作是随着个案性的结案而终结，教师的工作则并不是通过一个单元的教学就宣告结束了。教师的实践是"千头万绪"的，唯有教室里的日历和时钟在划分着教育教学工作的段落。

这种"无边界性"所带来的教师的职域与责任的无限制的扩大，是显而易见的。特别是当家庭与社区的教育功能衰退，学生生活中的危机现象扩大时，这种"无边界性"就更加肆无忌惮了。例如，管理学生校外行为在内的学生指导，以预防犯罪为目的的法制宣传活动指导，应试与升学指导，以及从交通指导，刷牙指导直至预防艾滋病的指导，等等，但凡牵涉学生生活的一切问题都成为了教师的责任：这种职域与责任的"无边界性"带来了教师日常生活中的繁杂、教职专业的空洞化和职业认同的危机。

不过，这种"无边界性"同时又为教职的职业领域中要求的综合性、统整性、自律性奠定了基础。"学校教育"这一狭窄的概念，早晚需要扩大并加以重建。以"3R"（读、写、算，是读书 Read、写作 Write a composition、算术 Arithmetic 的简称，是国际公认的基础教育阶段学生的基础科学文化素质，因英语中开头字母里均有 r，所以，国际上通用 3R 来统称学生的基本科学文化素质）为中心所组织的传统的教育内容，应当重建以"3C"——为他人的幸福操心的"关爱"（Consideration）、智慧地考察牵涉自己与他人生活的社会事件的"关心"（Care）、恢复同自然界的和谐关系以及同他人人生亲和的"关联"（Connection）——为中心的教育内容。这种教育内容的扩张性提出了把以往不断向外扩散的教师的职域，重新向中心整合、集约化综合的必要性。这就是以"无边界性"与"集约性"为基础的新型"教师"的概念。

由上可知，教职的"专业性"、"复杂性"、"回归性"、"不确定性"、"无边界性"这几个特征，各自拥有双义性功能。这种双义性功能一方面发挥着扩散、分裂、瓦解教职职域的作用，另一方面也潜藏着重建新的教师形象、重新界定教职概念的可能性。

(二)教师职业的价值

教师职业的价值体现在两个基本方面，即外在价值和内在价值。

第一，教师职业的外在价值——社会价值。它是指教师职业对于社会、服务对象等外在的价值，它表现为一种工具价值。这种价值是教师职业产生、存在和发展的基本条件。教师职业的社会价值包括政治价值、经济价值、道德价值、文化价值等。虽然文化的传承、开发可以由学校、教师以外的其他机构和人员来进行，但是由于社会发展以及由此而出现的分工，系统的科学文化知识和社会规范的掌握以及智慧开发对于社会发展和人的发展有着越来越重要的作用，教师职业产生并不断发展，在迈向学习化社会的进程中成为一门重要的专业，这种发展的过程反映出人们对教师社会价值的肯定，也反映了人们对教师职业社会价值的不断深化和更新。例如，社会通过歌颂教师对学生的爱来肯定和赞美教师，"红烛"、"园丁"、"春蚕"成为教师的象征。但是，人们歌颂的只是教师为他人成长、对社会发展所表现出的无私奉献的精神。当然，这些歌颂无疑是必要的，也是教师受之无愧的，它反映了教师基本的生存状态，也把教师职业的意义进行了升华。但是，这些歌颂并未涉及教师职业劳动对教师本人现实生命质量的意义，并未涉及教师能否在日常的职业生活中感受到工作对自己的智慧与人格的挑战、对生命发展和生命力展现的价值，感受到因从事这一职业所带来的内在尊严与欢乐。所以，人们看重的依然是教师职业的外在工具价值，依然把这种职业的性质看作是传递性而非创造性的工作。

第二，教师职业的内在价值——主体价值。它是指教师职业对于教师自身即从业者的意义和价值，它表现为一种内在价值。具体包括：从事教育劳动并通过劳动而获得一定的报酬，从而实现教师职业维持生计的实用价值；促进社会进步、文化传承和人的发展而获得的社会尊重，满足教师的社会性需要，实现一种精神价值；释放个体的智慧和情感，在自己的职业中独立地进行创造性活动，获得一种内在尊严和欢乐的生命价值。教师主体价值的最高表现形式就是通过创造实现教师主体的生命价值。因为，一位墨守成规的教师对于学生创造性的发展无疑是一种近乎灾难的障碍。至此，关于教师职业价值的认识，仅停留在关注外在工具价值的局限开始被超越。

现实生活中，教师职业的这两方面价值有着统一和融合的基本条件，但又不是总能统一和一致的。由于某些原因，两者常常出现失衡、矛盾，甚至冲突。但是，正是期待教师培养具有创造精神和能力的人以及对教师工作中创造性的诉求，让我们找到了教师职业对于社会和劳动对象而言的外在价值以及对于从业者教师而言的"内在生命价值"之间统一的基点，找到了教师可能从工作中获得的"外在"与"内在"相统一的尊严与欢乐的源泉，那就是——创造！因为，人的生命力只有在创造活动中才能焕发光彩，才能为社会做出不可替代性的奉献。作为个人而言，职业生活的质量如何，在很大程度上决定了人的生命质量，同时也造就了个体的生命质量。因此，人要想成为有尊严的人，就应该选择富有创造性的职业，并以创造性的劳动去实现自己的生命价值和社会价值的统一，在创造性的劳动中，享受因过程本身而带来的自身生命力焕发的欢乐。

(三)教师的职业素养

教师的职业素养是由与教师专业相关的综合性要求决定的。其内涵是多层面、多领域的，既包括了职业道德的养成、教育观念的转变、教育信念的确立、个人即实践性学识的生成、技能的熟练、能力的提高，也包括了良好心理素质的形成。

首先，现代教师应该具有与时代精神相适应的教育理念，并以此作为自己专业行为的基本理性支点。教育理念是指教师在对教育工作本质理解的基础上所形成的关于教育的观念和理性信念。有没有形成对自己所从事职业的理念，是专业人员和非专业人员的重要区别，也是现代教师职业素养不同于以往对教师要求的重要方面。21 世纪，教育事业将对人类社会、时代发展产生前所未有的普遍、持久、深刻的基础性影响，因此，它要求从业人员必须具有高度的职业自觉性、先进的教育观念和持久的专业信念，这就要求现代教师在认识教育的未来性、生命性和社会性的基础上，形成新的教师观、学生观、知识观、人才观、教学观和恒久的专业理想与信念。

其次，现代教师的职业素养在知识和能力结构上也不同于以往。它不再局限于"学科知识＋教育学知识＋教学技能"的传统模式，而是强调多层复合的结构特征。

日本学者佐藤学认为，在现代教师的专业领域中存在着自己固有的知识领域，该知识不同于一般大众的知识和各领域研究者的知识(学科知识)，这就是教师的"实践性知识"，并且提议将其作为现代教师教育(在职教育)的中心概念之一。这里所谓的"实践性知识"与其说是在"理论的实践化"中发挥功能的知识，不如说是在教师的实践情境中支撑具体的选择与判断的知识。

以"实践性知识"为基础构想的"作为专家的现代教师"的在职教育，在它的原理与方式上同传统模式形成了鲜明的对照。也就是说，不是要求全面地掌握所有教师认为有效的理论知识和技术、技能，而是展开这样的培养：旨在使教师在具体的实践情境中能够作出选择和判断，以便形成专业性的见识，解决基于个别的经验所生成的实践性问题。因此，这不是"传递"、"讲解"、"指导"之类的形式所体现的单向的训练，而是基于创造性实践的经验和反思的自我形成与相互交流。具体地说，是要求"发现实践性问题和成长课题"、"问题的结构性理解"、"隐性的见识，信念的确立"、"解决策略选择项的扩大"、"实践性见识和信念的深化"而展开的借助案例的研究。现代教师教育研究，是以实践记录与反思为基础，开拓教师固有的"实践性知识"的实践性研究。

再次，社会发展也对现代教师提出更高的要求和期望，需要现代教师具有新的能力。现代教师的专业成长不能无视社会的发展动向，因为，现代教师在现场直面的问题总是同社会联动的。例如，随着信息技术的发展，有效地利用媒体的教育摆上了议事日程。现代教师特别需要掌握如下三种能力。

第一，顺应种种教学方式的能力。社会的变化发展要求现代教师践行以往未曾体验的教学方式，掌握相应的教学技术。

第二，适应学生个性的教学能力。社会的变化发展要求现代教师抛弃传统的、划一化的教学方式，尊重并发展每一个学生的个性。现代教师必须洞察每一个学生的个性特征，必须激发每一个学生的创造性。

第三，从教学实践中学会"教"的能力。这是促进现代教师专业成长的基本因素。其实，这就是现代教师的"职业社会化"过程——教师"内化"作为"自立"的教师所必要的知识、技能、价值、态度诸方面的过程。这种"内化"源于就业前对于教师职业的理解，但大多是通过就业后的体验而进行的。

最后，现代教师作为一名教育工作人员，除了具备与专业有关的观念和知能之外，还需要具备健康的心理素质。教师的心理素质不仅是衡量教师队伍质量的标准之一，同时还影响着学生知识的掌握和个性的发展，没有身心健康的教师，就谈不上教育的进步。导致教师心理问题的重要原因在于：职业、角色等多方面的较大压力与其自身有限的应对能力之间的矛盾。尤其处于教育改革的当下，教师在工作的过程中会产生个体角色转换的冲突，甚至由于工作压力太大而产生职业倦怠。诸如此类问题都需要我们回归到教师的内心世界，深入了解他们工作和生活的实际状态，帮助他们消除心理障碍，从而产生积极乐观的心理状态。

(四)现代教师职业发展的条件

教师职业发展的核心问题是教师职业的专业化，体现为教师职业的不可替代性。教师职业的专业化是指教师职业具有自己独特的职业要求和职业条件，有专门的培养制度和管理制度。现代教师职业是一种要求从业者具有较高的专业知识、技能和修养的专业。从专业的特征来看，教师职业离成熟专业的标准还有一定距离，教师职业是一个"形成中的专业"，教师职业的专业化是一个不断深化的历程。教师职业的专业化内涵如下。

第一，教师专业既包括学科专业性，也包括教育专业性，国家对教师任职既有规定的学历标准，也有必要的教育知识、教育能力和职业道德的要求。

第二，国家有教师教育的专门机构、专门教育内容和措施。

第三，国家有对教师资格和教师教育机构的认定制度和管理制度。

第四，教师职业的专业发展是一个持续不断的过程。

教师职业有自己的理想追求，有自身的理论武装，有自觉的职业规范和高度成熟的技能技巧，具有不可替代的独立特征。教师职业的专业化既是一种认识，更是一个奋斗过程；既是一种职业资格的认定，更是一个终身学习、不断更新的自觉追求。

教师职业的专业化应该由教师的专业发展和外缘保障机制两方面共同促成，任何一方面的缺失都将导致教师职业的专业地位和专业发展受到阻碍。

教师的专业发展是教师职业专业化的基础性条件。它是指教师个体通过接受专业训练和自身主动学习，逐步成为一名专家型和学者型教师，不断提升自己专业水平的持续发展过程，是教师由非专业人员成长为专业人员的过程。教师的专业发展是教师个体内在专业结构不断更新、演进和丰富的过程，它呈现出明显的阶段性特征。明确教师专业发展的阶段，有助于教师选择、确定个人的专业发展计划和目标，从而促进教师的终身发展。一般来说，教师专业发展过程至少呈现三个发展阶段：职前专业化、入门专业化、在职专业化，在每个阶段又可以根据其特点细化为若干阶段。在各个阶段中，教师发展的主题是不同的，并呈现出相应的心理特征。在教师个体的专业发展过程中，总要受到其所处时代科技文化和社会大环境的影响，同时也要受其工作的学校氛围和生活的家庭关系等小环境的制约。而教师个体固有的素质、能力及工作中的进取心、成就体验等也在一定程度上制约着教师的专业发展。因此，可以说，教师的专业发展过程本身就是教师个体的专业结构要素回应各种环境因素，随之此消彼长、循环互动的过程。

教师职业专业化的外缘保障以教师教育范式的影响最为关键，主要表现在以下几方面。

第一，师范院校课程和教学模式的改革是教师职业专业化发展的基础性保障。我国师范院校的课程设置存在着知识体系陈旧，教育类课程门类贫乏且所占比重远低于发达国家等现象，我国教育类课程在总的课程体系中所占比重为5%～7%，而英法德美日等发达国家为16%～33%。单一的、程序化的教学模式造成了教师不爱教、学生不爱学的局面，与发达国家情景教学、专业发展学校(Professional Development Schools)等丰富多彩的教学形式形成了鲜明的对比。为了提高师资培养培训工作的专业化水平，必须从教师的职前教育，即师范学校的课程和教学模式改革做起。要切实提高"师范性"课程在总体课程结构中的比重，并丰富教育类课程的体系结构，加大对各种重要的、具体的观念、理论和技能进行培训的针对性。同时，要使各种教学方法有效地参与到课堂教学的过程中，使未来的教师在学习知识的同时学会对情景教学、讨论式教学等方法的有效运用。

第二，推进教师继续教育的发展是教师职业专业化的体制保障。从国际教育改革的现状来看，各国都把教育改革的热点聚焦于提高师资水平，对教师实施继续教育已成为各国的共识。我国1999年推出了《面向21世纪教育振兴计划》，将实施"跨世纪园丁工程"作为计划的重点之一，并强调要重视"面向21世纪中小学教师继续教育工程"的实施。这表明我国已经将教师的继续教育工作提到日程上来。通过继续教育，教师可以补充新的知识，发展多种能力，并不断提高职业素养；同时教师也只有通过继续教育，才能在学识、智能、品德等方面保持教育者特有的优势，巩固教师职业的专业地位。

第三，加强师范院校和中小学校的合作伙伴关系是教师职业专业化发展的实践性保障。从目前我国师范院校的实际情况来看，学生参与教育实践的机会很少，仅限于毕业前的教育实习。实习多集中于毕业前夕的半年时间里，通过实习，学生切实体会到了"书到用时方恨少"的含义，但想再回头学习却"为时晚矣"，致使教育实习应有的作用得不到发挥，不能有效地提高未来教师的教学实践能力。美国的教师专业发展学校为我们提供了解决师范生实习问题的范例。教师专业发展学校是 20 世纪 80 年代末在美国兴起的融教师职前培养、在职进修和促进学校发展为一体的合作形式。一般由一所大学的教育系(或学院)与大学所在学区的一所或多所中小学建立伙伴关系，以联络小组、基地指导委员会、多方协调委员会等形式发展多层面的交流，从而有效地改善教师职前培养水平，鼓励在职教师专业发展，并有效地促进中小学和大学的发展。加强师范院校和中小学校的伙伴关系，为解决我国师范生实习问题和提高在职教师的专业发展指明了方向。

第四，促进教师的反思意识和行动研究能力是教师职业专业化发展的主体性保障。所谓反思是指教师以自己的教学过程为思考对象，对自己的教学行为、教学结果进行审视和分析，从而改进自己的教学实践并使教学实践更具合理性的过程。它是一种自我指向的批判性的态度和方法。反思的过程是教师的自我纠错、自我教育的过程，对于促进教师的成长具有重要意义。"行动研究"是一种可以形成原理和理论的应用研究，它是以行动为导向的，它也是专业发展的一种形式。如此，知识、实践和发展就不再是分离的了。有意识地培养师范生和在职教师的反思意识和行动研究能力，有利于促进教师形成一种持续的自我发展能力，这是教师职业专业化成长的主体性保障。

以上任何一个层面的问题都是教师职业专业化发展必不可少的条件，但它们并不是僵化的、凝滞不变的，否则就很容易滞后于时代和教育发展的要求。

三、教师学研究方法

(一)质的研究

质的研究(Qualitative Research)作为一种与量的研究有着明显区别的研究范式，在社会科学研究中已经受到越来越多人的认同。在教育科学研究中应用质的研究方法也有增加的趋势，这是人们对教育现象特点的认识，以及几十年来在研究方法论上争辩的一个必然的结果。近年来，质的研究方法在国际教育研究中受到重视。质的研究在我国香港地区、台湾地区和新加坡等地，有人将其译为"质的研究"、"质化研究"、"定质研究"等。陈向明教授认为，质的研究是以研究者本人作为研究工具，在自然情景下采用多种资料收集方法对社会现象进行整体性探究，使用归纳法分析资料和形成理论，通过与研究对象互动对其行为和意义建构获得解释性理解的一种活动。以下介绍的几种方法都属于质的研究的范畴。

1. 个案研究

个案研究就是对单一的研究对象进行深入而具体研究的方法。个案研究的对象可以是个人，也可以是个别团体或机构。个案研究一般对研究对象的一些典型特征作全面、深入的考察和分析，也就是所谓"解剖麻雀"的方法。同时，个案研究不仅停留在对个案的研究和认识的水平上，而且需要认识教育与发展之间的因果关系，提出一些积极的教育对策。

个案研究具有以下特点。

(1) 研究对象的特殊性。个案对象的确定一般多采取有意抽样法——也称目的抽样法，即按照研究者对特殊问题的目的要求，在特定的范围内选取特定的对象。

(2) 实施方法的综合性。实施方法需要根据具体对象的特点和具体任务的不同，综合应用观察、访谈、问卷、作品分析、测验等一连串直接或间接的资料。

(3) 资料来源的多元性。个案研究要求通过周期较长的纵深调查，在自然(不加控制)过程中，从种种角度系统搜集有关研究对象的一切资料，以详尽地了解并准确地分析其发展变化的连续过程和量变质变的规律。

个案研究一般包括四个步骤：确定案例、实地调查、整理记录、撰写报告。

(1) 选择案例并议定获得研究该个案权力的可能性。大多数个案的确定都有一定的偶然性，它往往是研究人员对可进行研究的许多个案中的一个发生兴趣的结果。

(2) 实地调查。实地调查是指在现场或现场附近寻找、收集和组织有关事件或现象的信息。这一过程所包含的不仅是现场所作的研究调查工作，而且包括现场研究的间隙，晚上及周末所做的工作。实地调查包括：收集资料、观察、测量或收集统计数据。

(3) 整理记录。到这一阶段，研究者手中已有很多的文件、观察笔记、面谈记录和统计数据，需要对这些材料进行归纳整理和筛选。

(4) 撰写报告。基本资料的撰写，包括姓名、性别、年龄等；介绍个案来源；对主要问题进行概述；背景资料，主要包括家庭背景、教育背景和职业生涯等。

个案研究是特别适合教师使用的一种方法。在一定意义上说，每位教师都应该是一名教育研究者。但由于教师的主要时间和精力还是放在教学和教育工作上，因此开展大规模的教育调查和严格控制实验，往往有一定的困难。而个案研究的对象少，研究规模也较小；同时个案研究一般都是在没有控制的自然状态中进行的，也不需要在一段时间内突击完成，所以，个案研究就特别适合教师的研究。

2．行动研究

行动研究是指由社会情景的参与者，为提高对所从事的社会实践的理性认识，为加深对实践活动及其依赖的背景的理解，而进行的反思研究。它具有以下特点：第一，行动研究是一种以解决教育中某一实际问题为导向的现场研究法。科研人员和实践工作者基于实际教育工作的需要，将实际问题发展为研究课题，并将解决问题的方法作为变量，在全程研究中逐个加以检验。第二，行动研究是以实践经验为基础的研究方法。行动研究依据的是观察和行动的记录，目的是通过有计划的干预，改变所需改变的行为，并以观察的记录信息作为研究发展的推动力，这比纯理论研究更有利于结果的检验。因此，这一特点也是行动研究区别于纯实验研究的重要特性。第三，行动研究是以小组成员间的互相合作方式来进行的研究方法，行动研究的研究小组通常由研究人员、教师、行政领导乃至学生家长联合组成。研究人员起咨询指导作用，行政领导起保障作用，教师起研究、反馈作用，学生家长起监督作用，他们取长补短，各司其职，相互交换意见，形成整体合力。

行动研究主要包括以下几个步骤。

(1) 预诊：在学校工作中坚持用分析和评判的眼光对待每一个看似平常的问题，并根据实际情况进行诊断，得出行动改变的最初设想。

(2) 初步研究：成立由研究者、教师和行政人员等组成的研究小组，对预诊中发现的问题进行初步讨论，各人充分发表各自对问题的意见和看法。进行初步研究时，研究小组的成员首先必须做到尽可能地占有资料，包括所有与这一问题有关的文字、图片、录音、录像或是学校的总结报告、问题分析等资料，并且将在小组讨论中得到的相互启示，反馈到全体教师中去，听取他们的意见，以便为总体计划的拟定作好诊断性评价。

(3) 拟定总体计划：这是最初设想的一个系统化计划，也是行动研究法各个步骤得以落实的蓝图。虽说是总体计划，但它并非是一成不变的。当具体行动中反馈信息与总体计划相偏离时，则需要对总体计划进行修订更改，因为行动研究法的本质特点在于它是一个开放的动态系统。

(4) 制定具体计划：这是总体计划实现的具体措施，它的先后顺序安排将以实际问题解决的需要为前提。有了它，才会保证旨在改变现状的干预行动的出现。

(5) 行动：这是落实具体计划的重要一环，也是整个研究工作成败的关键。因为这里所说的行动，并非是原先行动的简单重复，而是在基本设想、总体计划、具体计划指导下，在研究人员、行动人员、教师的共同协助下，对原先的行动加以干预控制的基础上，代之以研究所要形成的行动的过程，而且每一步行动结果的评价对整个研究进程都会产生影响。如果评价的结果反馈出的是所有的设想、计划都是可行的信息，则进入第二步具体计划、行动；但如果评价的结果反馈出的是不可行的信息，则总体计划甚至基本设想都可能需要修改，整个研究进程将在修改后新的总体计划、基本设想的基础上进行。总之，一切干预行动的执行不是为了检验某一设想或计划，而是为了解决实际问题。

(6) 研究结果的总体评价：这是对整个研究工作所作的总结，也是一个技术性很强的环节。除了要对研究中获得的数据、资料进行科学处理，得到研究所需要的结论外，还应对产生这一课题的实际问题做出解释。对研究成果的评价，并非以解释的完美与否为标准，而是以实际问题解决的程度为依据。因此直至研究的结束阶段，无论是数据统计处理，还是结果解释，依然离不开研究人员、教师、行政人员的密切合作。

从上述行动研究的六个步骤中可以发现三个明显的特征：首先，所有的设想、计划，都处于动态中，都是可修改的；其次，包括研究者、教师、行政人员的全体小组成员参与行动研究实施的全过程；最后，在整个研究过程中，诊断性评价、形成性评价、总结性评价是贯穿始终的，这构成行动研究的工作流程。

3．叙事研究

叙事研究又称"故事研究"，是一种研究人类体验世界的方式。这种研究方式的前提在于人类是善于讲故事的生物，他们过着故事化的生活。"叙事"是人类基本的生存方式和表达方式。叙事研究是以"质的研究"为方法论的基础的，是质的研究方法的具体运用。教育叙事研究的基本特征是以叙事、讲故事的方式表达作者对教育的解释和理解。它不直接定义教育是什么，也不直接规定教育应该怎么做。教育叙事研究具体有如下特征：第一，教育叙事研究讲述的是一个已经完成的教育事件，而不是对未来的展望或发出的某种指令。它所报告的内容是实际发生的教育事件，而不是教育者的主观想象。教育叙事研究十分重视叙事者的处境和地位，尤其肯定叙事者的个人生活史和个人生活实践的重要意义。它所报告的内容是"实然"的教育实践，而不是"应然"的教育规则或"或然"的教育想象。第二，教育叙事研究所报告的内容是与某个或几个具体的教育生活中的"人"有关的故事。比如：教师在某个教育问题或事件中遭遇困境时，就要思考和谋划解决问题、走出困境的出路，这里面就会涉及很多曲折的情节。第三，教育叙事研究所报告的内容必须具有一定的"情节性"。可以说，"情节"是任何叙事(或故事)的一个基本特征。而更常见且值得叙述的教育事件是，教育因其艰难而使教师置身于教育问题、教育事件中，使教师不得不"独上高楼，望断天涯路"。教师一旦开始思虑教育的困境和谋划教育的出路，总是在"众里寻她千百度"之后，蓦然回首，"却在灯火阑珊处"。这就是教育叙事的"情节"。

教育叙事研究的方式主要有两种：一种是教师自身同时充当叙说者和记述者。它追求以叙事的方式来反思并改进教师的日常生活。另一种是教师只是叙说者，由教育研究者记述。这种方式主要是教育研究者以教师为观察和访谈的对象。教师本人通过叙述自己的教育生活史，形成教育的自我认识，达到一种自我建构的状态。

教师叙事的研究过程包括以下几个步骤。

(1) 确定问题，这是进行研究的前提。教师叙事研究的问题应是有意义的问题，它含有两重含义：一是我们研究者对该问题确实不了解，希望通过此项研究获得一个答案；二是问题所涉及的地点、时间、人物和事件在现实生活中确实存在，对被研究者来说具有实际意义。

(2) 选择研究对象，这是研究得以进行的保证。需要研究者与被研究者的互动与合作；研究者要有敏感的心灵；研究者对研究本身要有足够的热情；研究者的研究活动要得到被研究者的认同、理解与合作。样本的选择不仅要与研究的典型问题相关，也与研究者与被研究者的关系相关。

(3) 进入研究现场，这是研究者观察、了解研究对象的真实环境。进入现场意味着走进教师活动的时空，与教师同呼吸、共生活。这里有几种方式：可以在自然状态下融入，也可以创设特殊情境快速融入；可以直接通过他人介绍进入，也可间接地在观察中进入，但都必须征得研究对象的同意。

(4) 进行观察访谈，这是促使研究者走向深入的过程。它是围绕着研究问题而进行的。观察力求客观，避免"先见"或"前设"对研究的干扰；访谈力求开放，使被访者在研究者设计的系列开放性问题中回答问题。观察访谈要求研究者具有敏锐的观察力和良好的亲和力。

(5) 整理分析资料，这是叙事研究极为重要的环节。整理分析资料就是与这些事件的生命进行对话的过程，要注意避免研究者原有偏见的影响。在此过程中，研究者的一项重要任务就是从收集的大量资料中寻找出"本土概念"，并将这些概念作为登录的符号。

(6) 撰写研究报告，这是在前面大量工作的基础上进行的总结性归纳。叙事研究报告既要详尽描述，又要整体分析，要创设出一种"现场感"，把教师的生活淋漓尽致地展现在读者面前，使教师的生活故事焕发出理性的光辉。

在上述的几种质的研究方法中，都提到了经常采用的收集资料的方法，那就是访谈和观察。因此需要对这两种具体的方法进行介绍。

4．访谈法

在研究中，常用的两种访谈形式是：①非结构式访谈(或开放式访谈)。在这种访谈中，研究者向主要的被访者提出问题(这些问题是开放性的)，目的是让被访者对一些事情发表自己的看法和观点，研究者有时则可能以此观点作为进一步研究的基础。特别是当研究者对所研究问题的可能结果知之甚少时，更需要用这样一种访谈的方式了解被访者的看法，以达到对这个问题的了解和认识，进而给出一些有意义的解释。②半结构式访谈(焦点式访谈)。在这种访谈中，研究者事先列出要探讨的问题，在访谈中仍然保持一种开放的方式(事先并不硬性规定语言表述方式，也不确定提问的顺序)，围绕与研究课题密切相关的问题提问。采取这两种访谈形式，更有助于了解被访者真实的想法，更有可能了解到研究者事先没有想到的一些问题。

访谈法的操作过程主要包括以下 5 个方面。

(1) 设计访谈提纲。无论是哪一种形式的访谈，一般在访谈之前都要设计一个访谈提纲，明确访谈的目的和所要获得的信息，列出所要访谈的内容和提问的主要问题。

(2) 恰当进行提问。要想通过访谈获取所需资料，对提问有特殊的要求。在表述上要求简单、清楚、明了、准确，并尽可能地适合受访者；在类型上可以有开放型与封闭型、具体型与抽象型、清晰型与含混型之分；另外适时、适度的追问也十分重要。

(3) 准确捕捉信息，及时收集有关资料。访谈法收集资料的主要形式是"倾听"。"倾听"可以在不同的层面上进行：在态度上，访谈者应该是"积极关注的听"，而不应该是"表面的或消极的听"；在情感层面上，访谈者要"有感情的听"和"共情的听"，避免"无感情的听"；在认知层面，要随时将受访者所说的话或信息迅速地纳入自己的认知结构中加以理解和同化，必要时还要与对方进行对话，与对方进行平等的交流，共同建构新的认识和意义。另外，"倾听"还需要特别遵循两个原则：不要轻易地打断对方和容忍沉默。

(4) 适当地作出回应。访谈者不只是提问和倾听，还需要将自己的态度、意向和想法及时地传递给对方。回应的方式多种多样，可以是诸如"对"、"是吗"、"很好"等言语行为，也可以是点头、微笑等非言语行为，还可以是重复、重组和总结。

(5) 及时作好访谈记录，一般还要录音或录像。

为了使访谈能够有效地顺利进行，还应注意以下几个方面。

(1) 一般事先应对访谈对象要有了解。

(2) 一般要尽可能自然地结合受访者当时的具体情形开始访谈。

(3) 访谈的问题应该是由浅入深、由简入繁，而且要自然过渡。

(4) 在有充分的准备的前提下，为避免谈话跑题，有时需要适当的调节和控制。

(5) 无论是提问还是追问，问的方式、内容都要适合受访者。

(6) 在回应中要避免随意评论。

(7) 要特别注意在访谈中自己的非言语行为。

(8) 要讲究访谈的结束方式。

5．观察法

观察法就是科学地观察事物的方法，是指人们有目的、有计划地通过感官和辅助工具，在自然状态下对客观事物进行考察而获取其事实资料的一种科学研究方法。质的研究的观察可分为参与观察和非参与观察。参与观察是研究者将自己融入研究对象的活动之中，在观察对象的活动中充当一个角色。在这里，研究者几乎不是一个被动的观察者，而是与研究对象一起从事某项特定活动的一员。非参与观察是研究者作为一个旁观者，对研究对象从事的有关活动进行观察。这种观察大部分是正式的、事前有准备的观察，有时也可能是对一些偶然事件的观察。正式的观察一般都是指向在特定时间内发生的特定类型的行为。观察研究是一个循环研究，它包括以下几个步骤。

(1) 明确观察目的和意义(在观察中要了解什么情况，搜集哪方面事实材料)，确定观察对象、时间、地点、内容和方法，也就是回答为什么观察和如何观察等问题。

(2) 通过检索资料、专家访谈等，搜集有关观察对象的文献资料，并进行阅读分析，对所要求观察的条件有一个最一般的认识，为观察做好充分准备。

(3) 编制观察提纲。对观察客体单位要进行明确分类，对所观察的事物确定最主要的方向。

(4) 实施观察。进行有计划、有步骤、全面而系统的观察。

(5) 资料收集记录。

(6) 分析资料、得出结论。

(二)量的研究

量的研究又称"量化研究"或"定量研究"，它是一种对事物可以量化的部分进行测量和分析，以检验研究者自己有关理论假设的研究方法。量的研究有一套完备的操作技术，包括抽样方法、资料收集方法、数字统计方法等。其基本的研究步骤是：研究者事先建立假设并确定具有因果关系的各种变量，通过概率抽样的方式选择样本，使用经过检测的标准化工具和程序采集数据，对数据进行分析，建立不同变量之间的相关关系，必要时使用实验干预手段对控制组和实验组进行对比，进而检验某种关于事物客观规律的理论假设。这种方法主要用于对各种相关因素的分析，如学生家庭经济困难与辍学之间的关系、学生学习态度与学习成绩之间的关系等。常见的量化方法主要有：问卷调查法和测验法。

1．问卷调查法

问卷调查法也称问卷法，它是调查者运用统一设计的问卷向被选取的调查对象了解情况或征询意见的调查方法。问卷调查法有很多优缺点，其优点表现在：①能突破时空限制，在广阔范围内，对众多调查对象同时进行调查；②便于对调查结果进行定量研究；③调查者和被调查者无需面对面接触，具有一定的回避效果，可以排除人际交往中可能产生的种种干扰。其缺点表现在：①只能获得书面信息，而不能了解到生动、具体的社会情况；②缺乏弹性，很难作深入的定性调查，难以深入了解深层次的、本质的东西；③对于自填式问卷调查，调查者难以了解被调查者是认真填写还是随便敷衍，被调查者对问题不理解、对回答方式不清楚，无法得到指导和说明，这必将影响回答的真实性和准确性，影响调查者对回答的真实程度和可靠程度以及影响做出正确判断。

问卷调查的一般程序是：设计调查问卷，选择调查对象，分发问卷，回收和审查问卷。然后，再对问卷调查结果进行统计分析和理论研究。设计问卷与设计提纲、表格、卡片等调查工具一样，大体上也要经历选择调查课题、进行初步探索、提出研究假设等几个先行步骤。但进入设计阶段之后，设计问卷就比设计其他调查工具的工作量大得多、复杂得多。这是因为，设计问卷(特别是自填问卷)要把口头语言变成书面语言，要按照相关性、同层性、完整性、互斥性和可能性原则设计封闭型回答的答案，都是不容易的事情，需要花费很大的精力去认真对待。

问卷调查的对象可用抽样方法选择，也可把有限范围内(如一个厂、一个村、一个班级、一个居委会)的全部成员当作调查对象。由于问卷调查的回复率和有效率一般都不可能达到100%，因此选择的调查对象应多于研究对象。

分发问卷有多种方式，可随报刊投递，可从邮局寄送，派人送发，也可安排访问员通过电话访问或登门访问。在后三种情况下，访问员应向被调查者作些口头说明，这将非常有利于提高问卷的回复率和有效率。

回收问卷是问卷调查的重要环节。一般地说，访问问卷和送发问卷回复率高，电话访问问卷的回复率也可能较高，报刊问卷和邮政问卷的初始回复率一般较低。因此，在规定的回复时间之后，应每隔 1 周左右向被调查者发出 1 次提示通知或催复信件(每次的内容应有所区别)。经过 1 至 3 次的提示或催复，一般可使回复率达到一定高度。

对于回收的问卷必须认真审查。回收的问卷(特别是报刊问卷和邮政问卷)中，总会有一些回答不合格的无效问卷。如果对回收的问卷不经审查就直接加工整理，就会造成中途被迫返工或降低调查质量的严重后果。因此，对回收的每一份问卷进行严格审查，是问卷调查不可缺少的环节。只有坚决淘汰一切不合格的无效问卷，把调查资料的整理和分析建立在有效问卷的基础上，才能保证调查结论的可靠性和科学性。

2．测验法

测验法是指借助各种测试题对人的知识、能力以及某些心理特征进行测量，从而获得评价信息和资料的方法。对教师进行研究，可能更多采用的是心理测验，它是一种对人们的心理特征及个别差异进行估测、描述和诊断的方法，包括智力测验、人格测验、创造力测验和能力倾向测验。好的心理测验是按照科学的方法和系统的程序所编制的，称为标准化心理测验。

标准化心理测验主要包括的步骤有：①选取具有代表性的材料做题目编成测验；②选取具有代表性的样本进行施测；③按测得分数统计分析求出常模；④进行信度和效度检验。

(三)需注意的问题

虽然质的研究和量的研究在理论指导和具体的操作方面呈现出很大差异，但这两种方法在教育研究的过程中往往是结合使用的。因为，量的研究是以教育测量为基础的教育研究范式，它成为教育研究科学化的一个重要组成部分。然而，教育研究者越来越感到量化的研究对教育现象的探索存在着无法弥补的缺陷。在把复杂的教育现象归结为量的过程中，人们必须对其进行控制和简化，才能按量化的标准去揭示变量之间的关系，因此不得不舍弃复杂的教育现象中一些无法用变量关系说明的因素和信息。为此，许多学者在研究的方法论上，主张采用自然主义的方式来探索教育的规律。这种在研究方法论上的转变，应当说是与教育现象的特点密切相关的，质的研究方法更适合于深入地、细致地研究具体的教育问题。

其实，量的研究和质的研究是从不同的角度理解教育现象的，二者既不能互相代替，也没有高低层次之分。因此，在研究教育实际问题时，需要将二者结合运用，这样才可以比较全面地体现教育的实际状况。

第二节 教师学研究概况与意义

一、国内外教师学研究概况

(一)国外教师学研究概况

国外对教师的研究主要是从教师心理学、社会学、经济学、伦理学、教育学等几个方面展开的。

1. 教师心理学研究

早在 20 世纪 50 年代，已经开始出现对教师心理学的研究。例如，前苏联学者郭诺宝林出版了《苏联教师心理学概论》(中文版 1954 年)，美国心理学家林格伦(H.C.Lindgen)在《教育心理学》(1956 年第 1 版)教科书中专有一章"教师心理学"。

现代教师心理学研究的课题内容很广泛，主要有教师的角色、教师的知识、教师的教育能力、教师的行为、教师的人格特征、教师的职业生涯、教师的压力和职业倦怠等。关于教师角色，专家主要研究教师角色的种类、角色的转变、角色之间的冲突和角色的心理等问题。关于教师的知识，专家主要研究了教师的各种知识对教学的影响，包括教学经验知识、个人实践知识、学科知识等。这方面的研究起步比较晚，始于 20 世纪 70 年代，是认知心理学研究对教师研究产生的一种影响。特别是 20 世纪 80 年代以来，对教学中专家和新手的研究比较突出，这种研究以期找出专家教师与新教师在课堂教学方面的知识结构、教学技能上的差别，从而为教师的培训提供科学的依据。关于教师的教育能力，主要研究了教师的教育能力的结构以及对学生发展的影响。前苏联学者郭诺宝林在《论教师的教育才能》一文中，论述了教师了解学生的能力、教师思维的分析综合能力、语言能力、组织能力、教育机智和创造力等及其对学生学习的影响。关于教师人格特征的研究，是教师心理学中研究比较多的也是比较早的内容之一。例如，雷安斯(Ryans)于1960年设计"教师特性等级量表"，他让观察者在课堂中观察50分钟，然后按照25个方面给教师打分。雷安斯发现教师有三种基本行为：①温和的、融洽的、理解的，还是冷淡的、利己的、约束的；②负责的、有条理的、系统的，还是推脱的、无计划的、疏忽的；③激励性的、富想象力的，还是迟钝呆板的、墨守成规的。在当时，"理想教师"是教师人格特质研究的主流，美国哈佛大学教授帕墨(Pamer)就著有《理想的教师》一书。

2. 教师社会学研究

教师的社会问题的研究在整个教师研究中是一个比较薄弱的领域，它研究的具体问题有教师的社会出身、教师的社会地位、教师的作用、教师的供应与需求等。在20世纪之前的欧美国家里，对教师的研究是将教师职业纳入到社会整体结构的分析框架中，但是由于学科体系之间存在的断裂很难对当时的教师职业的研究发挥功用。在20世纪最初的30年里，资本主义国家经历了由繁荣走向全面经济危机的切肤之痛，在这样一种历史条件下，教育与社会之间的内在关联自然成了学者们探询的对象，教师职业的意义也由关注"个体成长"的范畴拓展到关注"社会发展"的范畴。教育社会学在美国"制度化"发展的第一个阶段便是"将教育社会学的知识传授给教师"的"教师的社会学(Sociology for Teacher)"时期。1932年出版的由沃勒(Willard Waller)撰写的《教学社会学》(Sociology of Teaching)可视为这一时期的代表作。

在世界范围内对教师职业进行广泛的社会学研究始于第二次世界大战之后，就其发展过程来看，西方国家的教师社会学在20世纪50年代与60年代中主要是关于"作为一种专门职业(Profession)与社会角色的教师"的研究；20世纪60年代末与60年代中，主要是关于"作为学生学习成败决定者的教师"的研究；自20世纪70年代末，则主要是关于"作为社会所迫者的教师"的研究。在20世纪70年代，激进(批判)的社会学派认为，功能主义既无法正确地理解教育的本质，也不可能真正促进社会的变革。如1971年，英国的社会学家、教育理论家扬(M.F.D.Yong)出版了《知识与控制：教育社会学的新方向》一书，作者认为，新的教育需要研究知识的合理性、科学的教条性和知识的社会组织问题。在20世纪80年代和90年代，教育社会学在学派林立的条件下逐渐趋于多元共存和相互交融的局面，对教师职业的研究也是如此。

3. 教师伦理道德研究

教师道德问题是教师学研究的一个重要课题。如昆体良在《论演说家的教育》中对教师的教学提出了一些道德和规范上的要求。夸美纽斯认为教师职业是"太阳底下再没有比它更优越的职业"，他勾勒了理想教师——人道主义者的面貌，提出"教师应该是道德卓异的优秀人物"。伟大的教育家苏霍姆林斯基对教师的道德要求和修养也有过大量论述，其核心是教师要爱孩子。

4．教师教育研究

关于教师教育，是教师研究中成果最多的领域，设计的问题包括教师教育的目标、课程、体制、机构、模式和教育实习的内容等。如美国的教育家科南特(J.B.Coant)于 1961 年在卡内基基金会的资助下，广泛调查了美国人口最稠密的 22 个州、77 所开设师范课程的高等学校，经过两年的研究，于 1963 年出版了《美国师范教育》一书。在教师教育研究中，《国际教学与教师教育百科全书》一书具有重要的影响。该书主要分为两部分，第一部分主要包括教师的本质和特点、教学理论和模式、指导项目和策略、教学的技巧和技术、学校和教室因素、学生和教学过程、为特定目标的教学、教学的研究；第二部分主要包括教师教育的概念和范围、最初的普通教师教育、教师继续教育。1995 年版的内容在教师心理学观点方面有所增加。从 20 世纪 80 年代以来，"教师成为研究者"的观念广为流传，这种观念来自于"专业人员即研究者"的启示。因此，对教师专业发展的研究也日益增多，尤其具有代表性的是美国教师专业发展学校对通过大学与中小学的合作方式来促进教师教育的发展，这也成为教师教育研究的重要内容。

(二)国内教师学研究概况

我国对现代教师问题的研究也可以从心理学、伦理学、教育学和管理学几方面讨论，并且已经开始了综合性的教师学研究。

1．教师心理学研究

我国教师心理学的研究大体从 20 世纪 80 年代开始，首先是潘菽主编的《教育心理学》中有了"教师心理"的专章，而且对优秀教师的研究成为当时教师心理学的重要内容。这方面的研究可以称为教育人才学的研究或对教育家的研究。通过对优秀教师的研究，揭示出教师素质的经典表现和成长规律，从而为一般教师的发展提供启示。对教师素质和教师能力的研究是教师心理学中研究最多的内容，但也是见解比较多甚至分歧比较大的一个领域。比较有代表性的就是林崇德、申继亮等提出了教师素质的五个要素：职业理想、知识结构、教育观念、教学监控能力、外部行为及策略，并出版了《教师素质论纲》一书。对教师行为的研究，主要有傅道春的系列研究，如《教师组织行为》、《教师技术行为》、《中国杰出教师行为访谈录》。

2．教师社会学研究

关于教师社会地位、作用等问题的研究，最早是在教育学范围内进行的，各种教育学著作和教材都有这方面的内容。随着教育社会学的发展，对教师社会学问题的研究，就纳入到教育社会学的范畴中。如南京师范大学吴康宁教授的《教育社会学》专门讨论教师的职业、教师的社会地位和教师的社会流动等问题。

3．教师职业道德研究

我国对教师的伦理道德十分重视，从党中央、政府一直到学校都重视师德建设。在这一建设过程中，相应的研究和教材也层出不穷。如包连宗的《教师职业道德修养》、檀传宝的《教师伦理学专题》等。

4．教师培训、管理及未来发展研究

关于教师培养、培训和管理的研究，在整个教师学研究中占有重要的地位。研究探讨的问题有教师教育的示范性和学术性问题、定向性和非定向性培养的问题、课程结构问题和教育实习问题等。在教师未来发展方面，尤其是2001年我国基础教育课程改革以来，很多学者都提出了教师专业发展的论题，从教师专业化的背景、内涵和实现方式等方面进行了较多的论述，特别是对教师专业发展实现方式的探讨对促进教师专业化起到了指导和推动作用。

二、教师学研究意义

（一）全球化时代对教师的新挑战

20世纪90年代以来，全球化正以一种不可抗拒的力量影响整个世界经济和社会的发展，它的效应不仅体现在市场的全球拓展上，而且迅速渗透到社会生活的其他领域。与此同时，现代化的浪潮也借助全球化得以全面推开。现代化包括劳动社会化、国家工业化、生产机械化、经济商品化、政治民主化、社会法治化、文化多元化、乡村城市化、大众知识化和思想自由化。现代化是纵向时间的演变过程，全球化是横向空间的拓展过程。因此，全球化与现代化的同步到来必然使得教育受到前所未有的冲击。一方面，全球化状态下，变化了的外部环境无疑会对教育产生或积极或消极的影响，而且这种影响程度比以往任何时候都更加强烈。教育的发展似乎更多的显示出取决于外部条件而不是教育系统内部因素的趋势。另一方面，作为教育本身来讲，教育在其全球化进程中也不是完全被动的，主观能动性要求教育在维护自己发展和前进的同时，也必须对促进各方面的全球化起到应有的作用。这双重任务无疑是对教育提出了新的挑战，对整个教育改革提出了新的要求。而作为整个教育改革核心问题的教师应如何应答这些新的挑战和要求呢？这显然是摆在每个教师面前的严峻课题。具体看来，教师在其观念、素质、功能等方面，必须有一个重新塑造和重新组合的过程。教师不仅要积极转变传统的"传道、授业、解惑"者的角色，而且要极力凸显出以下一些重要知识和文化角色，这也体现了现代化视域下教师角色的更新。

一是阐释者。全球化在推动文化多元化、促进不同文化之间交流与融合的同时，也造成了更为广泛的文化冲突和文化霸权，譬如少数发达国家在信息技术和文化资源上占有绝对优势，发展中国家常常只能成为互联网的"观众"并处于十分被动的地位。由于教师在文化传承、更新和整合方面的不可替代的作用，面对文化之间的直接接触，现代教师需要担当文化"调解人"，而不仅仅是传授者的角色，现代教师就必须接受广泛而深刻的教育，从而能够从事跨学科、跨文化、跨国界的讲解工作。这就要求现代教师成为文化的阐释者，把本族或本国的文化置于更加广阔的全球文化体系中重新加以定位，一方面要发掘本土文化的深层意蕴及其对他者文化的独特贡献，另一方面要充分尊重和理解他者文化存在的价

值，意识到他者对于我的身份建构的支撑意义。

二是反思者。全球化首先是带着经济利益的冲动向教育领域渗透的，这就使得教育在参与全球竞争的过程中不可避免地沾染上了市场和效率的习气，如全球化教学及其质量失控问题等。在这种氛围之中，社会尽管也在抵制市场取向的专业与课程设置，对人文学科教育给予极大的重视，然而，面对全球化的强力攻势，人文学科甚至也潜藏着功利的成分。然而，教师决不能束手就范，而是要维护自身的教育权利和自由，真正成为自身教育和教学活动的主人。为此，教师需要拿起批判与反思的武器，并投身于认识和改造现实世界的行动之中。教师需要在全球伦理和本土关怀的基础上，重新审视学生生活的空间，从人文的视角反思学校课程和自身教学，从而使教育真正向人本身复归。

三是对话者。近年来，全球化的挫折警示人们，寻求更广泛的跨文化、跨国界的合作与对话，已经成为全球化的内在要求。值得注意的是，在这种新的、标志着全球未来的希望的跨文明的对话中，教师可能会起到重要作用。因为教师可就自身的切身经历，讲解人与人之间需要哪些东西，才能创造性地、有效地发生关系，从而能够摸索出一套人际关系阐释学说，用以指导大家怎样在一个共享的地方，尊重相互的差异。正是在这一点上，需要重视和发挥教师在跨文化交流中对话者的角色。但是，如果把学生放置在被动的、服从的甚至是被统治的地位，教师也就失去了与学生进行对话的可能，这也是现代主义对建立在二元对立思想基础上的传统师生观的否定和批判。因此，教师要想在全球化的框架下获得新生，就需要改变传统的教学原则与方式，建立起师生之间平等的对话关系，从而真正把教学变为师生之间展开真实对话的过程，只有这样才能让教师和学生走进彼此的灵魂视域。

四是建构者。在知识和信息的围困下，传统的教师知识权威土崩瓦解，知识传授的任务逐步从教师的职能中解放出来，开始向其他社会机构和媒介转移。这也给部分人带来一种错觉，认为教师职业不久将会随着传统学校的消亡而成为历史。然而事实在于，尽管教师在获取知识与信息的渠道方面已经失去优势，但是由于教师具有更加丰富的知识背景，他们在知识与信息的选择、组织和加工方面往往具有学生难以比拟的优越性。因此，现代教师的作用不是在下降而是在不断提高，只不过现代教师的角色发生了深刻的变化，现代教师不是去传授某种确定不变的"制度化知识"，而是要在教学过程中同学生一样成为知识的建构者。

(二)专业化对教师个体的新要求

自20世纪60年代特别是80年代以后，教师的专业化运动，成为众多国家提高教师质量的主导运动。1966年，联合国教科文组织与国际劳工组织在《关于教师地位的建议》中提出：应当把教师职业作为专门职业来看待。《世界教育年鉴》于1963年以"教育与教师培训"为主题之后，1980年又以"教师专业发展"为主题，表明了对教师问题的极大关注。此后又有多次专门以教师专业发展为主体的国际会议，对深刻理解教师专业发展的概念、在实践中促进教师专业发展起到了积极的推动作用。第45届国际教育大会以"加强变化世界中教师的作用"为主题，强调教师在社会变革中的作用，并建议从以下四方面予以实施：

通过给予教师更多的自主权和责任提高教师的专业地位；促进教师在专业实践中运用新的信息和通讯技术；通过鉴定个人素质和在职培训提高其专业性；保证教师参与教育变革以及与社会各界保持合作关系。可见，确认教师职业的专业性、推进教师专业化进程，一直是有关国际组织和各国政府努力的目标。

教师专业发展的进程对教师的各个方面都提出了新的要求，这主要表现在以下几个方面。

第一，在职业道德要求上，从一般的道德要求向教师专业精神发展。1989年11月，联合国教科文组织在北京召开了"面向21世纪教育国际研讨会"，澳大利亚未来委员会主席埃利雅德博士提出：90年代的人都应掌握"三张通行证"，一张是学术性通行证，强调读写和运算能力，强调取得人人要获得能使自己在社会上生活得有意义，满足自我作用的知识；一张是职业性通行证，指在一个技术快速变化的世界中进行劳动所需要的技能；一张是事业心和开拓能力的通行证，具有提出新的创造性思想、发展这些思想、并坚定不移地付诸实施的能力。过去人们往往重视前两张，而忽视人的事业心和开拓能力，如果缺乏这方面的素质，学术和职业的潜力就不能发挥。世界各国，越来越重视教师的专业精神培养，把教师专业精神的培养看成搞好本职工作的重要保证和内在动力。这是因为，只要有这点精神，就能在各种环境和条件下都会把自己所从事的工作与社会发展的未来联系在一起，都会把自己的工作看成每个个体的生命价值，就会对自己的工作充满事业心和责任感，就会把终身奉献给教育事业。

第二，在专业知识和能力要求上，从"单一型"向"复合型"发展。科学技术的综合化，教育的社会化，教育、科研一体化趋势，要求教师具有一般的、较宽广的科学和人文素养。过去只能教一门学科的教师无法适应社会和教育的要求，要求教师一专多能、知识面要广。为了保证知识的完整性，教师必须具备自我知识、普通知识、教育知识和教师职业知识。例如，美国率先进行的"全球教育"、"环境教育"等都是跨学科的教育，这就要求教师具有综合的知识和能力。教师专业能力上的要求包括：要求教师具有教学能力，实验指导能力，书面与口头表达能力，示范能力，以及推理思考能力；要有善于与人交往的能力，即与学生、与学生家长实现有效的双向沟通能力；组织管理的能力，如组织好班集体，使这个集体能为每个学生提供施展才华的机会；教育研究能力。最近，又强调教师应具备熟练而有效地运用信息手段的基本能力。复合型的教师应具备的能力既有基础能力，也有一般能力，还有创新发展的能力，这些能力都不是孤立的，而是相辅相成，综合发挥作用。

第三，在劳动形态上要求从"教书匠"到"创造者"。教育是创造性的劳动，而不是机械性的，不仅是按陈规操作或简单重复劳动。因为教育者的对象千差万别，教育内容不断变化，教师个人条件不同。教师的劳动不可能千篇一律，教育时机的把握和教育矛盾、冲突的解决，需要教师做出正确、及时的判断并采取相应的措施行为予以解决，这必然要求教师的劳动充满创造机会。因此，教师必须具备充实的实践智慧来完成其创造的使命。日本学者波多野完治说，创造型教师是不僵化的教师，是心智灵活随机应变的教师，而且是不断渴求新知识，向往新事物的教师。面对未来的社会，人们善于在机会出现时抓住机会已经是不够了，而是"应当创造机会"，要求每个人从"等待就业"到"创造就业"。未来社会的这一变化，使越来越多的国家更加重视培养创造型的人才，而培养创造型的人才就需要有创造型的教师。只有创造型的教师，才能培养适应未来社会生存的创造型的学生。

(三)基础教育改革对教师的挑战

我国基础教育课程改革是教育领域一场深刻的变革。它集中体现了顺应国际化竞争、适应信息社会和知识经济发展要求的教育观念，必将给教育带来重大而深远的影响。同时，课程改革对教师的思想观念、专业素质、职业角色、工作方式等都有全新的期待。这就意味着教师在未来的发展中要受到前所未有的挑战。

第一，新课程改革要求教师加强课程意识。基础教育课程改革指出，形成教师的课程意识非常重要。新课程与以往课程的本质区别之一就在于它的"不确定性"。可以简单地将课程意识概括为三句话：第一句话是课程不等同于课表上的科目；第二句话是课程不仅仅是教科书；第三句话是课程实践不等于教教科书。那么教师要形成的关于课程和课程实践的课程意识究竟是什么呢？答案和表述不是唯一的。但都要教师突破以往对于课程和课程实施窄化和简单化的理解，最终目的是教师从整体上理解新课程提出的改革目标，明确新课程要达到的学生发展的基础性目标和学科学习目标。将之植入自己的头脑，纳入自己的工作视野，形成以学生发展为本的理念，富有创造性地落实到自己的教育教学中去。上面几句针对教师课程意识的话可以续写为：课程不仅是课表上的科目，除了各门课程的独特课程价值，更应考虑课程的总体育人目标和各门课程的合力；课程不仅等同于教科书，更应考虑学生的学科目标、教科书以外的课程资源，课程标准比教科书更重要，应该受到更多的关注。课程实践不等于教教科书，而是用教科书教，创造性地使用教材。

第二，新课程改革要求教师提高专业素质。一是，教师要有实施心理教育的能力。心理教育能力就是有效地培养学生心理素质、提高心理机能、开发心理潜能、发展个性的能力。教师善于培养学生良好的心理素质，就能调动学生学习和发展的积极性、主动性、创造性，使学生爱学习、会学习、会思考、会创造、会关心、会自我教育，有高尚的情操、坚强的意志、良好的个性。二是，教师应该具备一种反思的能力。过去教师工作往往被当作一种简单操作的技术工作来看待，先观摩别人的课，然后自己模仿。这种技能的训练是由外到内的过程，没有关注教师自身的经验与技能。因此，必须有一个肯定教师个性化发展的评价观：教师的成长是个性越来越鲜明的过程，要在发展中体现出每一个教师的个性，不能千篇一律。三是，教师要具备一定的课程整合、设计和开发的能力。教师应掌握现代教育技术，并能将现代教育信息技术整合到课程中去。四是，教师应具有健全的专业情意。对待职业的态度、情感、需要、创新精神、自主意识等都将影响教师的职业行为。专业情意健全的教师，往往善于理解学生、关爱学生、帮助学生；能够民主管理、公正处事、平等待人、尊重学生人格，确立民主平等的师生关系；能够做到胸怀坦荡、宽容守信，善于遵循教育规律，用文明健康、积极向上的言行教育和感染学生，对每个学生负责。

第三，新课程改革要求转变教师角色。一是，由知识传授者转为学生学习的促进者。

这是新课程下教师角色转变过程中的飞跃与突变。在信息社会，教师不能将知识的传授作为唯一任务，而要帮助和指导学生懂得如何获取知识、掌握获取知识的工具以及处理信息的方法，促进学生学会学习。二是，由管理者转为引导者。教学过程是师生交往、积极互动、共同发展的过程。教学是教师教与学生学的统一。师生关系应是平等的，教与学应是民主的，教学氛围应是愉快、和谐的。对教师而言，交往意味着教师由传统教学中的主角转向"平等中的首席"，所言所行，既促进学生的发展，同时也促进自身的发展。三是，由学生成绩的评定者转为学生心理健康的维护者、学生发展方向的指引者。在新课程理念下，教师应成为学生健康心理、高尚品德的促进者和辅导者，帮助学生认识自我，建立自信，引导学生学会自我调适，自我选择，对学生的情感、态度、价值观作进一步的体察。四是，由"教书匠"转为自觉学习者和研究者。终身学习是21世纪的生存概念，教书育人者比其他任何人都更要求跟上时代的发展，教师应成为终身学习的实践者和楷模。新课程的出现，使教育情境中的问题增多并变得复杂，教师要学会判断自己行为的合理性和有效性，逐步养成自我反思与设计教育教学行为、从事行动研究等的意识和能力。

第四，新课程改革要求教师重建自己的工作方式。传统教师职业的一个很大特点是单兵作战，而新课程改革出现的课程综合化促使教师们紧密合作，引发教师集体行为变化，并在一定程度上改变教学的组织形式和专业分工；新课程改革还使得教师与各种社会力量之间加强合作，特别是要与学生家长或代理人建立密切的关系，发挥家长在新课程改革中的积极作用。新课程要求改变学生原有单一、被动的学习方式，建立和形成发挥学生主体性的多样化的学习方式，促进学生在教师指导下的主动而富有个性地学习。课程改革所倡导的这一观念，将深刻地影响教师的教学行为和方式。教学过程不再是教师教和学生学的过程，而是师生交往、积极互动、共同发展的过程。

案例 1-1：预设与生成

这是两节同样内容——"What's your favorite fruit?"的英语课，但两位教师的不同教学设计使得这两节课有不同的教学效果。教师 A 课中活动的设计是：第一步猜教师用布蒙上的果篮中的水果，猜中的有奖，学生踊跃参与，但不少学生是用汉语猜，而且把注意力转到所得的奖品上；第二步教师板书要学的单词并带读，再播放多媒体课件，让学生听对话，巩固单词，呈现"What's your favorite fruit? I like……/I don't like……"；第三步教师让学生以小组为单位用所学的单词和句型互相询问；最后教师设置了"去水果摊买水果的情景"，但活动中发现不少学生还没有掌握所学内容，表达也不流畅，有些单词的发音不准确。

教师 B 上课时，教学活动设计分为以下几个阶段：第一阶段为热身阶段，教师首先让学生拼读上一节课已学过的水果、食物单词，然后教师用英语描述水果的特征，让学生猜单词；第二阶段为呈现阶段，教师借助卡片用英语口头表达他本人喜欢的三种水果，由此自然引出 favorite 的用法和本课的重点句型；第三阶段为趣味操作阶段，让学生两人一组，边击掌边操练句型，随后让学生在小组内用该句型互相询问；第四阶段为拓展阶段，教师发给每个学生一张采访表，让学生对其他小组的同学和老师进行采访，询问喜欢吃的水果，采访结束后向全班汇报。本节课收到了很好的教学效果。

教师 A 的这节课设计了多种活动，学生也很踊跃参与，但为什么教学效果不理想呢？而教师 B 没有新奇的课件，只有简单的图片和采访表，为什么就取得了很好的教学效果呢？我认为，教师 A 尽管设计了多种活动，但每个活动的层次性不强，目的性不明确，而且在课堂中缺乏对英语课非常重要的语言操练。因此，到最后环节，学生之间在情景中的交流表达不流畅，有些单词发音还不准确。而教师 B 从课的热身阶段到拓展阶段，每个活动都牢牢地抓住本节课所确定的教学目标，层层递进，而且非常重视每个学生的语言操练。看来，教师把握好确定的教学目标是课堂教学有效性的根本所在。

课堂教学活动必然具有确定性的特点，如确定的目标、确定的时间等。但作为学习主体，每个学生是有差异的，不论从新知识学习过程中每个学生所提取的结构性知识及非结构性知识的角度，还是从当今开放的教学中教学资源的多元性的角度来讲，课堂教学又都具有不确定性的特点。教师如何处理好课堂教学活动中确定性与不确定性的关系，即预设目标和生成目标的关系，也就构成了课堂教学有效性的一个重要问题。

（资料来源：中国教育报，2008.1.4.5 整理）

案例 1-2：黑洞

今天，是教师节。来自各方的消息告诉我们，教师队伍存在的问题仍有不少：教师队伍人才流失情况严重，男女教师比例失调；教师健康不容乐观；师生关系越来越失衡，"班主任"职位少人问津，等等。面对种种压力，教师们普遍感到很累，有的年轻教师甚至说："宁愿做推销员都不愿再做教师。"

这些情况和问题，有些是老问题，有些则是新情况。仔细分析，不难发现，新情况多半是老问题日积月累的恶化。笔者认为这些棘手的老问题，归纳起来其根源有二：一是应试教育盛行和欠缺合理的教师激励机制，二是教育投入不足和教育投资渠道不科学、不通畅。

一方面，在"应试教育"指导下，重分数、重排名、重升学率成为学校工作的中心，教师激励机制被扭曲。据了解，相当多的中小学校普遍实行将教师的评优晋级、资金发放与学生考试成绩挂钩的做法，教师们为了增加收入，相互之间明比暗赛，强化训练，大搞疲劳战、题海战，教师身心疲惫，学生也心生厌恶。第三军医大学的戴光明教授分析，目前教师出现越来越多心理问题的主要原因有四个方面：一是工作压力大，让多数教师长期处于焦虑状态；二是学生中的厌学、网瘾等现象增多，增加了教育难度；三是繁重的工作让一些教师出现家庭问题；四是年轻教师之间的竞争激烈，造成人际关系紧张。这些原因无不与奉行应试教育致使教师激励机制陷于不合理的扭曲状态紧密相关。

另一方面，当前教育投入的不足，使得学校不得不把手伸向社会和学生，加剧了对应试教育的依赖，也加剧了教师的身心压力。学校要想获得更好的生源，招收更多学生，收取更多的费用，就必须抓升学率提升名气和吸引力；对于学校而言，排名就是竞争力，升学率就是收益。从前，舆论普遍担心，应试教育的泛滥会毁掉孩子的前途，抹杀孩子的个性和创造力，而较少关注与学校同为利益共同体的教师。现在的情况表明，不但学生是应试教育的受害者，教师也是应试教育的受害者，除身心负担日益加重外，应试教育的功利性和教书育人宗旨的冲突还常使有良知和觉悟的教师处于良心谴责的尴尬境地，越来越多难以认同或适应此种竞争的教师不断转向其他行业和地区，造成国家师资力量的流失与浪费。

综上所述，应试教育、教育投入不足以及让学校到市场找"食"吃的教育投资体制已经到了非改变不可的地步了，不然，继"学生厌学"之后，类似"宁愿做推销员都不愿再做教师"的"教师厌教"现象的蔓延有可能从根本上损害我国教育发展的健康肌体。

(资料来源：广州日报，2008.3.27.A15 整理)

本 章 小 结

本章主要介绍教师学研究的对象、主要内容、研究方法，以及国内外关于教师学的研究概况和研究教师学的意义。学习本章时，首先要理解教师的概念，明确教师学研究的对象，同时了解研究教师学的基本方法，主要了解质的研究方法；其次，了解国内外有关教师学的研究概况，通过对比分析，理解现阶段研究教师学的重要意义。在学习过程中，需要结合个人的教育经历进行理解和反思。

复习与思考题

一、名词解释

1. 技术理性
2. 技术熟练者
3. 实践理性
4. 反思性实践家
5. 解放理性
6. 质的研究
7. 叙事研究
8. 量的研究

二、教师学研究的对象和目的是什么？

三、教师学研究的主要内容包括哪几方面？

四、质的研究具体包括哪些方法？各有什么特点？

五、研究教师学具有什么重要意义？

当今的教育活动已经越来越成为一项复杂的工作，要想把它做好，需要达到极高的专业实践水平。

——艾弗·F.古德森，哈格里夫斯

第二章　教师专业基础

本章学习目标

➢ 教师作为技术熟练者的专业基础。
➢ 教师作为反思性实践家的专业基础。
➢ 教师作为个人的专业基础。
➢ 教师作为道德创造家的专业基础。

核心概念

技术理性(Technical Rationality)； 实践理性(Practical Reason)； 解放理性(Emancipatory Rationality)； 儒学(Confucianism)； 技术熟练者(Technical Expert)； 反思性实践家(Reflective Practitioner)； 个人(Individual)； 道德创造家(Moral Creator)

引导案例

争　吵

这是一次常规的校际公开教学展示(属于本人(刘万海)导师(张华教授)主持的一项区级课题的研究计划之列)，来自几所普通中学的老师在观摩完一堂语文公开教学后坐下来研讨。当堂的教学内容是现代文阅读训练，选的是我国当代一位颇有名气的女作家曾发表在《读者》上的一篇散文(毕淑敏.离太阳最近的树.读者，2006(1)：22)，大致是讲作者早年在西藏阿里的一段生活感悟：为了烧火做饭，人们硬是用刀劈斧砍、炸药炸，伐光了沙漠里仅有的一点绿色——红柳林，而此后，那曾经固着的沙丘也如烟遁去，而在黄沙中鸣咽的一丛丛红柳却凝成了作者情愫中难以割舍的一抹。作者以细腻的笔触和饱含感情的语言表达了对人类肆意破坏环境的痛心，并试图唤起人们对人与自然共生关系的深入理解，对加强环境保护意识的自觉性。但课的一开始，语文老师却作了这样的交待：这篇文章是一首颂歌，同时也是一首悲歌。请同学们通过阅读在文中圈画一下，哪些地方表现了"颂歌"，歌颂的又是什么，而"悲歌"又如何理解。经过自由阅读和小组讨论，语文老师点名叫起几名学生读自己找到的句子。最后，师生共同归纳出了结论：文章歌颂了红柳耐旱、生命力顽强而又无私奉献的品格，却在最后遭受"斩草除根"的厄运，这是值得同情的可悲之处。

课后评课及思考

相信许多人都上过、听过至少见过类似这样的语文课，感觉很"中规中矩"。但当时笔者和这位语文老师及在场的其他几位老师就此进行了探讨，甚至更像是争吵。依个人之见，老师不应该先入为主地给学生设定理解的"框框"，即使是教材上的设定，能否称为颂歌还是悲歌，应该由学生通过阅读揣摩自行体悟出来。因为，学生对文本的学习过程就是学生个性化的理解与解释过程，它带给每个人的体验可能都是不同的。当一篇美文在接触之前便已贴上标签，则剩下来的大抵只是些寻找证据以显示"主旨"如何鲜明之类的理性活动，而与人文情怀的陶冶无关了。表面看来，这属于教学设计中预设与生成的矛盾问题，而在其背后则潜藏着师生被一种教学评价僵化机制的扭曲。接下来的情形大抵可以想象，对于本人的说法，在场的老师纷纷反驳，但他们的理由实在让人不甘心：为了应付考试，必须统一标准答案，所以只能如此教学。换句话说，世界丑恶，我们不得不忍着。这实在是人之常情，却又实在是不该发生在教育中的荒谬逻辑：答案统一强制着理解的统一。发生在课堂上，就更像是一场集体背叛。我们为学生的中考、高考负责，谁又来对他们的当下与内心负责呢？

(资料来源：刘万海.重返德性生活——教学道德性研究.上海：华东师范大学，2007)

案例分析：正如一位学者所说，初看起来，教学是教师向学生传授知识的简单过程。教师叙述教材内容，学生听讲并熟记；教师演示所教的东西或者相应的摹制品，学生仔细地观察这些东西，然后教师指定作业，学生完成作业。这些只是反映了教学的外表，并且反映得很不完全。教学的标准在哪里？教师专业基础在哪里？

从该案例中刘万海博士和在场教师的争论可以看出，教师被各种各样的统考、中考、高考绑架了，其专业基础越来越狭窄于技术的层面。应试把教学拧得太紧了，以至于把教学变成了一种顺从而缺乏创意与经验的专业，教师的创造性、德性已经被官僚性的齿轮碾碎了，越来越缺乏对教学的德性思考与坚持。支撑教师教学的专业基础究竟是什么？让我们带着这个问题走进对"教师专业基础"的探究。

第一节　教师专业概述

一、专业概念

专业是一个富有历史、文化含义而又变化的概念，主要指一部分知识含量极高的特殊职业。弗雷德逊(Freidson)指出，对于专业概念存在着两种不同的理解：第一种将专业看成一个较为宽泛、具有一定威信的职业群体，该群体成员都接受过某种形式的高等教育，成员身份的确定主要根据学历而不是他们专有的职业技能；第二种将专业界定为一个有限的职业群落，这一群落中各个个体都有特定的、或多或少类同的制度(Institutional)和意识形态(Ideological)属性。弗雷德逊认为，只有第二种理解允许我们将"专业主义"(Professionalism)，如约翰逊(Johnson)所说的那样，作为一个职业发展的模式，因为这一理解绝不仅仅表述了一个统一的(专业人员的)身份，而是包含了不同的职业身份和排他性的市场保护(Marketshelter)，使得每一个职业有所区分而壁垒分明。

专业社会学在西方已经成为一门独立的社会学学科，专业及其发展已经是专业社会学研究的一个中心问题。但是，专业概念的界定已经是一个困扰专业社会学界半个世纪的理论问题。布朗德士(Brandeis)曾经对专业概念作出过一个著名的描述，之后该描述被频繁地引用以至于成为这一领域里的一个经典。布朗德士对专业概念的描述如下。

专业是一个正式的职业；为了从事这一职业，必要的上岗前的训练是以智能为特质，卷入知识和某些扩充的学问，它们不同于纯粹的技能；专业主要供人从事于为他人服务而不是从业者单纯的谋生工具，因此，从业者获得经济回报不是衡量他(她)职业成功的主要标准。

在上述描述中，布朗德士强调了三个方面的内容：一是专业应该是正式的全日制职业；二是专业应该拥有深奥的知识和技能，而这些知识和技能可以通过教育和训练而获得；三是专业应该向它的客户和公众提供高质量的、无私的服务。以上三点构成了专业的三个最基本的属性，并获得了大多数社会学家的首肯，正如弗雷德逊指出的那样。

到目前为止，大多数社会学家已倾向于将专业看成服务于大众需要的荣誉公仆，设想它们与其他职业的主要区别在于特定的服务定位，即通过学者式地应用它们非同寻常的深奥知识和复杂技能服务于公众的需要。

弗雷德逊及大多数社会学家同样强调上述专业的三个基本属性。显然，职业之间之所以不同是因为它们所从事的活动不同，而专业区别于一般职业则在于它们非同寻常的深奥知识和复杂技能——每一个专业都有一个科学的知识体系。科学知识体系对于专业的重要性已被很多社会学家所关注。对此，凯露(Kyro)发表了一些意见并提出：一个专业的科学知识体系应该具有"为这一专业"(for the Profession)和"关于这一专业"(about the Profession)的特点。我国学者赵康博士批判了凯露过分强调专业间知识体系的差异性的论点，同时，在吸收她的观点中合理成分的基础上发展了一个关于专业科学知识体系的描述性结构模型，如图 2-1 所示。

根据图 2-1，一个专业的科学知识体系结构犹如一棵向日葵的脸盘。中心部分代表了关于这一专业的知识，周围的叶片(知识 A～I)代表了为这一专业的知识。当然，叶片的数量随着专业不同会有增减。关于这一专业的知识落入一个科学(学科)领域，通常由这一科学领域内的总体知识加上几个分支学科的知识所构成。相对于教育(教师)、法律(律师)和管理(经理)专业，关于这一专业的知识分别是教育学及其分支学科、法律学及其分支学科，以及管理学及其分支学科。关于这一专业的知识是从事这一职业的人们进行实践的必备知识，舍此无法科学地工作，它的存在奠定了一个职业的专业地位，并以此与其他专业相区分。

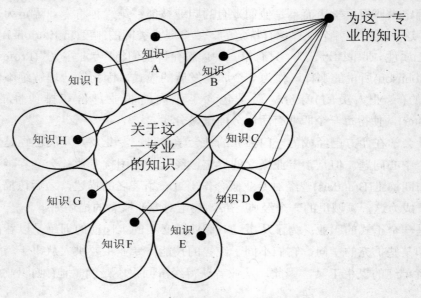

图 2-1 专业科学知识体系结构示意

(资料来源：赵康. 专业属性及判断成熟专业的六条标准——一个社会学角度的分析. 社会学研究，2000(5))

然而，从事某一个专业性职业的人们仅具有关于这一专业的知识仍然是不够的，职业实践处在一个开放的社会大系统中，必须具备这一系统内与这一职业相关连的各个方面的知识；职业实践深入某一个特定领域，例如管理实践深入会计领域，还必须具备这一特定领域(会计领域)的知识。为这一专业的知识由此成为一个专业科学知识体系的一部分。为这一专业的知识往往落入许多个科学(学科)领域，通常由这些科学领域内的总体知识和/或关联的分支学科知识所构成。

总之，一个成熟专业的标准可概括为六个方面：一个正式的全日制职业；专业组织和伦理法规；知识与教育；成熟专业具有一个经过界定、深奥且实用的知识和技能的科学体系，这一科学知识体系能够通过一个教育和培训的机制/过程传授和获得；服务与社会利益定向；社区的支持与认可；自治。赵康博士引用的西方学者沃金斯和德鲁利(Watkins & Drury)的研究成果认为：教师这门职业到了 20 世纪中叶已经发展成一门专业，它是伴随着"福利国家"的诞生和发展而出现的一门福利专业。

二、教师专业属性

根据上述关于专业的学术标准衡量教师职业是一种专门性职业：教师职业是个正式的全日制职业；教师有自己的专业学会和自己的职业道德规范；它需要经过专门的教师教育训练、掌握专门知识和技能；教师的入职有着严格的教育知识和教育技能的界定；通过培养人才为社会服务；教师具有明确的教育教学专业自治权等。因此，教师职业是专门性职业，教师就是专业人员。

但教师职业的专业性的社会性建构(也就是社会话语推论及实践的建构，又称为专业化)有一个过程，教师职业的专业性话语被普遍认可与自觉建设在 20 世纪中叶以后才出现。在 20 世纪 50 年代首先在美国兴起的专业结构功能理论，通过与该学派总结的一般专业的五个指标进行对照，得出教师并不是一个真正的专业的结论。后来一些国际性组织和团体的研究推动了教师专业化的研究。1966 年 10 月，国际劳工组织(International Labour Organization，ILO)和联合国教科文组织(United Nations Education，Scientific and Cultural Organization，UNESCO)在巴黎会议上通过的《关于教师地位的建设》中提出：教师工作应被视为一种专业(Profession)，它是一种要求教师经过严格训练而持续不断地学习研究，才能获得并保持专业知识和技能的公共业务；它还要求对其管理下的学生的教育和福利具有个人的和公共的责任感。1996 年第 45 届国际教育大会以"加强变化世界中教师的作用 (Strengthening the Role of Teachers in a Changing World)"为主题，再次强调教师在社会变革中的作用，并建议从以下四个方面予以实施：通过给予教师更多的自主权和责任提高教师的专业地位；在教师的专业实践中运用新的信息和通讯技术；通过个人素质和在职培养提高其专业性；保证教师参与教育变革以及与社会各界保持合作关系。美国在 20 世纪 80 年代中后期，掀起了"教师专业化"的改革浪潮。在国际劳工组织制定的《国际标准职业分类》中，教师被列入了"专家、技术人员和有关工作者"的类别中。我国颁布的《中华人民共和国教师法》(1993 年 10 月)把"教师"界定为"履行教育教学职责的专业人员"，并相继颁布了《教师资格条例》(1995 年 12 月)和《＜教师资格条例＞实施办法》(2000 年 9 月)，通过资格认定来体现教师专门职业的要求。

然而，教师职业走向专业的社会建构依然是任重而道远的。正是因为有了专业知识标准，才需要长期的训练来掌握，需要服务于社会的道德来约束，需要专业组织来保证专业的利益和自主性。但是，如果用这些标准来看目前世界各国的教师职业现状，似乎没有哪个国家的教师已达到专业标准。因为目前教师的专业知识技能尚未达到复杂深奥科学的程度，而且社会评价教师的标准更多是趋向教师的学科知识水平，对教师的专业知识技能未给予足够的重视，教师的专业训练时间较短，教师职业缺乏自主性或处于相对自主状态。因此，一些人认为教师职业尚处于准专业、半专业水平，是正在形成中的专业。也有一些人对教师专业化持悲观态度，认为教师职业根本不可能专业化，只能是准专业或半专业。正如菲利普·佩勒努(Philip Perrenoud)所指出的，教师职业发展正处在非专业化和专业化十字路口，面临艰难选择。

有关教师专业标准的认识，尽管存在差异，但也有共同之处。一般都认为，教师的专业标准包括专业的知识、技能、专业的训练、专业的道德、专业的组织和职业自主性。其中，其他职业无法替代的复杂深奥的专业知识技能标准是教师专业标准的基础和核心。成熟专业具有一个经过界定、深奥且实用的知识和技能的科学体系，这一科学知识体系能够通过一个教育和培训的机制/过程传授和获得，而获得知识的过程往往是漫长的，并且也许格外困难。

一个专业的科学知识体系由两个部分组成:关于这一专业的知识和为这一专业的知识。关于这一专业的知识是从事该专业实践的核心知识,落入与该专业同名的单一科学领域;为这一专业的知识是从事该专业实践的辅助知识,可以包括和落入许多科学领域。

但是就关于教师这一专业的知识而言,人们的认识并不一致。有的人强调所教学科知识的重要性,强调教师教育的学术性;而另一些人则强调传授知识、培养能力的重要性,强调教师教育的师范性。中国师范教育一百余年的发展史始终贯穿着学术性与师范性之争,定向型师范教育的时兴时衰、非定向型师范教育的时进时退就是学术性与师范性之争的具体体现。但纵观世界师范教育史,非定向型教师教育取代定向型师范教育将是一种历史总趋势。但是我们必须指出,非定向型教师教育的发展并没有削弱师范性,反倒使定向型师范教育难以解决的师范性与学术性之争得以较好解决,教师培养的质量得以保证并有所提高。所以我们认为,定向型与非定向型教师教育只是教师培养的两种模式,对培养教师的质量没有必然的影响,教师培养质量的关键是能否把握住教师教育的特点,也就是看是否能把握住教师专业化的特质,进而提高教师的专业化水平。因此,教师职业专业化就是教师职业训练、职业能力和从教过程的专门化、熟练化、程式化和独到化。它使从业者摆脱了活动的随意性、尝试性和经验性,使活动得以高质量、高效率地顺利进行。 教师专业的"特质是什么"是教师培养的关键性问题。历史上有关师范教育的学术性与师范性之争就是针对这一关键问题的。强调其中的一方面而忽视另一方面都是不对的。教师教育带有明显的"双专业"特点,如物理教育、化学教育、汉语言文学教育、历史教育等,它们分别是物理学、化学、汉语言文学、历史学与教育学组成的一个复合专业。这些专业的最大特点就是两个学科的交叉、融合,两个学科没有孰重孰轻、此厚彼薄,两个学科组合得越巧妙、越一体,这些专业也就越有自己的特点,也就越称得上是一个专业,这些专业的专业化的程度也就越高,也越具有不可替代性。同时,这些专业中属于学科的知识也应有自己的特点,决不能与综合性大学中的专业课程等同而仅仅具有较高的学术性,应该更强调教师知识的横断面宽、融通性强,即"要求以综合性和多元化的学科教育为基础"。

然而,从事某一个专业性职业的人们仅具有"关于这一专业的知识"仍然是不够的,职业实践处在一个开放的社会大系统中,必须具备这一系统内与这一职业相关联的各个方面的知识。"为这一专业的知识"由此成为一个专业科学知识体系的一部分。"为这一专业的知识"往往落入许多个科学(学科)领域,通常由这些科学领域内的总体知识和/或关联的分支学科知识所构成。教师专业性要求教师具有广博的普通文化知识。同时,教师还要做好"人师",以身作则、榜样示范,因此,师范生良好品格的培养是教师教育非常重要的方面。

教师职业实践性很强,仅有各方面的一些知识是不能教好学生的。教育方面的知识必须在教育教学实践中应用才能不断地形成自己的教育机智与能力。优秀教师与一般教师的区别更多的是体现在他的人格特征和教育经验上。所以,在一些发达国家的教师教育过程中都安排了较长时间的教育见习、实习等实践性教学环节。

三、专业及教师专业的反思

上述关于专业、专业知识、教师专业属性的探讨是在技术理性话语主导下的专业模式。应该说，在技术理性话语主导下形成的专业标准，极大地推动了教师职业由一般性职业发展为专业职，进而推动了教师教育的科学化、系统化、规模化，为教育的普及进而实现教育大众化、民主化、现代化做出了不可磨灭的贡献。但是，由于技术理性话语主导下的专业知识(理论)与专业实践的脱节，导致了专业工作者对专业知识缺乏信任，专业实践无效，以致失去社会认可。

舍恩认为，从技术理性的话语来看，专业实践是一个专业工作者应用专业知识、为大众社会谋取福利的问题解决过程。专业知识具有如下四个特征：专精化、界限明确、科学化(客观性、价值中立)与标准化(普适性)，其中标准化尤其重要。因为依据技术理性话语的要求，标准化是维持、影响专业知识基础与实践之间的控制与被控制(或理论应用于实践)关系的重要成分。威尔伯特·穆尔(Wilbert Moore)曾说过，如果每个专业的问题都是独特的，那么解决之道不过是偶然之作，那也就无所谓专家知识了。相反，我们认为问题具有相当的一致性的，解决它的方法亦然，正是这些解决问题的方法，使这些问题解决者成为专业工作者……专业工作者将通则、标准化知识应用到具体问题上。

然而现实社会中专家因其专业而拥有了特殊的专业权力，但其专业权力却没有专业所宣称的那样为社会福祉而奉献。许多专业工作者收费过高，歧视穷人和弱者，喜欢为有权有势的人服务，并且拒绝对公众负责。医生受贿、索取不正当收入，并不真正关切医疗服务的品质和公平；律师并不真正关心公正和弱者；教师不真正关心教育的品质和教育的公平，不真正关心学生人性和心智的成长，而只关心学生的考试成绩和自己的业绩；有的科学家和工程师在忙于制造灭绝人类的武器和生产系统(核武器、人类生境的退化)。人们强烈批评专业没能解决社会问题，没能停止制造新问题。

舍恩认为，专业的信心危机也导致了社会、学术界和专家对专业领域中标准化知识的质疑。实践情境并不是解决问题，而是需要面对问题情境的不稳定性、无序性和不确定性。实践情境是由独特事件构成的，独特事件呼唤实践的艺术而非简单的专业知识应用及技术。专业实践者经常会陷入道德价值、目标、目的和利益的冲突。教师在教学资源不足的情况下，还要面对被指令增加教学的效能的压力，他们一方面被要求严格教授基础知识，另一方面又要求鼓励学生的创造性、公民性，协助学生坚持他们的价值观。所有这一切导致专业人员的困惑，他们深感自身的专业能力和专业知识的不足，因而无法解决实践中的复杂性、不确定性和不稳定性。

从技术理性话语来看，专业实践是一个问题解决过程。问题的选择与决定是专业工作者在有用的工具中选择一个最能有效实现目标的手段的过程，但这种对问题解决的强调，却忽略了问题的设定正是通过理清问题的情境，我们才能确定自己做出的决定是什么、要达成的目标是什么以及可选择的方法有哪些。在真实世界的实践工作中，问题并不以实践者假设的形态出现，而是由令人困惑、苦恼及未确定的问题情境中林林总总所建构的、为了转变问题而发生的不确定性情境的形态出现，实践者必须做一件事，必须将令人无法处理及不易理解的不确定性情境，建构成一个能被理解的情境。专业工作者逐渐认识到这类实践情境才是实践的核心。

舍恩认为，不确定、独特性、不稳定性及价值冲突性对技术理性的认识论而言是相当麻烦的。依据技术理性的精神和方法得出的严谨的科学理论知识，反而使他们对实践中的某些主要现象视而不见。在专业实践的不同地形中，有块干爽坚实的高地，专业实践者可以在那里有效使用研究产生的科学、精确的理论与技术；不过，同时也存在着一片泥沼的洼地，那里的情境是令人困扰的"混乱"(不确定)，在那里科技的解决之道是行不通的，困难的是，高地上的问题不论是多么吸引专业的科技人员的兴趣，但对社会或当事人相对来说是不重要的，而泥沼洼地中的问题却更为人们所关切。专业工作者是应该待在干爽的高地，在那里进行严谨的操作，但只能处理社会重要性较低的问题呢？还是应该到泥沼洼地，在那里参与重要且具有挑战性的问题呢？有的专业工作者选择了高地，饥渴地拥抱精确严谨的科技知识，为坚实的专业能力而献身，或是因为害怕迷失在混乱中而选择了自限于一种狭隘的科技实践中。有的专业工作者选择了泥沼洼地，竭尽心智地投身于混乱却极为重要的问题中，当被他人问及他们的探究的方法时，他们指出自己凭借着经验、尝试错误、凭借直觉及摸爬滚打来面对问题。

总之，舍恩认为，现代的专家们面对着更复杂的对象，而且在更为复杂的社会背景中工作。这样，要求专业工作者包容与超越技术理性的视野，走向实践理性，即从反思自身的实践经验出发提高专业性就是不可缺少的了。这就要求专家不是通过论争去揭示自己专业技术的妥当性，而是要求他们不断地认识自己专业技术的片面性，学习他人的理论，形成拥有专业视野的专业性判断的能力。专家和顾客的关系也不是专家单向地、权威式地给顾客作指示的关系，而是要求同顾客一起合作参与的关系。

课程理论家施瓦布(Schwab J. J.)则从课程理论话语的角度分析了技术理性话语下的理论与实践的分离以及严谨科学的理论技术面对实践的局限。

施瓦布具体分析了理论与实践二者各自的目的或结果、研究对象、问题来源和方法等方面的都是截然不同的。

第一，理论与实践的目的不同。理论的目的是知识，是关于一般的或普遍的知识，它的真理性、可证明性或可信度被认为是持久的、广泛的。也就是说，理论的知识能长久保持并清晰地应用于已发生的事情或正在发生的事情上。而实践的目的是对各种可能的行动做出抉择。决定从来不具有真理性，在产生实际影响之前，只能确定其与其他决定的相对好坏。一项决定不会有太大的持久性和广泛运用性，它只是用于解决实际问题。

第二，理论与实践的对象不同。理论研究的对象被认为是一般的、普遍的，是不会时过境迁的科学。而实践的内容总是具体的、特定的，并且是受环境影响的。

第三，理论与实践问题来源不同。理论的问题产生于心态，产生于已经确认的或公认的抽象理论体系；而实践的问题总是来自于我们自身息息相关的事态，即来自于自己亲身经历的实际情况或疑难问题。

第四，理论与实践的方法不同。理论的研究方法往往受到一种指导性原理的控制，这一原理决定了问题的提出与形成、事实材料的搜集与解释。而实践没有这样的指导原理，我们能意识到实践问题的存在。实践的方法(审议不同于理论的归纳)并不完全是一个步骤紧跟一个步骤的直线过程，而是一种旨在识别期望、改变期望和实现期望的复杂的、不断变化的决策过程。

总之，由于理论与实践上述的不同，那么依靠拥有技术理性话语下的专业理论知识进行专业实践的教师，就处于一个两难的境地，这种专业理论知识的局限性导致教师实践中对教育学理论的不信任与拒绝。

佐藤学在舍恩和施瓦布所研究的基础上，直接聚焦于教师工作的本身，分析了技术理性话语下教师专业属性的困境。佐藤学认为，从技术理性认识论来看，教师专业能力受到基于教育学与心理学的原理与技术的合理利用(技术性实践)的影响，教师的专业形象是作为掌握并熟练运用这些原理与技术的"技术熟练者"(Technical Expert)。教师专业成长就是围绕与教师职业相关的教育学和心理学理论、原理、技术等的"知识基础"(Knowledge-Base)来加以组织和实施的，现行的教师教育的制度，内容、方法中起支配作用的模式，就是这种思路。

"技术熟练者"教师教育模式特点在于，确定教师教育目标，有效地控制教师教育过程，客观地测定教师教育效果，提高教师教育的生产率。推动教师专业成长的在职教育的开发和研究，不是以一个个教师在实践情境直面的具体问题的诊断与解决为核心，而是界定对于所有教师有效的理论知识和实践技能、技术领域，着力于确立系统的、全面地掌握的计划。

"技术熟练者"模式对专业实践的认识，是把复杂的情境与事件抽象、概括成能够尽可能单纯地明示的概念与原理(即用理论裁剪实践)，从而扩大"确凿性"；"这种对提高和阐明教学知识基础的学术追求，设法设立一种以科学的确定性为基础的专业主义和专业化的大厦(即为经典专业主义)"(佐藤学. 课程与教师. 钟启泉，译. 北京：教育科学出版社，2003)，用技术、科技或理论的话语来分类和编码教师的实践知识。对地位和资源的追求使教育培训、研究(理论)和实践产生了不可避免的层级和分裂。这就是通过向外的学术化追求专业化的代价。

回顾过去多少年以来，教育的科学研究、教学的科学研究、教育心理学的研究、关于课堂与学校经营的科学研究等，正急速地以大学的研究为中心发展起来，在学校得到了广泛的推广(教学理论的知识)。但是，具有讽刺意味的是，诸多领域的科学研究的结果越是在学校推广，就越是助长了学校教育知识的制度化与特权化，越是促进了教师自律性的衰退与学校组织的官僚化。另外，在教师的话语中越是渗透理论话语，叙述他们的实践的话语就越是贫弱。若要打开这一僵局，就得超越"技术理性"的认识论框架支配的教育研究与教育实践，以及超越"技术熟练者"的教师专业形象和"技术熟练者"教师教育模式。

第二节 反思性实践家

教师作为"反思性实践家"(Reflective Pratitioner)，是超越上述的"技术熟练者"的教师的文化而形成的教师形象。这种教师形象，把教师界定为高度专业化的职业，它不是依据科学知识与技术，而是求之于通过实践情境的省察与反思所形成的实践性见解与学识，即实践性知识。

一、实践理性话语下教师形象与专业基础

舍恩基于"实践性知识"的新的专业性质，提出了"反思性实践家"的概念。"反思性实践家"不是实施作为科学技术应用于实践的实践家，而是根据活动过程之中的省察，形成专业过程中特有的专业认识和见识，行使专业性判断的实践家。也就是说，"反思性实践家"的专业性概念，不是现成的合理的科学技术的应用，而是存在于实践过程中生成的实践性知识和实践性思考方式。教师职业是在复杂的情境中，从事解决复杂问题的文化的、社会的实践领域；其专业能力是主体的参与问题情境，同学生形成活跃的关系，并且基于反思与推敲，提炼问题，选择、判断、解决策略的"实践性认识"(Prictical Epistemology)的发展。从这种立场出发，教育实践情境是复杂的，它包含政治的、伦理的、文化的实践；教师以经验的反思为基础，是面向学生创造有价值的某种经验的"反思性实践家"，其专业基础是在复杂情境的问题解决过程中所形成的"实践性知识"。由此，教师的专业形象是"反思性实践家"，其"专业能力"不是停留在所规定的学科理论知识、心理学理论、教育学理论、教学论和课程论的理论知识和各种教学管理技能，而是看作融合这些知识所展开的对于问题情境的"反思"，以及适应这种问题情境的判断的基础——"实践性学识"。

二、实践性知识与实践性思维特征

教师在实践过程中所形成的并起作用的实践性知识，具有同研究者所提供的理论知识相对的性质，而这种实践性知识则是教师所固有的实践性话语与思维方式的产物。

(一)实践性知识的特征

所谓"实践性知识"，与其说是在"理论应用于实践"中发挥功能的知识，倒不如说是在教师的实践情境中起着具体的选择与判断的知识。佐藤学总结了"实践性知识"具有如下五个特征。

第一，由于教师的"实践性知识"是依存于具体实践情境的一种经验性知识，同研究者拥有的理论知识相比，尽管缺乏严密性与普通性，但是实践性知识是一种能力，这种能力是通过实践经验获取的。经验是促使这种知识生成的重要因素，要生成实践性知识必须

有丰富的经验并对经验加以反思，即这种"实践性知识"是通过重新发现或重新解释既知事件所获得的"熟虑的知识"。

第二，教师的"实践性知识"是通过"特定的学生的认知"、"特定的教材内容"、"特定的课堂场景"所规定的"案例知识"的反思而生成和传承的。因此，教学的案例研究(临床研究)的方法有助于这种知识的形成。

第三，教师的"实践性知识"是不能还原为特定学术领域的综合性知识；是通过解决问题而综合多种学术领域的知识所获得的知识。即它是超越了已知学术知识的框架，深入探究不确定的状况，求得未知问题解决的知识；是洞察该情境所蕴含的多样可能性，探求更好方法的知识。

第四，教师的"实践性知识"不仅作为显性知识，而且其作为隐性知识也在发挥作用。事实上，在教师作出决策的多种场合，与其说是显性知识在发挥作用，倒不如说是隐性知识(无意识的思考和暗合知识、信念等)发挥着巨大的作用。因此，在教师的"实践性知识"的研究中，要求从多种角度出发来阐明教学的深层的、复杂、丰富的问题。

第五，教师的"实践性知识"具有个性，是以每个教师的个人经验为基础的。因此，为了提高教师的"实践性知识"，仅仅进行知识的相互交流是不够的，必须提供相互共享实践经验的机会，即加强合作教学、集体反思教学的机会。

(二)实践性思维的特征

关于教师的"实践性思维"，佐藤学根据资深教师与新任教师的教学监控过程的比较分析，提出了创造性的资深教师的"实践性思维"具有以下五个特征。

第一，实践过程中的即兴思考。

第二，对于不确定状况的敏感，主体的参与与对于问题表征的熟虑态度。

第三，实践性问题的表征与解决中多种观点的综合。

第四，临床地建构实践情境中所产生的问题现象相互关系的、背景化的思考。

第五，基于教学展开的固有性不断地重建问题的思考方略。

三、实践性知识生成和实践性思维能力的发展

反思性实践家的实践不是现成的原理与技术的运用，而是通过对经验的反思所形成的实践性知识与学识。这种实践过程中的认识与反思，从某种意义上说是经验的概括化，相当于以往称呼的"实践的理论化"。

(一)方法——反思与审查

反思性实践家主要展开反思性教育实践。所谓反思性教育实践是指教师与学生双方在教育过程中相互展开"反思性思考"的教学，教师与学生彼此互为主体地展开探究活动的教学。反思性实践家的实践性认识由五个部分构成：活动过程的认识，即默会知识(Tacit Knowledge)；活动过程的反思；同情境对话；关于活动过程的认识与省思的反思；同反思

性情境的对话。在反思性实践家模式中，实践、认识与实践主体的成长从某种意义上说是三位一体的，构成了同一种过程。也就是说，在这种模式中，每一个学生同教师一样展开反思性思考，彼此沟通并触发这种探究活动，因而教育的过程是动态发展的。这种动态发展的动力，就是教师的实践过程中的反思与认识的活动。

"反思性实践家"模式的专业实践性认识，是阐释看似单纯的情境与事件之内外交织的价值多义性与事件的复杂性，深入探究"不确凿性"的世界。这种实践理性话语中的专业主义，试图把教师的尊严和地位，建立在他们在工作中所拥有的实践知识和实践判断。对经验的依赖曾经被看成是教师的失败，现在被认为是专业技术的核心，并且以自己的方式进行教学，是一种有效理论的资源，而不是理论的对立面或敌人，教师关于课程、学科知识、教学策略、课堂环境等的知识，构成了教师个人的实践知识或技术知识。这种知识可以以一种独特的形式进行捕捉和交流，尤其通过意向、比喻、叙述和故事等方式，向教师自己或其他人表现他们的工作。

反思性实践家所运用的实践性知识，不仅来源于活动过程中的认识、审察与实践经验的反思，同时也是通过基于实践背景重新解读理论概念与原理的活动，形成他们的专业领域中能够有效地发挥作用的实践性知识。因此，可以将基于实践背景解读理论概念与原理的思考活动称为审查(Deliberation)。审查过程是一种理论与实践的过程，并不意味着理论的实践化。正如上文所指出的，反思性实践模式的实践性认识，具有不同于技术熟练者模式的、基于科学技术的合理运用原理的实践与理论的关系性质。所谓审查，即基于实践背景解读理论概念与原理的思考方式。拥有这种性质的审查的典型例子，如"教师知识"(Teacher Knowledge)的研究者舒尔曼(Lee Shulman)提出的"关于设定了教学的教育内容的知识"。他认为，居于教师专业属性中心地位的，是借助"教学论推论"(Pedagogical Reasoning)把"教育内容的知识"(Content Knowledge)翻译成教学情境的教师固有的知识；是具体地例示某种概念，设想学生多种理解方式，开发或重编教材，重新解释、表达其知识的现实意义的知识。

审查也是基于实践性问题的解决，探究综合取舍选择多样领域的诸多理论的"技法"(Aat of Eclectic)的思考。实际上，以"反思性实践家"为模式的教师进行着比"技术熟练者"模式的技术性实践更为复杂的实践，他们的实践是作为文化的、社会的、性别的、政治的、伦理的、美学的实践的复合体加以展开的。在这里展开的教与学，超越了教育学、心理学范畴，几乎涉及文学、艺术、社会学、政治学、经济学、文化人类学、语言学、伦理学、哲学等人文社会科学研究的所有领域的理论知识。这个事实意味着，"反思性实践家"模式的实践性认识多方面地涉及更广泛的理论知识，同时，也意味着教师职业是一种该专业领域的理论知识与科学技术难以制约的特殊的专门职业，换言之，是不能成为历来意义上的"专门职业"。

这样看来，在"反思性实践家"模式中，借助反思与审查两种实践性思考，实现问题解决过程中的理论与实践相互作用。舍恩、佐藤学等学者皆把这种反思与审查两种实践性思考的能力，称为教师的"实践性学识"(Prictical Wisdom)，并看作是教师的专业属性的基础。

(二)背景——学校及其专业共同体的合作关系

"反思性实践家"模式中教师专业成长的核心场所，是实践性问题产生的课堂与学校。这种教师教育的过程是以实践者之间的反思与审察的相互交流为核心展开的。在"反思性实践家"模式中大学的研究者与教师进修中心的教师教育人员也起到相应的作用，但它们的教育功能不过是在促进教师专业成长的多样的功能中占据周边的地位罢了。在教育性功能的关系上，核心首先是教师对自身实践的反思，其次是学校同事的相互研讨。教师专业成长是通过以学校为单位的参与专业沟通的过程来实现的。

"反思性实践家"模式的教师教育在教师专业成长的社会背景方面，提出了若干值得研究的问题，尤其是学校的"同事关系"与资深教师的"辅导"这两个概念，对于反思性实践家的专业成长都起着决定性作用。

所谓"同事关系"是指教师旨在改进教育实践而在学校中形成的合作关系。近年的教育研究表明，学校成功的决定性因素在于教师专业成长的合作关系的有无；教师专业成长的决定性因素也在于校内教师合作关系的有无。学校的专业共同体的成熟度以及这种共同体所拥有的专业文化的成熟度，是教师成长的最大保障。另外，"辅导"是指资深教师帮助新入职教师的专业自立的活动。在近年来的教师教育研究中，这个概念以"认知学徒制"的模式表现出来，认识到资深专家教师与新入职教师关系在教师专业成长中起着关键性的作用。

"同事关系"与"辅导"这两个概念表明了教师专业成长与其说是个人性质的过程，不如说是共同的社会过程，因此必须提高学校中教师教育的功能。这种"反思性实践家"模式的专业成长的共同性，可以说是与上述的"反思性实践家"的实践性思考与学识的混沌性、复杂性相对应的。这是因为，构成"反思性实践家"专业属性基础的实践性学识本身就要求具有丰富的经验与较高的教养，是以专业共同体的形成为背景的。

这样，"反思性实践家"模式中的专业成长的社会背景的问题，是与当今学校中教师彼此孤立与同事合作关系的解体相矛盾的。在学校里，即便大量存在"话友"、隐形"小团体"，但以教学实践改善为目的的、作为合作者的同事不容易存在。学校组织的科层化与教育问题的复杂化，进一步加剧了教师相互合作关系的淡薄。要推进教师专业成长，就必须探讨如何在学校里形成专业共同体并实施专业对话。

四、"反思性实践家"的教师教育

在"技术熟练者"模式中，专业教育研究中心课题首先在于确定该专业领域的基础科学与应用科学所构成的"知识基础"；其次，在于熟练应用已确定的科学原理与技术的、"临床研究"或是"实践性经验"的组织。然而，围绕"反思性实践家"模式中的教师教育课程、教育方法，乃至制度，均尚未准备好。实现从"技术熟练者"到"反思性实践家"模式的转型，是不容易的。这是因为，该转型要求现代主义的理论与实践关系，以此为基础的研究者与教师的关系，以及教师教育在制度、内容、方法上的根本变革。在目前阶段能够明确地用词语表述的内容微乎其微，因此，这里只能就若干课题进行探讨。

(一)"反思性实践家"的职前教育

目前，无论设想"反思性实践家"模式的教师教育，还是改革 "技术熟练者"模式的教师教育，下列几点的改革是共同的。

第一，专业教育的前提是要求广博的学术教养。在其他专业教育中，以大学本科阶段的教育为前提，专业教育的实施在研究生阶段进行，这已经是常识了。但是，我国建国以来很长时期的重点就是普及基础教育，一直到 20 世纪 80 年代教师数量上严重不足，直到最近几年教师在数量上才出现了过剩现象。由此，教师教育无论是学术教育还是专业教育一直都是不足的，这种情况一直延续至今仍无多大改观，只是到最近大部分的教师教育才开始设在大学本科阶段。即使将教师教育全部设在大学阶段，实际上，学术教养教育与专业教育双方也仍然都是不充分的。特别是，几乎在所有的大学里，通常一年级、二年级和三年级学习主要的学术教养性科目，在四年级的一段时间里学习专业教育科目和专业实习。在我国，为适应 21 世纪的变局，也许应当探讨作为五年制的教师专业教育的设想。

第二，专业教育的核心是案例分析。案例分析是一种将实践情境所产生的现实问题的解决与相关科学知识连接起来，以此进行专业教育的、有特色的教育方法。作为通过实践性问题解决而获得专家式的思考范式的教育方法，在律师、医生、建筑师、咨询人员、经营顾问等的教育中已得到运用。教师教育中的案例分析，由于教育问题的复杂性、背景复杂性、相关科学的不成熟等的特殊性，即便现在也少有实践，不过，近年来，真正的研究已经开始，正在成为教师教育的方法。

第三，专业教育的基础是组织长期的实践性经验与临床经验。在这一点上，我国的教师教育课程里也只有世界上少见的贫弱的实践性经验。为了形成专业教育的内涵，从量上与质上扩充教育实习在内的实践性经验的内容与方法并使之制度化，是当务之急。

(二)"反思性实践家"的在职教育

以"实践性知识"为基础构想的作为"反思性实践家"的教师的在职教育，在它的原理与方式上与传统模式形成了鲜明的对比。也就是说，该模式不是要求系统地、全面地掌握所有教师认为有效的理论知识和技术、技能，而是意在实践，并通过进行选择和判断练习，以形成专业性的见识，解决基于个别的经验所生成的实践性问题。因此，这不是"传递"、"讲解"、"指导"之类的教育教学形式所体现的单向的训练，而是基于创造性实践的经验和反思的自我形成与相互交流。具体地说，是要求"发现实践性问题"、"整合的、从多侧面的理解问题"、"确立默会知识的信念"、"扩大解决策略多元化选择"、"深化实践性知识的信念"，展开的对案例的研究。这里的教师教育研究，与其说是研究者所进行的研究的翻版，不如说是以实践记录与反思为基础，开拓教师固有的"实践性知识"的实践研究。

但是实践性知识还面临以下困惑：作为反思性实践家的教师专业基础——"实践性学识"的内容与性质是需要进一步探讨的。在"反思性实践家"模式中，需要阐明"实践性

活经验"变得高深莫测了。

教育自传是一种对自身的"自我无意识进行形态化、概念化"的方法，是为不断转变已有观念从而生成新的生活形式的旅程。通过对读者的即时反应(无意识派生物)，自由联想的写作使自我的无意识概念化、知识化；随后又通过对读者传记情境的自由联想的写作使自我的生活经验概念化、知识化；最后将两者对比分析，实现对自我经验的反思，将自我在生活中的自我与他人、自我与自我的关系呈现出来。派纳认为，当一个人关注自己当前的想法并把它记录下来，通过这种记录/反思/超越的行为时，那么，这个人就可以迈向"另一个更高的起点"了。教育自传的记录/反思很像杜威关于经验的第一阶段/第二阶段或做反思的概念。只有当经验被反思时它才成为真正的经验，只有经过反思才能发现意义，才能出现理解与转变，也才能实现经验的生长。由此，我们必须把教师专业成长看作通过自传性地反思自己的生活或生活史而实现的个人体验的变革。这样就重构了教师的教育经验的框架，它把教师的教育经验，即专业成长从被他人塑造转为与自我与他人及自我的对话。用当前后结构主义的观点来看，这一转变意味着把教师专业成长看作是一个教师和文本、教师与自我的过去与未来之间的对话协商过程。

对教师来说，自传研究方法是一种培养自己理智发展的手段。很多研究和实践表明，这种教育自传探究能帮助教师个体融化理智的受阻区域，它能帮助我们在大家都认为理所当然的东西中发现问题的所在。对使用自传研究方法的人来说，每一次研究都是一种心灵向内的回归过程，这种向内的回归意味着意识的改变。正如派纳所说，行为之源的转变意味着行为本身的改变，于是实践就被改变了。通过自传，一个人的生活史，特别是受教育史能成为有价值的教育经验，对这些经验的反思体会也是通向真理的途径之一。正如罗伯特·麦克林托克(R. Mcclintock)关于真理的一段话：真理并不存在于单词中或拉长了的理论中，真理存在于我们每个人的经验中，单词和理论的价值并不在于它们传达了真理，而在于它们可能会帮助我们抓住和理解我们的经验的真理……这就是精神科学的实践。因此，正如美国当代女性主义和自传课程论专家格鲁梅特(M.Grumet)所指出的那样，教师个体的自传性的经验，在其教育经验的恢复与重构的过程中，是认识论方法与教学方法的策源地。

(三)形成教师作为个人的知识——基于生活体验的知识

教师个人的基于生活"体验的知识"的含义可归纳如下。

"体验的知识"之"体验"根植于人的精神世界，根植于人的传记情境中，着眼于自我、自然、社会之整体有机统一的人的"超越经验"。它揭示了人作为一种精神存在的根本规定，因而也揭示了个性的根本规定。"体验"并不与"经验"对立，但它赋予"经验"以个性意义。"体验的知识"即是"超越性知识"，它指向人的自然性、社会性、自主性的健全发展。它以个性发展为归依，因而是一种"个性化成长"。体验并不与"经验"、既有的文化模式对立，但只有在"体验"的个性追求中，"经验"、既有的文化模式才找到了意义之源。"体验"的心理学基础是"价值心理学"或"存在心理学"，这种心理学以"存在爱"、"存在认知"为研究核心。"体验"视域中的教师专业成长则真正实现了历史与现在，意识与无意识，自我与科学、道德、艺术的统一。

从人类一般精神的背景看，从"经验"到"体验"，反映了一般哲学观的变迁历程。这种变迁体现了由对知识的追求转向对意义的追求，由对工具理性的追求转向了价值理性的追求，由对智能的追求转向对个性价值的追求，由对世界的控制能力的追求转向对与世界共同生存的追求。这种变迁也体现了东西方文明趋同、融合的态势。从教师专业成长理论的发展本身看，当"教师专业成长"发展到当代人本主义阶段之后，它已具有"体验性成长"的内涵。"人本主义的教师专业成长"在终极目的观上指向个体的独立自由，指向个性在完全平等基础上的交往，人与人之间是"交互主体的"关系，社会的本质是"交互主体性"，人与自然之间也已不再是基于功利的控制与被控制、主宰与被主宰的关系，而是一种新型的"交往"关系、"存在"关系。由此可知，教师专业成长基点由"经验"发展到"体验"体现了时代精神的发展趋势，是教师专业成长哲学观的进步。教师个人"体验"的提出还有教师教育家实践本身的背景，它呼应了世纪转换时期教师专业成长向生活世界回归的趋势，对反思中国当前教师教育实践中所出现的"教育自传研究"、"叙事研究"现象也有启发意义。

教师作为"一个人"是把教师作为"完整的人"来看待的，教师个人的价值、尊严、个性、历史、生活、故事是作为本体而存在的，是专业的出发点和归宿。教育自传则是通过将学习者主体价值提升而建构起来的。在这里，培养学习者完美的人性是教育自传的直接目的，知识只有当有助于达成此目的的时候(转化为个体存在经验，提升自我意识)才有存在的意义。在这里，学习者自然是作为独特个性而独立存在的，社会变成了以被个体能动的变革和改造的组织。

教师成长过程中的一个很重要的不确性的方面是积极处理自我与周围环境(特别是学校)的冲突。这里所说的周围环境，不仅是指物质环境，而且更重要的是指自我与周围其他人的关系。这些经历和感受无法用既定的理论体系或研究范式来研究和归纳，它们既不能纳入教师职业最低要求所规定的专业知识，也不能量化成为实际的教学行为。在传统的经验主义研究范式的视野中，这些经历和感受属于不确定性的东西，是在研究时应该被删除或者应该被控制的因素，因此它们很难进入教师知识和教师经验的累积和再造中，但是它们对于教师成长或者教师进行自我理解却是至关重要的。

"回溯—进步—分析—综合"(Regressive—Progressive—Aanalytical—Synthetical)的方法是一个自传的策略，通过它，教师或许能够理解教师在学校中生活的本质，以及学校在教师生活中的作用。它是一个研究策略，这种策略能产生具有学校生活体验特征的知识。这种知识是个体的知识，是一种坚持这类知识具有优先性、既定的理论体系或研究范式来研究和归纳的知识处于派生地位的观点。教育自传的方法与当代社会科学的研究方法不同，这不仅体现在程序中，而且体现在由此产生的知识中。这种知识明确阐明了其发展的认识论基础，它是植根于具体而不是植根于抽象中的知识。面对生活的不确定性，通过自传而生成的这种个人知识促使教师不断向生活的新鲜感、新奇性与神奇感保持开放精神状态，恢复精神的形成性和转变性的能力，发展惊奇的能力，积极参与生活不断变化的创造性过程，将教师的精神从行为主义、实证主义或科学主义的知识的支配与控制的牢笼中超度出来。因为那些知识遮掩了生活经验的新鲜性与不确定性，致使生活的灵性干涸。事实上，从技术或实践角度出发的教师的学习、社会化、目标的知识掩盖了教师教育机构运用权力控制教师，以及我们将自己的意志、价值观强加于教师这一事实。当教师不能达到这些机构的期待时，这些机构便祭出这种语言游戏：利用"评分、升级与证书或控制"来处理问题。于是，教师的自发性与创造性在规范性控制的语言中消失了。教师的专业成长成为由机构操纵的对教师重新装备的过程，这极大地限制了教师想象的能力和超越已有生活方式的潜力。自传的自我探究是一种精神旅程，即自我精神生活的转变性、超越性与创造性，意味着超出现在、超出现有的生活方式、超越自我，指向自我生存的超越性。教育自传使教师专业成长回归生活世界，将其专业成长奠基于鲜活的体验与交往。

总之，"教育自传"对自我的探究是覆盖全人、自我主导、渗透人格的，亦即会带来行为、态度乃至个性的变化，其本质是意义的建构；"教育自传"作为教师的一种无倾尽的"自我探究"之旅，是不断改造自身的主体性斗争的实践。从这个意义上说，"教育自传"不仅是教师专业成长的基础，而且是教师人格成长的基础。

四、职前教育与在职教育

"技术熟练者"和"反思性实践家"两种模式的教师教育是通过各种条件作用(Conditioning)使教师客体化、角色化和工具化，在这个过程中，自我、"第一人称的主体性"便消失在这种角色和社会面纱的背后了，教师视为供他人塑造和使用的可以相互替代的"文化符号"。由此导致了教师人性的扭曲，主要出现以下问题。

- 通过模仿他人致使自我分裂或迷失在他人之中。
- 依赖他人，且自主性发展受到禁锢。
- 受他人批评，且丧失自我。
- 自我疏离，且疏离的自我影响了个性化过程的进行。
- 自我导向变为他人导向。
- 自我迷失，且将外在自我内化。
- 将压迫者内化，虚假自我体系扩展。
- 教师群体的非个性化导致真实的个性遭到异化。
- 由于得不到肯定而使人格萎缩。
- 审美知觉能力退化。

教师作为"一个人"的教师教育，是纠正上述"技术熟练者"和"反思性实践家"两种教师教育模式所带来的教师人性的扭曲。但是，在现阶段，教师作为"一个人"模式中的专业教育无论是明确的课程、教育方法，还是制度，均在理论的探究中。下面将从以下几个方面来构想教师作为"一个人"模式的教师教育的课题，并请同学们展开探讨。

课堂讨论：

第一，教师作为"一个人"的教师教育与研修的主体是"具体存在的个体"。个体是"具体的"，而非各种概念的"抽象"；是活生生"存在的"，而非各种僵死的"目标"；

是完整"超越性的自我",而非各种固定的角色或"其他人的客体化",教师成长的历程是"具体存在的个体"的"生活经验"的解释与反思。"生活经验是完整的个体经验",既不是科学的抽象,也不单单是实践经验的概括、升华。

问题一: 我们面临的课题是如何将教师教育建基于"完整的个体经验"之上的?

第二,教师教育与研修的根本目的是通过教师个体"生活经验"的解释来提升教师个人的内在生活,最终将"人的真谛"——主体性解放出来的。

问题二: 我们面临的课题是,教师教育与研修如何才能实现教师个体的主体性的解放,而非压制?

第三,教师以一定的方式教学,不是因为他们学到了或没有学到某种技能。他们的教学方式还建立在他们的背景、他们的自传以及他们成为教师的类型之上。

问题三: 教育教学研究如何从传记和自传的角度理解教师,包括合作性传记、自传实践、教师的"个人实践知识"、教师学问和教师生活的传记研究?

第四节 道德创造家

当前,虽然各国学者已普遍认识教师专业发展的重要性,但在促进教师发展的研究与实践中目前仍然存在不少问题:首先教学原点的德性缺失,导致了以教师专业属性的结构性缺失——德性的缺失;其次,无论是在职还是职后教育都过分依赖于僵化、固定的教材,而与教师的日常教育生活相脱节,也与教师丰富的个体实践与个人需要相疏离。

哈格里夫斯(Hargreaves)和艾弗·F.古德森(Goodson)概括了后现代专业主义的七种要素,其中,第一要素就是:首先也是最重要的是,必须确立有关教师教学的道德和社会目标,明确提升价值的机会和前景,开发包含这些目标的主要课程和教学标准。在这个新的关于教学的道德秩序中,专业化和专业主义在教育的道德意蕴上得到了统一,专业主义从道德和伦理的规则中发展起来。教学首先是一个道德和伦理的职业,新的专业主义需要将其恢复为一个指导原则,这同中国传统文化儒学话语下的教师专业观不谋而合。

首先,从中国传统儒学的角度来看,道德兴趣是最基本的,只有在道德兴趣条件下,技术的和实践的兴趣才能够被获取和富有价值。道德绝非一套人们必须遵循的外部规范,而是自然天成、"纯亦不已"、生机盎然的仁心,是创造之主、宇宙本源。所以,道德是为人为师之"本","技术"、"实践"是为人为师之"道"(术),君子当务本,本立道自生。本节通过传统儒学经典的"仁学"、"天人一体"、"学以成人"和"内圣外王"等思想的主题化解读,分析了儒学价值取向、认识论、主体观、智能观和儒家现世精神等主题,一种建基于德性之上,又为德性之生长和表现的中国儒家教师观诞生了。它将从根本上包容和超越当下建基于技术理性话语和实践理性话语之上的教师观,也将为教师教育的制度性重建提供一种根植于本土优秀文化传统的推论性话语。其次,从中国传统儒学来看,人是拥有主体价值的存在。中国传统的儒学可以为教师的专业成长带来许多深刻的洞见——重视个体的、自我的、内在的原因。简言之，儒学视野下教师专业成长是从内部开始的、自组织的，通过对儒学教学观、认识论和"慎独"的分析，我们可以建构一种教师教育的新框架——内在性、回归性、关联性、超越性、严密性。

一、儒学话语下教师专业形象与专业基础

儒学本质上即"仁学"，或者进一步讲是"成人"之学，故儒学视野中教学是一种德性生活，教师是"道德家"。德性，即仁心，是善而敏锐的直觉、无私的感情，即朱熹所谓的"仁者无私心而合天理之谓"。教育建基于德性之上，又为了德性之生长和表现，这就是中国儒家教育观的核心。"德性教育"将教育与生活融为一体。教育不仅植根于生活，而且本身就是一种生活。教育与生活割裂、分离，不仅是教育丧失意义、走向异化的根源，而且是生活堕落、庸俗化的原因之一。本真意义上的教学活动就是一种内在的道德性的努力，在教学空间中充满着各种道德事件，而教学所根本寻求的就是引导师生过一种道德的生活，并在其中成长为真正的人，因而师生在课堂上的任何言行都可能承载着道德意义。那么，教师首先作为"道德主体"的存在，应具备道德觉察、道德判断和道德知识水平。富于道德觉察能力的教师专业实践需要能够识别并机智地回应学生个体在教学中的独特需求、信念、价值观及其行为(包括一些看来琐碎的)，而这些又是基于教师对学生个体的人格尊重及其潜能的信念。因此，教师的职业性格的本源重在 "成人"，教师是一种"道德主体"的存在，教师的专业形象是"道德家"；通过道德创造形成专业基础——德性之智，其专业成长是基于个体的德性成长、内省的自主成长、德性之智的成长。只有这样，才能回归教育的本源、教师职业的本源——教学成为德性创造生活，教师的职业成为善的、道德的、创造的、纯粹的。

教学的终极关怀应该是人格至善与现世幸福的双重实现，这就意味着"人是目的"，而不是奴化的对象，学生必须是自由自觉的。在此基础上，又会进一步理解：学生具有生活的权利、探究的权利，并且每个学生都是具有独特价值的，教学的内生道德只能在真正自由宽松的环境中生长。另外，教学意味着一种道德创造性生活。正因为德性是自由的，所以"德性乃创造性之根"。从这个意义上说，建基于德性之上的教育同时也是一种"创造教育"、"自由教育"。创造是人的自由个性的自然表现，因此，教师同时也是"创造家"。

当教育把"德性"和"创造"两种品质融为一体，由此使教育成为一种"道德的创造"时，这不仅能在教育中贯通"启蒙精神"和中国儒家传统中的"德性生活"，而且能够根治应试教育工具理性的弊端。于是，儒学话语下的教师专业形象即教师作为"道德创造家"。

作为"道德创造家"的教师必须准确把握并身体力行教师专业(教学)的性质与"道德创造"的内在关系。只有当教师把教学视为一种德性生活时，置身其中的教师才能够具有更宽宏的生命关怀与社会伦理意识，才能够感受到教学交往中的一言一行可能潜藏的道德意义，作为德性主体的教师尤其应关注学生在获取知识的过程中，使他们敏感地反省不同类

型知识的价值，及其对于人的幸福的关联。在这方面，我国儒家的思想是很有启示意义的。因为儒学作为一种道德形上学，坚信道德创造性才是世界的本体。按照孔子的理解，道德创造性乃是内在于我们的生命之中并作为生命的根本与主宰，也正是"仁"的本质。只有德性创造才符合人的本质，也只有德性创造才能从根本上解释世界和建构世界。道德创造性究竟意味着什么？其一，道德作为世界的根据并创造着世界。因为天地万物或宇宙体现"诚"的品性，而这正是君子向自然效法的重要德性，人们以道德的方式创造了世界，同时这种方式也将天与人统一起来，在这种统一中人更加有力地确证了自身。所以，也可以说道德最终塑造了人。其二，德性与创造应该是一而二、二而一的关系，或者说，德性的核心是创造性，而创造皆是道德的。儒家倡导的"德性之知"深刻地表达了由知识上升为智能，进而创造作为真、善、美内在统一的过程。之所以说当教学成为德性生活便可以保证师生养成道德的创造性，因为首先，德性生活本来就是自由的，而自由恰恰是作为融合德性与创造的根源，没有自由便无法谈道德与创造。其次，德性生活使人置身于对生命意义切关的场域之中，而就提升人的生命价值、实现人的本质来说，道德与创造缺一不可。

作为"道德创造家"的教师秉持教学主体生活的德性和创造性格，恢复教育的人性与自由，就能洞悉应试教育的非人性结构，澄明自己的教育理念，提升自我意识，把理智上受困的自我，从异化的应试教育的压迫性结构中解放出来。在应试教育体制下，教师若要坚持"道德创造家"的专业形象，坚守并忠实于教学生活的道德创造本性，就必须使教师培养起儒家理想的"君子"人格，即自强不息、独立不羁、不附言趋势、刚正不阿、忠实于自我和具有立于天地之间的浩然正气的、专业自主的独立人格。让功利化的应试教育制度，在德性创造的人性化教育面前逐渐解体，并建构起更人性和更具创造性的教育制度。

二、关于"道德创造家"的慎独

儒学坚持"天人一体"的世界观和人类学观，个体被赋予了等同于总体、背景和理论的神圣地位。按照这种观念，个人通过修身(对认知主体的自我反思和审查)成"仁"，不仅与天地万物合为一体，而且点燃了天地万物生长的希望，最终通过"诚"达到"尽其性"—"尽人之性"—"尽物之性"—"赞天地之化育"—"与天地参矣"。这深刻体现了儒学独特的、不同于西方技术和实践理性的主客二分的认识论。

(一)儒学认识论

技术和实践理性的唯智主义传统诱使我们从主体对客体的认识论途径出发，把世界看成是外在于研究者的。因为是认知者指向认识对象的，所以认知者是一个先验的、确定的、理性的主体性存在，主要认识任务就是分析外在于认知者的客观世界。这样的认知的文化实践无疑隐藏着认知者和认知对象、主体与客体的二元对立。这是自笛卡儿(R.Descartes)以来，认识论中唯智主义传统所携带的先天结构。应该说，各种无反思性的现代性叙述，它们的谈话方式总是通过逃避对认知主体、思辨主体的质疑，武断而想当然地将主体对客体的建构看作是客体本身的结构规律，将这种在看不见伦理关系支配中进行的认知活动看作是客体的科学研究。儒学主张"天人一体"，并且从认识自我开始认识世界，实现了对西方技术和实践理性主义认识论中"认知者和认知对象"之二元论的超越。

由此看来，儒学独特的地方在于从方法的角度引入"反思"，重构了认知者和认知对象的关系，避开了唯智主义认知方案中对认知者道德的缺失考察；另外，也重构了认识论——从探究认知者开始的认识、探究，即从对自我德性探究开始，由内向外，逐渐扩展的过程。

在儒学的反思中，最艰难和最要紧的是，它掀起了对认知者的深刻检验——"慎独"，因为根据儒学的天人一体的思想，认识自我亦即认识世界。这样从儒学观点来看，所生产的知识既是属于认知者的，同时也是属于认知对象的。这样求知和认知者的自我成长是二而一和一而二的问题，认知者的主体性是一个不断趋向深化的主体性过程来建构的，其具体的认知和君子的成长方式之一就是"慎独"的艺术与科学。

正如布厄迪尔(P.Bourdieu)所言："我试着用反思性所提供的工具来遏制由无反思性所引发的各种偏见，努力探索有关各种机制的知识，这种知识往往能够改变反思的条件。"另外，儒学实现了认知和修身一体，从而实现了仁智一体化，化知识为智慧，化智慧为德行。

(二)儒学主体观

儒学有关认知主体和认知对象关系的话语，引起我们对主体概念的重新思考。儒学话语提供了对当今流行的自由人文主义主体性概念的批判，自由人文主义的主体性概念基于一种统一的、理性的和自我决定的意识。在这个观点中，个人主体性是自我知识的源泉，他或她的世界观是通过理解力和认识的理性及自主方式的运用而建构的。儒学的话语挑战的是自由人文主义的主体性概念，自由人文主义把主体看作是一种自由、自主、普遍的感受性，漠视任何特定的道德内容。儒学的道德理论终结了占主导地位的自由人文主义观点……在这种观点中，主体仍然被认为是自主的个人，他是连贯的、由一系列自然的和先天的因素构成的稳定的自我。儒学道德话语把主体理论表示为道德实践的产物，而不是意义的赋予者。一个人获得主体地位，即在意义和社会关系中存在，是由道德意识形态形成的推论行为而构成的。所以，主体性是一系列由道德意识形态组织的表示实践的结果，儒学话语的主体性是道德实践建构的伦理性主体，通过反复的自我解构与建构的德性探究过程，使自我真正合乎人性，也就与宇宙、社会、万物整体和谐发展的理想达成一致了。作为自我主体性建构的"学"，就是为了自我的创造性转变。这样的自我是一个开放的系统，它不断地转化，从来就不是一个静态的原子结构。儒家的自我主体是一个开放的、动态的和转化的过程，与自由人文主义将自我视为孤立于世界的抽象实体的观点是截然不同的。

(三)关于"道德创造家"主体性的建构与修养的慎独

儒学"天人一体"的思想、认识论以及主体理论说明，人是通过认识自我而认识世界，自我主体性是在认识自我的过程中不断深化和建构的。这从根本上超越了主客二元论的认识论，也从根本上超越了先验、实在论的主体观。更进一步来说，儒学的主体性不再被归因于要素和实在论的非政治、非伦理的荒地。……自我被构造为冲突和斗争的领域，主体性被看作是解放和征服的场所，而不再认为只是意识和创造力的仓库。……主体性如何与身份、意向和欲望的问题联系，是一个深刻的政治问题、道德问题。主体性的真正本质和它的自我的社会决定能力，不再处于超自然现象或形而上学本质的保证人的地位。事实上，人文自由主义认为，主体性是一种普遍的"天赋的"权力的假设，阻碍了我们洞察到主体的获得从根本上是一种任务，并且也阻碍了我们能够有效的驾驶那些将会以一种或另一种方式形成它的力量。但是通过进入塑造我们自己主体性的活动，我们每个人都可能潜在地对我们被塑造的方式进行阻挠、挑战或是质疑。建构的个体在权力关系中具有选择或拒绝的可能性，个体可以学习怎样不被统治。所以，个体必须利用理性来安排自己的生活，而不是依赖于外部的权威。我们在面对无声无息和看不见的规则时，必须通过"慎独"来创造我们自己的主体性。儒学把这种不断深化自己主体性的活动，称之为"慎独"。这不仅意味着对那些进入个体心灵和思想的各种东西进行检查，而且个体将有意识地建构自己以决定自己的特性和存在的方向，并达到自我掌控的目的。道德创造家的实践关注自我的"慎独"是"自我的艺术和科学"，其中思想的作用是尤其重要的。"慎独"，按照儒家对这个术语的理解和期望，它使我们批判自我现有的观念，从中解放自我成为可能，由此产生新的观念。"慎独"是一种自我批判主义的形式，它是我们质疑和解构我们看待世界的方式，通过"慎独"，或曰反思和审查，拒绝或确认它们，实现对自我政治或伦理的建构。大多数情况，我们处于一种非反思状态，即对塑造我们的影响力（权力）听之任之，这就是为什么人人皆具有成为"圣"的潜质，但却不能成为"圣"的原因。儒家想要通过"慎独"给予自己一种道德理性的经验，使之能够帮助改变我们与我们自己的关系——当既"隐"又"微"的塑造我们的权力得以显露时，我们与自己的关系也将会改变。从这一思想出发，将会导致一个更加个性化的教师观的形成，即"道德创造家"的教师是一种"作为一个人的存在"。首先，"道德创造家"是作为一个人负有自我主体性创建的任务；其次，作为"道德创造家"的教师负有参与自己专业成长、建构自身专业主体性的根本任务。

孔子曰，"古之学者为己，今之学者为人。"（《论语·宪问》）作为"道德创造家"的教师，是通过深刻地认识自我，通过不断的"修身"而又超越自我来实现的，即通过认识自我，通过自我主体性的不断深化而成为"自己"、"个人"。其自我的主体性深化，是"基于个体，从内部开始"的，最终可"与天地参矣"。达到在认识自我的同时认识世界，改造自我的同时能改造世界，达到"从心所欲而不逾矩"的境界，所以修身的完成也意味着自我与世界关系的完善。故自我修养，即修身就是目的，而不是达到目的的手段。那些致力于为修身而修身的教师，能够为自我实现创造出内在的价值源泉，修身能够使作为"道德创造家"的教师成为独立的道德行为者参与教育、社会和政治，而不会沦为权力关系中的人质，迷失自我。"修己以敬……修己以安人……修己以安百姓"，"君子求诸己，小人求诸人"，"为己"、"修己"和"求己"是"为人"、"安人"和"求人"的起点和基础。《大学》曰，"自天子以至于庶人，一是皆以修身为本"。

"道德创造家"的教师创造与运用知识，通常与他们对自我的理解以及所承担的职责和使命密切相关；"道德创造家"的教师通过"慎独"进行自我探究，这意味着，个体不受一切权威与预见的左右，根据自我内部的真实进行思考和行动。所以，在理解教学时，关键是应该了解教师本人。

儿学一直把通过自身的修为而实现自我创造、超越视为典范。"道德创造家"的教师是自我创造的主体。"道德创造家"的教师自我的核心永远也不可能根据社会群体所共有的客体性的、塑造性的模式来限定。"道德创造家"的教师的成长是一种个性化的成长，个性的根据存在于比任何社会规范都更深层的位置，它存在于超越之中。因此，自我创造、超越是对"道德创造家"的教师专业成长的个性独特性尊重，是发展其自主性，因为自主性是"道德创造家"的教师专业的基本构成。自主性的成长当然不是在真空中进行的，它不排斥基础理论、基本技能的熟练，更不排斥学术领域，但它是以个性意义的提升为核心的，而这一切，需要教师个人终其一生的修炼。

三、终身学习者

孔子坦诚自己并非"生而知之者"(《论语·述而》)，相反的，他不过是"多闻，择其善而从之者"(《论语·公冶长》)，他认为自己的学问属于"知之次也"(《论语·述而》)，这种德性之智是通过自己的努力学习而生成的，并非天生的，是多数人都能通过自主努力可生成的。

(一)儒学的智力观——个体内省智能和人类文化智能的合金

一句看似平常的并非"生而知之者"，就从根本上超越了当今流行的个体智力观：智力是一个自主的、价值无涉的、个体特征的西方传统智力观，至今为止仍然在大学和中小学中根深蒂固，尽管杜威(J.Dewey)和维果茨基(L.Vygotsky)曾经反对过它。加德纳(M.Gardner)的多元智能理论也只是关于个人智力品质的一个更为精细的系统而已。孔子的一句"多闻，择其善而从之者"，一方面表明儒学话语的智能是一种价值选择的德性实践的建构，另一方面表明智能在本质是文化的建构，即文化智能。再推进一步，智能是文化的以及个人的表达受文化团体标准的影响程度(这也表明了智能是政治实践甄别中的生成的)。当代著名的美国人类学家格尔茨(C.Geertz)的说法也印证了儒学的观点，他认为，人类依靠自己服从于自己同环境的交互作用创造的符号化的中介程序管理，这个程序管理生产物品、组织社会生活或表达情感，人坚定地、也许是不知不觉地在自己的生物学阶梯上攀登。虽然是非常无意的，但人类创造了自己。也就是说，人及其智能是一个文化的建构，自我自不例外。于是，拉康(J.Lacan)修改弗洛伊德(S.Freud)自我的观念，他认为，自我的无意识不是由力比度操纵的，即受到性欲的内驱力左右的心理内容，无意识是由人的符号行为产生的，它与符号系统有关系。在心理学界，著名心理学家维果茨基的观点也证明了儒学的观点。他认为，思维发展受制于语言，也就是说，思维发展是由思维的语言工具和学生的社会文化经历所决定的。从根本上说，内部语言的发展取决于外部因素，正如皮亚杰的研究所表明的那样，学生的逻辑发展是他的社会化语言的直接功能。学生的智力的成长取决于他所掌握的思维的社会工具，也就是取决于语言。即，学习首先是运用"心理学工具"——语言的一种社会活动，心智发展首先表现为人际关系沟通中的社会过程，其次是，这种沟通的语言是作为"内化"的"心理学过程"表现出来的。也就是说,儒学话语的智能不是先验的、个人的,而是开放的、生成的、文化的。我们一旦意识到语言是如何交织在肤色或城乡地域身份隔离的种族主义、父权的性别体制之中,并以潜在的背景束缚男人和女人的可能性方式规范着我们对智力的理解,于是我们就会对文化中种族的、性别的、阶级的、道德的语言文化特别敏感。这就是为什么儒学在自我修行生成君子人格的过程中,特别强调"慎独"的艺术与科学的原因。这正是儒家的高明之处,因为他们深刻意识到有无数的想当然的非人性语言(性别的、阶层的、族群的等)悄悄地参与了自我智能和自我意识的生产,要成为一个德性主体,成就德性之智,是多么的艰难!无怪乎儒家"戒慎乎其所不睹,恐惧乎其所不闻",以成就君子人格。而且,通过这种修炼、修身的学习,认识自己是不完善的存在,从而治愈自己的欠缺,成为更完善的存在,在儒家看来,这是要终其一生来完成的。

(二)作为"道德创造家"的教师须终身修行

儒学认为,人非"生而知之者",学以成人,学以成师,人文化成。这道出了儒学的人之为人的根本——人,是一个开放的文化表达;也道出了儒学的德性智能观、文化智能观,是对当今流行的个体的先验智能观的根本超越。所以,人,是终其一生的修炼而成为"仁"的;教师,是需终其一生来学习而成为"师"的,教师是一个终身学习者,通过持续完整的过程来建构自己的人格。通过"大体"的自觉养成,这一过程包括了致力于自我实现的成人成己存在意义。这个无间断无止息的过程,是一个人终其一生的自我学习达到自我认识的过程。自我反思和内省作为教师日常功课的一部分,是时时进行着的。在这个意义上,教师自我不是一个静态的实在论原子结构,而是一个始终在改变的动态、开放的过程。教师学以成人、成师的过程是一个没有止境的过程。

孔子作为学生和教师的一生,确证了儒学话语中的教师是一个终身学习者,成长是一个无休止的自我创造与超越的过程。当叶公问子路孔子为何许人也,子路不知道如何回答,孔子告诉他:"女奚不曰:'其为人也,发愤忘食,乐以忘忧,不知老之将至云尔'。"(《论语·述而》)孔子终其一生"学而不厌,诲人不倦",在他看来,学不仅提升了他的德性之智,而且深化了他的自我意识,建构了他的德性主体,由此决定了他是怎么样的一个人和怎样的一个"师"——一个明知不可为而为之的"批判性公共知识分子"。

四、批判性公共知识分子

长沮桀溺耦而耕,孔子过之,使子路问津焉。

长沮曰:"夫执舆者为谁?"子路曰:"为孔丘。"曰:"是鲁孔丘欤?"曰:"是也。"曰:"是知津矣。"

问于桀溺。桀溺曰:"子为谁?"曰:"为仲由。"曰:"是鲁孔丘之徒欤?"对曰:"然。"曰:"滔滔者天下皆是也,而谁以易之?且而与其从辟人之士也,岂若从辟世之士哉?"耰而不辍。

子路行以告。夫子怃然曰:"鸟兽不可与同群!吾非斯人之徒与而谁欤?天下有道,丘不与易也。"(《论语·微子》)

这个故事生动地描述了两种截然不同的人生态度的遭逢,彰显了儒家的仁、智、义、信、勇于一身的品格以及儒家精神的重要取向——现世精神。隐士长沮、桀溺面对那"滔滔者天下皆是"的河水太危险,不可能渡得过去,选择了"岂若从避世之士",即选择放弃他们的社会责任,完全逃开这个大厦将倾的危机四伏的世界。他们致力于开发自己的一片"净土",以此获得个人精神的平静以及与自然的合一。他们带着一种嘲讽的超然态度来看待像孔子那样的人,虽竭尽全力企图校正这个世界的错误,但往往劳而无功。但是对于孔子来说,正是因为时代的状况是混乱而无秩序的,才需要有人投身于政治而不是逃离政治,扶大厦于将倾。在他的感伤中有着深深的悲怆:"天下有道,丘不与易也。"他挺身而出承担改造世界的道德责任以"回归大道"。孔子把自己的命运与整个世界牢牢地联系在一起,尽管他实际上知道自己做不了什么来阻止这个世界被滔滔洪水所扫荡,但是他仍然选择尽力昭显大道,以避免土崩瓦解的灾难。

"修身、齐家、治国、平天下",是儒家孜孜以求的人文理想。即将"内圣"生成的德性之智分享于社会、天下,创造更加人性化的道德共同体,这便是儒家"外王"了。它表征了儒家精神的一个重要取向——现世精神。儒家的"现世精神",即承认当下世界的意义和内在合理性。当然这种承认绝不是顺从、适应这样的世界,或者接受现状,而是被坚定的信心所鼓舞,要从内部改变这个世界。故儒学话语中的教师,是面对危局有勇气负有担当的批判性公共知识分子,教师应当承担起作为批判性公共知识分子的历史使命。

当今的世界,自然界剧变、地球升温、植被减少、物种灭绝、水资源衰竭、人口剧增、科技和消费型生活方式的全球化、人类权力、种族隔离、城乡隔离、军国主义、反人类和反地球的其他统治形式的问题,所有这些不仅是自然问题,也不仅是政治问题, 还是深刻的道德问题。世界之"所是"远未达其"所当是",这个观念使作为"道德创造家"的教师必须从整体上批判、反省人类的存在现状开始,并与当前的主流文化、经济利益、政治权利、性别观、阶层、族群等社会等级保持一定的距离。所有这些问题不仅要求教师发展或提升一种批判意识,而且还要提高改造行为的可能性的教育实践。但是,教师要直面这个不能令人满意的世界,并且不逃避这个世界,而是潜沉到当时的文化、政治、经济和社会事务,正视现实的决定迫使教师不断地与当权者互动,并和"世俗"秩序中的"俗物"搏斗。作为"道德创造家"的教师必须介入批判的话语、实践以及创造富有人性的、道德的共同体。作为"道德创造家"的教师将作为主动建构者,而不是现实生活的传递者,来展现自我的存在。即作为"道德创造家"的教师将秉持这样的教育观,理论上,公民教育就会成为培养睿智的政治意识的教育;实践中,受教育者则会批判性地分析现实,而不仅仅是死记硬背、接受灌输。更为重要的是,作为具有改造精神的公共知识分子,作为"道德创造家"的教师应去承担公共服务,把教学当作是社会批判的一种形式,把自己确定为积极的、批判的公共知识分子,带着强烈的道德责任感,怀着对人类悲剧深切的关怀,在伦理和政治话语之内承担社会批判的责任。参与当下话语创造,以便为自己、为学生和公众提供重新思考他们的经验和世界的话语空间。

五、教师教育框架

前面通过对儒学教师形象——道德创造家、"道德创造家"的慎独以及作为"道德创造家"的教师是"终身学习者"、"批判性公共知识分子"的探讨，一种基于儒学的作为"道德创造家"的教师教育的框架——内在性、回归性、关联性、超越性和严密性原理产生了。

(一)内在性原理

现代教师专业成长是由外部所控制或指引的。现代教师教育往往通过直接干预、环境塑造或是"强化"手段来塑造教师的行为，教师只能消极地接受，无法主动参与。然而，在儒学的认识论及慎独的艺术和科学中，成长是有机体本身的内在重组。它重视教师内在重组和建构的能力。慎独就是自己知道自己身上存有的道德创造性力量，并且能够把它引导出来，在改变自己的过程中改变世界。教师专业成长过程主要是一种内部的成长过程，德智透过相互作用从内部发生，是一种自我启迪和昭明的过程，即成长始于个体，从内部开始。

作为"道德创造家"的教师的专业成长依赖于我们对自我的认识，也就是像孔子那样"不退不转"、"所志有得有守"的坚持，渗透到自己存在的根基中去。教师对自我的认识要达到"莫见乎隐，莫见乎微，故君子慎其独也。"也就是说，只要真诚地自我反思并对内在自我有一种敏锐的意识，尽管内在自我作为视听的对象是"隐"和"微"的，但依然是显而易见的。这样通过去"隐"显"微"，就会导致自我意识水平的日益提高，这种新的意识水平是由那些希望将自己从先前意识水平中解放出来的人们自己达到的。这里的中心假设是：意识水平的提高能够获得个性解放。由此看来，通过意识水平的提升而达到个性自由与解放是道德理性修辞框架中的教师专业成长的重要方向，换句话说，作为"道德创造家"的教师的专业成长即自我意识水平的提升以及个性自由与解放。

(二)回归性原理

"慎独"，即回归性的反思和审查。"回归性反思"是儒学"慎独"的核心。"回归性"是指"一个人通过与环境、与他人、与文化的反思性相互作用的审查，回到自我的原初经验中，从而形成自我存在的方式"。在"回归"中，反思起积极作用，它不断从原初经验中反省而得到次级经验。在回归的反思与审查中，没有固定的起点与终点，每个终点都是一个新的起点，每个起点都是从先前的终点中浮现的。自我的内对话是回归性反思的绝对必要条件，通过自我的内对话不断地实现自我的解构与建构，提升自我意识，不断扩展自我的主体性。"道德创造家"的教师创造与运用知识，通常与教师对自我的理解以及所承担的职责和使命密切相关；作为"道德创造家"的教师通过"戒慎"与"恐惧"谈论自己的故事进行自我探究，这意味着，"道德创造家"的教师个体不受一切权威与预见的左右，根据自我内部的真实进行思考和行动。"自我探究"的需求是人类存在的需求，是支撑专业活动的根源性需求。教师以自我探究的需求为基础、生存于自己的世界，发现自己的"内心声音"并且忠实于这种"内心声音"而生存和成长，当教师从自己的"内心声音"里寻求专业生活方式的妥当性时，才会产生真实的专业成长。追求自我实现的自我修行过程也是自我解体的过程。正式孕育这种矛盾的过程，才会存在探究自我"真实性"的本质过程。"真实性"的探究是无穷尽的"自我探究"之旅，是不断改造自身的主体斗争的德性实践。"道德创造家"的教师通过省思、叩问、倾听自我"真实性"并不是自我陶醉，而是创造新自我的过程。

(三)关联性原理

儒家传统中总是把一个人设想为各种关系的中心，人越是深入内在自我，就越能实现人与人之间相关性的真实本性。所谓的"自我"正如米德所指出的，是一种"普遍化的他者"，所谓"内心的声音"是栖身于自我世界的复数的他者的声音，是文化的、自然的、宇宙的声音。因此，慎独，作为一种德性探究、意识提升运动，绝非追求那种像原子般的个人的孤僻，而是意在上升到作为普遍人性基础的真实存在这个层面。君子慎独并不是为了追求孤独本身的内在价值，事实上，他认为孤独本身没有多少价值，除非它被整合到社会关系的结构中，一个人只有回归生活世界才能充分地成为人，把生活世界的所有层面(性别、家庭、邻里、宗族、种族、民族、阶级、世界、宇宙)都整合进自我转化的过程之中。儒家相信，这一不断包容的过程是一个人学习充分做人的筹划所固有的，自然也是教师成长中所固有的。作为活生生的个人，我们不可避免地嵌陷于这个地球上。再者，我们每一个人都注定要成为一个在特定时空中特定的个人。正如儒家所喜欢的那样，对身边事务进行反思("近思"或"能近取譬")，就是把我们的这种嵌陷性作为自我教育的最基本的素材。通过理解我们究竟是谁，我们就可以明白如何改进自己。因此，儒家所谓"反求诸己"、"慎独"这类内心品性修养，其道德境界的提升往往需要有外部世界的视野，如对于群己关系、人与自然关系等，经过修养得以提升的道德境界其实包含的就是对外部世界的价值体认；而个体于外部世界的创造，统括物质的、制度的及精神的形式，又无不渗透着创造者内心的道德水准和价值坐标。

基于儒家关联性(天人一体)原理的思考，关联性的扩展则超越了个人的自我，达到了文化、生态和宇宙系统，发展成一种全宇宙的各种关系之间的意识。由此，关联性成为"道德创造家"的教师个人意识转变的信道，可以使教师的教育意识步步提升，进而形成"道德创造家"的教育意识。即，作为"道德创造家"的教师，不但将其文化知识向学生人贡献，而且还应具有，对于学生人天性中潜在的文化创造能力致其诚敬之意识，对人类未来文化的进步致其企盼祝望之意识。进一步来讲，作为"道德创造家"的教师还应具有如下教育意识：教育建基于对"形上实在致诚敬"，使自然之个人成为文化之个人，并使人类文化世界贯通于自然世界，以及自然世界上升为文化世界。人类的教育事业不仅有人类文化意义，且有宇宙意义。我们对人类文化教育负责，亦即对整个宇宙负责。这才是最伟大的教育意识。即具有中国儒者所谓的师之意识，即"友天下善士，并以守先待后为己任，而德可以配天地"的教育意识。

(四)超越性原理

作为"道德创造家"的教师发展不是被动、被迫、被卷入的，而是自我超越、自觉主动地改造，构建自我与世界、他人、自身内部的精神世界的过程。超越是越过一定界限的变化或成长，它是被理解为一个动词来使用的。儒家传统非常强调个人应该不断地超越、升华，并因此成为道德楷模。通常所说的"成圣"的过程，以诚意、正心、格物、致知的"内圣"功夫，转化成修身、齐家、治国、平天下的"外王"抱负和业绩，就是超越的过程。在这个意义上，超越是一种确认自我和反观自我良心的能力。儒学一直把通过自身的修为而实现自我超越视为典范。也就是说，作为"道德创造家"的教师是自我创造的主体。"道德创造家"的教师的自我核心永远也不可能根据社会群体所共有的客体性的、塑造性的模式来限定。教师的成长是一种个性化的成长，个性的根据存在于比任何社会规范都更深层的位置，它存在于超越之中。因此，超越是对作为"道德创造家"的教师专业成长的个性独特性尊重，是发展其自主性，因为自主性是"道德创造家"的基本构成。自主性的成长当然不是在真空中进行的，它不排斥基础理论、基本技能的熟练，更不排斥学术领域，但它是以个性意义的提升为核心的。儒学期望通过人的努力，特别是道德培养来实现永恒，不管道德的培养是源于内部(自省)还是来自外部(社会教育)。《中庸》对此典范记载如下："唯天下至诚，为能尽其性；能尽其性，则能尽人之性；能尽人之性，则能尽物之性；能尽物之性，则可以赞天地之化育；可以赞天地之化育，则可以与天地参矣。"(《中庸》)显然，这一自我超越的过程是以由内及外为导向的，其第一步也是它的唯一主题，就是个人道德培养——慎独。这是儒学所特有的一种"提升"和"自救"观念。孟子给予这种典范更为简练的表述："尽其心者，知其性也。知其性，则知天矣。"(《孟子·尽心上》)这正是一代又一代儒家不懈追求的理想的生活境界。

(五)严密性原理

严密性原理，是确保儒学框架中作为"道德创造家"的教师的专业成长，防止滑入"蔓延的相对主义"的唯我论的泥潭。将儒学框架作为教师教育的另一种选择方案，容易将该框架视为反标准和非标准。这样，该框架无法取代目前的现代技术理性的框架，反而容易被视为现代技术理性的一个变种。现代主义架构中的"严密性"主张去除个人的主观，变成客观的、可观察、可测量、可操作的，因此，20世纪的"严密性"的概念所强调的是学术逻辑、科学观察和数学的精确性。现代主义的严密性，把教师的成长看作是预设的、线性的、分顺序的和阶段的，并将其成长建立在技术、外在的控制和标准化的方法的基础上是不合理的，标准化的方法只能培养庸才。

儒学"慎独"架构中的严密性则是不确定的和诊释的。于是严密性便从技术理性的逻辑转变为儒家的深刻体验(不断地自我反思和审查)的感知性和概念。儒学框架中的严密性吸取了对现代主义来说十分陌生甚至不可接受的成分——不确定的和诊释的，无限接近"仁"的过程。针对不确定性要求作为"道德创造家"的教师必须不断地深入细致的自我探索，寻求新的解释，不间断地剔除自我潜意识中想当然的"非法(或非人性)"既"隐"又"微"

的操作，直至达到"人性，太人性了"的地步，这是一个无休止创造自我认同的过程，也是不断地解构自我和重建自我的涅槃重生的过程。因此，在这里所谓的严密性，第一是指有目的地寻找不同的变通方案、关系和连接；第二是指有意识地努力寻找自我或是他人潜藏的固有假设，并在这些假设中展开磋商和对话。这样，在儒学架构中的"严密性"把确定性与不确定性统一起来："不确定性"意味着选择的多样性与系统的开放性；"确定性"意味着每一种观点都有特定的假设和背景，力求达到中庸之道。而现实的状况如(《中庸》)所言："人皆曰予知，驱而纳诸罟攫陷阱之中，而莫之知辟也。人皆曰予知，择乎中庸，而不能期月守也。"严密性原理要求教师认真地、诚心诚意地省察自己的道德活动，"庸德之行，庸言之谨，有所不足，不敢不勉，有余不敢尽。言顾行，行顾言，君子胡不慥慥尔！"(《中庸》)

案例 2-1：A 老师选择做教师这个职业的传记故事

许多人因为喜欢教师这一职业而成为教师，而我却恰恰是因为讨厌教师而去做教师的。说起来也有一段故事：在我读小学的时候，由于父母对我的严加教育，所以学习成绩一向很好，每次考试都是名列前茅。

可能是我性格比较内向，很少说话，在班上表现并不活跃，所以我并不是老师心目中的"爱将"。即使我考试考到第一名，老师也从来没有表扬过我一次。相反，那些平常话很多、很讨老师喜欢的班干部，老师无论事大事小总是表扬他们。那些表扬语，连我都听腻了。

然而，我想听一句老师对我的赞扬就像天上的星星一样，可望而不可求。更可气的是，每次家长会，班主任对我妈妈说的都是同一句话，而且是唯一一句话："你的女儿就是一块死木头，根本感觉不到她的存在。"

这句话至今还深深地印在我的脑海里。为了这句话，我不知在多少个不眠之夜哭泣。我不明白老师为何如此不公，如此偏心。

也是因为这一句话，我暗地里下了决心：我日后一定要做一名教师，而且要做一名关爱每一个学生的教师。结束了小学那段不愉快的日子后，我更加努力学习，而且开始不断改变自己。我努力去和同学、老师交往，并积极地在各方面表现自己。在中学和师范大学的学习期间都受到老师的一致赞许。经过了多年的学习后，我果然成为了一名教师。

当我第一次走上讲台，接触到那一张张天真烂漫、活泼可爱的小面孔时，我的心融化了。他们使我产生了一种从未有过的对教育的狂热之情。我始终不明白，为什么我的小学老师不喜欢我呢？其实，每一个学生都有他的可爱之处，只在于老师有没有用心去挖掘而已。

在我教的第一批学生中有这样一个小男孩：在许多教授过他的老师心目中，他是一个顽劣可厌的学生，不仅学习成绩差，而且处处与老师作对。刚接班时，由于我是一位刚毕业的年轻教师，他更加不怕我。上数学课，他就拿语文书；上语文课，他就拿数学书。你叫他去东，他就偏去西。你骂他，他习以为常。

在一次体育课中，我教学生学青蛙跳时，他不仅不学，而且还冲着我说："你以为我们是白痴，无聊。"说完他拔腿就跑。我不服气，就在后面追他。跑了几圈后，我不仅没有追上他，还被他抛开了一段距离。

这时，我惊奇地发现原来他跑步如此之快。我停下来不再去追他，站在原地高兴地鼓起掌来。他回过头来惊奇地看着我。

我对着学生们说："同学们，原来我们班有一个跑步健将，他就是曾××。如果不相信，咱们就来个跑步比赛，好吗？"学生们都一致赞同。

"你敢不敢跟同学比比，证明自己的实力呢？"以他那不认输的性子一定会答应的。果然，他马上答应了。经过几轮的比赛后，他果然战胜了所有的对手，被同学公认为我班的第一跑步健将。所有的同学都向他投来羡慕的目光。

从那次以后，我发现他变好了。上数学课时，他悄悄地把数学书放在桌子上了……还记得一次上数学课时，我提出这样一个问题："一段绳子，要让它变短，但不能剪断，你有何方法？"经过一分钟的思考后，这些一年级的学生居然想出了多种方法：把它对折，重叠；用纸把它遮住一部分；拿一段比它更长的绳子跟它比……我及时表扬了学生，他们居然说还要再想想是否还有其他答案，我很高兴。

一个女孩又举起手："老师，我还有答案！"话音刚落，一个学生马上大声说："老师，她是我们班最聪明的！"其他学生立刻附和："语文老师天天表扬她！"

我让这位学生发表了她的意见，她说："把绳子打上结，它就变短了。"

我肯定了她的想法，接着对学生说："同学们刚才说这位同学是全班最聪明的，老师不同意。我觉得每一个同学都有不同的聪明。"

教室里突然静了下来，学生们瞪大眼睛望着我，那目光流动着新鲜、好奇，还有微微的喜悦和羞涩。我说："有的同学字写得好，有的同学会讲故事，有的同学做事很快，这都是聪明……"我发现，许多学生不无惊喜地用眼神悄悄地交流着自豪，那女同学却有些茫然，大概是受惯了表扬，今天老师不再单独表扬她，有些不适应。我于是接着说："但是要使自己更聪明，都要积极动脑筋，像这位同学一样。老师希望每一个同学都有不同的聪明。还要有很多的聪明。"学生们都使劲地点头。

下课了，"老师，她是我们班最聪明的"这句话还萦绕在我的耳边。我实在感到悲哀，才一年级，班级就形成了从众的氛围，就形成了弱势群体和强势群体。那些边缘生(经常受老师批评和被忽略的学生)目光中的畏惧不安、疑虑是多么令人心痛啊！正如我的童年一样，那段经历就成为我人生中不可磨灭的阴影。要知道，他们漫漫的人生路才刚刚开始！而有一些"中心人物"又是那样骄傲，不可一世。所以，作为教师应该掌握处罚和赏识的度。

每个人都有权利使自己成为人类认识领域中的一个开拓者。尊重每一位学生，赏识每一位学生，以一名帮助者、支持者、欣赏者的身份接近学生，这才是我们做教师的真正含义。

(资料来源：人民教育. 2003.15~16.整理)

案例分析：

A 老师的教育自传显示出一个老师的童年成长经历对这位老师的教育行为和教育观念

会发生某种影响。这似乎也暗示了一个道理：教师经历了怎样的生活，他就会形成怎样的教育信念。我们从这里获得的另外一个启示是：一个教师选择了怎样的生活方式，他就会显示出怎样的教育行为。书本里保存的只是"别人的教育理论"，自己的教育生活经历中却保存着"个人的教育理念"。

当 A 老师说"我觉得每一个同学都有不同的聪明"时，A 老师的心里实际上有了自己的"教育理念"，或者说，A 老师已经形成了自己的"教育信仰"或"教育信念"，否则，她是说不出这样的话来的。这个"教育信念"展开来说，就是"有的同学字写得好，有的同学会讲故事，有的同学做事很快，这都是聪明……"这样的想法显然已经接近加德纳的"多元智能"理论，尽管我们学校没有组织老师们学习这方面的理论。

教师自传研究是对教师个体的职业生活进行深入、系统的研究，能够较真实、动态地描述教师职业生活状态，使教师对自己的教育成长历程进行逐步的梳理。每一位教师的经历都蕴含着他们的体验和经验，只有对职业生活经历进行理解、分析和批判，才能促进教师的发展和进步。教师对自我职业生涯的反思、叙述与分析，能使其发现自身的个性特征、知识构成、对个人成长起决定性作用的因素或关键事件、个人发展的转折点、个人的教学风格、成功的案例和教学诀窍等，使其对各种理论、假设、信念和自己的实践有了更加清晰的认识、理解和比较彻底的再诠释，使得教师内隐的、个人的、实践的知识逐渐明晰化，成为可以分享与交流的知识。

案例 2-2： 某省市小学音乐第六册《哈达献给北京城》的反思性教学

教学过程： 教学中，教师运用"学科综合"的现代教学理念。通过"民俗—自然—歌曲—舞蹈"块状进行音乐、自然学科的综合教学。前半节课学生说西藏，观西藏，深深沉醉在青藏高原特有的雪域风光美景中，后半节课在情境延伸中学生饶有兴趣地学唱歌曲，感受、表现歌曲的情境。

集体反思： "音乐课程的综合，是以音乐为本，以音乐为主线的音乐教学。"本课应以学生对歌曲《哈达献给北京城》的感受学习为主线，以旋律中的典型节奏型为教学着落点，进行多媒体"菜单设计"，让学生自由"点菜"，随机进行学习。专家更指出：可根据学生的学习实际进行"点菜"后的小组合作学习，同时根据教师的专长，进行个性化教学。使音乐课的学科综合不仅音乐化而且个性化。

反思： 本课例通过教师"个人—集体—专家"三个阶梯式层次的协作，充分体现"提倡学科综合"的教学理念，从学科综合的简单组合设计到随机教学设计最后到个性化随机教学设计，层层递进，激发主体兴趣，通过学科综合实现音乐教育的协同效应，达到美育的整体效果，并且以艺术化的方式更好地促进了学生对相关学科的学习。

（资料来源：www.cupi.info/5344.html）

案例分析：

小学音乐的反思性教学，要坚持以学生为主体，从学生生活实际和认知心理出发，通过对音乐课堂教学内容、教学目标、教学策略、集体协作等多角度、多形式地进行科学反思。从成功的课例中我们应该反思："为什么成功？"、"成功的理论依据是什么？"、"教学的设计与过程有什么特色？"、"如何锦上添花富有创意？"等，从中总结规律，提炼经验、指导实践。从失败的课例中我们应该反思："失败的主要原因是什么？"例如：是教育思想还是教育理念的问题，是目标的设定还是内容的失当，是教学设计还是方法手段的应用等，从中吸取教训，从而更好地促进教学内容的选择、组合、调整，教学目标的设计、达成，教学策略的合理、优化，才能使课后的反思性"教学随笔"真正起到反思、调整、改进后续教学的积极作用，切实提高课堂教学的效能，不断提高学生的音乐感受力和音乐审美能力。

本 章 小 结

本章首先从科技理性、实践理性和解放理性三种话语分析了三种教师形象——"技术熟练者"、"反思性实践家"、"教师作为一个人"，以及其专业基础，批判性分析构想了三种模式的教师教育；然后又从中国传统文化的儒学话语出发分析作为"道德创造家"的教师形象、专业基础及教师教育的构想。读者在阅读本章时，首先要理解专业、教师专业的概念，通过对比分析，理解四种话语下的教师形象、专业基础和教师教育。

复习与思考题

一、请试着比较不同话语下的教师专业形象和教师专业属性的异同，以及不同话语下教师专业知识的构成、特征、形成有何区别？

二、谈谈教育自传和慎独的异同点，以及各自对教师专业成长有什么意义？

【推荐阅读】

1. [日]佐藤学. 课程与教师. 钟启泉，译. 北京：教育科学出版社，2003

2. [英]艾弗·F.古德森. 专业知识与教师职业生涯. 刘丽丽，译. 北京：北京师范大学出版社，2007

3. 姜美玲. 教师实践性知识研究. 上海：华东师范大学出版社，2008

4. 周淑卿. 课程发展与教师专业发展. 兰州：甘肃文艺出版社，2005

5. 刘万海. 重返德性生活——教学德性研究. 上海：华东师范大学，2007

6. [美]派纳. 自传、政治与性别. 陈雨亭，刘红宇，译. 北京：教育科学出版社，2005

7. 杜维明. 《中庸》洞见. 段德智，译. 北京：人民教育出版社，2008

8. [美]多尔. 后现代课程观. 王宏宇，译. 北京：教育科学出版社，2000

9. 干春松. 儒学概论. 北京：中国人民大学出版社，2009

10. 柳士彬. 德性教学的存在之思. 北京：高等教育出版社，2008

11. [美]唐纳德·A.舍恩. 反映的实践者：专业工作者如何在行动中思考. 夏林清，译. 北京：教育科学出版社，2007

12. [美]唐纳德·A.舍恩. 反映回观：教育与咨询实践的案例研究. 夏林清，译. 北京：教育科学出版社，2010

理论倘若没有个人生活的基础，没有个体经验的独特性，这样的理论很容易以政治上和理智上反动的方式起作用。而教师个人知识，强调的不再是静态的、由专家制造的"跑道"，而是个体围绕跑道奔跑的动态过程体验。

——题记

第三章　教师个人知识

本章学习目标

➢ 教师个人知识含义、特征与价值。
➢ 教师个人知识构成、形态及表征。
➢ 教师个人知识生成。

核心概念

形象(Image)；隐喻(Metaphor)；实践原则(Practice Principle)；实践规则(Practice Rule)；个人哲学(Indivdual Philosophy)

引导案例

筱老师的教学生活故事

故事的主要人物筱是一个在加拿大受过研究生教育之后，回到上海任教的中国教师，一位师范学校的教师。她在一所师专教音乐，有一个女儿，住在学校里。这是一个当代的故事。故事从筱开完会回来，马上就要开始下午的教学任务开始。

时间是上午11:30，筱匆匆忙忙赶去上下午的课。今天的主题是"新时代"流行音乐的类型和意识形态。筱花了两周的时间来准备这堂课。她试着把自己关于中国流行音乐的博士研究并入她的教案。为了准备这堂课，她重新温习了她对教育部颁布的《音乐教学大纲》。这个大纲的目的是教育学生坚持中国共产党的领导，坚持社会主义道路，坚持无产阶级专政，坚持马克思主义毛泽东思想；教育学生热爱祖国，为实现现代化和经济的飞速发展服务；教育学生谱写现代歌曲和音乐，颂扬现代社会主义国家。

当筱考虑到她的课时，她有一点儿不安，因为她对流行音乐的研究有向当时中国社会普遍的清一色的生活方式挑战的倾向。但是，她还是认为她的教学主题或许是与《音乐教学大纲》中的现代化标准相符的。筱记得她的上一节课是关于西方美术与西方音乐的关系，她的学生对那堂课很感兴趣，但是课后一些学生过来对她说："老师，你今天课上讲的东西很有趣，但它对我们的未来没有用。美术专业的学生都想转到室内设计艺术和广告专业，因为在那些领域他们可以多赚钱。同样，经典音乐的听众也寥寥无几。人们需要流行音乐。这是一个摩登时代，不是吗？"

学生们开始哼起一支摇滚曲子。筱想起这一幕时笑了。这支歌用摇滚演唱时，有一种革命的锋芒，尽管是以间接的方式表达，但仍有一种改革的趋向。当筱回想起这节课时，她意识到在这哼哼声中运行着某种有教育意义的东西。她思索着，"我怎样才能为我的课定好调子又不违反规定呢？"

当筱到她的公寓为自己和女儿准备午饭时，她女儿也背着重重的书包到家了。书包里装满了她五年级的课本。她说："妈妈，今天我们老师讲了很长时间的话。她要我们刻苦学习，考个高分。她告诉我们，我们得的每一分都是爸爸妈妈的钱。"筱说："她怎么能这样讲！"她生气了。她女儿开始争辩："我们老师是对的，她说的每一句话都是对的。"筱明白了。她知道女儿会听从她老师的每一句话。在中国的课堂上教师总被认为是知识的源泉。筱想起她孩提时也有同样的感觉。她还意识到女儿的话也有道理。确实，在他们的入学考试中一分就区天别地，而且这一分也会转化成学费上附加的花费。

女儿去上学之后，筱也去学校了。

将近12:30了，下午1:00上课。每个人都很匆忙：学生、教师都走向各自的教室。当筱穿过校园时，她碰到一群唱着歌的学生。筱听出那首歌出自张艺谋导演、巩俐主演的电影《红高粱》。在筱看来，这部片子对中国传统文化的同一性提出了质疑，民族歌剧形式、缓重的迪斯科旋律和西北乐器唢呐的交替反映了现代中国与她的古老特性之间的斗争，也反映了西方文化与中国文化的交融。当筱匆匆走过这群学生时她自言自语地说："这可以作为我今天这堂课的一个很好的开场。"

筱走进课堂，跟学生讲了这首歌，然后让学生对《红高粱》的主题歌展开无限制地自由讨论，从而开始了这堂课。在评论中，有的注于歌的流行性，有的关注于歌词，有的关注于主题，有的关注于社会意义，有的关注于政治含义，有的关注于情节，有的关注于旋律。学生评论之后，筱引导学生的讨论集中于她对中国音乐趋向的见解以及这些趋向对中国文化意味着什么。在筱看来，每首流行音乐都会反映那个国家共同的情感和政治生活，流行音乐代表了隐秘的政治和文化意识形态。这堂课成了讨论课。她完全放弃了她为当天的教学所做的准备。

(资料来源：[加]克兰迪宁，康奈利. 叙事探究：质的研究中的经验和故事. 张园，译. 北京：北京师范大学出版社，2008)

案例分析：

该案例为我们提供了一个理解分析教师个人知识的成功范例。从筱的教育经历、家庭生活、学校生活、课堂生活表现出来的个人形象、实践规则、实践原则、个人哲学、隐喻、生活周期和节奏等各个方面，我们能够洞悉其个人专业知识的形态，并试图使用一些专用话语(或术语)来表征其个人知识，以达到对筱的理解、对教师个人知识的理解以及交流与分享。当然，这个故事不可能全面地揭示筱的个人知识的各个方面，但是通过对该故事的描述，希望使读者对教师个人知识的一些观念变得清晰明了。

第一节　教师个人知识概述

教师个人知识建立在个体经验基础上，是指教师在具体的日常教育教学实践情境中，通过体验、沉思、感悟等方式，发现和洞察自身的实践和经验中的意蕴，并融合自身的生活经验以及个人所赋予的经验意义，逐渐积累而成的运用于教育教学实践中的知识。它实质地主导着教师的教育教学行为，有助于教师重构过去经验与未来计划，以便于把握现时行动。关注教师专业领域中固有的个人知识的存在，充分体现了教师专业走向"一个人"的概念重建。

教师个人知识的研究是教师教育理论迫切需要研究和解决的重要的课题之一。教师该如何获得和更新个人知识，以提高教师职业的专业化水准，已成为世界各国教育改革的聚焦点。但是，由于各种因素的影响，个人知识却一直处于被遗忘的角落，处于一种边缘性地位和被忽视的状态。教师个人知识长时间处于研究者视野之外，是教师教育理论工作者研究的盲点；同时教师也由于身陷日常繁琐、细小和琐碎的教育事件中以及教师本身惰性等原因，忽视了自己本身具有的实践性知识的作用。显然，教师个人知识尴尬的现实处境及地位与其在教师专业发展中发挥的不可替代的作用是不相称、不协调的。这种现象不仅阻碍了教师知识基础方面的理论建设，同时对教师教育的模式转换以及学校的教学实践也有着不同程度的消极影响。

我们或许应该跳出科学主义研究视界，从追求宏大理论到走进学校日常生活，由此迈向具体的日常教育实践，从日常教育实践的角度来察看教师和教学，将教育理论降解到日常实际进行的教师与学生的教与学的活动的观察与阐释之中，呈现教师教育教学活动的真实过程，增强教育研究的实践性。正如艾尔斯(W.Ayers)所言，教学的真正秘密存在于局部的细节上和教师的日常生活中，教师可以作为教学知识的最丰富和最有用的来源，那些希望理解教学的人必须在某一时刻转向教师自身。

总之，教师个人知识的研究是教师教育理论研究的重要课题之一，也是当今教育理论和实践中迫切需要研究和解决的重大实践问题。

一、教师个人知识的含义

教师作为"技术"抑或教师作为"实践"，两者所建构的教师专业属性都缺乏对教师个人目的、生活经验等方面的深层次的尊重，缺乏对教师个人生活理想的尊重。两种教师专业概念的失误皆源于其对教师专业的标准化、技术化、实践化角色符号设计的态度，对个人经验的漠视。教师作为"一个人"，是超越"技术熟练者"和"反思性实践家"而形成的一种新教师形象。这种教师形象，把教师界定为高度个性化的专业职，它不是依据公共的、理论的、外在的科学知识、技术和实践性知识，而是求之于通过教师个人生活史传记性情境的自传探究，以及对个人生活和专业实践进行探究，而形成的个性化的个人实践性见解与学识，即个人知识。

所谓个人知识，又称个人实践性知识、个人哲学、个人理论和个人学问等，是指教师的个人专业知识，简称个人知识；是指为教师个人所拥有的经验、体验和信念的整合体；是教师专业知识基础。经验强调了源于个体的经历与实践的观念，存在着大量的隐性知识；体验重在表达个体伴随着认知活动产生的动力维度，如情感、态度等；信念是指对外在的各种信息加以内化、确证后的观念。个人知识是个人通过生活经验与教育所获认识的总体，教师的个人知识就是教师通过个人生活经验、教育实践与接受教育所获认识的总和。

个人知识存在于教师以往的经验中，存在于教师现时的身心中，存在于未来的计划和行动中。个人实践知识贯穿于教师的实践过程中，即，对任何一位教师来说，个人实践知识有助于教师重构过去与未来，以至于把握现在。它反映了个体的先前知识，并认同了教师知识的情境性。这是一种由情境形成的知识，是当我们在经历自己的故事，通过复述和反思再经历那故事时而去建构和再建构的知识。与人们已经概括、提炼、编码并达成共识的各种社会公共的、制度性知识不同，就教师而言公共的、制度性知识是指学科系统知识与教育理论知识以及抽象化、类属化的"实践性知识"。公共的、制度性知识一旦形成系统并加以传播，它就远离了个体经验与具体情境，而个人知识的获得总是在特定的情境中产生的，无论是理论知识的内化过程，还是个体经验的提升过程，它都置身于特定的场景中，因此，个人知识具有复杂的场景性、整合性和多元表征性特征。教师在教育实践中的各种教育决策与教育行为都是以教师个人知识为支撑的。因为独立于教师个体的社会知识通过各种教育形式使教师获得，但如果教师没有把这些理论知识与自身的教育实践加以对接，是无法转化为个人知识的，教师只能运用一些已达成共识的概念、术语进行口耳相传。而这些社会知识一旦内化就转化为个人知识，并对教育实践产生直接、有效的影响。

研究表明，每位教师都会有关于学生发展与教育的"理论"，它是教师在长期的教育实践中形成的，是属于个人化的、内在化的"实践理论"，即"个人知识"。D.简·克兰迪宁(D. Jean Clandinin)认为个人知识是教师对各种教育问题的看法与信念，它来自于教师的经验。巴特(Butt)指出，个人知识是教师通过以往经验而形成的对教育的各种主张，它联结着教师的过去(经验)、现在(当前对教育的看法与主张)以及未来(以现有的知识体为基础对未来行动的预期与决定)。虽然上述关于教师个人知识的定义有不同侧重，但均突出了知识的个人经验性与个人实践性。既然教师的教育教学行为背后是与其个人理论密不可分的，而教师个人理论的形成又是与其生活史密切相关的，即教师有什么样的教育生活实践的历史，就会形成什么样的"个人知识"。

总之，教师个人知识是以实践者的生活史(包括作为学习者的学习经历、作为教师的实践经验、重要他人、关键事件和时期)为背景，在长时间教学实践中借助教育理论关照下的案例解读和教学实践中问题的解决，逐渐积累而成的富有个性的教育实践的见解、创意或经验。这种知识是教师个人观念、才能与直觉、胆略紧密结合的产物，既包括教师拥有的具有价值导向作用的信念假设，也包括教师依据教学情境脉络变化，对情境做出应急的、恰当且准确的直觉式反应的情境性知识，具有连续性自动化的特点。在变化不定的教育教学情境中，个人知识强调教师作为"专家"的创造性和实践性。教师个人知识是教师专业发展和自我成长的核心因素，是教师教育强调教师自我内源性发展趋势的表现。

【课堂讨论】

教师个人知识是否还有其他的含义？谈谈你对该问题的看法？

二、教师个人知识的特征

教师个人知识与以往的教师知识观有着很大的差异，它是对以往公共知识的批评，认为教师发展不能只依赖于让教师学习传统的知识类型，如学科知识、教学知识、一般知识，而是要密切关注教师知识的生长点，即教师自主成长、获得深刻体验的教育现场。因此，教师个人知识具有与传统的知识所不同的特征，这种知识是线索性的、情感性的、境遇性的、灵活性的，以及流动的、审美的、主体间性的，深深地扎根于教师的内心。那么，教师个人知识与传统知识相比有哪些特征呢？

(一)教师个人知识是一种个体性知识

个体知识观认为，个体乃知识与文化的创造者，个体不能被简单地视为教育过程中的知识接受者或社会化和文化濡化过程中的文化接受者。人类与其环境的相互作用过程中产生知识，人类运用这些知识进一步促进这种相互作用过程，从而对其文化环境作出贡献。现实生活中，每一个人都在创造知识，日常生活的历史对人类生活作出了非凡的贡献，虽然这往往不被承认。这种对日常生活世界的关注，对人的创造价值的充分肯定，是个人知识观的基本精神。教师个人乃是其自身专业知识的创造者。

此外，个人知识观极为关注个体的前意识经验，这不仅因为前意识经验是人的完整人格的有机组成部分，还因为人的前意识经验与其意识及行为也是内在统一的，剥离了人的前意识经验所把握到的意识与行为究竟有多大的真实性和价值，是值得怀疑的。所有的编码知识，包括那些构成科学的知识，都来自于并取决于在本质上属于个人的前概念或前观念的前一个层次或领域，这是知识的本体——根本基础。然而传统认识论追求的理论知识是透过现象看本质的知识，是外在的、确定的、普适性的，被看作与个体的价值、信念、热情等毫无相关，排斥个体的情感、意志、态度，力图构建出一个普通、绝对的知识世界，它是忽视甚至反对教师的个人知识的。事实上，教师在从事教育活动过程中所获得的知识主要不是一种纯粹理性、自然科学式的知识，而是一种充满教育艺术和智慧的实践的知识，或者说是一种择宜的知识。因此，传统的知识观以主客观相分离为基础，力求将个体的热情、信念、价值等从知识中清除出去的做法是不科学的。教师教育智慧的生成恰恰是在其以个体的主观经验、热情、信念、价值等参与、卷入到教育实践中，从而不断、可持续地建构起个人的知识，丰富自己的教育智慧。一个鲜明的事实是，成功的教师不可能只有一种教学风格，而不同的教学风格背后反映的正是教师的个人实践知识的不同。因此，个人知识的个体性说明教师通过实践所形成的知识不仅包含其热情、情感、意志，而且还具有信念性，这种知识是一种属于教师个体的知识，是一种个人化的体验、个人化的知识。

(二)教师个人知识是一种境遇性的诗性智慧

传统知识观认为，知识就是放之四海皆准的认识，它突出的是知识的客观性，主张知识适用范围的普遍性。这种知识观认为，知识既不是以个人的兴趣、爱好为转移的，也不是以时间空间为转移的，它代表着一种普遍适用性，可以在任何时空与境域发生迁移。然而，知识形式不是自然法则性的，而是情境化地理解和交流意义。教师的大部分个人知识都打着特定的时间、空间、人物、氛围、教材、目标(特别是对象)等印记(烙印)，且处于不断的数量的增减、质量的变化转化等变化中。因而，教师的个人知识是情境性的，因为它必须在特定情境的教育现场才能不断形成。

1998 年，莱夫和温格(Lave＆Wenger)从心理学的学习理论视角提出了社会实践是个体的学习方式，也是个体知识发展的途径，强调了个人知识的情境性。他们认为学习者的知识不仅是命题性知识，而是在社会实践与具体情境中获取的情境性知识。有些学者则强调，知识是个体与社会情境和物理情境活动的结果，知识的运用不仅受其本身规则的制约，还受特定文化、活动和情境的制约，知识随着在每一次新的情境中的运用，其内涵都将发生变化。

教师个人知识是需要在教育时机不断变化的过程中的瞬间行动的知识。教育时机是教师做了与孩子或年轻人相关的学习方面恰当的事的情境。但是，教育情境通常不允许教师停顿下来进行反思，分析情况，仔细考虑各种可能的选择，决定最佳的行动方案，然后付诸行动。一些研究人员估计教师平均每分钟就要做出一个决定。它意味着教师在不断变化的情境中要不断地采取行动。多数情况下，教育的情境要求教师不断地行动。用理性的标准来看，这种行动可能就像一种当机立断，但是这又不是普通的解决问题和反思意义上的决策。教育情境中的智慧性教育行动的知识具有一种特殊的结构。它多数情况下既不是习惯性的也不是解决问题型的，它也不仅仅是智力方面的，也不仅仅是身体方面的，既不是慎思意义上的纯粹反思，也不完全是自发的和任意性的行动，而是一种在一个特定的情境中的个人反应或智慧性行动。智慧性行动与反思性行动的区别在于，前者以智慧的方式对它的行为关注，而不是从情境中撤出来反思各种办法和行动后果。因此，机智性行动是一种全身心投入的诗性智慧行动。

(三)教师个人知识是一种实践性知识

以往的教师知识观认为教师知识就是关于学科、教育学等领域的公共知识，它是不依赖于教师个体而存在的。如果要想成为一位好教师，就必须掌握这些外在的公共知识。因此，传统的教师知识观排斥了教师在形成知识过程中的主体参与性与实践性。而个人知识则指出在教师知识形成中实践参与的重要意义，它区分了教师的两种知识，一是公共知识，二是个人知识。前者是不具有信念、判断、倾向等价值成分的知识，而后者则包含了各种价值判断。也就是说，教师个人知识是实践取向的，这种知识主要体现在与孩子相处时的关心价值取向上。这种知识在教育情境中有以下几种表现方式。

第一，在与孩子相处时关心其成长，但不急于求成。教师知道何时克制自己，何时忽略什么事，何时等待，何时不去注意某件事，何时后退几步，而不去干预、打扰，教师的这些个人的实践知识对孩子的发展来说是一件珍贵的礼物。

第二，教师个人的实践性知识表现为在教育情境中对孩子的体验的理解。在与孩子相处时，教师总是先问一问：这个体验对于孩子来说是个什么样子？对孩子的经历保持开放，意味着努力避免用一个标准的和传统的方式来处理各种情况。这里的开放意味着一个人试图从成人以外的角度来看待孩子的经历。

第三，这种知识表现为在教育情境中对孩子主体性的尊重。把孩子看做主体，而不是看做客体。拥有这种知识的教师在教育情境中会换位思考：孩子是怎样观察事物的，这个学生从他本身的角度遇到了什么样的困难，因而不能跨越障碍走进学习的领域。教师能为孩子找到有效的方式帮助孩子跨越障碍。

第四，这种知识表现为教师对教育情境的自信。具有这种个人实践性学识的老师，学会了在不断变化的情境和环境中充满自信。不管老师如何精心准备一堂课或一个教育情境，似乎任何一个教学情境总是会出现某种不确定性，在这样的情境中老师要能够显示自己的信心和机智。最为重要的是，这样的老师能够将这种信心传递给自己的学生。

第五，这种知识表现为临床的知识。教学就是即席创作。一位不仅是作为知识传授者的教师，需要不断地感知怎样做才是在教育上正确的言行。换句话说，就像一个爵士音乐家知道如何临场演奏一首乐曲一样，老师知道如何临场从教育学上对课程进行临场的发挥(为了孩子的利益)。好的爵士音乐家的标准是审美性的，而好的教育者的标准是教育性的。

因而，教师的个人知识具有很强的实践性，因为它是个人化的、情境性的，情感的、审美的、身体的，这必然是与教师的个人实践分不开的。

(四)教师个人知识是一种综合性"合金"知识

教师的个人知识是具有综合性的"合金"知识的特征。这种知识包含着大量关于学生的学习风格、兴趣、需要、长处和困难的第一手经验以及大量常备的教学技巧和课堂技能。教师了解学校的社会结构，也了解它对学生和教师的要求；他还要了解学校所处的社会环境，知道社会能够接受什么，不接受什么。这种经验性知识来源于教师所教学科的理论知识以及教师对某些领域的理论知识(如儿童成长理论、学习和社会理论)。所有这些类型的知识，被每位教师整合成为个人价值观和信念，并以他的实际情景为取向，它们被称为"个人知识"——整合了多种知识的"合金"的知识。

这种"合金"的知识由五个方面的知识熔炼而成：一是学科知识，既包括教师所教的知识，又包括与学习相关的理论；二是课程知识，是指如何组织学习经验和课程内容等方面的知识；三是教学法知识，它包含了课堂常规、课堂管理以及学生需要等方面的知识；

四是关于自我的知识，包括对个体特征的了解，如性格、年龄、态度、价值观和信念及个人目标；五是关于学校背景的知识，包括学校的社会结构和它的周边社会。

在丰富、鲜活、生动的教育情境中，教师面对的不仅是要学习知识的学生，而且是要在情绪情感、人格个性、社会性等各方面均要健康成长的学生，因而教师的个人实践知识必然需要其多方面的参与，既需要理智的参与，也需要非理性的热情参与；既需要运用已有的知识经验解决学生在学习过程中遇到的问题与难题，也需要运用对话与沟通的交互互动方式与学生一起建构对教育生活的体验、态度与观点。正是在这种整体性参与的教育实践中，教师逐渐建构起个体的教育实践知识，从而促进其教育智慧的成长。

(五)教师个人知识是一种缄默性知识 (Tacit Knowledge)

教师的个人知识大多是不可言说的，这些教师大多处于"做事"的环境中，他们以实践行动及其结果来说明一切，而不是以知识来表明自己的成绩，是在无意识当中建构自己的知识。之所以缄默，一是大多数教师并没有把建构个人教育知识作为自己的活动目的，没有注意思考这些知识的内容与性质；二是由于这种知识是无意识中获得的，尚未进入意识状态；三是这种知识尚未系统化，处于零碎状态；四是传统知识观的忽视，理性主义和经验主义的影响，特别是受实证主义的压抑或压制，以为知识就是意识到的、是经验的；五是与情景化相联系，不容易意识到，更不容易外显，只好处于缄默状态。

三、教师个人知识的意义

(一)实现教师专业概念重建以及教师个体解放

教师个人知识的话语肯定了教师职业的独特性、不可替代性和教师的优势所在，有利于增强教师的自尊和自信。粗略而言，教师所拥有的一般文化知识与其他文化人类似，所拥有的学科知识与学科专家类似，所拥有的教育学知识与教育理论工作者类似，他们的长处就在自己的实践性知识。而对这一长处认可与否或认可程度的大小，对教师群体的社会地位和专业功能的确定具有重要的意义。

综观中国教师职业的发展历程，教师一直处于被剥夺权力和主体地位的境地。虽然在古代教师工作也受到文化传承和官位晋升的约束，但不像近代如此意识形态化、科层化、技术化。从前，"社会化"为一个教师的过程不是一个标准的制度化和技术化过程，而是一个自我实践、自我成长的历程。教师必须是有学问的"通人"，在创造知识的基础上传授知识。自工业化以来，学校变成了公众的事业，由国家或地方政府用制度的方式规定下来。教师创造知识的专利被限制，成了国家的雇员，从事的是一种制度性职业劳动，受着制度和职业技术的双重制约。教师教什么，如何教，具备什么任职条件，承担什么教学任务——均受到行规的约束，并接受行政的监督。教师无法选择课程内容，不能随意支配自己的时间，也不能任意采用教学方式。教师像工人一样，成为教育机器上的一颗螺丝钉。制度规定了教育的目的和内容，教育理论规定了教学的程序和工艺，教师就是在课堂上依据工艺规范实现既定目标。

近代兴起的教师专业化运动进一步使教师成为既存制度的建设性力量，专业增权的教师虽然不再是无声者，但却是被"格式化"的有声者。在教育舞台上，专业化的教师不过是演技日益精湛的演员，剧情已定，台词已定，甚至表情已定。增权不过是这蔓延的技术化对一切领域更深入、更成功的殖民。虽然教师目前在专业化方面已经取得了一些进步，如享有专业培训与进修的机会，拥有自己的专业团体，开设校本课程等，但是他们自己独特的个人知识仍不被认可。教师个人的知识和技能常被视为一种经验，"上不了学术的台面"。专业化要求教师按照专业的标准行事，遵守外界订立的专业行规，接受专家的临床指导和考核评价。科层体制对教学过程的集权控制使教师变得越来越理性，教学变得越来越技术化，越来越丧失创造性，教师对意义的阐释空间越来越小。最后导致的是：技术化或技能化成为教师的专业追求，而教师的专业自主性则体现在对"如何做"的琢磨上，忘记了追寻"为什么"。在一味强调教师作为专业人员时忘记了教师同时也是文化工作者，忘记了教育的价值、文化和政治意义。具有讽刺意味的是，教师专业化与教师工作的技能化以及教师自主性的丧失形成了一个恶性循环的怪圈：专业化导致教师工作的技能化，而过分技能化又导致教师专业发展自主性的逐步丧失。

在推崇专业化的今天，教师对学科专家和教育理论工作者怀有一种爱恨参半的心情。一方面，他们认为学科和教育理论研究对自己的日常工作没有太大的实际指导意义；而另一方面，他们又羡慕学者们拥有的"高"深知识和"高"等地位。随着教育研究受到制度化教育的驱动变得越来越科学化、技术化，教师的工作也变得越来越程序化、机械化。教师成了知识的消费者，被动地消费专家们生产的知识。教育研究成果越丰富、越复杂，教师的思想变得越简单、越呆滞。教师在各种"培训"的名目下听讲座，记笔记，应付考试，他们在专家面前的心态就像是他们的学生在自己面前一样，找不到安身立命的依据。"知识不曾被我所用，我却只能被其掌控。"他们在专家面前患上了"失语症"——"无法发声，没有主体，没有自我"。他们自己质朴的智慧失落了，被专家的知识淹没了。专业知识即为教师身体和心理环绕的"跑道"——预先设定的、由教师记诵的教育专家制造的教育理论或教材，其最终导致的结果是"人在观念中迷失"。理论倘若没有个人生活的基础，没有个体经验的独特性，这样的理论很容易以政治上和理智上反动的方式起作用。而教师个人知识强调的不再是静态的由专家制造的"跑道"，而是围绕跑道奔跑的动态过程、"奔跑的体验"。因此，教师个人知识强调个体对"自我履历"(又称"自传")进行概念重建。在教师个人知识中，个体的存在经验是其核心。毫无疑问，教师个人知识的探究，是把教师从僵死的目标、固定的角色或"其他人的客体化"中解放出来，恢复其活生生的、完整的、超越性的自我存在，其根本目的是"个体的解放"。

如果我们认可教师具有自己独特的个人知识，那么教师与知识之间的关系应发生实质性的变化。教师不再只是知识生产线终端的被动消费者，他们也是知识的生产者，每时每刻都在生产着自己的知识。"知识"不再只是"高深知识"，知识里也不只是"高深知识"才有价值。教师的工作不应被认为是技术性劳动，而且也具有批判和创造的价值。教师一旦获得了生产知识的权利和能力，就会成为自己世界的批评家和创造者，而不是这个世界的被告或牺牲品。

(二)教师个人知识是教师专业发展的核心

教师的个人知识因其不可替代的重要作用，成为教师专业发展和教师教育的基点——不仅有助于理解教师行为的意义，而且还能为教师的专业发展找到切实可行的出发点。原因有三：一是教师工作具有个体性、创造性、发散性的特点，不仅需要技术和技能，而且需要艺术素养和审美情趣。目前教育研究界提供的教育教学指导过于单一、机械，忽略了教师工作的复杂性、动态性和审美功能。如果教师的实践性知识得到开发，将能更好地发挥教师的个性特点，扩大教师的创造空间。二是教育是一个实践性很强的领域，需要教师个人实践性知识的支持。目前教育研究界提供的理论和原则大都脱离实际，不能满足教师日常工作的需要。如果教师的个人实践性知识得到开发，将能更好地与外在理论相结合，为教师提供更加具体、有针对性的指导。三是教师从新手成为一个成熟的专业人员，这一过程基本上是在学校发生的，教师的个人实践性知识在其中起了决定性作用。如果认可学校在形成教师个人实践性知识的作用，教师和有关教育行政部门会更加重视校本教师培训(包括校本课程开发、校本管理、行动研究等)，在已有资源的基础上建立教师自我专业发展的有效机制。校本发展有助于教师跨越个人与专业之间的鸿沟，从科层制的群体专业化走向个体专业自主发展。

过去教师的个人知识之所以没有被有效地用于专业建设，是因为没有被认可；虽然在教育教学活动中被广泛有效地运用，但没有被视为"有价值的知识"。它不是不具备"教育性"，而是其教育性没有被发掘出来。很多教师自己也没有意识到自己知识的存在和可贵之处，因此失去了自己的文化立场与文化表达。在多次教育改革中，教师被认为缺乏改革的动力和热情，其原因之一是教师的个人知识没有得到尊重，他们没有看到自我发展的前景。有的改革只重视开发教师的某些技能，而没有认真考虑他们所拥有的知识和认知方式；有的改革目标与教师的日常工作惯例以及他们所处的学校文化相差太远，结果给教师带来强烈的不确定感和不安全感，以及由此带来的抵触情绪。当然，这并不意味着一定要将教师的知识作为衡量改革是否可行的唯一标准，而是应该作为改革的一个实际起点。如果改革的目标与教师的知识相差甚远，则需要做一些必要的调整，放弃不切实际的目标。改革的目标只有与教师的知识基本契合，才有可能促进教师的认知(以及随之而来的行动)。因此，任何教育改革都不仅需要促进教师知识的发展，而且需要首先了解教师所拥有的知识。只有以此作为基础，才有可能进一步深化教师的知识，以促进教师不断学习和提高。

教师个人知识对教师教育的一个启发是：开发教师的个人知识也许比灌输学科知识、教育理论以及模仿教学技艺更重要。一是以往的教师教育通常学科知识，书面考试；二是在中小学教学实践中模仿优秀教师的可观察行为，听课、评课，面试考核。前者重理论灌输，脱离实际；后者重机械模仿，缺乏分析、批判和隐性知识显性化。而教师的个人知识，与外在理论相比，对教师更具亲和力，更能为他们带来稳定感和安全感，因而也更具持久发展和自我生发的可能性，与机械模仿相比，它更加系统、明朗，更具有批判反思的可能性。教师只有以这种知识为基础，才能意识到自己的理智力量，去除对专家的迷信，言说自己的知识，找到自己知识的生长点和自我专业发展的空间。

【课堂讨论】

教师个人知识对教师专业发展是否还有其他意义？请谈谈你的想法。

第二节　教师个人知识的构成、形态及表征

一、教师个人知识的构成

教师个人知识既来自教师自己个人经验的积累、领悟(直接经验)，同行之间的交流、合作(间接经验)，也来自对"理论性知识"的理解、运用和扩展，包括如下六个方面的内容。

(一)教育信念

信念是站在某一事物之外对该事物的价值做出判断，对事物的原则、规律和性质做出断定，然后或采纳拒绝、或肯定否定，至少是默认，深信不疑地坚持去做。它是人们认识世界和改造世界的精神支柱，是从事一切活动的激励力量。教师的信念是积淀于教师个人心智中的价值观念，通常作为一种无意识的经验假设支配着教师的行为。它是应用型的，通过教师的行动得以实现和表现，教师的不经意行为往往最能体现其教育信念。教师的教育信念，具体表现为对如下问题的理解：教育的目的是什么？学生应该接受什么样的教育？什么是"好"的教育？"好"的教育应该如何实施和评价？如何看待教师职业？教师信念的形成通常受教师个人生活史(特别是学习经历、关键人物、事件和时期)的影响比较大，与教师的个性倾向性、教师作为学习者的经历、教师教学积累的实践经验和教师本身的价值观、世界观相关。这种信念往往是无意识地产生，从秘密源头不经意间、不被察觉地潜入人们的头脑，变成人们思想的一部分，是教师个人知识的核心组成部分。教师信念一旦确立后，对教师的教学行为有深远的影响，决定着个体成长与专业发展的方向、速度和效果，"教师信念在教师职业品质中居于核心位置，统摄着教师的其他方面的品质"，受外在教育理论的影响比较小。

(二)自我知识

舒尔曼(L.S.Shulman)在他的教学知识基础分类中没有包括教师自我知识，但它是教师教学中一个非常重要的知识基础。格罗斯曼(Grossman)在教师知识的分类中列出了教师自我知识；艾尔贝兹(Elbaz)在《教师思想实践性知识研究》一书中提到了教师自我知识。教师自我知识是指教师的自我价值观、个人特质、教学认知以及教学信念等，具体如教师对其自我角色的认识，教师对其权利义务的认识，或是抽象的教学态度、信念、意识、伦理等。教师的自我知识包括自我概念、自我评估、自我教学效能感、对自我调节的认识等。此类知识主要体现在教师是否知道运用"自我"进行教学，是否了解自己的特点(性格、气质、

能力等)和教学风格，扬长避短(扬长补短)，适度发展；能否从错误中学习，并及时调整自己的态度和行为。教师自我知识极易左右教师的课程思考及教学实践，更能影响教师对教学内容的选择、对学生的想法及教法的使用，而且在评价和反省中发挥着重要作用。因此，教师自我知识是一个重要的知识基础，它应当融入教师实践性知识的范畴之中。教师自我概念的形成与教师对反馈信息的敏感度有关，如果教师乐于并易于接受外界信息，通常能够获得比较现实的自我概念，找到提高自我效能感的有效途径。

帕尔默(P.J. Pamer)认为，真正好的教学不能降低到技术层面，真正好的教学来自于教师的自身认同与自身完整。他谈道，当与学生面对面交流时，唯一能提供我立即利用的资源只有我的自身认同、我的个性和身为人师的"我"的意识。如果我没有这种意识，我就意识不到学习者"你"的地位。其实，好教师有一个共同的特质，就是把他们自身认同融入工作的强烈意识，即我们在按照我们是谁而施教。

案例 3-1：激情澎湃

章岚(上海某小学语文老师)老师追求激情澎湃、酣畅淋漓与行云流水的教学境界，她的这种追求体现了她与自我的内心对话。她在教育一记中作了如下叙述：

"我一直在追求一种境界，一种上课时激情澎湃，上完课后酣畅淋漓的感觉。纵然对于语文课有千种评议万般论说，我总想，至少，一节课的设计应该是无法割裂而浑然天成的。语文课，特别是高年级的课文，教师在设计上的个性化思考是极端明显的，正是这种个性化的思考使诸多善意的建议和参考在很多情况下成了无味鸡肋。杂盘菜不仅无助消化还可能引起不畅。所以，极力主张纯原创的设计思路。当然，在原创的设计思路上，我们可以探讨更合适的操作方式和表现方法。

"在这样的设计背景下才能保证上课过程的'酣畅淋漓'"。

"同事问我'达到这样的感觉之后是不是要背上冒蒸汽'。我想，这就是'激情'吧！不至于'冒蒸汽'，至少也应该是全情的兴奋和投入。我不喜欢做作的煽情，觉得那不是投入的表现，有杂耍学生的嫌疑；更不想只是漠然地组织学生的表现，没有导演的激情不可能有演员的投入。但是，有了导演的激情就肯定会有演员的投入吗？好像只能回答不一定。"

从章岚老师的这段自我心灵对话，可以深刻地体现出自我知识在教学中的价值。教学，如同任何真实的人类活动一样，无论好坏，都是发自人的内心世界。教学生活世界不是孤寂不变、铁板一块、与活生生的人无关的世界，而是一个由教学中的人的实践活动创造的活生生的世界。教学不是死气沉沉的必然王国，而是与教学中的人的生命息息相关且生命力不断提升的自由天地。在这样一个教学生活世界中，师生通过感性化的对象活动开拓和创造动态的、鲜活的属人的世界。正如帕尔默(P.J. Pamer)所言，"我把我的灵魂、我的学科以及我们共同生存的方式投射到学生心灵上，我在课堂上体验到的迷茫困惑常常正好折射了我内心生活中的交错盘绕。"从这一角度看，教学就是自我表达，是即兴创作。如果我愿意直面自我的灵魂，并且不回避我所看到的东西，我就有机会获得自我的知识。对于优秀的教学而言，认识自我与认识我的学生和学科同等重要。实际上，认识我的学生和学科主要依赖于我关于自我的知识。当我不了解自我时，我就不可能了解我的学生是谁。我只会在我经受不了检验的生命的阴影中，透过重重墨镜看学生，而且当我不能清楚地了解学生时，我就不可能把他们教好。在我不了解自我时，我也不能理解我所教的学科，不能出神入化地从体现个人的意义上最深层次地吃透学科。总之，优秀的教师需要拥有自我知识，这是隐蔽在朴实见解中的奥秘。

(三)人际知识

教师的人际知识，包括对学生的感知和了解(是否关注学生，受到学生召唤时恰当地做出回应，有效地与学生沟通)；热情(是否愿意帮助学生)；激情(是否有一种想要了解周围世界的渴求，一种想要找到答案并想向别人解释的欲望，能否用这种激情感染学生)。教师与学生的关系具有一种特殊的个人品质：教师不仅是向学生传授知识，而且是以一种个人的方式体现自己所传授的知识。因此，教师在与学生交往时会通过身体力行表达自己对某些人际交往原则(如公平、公正、分寸、默契)的理解。教师的人际知识还反映在课堂管理中，包括对学生群体动力的把握、班级管理惯例、体态语、教室的布置等。

(四)情境知识

教师情境知识是指与课堂内的事件紧密相关的，教师现实关心与特别关照的，是教师面对情境的一种直觉(Intuitive)(但非纯直觉)、灵感、顿悟和想象力的即兴发挥，是教师做出瞬间判断和迅速决定的自然展现，包括教育教学目标的制定、课堂上行为选择、方法选择、师生交流互动策略选择以及对课堂事件及时判断等。

情境知识源于教师在教育教学实践活动本身所具有的情境性、不确凿性、动态性和过程性特点，教师在课堂场景中面对许多可预测和不可预测的各种随机性偶然性变化，这些不能回避的变化和现实情况要求教师出于善的追求必须做出适当判断和选择，要求教师超越理论的条条框框"当机立断"、"急中生智"。也就是说，这一层面的实践性知识常常启发于教师的直觉思维。直觉思维是人类思维的一种基本形式，是人们在长久思索的基础上，以高度省略、缩减的形式，凭借相似、比较和启发性而豁然洞察整个问题的内在联系和实质的一种创造性思维。直觉思维的特点：其一，表现具有顿悟性，是一种突如其来的幡然醒悟和理解，当事人对此既不能预先知道，也不能选择触发方式；其二，结构具有跳跃性，即不是沿着仔细规定好的逻辑步骤前进，而是凝聚简约的形式在瞬间直接猜测到问题的答案；其三，内容具有创造性，总是同新问题的解决联系在一起的；最后，结论具有不确定性，需要用逻辑的方法将其推广展开，加以验证，使之完善。直觉强调的是无需严密的逻辑推理，而采取了"跳跃"的形式直接猜测到事物的本质和规律性，一定意义上也可以视为灵感，是顿悟，是水到渠成，经常使人有一种"山穷水尽疑无路，柳暗花明又一村"的感觉，但绝不是什么神秘主义。直觉不是凭空产生的，是要经过对问题经久沉思、连续地思考和反复琢磨的艰苦过程的。在此思维过程中，教师始终对问题的解决有一种热情与激情、强烈的愿望和审慎的态度。也就说，直觉到来时教师是准备着的，但也不是一直冥思苦想的苦行僧，是有张有弛的。由此可见，教师的个人知识在这一层次上与教师的直觉思维并非无关，这也更体现了教师个人知识的创造性特点。

教师的情境知识，主要透过教师的教学机智反映出来。教学机智是教师做瞬间判断和迅速决定时自然展现的一种行为倾向，它依赖教师对情境的敏感(根据情境的细微差异调节自己的实践原则)思维的敏捷、认知灵活性、判断的准确、对学生的感知、行为的变通等。它不是一种按步骤、分阶段的逻辑认识过程，也不是一种简单的感觉或无意识的行为，而是教师直觉、灵感、顿悟和想象力的即兴发挥在一瞬间把握事物的本质，同时表达了教师对学生的深切关注，是"有心"(Thought-ful)与"无意"(Thought-less)的巧妙结合。教学机智帮助教师克服理论与实践之间的分离，反思与行动同时发生。

(五)策略性知识

教师的策略性知识，主要指教师在教学活动中表现出来的对理论性知识的理解和把握，主要基于教师个人的经验和思考。此类知识包括：教师对学科内容、学科教学法、教育学理论的理解，对整合了上述领域的教学学科知识的把握，将原理知识运用到教学中的具体策略(如比喻和类推)，对所教科目及其目标的了解和理解，对课程内容和教学方式的选择和安排，对教学活动的规划和实施，对教学方法和技术的采用，对特殊案例的处理，选择学生评估的标准和手段等。

(六)批判反思知识

教师的批判反思知识，主要表现在教师日常"有心"的行动中。所谓"反思"就是深思熟虑的思考。教师的反思是一种实践取向的反思，表现为"对实践反思，在实践中反思，为实践而反思"。表面上看，教师工作繁忙，几乎没有反思的时间和机会，但反思是有不同类型的。教师可以用语言描述自己的行为和思考，也可以对自己的经验进行系统梳理，甚至对自己反思的方式进行反思，但他们更经常做的是"在行动中反思，以行促思"。虽然教师在与学生交往时的瞬间行动通常不是由反思产生的，但这"冲动"本身就充满了全身心的关注，可以被看作"动中的反思"。批判反思型教师不仅进行反思，而且对自己所处的权力场域以及自己与他人的关系进行批判。与任何社会机构一样，学校也是一个角力争斗的场所，教师与其他所有人(学生、家长、校长、同事)都有利益的关联。

研究表明，上述各部分知识在强度上和力上存在差异，越是处于中心的知识对教师行为的影响越大，也越难改变，如教师的教育信念在教的实践性知识中占有最中心的地位，因此对其他知识的影响也最大。同时，所有知识内容之间是一互相联系、互相影响的关系，如教师批判反思知识深化有助于教师教育信念的更新，而教师人际知识的增长有利于教师情境知识的丰富和自动化。

二、教师个人知识的形态及表征

如果不采用一些命题性的概念描述教师的个人知识，那么将采用何种术语研究来理解教师个人知识的形态与样式呢？教师在教学实践中显性或隐性积累的知识形态又通过何种方式加以表征并与他人共享的呢？因此，对教师个人知识的表征形式的探讨，必然成为人们关注的焦点。教师在日常教育情境中从事许多活动，为了研究这些活动，我们必须从他们的观点去了解他们是如何从事教学计划、教学决策以及实施教学活动等。此时，我们需要捕捉教师在构筑其教学世界和阐释实践时所用的概念和符号，我们需要一种语言，它可以让教师理解并彰显处在情境中的自己，也可以让我们和教师讲述自己的经验故事。什么样的语言能够让我们做到这些呢？研究者通过分析实地考察记录，提出了一种接近经验的语言，一种情感的、道德的、艺术的、现象的语言，通过描述这些教育实践语言，由此构成我们理解教师个人知识的形态。

艾尔贝兹(Elbaz)以"实践规则"、"实践原则"以及"形象"作为表征教师实践性知识的实态。加拿大学者康奈利(F.Connelly)、克兰迪宁(Clandinin)以及何敏芳提出以"形象"、"规则"、"实践原则"、"个人哲学"、"隐喻"、"周期"和"节奏"以及"叙事主题"作为表征教师个人知识的实态。艾尔贝兹及康奈利、克兰迪宁等学者所提出的教师个人知识形态样式，也成为其他研究者的重要参照，如约翰斯顿(Johnston)，将研究重点放在形象上，研究了两位教师的形象，一位强调和学生建立朋友关系，而另一位则强调对学生的控制；而布莱克(Blake)等描述了一位小学教师桑迪的教学形象：维持快乐与平和，自由地使用隐喻、绘画和传统的反省日志来检视、诉说其所理解的教学复杂性。这些实践语言作为教师个人专业知识的表达的形态，不但说明了实地考察记录，而且形成了一种探讨教师个人专业知识的新方法。同时，这些实践语言的确能够帮助研究者和教师自身理解教师个人专业知识。

综合分析，教师实践性知识的表征形式包含形象、隐喻、实践规则、实践原则、个人哲学、周期和节奏以及叙事主题七类，然而此七类很难作绝对划分。我国教师实践性知识研究的学者姜美玲博士将上述七类形态融合为形象、隐喻、实践规则、实践原则、个人哲学，因为周期和节奏在教师叙说的故事中只有极其微小的线索，叙事主题贯通于教师的经验叙事之中，形象、隐喻等都是叙事主题的表现。

(一)形象

"形象"是教师个人实践性知识的一种表现形式。形象是指什么呢？形象是指客观形象与主观心灵融合成的带有某种意蕴与情调的东西。在教师实践性知识的研究语境中，形象是指教师经验中的某些东西，它内在于教师自身，既体现在教师的实践中，也表现在教师的行为中。形象对于引导教师的未来行动是有用的。它触及过去，并且综合处理对现在有意义的各种经验，它有目的地指向未来并且在经历相关情境时，因为它的作用，又创造出新的意义联系和新的情境。这样，形象作为教师过去的一部分，由教师当前的行为情境所唤醒，又指导教师的未来。

形象具有较强的包容性，类似于人们平常所说的头脑中朦胧的印象或体验。在形象层次上，当教师大致知道教育教学应当如何进行，并利用已有经验、学校环境等以支持自己的形象时，其情感、价值观和信念就会结合起来。艾尔贝兹指出，形象几乎容纳了教师对自己、课堂教学情境、教材和学校环境等方面的多种体验，似乎起到了组织这些领域的体验的作用。在艾尔贝兹的研究中，莎拉(一位教师)拥有这样的形象：自己是一个精力充沛的好教师。这种形象包含着她的多重体验，也是她的实践性知识的最好诠释。因此，形象总体上充满了价值判断，而且通常暗示了教学中努力的方向。

克兰迪宁认为，教师运用的形象有力地总结了他们对课堂的看法。在教师讲述、复述、经历和再次体验的故事中，他们所使用的形象是他们对自己工作看法的一种很好的表达方式。形象包含着一个人的经历，通过实践表达出来，提供了看待新的经验的角度。例如，克兰迪宁的研究，提供了一位教师——史蒂芬尼，所用的一个形象是"课堂就是家"。她像在家里一样制作饼干以及在课堂里摆放饼干，以此来增强课堂环境的家庭味道，表达出"课堂就是家"的形象。康奈利、克兰迪宁与何敏芳曾研究了一位从加拿大毕业的研究生，回上海任教的中国教师——筱的故事。他们指出，教师个人实践性知识的最显著的性质包含在术语"形象"之中。首要的研究任务就是要弄清楚通过实地考察记录及随后的故事，我们对这个人了解了什么？筱是谁？她如何认识她的教学与生活？她的个人实践知识是什么？如何建构她的形象？他们在筱的故事中看到，她是以一种紧张的形象生活着，经常在力量之争、观点之争和个人印象之争中谋求平衡，这种紧张是我们理解作为教师、作为母亲和作为一个受过教育的人——筱的关键。

约翰斯顿认为，形象是初任教师理解个人实践性知识的一种方式。他调查了初任教师的个人实践性知识，通过关注教学形象的建构，以识别两名初任教师把自身看作教师的方式，以及如何与他们的教学实践相联系。约翰斯顿指出，形象这个词也可以用来指教师组织自身知识的方式。实习生和初任教师是从教学像什么以及教学应该是什么的形象展开教学的。教师的教学中也许有正面的或负面的形象，这常常是受教师自身经历影响的，尤其是他们求学时代的经历。另外，有经验教师的形象还受到自身的工作和家庭经历的影响。这些形象渗透到他们的课堂实践行为之中，并形成了他们对教师工作和课堂教学行为的理解。

形象具有多个维度，如情感的、道德的和审美的维度，这可以帮助我们理解教师的教育叙事中的形象。正如康奈利和克兰迪宁指出，形象可以把一个人的不同经历，包括个人的和职业的经历，融合在一起。形象不仅是学校知识的一部分，而且是教师作为人的知识和实践性知识的一部分。教师在教育教学实践中常常会考虑到一些细节，对细节的考虑也反映了教师形象的一些维度。形象是教师经验中某些存在于过去、现在和未来的东西，认识经验就是去感受，去赋予价值，去以审美的方式对待事物，因为教学经验的产生都与教师的总体存在有关，这正是教师实践性知识所蕴含的意义。

要塑造一个比今天更加全面、更有希望的未来，需要意识到教师的思想、知觉和其教学形象。但如何意识到和捕捉教师的形象呢？教师或研究者阅读反思教师的教育教学资料时，寻找在我们的情感上打下的印迹最深的地方，也就是最让我们动情的地方，这样就可能寻找到潜在的形象。教师或研究者也可以在谈论或体验教师的教学实践、学生和思想时，留意是否有一种道德的、是非的或者好坏的感受，也许这些能够为我们找到形象提供一些线索。

(二)隐喻

隐喻是教师实践性知识的重要表征形式，它是一个经验化的术语。尽管隐喻类似于意象，但隐喻通常具有更多的语言特性，因此与意象不同。"隐喻"赋予教师实践性知识以富有想象力的描述，使人们有可能去探寻蕴含于"隐喻"框架之中的智能路径。

拉夫卡(G.Lakoff)与约翰逊(M.Johnson)的隐喻比较接近。他们在著作《我们生活中的隐喻》中写道：

我们发现隐喻渗透在我们的日常生活之中。它不仅渗透在我们日常生活的语言之中，而且渗透在我们的思考和行动之中。我们借以思考和行动的日常概念系统本质上是以隐喻为基础的。我们借以思考的概念不仅支配我们的理智活动，它们也支配我们的日常生活功能的发挥，其中包括最为世俗的生活细节。我们的概念决定了我们感知什么，影响我们如何在生活中处理事情，并且影响我们如何与他人相处。因此，我们的概念系统在决定我们的生活现实中起着主导作用。如果我们是正确的，即认为我们的概念系统很大程度上是隐喻性的，那么，我们的日常所思、所感和所做就正是隐喻。

拉夫卡与约翰逊认为，从本质上说概念在很大程度上是隐喻性的，他们所列举的这方面的一个例子是"争论就像战争"，这一隐喻影响我们在争论中的思考方式和行为方式。

教师个人实践性知识常常可以通过教师所使用的"隐喻"得到更好的理解。这些隐喻一般来自于教师自身过去的经验，也影响到他们对于社会情况的理解。康奈利等研究发现，筱持有一种"推—拉"式的隐喻，教师是社会之镜——教师应力图使学生发展对社会的批判性锋芒，她就在这"推—拉"式的隐喻中生活，这也折射出她的紧张的形象。布洛(R.V.Bullough)、诺尔斯(J.G.Knowleg)和克罗(N.A.Crow)在他们的案例研究中发现，一位教师用"警察"来比喻他管理有问题行为的班级的经历，也用此来比喻学校希望他承担的教学角色。另一位教师运用"救助者"来表征她对自己角色的理解，她要照顾学生和保护他们免于失败，以帮助他们树立自信和自尊。这一隐喻与这位教师童年的生活经历有关，那时她家境贫寒，曾经得到老师的"救助"。

格兰特(G.E.Grant)对分别任教物理、历史和英语三门不同非语言学科的教师作过调查研究，发现他们使用不同的隐喻来表征自己对学科教学的理解。物理教师使用"魔幻世界"来表征科学，给孩子们带来激动与兴奋；历史教师把历史看成是"游戏"，在游戏中学生们可以从不同的角度了解历史事件；英语教师用"艰难的旅程"来表征学生学习文学作品的艰辛，但这种学习最终可望获得令人满意的结果。教师使用的隐喻包含了他们思考、理解现实以及看待世界的某种方式，因此，它们是理解教师个人知识的有力工具。

我们可以把教师的教育教学行为和实践理解为他们的教学和生活的隐喻的具体化表现。比如，如果教师把自己看作是园丁或驯兽员，他们的教育教学实践就会有很大的不同；如果教师把学生看作等待灌输的容器，或者是一个旅途中的人，那么他们的实践也会有很大的不同。

如何捕捉和确定隐喻呢？可能最直接的方式就是倾听教师的言谈，倾听教师是如何谈论他的教育教学的，因为隐喻具有更多的语言特性。我们可以通过阅读访谈材料、故事，诸如书信形式的同行对话、日记等材料，从中捕捉教师的隐喻概念，这样或许更为有效。教师的言谈可能不止产生一个隐喻，或许能产生好几个隐喻，有些隐喻之间可能还会相互冲突。教师可以尽可能多地谈论一些隐喻，尽力对每一个隐喻都深入地讲述它的来龙去脉以及它影响各种实践的方式。但是，正如康奈利和克兰迪宁所指出的那样，从教师言谈中捕捉到的隐喻可能并不是"进行教学的隐喻"的最佳方式。言谈隐喻常常用于交流，或者与其说是一种行为方式，不如说是一种探索途径。用"我认为学校就像是一个加工原材料儿童的工厂"这个隐喻来解释自己的教育思想，与通过日复一日的教育教学实践来演绎学校即加工厂、儿童即原材料的思想，二者有很大的区别。因此，一旦捕捉到积极的隐喻，教师应该努力把隐喻情境转化到教学经验中，并且要在教学实践中看到隐喻。隐喻作为理解实践的一种方法，不仅是教师谈论实践的一种方法，而且也应该成为教师实践行为的一部分。

(三)实践规则

规则是规范人们行动的准则。邦格(Bong)认为"规则是行动方式的规定，它说明要实现预定的目标应如何做。更明确地说，规则就是一种要求按一定程序采取一系列行动以达到既定目标的说明。"规则可以分为"阐明的规则"和"未阐明的规则"。阐明的规则是指那些以阐明的形式为行动者所知道，如形诸于文字的或明确的形式；而未阐明的规则是指那些尚未或难以用语言和文字加以阐明的，但实际上为人们所遵循的规则。

艾尔贝兹认为，实践规则正如这一术语本身所表明的一样简单，就是关于人们在经常遭遇的特殊的实践情境中做什么以及如何做的简洁的、清晰的正式陈述。实践规则一般都非常具体，关系到教师如何处理他在某一课堂中所遭遇的个性冲突。艾尔贝兹举例说明了这个问题，即莎拉教师处理一个学习落后学生的实践规则。莎拉尽力向那个学生表明：在我完成所有的教学任务之后，我的注意力全部倾注在你身上。实践规则还可以运用于范围更广的情境，诸如教材的组织或任务的分配等。但是，艾尔贝兹指出，无论哪种情况，规则都涉及相关情境的实施细节，也就是说，整个行动的结果或目标都被认为是理所当然的。

教师关注的所有领域中几乎都包含实践规则。实践规则表现为各种各样的形式，有时是一条简洁的陈述，有时是关于实践的引申描述，从中可以推论出许多类似的相关规则。艾尔贝兹的研究成果为我们理解实践规则的形式提供了一些参照。关于简洁陈述的实践规则，比如：在谈到如何组织课程材料时，莎拉说，放假前一周或六月底，人们不想做那些非常繁重的、高要求的事情，而在孩子们还没有练习写作之初，人们又不想做那些很容易的事情，比如交流、小组互动；关于阅读教学，莎拉说，她要给学生布置各种形式的作业，而对于学生的写作情况，她会做出"富于表达性的反应"，包括个人评论、拼写和语法错误的矫正等。关于具有引申性质的实践规则，艾尔贝兹记录了莎拉的一些陈述。

我总是非常积极地、尽力地去倾听孩子们的心声，帮助他们做出解释，并且鼓励他们自己做出解释。很多时候，我总是允许他们就自己关心的问题发表见解和展开讨论，而我对他们的见解或讨论并不做任何评价。

上述谈论中，莎拉陈述了许多截然不同的规则：积极地倾听、帮助学生做出解释、鼓励学生自己做出解释和不做任何评价。这些规则融合在一起就构成了课堂交流的一种途径，并且可以表述为一个原则。然而，这些言论清楚地表明，莎拉区分了许多不同的实践规则，她在教学中有规律地、几乎是系统地遵循着这些实践规则。

如何捕捉教师的实践规则呢？由于规则包括"阐明的规则"和"未阐明的规则"，所以，对于"阐明的规则"，我们常常可以在一些表示绝对意义的词语中发现实践规则的口头表达，当我们在阅读教师访谈记录、教师日志、教育书札等资料时，一旦看到教师关于教学实践的描述提到"我总是……"或"我从来不……"，我们可以立即作出标记，这样对于理解教师的实践规则可能会有很大的帮助。比如，我们从老师的教育日志中寻找到他关于教学的实践规则。对于"未阐明的规则"，我们要挖掘隐藏在教师的课堂惯例中而没有用文字表达出来的潜规则，仔细地观察和审视教师的日常教学实践，精心找寻教师的实践规则的一些具体化表现，我们可能会惊奇地发现教师一直在按照某些规则工作，但自己却从来没有明白地说出来。比如，可以通过对某老师进行多次的课堂教学观察，发现她关于小组讨论的实践规则。

(四)实践原则

实践原则是关于人们在特定的实践情境领域中应该做什么和如何做的陈述。然而，实践原则是一种比实践规则具有更强包容性的表述。实践原则的陈述中已经表明了上述某些实践规则的基本原理。

艾尔贝兹记录了莎拉教师的一条实践原则。当莎拉谈到她"尝试着让孩子们愉快地走进课堂"时，她描述了关于补课和学习困难学生的实践原则，即"以学生的情感状态为起点，给予学习落后学生无条件的优先关注"。高斯尔(D.P.Gauthier)认为，实践原则的主要作用，是把过去的经验融入当前的问题，因为实践的领域必然是一个变幻莫测的领域，因此这种经验是有用的。在充分而仔细地思虑未来行动的意义以及可能的情景时，人们经常会忽视我们的行动必须依赖的实践环境。

一般来说，实践原则来源于经验，并且为我们汲取经验提供了一种方法。当然，这对实践规则也是适用的。然而，实践原则在实践性知识的个人维度上更富于表现力。拥有实践原则的人是一个行动者，行动者能够为他的行动提供一个理由，并且我们期望行动者以这种方式展开行动，期望他的行为随着时间的推移逐渐与个人信念和目标保持一致。因此，可以说，尽管基于个人实践性知识选择的行动也许不能和基于先前情境选择的行动正好一样，然而基于个人实践性知识来选择的行动路线仍然具有"原则性"。

有时，我们可能会根据特定的实践规则去分析实践原则。在其他时候，虽然教师非常明显地拥有实践原则，但是由于情境的复杂性、教师的经验不足、必要手段的无效以及其他因素，也许会阻碍教师清楚地表达其实践规则。实践原则既可能非常正式地衍生于理论观点，也可能直观地来源于经验，还可能是从理论与实践的结合中形成。

实践原则总是包含于教师的思虑和反思中，每一条原则的规定都包含着一个基本原理，而基本原理是对一个问题深思熟虑之后的结果。艾尔贝兹给出了一个关于莎拉的学习评价和教学评价原则的例子。莎拉指出：

无论我希望孩子们做什么，我必须首先要做到在我评价孩子们之前，我必须教给他们一些东西。

莎拉在学习进修课程时形成了这一原则，并且指导着她后来的所有教学工作。莎拉拥有与其实践性知识的所有领域相关的原则，并在她工作的每个方面都经常运用这些原则。

当我们试图去理解教师的实践原则时，我们可以从教师自己已经确认的可能的规则和意象中来寻找。更多时候，我们可以通过教师访谈、教师的教学日志、课堂教学实录等途径来捕捉实践原则。

(五)个人哲学

个人哲学是教师在教学情境中思考自身的方式。个人哲学是与教师个人知识研究密切相关的概念，它包含着积淀于教师个人心智中的信念和价值观，通常作为一种无意识的经验假设支配着教师的行为。康奈利和克兰迪宁指出，我们用个人哲学指称这样一种方法，这种方法常常要求，我们作为教师，要通过回答各种口头的和书面的问题，这些问题就像我们在求职面试时经常被问到的那样，描述和说明自己的信念和价值观。比如，教师每次差不多都要回答的有代表性的问题："在你的教学工作中，你最看重什么？"或者"你是如何看待学生的？"

让我们首先从康奈利等学者的研究中获得对个人哲学的大致理解。他们的合作教师筱"喜欢倾听学生的呼声"，这项实践规则蕴含于她的个人哲学之中，她坚信教育对她的学生是有意义的。她认为"当学生迎合他们自己的兴趣时学得最多"，她参与学生的交谈，希望他们多思考、交流、理解，而不是死记硬背地学习。筱研读过杜威的经验理论及其他教育家的著作，这些构成经验基础的教育理论可能内化为了筱关于生活和意义的个人哲学。

个人哲学透过信念和价值观的外在表现，深入到经验叙事的源头。信念和价值观的研究常常要提到教师对信念、价值观和行为偏好的陈述的一致性，然而，个人哲学意味着通过经验叙事，教师对自己的行动及其对行动的探索进行一种意义的重建。个人哲学涉及教师的信念、价值观和行为偏好，而在经验叙事中，它们通常以课堂事件的情境为基础，潜藏于课堂事件的个人化、情境化的意义叙事之中。

在关于教师个人知识的经验叙事中，个人哲学这一术语意指什么呢？从上述描述和分析或许可以看出，个人哲学就是指教师在教学情境与教学历程中，对教学工作、教师角色、课程、学生、学习等相关因素所持有且信以为真的观点，其范围涵盖教师的教学实践经验与生活经验，构成一个互相关联的系统，从而指引着教师的思考与行为。也就是说，当我们问教师，你们关于教学、学生、学习或者课程的观点是什么时，教师所做的回答。个人哲学不仅是教师理论的支柱，也是教师经验背景中的信念和价值观。因此，我们不仅要通过教师的访谈、故事、日志、随笔等方式收集资料，还要亲自进行课堂观察以审视教师的话语与实践行动的一致性，这些资料使得教师以一种经验传记的、课堂实践的及反思陈述的方式来表达其信念和价值观，我们从而从中理解教师的个人哲学。

总之，教师个人知识会组成一些表征形式，用以引导教师的课程教学实践。教师个人性知识会从过去的理论、经验和其他资源，交织于意象、隐喻、实践规则、实践原则或是个人哲学中，对形成中或已形成的教学决定进行判断，作为专业成长的催化剂，以扩展现有的习惯，并扩充问题情境的处理，进而导向教学实践的改进。

【课堂讨论】

是否还有其他的术语来表征教师个人知识形态，请谈谈你的看法？

第三节　教师个人知识的生成

究竟如何才能发展教师的个人知识呢？我们认为，由于教师个人知识具有个体性和实践性的特点，因而教师个人知识发展的关键是教师自身。

以教师个人知识为根基，把它作为可以依靠、但是存有疑问的可能性和假设，并参照专业理论和他人经验所提供的多种可能性逐步加以批判、改进，教师的成长才能成为一个更加理性的、自为的生命历程，而不是任由外部力量裹挟的、完全被动的过程，这才是既有立足点又有发展张力的实现教师可能发展的途径。

已有研究表明，教师的个人知识是一个庞杂的系统，是一些有组织的、心理的但未必是逻辑的形式，由个人的无数的关于教育的观念组成。它既是接收外界信息的过滤器，又是决定教师行为的核心因素。专业理论要经过教师个人实践理论的过滤才能被接受，而教师的计划、决策、行为也都直接受其影响。

因此，教师教育的主要目的是促进教师对个人的教育学框架的充分理解。职前和在职培训的关键在于通过与教师合作研究他们的教学经验来转化或重建教师的观点。个人知识的进步对于改善课堂是非常必要的。通过个人建构和自我叙述过程，教师可以首先重获继而重建他们的特色和他们共享的教学生活历史。

一、教师个人知识的源泉

教师个人经验的"前见"或"成见"是个人知识形成的源泉和前提。海德格尔(M.Heidergger)认为，解释总是根植在我们预先已有的东西——前见中。在他有自我意识或反思意识之前，就已置身于他的世界，属于这个世界，因此他不是从虚无开始理解和解释的。文化背景、社会背景、传统观念、风俗习惯，当时的知识水平、精神和思想状态、物质条件以及所属民族的心理结构等，在他存在时就已有了并注定为他所有，这就是所谓的前有。前有始终隐而不显，它决定此在的理解和解释，却不能为人们条理分明地、理智地加以把握。前见是我们反思了前有之后才产生的东西。伽达默尔在海德格尔的基础上提出了"理解的历史性"的观点，他强调指出，历史性正是人类存在的基本事实，理解的历史性体现为成见与传统对理解的制约作用，传统和成见都不应是加以克服的因素，而是理解的必要前提和基础。

教师关于教育的个人知识，可能从幼年在家庭教育的非正式的学习经验中就开始形成，之后在十几年的学校生活中逐渐成型。正如解释学所提出的"偏见"或"成见"是理解的条件和解释的基础，有研究就指出不同的生活史内容会造成教师专业实践知识不同情况的质变与重组。可见，教师所处的时代、生命阶段、文化背景、家庭环境、受教育经历构成了他的前有；人类在几千年的历史中积累的丰富的教育民俗和文化传统，成为人们形成个人理论的宽广的背景；而教师所接受的专业知识与技能、所形成的观念、亲身经历的教育教学实践及其对它的审视与反思等则构成了他的"前见"。这些"前见"或"成见"足以影响教师个人知识的再建构与发展，更是个人知识形成与变化的源泉和基础。

二、教师个人知识的生成机制

"原初视界"与"现在视界"的不断融合是个人知识的生成机制。哲学解释学认为理解是存在的方式，理解是存在的显现，理解之所以能实现，就在于双方的视界不断融合。个人知识作为教师自身对教育的意义理解和解释，不是一个静态的知识体系或观念的集合，而是一个不断变化的动态的过程体系，是"原初的视界"与"现在的视界"不断融合的过程。伽达默尔认为理解者的视界不断与被理解者的视界交流，不断生成、扩大和丰富，以达到不同视界从差异走向融合，这种不同视界不断融合的过程是一个创造性的循环过程，他将之称为"视界融合"。然而，视界是一个不断形成的过程，永远不会固定下来，新的视界超越了它们融合的、视界的、最初的问题和成见，给了我们新的经验和新的理解的可能。因此，教师个人知识的演变和发展轨迹是可以追索的，它是教师通过以往经验而形成的对教育的各种主张，联结着教师的过去(经验)、现在(当前对教育的看法与主张)以及未来(以现有的知识体系为基础对未来许多的预期与决定)。

在教师个人知识的生成和演变过程中，"视界融合"实际上应该包括两条不同的通路：一是追求实践经验的历史积累与个人现在的"视界融合"；二是追求社会倡导的教育理论和研究成果与个人的"视界融合"。换句话说，"原初的视界"既可以是教师个人实践经验的积累、领悟的"传统的世界"，也可以是教育研究成果和思想的"文本的视界"。这两条不同通路的"视界融合"过程会表现出不同的特点，同时二者又是相互渗透和交融的。作为追求实践经验的历史积累与个人现在的"视界融合"，往往是由"批判性的自传探究"活动来澄清、验证和发展的。如果没有返回理论的对话与反思，而仅限于教师对个人自己的教学实践进行反思所获得的"情境理解"，会使其陷入理解的狭隘与危机之中。因此，应该返回历史、权威和理论，在"理论阅读"和"理论对话"中不断地批评与修正教师的个人知识。

20世纪60年代，德国学者福利特纳(W.Flitner)借鉴伽达默尔(Hans-Georg Gadamer)的哲学解释学观点，一反施莱尔马赫(F.Schleiermacher)和狄尔泰(W.Dilthey)客观解释学的"原意"说，提出自己的解释学教育学命题：①历史和本文的意义不在作品本身，而只是出现在作品与学生(解释者)的对话之中；②作品的意义并非狄尔泰所说先于理解作品而自在，相反，它依赖于学生(解释者)的理解而存在；③任何文化课程的本文的意义因时代的沿革和理解者的不同而改变，作品的意义也因时代不同而不同。福利特纳肯定了任何主体不可能脱离开他自己的独特生活经验和人生经历去理解，承认理解是个体创造性的理解，承认理解的历史性，同时承认认识对象永远无法消除认知主体的个性。福利特纳认为：理解是社会文化与个体人格的整合，教师教育即意义的生成，教师教育即不断以新的视界取代教师原初视界的过程。教师教育要使教师认识到"理解"就是人自身的存在方式，理解历史、文化、科学就是理解人生和社会。这一过程也就是对教师精神世界的拓展。

20 世纪 70 年代末，美国著名哲学家里查·罗蒂(Richard Rorty)在《哲学与自然之镜》一书中，对德国的陶冶哲学传统加以认真的考察。他认为以伽达默尔为代表的德国人文哲学家以"陶冶"概念取代了作为思想目标的"知识"概念，认为当我们读得更多、谈得更多和学得更多时，我们就成为不同的人，我们就"变革"了自己。罗蒂进而指出，人文哲学不应是建立一种理论的"体系哲学"，而应是以对话为己任，陶冶个人自我完善能力的哲学。……他认为陶冶哲学是对智慧的爱的一种方式，它放弃追求客观真理和本质的责任，而是追求一种人生价值。从这个意义上来说，教师个人知识的生成就是通过陶冶、修身，达成意识提升和自我经验的改造与转变。

三、教师个人知识的生成方式

(一)通过现象学的"深描"，回归教师个人

首先，要让教师个人的前见、偏见呈现、澄明，所以要进入教师个人经验的内部让其显现出来。其方法就是对教师个人进行现象学的"深度描写"(简称"深描")。这是教师个人知识、意识提升的第一步。描述是现象学所发明的回到事物本身、从事物本身出发来理解事物的基本方法论。

"现象学"这个词告诉我们，以这样的方法来把捉它的对象——关于这些对象所要讨论的一切都必须以直接展示和直接指示的方式加以描述。……这个名称还有一种禁忌性的意义：远避一切不加展示的规定活动。……凡是如存在者就其本身所显现的那样展示存在者，我们都称之为现象学。在现象学看来，"现象"就是自己把自己显现(呈现)出来的东西，是"显现者"、"公开者"。不要先"透过现象看本质"(这是自然科学的惯用手法)，首先应谦卑地倾听"现象"把自己"说"出来，仔细地观察"现象"把自己呈现出来。"现象"就是"本质"。人们往往听不到"现象"的"声音"，看不到"现象"的显现。这主要是因为受自然态度、习惯成见所织成的屏障的蒙蔽，由此形成恶性循环：越遮蔽"现象"，就越认为"现象"背后有一神秘"本质"，就越想采用各种技术手段控制"现象"去寻找"本质"；越控制"现象"，就越遮蔽"现象"，"本质"也就离人越远。走出这种"现象"与"本质"的二元论是现象学的主要任务。把"现象"自己"说"出来的、显现出来的东西记录下来，就是"描述"。这个过程用胡塞尔(E. Edmund Husserl)的学生海德格尔(M. Heidegger)的话说就是，让那自身显现者，以自己呈现自己的方式，被从它自身看到。

人们当然可以对"现象"做点什么，但前提是不能遮蔽、破坏、毁灭"现象"。 这样，

"深描"就不仅具有方法论的意蕴,还具有价值论的内涵:"深描"既是倾听、观察、记录"现象"的过程,又是掸去蒙蔽"现象"的精神尘埃使之呈现出来、小心看护"现象"、富有勇气地保护"现象"的过程。"现象学深描"迥异于自然科学基于观察或实验数据、借助数学运算和逻辑推理而对现象做出的分类、概括式描述。描述并不意味着像植物形态学之类的一种处理方法——这个名称还有一种禁忌性的意义:远避一切不加展示的规定活动。

只有从被"描写"的东西(有待依照与现象相遇的方式加以科学规定的东西)的"实是"出发,才能够把描述性本身确立起来。"深描"不是对"现象"的规定、框限,而是揭示、呈现。

"现象学深描"首先关注每一个个体(人或物)的独特性、复杂性。关注个体的独特性、复杂性就是关注活生生的世界本身。这意味着不仅要小心修复已被破坏的每一个活生生的个体,还要有勇气保护个体,使尚未破坏的个体保持原样。"现象学深描"还关注个体之间的差异性、多样性、关系性。"现象"不断地"说出"自己,但"现象"从不独白。一个"现象"不仅处于自身的历史中,还处于与其他"现象"的关系之中。"现象"彼此诉说,当然也向人诉说。人倾听"现象"诉说的过程,也是对"现象"做出积极回应的过程、与"现象"会话的过程。人通过描述所捕捉到的"现象"必然渗透着人自身的体验,但却不能把"现象"归结为人的体验,因为人在描述其他"现象"之前已经处于世界之中,与其他"现象"的关系之中了。所以,描述就是一张渗透着体验的特殊的网,网捕到"现象"之鱼,体验供给氧气和营养,使"现象"之鱼永远鲜活。这就是关系思维、关系认知,它珍视个体之间的差异性、多样性、关系性。

在教师教育领域,对"现象"的遮蔽集中表现在对教师身体和心灵的控制、压抑和摧残方面。教师教育中创造"深描"——叙事探究的直接目的是发挥"现象学深描"的"揭蔽"功能——消除对教师的遮蔽,恢复教师自由的、创造的个性,使教师个人回到专业教育的中心,使教师专业建基于人性之上。

现象学对教师个人知识探究的启示是:对现象要进行"深描",以此揭示社会行为的实际发生过程以及事物中各种因素之间的复杂关系。描述越具体、越"原汁原味",就越能够显示现象的原本。写作中说话的应是多重声音,要让被研究者的教师自己说话,要透过缜密的细节表现教师个人的文化传统、价值观念、行为规范、兴趣、利益和动机。

探究在收集和分析资料时走的是"自下而上"的路线。研究者必须走近主人公教师的生活世界,在当时当地与其面对面地交往,了解教师的日常生活、教师所处的社会文化环境以及这些环境对其思想和行为的影响。

(二)关注复杂(教师个人经验的故事性特征)

真正的科学研究都是尊重"事情本身"的。但是,以往的科学研究强调普遍性的、还原的和分离的原则,致力于寻找线性的因果关系。在自然科学领域,随着对复杂现象的认识,这种简化的思维方式的弊端已经越来越显现出来;在面对复杂的人文世界和社会实践领域的时候,如果还用这种简化的思维方式进行研究,就必然造成对事实的简单化认识,而不可能真正做到面向事情本身。现象学与一般意义上的"实证科学"的不同之处在于：后者强调观看者本人的观念与观看的对象之间的"符应"、"对应"、"符合"、"吻合"，凡"符合事实"的就是被"证实"了，凡"不合事实"的就是被"证伪"；现象学与之不同，现象学更重视观看者本人的"个人视角"、"个人立场"、"个人感觉"和"个人想象"，后来伽达默尔的解释学(解释学实际上是现象学的分支)把观看者本人的这种"视角"、"立场"、"感觉"和"想象"直接称为"前见"、"偏见"。

针对教师个人的教育叙事探究关注复杂，致力于面向教师个人，如其所是地展现教师个人的生存状态。它关注的是在真实的生活世界中的具体的、生活着的人，而不是与环境割裂的、无时间性的、抽象的、冰冷的、"平均状态"的人。教育叙事探究强调情境性、时间性、偶然性等过去简化思维所忽视甚至排斥的特征。在叙事探究中，尽可能展示研究对象的可能相互冲突的多面性和复杂交织的联系，而不是寻求简单的因果关系。

文本是由书写固定下来的生命表达式。法国现象学家梅洛·庞蒂(Maurice Merleau-Ponty)认为，真实描述世界而非概括世界的语言才是反映世界的语言，思索世界的语言。加拿大现象学家范梅南(Max van Manen)认为，经验往往比我们所能描述的更直接，更高深莫测，更复杂，更模棱两可。

要体现教师个人的复杂状态，教师个人的故事是一种非常适合的表述方式。以故事的方式叙述的文本保存了教师个人生活世界中的机缘、细节和流动性，更具情境性、人性、更能够体现生命的鲜活、律动和动态生成性，是一种更贴近生命本质从而揭示生命本质的表达式。在这些细节中、具体的经验中而不是在明确、抽象的规则中，读者、故事的主人更能得到某些打动心灵的启示。

(三)通过教育叙事研究，理解与建构意义

教育领域叙事探究的代表人物康奈利和克兰迪宁说，叙事探究是理解经验的一种方式。叙事主义者相信，人类经验基本上是故事经验；人类不仅依赖故事而生，而且是故事的组织者。而且，他们还相信，研究人的最佳方式是抓住人类经验的故事性特征，记录有关教育经验的故事同时，撰写有关教育经验的其他阐述性故事。这种复杂的撰写的故事就被称为叙事。写得好的故事接近经验，因为它们是人类经验的表述，同时它们也接近理论，因为它们给出的叙事对参与者和读者都有教育意义。

针对教师个人知识的叙事探究并不停留在展示存在者的层面。现象学深描的方法论意义就是解释。现象学方法的目标不是解决主客关系，获得关于客体的正确知识，获得客观真理，而是把人直接体验到的自己存在的种种状态展现、揭示出来。真理不是关于对象(客体)的真理，而是教师个人自己存在的真理。真理不是知识，而是教师个人本身的展现、澄明。

以现象学和解释学为方法论基础的教育叙事探究，与建立在客观主义基础上的寻求普适性结论的研究不同，其主要目的是对被研究者的教师个人经验和意义建构作"解释性理解"或"领会"，研究者通过自己亲身的体验，对被研究者的生活故事和意义作出解释。每一次理解和解释都是对原有解释的再解释，这是一个解释的螺旋，可以永无止境地解释

下去。教育叙事探究强调的不是形式、规律，而是经验的意义。其尊重每个教师个体的生活意义，主要通过有关个人经验的故事、口述、现场观察、日记、访谈、自传或传记，甚至书信及文献分析等，来逼近经验和实践本身。教育经验叙事作为一种理论方式是为了寻求包括宏大叙述在内的现实(历史)教育时空中到底发生了什么？教师、学生以及其他人群是如何执行、理解各自所扮演的角色的？进而又编织了一张什么样的教育"意义之网"？

教育叙事探究关注人之为人的精神层面，重视教师个人的独特性，而不是把人看作一种"平均状态"。在教育叙事探究中，"被研究者"的教师个人更多地以"合作研究者"的身份出现。研究者与"被研究者"作为同具精神世界的人而展开对话。研究者说出的话不是对"被研究者"的指令，而是期待，即向对方敞开了许多未曾说出的东西，使对方获得了更多说的自由。正像伽达默尔明确指出的，既不是一个个性移入另一个个性中，也不是使另一个人受制于我们自己的标准，而总是意味着向一个更高的、普遍性的提升，这种普遍性不仅克服了我们自己的个别性，而且也克服了那个他人的个别性。

正像解释学强调对历史的理解从根本上说是对现实理解的一部分，是为了理解现实一样，对他人故事的理解，并不是为了知道故事而已，关键是以他人的故事为激发物，激起读者对自己作为人、作为教师的经历的思考，建构属于自己的意义。

美国教育史学家科恩(S.Cohen)在谈到传记法的方法论特征时认为，它不同于实验心理学研究，所研究的不是客体及其属性的发展，而是有自我意识的主体即个人的发展。传记作者感兴趣的不是他的主人公发生了什么和由于何种原因而发生，而是主人公把自己变成了什么和为什么这样做。虽然从这种"故事"里无法归纳出其他人的生活所必须遵循的规律，但它提供了一个富有教益的实例：这种事是可能的，或者这种事是常有的。范梅南认为，生活故事能够激发教学反思，对行动的追溯反思可以通过与他人的对话来进行。事实上，正是常常在与他人的对话中我们能够最好地对一个具体情境的意义进行反思。……当我们对我们的经历作反思时，我们有了认识这些经历的意义的机会。

教育叙事探究的过程本身就是一个研究者与"被研究者"对话的过程，教育叙事探究所叙之事又成为促使读者反思的激发物。从这个意义上说，在叙事探究中，衡量研究质量的标准不是实证主义的证实，也不是后实证主义的证伪，而是被研究者自知和自我反思能力的提高。

研究者应问的问题是：研究者是否在对话中采取平等的态度，用自己对对方的尊重和真诚唤醒对方的真实？被研究者通过与我们进行辩证对话是否获得了自知和自我反思能力？他们是否在认知、情感和行为上变得更加自主、更加愿意自己承担责任？

总之，教师个人知识的探究正是以面向事情本身、面向教师个人、关注复杂、强调意义理解与建构为旨趣，把人直接体验到的自己存在的种种状态展现、揭示出来，以获得视界的敞亮和自我的更新。

(四)教师个人生活史分析

随着质的研究方法的日渐兴起，教师个人生活史受到了越来越多人的重视。教师个人生活史是指在一定的社会、文化和历史情境中，教师对他(她)自己在生活与教育中所发生的事件和经历的描述和刻画，是教师本人对自己在"教育的生活世界"中的体验和感悟。

教师的个人生活史记录着教师自身的内心体验，记录着自己专业发展的心路历程。教师在记叙中，原汁原味地呈现出事件发生的过程，包括教师在日常教学活动中所遭遇和经历的各种事件，有喜怒哀乐、有悲欢离合，它们深深地影响着学生、影响着教师、影响着教育生活。

教师个人知识是在教师的教育教学实践中形成的，具有高度的个人生活史特性，因为这类知识所具备的个人性与实践性足以说明，其形成必然无法脱离教师自身的生活实践，以及个人所赋予的经验意义。因此，个人生活史分析是提升教师实践性知识的重要途径。

在教师具体运用生活史进行分析时，要求教师对自己的专业发展过程进行历史回顾，并引导其从自身的人格和认知特性、知识结构、对个人成长的决定性影响、形成个人专业成长的转折点和关键、个人常用教学方法、教学成功案例和教学诀窍等方面进行回忆。需要指出的是，个人生活史不是简单的日记，日记只是为了留下一些记忆，而个人生活史不同，它需要对自己进行剖析，需要教师深入反思自己的教育观念和教育行动。

总之，个人生活史分析主要叙述的是教师的教学经验和教学理念形成的历史，撰写个人生活史可以帮助教师对自己的教育成长历程进行梳理，从而加深理解个人自身教育特点的来龙去脉。教师实践性知识是个人生活史作用下的产物，为教师接近教师实践性知识开启了一扇窗户。

(五)教学实践经验反思

教师个人知识的形成是教师在一定教学情境中通过新、旧知识相互作用而进行的主动建构。在这个过程中，教师已有的教学实践经验对实践性知识的形成具有重要的影响作用。艾尔贝兹、康奈利和克兰迪宁在其研究中也都强调了教学实践经验在个人知识形成中的重要作用，认为教师是在他们的课堂教学活动中常规地建构教与学的理论，逐步构成实践性知识。教学实践经验不仅能够加强和巩固教师原有的已证明为正确或是可行的知识，改正或修改他们原有的已被证明是错误的或是不可行的知识，而且也为教师提供重要的机会获取或创造很多新的知识(包括具有"情境性的"和"隐性的"知识)，例如，如何才能在课堂教学中找到民主与纪律的平衡，如何才能提高学生学习的积极性等。教师的教学实践经验不是一成不变的，而是处于不断发展中。值得一提的是，并不是所有的教学实践经验都是正面的，在教师积累的经验中，也存在一些负面的、不利于专业发展的部分，这就更需要教师不断检验自己的经验。

教师教学实践经验是教师专业发展的基础，但是，仅仅具有教学实践经验还是不够的，还需要教师在教学实践过程中的不断反思。近年来，实践反思受到了越来越多学者的关注。教学实践经验反思就是教师在教育教学实践中，通过回顾、诊断、自我监控等方式，对自己原有经验进行思索和修正，从而不断提高其教学质量的过程。事实上，教师只有经过反思才知道已有的教学经验哪些是可取的，哪些是需要改进的，也只有经过不断的反思，才能使自己的经验与充满变动性的实践相适应，否则，久而久之随着教学实践各因素的变化，经验的价值将会荡然无存。

在实际操作过程中，教师的实践反思包括实践前反思、实践中反思和实践后反思，可以是对教育教学的一节课、一项活动、一种教育现象的分析和思考，也可以是对教育教学中的一个片断、一个细节、一名学生、一个具体实践的处理进行的反思或批判。教师可以通过写日记、自传、构想、文献分析等方式单独进行反思，或通过讲故事、教师晤谈、参与观察等方式与他人合作进行反思，或以合作自传的方式，即由一组教师一起围绕目前工作的背景、当前正使用的课程、所奉持的教育理论、过去的个人和专业生活等主题写出自我描述性的文字，然后进行批判性的评论。通过这些方式，加强教师对其自身实践的认识，并在此基础上提升自己的教育实践，获取合理的个人实践性知识。

(六)教师合作与交流

教师个人知识的发展不仅需要对自己个人生活史的分析、教学实践经验的反思，也需要教师之间的合作和交流。教师应主动积极地与其他教师进行合作交流。这里的合作与交流不是简单的同事之间的交往，而是对专业生活史、专业经验的一种共享，通过这种共享，教师可以从其他教师那里获得有价值的替代性经验，再通过自己的批判、反思和实践，促进自身实践性知识的提升；同时，也只有通过沟通和合作，教师之间才能产生思维的碰撞，经过不断的碰撞，才能使教师的个人实践性知识得以不断的显性化，才能促使该类知识达到更高的水平。当前，在新课程改革的背景下，教师合作与交流受到了越来越多的重视，集体备课和校本教研中的同伴互助都反映了教师合作的重要性。

(七)教师进修培训

教师的进修培训是发展教师实践性知识的一个有效途径。从当前的教师教育模式来看，教师在职培训是促进教师专业发展的一个重要途径。从教师教育管理部门到学校，都为教师提供了各种进修培训机会，但是结果却不令人满意。其中，教师的自觉意识是一个主要因素。在许多教师看来，培训只是"交点钱、露个面"，培训过后一无所获。因此，教师应珍惜每一次进修培训机会，认真听讲，结合自己的教育教学实践，把所听到的、看到的、学到的融入自己的教学实践中，以促进自己的个人知识的不断发展。

对于中小学教师来说，不仅应该抓住主管部门和学校提供的进修培训的机会，也应该在自己需要的时候努力去创造机会，这种机会的所得对教师个人实践性知识的发展具有重要的意义。

案例 3-2：L教师的青少年时期的一个传记故事——我不要钱了

自从我读研究生，我爸就一直迷惑不解，总想问我是研究什么的。我说我的专业是"教育学"，就是研究教育问题的。他说："其他我不懂，教育我懂。"父亲是不是真的懂教育学，我不好说。他对教育持一种民间的立场和民间的理解。我和父亲交往最多的时候，是在我读中学的每个寒假和暑假。中学以前他很少理我，中学以后他想理我，我没时间理他了。上了大学以后，我就很少回家。在中学的六个年头的寒假和暑假里，我们有很多交往。高考结束后，我知道我会考上大学。在家里没事做，我想学画画。在高中三年级的历史课上，有一次我临摹马克思像，被教历史的杨老师痛骂一顿。杨老师的意思是说："都火烧眉毛了，竟不知死活。"现在毕业了，我想画画。

我向我爸要20块钱。我爸问："要钱干什么？"我说："买画画的书。"他说："干那没用的事情干什么？"在我父亲看来，只要一件事没用，就没有做的价值。他不知道，有些事情如果是"有趣"的，这就比"有用"更重要。后来我为这事专门写过一篇文章，文章的标题叫《什么知识最有力量》。我特别谈到了"有趣的知识最有力量"。记得当时我很生气。我都高中毕业了，都长大了，在这个家里说话一点地位都没有。

当时我们俩正在剥黄豆，准备晚上做"黄豆炒辣椒"。那时进入秋天了，湖北乡村的夏天有很多菜吃，但到了秋天，可吃的菜就很少。那年秋天我们经常吃"黄豆炒辣椒"，到今天我都喜欢吃。一次我在 "手拉手酒店"(湖北菜馆)问服务员有没有"黄豆炒辣椒"。服务员很困惑，然后说，"以前好像有，现在没有这个菜了"。我想威胁一下我的父亲。当时我们剥黄豆时，把黄豆放到一个小塑料盆里。我用脚轻轻地踢了一下那个塑料盆。我威胁说"给不给啊？"结果没控制好力度，用力过猛，把盆踢翻了。那时家里穷，地上是泥土，很多灰尘。新鲜的黄豆在地上滚动，黄豆裹上了灰尘，很难看。我父亲腾地一下站起来，满脸怒气。我估计他要揍我了。我父亲很少打我，只有一次我骂我妈，他动手打过我一次。但他那天没揍我。他弯下腰，拿了塑料盆，一颗一颗地把黄豆重新拣回来，放到盆里。我父亲很高大。我长得矮，是因为我母亲矮。那么高的个子，弯着腰，低头，一颗一颗地拣很小的黄豆时，我很难过，觉得对不住他。想帮他，但一帮他，就是认错，我不愿意认错。我只承认踢塑料盆是不对的，但不愿意承认要20元钱是不对的。我要是帮他拣黄豆，就差不多承认我全错了。等到他把最后一颗黄豆拣回塑料盆里时，我感到绝望了，连补偿改正的机会都没了。他端着盆，不理我，转身往厨房的方向走。我忍不住了。冲着我爸，猛喊了一声。你知道我喊什么了吗？我讲这个故事时，讲到这里我就问在场的老师。有小学老师说："你肯定是喊：'爸，我错了'。"还有小学老师说："爸，我再也不那样了。"其实，我只是使劲地冲着我爸吼叫："我不要钱了！"我记得当时我父亲听了我的吼叫，他回头看着我，两眼充满了感激。我爸用拣黄豆的方式关心并帮助我，这是一种教育。我觉得我用"吼叫"的方式关心并帮助我的父亲。这也是一种教育。

(资料来源：刘良华. 教育自传. 北京：高等教育出版社，2010)

案例 3-3：L 教师工作后的学生观——什么样的是一个好学生

2001 年，我给 X 师范大学×级公共管理专业的学生讲授《教育概论》。 这个班的学生出奇的对学习怀有热情。这有些出乎我的意料。他们的听课方式是"老式"的、"传统"的，甚至显得有些"不成熟"，比如很多人约好了似的很整齐地望着老师，很像后来一位老师告诉我的"朵朵葵花向太阳"。这很容易让站在讲台上讲课的老师感到虚荣心得到满足，尤其是我这样长期讲究虚荣的人。不过很遗憾，我讲到激动时，他们仍然保持他们老式的、传统的、近于不成熟的听课方式，从不鼓掌。我心里有时不免会抱怨，这孩子们怎么知道听课而不知道鼓掌呢？坐在前排的往往是那些比较自信一些的女生，她们是班里学习最认真、投入、充满期待的学生。男生坐的位置往往靠后，我最初对这些男生不太满意。

当我对这些男生不那么满意时，我会琢磨是否因为我是一个男老师的原因。这种状况后来却有变化。

有一个男生，叫什么名字我记不起来。话不多，听课好像容易走神，一副不在乎的样子，甚至学期末的考试也没让他紧张起来。他甚至会说："老师，我可不可以不考"。我说："大概不行，这样你会毕不了业的。"他说："不毕业也可以。"我很惊异，问他："你喜欢什么？"他说："计算机。""你想转系吗？""可能有困难。"就冲这些话，我喜欢上了他。后来我发现，这实在是一个值得喜欢的男生。不只是有个性，敢于做自己想做的人，更重要的是，他拥有自己想做的事情，他拥有智慧。好像班里有几个女生也喜欢他，喜欢他的生活方式。 另一个男生，人长得比较帅。我向来认为长得帅是男人的悲剧。因为长相好的男人多不努力。但后来他用他的忧郁的眼睛和他的忧郁的作业(我规定他们每个月交一份课程作业)，让我对他另眼相看。难道忧郁的男孩就一定深刻吗？说不准。但至少他是那种有灵气和才情的学生，以至于在我惯常鼓励X师范大学的本科生考外校(我的感觉是报考本校的研究生是留级，而且留三年)的研究生时，我破例地怂恿他报考本校。我觉得这样的学生不留校是X师范大学的遗憾。现在大学老师招研究生时，一不小心就招来一个无能鼠辈，这使研究生招生几乎成为一件风险事业。但如果一个大学老师能够招到他这样既有灵气又有才情的学生做研究生，会收获"得天下英才而育之"而幸福感。 尚有一男生，上课经常缺席。我曾经对学生说，"只要你们在做有价值的事，可以不听我的课。"我的这个建议大概只对这位学生有效。他果然"放纵"自己，来听我的课时我感觉他是在鼓励我，不来听我的课时，我总是尽量设想他一定在做另一件比听我的课更有价值的事情。不为别的，只为他拥有"多元智能"中的几种智能。他的发型，他的表情，他的反抗和叛逆，他的作业所显示出来的怀才不遇，已经足以让我在期末考试时忍不住给他不低的分数。第二年我开选修课，他竟然报名。这着实让我不理解。但很快他又走他的老路去了，比如经常缺课，偶尔捎个口信，说今晚有什么重要的事情，所以不能来。 我喜欢有个性的学生。这个班的很多学生即使没有别的，至少有个性，他们知道自己喜欢什么，不喜欢什么，知道自己该追求什么，该放弃什么。 这个班用他们的精神气质，在延续大学的使命。所谓大学，是一个让进入这个地方的人因此而自由、独立、有个性。

(资料来源：刘良华. 教育自传. 北京：高等教育出版社，2010)

案例 3-2、3-3 综合分析

L教师青少年时期就形成的"有趣的知识最有力量"前见或偏见，深深影响了其工作后好学生的标准——我喜欢有个性的学生。

教师关于教育的个人知识，可能从幼年在家庭教育的非正式的学习经验中就开始形成，之后在十几年的学校生活中逐渐成型。正如解释学所提出的"偏见"或"成见"是理解的条件和解释的基础，有研究就指出不同的生活史内容会造成教师专业实践知识不同情况的质变与重组。可见，教师所处的时代、生命阶段、文化背景、家庭环境、受教育经历构成了他的前有；人类在几千年的历史中积累的丰富的教育民俗和文化传统，成为人们形成个人理论的宽广的背景；而教师所接受的专业知识与技能、所形成的观念、亲身经历的教育教学实践及其对它的审视与反思等则构成了他的"前见"。这些"前见"或"成见"足以影响教师个人实践知识的再建构与发展，更是个人实践知识形成与变化的源泉和基础。

本 章 小 结

本章从教师个人知识的含义、特征、意义、构成、形态和生成等几个方面对教师个人知识作了系统阐述；本章的难点在教师个人知识形态的表征以及教师个人知识的生成两个方面，特别是教师个人知识的生成是全章的重点；对以上两个方面都做了较深入的阐述。希望读者在学习过程中能理论联系实践，从分析个案出发来深入探讨教师个人知识的形态和生成，这是当前理论界关于教师专业知识研究的重要方向。

复习与思考题

一、请根据课后案例描述的故事，并结合本章第二节中的内容，分析表征 L 教师个人知识的形态。

二、谈谈你对教师个人知识含义、特征、构成和意义的理解。

三、谈谈你对教师个人知识生成的理解，试举例说明。

四、请撰写一个你过去中小学阶段记忆深刻的一位老师的故事(习惯性的规则、隐喻、个人生活等)，并试着分析其个人知识的形态及对教学的影响。

【实践课堂】

我记忆最深刻的一位老师的故事分享研讨会

第一环节——我的老师的故事分享与其个人知识分析

活动目的：

将学生的个人教育经历中的个人经验引入课程与教学，并力图发展学生的个人经验，以此增进学生理解教师个人知识的日常生活的形态，增强学生故事叙述交流能力。让课堂听到来自学生的"声音"。

活动设计：

我记忆最深刻的一位老师的故事的叙述分享会。提前让大家准备，可以书面叙述，也可以即兴叙述。叙述中可有同学提问。

第二环节——模仿本章开始时的"引导案例"对故事重新撰写并分析

活动目的：

锻炼学生撰写故事的能力和故事分析的能力。

活动设计：

(1) 让同学在叙述故事的基础上，模仿"引导案例"重新撰写故事。

(2) 小组交流撰写的故事：小组交流后推荐一名代表到班级交流。选出典型故事一列。

(3) 对故事展现的教师个人知识形态进行分析解读。

【推荐阅读】

1. [英] 迈克尔·波兰尼(Michael Polanyi). 个人知识——迈向后批判哲学. 许泽民，译. 贵阳：贵州人民出版社，2000

2. [英] 艾弗·F.古德森. 专业知识与教师职业生涯. 刘丽丽，译. 北京：北京师范大学出版社，2007

3. 姜美玲. 教师实践性知识研究. 上海：华东师范大学出版社，2008

4. 刘良华. 教育自传. 北京：高等教育出版社，2010

5. [加]范梅南. 教学机智：教育智慧的意蕴. 李树英，译. 北京：教育科学出版社，2001

6. [加]克兰迪宁，康奈利. 叙事探究：质的研究中的经验和故事. 张园，译. 北京：北京师范大学出版社，2008

7. [加]康奈利，克兰迪宁. 教师成为课程研究者(经验叙事). 刘良华，邝红军，译. 杭州：浙江教育出版社，2004

理解教师，从强调个体思维和其孤立心智的认知理论转向强调认知和意义的社会性本质。……在互动中，个体以及认知和意义都被认为是社会性的和文化性的建构……与世界的互动不仅被认为形成了关于社会世界的意义，而且形成了人的身份，也就是说，个体从根本是通过世界的关系而被建构的。即理解教师，从个体转向文化，这导致了其关注点从教师技能学习和发展理解转向形成一种作为教师共同体成员的身份……这有助于克服教师职业的疏离、孤独的个人主义问题。

——题记

第四章　教师文化

本章学习目标

➤　教师文化含义、特点、国内外研究现状。
➤　教师文化生成及类型。
➤　教师文化的改造。

核心概念

　　文化(Culture)；教师文化(Teacher Culture)；含义(Meaning)；特点 Charcteristic)；生成(Be Produced)；改造(Transformation)

意大利瑞吉欧·艾密莉亚幼儿学校中，教学协同研究人员与幼儿教师合作协商的教师文化(部分摘录)

访问者：莱拉·甘第尼(Lella Gandin)
受访者：T(一位教师)
甘第尼：教学协同研究人员如何在教学小组底下共事，并支持彼此与整个系统？
　　T：以我们目前所秉持的前提和期望来看，回答这个问题最适当的答案也就是同事之间的高度合作的关系，不管是教学小组内，或与每个中心学校或学校里的教育工作者的合作上。七位教学协同研究人员与主管们每星期聚会一次，讨论现行政策以及与整个幼儿教育机构网里有关的任何问题。我们全心投入于交流有关学校发生的种种信息、理论、实务以及政策上的新发展。我们必须是灵活有弹性的、敏感的、开放的，并且能够期望改变——在我们的教育体系里，这也是对教师与职员们的期望。

教学协同研究小组中每一个人都认为自己是通过与他人的意见交流，而不断地转型并在专业领域上有所成长，不断地为清晰性与开放性而奋斗，一个接着一个，并且试着做一番统整与整合。我们也整理来自市政官员与许多不同职务的雇员(市议员、社工人员以及文化、科技团体代表)的多方意见。……

我们乐于讨论，大家提出自己的想法，并且同时吸收他人意见之长，即使我们花掉许多时间，这种策略的价值也逐渐地被欣赏。……

接着，我们与学校的教师紧密地研究各式各样有关幼儿的教育议题和问题，其最终目的是要提升教师的自主性，而非将他们的问题接过手来，一一为他们解决。特别是婴幼儿中心，我们确信有效教学的先决条件是建立一个教师与家长之间亲密的合作关系，借由沟通过程的重视、策略的专业发展以及在职训练；我们尝试帮助教职员提升与家长主动沟通、和家长间彼此相互交流，以及倾听他人不同观点的基本能力。……

甘第尼：在瑞吉欧·艾密莉亚，专业发展与在职训练师教学协同研究人员职责中心所在。关于这两个方面，你能再进一步地详细地说明吗？

T：教学协同研究人员真正地投入每一所婴幼儿中心与学前学校的教育经验里，他们支持着每一层关系，以提升彼此交流与讨论的价值。

观察和记录的过程，协助教师与其教学协同研究人员定期的考察活动，如此一来，在技巧上与企划上，教师感受到一种稳定的成长。对我们来说，这种共同合作对持续成长的专业性而言，是最具有效率的，同时也是最能持久的方式。它不但使教师获得讯息与知识，成为研究者，学习理论与实务，并看着自己由知识传授者的角色转变为知识的创造者。对我们而言，自我省思、讨论、共同苦心经营的意义是困难的过程，而且也是一项持续不断的挑战。相对于事先计划课程这类动作，我们所做的与目前关于幼儿与成人学习形态的观念是符合现实需要的。……

甘第尼：你曾提及教学协同研究人员一职结合了瑞吉欧·艾密莉亚教育取向的各个基本成分，这背后支持的中心思想是什么？

T：在此我就引用美国心理学家布鲁纳(J.S.Bruner)所说的一段话来说明：

(一个)文化本身就像是一个意见上的协商与再协商的讨论会，而且用以说明行动中一系列规则或细目……这种文化的组织架构赋予在此一文化中的每一个参与者不断地制造以及再制造文化的职责——参与者的角色是主动的，而非旁观者的身份……以这种文化观点来看，我们是通过教育的过程来诱导文化，假如这是协商幼儿准备好去面对生命历程，那么我们应该让他们分担这种讨论的精神、协商的精神，以及这个重新创造意义的过程(Bruner, 1986)。

以上这一段引言正好说明，持续不断的文化创造以及再创造与我们工作的方式非常吻合。当我们与婴幼儿以及学前学校的幼儿相处在一起时，我们试着去体会布鲁纳所说的教育的灌输是以协商来共同建构的精神。在这种以协商为基础的教育文化里，教育工作者必须成为主动的参与者，我们无法消极地达到学习或成长的目的，就像去大学听一堂课，我们是去吸收教育理论中的智慧后来计划我们的实务工作。这种方式的学习是阶级式、单一走向的教育取向，与我们企划中全面的哲学观是相对的。相反的，我们借着反应在我们的实务工作——一种对理论上的反省——或者由一种理论性假设为出发点，然后与我们在实务中所见到的相比较后，重新修正它的意义。当我们讨论以及分享这些反省时，我们就创造了自己的文化。我们思考所发生的事物，并且寻求意义的阐释，我们协商以建立共识。少了这些互惠关系以及分享的过程，我们每一个人将停留在自己独立的观点里，而且我们整个体系也将变得支离破碎。就我个人的看法，在教学协同研究人员的职责里，在教学小组以及学校之间创造出教育分享文化是一项基本的工作。

甘第尼：数年来，当我定期参观瑞吉欧·艾密莉亚时，我一直注意到正在产生以及变化中的事物，我想这样的改变源于你们不断的反思。因此，想要完全固定住这个教育体系并十分精确地描述它似乎是不太可能，因为修正以及不断的转变一直持续地进行着。你们有意识地期待这种情况，并不断地为持续进行的成长与变化过程赋予其价值。

T：这类工作方式让我们欢迎新进人员，不管是幼儿、家庭还是同事，并且愿意与他们合作，同时也让长期参与其中的人能够维持在一个主动的、有效的更新状态。就像深入挖掘意义，即使对那些博学的人来说，也是一种更进一步的学习。新的观点提供新的知识，并让我们从不同的观点看待我们所熟悉或明白的事物，甚至从中发现新事物。虽然你之前已经做了二十次，但是直到二十一次的时候，才发现其深度的含义——有时候甚至在你已经能够使用正确的字眼来描述一件事情时，却依然不能真正地洞悉事物其中的内涵。

我相信，共享建构的意义是我们工作中一致的主题。没有这些主题，教学协同研究人员的职责将成为一份零碎的工作事项，以及不同程度上一连串的干预、行动、姿态以及面对，就像一幅精神分裂图画。反之，如果你考虑到建立这个整体的教育文化主题，那么你可以立即看见其中各部分的关联性，这条线贯穿每一个我们所面对的情境，不论是专业发展问题、学校环境、学校组织、人际关系还是其他方面。每一种情况都有其独特的层面，所有层面连接在一起构成全部，每一个层面都需要另一个层面都带来一个普遍共通的观点。

举例而言，当我与学校一位新进教师见面时，我不用告诉她必须用某些方法来完成某些事情，我也不需要听到这位新进教师是否表现应有的任何行为，就好比与婴儿玩一个球，重要的是互相了解对方，一起反省以及建立共识。只有这样的过程，对她、对我、对幼儿以及对父母才是有意义的。……

(资料来源：甘第尼，福尔曼，爱德华兹. 儿童的一百种语言. 罗雅芬，连英式，金乃琪，译. 南京：南京师范大学出版社，2006)

案例分析：

该案例很清楚地说明了，教师文化是作为教师这一职业群体而言所具有的共有的观念与行为，是教师群体在学校、课堂等社会环境中同其他群体和自我群体之间抗争、斗争、妥协、融合中生成与发展起来的价值观念和行为方式。教师文化作为社会文化的一个独特成分，具有与其他社会文化不同的自身独有的一些特征。认识教师文化对于理解教师专业、改造教师实践具有重要的意义。

第一节　教师文化概述

一般谈论的教师文化是充满矛盾的。人们批判教师的权势体质，却又要求严格的教育；批判伪善的行为，却又称赞高尚的伦理和无私的献身性；一方面感叹教师的学术意识与教养不足，另一方面却又唠唠叨叨人格先于学识的俗论；一方面感叹教师的保守意识，另一方面却又对于政治意识提出警告，反复挥舞中立性的盾牌；一方面批判教师的同宗意识，另一方面却又指责彼此之间缺乏亲和，专业知识与技能不足。教师究竟是专家还是普通人？众说纷纭，莫衷一是。如何来理解这些对教师文化的实际与规范充满矛盾的论述呢？

一、教师文化的含义和特点

(一)教师文化的含义

美国的社会教育家安迪·哈格里夫斯(Andy Hargeaves，1994)从内容和形式两方面对教师文化作了阐释。他认为，教师文化的内容是指在一个特定的教师团体内，或者在更加广泛的教师社区之间，各成员共享的实质性的态度、价值、信念、观点和处事方式，它反映在教师的观念与言行之中。分享和共识是教师文化内容观的基本要素；教师文化的形式，是指在该文化范畴内的成员之间具有典型意义的相互关系的类型和特定的联系方式。教师的关系类型和联系方式不同，教师群体的信念、价值和态度就表现出不同的内容。换言之，教师文化的内容变化取决于教师文化形式的变化。

日本学者佐藤学认为，教师文化是指教师的职业意识与自我意识，专业知识与技能，感受"教师味"的规范意识与价值观、思考、感悟和行动的方式等，即教师所特有的范式性的职业文化。

总之，教师文化是作为教师这一职业群体而言所具有的共同的观念与行为，即指教师群体在共同的学校教育环境里，在教育教学活动中形成与发展起来的价值观念和行为方式。它主要包括教师这一职业群体的教育理念、职业意识、专业思维方式、价值取向、态度倾向和行为方式等。教师文化一般可分为三个层次：一是教师的思想理念层次(包括教育理念、职业意识)，二是价值体系层次(包括价值取向、态度倾向)，三是行为模式层次(思维方式和行为方式)，这三个层次从隐性观念到外显行为形成一个整体。而作为教师文化核心的价值观念，决定着教师教育教学活动直接产生影响的态度倾向与行为方式。

(二)教师文化的特点

教师文化作为整体社会文化的一部分，有着社会文化共有的性质，但由于教师是从事教育教学的专业人员，不同于其他的社会职业，所以教师文化作为社会文化的一个独特成分，又具有与其他社会文化不同的自身独有的一些特点。

1. 教师文化是一种专业文化

作为教育活动的承担者、组织者及参与者，教师自身特有的文化对活动本身有着或多或少的制约，对教育过程的作用更是举足轻重。教师文化的影响有时是通过整个教师群体直接表现在教育活动中，有时借助课堂教学以教师个体行为的方式得以体现，如教师群体的职业道德和规范，教师个体身上散发的文化气息等。这些影响既可以表现在显性的、有意识的行为及其规范之中，也可能在无声无息的情感或人格的潜移默化之间。但无论如何，教师文化是在对教育专业活动的对象以及活动本身产生不可替代的影响，因此具有强烈的专业文化色彩。

2. 教师文化的多样性与多层性

由于教师所处的民族、国家不同，甚至在同一个民族国家内部的地方不同，其教师文化就具有多样性。众所周知，任何一个社会的文化都由两个不同层次的文化构成，一个是代表国家、民族的制度性主流文化，另一种是具有地方特色的地方文化。教师文化是具有同国家与民族制度性的主流文化相对应的一种制度性、规范性文化，因此具有多样性；教师文化还深受地方文化的影响，地方文化是一种具有地方特色的文化个体及知识，通俗地说，是一种具有浓郁的地方特色的地方思维习惯及生活方式。地方性是地方文化最主要的特点。不同地区的文化，其表现形态各异。地方文化的地方性特质是一个地区人们在长期生产、生活、劳作，以及社会历史演进中积淀而成的。无论是名胜古迹、历史文化遗存、地方传说等地方性知识的显性文化，还是社会风俗、思维习惯、道德传统和价值观等地方传统与精神的隐性文化，无一不渗透着浓郁的地方色彩。地方文化所孕育的个体无论走到哪里，都会因其特有的地方文化的特质而使他有别于另一地方文化所塑造的个体。而对于从小处在地方文化包围中的教师个体而言，地方文化在其成长过程中发生着潜移默化的作用，并构成教师个体心理结构的一部分，最终通过其生活习惯、思维方式、精神观念等表现出来。用社会学的话语说，地方文化通过形成一个在语言、信仰、艺术、道德风俗及生活方式、思想观念等方面有着共同特征而呈现的地方性群体彰显其地方性。教师这个群体所展现出来的是该地区人民共同的语言习惯、行为方式、价值框架和一种集体的自我形象。杰佛雷·赫德尔(Jeffreg Herder)认为，这种地方文化渗透所有的事物，它能够使个体内心深处滋生出共同的地方性情感，并具有使人获得归属感的品质。

由于不同种类的学校承担的学科不同，因而教师文化拥有不同的性质；由于经验、年限、性别、个人性格的不同，因而教师文化又呈现多种样式。例如，幼儿园中的教师显得活泼而认真，中学教师显得严谨而睿智。即使同一所高中的教师，有文质彬彬的、西装革履的语文教师，也有不修边幅的、身穿运动衣的体育教师，给人一种截然不同的职业形象。此外，教师文化不限于制度文化，而且在制度的深层及其周边形成了复杂的下位文化与抵抗文化。教师文化不仅表现为意识性的、显性的规范意识，知识、技能和行为规则，而且拥有涉及无意识的、隐性的信念以及情感、习惯的多层构造。由此，认识教师文化的多样性和多层性特点，对于避免呆板划一地理解教师文化是十分重要的。

3．教师文化的关系性

教师文化的生成是基于学校与课堂等社会环境而生成的人际关系，并非教师个人所固有的。教师文化是教师在与学生、同事、教育行政、家长及社区的关系中，在教师使命与责任、地位与待遇、培养与进行制度及内容的制约中形成并发挥作用的。作为教师文化，教师所特有的感情、思考、行为等，是教师的要求、愿望、意志在与学校这一制度的相互作用中生成的，而不应当理解为教师个人的素质与意识。

4．教师文化的两面性

教师文化不仅具有教师个人经验世界生成的性质，而且同时具有制度文化的性质。在这里，文化符号论的定义——"意义之网"(Webs of Significance)这个概念是有效的。将文化确定为"意义之网"，使之从物质、工具等文化形态中分离开来，有两个作用：第一，能提供一整套意义网络，让人们彼此理解与沟通，并理解内隐这一套意义网络的社会生活方式。第二，这一文化概念独立于物质、工具等文化形式，突出了意义符号形态的重要性，便于发现意义符号形态的文化对社会生活的重要作用。然而，"意义之网"具有两面性，即社会性和主体性。"意义之网"像一枚硬币一样是"一体两面"，一面是是社会价值体系(符号系统)，它们是为社会权力或等级秩序结构服务的，作为社会行动者的教师主动吸纳学校这一场所内共同遵循的有意义的符号，并据此行动，实际上，社会价值体系反映社会的要求，体现个体的受动性或客体性，即个体受社会价值体系的制约社会按照等级与秩序结构而成，社会价值体系是支持等级秩序结构的观念系统，生活于学校中的教师，必然受到学校价值体系的规范与制约，被引导着按其符号规范的要求行动；另一面是主体性价值，主体价值体系反映主体的追求，体现了教师个体的主动性或主体性在主体价值体系的支配下，主体既可能领会、认同、积极内化社会角色规定，也可能对之重新释义，甚至形成与这些角色要求相反的价值观念。

因此，倘若要求教师的精神解放，就得冲破这种隐蔽的"意义之网"的枷锁，求得重新编织的实践。同时，作为"意义之网"的文化概念为我们提供了基于学校这一社会制度背景，来解读教师的个人哲学、实践原则、实践规则等个人知识的道路。

5．教师文化的传承与再生产性

一面要求教师要维持专业共同体，一面又要求教师形成个人的专业认同，这构成了教师文化的传承与再生产的具体过程。作为职业工作者的自我形成、学校中同事长辈和前后辈关系的形成、定期杂志的出版、工会组织和研究会组织等，构成了教师文化的传承与再生产的具体过程的要素。

6．教师文化的生成性

尽管教师专业被定义为一门专业，但教育生活本身就是确定性与不确定性的统一，所以在教师工作过程中，常常表现出教师职业特有的许多"不确定性"特征。这种"不确定性"影响着教学，使教学呈现多元化和多样性，也展示了教学过程的生命化特征和丰富性色彩。也正是这种"不确定性"对教师文化的生成和发展提供了极大的可能性，教师文化可以朝着应然的方向发展。而文化生成的根基源自实践，课堂就是教师文化的生长空间。

总之，对上述教师文化的含义及特点的阐述，可以达到如下两个目的：一是，具体地阐明潜在的制约教师意识与行为的有形无形的束缚，以及探索摆脱这些束缚的途径；二是，探讨教师文化改造的可能性，揭示形成教师相互合作、共同成长的共同体的可能性。由此，教师文化研究的目的不仅在于阐明教师文化现实真实状态本身，更为重要的是能够阐述在实践中改造教师文化的可能性。本章以教师文化在实践中改造为宗旨，来阐述教师文化的结构及其形成。

二、教师文化的研究

对于教师文化的研究，国内起步相对较晚，时至 20 世纪的 90 年代初期，才开始有学者使用"教师文化"这个概念来思考问题，其后出现的零星研究多以对国外学者的相关研究进行引进和介绍为主。从近三年来的研究成果来看，已有学者开始使用质的研究方法进入学校去考察学校教师文化的状况，但是，他们只是展现教师文化的既有状况，虽然隐含了对现状的批判，却没有思考对其进行变革的动力机制以及相应的策略。因而，此处着重从国外研究入手来进行疏理。

国外的研究自 20 世纪 30 年代开始，迄今已走过了大半个世纪。其间，以 20 世纪 80 年代为分水岭，早期对教师文化进行简单的揭示与批判，而后发展到对教师文化进行详细的剖析并据此分析了变革的方向与内在机制。

(一)国外教师文化的研究

国外教师文化研究可以分为三个时期，分述如下。

第一个时期是 20 世纪 30 年代，美国社会学家沃勒(W.W.Waller)的经典性研究《教学社会学》(1932)开启了这个领域研究的先河。沃勒的研究关注学校生活的各个侧面，包括教师与社区的关系、教师与学生的关系、学生与学生的关系、教师相互的关系，研究一般社会所没有的特殊的人际关系的形成和独特的文化生成。他的研究意图是描述学校这个场所生成的教师文化的偏差性，批判非人性化(Impersonality)的教师，提出纠正这种偏差的方略在于使教师回归普通的人。在他看来，当时所推进的教师专业化强化了学校的官僚控制与伦理控制，从而对教师所应有的教育学的见解和教师教育的努力采取了简单的否定态度。在这一点上，往往为其后来的学者所垢病。在研究方法上，他采用质性方法逼近并记叙教师文化，追求的"科学方法"是生动活泼地叙述兴趣盎然的事实，抽取产生这种事实的"因素构造"(Causal Configuration)。在沃勒研究之后，相关的研究并没有得到延续，出现了 40 年以上的空白。

第二个时期是 20 世纪 70 年代，以芝加哥大学的社会学家洛蒂(D.C.Lortie)的著作《学校教师——社会学研究》(1975)为代表，从此以后，英、美的社会学家和文化人类学家开展了对学校的研究。

　　洛蒂多角度地综合了关于教师的历史考察、问卷调查、教学观察，以及教师的供给与研修等制度性研究，真实地描述了教师生活中所形成的教师特有的意识和情感。其意图在于阐明未能充分实现专业化的教师的独特性格，揭示了当时教师文化的独特内涵。教师被囚禁在"蛋壳结构"(Egg Crate Structure)般的课堂里，依附于权力，追求显性价值而依赖于测验，不相信教育理论，相互孤立、彼此对立。他认为，教师职业的"不确定性"(Uncertainty)的问题应当借助科学知识与技术的普及与共享来解决。在研究方法上，洛蒂也同沃勒一样，采用质性描述的方法。不过，洛蒂不像沃勒那样叙述教师个人的故事，而代之以考察教师集体所拥有的集体意识，采用隐喻表述其特征的方法，具体地描述教师所拥有的复杂情感和矛盾心态。同洛蒂的研究大体同一个时期，在英国兴起了"新社会学"，引进了文化人类学研究、符号互动论、现象学的阐释学、再生产理论等阐释性、描叙性方法，发展了学校文化研究。教师文化研究是它的一个主要领域，并且开拓了教师职业意识的研究、出生阶层与社会意识的研究、岗位同事关系的研究、教师生活历程的研究等教师文化研究的多样领域。

　　纵览 20 世纪 80 年代以前关于教师文化变革的研究的特征，均是运用质性研究的方法集中揭示和批判教师文化中的种种不合理现象，并据此提出了教师文化的生成方向。他们的手段主要是通过以批判的方式来引起社会和教育界对这些现象的重视，从而达到变革的目的。但是仔细看来，这些研究还具有简单化的倾向。他们对教师文化的类型并没有作详细的剖析，同时更没有把教师文化放在更为复杂的社会因素中去思考变革教师文化的动力机制或可行路径。

　　第三个时期是 20 世纪 80 年代中叶以来，受到教师专业化运动与教师教育改革运动的引领，教师文化研究也大大扩展了自身的研究领域，明确了以专业性的确立为目标的新的发展方向。除了原有的社会学家与文化人类学家之外，还吸引了广泛领域的专家——教育史研究家、教育行政研究家、课堂教学研究家、教育心理学家、认知心理学家等的广泛参与。这个时期的研究特点在于，反思历来的往往容易归结为批判与揭发教师的倾向，阐明令教师疲于奔命的学校与课堂结构，展望教育实践的改造，同时寻求专业文化确立的方向。

　　第一个领域，是关于教师知识与思考的研究。

　　倘若要推进教师的专业化，就必须证明存在着保障专业属性的知识基础，阐明教师职域里发挥作用的专业知识领域与结构。20 世纪 90 年代以来，欧美国家在教师教育和课程发展中都特别重视教师的专业反省能力和教师专业经验，要求教师不仅学习已经格式化、系统化的教育理论和方法，而且要求教师探索和学习处于隐性状态的教师专业知识，促进教师隐性知识的显性化，从而实现教师终身的专业成长。例如，英国行动研究倡导者埃里奥特(Elliott)等人就十分重视学校教师的专业研究能力，相信他们能够通过行动研究来改善自己的教育教学行为，促进他们自身和其他教师的专业发展。他甚至认为，校本课程的基本指向之一就是"教师专业发展为本"的课程，是使教师隐性知识显性化的过程。1990 年，英国牛津大学教育研究系首先提出"教师校本培训"方案，让新教师不仅到大学去学习已经"显性的"、"格式化的"教育学、心理学知识和各学科的教学法，而且把将近一半的学习时间放到中小学，让新教师去学习领悟老教师的教学心得和各种尚未"格式化"的隐性知识、才能和智慧。

日本学者佐藤学认为，要关注教师对于课堂中所运用的实践性知识，并要基于观察与访谈的案例研究而活跃地展开。这些研究揭示了教师的实践性知识是切合语脉的具体的知识、切合经验的案例知识、统整多种见解与理论的综合性知识。这些观点引导了教师的培养与进修中的实践研究与案例研究的发展。麻省理工学院的研究方法教授 R.尹(Yin)和教育科研方法论专家迈灵(Merriam)认为：从功能上看，案例教学在很多情景中也是将教师在成功或失败的教学案例中透露出的隐性知识、才能、技巧和理念显现和凝固起来，成为教育和培养其他教师的经典。

近年来，作为实践性知识的表达与传承的方法，正在开拓说明实践经验而报告的自传、传记、叙事样式的研究。 自传、传记、叙事将经验、思想、行动、理论、研究开发与自我教育带到一起的方式，促使内部人与外部人之间的研究关系更为合作的方式，赋予作为认识论的传记以巨大的统合、协调和解放的潜能。自传、传记和叙事传递了教师知识如何获得、形成以及如何对此予以研究与理解的过程。美国教师教育学者巴特(Butt)等人则提出：必须让教师，尤其是已经有几年教学经验的教师反省自己，对自己的专业发展作"教师生活史研究"，并通过生活史研究实现教师专业知识和才能的显性化。巴特将他研究教师知识的方法论界定为自传实践学。这一方法论允许研究者研究教师知识，包括"它(教师知识)如何被完善的过程，通过自传它如何得以表达的过程"。 巴特集中关注这样四个问题：我工作的现实性质是什么？我在那一情境中如何思考和行动，为什么？我如何因自己的工作经验的个人历史而形成那一种方式？在我的专业未来中我希望成为什么样的人？他相信在解释和重构我们的过去、现在和未来时，我们通过行动将超越我们以前的思想。

美国学者艾尔贝茨(Elbaz)在《研究教师的知识：一种话语的演变》一文中，从自传、传记的角度展开了对教师知识的研究，其研究的焦点在于"从内部看教学"。正如美国知名课程学者、芝加哥大学教授约瑟夫·施瓦布(Joseph. J. Schwab)所说，我们运用学问特定地勾勒那些在教师生活和工作中具有指导意义的知识。我们正在试图超越仅仅将知识视为概念的观点而将其扩展到指导教师日常工作的价值、信念与形象(经验知识的普遍性概念)中。

另外，关于专业思考的研究，佐藤学提出了可称为"反思性实践家"的新型教师形象。反思性实践家教师的特征在于，不是以科学技术的合理运用原理去从事实践，而是以实践情境中的省察反省性思维为基础，同学生、家长、同事合作，解决复杂的问题。这种"反思性实践"的概念把洛蒂视为否定性契机的教师工作的"不确定性"当作是积极的契机，从而引导出直面复杂语脉中的复杂问题的教师专业的反思性、创造性的性质。

美国课程专家肯切楼(Joe Kincheloe)从政治理论和批判后现代主义展开了对教师思维的研究，提出了"后形式实践者"的教师形象。这种教师的思考特征为：探究取向；具有权力意识；致力于重塑社会；致力于即兴创作的艺术；现身于普遍参与；关注批判性自我反思和社会分析；致力于民主的教育；对于多元主义的敏感；致力于行动；留心情感维度。

第二个领域，亦即教师文化研究的第二个新的发展，是学校的职业生涯与同事关系的研究。

该领域的主要成果是加拿大学者哈格里夫斯(Andy Hargreaves)的《教学文化：变革的焦点》和《变化的时代，变化的教师：后现代时期的教师工作与文化》，日本学者佐藤学的《课程与教师》，以及稻垣忠彦所做的长野县师范学校毕业生的教师生活调查等。

哈格里夫斯对教师文化从内容和形式的层面进行了分析，认为教师文化的内容是多种多样的，包括为一定范围内的教师组织或更大范围内的教师群体所共享的态度、价值观、信念、习惯、假设以及做事的方式等。教师文化的内容可以被看作是教师的想、说和做。教师文化形式是在文化成员之间，由典型的关系模式和特定形式组成的联系方式。这些教师文化形式不仅将教师文化的不同内容表现出来，而且能使教师文化的内容不断地再生产、再界定。换言之，教师团体的信念、价值和态度的变化，取决于教师关系类型和联系方式的变化，也就是教师文化的形式、教师文化的类型。教师文化的形式是指文化成员之间的关系和交往方式。他列举了教师文化的四种主要表现形式：个人主义文化、派别主义文化、合作的文化和硬造的合作文化。哈格里夫斯认为在这四种形式中，"个人主义文化"和"派别主义文化"是一般学校中最为常见的教师文化类型，教师职业的很大一个特点就是奉行教学的"专业个人主义"原则。

佐藤学认为，教师每天过着繁忙的生活，却愈益处于孤立与无助的状态。教师的"燃尽现象"是深刻的，而对这种"燃尽现象"，仅仅考虑经济地位的提高是不能奏效的，教师期望的是"精神报偿"，教师所追求的是解决使教职生涯疲惫不堪的岗位结构性问题。这种要求表明在教师生活中，同事之间彼此批评各自的教学实践的"合作"的重要性和必要性。

再如著名学者利伯曼(Liberman)认为，在学校教学中，有效能的学校常常有有效能的教师，只有教师在一起合作创造出优良的教师文化，包括教师之间的相互协作和密切沟通、积极的学校氛围等，学校才能有成功的教学。

第三个领域，是教师的经历与生涯的研究。

教师是通过整个一生才成为教师的。教师以一定的方式教学，不是因为他们学到了或没有学到某种技能。他们教学的方式还建立在他们的背景、自传以及他们所成为的教师类型的基础上……教师发展、教师职业、教师与其他同事的关系、地位状况、他们在工作中获得的回报和所受的领导，所有这一切都影响着他们在课堂中的教学质量。研究教师的生活史应从教师职业生涯和同事关系的分析中透析教师的精神和情感状态，揭示教师生命周期和专业成长的过程。

教师专业生活史研究的核心是：通过教师对自己专业成长的回顾，发现教师自身的人格和认知特性、知识结构、对个人成长的决定性影响、形成个人专业成长的转折点和关键、个人常用教学方法、教学成功案例和教学诀窍。对这些知识进行格式化，对这些知识进行编码，有助于帮助教师认识自己，了解自己在未来工作中的优势，可以采用的方法技术以及需要克服的弱点。这是教师对自身进行的一种"元认知研究"。 根据巴特(1988)和戴威斯(Davis，1996)等人的建议，我们把"教师专业生活史研究"归纳为"自传撰写与研究"和"合作性自传研究"两种。前一种办法比较简单，主要是鼓励教师撰写和研究自己的专业成长史。后一种办法效果较佳，但首先需要培养相互信任、愿意分享的教师群体。

鲍尔(S.Ball)和艾弗·F.古德森的《教师的生活和职业》、艾弗·F.古德森的《教师生活研究》等，是教师的经历与生涯的研究的重要代表。鲍尔等人认为，教师是其自身历史的积极创造者，但研究人员还没有充分认识到这种复杂性。研究人员即使已经不再把教师当成无数的聚合体、历史的脚注或角色的执行者，但仍然会把他们看成是不因时间和情境而改变的人物。因此，需要开发一种新的研究方法：即去寻求教师个人亲身经历的和传记的资料信息。通过追踪教师专业生活的足迹，了解教师是什么人。鲍尔和艾弗·F.古德森等人的研究注重通过教师专业生活世界的描述逼近教师的精神状态与专业成长过程。

在教师中开展教师专业生活史的研究与交流，可以使教师分享到其他人从几年、十几年甚至几十年的实践中获得的经验和知识。上海市实验学校除了要求一定工作成就的教师作"教师专业生活史研究"，还特别要求从其他学校转到本校工作的教师作"专业生活史的研究"。这是因为，在其他教育环境中形成的隐性知识、在丰富的成功经验中提炼出的专业知识，对其他教师具有更大的分享价值，因为每个教师都将不断地面对新的教育环境、独特的学生和变化着的社会要求。

在教师专业成长阶段的研究中，包括展开初任期的教师赴任之前抱有的期望与在学校现实的狭缝中经验到的现实冲击的含义、各自的职业阶段所要求的发展课题的研究。在生涯历程的研究中，以描述教师所经验的主观生活世界的方法，展开了了解教师生活真相的研究。

(二)国内教师文化的研究

国外教师文化的理论研究要比我国成熟很多。随着国外理论的引入，教师文化问题在国内学界也开始受到关注，并在不同的层面上、从不同的角度展开了对教师文化的研究。从时间上来划分，大体可以将国内教师文化的研究分为第一和第二两个时期。

第一个时期，自20世纪末开始，受国外对教师专业发展和教师教育研究重视的影响，我国学者陆续将国外教师发展和教师文化研究的成果翻译、介绍到国内，并在借鉴国外研究成果的基础上展开了一些教师文化领域的本土探索。

刁培萼在《教育文化学》一书中研究了师生的人际交往状况，分析了教师的行为方式对师生关系的决定作用，并分析了教师的期望效应对学生发展的影响。

郑金洲的《教育文化学》则设专章对教师文化进行探讨，从教师的文化特性、教师的文化类型、教师文化对学生的影响和多元文化背景四个方面做了研究。他指出，在学校中，像年长资深、教师所教学生的年龄、教师所教的学科等许多因素都影响着教师的文化特征，这些因素将教师群体区分开来，使一部分教师享有着其他教师所没有的特权，也使他们有着与其他教师不同的价值观念与行为方式。他将教师的文化类型依其表现形式分为学术为本的文化、学校为本的文化和学科为本的文化三种。

陈永明主编的《现代教师论》从促进文化发展的贡献方面阐明了教师文化的社会职能，认为教师形象具有坚定信仰，保持良知、持续学习，保持进取性、强化服务，勤业敬业和参与实践，培育新精神的文化意蕴，并对教师成长的文化动力进行了分析。

南京师范大学出版的"教育社会学丛书"则从社会学的角度对师生关系以及课堂教学文化进行了分析和思考。

我国台湾学者林清江在其《教育社会学》一书中把教师文化纳入学校文化的范畴。他从教师的价值与行为分析，认为在学校里可以发现三种对立的教师文化形态：学术中心与教学中心的对立，专业取向与受雇者取向的对立，教学者与学习者两种角色的对立。另外，香港地区的学者周淑卿也对教师文化的特点进行过研究。

在学术论文中，有的学者从规范文化与非规范文化、主动文化与受益文化、学术性文化与日常性文化等角度对教师文化进行了社会学描述；有的学者从不同的角度研究教师文化的意义与作用，包括教师文化对学生发展的熏陶感染作用、教师文化对师德建设的重要作用等。总之，这一阶段的研究特点是在引进国外研究成果的基础上，进行本土教师文化的基础研究，研究内容侧重于对教师文化概念、意义、特征与作用等基本理论的分析。

第二个时期，是 21 世纪初，随着我国新一轮基础教育课程改革的启动，人们对教师在新课程实施中的重要作用有了更深入的认识，在很大意义上推动了教师文化研究领域的发展，教师文化的研究成果伴随着新课改的深入而不断涌现，这一时期的研究领域主要有以下几方面。

第一个领域，教师文化的类型、表现等方面的研究。我国学者充分借鉴国外对教师文化类型的研究，并在此基础上进行了一些本土探索。学者从不同的角度对教师文化的类型进行了划分：有的按照哈格里夫斯的划分标准将我国教师文化也划分为个人主义文化、派别主义文化、人文合作文化和自然合作文化；有的以教师的整体精神面貌为依据，把教师文化划分为充满活力型、停滞不前型、按部就班型；有的以教师所处的不同教育阶段为标准把教师文化划分为大学教师文化、中学教师文化、小学教师文化等。

在教师文化的表现特征方面，有学者分析了知识制度规约下的教师角色的泛化和职业情感的扭曲等特征，阐释了教师组织文化的个体性、封闭性、节律性特征，分析了教师在师生交往中的话语霸权现象。有的学者通过叙事研究的方法对教师文化的个案进行考察，通过个别课例的分析展示教师文化坚持技术工具价值取向、淡化政治工具价值取向的特征，并以教师的人际交往状况的分析作为展示教师文化的另一个途径。有的学者以质的研究方法对课堂上教师文化的表现特征进行分析。有的学者从霍夫斯坦特(Hofstede)的文化四维度(权力距离、不确定性回避、个人主义和集体主义、男性度和女性度)理论出发，将教师文化界定为低权力距离文化、高不确定性回避文化、高个人主义文化和女性度文化。

第二个领域，新课程背景下教师文化发展走向的研究。杨明荃在《革新的课程实践者——教师参与课程变革研究》一书中把教师文化作为教师抵制课程变革的原因之一，认为在课程变革的形势下应该倡导合作、民主、开放的教师文化。在一些论文中，有的学者对教师文化的合作化发展方向达成共识，普遍认为传统的教师文化中的个人主义特质不符合新课程的要求，制约了课程改革的推行，也因此制约了教师的专业成长与进步，因此需要创建开放、合作的教师文化，进而对合作的意义和合作的教师文化进行了具体的论述。有的学者指出，传统的教师文化是与"技术熟练者"相适应的文化，具有教师职业的传递性、价值取向的保守性、课程实施的技术性和行为方式的封闭性等特征，这些都已不再适合新课程的要求，而要从根本上解放教师、增进课改实效和激发课程活力，必须从适应型文化走向"反思性实践者"赖以维系的创生型教师文化。

第三个领域，教师文化对教师专业发展的意义和影响的研究。有的学者具体分析了教师文化对教师专业发展的影响，按照哈格里夫斯的教师文化类型对教师文化进行划分，并对如何建构一种理想的合作文化进行了探究。有的学者从教师文化的类型出发研究教师的专业发展，指出不同文化类型(以哈格里夫斯的分类为标准)相互之间既有联系也有本质差异，因此应根据每种教师文化类型的具体特征来促进教师的专业发展。此外，有的学者从教师文化具有的"回归性"、"不确定性"、"无边界性"特征出发，指出教师的发展应该具体考虑教师自身职业文化的这种特点，并且还应注意培养教师的"公共使命感"等。

第四个领域，教师文化建设的方向和途径的研究。有的学者认为，确立课程意识和转变教师行为方式是教师文化重建的关键，在课程意识上要树立一种开放、民主、科学的课程观，在转变教师的行为方式上，积极倡导教师之间的互助和合作文化。有的学者认为教师群体文化建设应该从鼓励教师集体教研和体验交流等方面入手，应该改变传统的以学习班、讲座为主的静听培训模式，在具体化情境中发展教师参与课程的能力。此外。有的学者从学校文化建设等方面指出了教师文化建设的方向和途径，指出应该加强学校物质文化建设、健全合理的制度文化、塑造合理的自然合作文化。

从这一时期教师文化的主流研究内容中我们可以看出，随着时代的发展，尤其是基础教育课程改革的推进，教师文化的研究开始切实关照我国的现实的教育环境，并在研究内容上走向深入和丰富。我国现阶段教师文化的研究具有极大的创新意义，开拓了研究的疆域，为后继的研究提供了基本理论与方法论的借鉴，使教师文化研究的价值和意义得到充分彰显，但其中也存在一定的问题和缺陷。首先，很多研究缺乏现实的关照和情境性的支撑因素，缺乏具体的教育环境中教师的真实存在状况的分析和例证，缺乏对教师文化表现的分析和针对性的问题解决措施。与国外的研究相比，我们虽然进行了一定的社会学的考察，但缺乏一种长期深入学校进行系统观察，以叙事的方法直接逼近教师真实的生活世界，探究其真实的情感和精神状态的研究氛围。另外，我国学者过于注重对国外教师文化研究成果的引进与吸收，并将之作为基本的理论基础来指导我国的教师文化建设和学校教育改革，而对我国教师文化历史传统和本土特征的分析相对缺乏。我们承认，我国教师与国外教师具有共享的基本文化特征，但由于特定历史传统和社会价值观念的影响，教师文化的本土特征也是现实存在的。国外的研究在它所处的文化与教育环境的范围内具有代表性，相对于我国的教师文化研究只有一定的参考价值，拿这样"舶来的理论"来指导我国具体文化背景下的学校管理和教师文化建设，对于我国教育环境中特有的问题的解决，效果并不理想。

第二节　教师文化的生成及类型

教师文化是通过对于课堂问题的处置与解决而生成，拥有基于制度文化的规范而赋予含义与框架，在教师的职业共同体中所保持和传承的。下面将阐述教师文化的生成过程及其规范类型。

一、教师文化的生成

佐藤学借用了萨拉松在《学校文化与变革的问题》的著作中所提供的框架，分析了日本的教师文化生成的过程。萨拉松认为教师文化形成的动因是教师在课堂教学中形成的"计划规则"与"行为规则"。所谓"计划规则"，就是处置学校所规定的课程的"规则"，是指教师为了让"所有的课程内容让所有的学生都掌握"而无意识地、习惯性地运用的"规则"。而"行为规则"则是指从学校人际关系派生出来的对于问题处置的习惯性做法，即为了班级里的学生能够同步学习，教师采用"提问与回答"的办法，这种问答大部分要求单纯的事实性知识的再现方式。教师的"行为规则"不仅在教师与学生的关系之中，而且在同同事的关系、同家长的关系、同校长的关系之中生成。

教师文化是紧扣课堂实践生成的。教师文化的生成舞台是课堂，它的创造者是教师自身，它的根基在于课堂结构本身。不过，教师文化的生成不是在课堂这个封闭的意义空间里自我封闭式地展开的。课堂中的教师文化的生成是教师通过摄取、引进课堂外的制度化的教师文化的规范而具体化的，是相应于这些制度化的教师文化的规范所隐含的修辞而赋予含义，形成每一个人的教师文化的。这里，以教师形象的类型划分为"作为公仆的教师"、"作为劳动者的教师"、"作为技术熟练者的教师"、"作为反思性实践家的教师"、"作为文化工作者的教师"，来说明这些类型之间的关系。

二、教师文化的类型

(一)"官僚"取向的教师文化

"作为公仆的教师"是公众的仆从，要求这种教师要对社会大众具有诚实性、献身精神并且遵规守纪。可以说，这种教师形象是现代学校制度的根基。这种教师形象是伴随着现代民族国家的建立一起诞生的，担负着以教育手段整合民族国家的重任，因而兼具"行政官员"形象。从这个意义上说，教师是一种"制度"。"教员"这个称呼就是与这种"作为公仆的教师"相对应的："教员"的话语给人一种制度性、官僚性的感觉，事实上，在教育法规和正式文性里都用"教员"这一术语来表达"教师"。这种"作为公仆的教师"直至现在，仍然是教师的制度性、支配性文化，从而产生出种种人性的扭曲。

(二)"劳动者"取向的教师文化

"作为劳动者的教师"主要是 20 世纪 60 年代以教育工会运动为基础普及的教师形象。从现实上说，是针对"作为公仆的教师"的抵抗文化而形成的；实际上，作为"劳动者的教师"旨在唤醒教师自身的社会意识与政治意识，提倡同教职之外的劳动者的团结。我们可以发现，这种话语描述了依附于官僚制度的教师，对于民主主义的危机意识以及在经济高速发展时代社会经济地位相对低下的状况，促使教师形成了名副其实的无产阶级化的教师自我意识，这种自我意识在另一方面又产生出"工薪族教师"的揶揄和自嘲。

(三)"技术"取向的教师文化

长期以来，教师文化呈现出一种与教师的"技术熟练者"身份相适应的以适应为特征的文化。该文化大体发端于20世纪初，"作为技术熟练者的教师"是以教育科学研究的发展为背景，基于教师教育与教师进行的制度化而普及的教师形象。这种教师形象是靠20世纪60年代以来地方教育学院与大学的教师教育普及而逐渐得到普及的教师形象。其影响力至今仍然存在，对教师产生实际规约作用。现在，在教学研究与教师进修中作为支配性文化发挥着作用。它的特点在于，旨在教育的技术与经营的科学化、合理化，标榜实施有效技术的有效教育。亦即，确定教育目标，有效地控制教育过程，客观地测定教育效果，提高教育的生产率。正如上述修辞所表明的，这种文化贯穿着产业主义的意识形态，在这里所寻求的教师的专业形象，显示出掌握科学原理与技术的作为技术熟练者的性质。这种教师形象不用说是同官僚文化协调的，并且发挥着酿造官僚文化的功能。这种教师文化的价值取向是"效率取向、控制中心"，教师作为"课程技师"的职责在于熟练地执行课程，遵守既有的操作程式与规范。在这种文化主导下，判定教师专业成熟度的标准是适应而不是创造。在这种形态的教师文化下，教师的工作成了程序化的操作。

长期以来，技术理性思维下学校工作的科层化，导致了教师世界中所谓单纯劳动者化和琐碎技术化的出现。所谓单纯劳动者化是指，随着学校科层化和"技术"的不断进展，分工体制越来越发展，教师工作被分割和局部化，教师成了学校官僚制组织的单纯部件的现象。所谓"琐碎技术主义"，是指教师基于自己的概念和理论自律地进行实践的整体性能力被剥夺，而堕落于使用一些片断性的、表面性的小聪明性"技术"的一种现象。很显然，单纯劳动者化和琐碎技术化现象构成教师专业化的重大障碍。由此产生的后果是，教师在其专业文化生成机制方面表现出不自主性和权威导向。教师通常不是以"体验"姿态面对课程与教学，而是被"告知"专业领域既存的惯性传统、价值规范与理想追求，其生成机制是以教师共同体中的少数专家、权威为主导的。反过来，教师个体"文化化"的标准就是熟练而诚实地复现上述规范。这是一种"标准件"的文化，作为教师这一特殊专业的文化自觉被完全忽略。这种教师文化在新的教育改革时期已经显示出其不合理性。

(四)"实践"取向的教师文化

由于教师专业化运动和教师教育的发展，教师的新专业特性的树立成为一种研究趋势。在新的教师专业特性中，强调教师的视野不能局限于技术性能力和个性、实践性事务，必须超越自己执教的课堂和学校，必须对自己工作的道德和社会目的或使命及所持价值观保持清醒的认识，并具有自我反思的能力；同时，教师对自己的终身专业发展负责的思想至关重要。这里至少包括两方面含义：一是教师是学习共同体的成员，必须坚持不断地学习，坚持不断地学会教学；二是教师的终身学习或专业发展必须是自主的。这些专业特性必将要求形成一种体现教师在专业实践和专业发展方面高度自觉的专业文化。文化的自觉性就是人类对自身命运前途理性的认识以及把握这种认识和把握形成主体的一种文化信念和准则，人们自觉意识到这种信念和准则，并主动将之付诸社会实践，在文化上表现为一种自觉践行和主动追求的理性态度。文化自觉要求人们自觉地认识和把握对象，自觉地付诸实践，在思维方式上主要表现为一种理性的思维。

从 20 世纪 80 年代以来，研究者认为教师为寻求新的专业特性面临着新的教师文化的再造问题。 教师专业知识不是那种一旦获取便可终身享用的东西，它是一种致力于每天要比前一天做得更好、不断改进的过程。教师要么不断提高其教学专业知识，要么日渐失去教学专业知识。教师不是在专业上发展，就是在专业上死亡。 此后的教师文化研究受到教师专业化与教师教育改革运动的支持，开始寻求"专业文化"的确立。通过"反思性实践家"这一新型专家形象与专业文化，来把握教师文化的积极特征。"反思性实践家"教师形象的提出为教师文化的研究带来了新的领域与课题。

作为"反思性实践家"的教师是超越上述的作为"技术熟练者"的教师的文化而形成的教师形象。这种教师形象把教师界定为高度专业化的职业，它不是依据科学知识与技术，而是通过实践情境的省察与反思而形成的实践性见解与学识。这种教师形象也是抵抗官僚性制度化，主张民主自律性，构筑同学生、家长、同事及其他专家之间的合作关系，创造性地直面单靠科学技术不能解决的复杂难题的。在我国，这种作为"反思性实践家"的教师的文化，在非正式的研究小组和学校的同事关系所培育的文化中得到了保持与传承。

"反思性实践"发展了有关教师在课堂教学中生成、运用的实践性知识与见识的研究，而这种实践性智慧和见识，是每一位教师在课堂里生成的，通过教师相互之间的实践与经验的交流，得以共享、积累和传承，形成了教师的专业文化。具有上述特征的"反思性实践家"的专业文化，其生成基础是课堂教学实践中的反思性思考，它的目的则是形成自觉的专业文化。正是这种复杂情境中的复杂问题的解决过程，体现出了教师在专业实践过程中的理性思维。

(五)"解放"取向的教师文化

"解放"取向的教师文化理论基础是批判教育学，又称"解放—批判教育学"(the Critical Pedagogy)，其名称就反映了它的主张和追求。批判教育理论是西方重要的教育理论派别，它自 20 世纪 60 年代以来汇集了多种思潮在内，形成了一个庞杂的理论体系。众多的教育家卷入了这场思想运动，有的积极推进批判教育理论，有的抵制、批评批判教育理论，还有的对批判教育理论进行学术研究，这些批判、推进、研究的合力，构成了起伏跌宕的批判教育理论思潮。20 世纪 90 年代前后，批判教育理论在美国出现了一种新形式——批判教育学。它以后现代主义为理论基础，对教育的种种现象和问题进行了解构和批判。下面主要以巴西著名的解放教育学家保罗·弗莱雷(P.Freire)和美国批判教育学的代表人物吉鲁(H.Giroux)的思想为线索，对美国批判教育学理论作一勾勒。同其他批判理论派一样，批判教育学把"解放"作为教育最终追求的目标，要求个人摆脱权利的控制，把自己从他人的操纵中解脱出来，充分发挥自己的能动性，掌握自己的命运，取得自己控制生活的权利。基于这样一个目的，批判教育学反对教育上一切的权利形式，如教材、教师等，反对教育中的普遍性和同一性，要求教育过程中始终贯穿批判性的思想，以建构教育上的文化新形式。

批判教育学者提倡解放教育理念。保罗·弗莱雷在他的著作《受压迫者教育学》中，认为教育是通向永恒解放之路，并且包括两个阶段：第一个阶段，是透过教育，民众变得"意识化"，觉悟到他们自己本身遭到压迫；第二个阶段，是透过实践来改变这个状态。后者奠基于前者，而且是一个不间断的解放性文化行动的过程。保罗·弗莱雷认为：真正的教育是为实施解放的教育。在这种教育里，所有参与教育的人彼此相互扶持，一起追求"扩权赋能"，即个人的自由和天赋能力必须得到最大限度的发展，但个人的能力又必须与民主紧密相连，这是因为社会改善一定是个人充分发展的必然结果。保罗·弗莱雷主张人不是被动接受事物的客体，而是主动探索周围的主体；人与他的世界不是互相分割的，而是紧密联系的；人的社会是可以挑战与改变的，而不是只能顺应和服从。

批判教育学的教育思想是后现代的教育观。批判教育学接受后现代主义的个性与人性观，主张人的差异性，个性的多元性。教育没有预设的终极目标，而是从社会和历史出发，努力塑造具有丰富内容的、自由的、个性的主体。吉鲁在 20 世纪 80 年代末 90 年代初先后发表了一系列的论文汇编，表达他的观点：主张教育应当努力培养具有批判精神的公民，应当在建设新的、批判的民主社会中发挥更大的作用；教师并不只是已有种族经验的传递者，而是知识分子，是文化工作者；反对以精英文化压制大众文化，反对文化统一性，强调文化的多元性、异质性。保罗·弗莱雷也认为教师应该是文化工作者，教师要拒绝成为被动等待技术工作的"劳动者"，而是要将教学视为乐在其中的任务与严酷的智力活动。在教学情境中，通过对话关系，"学生的教师"和"教师的学生"不再存在，取而代之的是一种新名词：教师学生与学生教师。教师不再只是个教书的人，而是在和学生对话的关系中也成为一个受教者。在这个过程中，只根据"权威"所做的论证就不再有效；为了要发挥功能，权威本身必须站在自由的一方，而不是反对自由。在这里，没有人教导另外一个人，而是透过世界的媒介与那些可认知到的事物，人们彼此教导。

此外，哈格里夫斯根据教师文化的形式划分为四种主要类型：个人主义文化，派别主义文化，人为合作文化，自然合作文化。这种划分，实际上融合了多重划分的标准。若单从性质的角度划分，教师的文化形式无非有个人主义和互动合作两种；对合作文化，若再从规模的角度加以区分，则有只涉及校内部分教师的派别合作文化与几乎涉及全体教师的全校性合作文化两种；而若从其起源的角度加以划分，也可分为人为合作文化与自然合作文化。综合这三个划分标准，教师文化形式便形成了上述四种主要的文化类型。

第三节　教师文化的改造

教师文化不但是一个结构的过程，同时也是一个改造过程。教师文化的改造必须基于教师文化生成的、空间的关系。教师文化的生成舞台是课堂，它的创造者是教师自身，它的根基在于课堂结构本身。因此，教师文化改造的方略应从教师课堂实践特征分析开始，然后扩展开来。

一、教师工作的特征及其文化改造

教师的工作是以"回归性"(Reflexivite)、"不确定性"(Uncertainty)、"无边界性"(Borderlessness)为特征的，下面就这三种特征派生出来的教师文化的特征进行阐述。

(一)"回归性"及其文化改造

教师实践的第一特征，是它的"回归性"。沃勒说，"教这一工作就是投掷者手中势必复归的飞镖"，这句话表达了通过实践回归性地生成教师文化的事态。埋头道德说教的教师从事着使自身"道德权势化"(Paragon of Virtue)(教师占据道德高地、道德的科层化)的伪善教育，教育学生顺从和忍耐的教师从事着使自身卑屈地服从权势的人格教育。"飞镖"的比喻是意味深长的，沃勒不过是指明了教师文化的回归性质，其实把"飞镖"的比喻扩展至整个教师的工作亦未尝不可。例如，教师工作的责任舞台显示了强烈的"回归性"。实践一旦陷入僵局，教师便埋怨学生不好、家庭不好、社会不好、政治不好，把责任统统推到课程之外。然而，这种批判犹如飞镖那样的回归，搬起石头砸自己的脚。教师工作的责任是无所不在的，这种回归性使得教师职业称为众目睽睽的工作，处于谁都能批判的防不胜防的状态。无论怎么得到周围赏识的教师，也不要忘却对于来自外界不断批判的警惕。教育实践绝不是完美无缺的，从某种视点看是出色的，从别的视点看却往往被视为致命的弱点。

教育实践的这种价值的多义性与责任的回归性，使得教师常常处于孤独与焦虑之中。受到无理批判的教师把原本是"公共空间"(Public Space)的课堂转换为"私人领域"(Private Zone)，牢牢地关上了它们的门窗。许多人批判教师把课堂视为"圣域"的倾向，但就教师的实践来说，课堂与其说是圣域，不如说是保护自己免受校长、同事、家长的无端指责的避难所。大多数教师都把自己的全部精力集中在整个教育教学中他们负责的一小部分，他们很少花时间与同事一起来分享观点、观念和新知。孤立、孤单是大多数教师日常工作的常态，长期的孤立和相互隔离给教师之间的合作设置了障碍。在他们的观念中，即使提供了机会，也未必愿意表达自己的观点，未必愿意与别人分享自己的实践知识，未必愿意与别人一起制订方案等。教师大多数时间都是单独工作，他们有自己的教案，自己的一组学生，使用自己的课程教材，靠自己一个人的力量来解决课程里面时刻变化的种种问题。教师的课堂活动往往与其他教师的课堂活动相互隔离而不是相互依赖，其课堂上往往是"自给自足的"，缺乏团体意识。这种意识限制了教师之间的互动以及对多边支持或观察经验的依赖。所谓"各人自扫门前雪，哪管他人瓦上霜"就是这种状况的真实写照。在某些案例研究中多达 45%的教师说自己在学校里与其他教师没有接触，另外有的教师说自己与其他教师只有过偶尔联系。教师对合作认识不清，没有真正认识到教师合作的价值，并且在教育实践中，教师也没有合作的意识，他们之间缺乏沟通和交流，教师的主动性、积极性乃至创造性就在日复一日的机械工作中消失。

教师责任的回归性导致不和谐的人际关系，是导致教师产生心理问题的重要原因。良好的教师文化提倡和谐的人际关系，这是形成教师健康心理的基石。在人的心理卫生保健中，人际关系起着非常重要的作用。良好的人际关系可以缓解心理压力，可使人保持愉快的心境，可以提供有效的心理支持，促进心理健康。而不好的人际关系容易使人产生心理障碍。人际关系是一个人心理素质水平的集中体现，也是影响教育、教学效果的重要因素，一个教师在学校中能否与领导、同事、学生以及学生家长建立良好的人际关系，直接关系到工作的成败；朋友之间的真诚、理解、宽容和信任，可以让教师在遇到挫折和困难时，毫无顾忌地把内心的苦闷和烦恼倾述而出，这是一种有效的心理支持。一个同事友好、同伴互助、与学生关系融洽的教师肯定精神愉快，心情舒畅。因此，重建教师文化也是教师心理健康的一个重要保证。

另外，教师工作的回归性又赋予了教师成长的反思性格。事实上，促进教师成长的最强烈的动机作用，就是教师对于自身实践的"省察"与"反思"，是熟悉该教师经验的同事的建议。许多调查表明，同年级的同事、同学科的同事的见识以及整个学校的专业文化的成熟度，对于教师的成长具有决定性意义。可以说，这些特征显示了来自教师工作的回归性的专业成长的反思性格。这种回归性是在课堂之外的文化的交织中综合地发挥作用的。如果教师要紧闭自己的教室、不同课堂之外的文化沟通，就不可能变革自己的实践、实现自己的成长。同时，即便拼命地学习、汲取课堂之外的文化，但倘若不在课堂内部把这种文化同具体的实践结合起来，也不可能使自己成长。教师工作的回归性，在教师的成长中要求同心圆式(循环往返地)、螺旋上升式展开反思性实践，课堂的面貌将为之一变，变为社会的多样的文化将获得各自恰如其分的角色而上演的"剧场"，而教师成为打开教室门窗的多样的文化的"中介者"，起到这个"剧场"的"舞台监督"的作用。

进一步来讲，教师工作的回归性又赋予教师要把教师"责任"转换成一种解放实践，主张把"责任"话语置于政治与文化背景下进行考察，为公众、家长、校长、同事、学生的批判提供条件，如帮助他们分析学校以外制约教学的力量，了解来自于不同社会背景的学生在学习时为什么会有差异及有什么差异等；质疑和批判教师"责任回归性"话语的权力的运作，以及教师在权力话语体系中的边缘地位的本质。

教师工作的回归性特点，在教育变革中，使得最终失败的责任往往全部推卸给教师，使许多教师变得疲惫不堪、心事重重、神情沮丧、苦不堪言，他们的自主性、地位和活力正面临威胁，但人们依然期望教师积极地充满智慧的工作，以便让那些原本捉摸不定的、杂乱无章的教育变革显得有些意义。在一定意义上来说，教师越是成功地应付了教育变革，他们就会越多地失去其专业性和实践经验。当然对有些教师仍然可以将教师工作视为逃离现行教育改革的庇护所。这些改革的任何方面，都是以一种全面而复杂的技术来控制教师工作的。另外，这些变革之间也复杂地联系在一起，它们相互盘根错节、但有时又相互矛盾、扑朔迷离。所有的教育改革，首先是质量控制，然后设计和改革接踵而至，而且改革家丝毫没有表示出谦逊姿态。很明显，在学校和班级的具体工作中，收拾残局的正是学校里的教师。但是，教师也是所有改革失败的终极归因，是受害者。从教育变革系统中可以看见教师的权力与教师工作责任的失衡，这是因为教师是在教育改革链条中受支配控制的一环。

教师责任的回归性要求教师更具有自我批判性地分析、看待自己的局限性以及政治价值观，并甄别这种局限性和价值观对自身的影响，使自身有机会成为具有知识与勇气的公民。为此，需要发展一种新的教育改革，这种教育改革尊重教师的积极参与，它承认教师个人身份认同的力量，并寻求与教师个人内部使命感的结合。否则，改革就只能是一种政治象征，无法得到教师个人价值或内部使命的积极配合。当改革把教师的个人使命看做是对改革的启发(教师改革作为专业提高的一部分)和内在目标(支持教师主动改革)时，成功的教育改革就会发生。

(二)"不确定性"及其文化改造

教师工作的第二个特征——不确定性，也赋予了教师文化以特殊的性格。正如洛蒂所指出的，教师职业受"职业病的不确定性"所支配。在某课堂中有效的计划，在别的课堂里未必有效。如果教学是一个文本，那么它将是一种快速的转瞬即逝的文本，它被一分钟一分钟连续地创作着。在以往，要求许多教师钻研教材非得达成共识、编制同样的教案不可，而且也要求同样的提问，动用录像记录。然而课堂教学中发生的事件是各不相同的，是似是而非的，即便是教育科学的理论与技术，在实践情境中教师所直面的问题的复杂性面前，也不过是以学术术语粉饰起来的常识性事件。事实上，教育理论与技术的不确定性给予了实践家以绝望的印象，无论什么教学论、心理学，都是同课堂具体问题无缘的。这样，即便依赖同事的见识，只能扩散形形色色的不同意见，教师工作的评价也受到不确定地的支配。即便寻求优质教育，见解也是因人而异的。能够客观地评价教师实践的稳定的标准是不存在的。况且，教育的结果愈是牵涉价值部分，无论衡量的标准还是语言表达，都存在困难。

教师专业文化固守于"技术熟练者"的形象，由此教师教育、教学研究被"技术性实践"模式所支配。也就是说，以为存在着所有的教室与所有的教师普遍有效的程序、技术、原理；认为教师教育的基本就是掌握一般化的程序、技术、原理；寻求应用这种程序、技术、原理于各个教室之中的教学实践。然而，随着教育过程中复杂、不确定性问题的呈现，教师不能依赖程序性的教学行为应对不确定的课堂情景和学生丰富的心灵世界。

这种绝望的"不确定性"派生出了拥有种种特征的学校文化和教师文化。学校文化应对不确定性就是加强控制，加强了规范、制度化建设，用来规范控制教师的教学思想和行为，使得教师丧失了自我主体性。教师与自己的主体性没有了联系，因此依赖于教育外部的强制的性格结构，也就是社会角色，这进一步加剧了教师文化对于工具价值的追随，并且养成了教学的工具性思维和行为。教师文化中对既存权力与权势的追随、示范教学的不懈的探索、宗派集团的形成及集团内部的上司统治与上司崇拜、对于理论与学识的不屑一顾、崇尚情感主义与努力主义、教育实践中的经验主义与技术主义、教学的形式主义与操作主义、企求显性价值的测验崇拜等，都是教师职业的"不确定性"所带来的教师文化的特征。

具体说来，不确定性派生出教师文化卑屈性的对种种形式权威的追随，导致了教师工具理性的思维模式，教师在实践中倾向于接纳外部规范的教育方式，他们很少有时间和精力主动寻求革新，也很少思考改善实践的原动力和方法论问题。实践者总是希望把理论的指导转变为具体的实践操作。在深入课堂听课、评课的过程中，教育理论专家不止一次地被这样要求，"你们不要给我们讲什么基本理论，只要告诉我们课堂教学哪个环节不合适，应该怎么改进就可以了"。还有的教师向教育理论专家提出了给他们上示范课的要求。一线教师总是抱怨教育理论过多地"纸上谈兵"，而无法具体地指导实践。在现实的教学中，他们需要的不是理论和策略，而是技术和程序。很多教师被一种似乎能够控制教学过程的技术所迷惑，他们抛弃了自己的内心世界，把面对的每一个问题都转化为需要解决的外部客观问题——他们相信每一个客观的问题都会有某种技术上的解答。这就解答了为什么我们培养医生来医治我们的身体，而不尊重我们的精神；教师只掌握技巧，却不关注学生的灵魂。教师的教学行为在技术理性的支配下进行，他们追求一种工具的效率以及对各种行动方案的正确选择。教师的工具性思维方式在现代学校教育中表现得尤其明显，他们通常将自己的角色限定在"被雇佣的职业技术劳动者"范围内，在教学实践中严格地服从于法定知识与主流意识形态潜在的规约，认为法定的知识如真理般不可质疑，教导学生无条件地接受并将其内化。

教学的复杂性和不确定性，导致学校管理文化乃至整个教育文化的扭曲，它们相互纠缠在一起构成了教师文化的复杂性和复合性。教师对技术的信奉与缺乏反思、自主、批判的状态与过分强制的教育管理制度也有一定关系(教育管理追求控制应对教师教学的不确定性)。如果学校制度过多地注重对教师行为的规范，而外部的种种规定不足以维持和激发教师对教育事业的热情，教师在体制的束缚下就会处于消极被动的发展状态。

应对这种由不确定性派生的技术理性的教师文化的策略之一，是教师由"技术熟练者"转型为"反思性实践家"。教育实践的情境性带来了教师工作的创造性，教育实践的价值多元性与理论复杂性要求教师开展问题的、多元的、综合的探究。上述提及的作为"反思性实践家"的教师的实践与文化，可以说明这种"不确定性"带来的教师工作的创造性与探究性。为应对复杂的不确定的问题，策略应该优先于程序。程序建立一个行动的序列，这些行动应该在一个稳定的环境里不加变化地加以执行；但是一旦外部条件发生了改变，程序就得停止。策略是相反的，在审查形势的确定性和不确定性、大的可能性和不大的可能性的情况下制定的行动方案，方案可以根据行动中途搜集到的信息、遭遇到的偶然事变如临时受阻或大好机遇做出修改。这也凸显了教育研究和基本理论的现实关照，因为只有坚持实践策略与原理的指引，才能彰显教育理论高屋建瓴、统摄全局、应对复杂的不确定问题的能力。

应对这种由不确定性派生的技术理性的教师文化的策略之二，是教师由"技术熟练者"重建为上一节提及的"文化工作者"和教师成为"一个人"、成为他自己。在学校教育的划一性与机械性受到批判的今日，"技术性实践"教育模式的历史使命已经终结，随着教师专业概念和专业形象的重建，教师理应认识到教学的创造性和个性化特征，理应有意识地批判性地反思自己的教学实践，批判性地参与教育改革和重塑学校文化。即便在强有力的教育体制的束缚依然存在的条件下，教师还是可以从自己的心灵引发灵动的教育资源，以创造性的精神力量对学生进行价值引导，使自己的教学策略和方法与学生的智慧发展水平和内在动机相契合，达到丰富与发展学生个性、潜能的教育目的。也就是说，面对不确定性，教师也不应该是无所作为的，除了等待，我们还有另一种选择，可以找回对改变工作和生活的内部力量的信念。我们成为教师是因为我们一度相信内心的思想和洞察力至少和围绕我们的外部现实一样真实，一样强大有力。现在我们必须提醒自己，内部世界的真实性可以给予我们影响外部客观世界的力量，而这种热情、奋进、不墨守成规的精神状态理应是教师文化建设的方向和目标。正如洛蒂指出的，"不确定性"并不仅仅生成教师文化的消极侧面，它还引出教育实践的创造性与探究性。这是因为，教师职业的"不确定性"归根结底无非表明了教育实践的情境性、价值多元性与理论的复杂性。

(三)"无边界性"及其文化改造

"回归性"与"不确定性"的特征发挥着这样的作用：无限制地扩展了教师工作的范围，任意提升了对教师的责任要求。可以说，教师工作的第三个特征就是这种"无边界性"。例如，对于儿童问题行为的处置与帮助，在几乎所有场合，都牵涉到家庭与社区的问题。教师的工作并不像其他专业职务那样，当顾客提出的特定案例解决了，该工作就随之结束了。医生治好了病人的疾病，工作就完成了；律师了结了案子，工作也就结束了；但教师教完了某一个单元，工作还不算完结，教师的工作是"没有结局的故事"。正如美国教育学家杰克逊(Jackson)在《班级生活》(Life In Classroom)(1968)里所揭示的，教师是教室里的"时钟"，教室的时钟和课时表把学生的学习和他们的工作人为地、机械地分割开来。教师沉溺于职业是普遍的。教师的休闲时间有时与同事一起度过，使得这些时间成为工作时间的某种附加，他们不是分离的；虽然也许是以更加随意的方式，但他们延续了典型的工作时的思考特点和内容。当然谈话可能会转到其他议题上，但是它还是带有工作生活的"附属"特点。通过长时间工作以及下班后与同事在一起来为自己的心理异化强调社会支持。

教师工作的"无边界性"无限制地扩大了职域和责任，同时也导致了专业属性的空洞化。"无边界性"不仅带来事务繁忙，而且招致精神疲惫。学校是不断地感受他者视线而群集的场所，原本就是容易疲劳并感到孤独的场所，甚至有高中教师反复解释将近千次的数据。教职的"无边界性"使得教师的工作繁杂，在远离专业的活动中消磨精神。

"无边界性"导致学校与课堂运营的规则主义与惯例主义。教师成了一个社会化的、受制约的人。他反复被告诫"什么"和"怎么做"，不能问"为什么"。教师在一定程度上是自动的，具有习惯性和规则性。在中学的教职工会议上，每次反复讨论处分的议题充塞着犹如法院裁决案件起诉不起诉那样的步骤。不是教师在作出处置和指导，而是规则和惯例在作出处置和处分，规则主义与惯例主义支配了学校生活的所有方面。每周照例举行的学校例会，以校长训话为中心的校会，以及总是推迟15分钟才开的教职工会议等，所有这些都是按部就班地实施，无尽的会议把教师拖进了空幻的杂物中。学校生活愈是充塞规则主义与惯例主义，教师的职业生涯愈是渗透黯然失色的无力感和无动于衷，愈是飘荡着虚无主义和愤世嫉俗。但是时至今日，我国基础教育界仍有许多盲点和误区，干预、扰乱、冲击"教师专业化"的势力盘根错节，"专业自主"的声音非常薄弱，造成了当今"口号横行、专业弃守"乃至"教师文化"衰微的尴尬局面。

综上所述，我们可以从两个方向摆脱这种"无边界性"。一是，把教师的职域功能性地专业化，限定每个教师的角色与责任，把学校组织作为分工明确的集合体来运营。可以说，目前大半学校是从这个方向来处置"无边界性"的。然而，这种策略加剧了规则主义与惯例主义，徒然增加了远离专业性的会议，只能是远离事态的实质性解决的策略。二是，尊重教师的主体性、自律性与专业属性，保障每一个教师的实践领域中的综合性与统整性。在这个方向上，寻求作为自主性、自律性专家的反思性格与综合性格，寻求每个教师对于学校管理的主体参与与同事之间的合作。从某种意义上说，也是寻求大学、综合医院那样的作为专业共同体的组织运营。教职的"无边界性"这一特征，从积极方面说，提出了学校应当成为专业共同体的必要。

二、教师文化中公共使命的丧失

在近代西方，以民族主义、民主主义和科学——理性主义为基础的近现代学校教育，是由国家或公众设立，按照某种民主体制而为国家或公众所监管的，所有公民都可以以其公民身份获得公共资助而平等进入的学校。其设立的目的不是对贫困者进行施舍，而是基于对平等的公民身份的尊重，对彼此民族情感和共同生活的维护，对良好社会公共秩序的追求，对人类文化科学与共同价值的认同，以及对教育质量与效益的严正承诺。这可以称为公立学校教育的公益性，意指其对大家都有同等好处，而不是对弱势民众的一种道德施舍。正因为如此，它由国家或公众依靠公共经费设立，并按照某种民主体制而为国家或公众所监管，这种共有性和共治性可以称为公立学校的民主性。

所以，贺拉斯·曼(Horace Mann)强调，国民教育不仅应是智力方面的，而且应是道德方面的；不但应给国民提供谋生的技能，而且应为他们提供共同价值标准，以此确保社会共同体的团结和活力。这就关注到了公立学校的公共价值承担问题。公立学校的公共性由此而得到扩展。杜威也曾认为，以机会均等为理想的民主主义要求一种教育，这种教育要把学问和社会应用、理论和实际、工作和对于所做工作意义的认识融为一体，并且大家都一样。于是，学校在公共教育中的地位不断上升，并日益演化为公共教育的唯一承担者，近现代，公立学校一般被认为是民主社会公共秩序的基石、"公共道德的孵化器"。

同样，我国中小学校在20世纪初期的普遍设立，其最初宗旨之一也是为国家和民族的富强培育人才，并成为许多学校的校训和办学理念。教师在教师自身和社会各界人士的心目中一直是"人民公仆"的形象，"奉献"、"楷模"、"人类灵魂的工程师"等词语或语句都是对这种公仆形象的赞美，也可说是对该职业的期望或要求。教师自身也多以国家下一代的健康成长、以为国家或社会培养人才这一"公共使命"作为自己的崇高天职。这种新中国成立初期教师的自豪和高度的自负精神，不从建设现代国家的使命感角度是无法理解的；教师职业如同医疗、福利职业一样，是在公共服务领域里成立的职业，是以"公共使命"作为核心的职业。人们之所以常常选择教师职业，往往会说自己喜欢儿童、喜欢学科内容，大部分教师选择这份职业是因为可以为国家乃至人类的幸福作出贡献，它是一种超越了个人利益，能够参与社会与文化建设的职业。心怀"公共使命"的教师可以在即使教育事务杂多、甚至没有边界的状态下，也能够放眼未来人的成长大局而超脱出来，能够不像某些职业那样只为一份养家糊口的工作而拘泥于私我领域，能够因为对儿童的热爱、对国家或社会未来发展的热切而努力工作。然而，百年后的今天似乎已经遗忘了这一初衷。

现代教师的最大危机恐怕就是，在教育的意识里渗透着的"私事化"之下，教师工作的"公共使命"衰退这一现实。这个问题是直接关乎中国社会根基的问题。私事化了的教育成了通往个人成功的阶梯。在此情况下，现代教师作为一个承载着新人类公共伦理意识养成的特殊职业便出现了诸多责任承载的偏移现象：很多教师将专业发展的目标定位在学科知识的积累和教学技能的精进等方向，由此导致教学文化在学术学科基础上的分隔和断裂，原本以德性的养成和精神的提升为目标的超越性价值观被学科知识的狭隘发展所取代，而且这样的学科知识直接与个人生活的功利性目标相关。在社会和经济的不平等继续存在、教育文凭仍起重要作用的等级社会中，以学科为基础的学术知识也是教育、社会选择和机会的"通货"。拥有这种知识也就拥有了某种文化资本，可以兑换教育文凭，进而购买职业机会和晋升。学生学习的目的是依赖学术性知识和职业教育获得社会地位的升迁，而教师也如马克斯·韦伯(Max Weber)所说，以学术作为物质意义上的职业。教学活动在很大意义上沦为教师谋取物质生活资料的一种手段，并且，不同层面的社会要求不断地转化为对教师工作的压力，将教师的教学紧紧地束缚在课堂环境和学科知识之中，减少了或者取消了教师自由地思考教育目的和社会问题的机会。在学术崇拜和对学科知识重视的背后，是与终极价值和人文关怀相关的知识在教育世界的消退。学术研究和教学活动越来越受功利化动机的驱动。所谓功利化，就是把教育目标仅看作是培养为经济服务的工具，而不是把它看成是造就有文化、有知识的人，进而提高整个民族素质。这种功利化倾向加上目前学校教育中仍然大量存在的"宣传式"的教学，损害了受教育者独立思考和判断的能力。有些人在学校掌握了一定的专业文化知识和技能，却既缺乏事业心和责任感，也没有必要的涵养。因为，伴随着社会职业的分工和教师职业的体制化过程，教师容易丧失其"社会人的"、"公共使命"的意识与对学生精神世界的敏感，将德性的问题视为社会的责任，将制度的问题视为理所当然的，不加以质疑、批判、反思。

因此，与以往相比，现代教师的最大危机恐怕就是教师工作中"公共使命"的衰退的问题。而这一问题是直接关乎我们社会根基的问题。新中国成立后，教师对于自身职业具有高度的自豪感和奉献精神，但是，20世纪80年代以后，随着市场经济的日益推进及其在国民生活中的深度渗透式影响，我国的教师遭遇了教育现代化以来前所未有的"公共使命感"的丧失。当然，产生这种情况的机理不在于学校与教育的问题，而是由于市场经济中的"利益私我化"的合法化和放大化的结果，教师无法再为自己的"公共使命"找到合理、合情的说词和信仰寄托。

正像日本学者佐藤学所指出的，丧失了"公共使命"使得教师的职业意识封闭在纯粹主观的内在意识里而私事化，使得他们只看到教师职业生涯中几乎没有边界的、大量的烦琐事务，从而为之抱怨不止；使得他们看不到教师职业的长效性收益，而只看到其他职业的活动价值高于教学的价值，并用经济砝码让教师感觉到任何人都可以从事教师工作，教师工作并不需要专业化。最终的结果是，教师对自身职业的尊严和自豪感转变为对"琐碎杂务"的卑屈意识和情感。不难想象，在这种卑屈意识之下，既然教师自身都已经丧失了"公共使命"，教师还能够承担起对孩子们"公共意识"的养成责任吗？

使教师酿成"朦胧的杂务"这一意识的一个原因，是过去展开的把学校与教师当做"替罪羊"的一连串政策、宣传和舆论。在这里，教职的"回归性"、"不确定性"、"无边界性"也不幸地在起作用。学校所派生的问题，无论哪一个都是社会与文化的结构性问题，是所有公民应当从各自的立场负起责任的问题。尽管如此，人们把这种责任转嫁给了教师，展开了抨击教师、非难教师以逃避自己责任的行动。当然，这种抨击与告发，包含了许多教师自身应当思索的部分。但是，这个时代的学校超乎人们的想象，公共的规范性与正统性正逐渐丧失，教师已经丧失了把人们的批判与告发作为自身反思与成长的契机而包容的强劲的"公共使命"。结果，在被批判和揭发的教师意识里所渗透的是对于大众的深深的不信任感，是对自身职业丧失了尊严与自豪而变为"朦胧的杂务"的卑屈意识与情感。此后，学生的尊严在学校丧失的事态不断加剧，而在此之前，教师的尊严也受到了创伤。

三、教师文化的未来取向

我国的教师文化不能由"技术范式"来主宰，因为它的着眼点仅仅在于追求控制与效率。我们还需要以"实践性探究范式"和"解放—批判性范式"来实现对当下"技术范式"的超越。实践性探究范式的宗旨在于"启蒙"。它强调教师专业的实践性，强调理解与沟通的互动，强调通过"慎思"去解决实际工作中的问题；解放—批判性范式强调教师专业是一种"解放—批判性实践"，注重认识现实中存在的"扭曲"和"偏颇"，并且从中解放出来获得自由。这里所谓的"解放—批判性实践"，其构成要素是行动和反思，批判性实践的世界是社会建构的，教与学被视为教师与学生的平等对话关系。下面将具体阐述这两种教师文化取向。

(一)教师文化的取向：走向"实践性探究范式"的专业共同体

作为"反思性实践家"的教师形象把教师工作界定为高度专业化的职业，同时也有助于抵抗官僚性制度化，主张民主自律性，构筑同学生、家长、同事及其他专家之间的合作关系，创造性地直面单靠科学技术不能解决的复杂问题，是教师文化应当追求的方向。"反思性实践家"的教师文化包括以下特征。

一是反思性。教师要具备在复杂情境中解决复杂问题的能力，因而应当具备在文学、政治学、社会学、文化人类学、教育学、心理学等方面的教养，提升自身的反思能力。

二是实践性。教师要运用实践性智慧来解决在教学实践情境中生成的问题。

三是合作性。教师要同学生、家长、同事及其他的专家相互合作教师之间进行实践与经验的共享、积累和传承，建立一个专业共同体。

四是开放性。教师要实现合作与反思，就必然要向学区、家长和其他同事开放教室。

五是自律性。主动对自己的教学反省，不是仅仅屈从于权威的力量。

佐藤学分析了实现"反思性实践家"的教师文化的内在机制。从教师职业的三个特征——回归性、不确定性、无边界性入手，思考了实现这种转向的可能。

第一，回归性。 根据教师职业的回归性特征，如果教师开放教室积极与课堂之外的文化沟通并把这种文化同自己具体的教学实践结合起来，就能够很好地促进自己的成长。这就发挥了回归性的正向作用。

第二，不确定性。因为，这种"不确定性"表明了教育实践的情境性、价值的多元性与理论的复杂性。为此，要创造一种反思性和批评性的空间与平台，目的是发展教师应对教职的不确定性而发展教师反思和分析他们教学活动的策略，并且对学校教育的社会建构领域进行深刻而有力地回应，反思和分析教育实践的不确定性、复杂性带来的教师工作的创造性。

第三，无边界性。由无边界性导致教师的教育职域被无限制地扩展，教师的责任也被无限制地扩大和提升，救治的方略就是尊重教师的自律性与专业属性，保障每一个教师的实践领域中的综合性与统整性，寻求教师的反思性格与综合性格，寻求每个教师对于学校运营的主体参与与同事之间的合作。这就提出了学校应当成为专业共同体的必要。

佐藤学并提出了教师文化的发展方向是反思与合作这两大主题。并分析了实现这种转变的内在机制。他认为，教师职业的三种特征不只是带来消极的教师文化，同时也给建立"反思性实践家"的教师文化带来契机。教师文化发展的动力来自于教师的公共使命意识的唤醒。他认为，教师的公共使命感构成教职规范意识的基底。教师必须意识到自己的职业是关乎社会、文化、人类的未来的命运，应该具有强烈的责任感。这种责任感是新型教师文化建立的必要前提。

可以说，这种自律性专业文化的研究要求开拓新的领域与课题：实践性知识与思维的研究、教师的同事关系研究、教师运用的语言与比喻的研究、专业共同体中教师生涯与教师专业成长的研究等。

(二)教师文化的取向：走向"解放—批判性范式"的专业共同体

改革由教职的三个特征以及教职公共使命的缺失派生出来的具有消极特征的教师文化，最根本的就是重构教师的主体身份，以一种更为积极、激进的教师专业形象——教师作为"文化工作者"，抑或正如吉鲁提出的教师作为"转化型知识分子"形象来重建教师文化。

教师专业不是简单地把知识和技术传递给学生，从而保证学生的就业和获得特权地位，或者通过向他们展示世界上最好的、被深思熟虑的东西来强化他们的性格。这是因为，教育在意识形态上从来不是清白的，事实上，教育领域是充满矛盾的斗争场所，通过这种斗争，不同的学科观点、知识、称谓形式和价值得以形成。这些制度隐藏在历史、学术模式、学科和教育的实践，以及关于成为一个知识渊博和明智的公民意味着什么、人如何看待社会身份和政治机构的关系、人如何面对文化权威的主流形式的表现和实践中。换言之，教师专业，实际上是一种介绍文化是如何组织的，是一种被授权讨论特殊的文化形式的文化工作者，探讨什么文化被认为是可以接受的、是值得维持的，什么样的文化形式被认为是无效的、是不值得公众尊重的。

由此，美国批判教育学专家吉鲁(Giroux)更进一步地提出了教师作为"转化型知识分子"专业形象，其中心概念是：使教育更具有政治性，而政治更具有教育性。这意味着，转化型知识分子必须认真地让学生在学习过程中提出积极的意见，同时需要发展一套能关注日常生活各层面的经验，特别是关于课堂运作的教学经验的通俗语言。如此，转化型知识分子的着力点不是孤立的学生，而是处于不同文化、种族、历史与性别处境，怀抱各自问题、希望与梦想的人们。转化型知识分子需要发展一套结合批判的语言与可能性语言的论述，使教师了解到他们可以改变社会，他们必须反对学校内外经济、政治与社会的不义，努力创造条件，让学生有机会成为具有知识与勇气的公民。

教师作为知识分子、作为文化工作者，是对把教师作为"技术熟练者"形象的反省。这里强调的是教师有责任塑造学校教育的目的与条件。所以，教师应该质疑技术性、工具性的教学取向，反思"防范教师"课程(即统编教科书)，不能把自己置于既定的教学内容与教学程序的执行者，失去反省思考的能力。就教师角色而言，吉鲁认为教师的工作在于"转化智能"，是社会行动者，协助学生探讨自己的个人历史，对种族、性别及阶级进行自我反省，建立个人在特定社会团体中的认同与个人的定义。吉鲁驳斥了教师仅是知识存在形态的传递者的假定，以及教师应自觉为大众文化成果担负责任。教师不仅是在传达知识，而且更要协助学生看到各种知识与意识形态及政治利益的关系、知识如何被利用，并藉此批判能力来解放学生，使其成为一个民主社会中具有批判能力并负责任的一分子，使自己的专业与文化、历史、社会、政治相连。

转化型知识分子在教育改革中是一个挑战的角色，我们需要从意识形态和政治的旨趣来理解教师如何作为转化型知识分子。在社会的改革契机中，让教师有机会参与批判性讨论，建立教师专业自主文化和专业共同体，思考有关教师培训以及抗拒宰制性的传统课程形式。

从以上分析可以看到，教师必须发挥知识分子的专业自主的潜能，才能摆脱管理导向的传统典范、技术官僚与工具主义逻辑的影响。教师作为转化型知识分子是一个极具有挑战的角色，因为他们不仅是专业的实践者，能有效地达成别人为他们所设定的目标，也应该把学校看作不仅是以客观的方式传递一套共同的价值与知识，而是经济、文化和社会的场域，为知性的价值、为增进年轻人批判能力而献身的自由人。

在我们的现实教学中，教师将课程等同于教科书，将教科书视为至高无上的权威，视教科书为全部课程。教师若只是作为机械复制的操作角色，不仅贬抑教师的重要性，也会使教学变得去人性化。事实上，虽然教师在课堂上把握着教材，但是却不能代表学生来发言，因为运用教材进行教学的过程可以视为文本分析的过程，教师和学生一起进入教材的脉络，诠释其信息意义，探索其与自己经验的关系，诠释自己的经验并与他人分享，反省关照自己的经验，进而建构价值意义等。在此，教师不仅在倾听教学素材所发出的声音，也要倾听自己的和学生的声音。

吉鲁提出了反文本(Countertext)和反记忆(Countermemory)的概念，对传统意义上的课程提出了挑战。文本(Text)是后现代主义和后结构主义常用的一个术语，概指一切文化符号。批判教育学认为，一切文本都有其历史的及文化上的局限性，其"话语"都或多或少地与一个社会的特定文化有关。学校中文本的主要表现形式——教材往往体现的是社会的主流文化，它忽视了其他文化，在形成学生社会化的同时，也使其忽视了分析教材背后隐藏的意义和价值，而历史上形成的东西也是如此。所以，学生在反文本的同时，还要反记忆。学生不能把文本(教材)作为单纯地继承下来的知识，既要批判地分析、读解过去是如何转向现在的，更要通过现在去读解、认识过去，也就是通过学生的"声音(Voice)"来重构历史。这种反文本、反记忆的呼声转化为课程实践，就是反对忽视学生不同文化和历史背景的统一的课程，把与主流文化相异的价值、观念、思想(吉鲁称之为"附属文本")引进课程领域，产生文本的"离心(Decentre)"现象；并且打破现有的学科界限，形成多种学科相结合的"后学科(Postdisciplinary)"，使学生超越规定教材的意义和价值，依靠自己的经验重新建构知识，创造自己的"文本"。课程中的"表现符号"也要多样化，不仅局限于书籍，还应引进摄影、电影、电视等，使学生接受更多的文化信息。同时，课程还要与大众文化及学生生活紧密结合。吉鲁认为，随着后工业社会的来临，文化与工业生产及商品结合越来越密切，文化已完全大众化了。高雅文化与通俗文化的距离已经消失，文化已从那种特定的"文化圈"中扩展开来，进入了人们的日常生活。所以，如果课程还是"束之高阁"，与大众文化割裂开来，就会被"阶级文化"所控制，影响学生对其他文化的接收和主体的建构。

在教学过程中，作为文化工作者或转型知识分子的教师理应将批判与质疑贯穿始终，讨论及批判性的分析似乎是其最崇高的方法。吉鲁反对传递式的教学，他使用另一位著名批判教育理论家弗莱雷的术语，称之为"银行储蓄教育"。他主张用"文本情景(Textuality)"来取代这种教学方式，并以语文教学为例说明了教学过程中应采用的方式方法。他提出写作可分为三个步骤来进行：阅读、解释、批判。阅读是使学生明了作品的文化符号，并进而明确自己如何运用这些符号，在此，学生要有机会重述故事，对它加以概括和扩充；解释是在阅读的同时对课文进行评述，并帮助学生把该课文和其他课文联系起来进行分析，以使他们形成对课文间联系的整体认识，这里，学生要摆正自己的主体地位，要充分地去阐释，更要去批判；最后，学生要运用自己的经验去评判课文，分析其缺点与不足，不仅要确定作者意识形态上的真正利益，而且要考察现有权力结构促使该作品产生的因素，以便形成学生独立批判思考的能力。教学的整个过程要体现出促使学生超越意义、知识、社会关系及价值的意图，需要学生运用自己的特殊经验对课文进行批判性的讨论和转换，充分发挥其能动作用。在这种情况下，教师是否就要完全放弃自己的权威呢？我们认为不是。关键在于作为文化工作者的教师要把权威转换成一种解放实践，为学生的批判提供条件，如帮助学生分析学校以外制约教材的力量，了解具有不同社会背景的学生在学习时为什么会有差异及有什么差异等。同时，作为文化工作者的教师更具有自我批判性地分析、看待自己的局限性以及政治价值观的能力，并甄别这种局限性和价值观对学生的影响。他们认为，教师同学生一样要理解并尊重其他文化，在教学中不仅对不同文化间的差异作出阐释，而且要使这种差异合法化，亦即把不同文化的思想、观念、价值集结在一起，创造一个文化边缘地带，引导学生去认识、分析、批判、重构。

案例 4-1： 教师与学生的关系

【课堂情境】七年级历史课，讲述"古代罗马"。

X 教师按照教参把这节课的内容分为三个部分，分别用一个字概括了每个部分的特征：共和国时期，特征"战"；罗马帝国时期，特征"和"；基督教的传播，特征"爱"。然后把每个时期的大事进行罗列，让学生在书上划下重要字句，比如，"公元前 27 年，奥古斯都成为罗马帝国的第一任元首"。

整节课没有要求一个学生回答问题，课堂里十分安静，仅有学生微笑一次。

在课后的访谈中，访谈者问："课程标准上有没有要求学生对史料阅读和分析？"老师："有。但是，我们这儿学生差，看不懂。我觉得历史老师的口才很关键。我们这儿的学生最喜欢听我讲历史故事。"

访谈者："为什么要划下重点字句？"

老师："历史课总要让学生记住点什么的，否则他们什么印象也没有。"

访谈者："历史课参加中考吗？"

老师："不参加，做老师都是良心活。"

（资料来源：根据华东师范大学课程与教学论研究所张华教授课题组听课笔记整理）

案例分析：

从在上海浦东 Y 校两个星期的听课情况来看，多数教师对教科书和教参上的内容依赖程度很深，即使教材与教参中出现了不合常理的情况，教师也照讲不误，缺少深层次的二度开发。课堂教学中，多以教师讲解、学生静听的方式来进行，几乎不见学生对教学内容的参与和体验的部分，固定的教学程序束缚住了教师的手脚。在没有考试压力的传统的"副科"教学中，很少有学校出现"放羊"的现象，都在兢兢业业地落实课本中的知识点。这体现出教师对自己的职业具有一定的责任心。然而，正是这种"责任心"与知识灌输的教育思想的结合使得教学日益走向僵化。教师没有利用所给予的弹性空间进行深度挖掘教学意蕴，寻找更具创造力的教学方式，来培养学生对学科内容的理解以及提升相关的学科能力。

案例 4-2：本地与外地教师的交往

打开《Z 校 05 年教职工花名册》可以统计出这样的数据，在职教师总共有 75 人，其中来自非上海户籍的教师一共就有 20 人，约占总人数的 27%。这些教师大多是在 20 世纪 80 年代以后被引进学校的，他们能否与本地教师一起，把学校变成"彼此交融的多元文化大熔炉"呢？

对于这个问题，最初来自各地的教师的答案基本一致的。他们认为"上海这个地方对外地人还是很能包容的"，"大家在一起没有什么隔阂感"，"我和同事们相处得很好啊"。随着时间的推移，教师对我的戒备逐渐放松了，一些潜伏中的现象开始浮出水面。一次对两位教师的评课情况使我对本、外地教师的交往情况开始有了更为深入的认识。这天上午，有两位教师上公开课，其中一位是本地教师，一位是从甘肃来的。听完课后，感觉两位教师都有可圈可点的地方，同时也都存在着亟需改进的问题，应该说差别不是很大。然而，在集中评课时出现的情况却让我很诧异。对两位教师的评价出现了一边倒的现象，本地老师的优点和甘肃教师的缺点都被放大了。仔细看来，参与评课的大多是当地的教师，而外地教师基本上三缄其口。事后，一些外地老师表示了自己的不满：

"这个学校对我们这些来自外地的教师还是不够公正。"

"上次区里领导来学校视察，来自甘肃的那位老师本来也被安排上公开课，他准备的好充分啊，不知道怎么就不让上了，可亏了。"

"这里面还是有不同的，你看 Y 老师一来不就带毕业班了吗？"

"他不同了，他家在苏州，离上海不远，这里人都觉得他是'自己人'啊！"

(资料来源：根据华东师范大学课程与教学论研究所张华教授课题组研究基地访谈笔记整理)

案例分析：

文化的多元是不是就一定可以促进思想的交流和发展？有学者认为，只有表层价值的多元化，没有一个深层价值的一元思想作为支撑，一个群体就容易走向四分五裂。上面的现象说明，Z 校教师群体之间没有形成共同的心理基础，也没构成相互信任的态度，来自五湖四海的教师之间出现了相互猜忌的现象。

虽然这次老师怨气的发泄有比较主观猜测的色彩，却反映了本、外地教师之间心里上存在隔阂的问题。

本 章 小 结

本章首先探讨了教师文化的含义、特征以及研究进展；其次分析了教师文化的生成与类型；最后从教师工作的基本特征出发展开对教师文化存在的问题及改造的方略的探讨。本章提出了教师文化建设的两个方向：自律文化——走向"实践性探究范式"的专业共同体；主体性文化——提出了教师文化发展的走向"解放—批判性范式"专业共同体。在学习本章时，一定要联系案例实践分析教师工作的特征与教师文化之间的关系，分析教师文化造成教师人格分裂的问题，同时要深刻思考教师文化改造建设的价值取向与方略。

复习与思考题

一、什么是教师文化？有什么特点？

二、试比较沃勒和洛蒂对教师文化研究的异同。

三、简述 20 世纪 80 年底以来国外教师文化研究的主要领域及特点？

四、谈谈你对技术、实践和解放取向的三种教师文化的理解？

五、谈谈你对教师工作的不确定性所派生的教师文化的理解？

六、就教师文化中公共使命的缺失问题的解决，请谈谈解决之道？

七、请比较"反思性实践家"和"文化工作者"(或转型知识分子)的两种教师形象下的教师文化的异同点。

【推荐阅读】

1. [意]卡洛琳·爱德华兹，莱拉·甘第尼，乔治·福尔曼.儿童的一百种语言.罗雅芬，等译.南京：南京师范大学出版社，2006

2. [美]戴维·H.乔纳森.学习环境的理论基础.郑太年，等译.上海：华东师范大学出版社，2002

3. [美]亨利·A.吉罗克斯.跨越边界：文化工作者与教育政治学.刘惠珍，张弛，黄宇红，译.上海：华东师范大学出版社，2002

4. [日]佐藤学.课程与教师.钟启泉，译.北京：教育科学出版社，2003

5. [美]吉鲁.教师作为知识分子：迈向批判教育学.朱红文，译.北京：教育科学出版社，2008

6. [美]安迪·哈格里夫斯.知识社会中的教学.熊建辉，陈德云，赵立芹，译.上海：华东师范大学出版社，2007

把教育变革单纯地局限于学校内部的体制的变革模式，是不合理的。这些变革模式的缺点是与个人的目标与使命相脱节。在后现代时期，随着个体认同价值的凸显，这一问题更加突出。如果教师与他们认同的教育核心价值渐行渐远，变革不可能成功。……教师的职业是完整的和不确定的：没有绝对的模型。每位教师都要建立个人的专业主义标准来切合他的生活史、培训经历、生活背景及其个性。

——艾弗·F.古德森

第五章　教师专业身份认同

本章学习目标

➢ 教师专业身份认同的含义、特点、价值、研究现状。
➢ 教师专业身份认同的影响因素。
➢ 教师专业身份认同与教师专业发展。

核心概念

　　专业身份认同(Professional Identity)；特征(Feature)；含义(Meaning)；价值(Value)；因素(Factor)；专业发展(Professional Development)

派纳的一段教学履历及反思

　　我到教室时通常没有预设的教学计划。尽管我大致知道我应该做什么，但是我不打草稿。比如去年的高年级选修课，我讲授了十周的存在主义入门课。我走进教室，坐到了一个学生的座位上，接着我问学生对昨天看的电影是否有评论和问题。有人提出了问题，于是学生就这些问题和评论交换意见，互相提问，他们很想知道这部电影的象征意义。最后的沉默告诉我，学生对这部电影没有更多的话要说了。于是，我开始读克尔凯郭尔的《非此即彼》(Eith/Or)，但是很快我就停下来问学生对我所读的内容的感想，他们给出了许多评论。我们对原文作了一些分析，但学生基本上只是解释了某一段文字是什么意思，对他们有什么影响。其中的一个解释激发了我的兴趣，于是我对这个学生的短评作了肯定，并用我的生活经历表达了我们一致的观点。在剩余的时间里，学生对此作出了各种反应，同时在相互交流中道出了自己的生活经历。

从这里面我们可以看到，派纳对身份形成、对教育活动与学生意识之间关系的强调。

派纳主张在以存在体验课程(自我专业身份认同)为指导的课堂上，教学计划应该是非正式的、具有个性特点的，能给教师充分的机会去适应学生的需求和特性。如果教学要求叙述事先计划好的资料，要求做事先规定好的学生活动，为什么不简单地利用电脑或电视讲座，在用低薪聘请专业辅助人员来维持秩序和分发资料呢？派纳认为，教学的特殊性在于具体的教师和学生在特定的场合、特地的时间经历特定的事情。用派纳的话说：问题总是有的，但教师和学生通常意识不到这种情况，敏锐的教师能抓住这些问题，并利用这些问题把任何预先计划好的课堂内容与教室里每个学生当下的实际经验联系起来。从某种角度来看，许多不当行为与教师拒绝这些问题有关(尽管不是单纯的直接原因)，因为他或她已经成为教授标准课程的机器，只是想混完一天该做的事，如找个别学生谈话，处理学生所报告的某时某地发生了什么，或者如果想再按照这样的思路继续下去。这听起来开始有点像"责怪教师"了。责怪教师很容易，也并非完全不适当，但在此毫无用处。不过，教师昏庸度日是由许多个人理由、官僚主义和文化因素造成的。我们这些课程专家因为支持标准化课程和教学法，所以也应该为此负责。我们实行标准化实际上就是否定异质行为，这实际上也就是典型的社会关系疏离在课堂上的反应。

(资料来源：派纳. 课程：走向新的身份. 陈时见，等译. 北京：教育科学出版社，2008)

案例分析：

从上面的叙述中可以看到，在派纳看来，身为教师对于学生的影响不应当被看成是因果性的，而是应当把这种影响看作自身思想情感的表述，看作教师展示自己的手段，并由此看出学生对于我们的影响。在理解这一现象时，应当考虑其历史条件的制约。同样，教师必须告诉学生，和他们有关的每一样事物都是对于他们思想情感的一种表述，而且是受历史环境制约的。他们的身份是由他们相关的所有关系的总和决定的。学生应该意识到他们作为社会活动的身份；他们应该意识到，正因为有各种社会关系，才有了确立他们身份的可能性。因此，教师要给学生提供机会，让他们明白自身内在关系的实质：教会他们如何通过自身的经历去学习。

问题：教师怎样才能利用自己作为一个人的生命史的存在进行教学和专业发展，而不至于沦为教授标准课程的机器？教师的专业生活怎样才能做到奠基于"自己的生活经历"和"学生的生活经历"，而不是疏离自己的生活经验？教师怎样让学生通过一种既肯定又质疑的方式参与实践，并在实践中一直保持自我改造和社会变革的可能性？

让我们带着上述问题进入对"教师专业身份认同"的探讨。

第一节 教师专业身份认同概述

教师的专业身份认同对教师教育和教师专业发展都有重大的影响。发展并维持一种强烈的专业身份认同是评判教师的专业性以及把他们与其他工作者区别开来的重要依据。本节主要探讨教师专业身份认同的含义、特点、价值，并拟对国内外教师专业身份认同的研究进行综述。

一、教师专业身份认同的含义

(一)关于"身份"和"认同"

Identity 一词内涵甚为复杂，除了"同一、相同"及"赞同"的意思之外，还具有"确认"(Identification)、属性(Belongingness)的意思。在字义上，Identity 是指"我是谁"、"我之所以有别于其他人"或"之所以属于某个特定群体"的内涵，这些属性的总和可称为"身份"。而当一个人要确认其身份时，也就是要辨识自己异于他人，或同属于某个群体的特征，换言之，即是个人对内在自我寻求统合，对外区分与他人的差异。这个确认的过程可称为"认同"。然而，认同的过程有可能是不确定的，所以认同不一定是"身份的确凿"。

"认同"这个论题早存在于欧洲哲学传统，由苏格拉底(Socrates)所强调的"认识你自己"开始，哲学上便不断在探讨有关"人如何认为自己是什么"的问题。笛卡儿(R. Descartes)认为自我是存在意义与能动性的来源，而这个自主的主体意义就在于确定他自己的认同，以及终其一生的持续性。大卫·休谟(David Hume)则观察到他的意识内涵是包含他正在思考的每件事物的感觉印象——无论是直接的觉知还是记忆的追溯。所以，他认为自我只不过是一团感觉印象，而且会因个人有了新经验或回忆到一些旧事物而发生改变。前述的主体概念，休谟称之为"启蒙的主体"。此论点是基于人类是一个被赋予理性、意识、行动能力的，统一的主体，其内在的核心本质是主体与生俱来，终其一生皆持续一致。这个自我的本质核心即是人的认同内涵。

社会互动论者质疑自我的本质论，认为自我并不是从人出生开始就存在那儿的，而是在形成与社会经验与活动的过程中，透过与他人的关系、互动而建构的。由于经验植根于生活，是暂时性的，所以自我也总是处于形成的过程中，而不是与时空无涉的静态结构。又因为自我的形成多依赖对他人观点的内化，所以自我是不稳定的、流动的。依社会互动论的观点，我们之所以意识到自己是谁，乃是经由与人的互动而获得象征意义；在此互动过程中，我们想着他人看待我们的方式，以及他人期待这个处于某个情境中的我应如何行动，我们采用他人的观点来看自己，由他人所建构的意向转而引导行动者去反思，该在这个位置上如何表现。如此，我就成为我看待的对象，于是人能将自己当作对象来思考。此种将自己"对象化"的思考，让一个人体验到自己作为行动者，在反思中面对自己，以发现自己如何有别于其他行动者，也就构成了人之所以能追问"我是谁"的重要基础。斯图亚特·霍尔(Stuart Hall)称为互动论者的主体观点为"社会学的主体"，意指主体的内在核心并非如同启蒙主体观所视之自主的、自我完足的，而是经由与重要他人的互动，获得世界的价值、意义、象征等文化内涵而形成的主体。霍尔指出，互动论虽不同意主体的本质论观点，但仍然认为有一个"真正的我"存在，只是这个"我"会在与外在世界的持续对话中形成并调整。事实上，在互动论中，所谓的认同，即是自我在与社会的互动中，由诸多外界所给予的"我"的观点，统整出一个"真正的我"，确认自己是一个什么样的人。所以，"认同"连接了个人与社会。然而霍尔认为，以互动论的观点而言，我们是将自己投射到社会给予的文化身份中，同时也内化这些由社会所加诸的意义与价值，因此这些社会意义成为我们的一部分，使我们主体的感觉与主体所处社会的客观位置相结合。此种认同乃是将主体"缝合"到结构中，使得主体及其所存在的文化、社会愈加稳定化。事实上，社会互动论所假定的社会仍是稳定的、具有中心性的，人仍是认同与一套由社会规范所界定的身份。

霍尔指出，后现代社会中的主体不再是固定的、本质性的，也没有恒定的认同。在当代的文化研究中，认同的概念并非本质主义式的，它并非指自我稳定的核心，或者在整个历史兴衰中从头至尾不变。它也不是隐藏在许多其他更表面的、更由认为赋予的自我里面的集体自我，或者一种有着共同历史的人都会共同拥有的东西。相较于社会互动论对于认同的社会心理历程分析，文化研究则更重视社会文化、历史与身份认同建构的关系。文化研究学者认为，认同是建构于"差异"而非相同之上，诸如个人的族群认同、性别认同等，并非先确立特定族群、性别的属性与特征，基于个人与这些特征的相同处，而将个人归属于该群体。此种企图以一种统摄所有观点，对于某个群体的本质做有效界定的论点，是普遍主义、本质主义的，忽视个人的差异。虽然个人的认同里可能包含其作为特定群体的一员，对自己身份的界定，但是"认同"要问的是这个作为主体的个人是谁，而不是在问个人归属的群体是什么。所以，个人的身份认同是建构的，而非归属的。

霍尔指出，在现代晚期，认同从不是统一的，而是逐渐分裂的；不是单一的，而是跨越不同界面、对立、论述、实践和位置的多重建构，并且处于持续变化和转化的过程中。因为身份认同是建构于论述之内的，在不同的时期、语境下，认同的内涵就产生了变化；随着论述的改变，身份认同所具有的意义也随之改变。所以同一种认同的身份，因置身不同的历史时期而产生不同的意义。我们必须将认同理解为特定历史、制度下，在特定论述形构与实践中，借着特定的宣扬策略而出现的产物。

相反的，文化研究者认为，在去中心化的后现代社会里，人的身份是多重的，并且任何以某个社会意义所加诸的身份都值得怀疑。在人里面存在的是多重的、矛盾的身份，将人往不同的方向拉扯。于是，认同不是围绕着一个一以贯之的自我而形成具有统一性的内涵，而是持续转变的。

"社会学主体"与"后现代主体"，其认同观点之所以不同，是因为前者所假定的是现代的、具有中心性的社会，而后者则基于后现代社会的假设。社会互动论指出了人如何在与外界社会互动中认识自己是谁的历程，可作为思考身份认同历程的基础。然而，在越多元、变动且众声喧哗的后现代社会中，已失去中心规范可提供人建立统一的认同；人面对来自不同论述所界定的多重、矛盾的身份，势必难以寻求单一的、恒定不变的认同。所以在后现代社会中，人与多元的外界意义互动，建构多重的身份认同，而这多重身份则彼此影响，且是不稳定、流动的。

布雷西(Blasi，1988)将认同一词抽离出一些彼此相关的要素，将认同在心理、社会、文化上的意涵做了很好的解释：

(1) 是回答"我是谁"这个问题很好的答案。

(2) 这个答案包含一个人的过去及对未来期望之间的统一性。

(3) 是赋予人基本的"同一性"与"持续性"的来源。

(4) 要回答认同的问题，须真实地评估自己和过去。

(5) 考量社会对一个人的期望和意识形态。

(6) 质问文化、社会的有效性，以及他人觉知与期望的适切性。

(7) 统合与质问的过程应该发生在某些基本范畴中，如职业、性别、宗教、政治概念。

(8) 在这些范畴中形成一种有可变性的，但长久的承诺。

(9) 客观上，认同让一个人在社会中具有生产性的统整。

(10) 主观上，会产生基本的忠实感，乃至于自尊、有目的的感觉。

综合以上观点，身份认同即是"自我"建构历程。在此历程中人们追问"我是谁？"、"为什么我是现在这个样子？"。在这些问题的追问中，人们藉由自己与他人的各种关系，反思自己的特质与外界赋予的意义，寻求统合其不同地位与角色，以及分歧的各种经验，以成为一个自我意象，并确立自己所在的位置、期望与行动。一个人借着统整自己的过去、现在、未来，在与外界的互动中建构自己的身份认同。所以，身份认同的形成是一个人生命历程中经验的诠释与再诠释的持续过程。人们透过认同让自己及其行动建构出意义，在过去到现在的旅程中发现秩序与一致性；让他得以在其所站立的、与他人关系的位置上工作，并为其态度、行为辩护。身份认同涉及一个人的知识、价值、情感取向，是透过社会情境的磋商及自我评估过程建构而来的，随着社会情境的变动，认同也在不断变动中。

(二)教师专业身份认同的内涵

教师专业身份认同是指教师自我对社会所界定的教师内涵的认知与体验，确认自己作为一位教师，允诺和遵从作为教师的规范准则，把教师职业作为自己身份的重要标志。在现代社会中，生产方式的变迁孕育了社会生活方式的变迁，也孕育了人们身份认同的变迁，人们越来越趋向于以专业身份认同作为自我的标识。从某种意义上说，教师的身份认同即教师的专业身份认同。教师的专业身份认同还可以指教师对于自己作为专业人员身份的辨识与确认，是一名教师追问"我是否是一位专业教师"、"我是否是一位优秀教师"的历程。由于个人生活经验、志趣、认知特点的不同，每位教师对"专业"的理解并不一致，因此，教师的专业身份认同体现出很大的差异性和个性化特点。由此而言，教师构建专业身份认同的过程，也是教师作为"生活中的我"和"专业的我"交织互动的过程。

就目前的研究来看，各研究者关于"教师专业身份认同"的概念有不同的强调。有的学者将教师专业身份认同与教师自我概念、自我形象联系在一起，认为教师自我概念、自我形象影响教师的教学方式、专业发展、效能感等。也有学者将教师专业身份认同与教师反思、自我评价、角色等联系起来。艾弗·F.古德森(F.Goodson)和库勒(A.L.Cole)则认为，教师专业身份认同的发展是确立在个体和职业的共同基础之上的。他们认为，教师作为个人和职业者，在生活和工作时会受到教师内外和学校内外的因素和条件的深刻影响。

1．对教师认同的理解

教师的认同不是一个固定的或是单一的一个实体，而是一种认识、一种态度、一种趋向、一个过程，认同不是预先设定的，它是从对自身的行为、语言和每日实践与社会情境和环境相互关系的解释和归因中，引发的自己与环境之间复杂的动态平衡的过程。在某一些时候，认同让个体成为某社团的一员，在另外一些时候，认同又让个体成为自我的一部分，或者成为分享关系的一部分。

教师的认同包括教师的自我认同、职业认同、角色认同、职业角色认同等多种方面，这些方面是互相联系在一起的，其中，教师对自我的认同是教师认同的核心。

埃里克森(Erikson)所认为的认同是人在青年某个阶段所面临的任务不同，对教师职业认同的研究认为：认同是一个持续的过程。在一个变化的环境中，教师的角色和认同受到许多挑战和影响，所以教师对角色的认同是不断的长时期的过程，在教师致力于建立职业认同的过程中，会面临一系列的困惑。

2．教师认同的形成

认同的形成和确立受到个人的内在因素、团体因素和人际因素的影响。个人的内在因素主要是个人的人格因素，团体因素主要是团体的文化氛围，人际因素包括个人所尊重的人，受到重要他人影响等。

3．教师认同的确立

教师认同是在个体和环境的相互作用中建构形成的，教师认同的确立也是受到个人的内在因素、团体因素和人际因素三个方面达成动态平衡的过程。

布瑞克森(Brickson)提出了教师认同确立的三因素模式，认为教师认同的形成和确立从理论上可以分为个人的、集体的、相互的三大因素，每个因素中又包含了认知、情感、行为和社会四个方面。

因素一：个人的因素。其包括：①认知上，感知到作为独特个体的自我概念；②情感上，即使不和团体在一起时仍具有积极的情感；③行为上，能依据自我兴趣以及力求积极人格而行动；④社会上，能洞察自身和他人的关系，对自我有去人格化的感觉。

因素二：集体的因素。其包括：①认知上，感知到作为集体成员的集体自我；②情感上，以最大的利益和最小的伤害来处理情感；③行为上，能依据集体中的自我兴趣而行动及进行职业发展；④社会上，具有和他人交流的频率和质量，能得到共同的团体认定。

因素三：相互的因素。其包括：①认知上，感知到自尊并加入到人际交往中，与他人具有联系和角色间的关系；②情感上，具有积极的自尊和信任，与别人在一起很愉快；③

行为上，行动中能考虑到他人的利益，行为素质高；④社会上，有与他人交往的频率和质量，与他人之间有共同的联系。

4. 教师认同的核心

由于教师处于多元的角色环境中，教师认同的建构不是单个的，而是连贯的。认同的建构如同一个花朵，一个人在一段时间内会有不止一个认同，认同在同一时间内可以是协调的或是矛盾的，如图 5-1 所示。

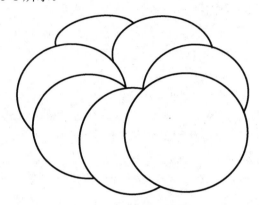

图 5-1　认同的建构如同一个花朵，后面的认同总是在原有的认同基础上形成的

(资料来源：沈之非. 近十年西方教师职业认同问题研究与启示. 上海教育科研，2005(5))

如同花朵有其核心一样，教师认同的建构也有其核心，这个核心就是教师自我的建构，即自我认同，如图 5-2 所示。

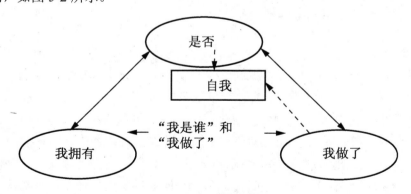

图 5-2　自我认同三要素图

(资料来源：[中国台湾]林家五. "认同与决策"，台湾国立东华大学企业管理学系论文)

总之，"教师专业身份认同"研究是在教师教育领域对专业身份认同所做的研究。教师专业身份认同既指一种过程，也指一种状态。"过程"是指教师从自己的经历中逐渐发展、确认自己教师角色的过程。"状态"是指教师当前对自己从事的教师职业的认同程度。

二、教师专业身份认同的特点

第一，教师专业身份认同不是一成不变的，而是不断变化、不断发展的。教师的专业身份认同与终身教育理念是一致的。有关研究指出，从职业发展的角度来看，教师专业身份认同不仅在于回答"现在我是谁"，而更要回答"我想要成为谁"。

第二，教师的专业身份认同不是由一个单一的因素组成，而是由很多子认同共同组成。这些子认同可能彼此冲突或联合。子认同观念与教师不同的生活经验、教育背景相关。对教师来说，最基本的一个要求是使这些子认同之间不发生冲突，保持一种和谐的关系。但是研究发现，新教师常常会经历这种冲突。

第三，教师专业身份认同有明显的个人特征。虽然社会的要求、他人的观念和期望会影响教师专业身份认同的形成，但是，教师个体并不是简单地采纳社会既定的职业特性(包括知识和态度)。他们对自身职业特性的意义和价值的认识影响着他们应对这些特性的方式。

第四，在教师专业身份认同形成的过程中，教师必须积极主动，不能消极被动。科德荣(J.Coldron)和史密斯(R.Smith)认为，职业的自我形象反映出教师扮演的各种社会角色的平衡。这一平衡形成的过程即教师专业身份认同形成的过程，它是复杂的、动态的。教师在这个过程中是积极主动的。

三、教师专业身份认同的研究现状

(一)国外教师专业身份认同研究

1. 主要领域

自 20 世纪 90 年代以来，国外教师专业身份认同已经逐渐发展成为独立的研究主题，并有了不少研究成果。其主要研究内容包括以下四个方面。

第一，研究教师专业身份认同的形成过程、特征、可能构成因素等。例如，艾弗·F.古德森(I.F.Goodson)和库勒(A.L.Cole)对没有接受过传统正规教师职前培训的教师的专业身份认同情况进行研究。他们提出教师专业身份认同与社会环境有密切联系，强调倾听教师的心声，关注教师在实践中的生活。科德荣和史密斯通过研究教师专业身份认同的构成因素指出，教师的积极主动在教师专业身份认同形成过程中具有重要意义。丹尼斯·阿特金森(Dennis Atkinson，2004)研究发现，师范生在最初接受师范教育时往往是通过自我反思与自我批评来接受原来并不认同的想法，并利用非理性的经历(例如幻想)强化自己对未来职业的认同。

职业认同形成过程涉及多种来源，如受影响的知识、教学、人际关系和学科内容等。科德荣和史密斯认为，教师职业认同形成过程主要涉及四种资源，即四种传统：工艺传统、道德传统、审美传统和科学传统。新手教师自己的个人观点也可以被看作是职业认同的一种资源。苏格鲁发现，这些世俗观点首先与新手教师的个性有关，他们还受到以下因素的深刻影响：①家庭；②对他们有重要意义的人和家庭成员；③观察学习的时期；④非典型的教学片段；⑤政策背景、教学传统和文化原型；⑥潜意识中获得的理解。个人观点是缄默的、不清晰的，由此导致的职业认同形成的方式与研究基础上的教学理论导致的职业认同形成过程不同。提升新手教师对他们自己的个人观点的认识是非常重要的。

职业认同的形成经常呈现为一种斗争，因为(新手)教师必须弄懂不断变化的，甚至是相互矛盾的观点、期望和角色，因为这些观点、期望和角色是他们必须面对和适应的。例如，沃克曼(Volkmann)和安德森(Anderson)通过考察一名新任理科教师的职业认同形成，发现这位教师对教的映象与人们对怎样成为一名职业教师的普遍期望之间有冲突。这名新手教师面临三个两难处境：①被期望扮演一位教师时，自己却感觉像一名学生；②被期望严厉时，自己却想要照顾学生；③被期望是一名化学的学科专家时，却感觉自己的化学知识不能胜任。艾弗·F.古德森和寇勒的研究结果也沿袭了这条线路。他们发现教师对发展职业认同的认识依赖于他们发展的对职业团体的概念。

第二，研究教师自身对职业的感知以及对教师职业特征的认识。例如，皮亚德(Beijaard.D.)等人研究了教师对他们的专业身份认同各方面的整体感知，描述了在教师专业身份认同中，学科专家、教学专家和教育专家这三个方面所占的比重。此类关于教师职业认同的研究中，还有的研究了教师对所教学科的感知、教师对自己的师生关系的感知、教师对与同事的相互作用的感知等。教师对他们的职业认同各方面的感知的知识可能会有助于他们处理教育过程中的变化，可能是制度变革和教育变革的基础，还可能会有助于他们与同事合作。

第三，研究可以呈现出教师专业身份认同的教师传记或者生活。这种类型的研究是关于教师的职业认同出现在他们讲述或写作的传记中。康奈利和克兰迪宁的研究认为，职业情景在各自的传记中与两个不同的基本地点有关：教室内和教室外。在关于教师个体实践知识的研究中，他们越来越多地注意到教师对他们关于知识问题的回答就像是对关于认同问题的回答。他们发现教师更关心他们是谁而不是他们知道什么。

布鲁克 Brooke.G.E.用从"教幼儿园的人"向"成为一个幼儿园教师"发展来描述她成为一名教师的过程，根据她的叙述，专业人员具有一个自己工作领域的同化知识的特定结构和有效运用它的技巧。对布鲁克来说，成为一名专业人员是一个行业中别人对教师的评价和教师对自己的评价之间相互作用的过程。这意味着成为一名教师是一个从经验中学习和与同事就经验进行对话的成长过程。布鲁克指出，同事中的不同意见可以促进教师的成长与发展。

康奈利和克兰迪宁研究中的故事让我们明白了叙述者最关心的动机、执行工作的条件、生活中的两难处境。在教学生涯中，他们职业生活的这些方面往往是隐蔽的。其中的一个方面是认同和课程实践之间的关系：当计划和课程改变时，教师往往失去自我。于是，学校的改变会导致新的生活故事。然而，教师对学校改变的抵抗也可以反映在维持一种生活故事的努力中。在康奈利和克兰迪宁叙述的管理者故事中的压力和两难处境与教师故事中的压力和两难处境是相似的。

第四，研究教师专业身份认同对社会以及教师自身的影响。弗姆克(Femke Geijsela)和弗朗斯(Frans Meijersb)研究发现，教育要想有所变化，有所改革，教师必须在专业身份认同上有变化，因为教师专业身份认同影响教师对新政策的掌握和运用。

2．研究方法与主要研究发现

l)教师生活史的研究

艾弗·F.古德森和库勒通过对7位教师生活史的研究得出如下结论：①教师对新职业的认同有赖于职业团体的观念；②教师教育需要促进教师人格实现和职业潜能。

安特奈克特(Antonek)和迈克科米克(MeCormiek)等通过对两位师范生个人生活史的分析，认为：①虽然两位师范生都很成功，但是具有不同的发展轨迹；②教师自我的形成是独特的和复杂的；③职业认同是由许多不同来源的知识相结合而形成的；④对人格进行侧写(类似于人格分析)是建构职业认同的合适工具。

萨米尔(Samuel)和史蒂芬斯(Srephens)通过对两位南非师范教师的个案研究，认为：①职业认同是教师能够达到的希望和抱负的张力；②在一个变化的社会环境中，教师的角色和认同受到许多挑战和影响；③师范生的实习经历影响了他们认同的形成。

2)教师访谈

加德纳(Gardner)通过对44位1888到1917年出生的退休教师的开放或封闭式的访谈，得出的结论为：①教师训练后，教师的职业生活是稳定的；②教师进一步的职业发展包括对最初学得的技能的精致化。

萨格鲁(Sugrue)通过对9位实习教师的访谈记录的研究，认为：①职业认同的形成不仅与学生的人格特点有关，而且与其他很多因素有关；②实习教师对职业认同的默认和改变与教学理论有关。

马威尼(Mawhinney)和徐(Xu)通过对7位教师的观察、现场记录和访谈，得出的结论认为：①预备教师必须主动投入到提高职业技能上；②建立一个新的职业认同需要一个长时间和缓慢的过程。

3)理论分析

科德荣和史密斯通过理论分析和推论的方法，得出如下结论：①职业认同是教师对其自身所处环境的反射；②职业认同需要在课堂实践中证明，从某种程度上说，课堂实践是唯一的途径；③努力保持一致性威胁到教师的主动定位。

沃克曼(Volkmann)和安德森(Anderson)分析了任教一年教师的教学旅程，认为：在教师致力于建立职业认同的过程中，会面临一系列的困惑。

戴拉伯(Dillabough)通过理论分析和自身的反思，认为：现代教师作为理性和指导性的演员，忽视了真实的、松散的自我，影响了教师的自我认同。

(二)国内教师专业身份认同研究的内容

在我国，教师专业身份认同研究已逐渐起步，研究内容涉及广泛，主要包括以下三个方面。

第一，利用现有文献，对国外有关教师职业的研究进行分析、归纳，以文献综述的方式呈现。

第二，研究中学教师的专业身份认同情况。

第三，研究师范生的教师职业态度。

四、教师专业身份认同研究的价值

从整个世界范围来说，关于"教师"的研究，一直是教育研究领域中的重要主题，而且在当前的研究中已经成为"显学"，然而对于教师专业身份认同的深入思考却是近十多年的事情。那么，将教师专业身份认同作为一个日益突出的研究领域进行探讨，对于拓展和深化教师研究领域具有什么样的重要价值或意义呢？李茂森博士根据国内外研究状况对此作了很好的系统总结。

(一)转换教师研究的基本视角

对于教师身份认同概念内涵的认识，一些学者把"身份认同"视为一个与"角色"相对立的概念。迈耶(Mayer)认为，教师角色与教师身份认同截然不同，教师角色要求教师履行作为一位教师所应具备的职责功能，它关注的是教师的"知"和"做"；而教师身份认同则更为个人化，它表明一位教师怎样确定和感知作为教师的自己，它关注的是教师的期望和价值观。但更多人倾向于认为，教师身份认同容纳了角色规定的意涵，却又存在着重要差别。在社会学中，身份与角色是一个带有交叉意义的概念而又不完全相同，身份不仅包含了角色区分的内涵，更重要的是它还反映了包括社会地位高低在内的更为丰富的内涵，身份既是结构性的又是建构性的。可以说，教师身份认同既包括基于教师自身的实践经验和个人背景的专业生活体认(即个体自我)，也包括外在社会对教师的角色期望(即社会自我)，它是个体自我和社会自我的统一体，二者是交织在一起的。实际上，教师角色强调教师所处的社会地位、教师职位所担负的责任权利以及相应的社会期待，有浓厚的结构功能主义色彩，强调社会结构对人的限制；然而教师身份认同则不同于简单的意识形态灌输或者角色安排，它更强调个体的自我积极建构，强调其内在的主体性。长期以来，我们都是从社会的、外在的角度，站在特定的利益和价值立场来分析理想和现实的教师形象，缺乏从教师主体和内部的视角来关注教师形象问题，导致传统的社会期待，诸如道德楷模、知识权威等形象自身的合理性和合法性不断遭遇质疑，并与教师个体的自我体认之间产生了冲突。外在的角色期待或规定，往往会造成教师个性自我的遮蔽与迷失，它需要我们换一个角度去思考如何才能真正实现教师的自主性，并展现教师积极真实的自我。

日本学者佐藤学指出，教育学关于教师的话语，一直围绕着"教师应当如何？"的规范性逼近，……而相对忽视了"教师是怎样一种角色？"、"为什么我是教师？"的存在论逼近。然而身份认同对于教师作为一个真实、具体的"人"的重视，对于"我是谁？"、

"我何以属于这个群体？"等问题的思考与回答，使得教师研究的视角从外在的"规范论"转向了关注教师主体内在的"存在论"。以"教师作为一个'人'"为专业发展取向的观点，其研究的方向已经发生了根本转换，即不再简单地重视专业角色的客观界定，而是聚焦于身份认同的探讨。也就是说，教师研究的视角突破外在的标准性规定，转向内在的教师自我认同；从强调"教师应当如何"的具有控制性的学者专业论述，到关注教师行动者对"我到底是谁"的自我定义、选择和建构。实际上，对于教师身份认同研究的有效展开，正是以超越外在的教师角色为前提的。它与教师的自我概念和自我形象是紧密联系在一起的，积极关注教师个体内在的教育价值观念所起的作用，不断突出了教师个体自我的重要地位。因此，强调教师存在的生命价值和对教学生活意义的关注，展现教师积极真实的自我，将是教师研究今后不懈努力的基本方向。

(二)调整与改进教师教育的根本任务

从教师专业发展的基本进程来看，生命取向、自我更新取向的教师专业自主发展已经成为教师专业化运动中的重要趋势。这意味着教师专业发展的概念必须重建，即强调要将教师首先看作一个"人"，就是要将教师的生命经验、教育教学的认知情感态度纳入专业自我的范畴，强调教师自我的信念和价值观；同时也意味着教师的专业发展需要内在的深度转变。

长期以来，教师教育作为教师专业发展的一种重要策略或手段，它主要着眼于教师的教育教学知识与操作技能的提高。这种"外接式"的教师发展模式在理论前提上就已经预设了教师在知识、技能和素养上存在一定的不足或缺陷，在教师教育过程中把教师看作是现成知识的接收者和消费者，从而试图通过这种外在力量的冲击不断地对其进行"补救"。显而易见的是，这种发展模式所持的是一种技术性取向，把教师形象定位为熟练的"技术操作员"，而不是"专业人员"的身份。这种"外接式"的发展模式造成了许多教师只渴望获取一些现成的、技术性的"灵丹妙药"，而不是教师自我的教育信念和身份认同的内在改变。

佛瑞德(Fred)在一篇探讨优秀教师素质结构的论文中提出了一位教师改变的洋葱头模型，如图 5-3 所示。在这个洋葱头结构里，内层和外层之间可以相互影响，外层比较容易改变，而内层的改变相对较为困难，但是根本性的教师改变却依赖于内层的信念、认同和使命层面的改变。因而，教师教育的任务就不能仅仅停留于教师行为和能力的外部改变，而是应该转向对教师专业身份认同的积极关注，实现教师内在的深度改变。诚如布洛(Bullough)所言，教师身份认同对于教师教育非常关键，它是意义产生和进行决策的基础……教师教育必须从探讨教师身份认同开始。唯有得到教师自我内在的专业身份认同，教师才可能采取符合教育变革的根本行动，教师个体的生命发展才能得到强调，教师个体的专业自主发展才能成为现实。

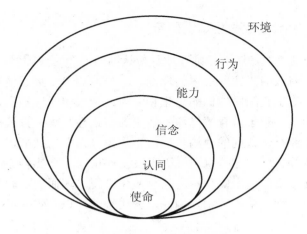

图 5-3　教师改变的洋葱头模型

(资料来源：佛瑞德. 好教师本质的研究：面向一种整体的教师教育方法. 教学与教师教育，2004(20): 77～97)

(三)关注教师自我的利益机制研究

从教师身份认同的概念内涵出发，它强调了"作为'教师'的人"和"作为'人'的教师"的有机整合，同时具备了个体性和社会性两种属性，是个性与共性的统一体。在社会学中，对于身份认同研究主要从两个路径进行分析：一是较为稳定的制度结构方面，旨在考察社会对其成员身份的期望、配置和安排；二是较为变动的个体能动方面，旨在考察人们如何进行自我身份的选择、建构与认同。因此，对于教师身份认同的研究，就可以将其置于社会结构与个人互动之间关系的分析框架之中，制度变迁和自我重构就成为分析教师身份认同的两条基本路径。

然而，在社会结构与个人互动的内在框架中，是什么样的动力促使教师实现专业身份认同呢？有人认为，教师的自身利益能否得到认可与保障成为教师身份认同建构过程的内在动力机制。我们知道，在我国历史上长期存在的教师"圣化"形象，往往在人性假设上把教师看作是"伦理人"或者"道德人"，很少或者根本不考虑教师自身的利益分配因素。实际上，教师身份在国家社会与具体学校的"双重定义结构"中，往往影响到教师身份认同的真实自我定义的，就是与"利益分配"因素密切联系，诸如职称评定、奖金分配、职务升迁等。同时，在特定的学校生活空间里，教师常常感受到来自学校科层组织文化的强制性压力和要求，与学校领导层之间难以进行有效的沟通和交流，教师的合理需要不能得到真正表达，以及自身利益不能很好维护，导致教师对自我的专业身份认同产生困惑和迷茫。正是对待这种利益机制的态度，从根本上决定着教师在社会结构与个人能动之间的行为抉择。当然，身份认同研究在人性假设上并不是纯粹将教师作为"经济人"，还要考虑到"伦理人"、"社会人"，在行动中考虑如何将教师的自我利益选择与正当性的价值追求结合起来，使个人利益和社会价值得到整合。所以，我们在强调对教师的伦理道德向度研究的同时，更亟需关注教师自我的利益机制向度的探讨。

(四)深化教师的个人实践性知识研究

是否拥有知识的话语权是影响教师专业身份认同的一个重要因素。对于一线教师来说，以个人实践性知识为内核的"实际运用的理论"，是他们内心真正信奉的并有效运用的理论，并在日常教学工作中支配着他们的思想和行为。个人实践性知识是教师专业发展的知识基础，而关注教师个人基于教育情境和生活史的实践性知识，强调教师个人的专业自主选择性，则正是对专业身份认同的建构与确认。作为"人"的教师，其身份认同涉及教师的信念、情意、态度等领域，这些意向性因素发生作用，就会影响教师对"倡导的理论"的可能选择，并重视"实际运用的理论"的显性化过程。因而实现教师的身份认同，就必须关注教师知识的实践性、个人性和建构性，关注教师知识产生的经验情境及其价值取向的涉入。

大多数研究都承认，教师专业身份认同的重构是可以通过说故事等叙事研究方式来实现的，教育叙事对教师个人已有经验的重新整理、个人实践性知识的建构具有重要作用。杰斯(Jansz J.)认为，教师专业身份认同的形成是教师个人和教师集体对教学认识的不断整合，从而形成有特色的教师实践知识的过程，不同来源的知识彼此交互影响着身份认同的形成。它以"公开的与私有的"、"个人的与集体的"为两个基本的分析维度，将教师个人的实践知识置于四个象限之中，并使之处于从"象限 1→象限 2→象限 3→象限 4"的动态循环过程中，具体如图 5-4 所示。这一探讨对于我们更深刻地认识教师显性知识与隐性知识之间的内在转化机制问题也是大有裨益的。

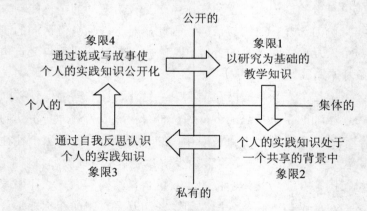

图 5-4 从教师知识的角度看专业身份认同的形成

(资料来源：杰斯(Jansz J). 个人、自我，道德要求. 莱顿大学：
DSWO(DIFFUSE SLOW WASHOUT PATTERN)出版社，1991)

(五)加强教师的情绪与态度研究

如前所述，教师的身份认同是个性自我和社会自我的结合，也就是作为"一个人"的教师与作为一个"教师"的人的统一。作为"教师"，表明了他与从事其他职业的人之间的本质区别；作为"一个人"，他也是一个鲜活的、灵动的、独特的生命个体。可以说，教师的专业身份认同受到了来自其自身的认知、情感态度和价值观念等各方面的影响，然而今天关于教师的研究议题主要集中在教师的知识、价值观念和决策等方面，而较少考虑到教师的主观感受和情绪问题。因此，对于重视并加强教育研究中长期遭到忽视与回避的教师情绪与态度研究是非常紧迫和必要的。

对于教师自身来说，出现抵制变革的情况往往是希望能够继续呆在以往的"舒适地带"，试图避免政策变化可能带来的伤害。例如，哈格里夫斯(Andy Hargereaves)在研究教师工作中的社会和情感因素时曾指出，教师自我的情感投入很容易受到教育政策变化的伤害。

总的来说，重视当前教育变革语境中教师专业身份认同问题的探讨，对于认识和思考教师研究的方法论视角、教师教育的基本任务以及教师个体的利益因素、实践性知识和情绪态度等方面都有明显的影响，对于进一步拓展和深化教师研究领域具有重要的价值。

第二节　教师专业身份认同的影响因素

认同感的范畴把对政治、种族、性别和经验的探究围绕着自我的问题组织起来。这个自我不是被各种马克思主义所谴责的和受保守主义派别所拥护的中产阶级个人，而是被拉康(J. Lacan)、弗洛伊德(S. Freud)和福柯(M.Foucault)理论化了的心理社会和话语关系中心。认同感的研究使得我们能够描述想象中处于社会中的"外在"政治如何在我们的身体里、我们的思想里、我们的日常话语和行为里得到"内在的"体验。当然，政治不仅仅是被"再生产"。当我们抵制社会潮流和政治指标时，我们也是在根据那些潮流和论争以及我们对它们的抵制来重建我们自己。在研究认同感的政治的过程中，我们发现我们是谁总是与别人是谁，还有我们曾经是谁以及我们想成为谁相关。作为后现代社会主体，教师个人有其多重身份，建构专业身份认同的过程，也是作为"人"的我与专业的我交织互动的历程。在教育变革中，如何真正发挥教师的主体能动性是必须思考和解决的重要问题，因为任何外在的教师角色期待，都极易造成教师个性的遮蔽与迷失。认识并帮助教师形成合理的身份认同，对切实发挥教师的主体作用具有重要价值和意义。影响教师身份认同的因素非常复杂多样，李茂森博士从宏观层面的国家教育政策，中观层面的学校组织文化，微观层面的教师个体实践性知识、情绪与态度以及价值观念等方面进行了分析。

一、国家教育政策

教师现在被迫教那些适应国家考试的内容，而不是他们所认为的在教育上应当教授的课程。学生不再参加个性化的学习课程以满足他们的个体需要，因为他们必须参加这些以考试为目标的课程。教师与学生成了这些标准的牺牲品。正如一位教师在访谈中所表达的：

国家考试就要来了，我认为，那种自治感和高水平的课程创造能力不得不被我所认为的虚假的东西所代替，在任何地方都是如此。我做事的思想与相信的事情正好相反，事实就是这样，但是你知道，我是一个俘虏……我把我的灵魂出卖给了魔鬼。

学校正在受到来自教育主管部门下达的指令的威胁。要求学生参加国家考试将使学校课程的背景和管理发生转型，这样做将使教学环境和办学宗旨发生改变。在这种新的变革方式中，变革在外部是命令。

长期以来，人们对教师在教育变革中的角色的认识存有矛盾：一方面人们对教师进行指责，认为教师阻碍了改革的推进；另一方面又认为教师是教育进一步改革的希望所在，改革需要依赖于教师的积极参与和推动。如美国 20 世纪 80 年代初期进行的自上而下的教育改革运动将"教师"看作是导致低教学质量和学术标准的根源所在；而后期进行的第二次教育改革运动则将"教师"看作是解决问题的基本答案，要求给予教师更多的自主权。这种教育改革政策的变化，直接关系到教师在教育变革中是否应具有主体性的现实问题，以及如何使教师快速适应政策变化的问题。

就我国而言，从 20 世纪 80 年代中期启动教育体制改革以来，各种改革措施和方案不断推出。在基础教育课程改革中，无论是课程管理政策的权力下放与分享，还是课程理念上对教师自主性的强调，都旨在切实改进教育现实中的弊端。然而在现实中我们却发现，教师并未发生改革所预期的角色转变，导致这一问题的重要原因是，政策上所设定的，以为能藉以促成课程改革的教师专业角色，往往因缺乏教师的认可，流于一厢情愿的想法，而难以拓展。

当前，教师的身份正在从被构想为工厂的工头或公司的经理。这是一个进步，原因如下。

在对效率和标准化的迫切要求中，工厂模式倾向于把教师降低为自动操作的机器。工厂模式的学校以智力(即那些被认为包括问题解决、批判性思维、创造性以及默记和计算的智力)的扼杀为代价实现了社会控制。那些能忍受以教师为中心并依赖背诵的教学的常规化、重复性之道的学生，有时候能够在类似的问题上表现得很好，虽然这些任务导向的技能的"迁移性"一直是工厂模式的一个问题。

公司模式把学习基础作为学校目标。然而，这个模式允许教师在达到目标的过程中使用多种教学策略。同伴教学，所谓的合作学习的其他形式，甚至允许教师微小的课程变化来让学生找到他们自己的学习方式。更进一步，公司模式往往承认智力在本质上和功能上是多元的，包括美学的、直觉的和感觉的元素以及线性的、逻辑的、狭义的认知元素。智力的社会特点也相对地得到承认，因为公司模式的课堂组织常常允许教师使用二元的和小组的活动。在这种模式中，教师是一个经理或者是一个"教练"。这些教师形象比起在工厂模式中的形象，独裁的味道已经少了很多，显然是一种进步。

然而，如果忠实于智力的培养，教师仍然面临着一种挑战，即要拥有比他们被设想的和被局限成为的身份更多。如果教师被湮没在由别人所设想的身份中，智力的培养就必然受到限制和被破坏。即使在公司模式中，教学目标(那种被认为在后工业阶段的经济生产中所需要的知识的获得和智力的培养)也没有受到怀疑。智力被看作是达到目的的手段。利益最大化仍然是公司的底线。公司式的方式很难排除作为主要认知模式的工具理性、计算和问题解决。但是，智力的解放将允许沉思冥想的认知形式，允许那些没有直接的实际效用、可能不能用标准化考试来评价的学科——那些与艺术、人文和社会科学有关的学科。当然，教师必须履行有关课程和教学的契约性任务。然而，教师不需要完全相信它们或者不批判地接受它们。教师必须寻求帮助避免自己的理想丧失在日常课堂需要的大漩涡中。教师可以通过自传和生活史探究来发展自己那些非职业角色的身份，发展自己看待教育的其他方式。

实质上，每次教育政策的调整与变化，都需要教师重新适应改革政策的规定性要求，在一定程度上打破原有的生活与教学行为和方式。这对教师身份认同提出了挑战。然而，当教师试图发挥主体性作用，突破"习以为常"的教学现状时，却又会遭遇其他各种教育政策的干预。如戴依(Christopher Day)指出，全世界大多数国家教师的教学活动都会受到以国家课程、国家考试、学校质量标准等形式的政府干预，这种持续的影响侵蚀了教师的自主性，给教师个体的和集体的、专业的和个人的身份认同带来了挑战。他还进一步指出，虽然每个国家在学校改革的内容、方向和速度上各不相同，但都存在着"挑战教师已有的教学实践，产生不稳定感"、"增加教师工作负荷"、"没有关注到教师的身份认同，诸如动机、效能感、工作满意感和有效性"等问题。

对于教师自身来说，其身份认同也是在教育政策变化和教育变革过程中逐渐形成的，要经历"原有认同出现危机——形成新的认同——新的认同危机……"的螺旋递升过程。教师出现身份认同危机的原因往往源于担心频繁的变化会使未来存在过多的不确定性。哈格里夫斯(Andy Hargereaves)在研究教师工作中的社会和情感因素时曾指出，教师自我的情感投入很容易受到教育政策变化的伤害。所以，教师往往希望能够继续呆在"舒适地带"，试图避免政策变化可能带来的不适应。

从社会心理分析的视角来分析，教师被别人、被自己的学生的期待和想象以及父母、管理者、政策制定者和政客们的需要所构想，对所有这些人来说，教师有时候是"他者"。教师由他们的和自己内化了的历史所形成。自我构成的这些不同领域或水平需要探究，把认知的过程置于认同感政治中，意味着逃离由别人的需要和压力而产生的漩涡。安详地站在大漩涡中的能力只有通过掌握其他世界的知识，通过生活在不与工作世界分离的其他现实中才能获得。"分离但联系着"允许教师进入一个比指定的角色更大、更复杂的工作世界，从而使得教师较不可能瓦解于社会的表层、简化为别人所构想的教师。

然后教师就可以成为学生的榜样：如何生活在这个世界中同时不屈服于它，不放弃对教育的梦想渴望。教师可以变成这种概念的见证人，即理智和学习可以通往其他的世界，而不仅仅是成功地探索这个世界。知识不必被看作如流水线上不能更改的程序一样神圣化了的文本。相反，作为自由探索的知识和理智，它成为翅膀，我们可以借之飞行、访问、研究其他世界。

二、学校组织文化

案例 5-1：自由已经丢失

现在很多学校充满了官僚主义并且忘记了主要的问题。传统教育是关于自由的教育，现在却没有任何自由。自由已经丢失，主动性和丰富的经验资源被禁止。每个学校都成了集中营的一部分。巡视员又如何才能够在集中营中计算文化课的时间？巡视员如何才能用秒表来记录文化课时间？教师会由于一些书面工作的过失而被解职。

我认为教师是有创造性的，但是这种创造已经被官僚性的齿轮给压没了。

比如，每一节课教师都要对前一节课进行讲评：他们必须对一些问题进行反思；他们必须根据大纲作出长期、中期和短期的课程教学计划；课后，他们要写一个针对课程进展的评估报告，然后再评估每一个学生的进展情况。每个孩子的个别记录、阅读记录和郊游费用，所有这些事情会使你怀疑自己还有没有时间把大衣穿上。

(资料来源：艾弗·F.古德森.专业知识与教师职业生涯.刘丽丽，译.北京：北京师范大学出版社，2007)

人们把螺丝拧得太紧，以至于把教学变成了一种顺从而缺乏创意与经验的专业，这将会使我们的学校变成千校一面和荒芜的地方，几乎没有教育的灵感和精神。

学校组织文化不仅会影响教师的教学行为方式，更会影响教师的思维方式和教育价值观念。文化的影响具有长期性与稳固性特征，它会使教师出于对自身价值观念的维护而对变革产生怀疑、否定甚至抵制。无论教师对学校组织变革是支持还是抵制，"新"与"旧"两种不同性质的学校组织文化都将对教师的身份自我认同产生激烈冲击。原有文化使得教师习惯于自己既定的一套行为方式，并试图规避可能出现的教育风险担当，而新型文化要使教师自主创造性得以实现，并力图在教育改革中把握住自我成长的机会。这种原有文化与新型文化的冲突会影响教师的自我身份认同与建构。

在现行学校组织制度中，仍然存在着较为严重的科层文化，教师作为学校组织系统中的一员，不可避免地要受到这种文化的影响。在科层体制中，教师处于组织系统的最低端，教师会感受到来自学校领导的强制性压力，不能与管理人员进行有效的沟通和交流，教师的合理需要难以有效表达。这种文化形态会潜在地限制教师的身份认同，使其难以获得归属认同和安全感。实际上，教师的专业身份认同是个体能动性与社会情境之间相互影响的结果，要想获得或追求某种归属感，就必须积极地投入到自身的专业活动中。

研究表明，如果学校组织文化强调教师有更多的自主能动性，提供更多的机会帮助教师实践自己的专业目标，并且大部分变革不是从外部硬性地强加于教师的工作实践，那么教师就可能会更加投入于学校组织的发展之中。

就教师文化而言，哈格里夫斯曾分析过四种不同性质的教师文化，即个人主义文化、分化的文化、合作的文化以及硬造的合作。这些不同性质的教师文化对于课程变革有着非常不同的影响，也深刻影响着教师的身份认同。在当前学校的现实环境(即学校的科层官僚架构)中，教师在教学中仍然奉行"自给自足"性质的专业个人主义。在这种个人主义教师文化的影响下，同事之间难免出现人际关系紧张与不和谐，致使彼此间的专业合作不能有效实现。如沃勒尔(Willard Waller)所言，学校作为整个社会环境的缩影，也存在着各种等级制度，导致了教师之间的相互竞争和敌视，从而使同事之间的关系趋于紧张，个人主义教师文化因此滋生蔓延。生活在个人主义文化氛围里的教师，专业合作受到抑制和排斥。

合作的教师文化能为教师的工作实践提供某种意义上的支持和专业身份认同。当前教育变革需要超越科层主义组织文化以及个人主义教师文化的消极影响。首先，要建立反思性学习环境，在承认先前文化背景影响的基础上，使教师养成批判反思性的态度，并尽力向他者敞开自我。其次，不断营造合作型教师专业文化氛围，促使教师获得专业归属感和安全感，使教师拥有个人自我表达的现实空间，提高教师参与教育变革的积极性，从而实现教师自身的专业身份认同。

三、教师个体因素

教师的专业身份认同与教师的个人实践性知识、个人的情绪与态度以及教育价值观念等因素有关，下面将分别阐述。

(一)个人实践性知识

是否拥有知识话语权是影响教师专业身份认同的一个重要因素。对于一线教师来说，以个人实践性知识为内核的"实际运用的理论"，是他们内心真正信奉的并有效运用的理论，并在日常教育工作中支配着他们的价值观念和行为。个人实践性知识是教师专业发展的知识基础，而关注教师个人基于教育情境和生活史的实践性知识，强调教师个人的专业自主选择性，则正是对教师身份认同的建构与确认。作为"人"的教师，其身份认同涉及教师的信念、情意、态度等领域，这些意向性的因素会影响教师对"倡导的理论"的可能选择，并重视"实际运用的理论"的显性化过程。因而实现教师的身份认同，就必须关注教师知识的实践性、个体性和建构性，关注教师知识产生的经验情境及其价值取向的涉入。

大多数研究都承认，教师身份认同的重构是可以通过说故事等叙事方式来实现的，教育叙事对教师个人已有经验的重新整理、个人实践性知识的建构具有重要作用。杰斯(J.Jansz)认为，教师专业身份认同的形成是教师个人和教师集体对教学认识的不断整合，从而形成有特色的教师实践知识的过程，不同来源的知识彼此交互影响着教师身份认同的形成。

(二)教师情绪与态度因素

教师的主观感受和情绪因素对其专业身份认同的建构有着非常重要的影响。研究表明：积极情绪体验有助于实现教师自我的身份认同，进而促进教育变革的顺利实现；反之，消极情绪体验则易造成教师身份认同的危机，并引起对变革的抗拒。托马斯(G.Thomas)等人在研究中指出，教师对教育变革的情绪反应，与其专业认同、个人认同的关系密切。当面对充满模糊性和不确定性的教育变革时，教师的情绪反应就会影响到他们的风险担当、学习与发展以及身份认同的形成过程。为此，他强调了变革、身份认同与情绪等之间的动态交互作用，如图5-5所示。

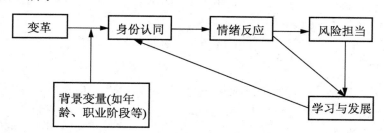

图5-5　教师身份认同、情绪、风险担当、学习与发展对变革影响的概念模型

(资料来源：托马斯. 从情绪的视角研究教师身份认同与教育变革：一种观点.
教学与教师教育. 2005，(21)：985～993)

在充满不确定性的教育变革中，对待变革的态度在一定程度上也可以被看作是教师情绪因素的具体表现。鲍曼(Bauman Z.)认为，在确定性的现代生活中，人们以"朝圣者"的身份不断有目的地行进；而在不确定性的后现代生活中，人们则像"漫游者"、"观光者"、"流浪者"、"游戏者"那样生活。尹弘飚等人借用了鲍曼的概念，认为在课程变革中教师的身份认同也存在着"领头羊"、"适应者"、"小卒子"和"演员"四种不同类型，而且这一分析结论与麦卡洛克(McCulloch)的观点基本一致。麦卡洛克曾指出，教师对改革的反应有四种：一是毫无反应，这可能是因为教师认为其工作已经符合改革的要求，也可能是漠视或拒绝新政策；二是虚应故事，只做些点缀式的调整，而不做实质的改变；三是只在既有的假设与认知框架内调整一些行事方法；四是改变原先持有的深层认知和假设。这些不同的反应类型折射出教师专业身份认同的不同表现程度，导致教师在教育变革中扮演着不同的自我形象，从而直接影响到课程变革的具体实施。

(三)教育价值观念

教师专业身份认同的核心在于价值观念的认同。奥斯本(Osborn)等人在对英国小学长达8年的大规模研究中发现，教师对教育变革的新价值观会持有紧张态度，并且对变革不予合作。导致教师对变革采取不合作甚至抵制的行为的原因是，强大的传统教育价值观念仍然支配着教师以往的教学习惯。变革的实施意味着教师要放弃一些以往熟知的教学方法和程序，使教师原本具有的能力多少有些"失效"。教师的教学惯习表现出了它对教学行为影响的长期性和顽固性，因为一种习惯的作用是强大而坚实的，历史形成的固有教育观念与教育改革之间的强烈脱节，在短时间内期待弥合恐怕是一种奢侈。

在我国教育变革的转型时期，"应试教育"和"素质教育"两种不同的教育价值观念将会在一定时期内并存，教师不得不在这两种教育观念之间不断地博弈和挣扎。在博弈与挣扎的过程中，教师显然会受到来自国家政策、社会、家长、学生、学校等利益主体的影响，为了减少教育风险，教师个体不得不采取审慎的态度，结果就容易出现"新瓶装旧酒"的现象。张爽等人在对综合科教师的叙事研究中发现，在课程改革中传统的教育价值与改革所倡导的教育价值是同时存在的，教师则处于"改革的优势话语"和"考试的隐蔽话语"两种相互冲突的教育价值观的夹缝之中，努力建构变革的个人意义，寻求一个适切的专业身份建构。正是因为不同教育价值观念因素之间的矛盾、冲突与斗争，导致教师的身份认同必须面对改革的现实挑战。

(四)境遇性事件

教师的专业身份认同还与个人的境遇有关。"境遇事件"是指教师专业经历中所遭遇的关键经验、人物与事件。教师专业身份认同并非线性、简单、可预期的，而是与其教育生活中的种种重大遭遇有关。这些对教师专业身份认同有着深刻影响作用的关键事件就是"境遇事件"。"境遇事件"将教师的专业身份认同与其个人教育生活中的重要境遇紧密联系。

由于"境遇事件"的特殊性，教师的专业身份认同之路不尽相同。教师专业身份认同并不一定是线性的积累的过程，很多情况下有突然转变的可能，会在某些发展阶段存在着重要的分叉点，突然遭遇某种影响其专业身份认同的情况，这是一种偶然性。传统的认同观认为只要控制好影响教师的各种外在变量，就能很好地预测教师认同的发展。这是一种外部决定论的思考范式。它将复杂、非线性的教师专业认同简化为可以精确控制、量化预测的线性联系，试图据此设计出"完美"的教师教育模式。但实际上，每位教师的认同都是特殊的，因为存在着很多教师认同的潜在的偶发性，存在主义的思想对教育产生影响的一个例子是关于遭遇的概念，只有少数重大的特定的经验可以称为遭遇，它们闯入人的生活，突然地中断人们的活动，使之转向新的方向。正是这些境遇引发教师经验重建与认知的重构。因此，我们虽然不能直接制造教师生活史中的"遭遇"，但是能创造一种可能的"遭遇"的前提。如果教师教育真的对教师的心灵能产生转向作用，那么，触及教师心灵深处的"遭遇"是必不可少的。

总体来说，不断变化更迭的教育政策、不同形态的学校组织文化以及教师个体实践性知识、情绪与态度以及价值观念等因素会从内外两个向度对教师的身份认同产生深刻影响。在当前教育变革过程中，只有积极获得外在的有效支持并进行内在的真正改变，教师的专业身份认同才能够得以实现。

第三节 教师专业身份认同与教师专业发展

教师专业的内涵及专业自主的内容与范围，通常是由学术界或教育行政官僚体系所界定的，教师则是"被要求"符合一套既定的专业标准。于是在教育改革中，教师对于自己身为教师的意义、价值与行动的界定，对自己的身份认同，都是不关心的。教师似乎只有"角色"而没有"身份"。然而，专业身份的认同是决定教师做什么的最基本的一部分，所以教师专业发展所关心的不应停留在有关"专业"的描述与规约性意义上，而应以教师作为"一个人"的观点，重视教师专业生命中的自我认同问题。

身份认同并非朝圣式地适应客观标准，而是旅行式的，经由与所处社会关系中的人互动、磋商，而建构自己作为专业教师的内涵。所以，教师应在生活故事中反思其行动的意义，并参与对于"专业"的论述，才能有助于建构其专业身份认同。

唯有确认自己作为一位专业教师的身份认同，教师才能真正清楚自己的专业成长方向，不会因变动频繁的改革方案而无所适从，也不至于追逐华丽的流行说辞而随波逐流，如此教师才能真正"扩权增能"。所以，教师的专业发展，理应立基于教师对专业身份认同的建构。

一、身份认同：教师由"被"发展走向"自主"发展

当前，教育改革的理论都基于这样一个假设：既然学校教育上很多事情都不正确，教育改革或变革只能从改进这种不正确的局面开始。这种假设认为，对教育目的的清楚阐述，

伴随着一系列测评、政策引导，以及教学成绩的绩效刺激和工资改革，毫无疑问，这会提高学校的教学质量和办学水平，教师在这一运行体系中处于关键位置，但是在改革中，教师专业主义的技术层面得到了强调，而不是职业道德层面，也就是支撑教师职业感和专业主义理想的专业身份认同——个人使命和价值承诺。

很少有教育改革和变革的理论把教师个人专业发展与变革作为中心议题，当然，无论教师有无个人的专业身份认同——个人的信念和使命，变革都将发生。教师个人的专业身份认同常常被认为是改革进步的"绊脚石"，而不是关键的"基石"。这种观点的教育改革具有潜在的灾难性后果。这主要是因为当今学校重构中的一个普遍的神话导致的。

20世纪60年代和70年代，在很多西方国家采用的是组织松散的民主社会服务体制和公共福利模式。由于经济富裕、学科相对松散，学校教师得到了不同寻常的专业自治和专业地位，结果却导致社会学科松散和学校标准混乱。

现在，那个教育分权时代已经结束，由教育分权走向教育集权。政府严密控制学校，对课程目标和课程评价进行了非常清晰的定义，学校标准和学科都将会稳定发展。至于教师的情况：过去把教师看成是自治和以自我为中心的时代已经结束，"新的专业人员"在技术上是有能力的，遵守新的大纲和条例，把教书看成是一种被管理的、被指导的、传递知识的工作。教育变革在教学层面意味着尽快有"新的专业人员"替代"旧的专业人员"。一旦这种任务完成和"旧的专业人员"被换掉，一种新的、更加有效率的学校教育系统就会产生。

教师作为教育第一线上的实践者，其专业能力被视为影响教育革新的关键因素，所以每逢教育改革开始，教师专业知识与能力的更新总是被视为当务之急。然而教师专业发展为一长期历程，并非应政策要求而能速成，所以，一位专业教师的养成，自职前教育阶段起即展开其专业发展的历程。一般认为教师的专业性应包含三个部分：一是教师的专业知识；二是对于有效实践运作的自主性；三是基于专业责任所应有的价值与态度。于是在追求专业化的前提下，教师的专业养成及日后的在职进修教育，皆以强化教师的专业知识与能力以及专业态度为要务，在学校教育实务上则逐渐赋予教师更多自主权。然而，所谓"专业能力"的内涵及"自主"的内容与范围，通常是由学术界或教育行政官僚体系界定的，教师则是"被要求"符合一套既定的专业标准。

每当新教育政策推行，行政机构总以新政策之名要求教师学习一套被表示为"新"的知识，再赋予教师一些新的角色与任务。当教师不愿或不能符合这些新的标准时，即可能被归咎。然而，这些标准本身可能是有问题的；"新即是好"这样的假设也不应被视为当然。我们以一套不容置疑的标准，告知教师应该"做什么"，要求教师担任所谓"专业的"角色，以完成某些改革任务，而行政单位对课程实施的关注点总在于：既定的政策被执行的程度如何？是否所有学校皆已"上线操作"？教师被要求参与新课程研修活动，以期了解新课程的内涵、要求与实施方式，而后按照预定的实施时程，开始新课程的运作，并且被监督是否达到要求。这正是十足技术理性的管理主义。在这样的课程改革过程中，教师已被视为学校革新的工具，而此种假设则制造了教师厌恶改革的气氛。教师的失望和犹豫不决直接导致缺乏教学创新，并会扰乱学生的正常学习进度。可见，忽视教师的个人专业身份认同是非常危险的。

但是事实上，正如克兰迪宁和康奈利指出的，许多课程改革方案以教师观点而言都是控制性的；即使如英国课程学家斯腾豪斯(L.Stenhouse)等人所提倡的，教师"行动研究"也是另一个将教师视为实现他人概念的工具的例子。

行动研究的提倡者将其改革意向由学生转向教师，声称教师应产生自己的专家知识。然而以教师观点而言，这只是以一个改革意图取代另一个罢了，一如传统的改革，也同样是改革者提出一堆支持或反对"教师应该做什么"的观点或意识形态。提倡者可能自认为比那些提倡技术理性的改革者更开放，然而却都一样希望教师成为他们所设定的样子。在这当中，教师对于自己身为教师的意义、价值与行动的界定，对自己的身份认同，都是不被关心的。于是在课程改革中，教师只有"角色"而没有"身份"。

20世纪80年代，对教师专业发展的讨论认为，将"扩权增能"转移给教师。该讨论认为：只要允许教师对某些决定具有影响力，即可改善教室内的问题。此种"权威本位"的扩权增能概念，导致了教师角色与责任的改变。然而必须进一步关心的是：教师果真享受他们的新权力吗？他们感觉自己及其专业生活都比以前更好吗？扩权之后的教师真的让教学看起来更有效能，或至少有别于传统教师吗？经过一些案例的研究发现，增加教师权力未必能达成扩权增能的目的。有些学校徒有改革之名，实际上却因教师缺乏专业能力，而根本未脱离旧有的惯常行事方式。然而教师被认为缺乏的专业能力，却往往不是教师自己认为应该要具备的能力。由此可知，政策上所设定的教师专业角色，以为能藉以促成课程改革，往往因缺乏教师的认同，流于一厢情愿，而难以实施。

专业身份认同是决定教师做些什么最基本的一部分，外来的指导并无足够的力量可以改变此种价值观，因为，那是提供教师行动的核心理论依据。教师认为自己是谁？应该成为什么样子？各有自己的思考。若不能关心其身份认同问题，则改革方案充其量只是一个做法取代另一个做法。艾弗·F.古德森等学者认为，对于教师专业发展的概念必须重建，过去视教师为"实践"，现在要视教师为"一个人"。不再将教师视为一个集体，或是将一个集体的角色加诸其上，而是将教师视为一个独特的个人，有其生命经验，有其自我认同，有其对教育、教学的概念与价值体系。教师作为"一个人"，不应再被视为职务知能上的专门人员，他们的自我应该被视为专业建构中的一个重要因素。正如学者姜勇所说，在这种由外向内的转化过程中，教师专业发展可以被看成是一种唤醒的过程，一个激发社会成员创造性力量的过程，一个释放社会成员个体作用的过程，而不仅仅是被看成一个由计划者和学者从外部来解决问题的过程。

基于教师作为"一个人"的观点，教师的身份认同应成为专业发展中更被关注的核心。从这一角度出发，教师专业发展可以被界定为一种贯穿教师职业生涯始终的终身自我发展过程。这种过程的表现形式是在特定的宏观教育政策导向指引下，教师专业自我与特定的学校职业环境之间持续的、动态的相互作用。这一过程的结果不仅仅表现为教师掌握了更多的专业知识和技能，还表现为教师对自身和其所从事职业的认知的成熟和深化，逐步建立起一种由专业身份、主观教育理论和专业知识技能所组成的个性化的素质体系。

二、教师：由"角色"到"身份"

角色是指对某一特定职位的一套期待与规范。期待是指预期承担某一角色者如何表现，而规范是指他"应该"如何表现。所以，角色包含一套社会关系、规范知觉和权责体认，一个学习到某种角色的概念与行为，是将自己置于社会关系中，找到一个位置，去感受、察觉社会对我们的期望，而以之为行为规范。教师的角色行为大体上决定于某一时代、地区公众所赋予的角色期望，但因教师受过专业训练，对自我角色有一定的期许，这对其角色行为也具有影响力。无论如何，以"角色"来看待教师，总不脱离社会期望、规范所界定的"教师"标准。

教师这个工作是很有历史的行业，由于基础牢固，所以教师的角色似乎如此熟悉，以至于文化上对教师角色的理解也被视为当然。从现代教育的演进来看，20 世纪初，"好教师"的标准只是符合学校要求，是一位好公民，个性诚实、友善、礼貌，而且富有知识、教学认真。随着教育专业理论的发展，则不再以身心行为特质来界定"好教师"，而是由教师的具体行为及对学生的影响等实证指标来判断"有效能的教师"。然而由"效能"的角色来看教师角色，首先可能将教师视为一个心智工厂生产线上的工人，专门负责传授某些技能；其次可能视之为一个公仆，是促成社会变迁或维持社会控制的人。后来教师专业主义则将教师视为具有自主权，可做专业决定的专业人员。关于教师作为专业人员的地位的建立，经过长时期的努力，至今，基于其特殊知识基础，社会对专业水准提升的要求，愈见要求教师视自己为知识工作者，于是教师赢得了专业地位。然而，对于教学学习与改变的研究，直到如今都以教育内容知识及教学知识为主，在考虑专业发展时，常排除个人的发展。长期以来教师专业发展的诉求是为了学校和社会的改善，社会赋予教育何种功能，教师自然要成为某种规制的角色。以社会化的角度而言，"成为一位教师"即成为他人期望中的角色，具有他人所认定的技能；而要成为一位"良好的"教师，则必须依据既定的规范和文化的"脚本"。

在此种专业主义的论述中，专业角色是外界所赋予的，用以区分一个群体与其他群体之间的不同特征，而这些特征却可能是由局外人或教育社群所加给的。无论其界定如何，都是以一种类似"大叙事"的形式，将所有教师统摄于一个统一的论述之中，而教师应该检视自己是否符合这些论述的规范内涵，并致力于达成既定的专业标准。专业的刻板意象使教师承担一个既定的角色，于是，成为一位教师就意味着成为你"原本不是"的那个人。被假设出来的角色造成了疏离的认识，而教师若要顺利生存下来，就得将自我沉浸到既定的刻板意象中。在教师生涯中，从初任阶段起，教师就努力将自己塑造为一位他人眼中所认定的"教师"。经历专业社会化的人往往会发现，不同对象不只是期望他们"做不同的事"，而且是要他们"成为不同的人"，而这些为教师所设定的角色可能就与学生、家长、社会大众所期望的角色有差异，甚至矛盾。这些期望有的是随着新的专业论述所带来的角色期望，有些可能是很传统的观点，甚至是反专业的。有些社会大众可能尚未抓到新角色的意义，而是抱持着比教师本身更传统的期望。来自各方不同的角色期望与冲突令专业人员疑惑："什么才是一位专业教师？"

艾弗·F.古德森指出，在教师专业发展的研究上，20世纪60年代的研究主要是透过大规模的调查和分析教师的社会地位，以一种不精确的、集体性的统计结果，将教师视为正式的在职人员角色，毫无疑问地迎合了一个权力来源对角色所设定的期望。20世纪70年代的研究者则视学校教育为一个社会控制过程，其同情学生，而视教师如恶徒一般；末期则开始注意教师工作中的限制，视教师为被系统所要求、愚弄的牺牲者。20世纪80年代，由于后现代思潮所支持的观点认为所有个体都有权为自己发声，并且接受这些声音为真实的、正当的；关于教师特性的问题则开放为"教师如何看待自己的工作和生命"，视教师为建构自己历史的主动者，而不是被集体界定的角色。从研究方向的转变来看，已由教师专业角色标准的客观界定，转变到注重教师专业发展中的专业自我认同，并且视"发展"为过程而不是既定的标准；不再重视"专业角色"的客观界定问题，而聚焦于身份认同的探讨。因为，所谓"专业角色"是一种存在于特定时期下论述的产物。随着不同时期，对教师职业与专业工作内涵的要求不同，教师专业论述也有所改变。在教师的认同过程中，受到不同论述的影响，对专业身份的认定，其内涵也是大不相同的。而专业身份，已经不是教师这个工作者所具有的特质，而是教师用来解释、建立自己意义及与他人所处脉络关系的依据。

事实上，集体的、固定的专业角色概念是非生产性的；借着一个外来主导的控制架构，可能有利于服务于国家或科层体制的目的，然而，谁果真拥有合法权利可以界定专业主义的内涵？那些关于"教师应当如何的"论述具有控制性的，剥夺了个人成为被预期之角色以外其他身份的可能性。当我们以"角色"期望于一个人时，这个角色就掩盖了人的真实自我，传统的、预定的角色长久以来欺骗了人的专业认同。所谓的专业发展如同朝圣一般，逐渐接近或符合一套既定的角色规范或专业规准，而将所有的自我嵌入既定的框架中，规制性的角色经常导致个人声音的压制，剥夺个人界定情境的权力。况且，由一个权力来源所赋予的专业角色经常与教师的认同不一致，导致教师在工作上的困扰。在康纳利和克兰迪宁的叙事研究中，发现教师因自己所认为应然的课程，与他因应政策要求所设计的课程之间不一致而感到困扰；也有教师挣扎在"被要求"与"自己相信应该做"的课程之间。研究者相信这样的故事是教学这个专业领域里普遍的故事，而这些教师所体验到的"不一致"正是其认同的身份与正式课程所期望的角色的不一致。所以，正如余德慧教授所言：我们不是"角色"这个词语，它会误导我们进入一个没有生命形式的位置，好像人只要进入角色就会"成为某人"。事实上人不是自我一致的行动者，而是"者"、the "who"……"者"具有它自身背景的熟悉与技能，而进驻于这个社会。"者"也就是一个人所认同的自己。作为教师的个人，在社会关系中，不是一个"角色"，而是以他自己这个人的身份，进驻教师这个职位所在的社会关系网络中。

教师作为"一个人"，而不是作为职业知识与技能的拥有者。作为教师，意味着什么？我希望成为一个什么样的教师？这些不是预先存在的事实，而是必须以人的经验、价值、信念为中介去寻求的可能性。于是，"自我"对于教师自己解释其工作的本质的方式，是一个重要因素。要准确了解教师专业行为，须分析教师如何看待自己作为教师的身份。教师获得、维持、发展其认同与自我感觉的方式，对于了解教师工作上的行动与职志是很重要的基础。认同的确认更可以让受压制群体在被宰制的过程中，去挑战、再协商那已被强加的身份。相较于将教师视为"一组专业知能的集合体"，以教师为教育改进的工具，此种取向显然具有解放性。然而，此种观点并非认为教师可以随心所欲，不理会属于"教师"的职分。教师工作有其特定的社会关系(如与学生、家长)与工作属性(教学)，所以教师对于专业身份的思考仍是以"作为专业教师"为内涵，只不过这个内涵并非固定、强加的角色任务。个人使命与特定的专业化图景和发展阶段相关联。教师的激情与心灵的缺失将导致学校制度记忆的缺失，越来越淡忘专业行为的完整模式。更极端的是，这将使教学成为与敬业、专业目标、感情投入及生命体验相脱离的技术传授。

"身份"是透过社会情境内的磋商或透过个人所内化的社会角色所建立与维持的。关于"我是谁？"的问题，不同的人将给予不同的意义。所以，身份应该是一个人所认同的，是关于自己是谁、自己应有的生活与行为方式的内涵。每个人都因其所赖以生活的故事而创造了特殊的地位与取向，也可以说是建构了自己的身份。这样的身份认同涉及一个人的知识、价值与情感取向；不同的人因其生活情境、所经历的事件、生活体验而可能对自己的身份有不同的认定。所以身份不是先验的，也非既定的，而是建构得来的；身份不是天生自然般地等待着发现，而是透过政治、文化斗争所建构出来的。"成为一位教师"是要让自己和他人都将他当作教师来看待，也要重新界定那由社会认为正当的教师身份。身份认同是教师由内在自我出发，确认自己作为一位教师，在所处的位置与社会关系中，如何成为自己所希望的那种人。在认同过程中，教师将自我置于社会所界定的教师内涵之下，以一套社会文化、规范的准则看待自己作为"教师"的行动，以及自己在社会中所处的位置。另外，结合自己的生活经验，察觉自己与他人的社会关系，并在教育场域中，借着选择、拒斥某些可能性(诸如教室的组织形式、教学类型)，逐渐加入那些构成其专业身份的重要内涵。由于生活经验的差异，个人将会以不同方式看待、诠释其工作内涵。当教师个人不断发展且与他人互动时，其认同是持续地被给予信息、形成与改变的过程。教师会遭遇制度、文化上对教师既定的观点，以及教师对自己工作理解的冲突。历史、社会、心理、文化都会对认同构成影响。在这个过程中，教师必须去反思、协商、实践。

总之，教师的专业身份认同是一个追问"我是否是一位专业教师"的历程。这个历程不是朝圣式的，亦即，先确定"专业教师的客观标准"，再努力符合所有标准与期望，而是旅行式的，要由与"教师"所处社会关系中的他人(如学生、家长)互动，并与社会所赋予的"专业教师"意义磋商。

三、在论述中追寻身份认同

诚如文化研究学者指出的：认同是在论述之中建构的。在特定的历史情境下，许多关于我们身份的论述往往反映一套具有强制性或影响力的规范。我们常常因疏于思考有关自我的问题，而未能察觉到自己的身份其实正受到某些规范所制约。教师必须觉察到，当自我的多元性及我们的声音被压制在一个控制性的论述下时，发生了什么事？而这些控制性论述又存在了多长时间？我们应重新检查这个社会为教师所定的文化脚本，我们才能开始质疑许多视为当然的、有关教师工作的内涵，以及使教师工作有效的权力等假设。无论是存在于传统规范中的"传道、授业、解惑者"，还是当代管理主义式专业论述中讲求绩效、效率的教师，对于教师"是什么、应当如何"的客观界定都具有规制性。这些界定都是将教师视为一个角色，是集体的、功能性的，忽视人在生活经验、知识、情感、价值上的差异性。所以，鼓励教师致力于脱离专业主义论述的束缚，建构自己的身份认同，以建立一种面对未来的转化状态，克服某些不正当的控制。

教师需要更多机会认识到他们的专业身份是社会的建构，而非自然而然、不可逃避或本质如此的。在特定的时期里，有不同的社会规范、角色论述在界定"专业教师"。既然专业身份是由复杂势力建构而来的，那么就应该允许更多介入的可能性，而教师的声音更应是主要势力。当他们能清楚地觉知到自己既是"教师"，更是"一个人"，是不同性别、阶级、族群意识形态的交汇点时，就更能思考自己要成为什么样的教师。然而，教师可以透过何种方式来解释建构的身份认同呢？福柯认为，自我的建构乃是通过论述找到定位。因此，自我可以根据概念或知识来源来书写或谈论自己的东西，并加以理论化。研究表明，每个人主动从事论述，他们及其他人就能借着叙说或书写，成为说话的主体，诠释自己，也同时参与那些有关他们的论述。当代教师专业发展研究的叙事取向，即是希望透过教师生活故事的叙说，协助教师反思其生活的事件与经历，重新建构那些被视为当然的、习以为常的思考与行动的意义。因为专业认同的发展是离不开个人认同的。当我们叙说生活故事时，也就在恢复经验中的重要事件；当我们追问这故事的意义时，也就是在故事中重新建构自己的意义。在叙说中，教师可以将自己作为思考与体会的对象，暂时远离目前他人的界定和期望，由过去、现在的经历以及未来的期望，重新发现自我的多重声音，并形成有体系的论述。这样的叙说，是以论证形式而非描述形式进行的，此种对自我的理论化过程，也正是认同建构的过程。所以，认同的问题并不在于什么是真实的自我本质，而是自我如何被谈论、如何在理论中被理论化。

同时，叙事更可以作为一种批判工具。因为叙事的本身是诠释、分析、发现意义的方式，它是让生命中紧张力量及未曾述说的沉默找到位置。当教师以书写或叙说的方式来诠释自己的生活史时，他们所做的叙事就开始引导他们自己反思自己在整个结构中的处境，也透露出其复杂主体性之间的矛盾与冲突。承认此种冲突，教师才可能去抗拒、修正那些将他们的教师身份予以定位的霸权论述，也才能颠覆既定的文化脚本，改写新版本，成为自己未来发展的作者。

专业主义是社会的建构，所以教师在此建构过程中也可以是个关键者，他们可以接受或抗拒外来控制，坚持或否定其自主性。主体可以参与其自身的构成，对于他们被编配的角色，可以默认，也可以抗争。如果教师不去质疑既有文化、制度规范中所呈现的角色论述内涵，那么其教师角色就是被给予的、归属的。在这样的角色下所进行的是一套外加的、规准化的行为，而所谓的专业发展可能是在知识、技能上更符合某些标准。但是，教师改变的潜在的可能性并不存在于那些为教师设计的方案或专班，或者传授给教师一些新的方法与知识，而在于教师能获得一种批判观点，用以检视其身份如何在社会文化中被建构，以及有关教学的文化论述如何形成他们个人与专业上的主体性。

专业身份认同的建构是教师个人与专业生命开展的历程，让教师赋予生活经验意义，确认自己要成为一位什么样的教师。因为确认自己，确认自己和学生之间要追问何种意义，这才是教师专业发展的真义。

总之，教育的过程是"人"与"人"的互动，所以教师与学生之间的关系是不同生活经验、期望、意义、价值的连接，而不是一个知识载体对着不同容器的传输过程。除非教师确定自己是一个什么样的人，也据此确认自己作为一位专业教师的期望和行动，否则又如何将学生视为一个个有生命、有期望的人来对待呢？因此，专业发展不应该将教师视为一个"角色"，着重于使教师成为一套客观专业知能的载体，或要求教师遵循某些既定的专业效能标准，因为角色是外在的界定，未必获得当事者的认同；而应该将教师视为"一个人"，鼓励教师参与关于"专业"的论述，在生活经验与故事中反思自己作为教师的意义与行动，建构个人的专业身份认同。

唯有认同自己作为一位专业教师的身份，教师才能真正清楚自己的专业成长方向，不因变动频繁的改革方案而无所适从，也不至于追逐华丽的流行说辞而随波逐流。这样的教师才真正拥有来自专业判断的自主权，而且此种自主权不是任何权力单位所能赋予的，如此教师才能真正"扩权增能"。所以教师的专业发展，理立基于教师对专业身份认同的建构。

案例 5-2：一位教师的自述

我可以把我过去 30 年划分为五至六个阶段。最初的几年，大概在早期的五年之中，我在困难中前进，设法把事情弄清楚。有些事情我做得很好，有些事情却是一团糟。但是，这个时期我在积累经验，所以才有这种在困难中挣扎的感觉。然后，我在 1975 年第一次上写作课，在 1979 年获得了第一荣誉。1975—1985 年是我事业上的鼎盛时期，我从内到外都有无穷的力量。我只是在不停地寻找新的事物、新的材料，构建新的思路，尝试新的办法。这是一个伟大的时刻。

1985—1986 年，我进入了一个真正地对自己的能力完全自信的阶段，我觉得自己拥有了可以随心所欲使用和支配的力量，我变成了一个更加严格的教师。我给学生留 15 页的学期论文，学生需要阅读同一个作者的 5 本小说，进行传记和批评研究，撰写被讨论文章。对于一个非常严格的作业，我知道如何教并且如何让孩子们完成。我想，那个时候我成了专家。这个时期的教学可能要比中期阶段的教学更有意义。但是，至于我真正在教什么，或者学生在学什么，以及他们获得了多少能力，我很少去注意它，我想这第三阶段应该是我最有技巧的阶段，也是我教给学生东西最多的阶段。

在过去的几年中，我进入了教师培训学院，很多事情发生了变化，新的考试开始出现，行政部门开始对我们要做的事情提出更多的要求。

(资料来源：艾弗·F.古德森. 专业知识与教师职业生涯. 刘丽丽，译. 北京：北京师范大学出版社，2007)

案例分析：

从这个故事我们看到，教师是有如下观念的特定的群体：教师不只是一种工作，而是一种人性化的职业。从根本上，它意味着不只是把教师职业看成一种获取物质回报和技术传递的工作，而是一个富有目的、激情和人生意义的工作。

案例5-3：一位教师专业身份认同的历程

研究者采访了一位教师，该教师是在美国纽约州一所市中心的高中教英语文学，采访开始时，他讲述了自己是如何成为教师的，然后讲述了教书的情感体验和个人的教学特点。由于他没有参加过教师培训，他说："五年中的大部分时间，我都在掩饰这一点"。

但是，我也意识到，有一些事情我做得比较不错。我可以很快在课堂上建立一种和谐的气氛，很快使学生对文学产生兴趣。最初写教案对我来说比较难，但是，几年后我探索出了自己的技术和风格。我就这样进入了这个行业。从某种角度讲，我滑入了教师这个职业。我意识到，我对心理学有浓厚的兴趣，而且我基本上是一个内向的人。我原本应该是一个内向的、直觉的、富于同情心和理解力的高中教师。但是，为了教书，我必须发展出另一种个性，就是外向、直觉和有思考力。似乎到现在，我仍然是在凭直觉进行教学。我并不是那种刻板和循规蹈矩的教师，我从来没有那样过。我经常抱怨那些行政人员或者行政法令，他们通常告诉你"只能这样做"。

但是，我现在的个人生活比较封闭。每当在家以及早上到学校的时候，我都会给自己留一些个人空间。我早上5:30到学校，孩子们7:30才能到，我需要绝对地安静。利用这段时间，我可以批改作业，计划一些要做的事情等。下午回家时，在妻子回家之前，我拥有两三个小时的独处时间，可以听听音乐，充分地放松。如果没有那些单独的时间，我就不能思考。我非常尊敬那些参加俱乐部的老师。我也参与过比如思维奥林匹克、思维大师、头脑风暴等活动。我过去非常……有一段时间我下课后会和孩子们在一起呆上一个小时，聊一聊天，但是我确实需要这种放松时间。我认为我的时间表中的这一部分，是在我生活中最基本的也是必不可少的。

采访人：我想再谈一下你刚才谈到的事情，你谈到自己每天都需要自己的空间，那是出于学校工作的关系。你能不能描述一下，你的教师工作如何影响你的校外生活？这是另外一个方面的问题。

是的，这很重要……这也是我考虑到退休时所要面临的问题之一。我不能想象……我的意思是我已经在学校里生活了48年。你知道人们能做什么，你如何做，那里有什么。那里有节奏、我的组织、一系列年复一年的工作，是我生活中的一部分。每当我阅读的时候，我必须思考我是否能教，我可以从中学到哪些对待学生的方法，我应该教给学生哪些文学知识，哪些段落我可以使用，无论我是看电影还是听音乐……我都在考虑它的可教性和重要性，它如何使我们看清我们所生活的时代，以及它如何反映在学生的生活之中，等等。我想得越多，我会越恐慌，因为我没有出路。如果我没有……在很多方面这就是内省，在很多方面，教学对我来说就是一个非常自私的行为。只要令人满意并且有机会，学生会告诉你，我不会改变想法。我想大部分会说，我的教学方法最大的优点就是倾听。但是，这种倾听不是一种善良的行为，而是一种自私的行为，我以思想为源泉，以观点为源泉，我也以细腻的洞察和思考为源泉。当我离开一个讨论文学作品的课堂时，我会说"我的天，我从来没有想到……我会把那个故事教20遍。我以前从来没有意识到。"这就像我的生活、他的生活、她的生活中的事情，然后我被彻底地充电。这就是教学工作最令人满足的自私的一面。我变得越无私，互动就会越彻底，效果就越令人满意。我告诉孩子们："我像一个汽车的蓄电池，可以使机器运行一段时间。但如果发动机不再运行，我就会死。如果你们不给我吃些东西的话，我将是一个只知道机械地留作业的愚蠢的人。"但是，如果有一个孩子问一个能使我和一些孩子都能动起来的问题，电池就能够启动，你知道，它有不可置信的力量。

至于私人生活和公共生活，我努力在现实或具体的层面上将它们分开，使它们互不纠缠。但在深层次上，我做不到使它们绝对分开，我过去一直这样，这是因为我在学生那里得到的太多。我过去花了太多时间在年轻人的身上，但我仍然希望和年轻人在一起。因为我真的不能找到很多成年人进行交往。我没有太多朋友，尤其是成年朋友。我喜欢试图解决问题的思考者，而不是那些已经想好问题的人。你知道，我是一个孤独的人。经常有很多孩子在放学后围过来，我希望这不是因为我的变化，而是因为孩子们的变化，他们更愿意与一个成年人进行智力上的交往。在这个学校里，这种事情不经常发生。我肯定它在一些地方发生，但在这里却不经常发生。

这个故事使我们认识到，教师职业和他的个人使命(身份认同)处于密切联系之中。他对新的教育改革和变化的判断非常值得一听：

……我想从教育管理机构那里(管理学校的教育官僚机构通常位于市中心)，从事情运转的方式、商业型的思考方式以及一些统计数据来看，你会发现改革势在必得。但我知道，实实在在地说这是天上掉下来的馅饼。如果我们谈论学习以及人的终身学习，难道不好吗？在期末通过考试，难道不好吗？我知道这是理想主义的期待，但是我认为除非有些人那样做……除非某些人以那种方式思考，那种思维方式和那种教育的麦当劳化，将变得越来越不容易改变，他们的力量将变得越来越大，教师将变成事先消化好的课程的消极传递者。这是那些官僚们愿意看到的。他们愿意消灭个性，然后回到……原先的问题。实际上，我只是站在很多其他人的面前，把我喜欢的事情传授给他们。我想，我们越远离这个基本的角色定位，我们就越远离真正的学习。

关于教育，我有两句话常让人家感到疑惑不解和生气。一句是：大部分教育并不发生在人们的眼皮底下，而发生在人们的视野以外，孩子们真正学到和起作用的东西不是我们所希望的，而是那些存在于边缘地带的东西。学者和教育官员想消除边缘地带的视野，但这只是一厢情愿而已。另一句是：我认为教育应该为教师和学生留下真正的自由思考和独立判读的机会，这太重要了，而今天的教育却被填得过满。这听起来有点儿像无政府主义的言论——也许它就是吧。我指的是真正的机会，任何好人所拥有的机会……我想这不是全部机会……能够站在孩子们面前并与他们融为一体。如果真正有什么事情要发生，或者来自教育的话，那是因为孩子们已经接触到了多元的观点、真正的多元的观点。不是事先决定好的不同，而是真正不同的观点、不同的方式等。你知道人们想要做什么，很多教育官员想要做的，就是寻找一种可以复制并应用到课堂中去的教学大纲和教师。我希望教师跟学生讲："我希望大家取得进步"。所以，孩子们不仅在学习知识，也在学习生存于现实世界的方式，并以个性化的方式来思考世界。教育官员在担忧个体的思维，但那就是所有的事情。这关系到他们的个性、我们的个性，以及交往……只有当他们发现了一种个性化表达的方式时，变革才能够发生……他们发现了一种语言、发现了谈论人的个性和人际关系的空间。

(资料来源：艾弗·F.古德森. 专业知识与教师职业生涯. 刘丽丽，译. 北京：北京师范大学出版社，2007)

案例分析：

在对这位教师的个案调查中，他的工作经历以及对改革和变化的判断，充分说明了教师职业的复杂性。他的陈述表明，教师的职业是完整和不确定的：没有绝对的模型。每位教师都要建立适合自己身份的个人的专业主义标准来切合他的生活史、培训经历、生活背景及其个性。大量个性化的专业主义，在学校的日常工作环境中都能够学到、建立和维持。教师的专业主义和专业身份认同就像一部精致的自然生态学，在交互作用中可以持续繁荣。

本 章 小 结

本章从教师专业身份认同的含义、特征、意义、现状、影响因素以及与教师专业发展关系等几个方面对教师专业身份认同作了系统阐述；本章的难点是教师专业身份认同的含义和影响因素，重点是教师专业身份认同的意义，特别是与教师专业发展和教育变革的关系；本章对以上几个方面都做了较深入的阐述。希望读者在学习过程中能够理论联系实践，从分析个案出发来深入探讨教师专业身份认同的形成与意义。

复习与思考题

一、谈谈你对教师专业身份认同的含义、特征、现状和意义的理解。

二、谈谈你对教师专业身份认同生成的理解，试举例说明。

三、请查阅资料和联系本章内容探讨教师专业身份认同与教师专业发展和教育变革的关系。

【推荐阅读】

1. [美]派纳. 自传、政治与性别. 陈雨婷，译. 北京：教育科学出版社，2007

2. [英]艾弗·F.古德森. 专业知识与教师职业生涯. 刘丽丽，译. 北京：北京师范大学出版社，2007

3. 魏淑华. 教师职业认同研究. 重庆：西南师范大学博士学位论文. 2008

4. 李茂森. 教师的身份认同研究及其启示. 全球教育展望，2009(3)：86～90

教育学不能从抽象的理论论文或分析系统中去找寻，而应该在生活世界中去寻找……（存在于）极具体、真实的生活情境中。

——范梅南

第六章　教师生活和工作

本章学习目标

➢ 教师生活和工作研究的含义与意义。
➢ 国内外教师生活和工作研究状况。
➢ 教师叙事。
➢ 教师个人生活史。

核心概念

生活体验(Lived Experience)；职业生涯(Professional Lives)；情境(Situation)；经验(Experience)；叙事探究(Narrative Inquiry)；个人生活史(Individual Life History)；专业发展(Professional Development)

引导案例

某省某县一位乡镇中学教师(我们称为"W教师")真实的职业生活的情景

(下面是研究者和他的谈话实录)

问：认识你很荣幸，能自我介绍一下吗？

W教师：呵呵，我1997年某县师范毕业，分配到一所偏远的乡镇中学，教语文。

问：喜欢教育行业吗？介绍一下以前的工作情况吧。

W教师：我爸爸就是教师，我爱教育。当一个好教师，一边教书一边写作是我小学就立下的理想，从当年我踏上乡村学校的讲台开始，我就朝着这个理想奋斗着，到我离开讲台这几年时间里，我以绝对优势被录用为一名警察，我自认为无愧于我的理想，无愧于教育。我的语文课受到学生、同事、领导的好评，我喜欢读书，弹一手好钢琴，深厚的文学功底和良好的艺术修养使我的语文课总是在人文与理性中展开，常常吸引很多别班的学生来听课，这在厌学情绪严重的乡村初中来说，是不多见的现象。我连续送走了六届毕业生，我所教班级的语文成绩几乎连年全县排名前五。在专业能力上，我十多次获得县级以上的奖励，我所参加的讲课比赛，每次都是一等奖，参加的公开课总是吸引更多的教师前来观摩，被评为县级语文骨干教师，县级教学能手。我先后在《中小学校长》、《教育理论与实践》、《中小学管理》等杂志上发表论文 40 多篇，发表文学作品 200 多篇。

在学历进修上，我先后自学了专科和本科的全部课程，拿到了专科和本科文凭，成为学校第一个拿到本科学历的教师。同时，学校也对我委以重任，在我从教的第三年，我竞选为学校的教导主任，第五年时，我竞选为学校的业务副校长，正当我的事业蒸蒸日上、再接再厉的时候，我选择了离开，这不是我的本意，这份割舍是我心中最大的痛。

问：为什么选择离开？

W 教师：我只能说教育，想说爱你不容易。有太多的理由迫使我离开。

首先，待遇太差。我离开时的工资每月是 451 元，刚刚参加工作时工资更低，除此之外，几乎没有其他的收入，就是在专门的教师节，每位教师也顶多发 100 元，还要"守口如瓶"，切勿外漏，否则收回"恩赐"。不和其他行业相比，就是在教育行业内，我们的工资待遇也不能和城里的教师相比，他们的工资是全额，我们的工资只发档案工资的 70%，这一点我们特别想不通，我们的工作是 100% 的，为什么工资不是全额，和其他行业相比，我们的待遇更是低得可怜，这么微薄的工资，和繁重的工作比较起来，很不和谐。

其次，环境太差。学校地处偏远的乡镇，信息闭塞，交通不便，工作时间长了，好像与信息社会隔绝了似的。工作条件简陋，现代化的设备没有，更不会使用，精神生活贫乏，乡村教师成了现代文明的边缘人。大多数教师愿意自己一生献给农村的教育事业，但他们不愿意自己的后代重蹈自己的覆辙，因此他们宁愿自己多受一点苦，承担一些风险，为自己的后代创造更好的生活和教育环境。

再次，工作繁重。在我走的那一年，代教初三三个班的语文，还代一个班的班主任，一周多节课，有批不完的作文，还有备课检查等事情，现在的检查评估细到每一位教师每学期要交多少种材料，教师的教案字数、心得体会的格式等，都有统一的规定。作为班主任，还有家访任务，班里有多个学生，每个学生每学期至少要家访一次。班里的学生家都住在山里，居住分散，交通不便，有些地方连自行车都没法骑，只能步行，农村家庭电信不发达，家里没有电话，不能提前预约，有时候辛辛苦苦赶到学生家里，家长不在家，见不到家长，这一趟就白跑了。印象最深的一次是有一次骑自行车家访，刚下过雨，也不熟悉地形，山里的泥路特别难走，刚开始是我骑车，后来就是车骑我了，泥巴粘在车上，走不了了，我就这样扛着自行车走了十几里山路，那情形真狼狈。这样的生活节奏，使得每个教师的身体承受能力已经达到极限。我所有的写作和自学考试的课程都是牺牲我个人的休息时间来完成的，其中所付出的辛苦，不是每个人都能承受的。

最后，个人价值难实现。教师是知识分子，有较高的荣誉感和精神追求，评先评优是教师工作中的大事，这不仅是对教师价值的肯定，也关系到教师的切身利益，评职称、晋升工资、提职等都与此相关。但评选的现实却总让人心寒。一是评选的过程虚假，在评优选先进的时候，有的学校是轮流坐庄，有的靠人情走关系，看领导的眼色，有的是比谁的教龄长资格老，使得优秀的教师不一定"评"上，"评"上的教师不一定优秀。二是区域歧视严重。每年乡镇学校的优秀先进名额比城里的名额要少得多，有时我们优秀先进名额还要"几年等一回"……

所有这些因素，使我不得不选择离开，也许是我的教育理想不够坚定，也许是我们的教育真的需要改革。

问：从事了这一行后，与以前有什么变化或者改善的地方？

W 教师：呵呵，变化应该是全方位的吧。现在的工作性质和做教师完全不一样，工作的环境不一样，社会上的人看待你的态度也不一样。最重要的变化是待遇提高了，就连别人给我介绍女朋友的档次都提高了，哈哈，以前别的行业的人一听是教师，连看都不看，现在介绍的多是高收入行业，像邮电、供电、政府机关人员等。其实我还是原来的我，只不过是变换了一下工作岗位而已。现实就这样，没办法。

(资料来源：孙士芹. 初中教师职业生活状态研究. 上海：华东师范大学硕士研究生学位论文，2006)

案例分析：

这个案例为我们提供了一个从教师生活和工作来理解分析教师的成功范例。从 W 教师个人的叙事中，我们能够看到这位教师叙事的假设：我是一位好教师,但诚如他自己所说"我只能说教育，想说爱你不容易。"他选择离开的理由：首先，是待遇太差；其次，环境太差；再次，工作繁重；最后，个人价值难实现。教育真的需要改革。

但是 W 教师关于好教师的标准是有问题的，他追求的好教师标准都是社会期望的，是缺乏学生关爱的，表现在以下几个方面。

首先，素质好。我的语文课受到学生、同事、领导的好评，我喜欢读书，弹一手好钢琴，深厚的文学功底和良好的艺术修养使我的语文课总是在人文与理性中展开，常常吸引很多别班的学生来听课，这在厌学情绪严重的乡村初中来说，是不多见的现象。

其次，教学成绩好。成绩好我连续送走了六届毕业生，我所教班级的语文成绩几乎连年全县排名前五。

再次，能力强。在专业能力上，我十多次获得县级以上的奖励，我所参加的讲课比赛，每次都是一等奖，参加的公开课总是吸引更多的教师前来观摩，被评为县级语文骨干教师，县级教学能手。我先后在《中小学校长》、《教育理论与实践》、《中小学管理》等杂志上发表论文 40 多篇，发表文学作品 200 多篇。

再次，学历高。在学历进修上，我先后自学了专科和本科的全部课程，拿到了专科和本科文凭，成为学校第一个拿到本科学历的教师。

最后，政治、事业上成功。学校也对我委以重任，在我从教的第三年，我竞选为学校的教导主任，第五年时，我竞选为学校的业务副校长。

在其好教师标准中极少有关学生的，缺少了对学生的爱这一好教师基本的伦理基础，他的好教师标准是没有"学生"的这一教育最核心关系。

从 W 教师叙事中，我们看到教师专业发展最核心的是教师专业自我认同，专业自我认同最基本的支撑是对教育，特别是对学生的"热情"，一种强烈的感情。但热情、感情却不是一种主体性的表达，不是在非经济的、政治的、语言的、伦理的实践之外建构的。感情是一种关系经验的社会建构，教师是通过话语制度来认识自我的。这对当今的教师教育来说是需要深刻反省的。

由此，我们看到了其受教育经历、家庭生活、学校生活、课堂生活表现出来的成功与失败等各个方面，尤其是我们能够洞悉其个人专业发展成功与失败的社会背景因素。教师生活中的隐喻、他对自己工作的理解方式和他所讲述的故事告诉我们，他的生活正发生着什么。这比任何的教育测量研究行为所显示给我们的都要深刻地多。让我们带着感情进入讲述者的故事和生活之中的邀请，设身处地投入那些不能直接进入的场景之中。你必须相信真实故事所显示的连贯性、有效性和难以言传的正义感的基础。

第一节　教师生活与工作研究概述

一、教师生活和工作研究的含义

教师生活和工作研究作为一种研究方法，是教育学意义上对教师生活和工作经验的现象学、阐释学、符号学立场上的研究，也可称为"解释现象学教师教育研究方法"。 教育学要求具备一种解释能力，以对教育世界的现象作出解释性理解。从现象学观点来看，研究就是对感受世界和理解世界的方式提出疑问。由于理解世界就是以某种方式深刻地存在于这个世界，因此，研究——质疑——形成理论的行为就是与世界密切联系的有目的的行为，可以使自己更好地成为世界的一部分，甚至融入这个世界之中。现象学将这种与世界不可分割的联系称为"意向性"原则。20 世纪 60 年代初，这种研究方法在德国和荷兰的教师教育中成为主导性的方法，在德国主要是解释学取向的，而在荷兰则是现象学取向的。到了 20 世纪 60 年代末，这种研究方法受德国批判理论和北美行为主义的影响有所降温，20 世纪 90 年代又开始被学界关注并逐步成为教师教育研究的主要方法。

总而言之，教师生活和工作研究是一种以教师个人为中心的解释性研究模式。它试图通过对教师生活体验研究而更好地理解教师的教育教学活动和各种现象，其实质是一种解释现象学的方法。这种研究模式对于教师的专业成长，特别是对教师专业能力提高有着重要的促进作用。与科学实证主义的方法相比较，教师的生活和工作研究无意归纳推论出一般意义的规律、法则，而是强调教师个人体验意义的原始性、情境性和真实性。科学实证主义严守价值中立的研究标准，把个人的情感、愿望、态度、价值观等视为主观的东西，一律从研究中剔出，以求结论的真实、可信，具有普遍适用性。教师的生活和工作研究恰恰相反，它认为教师的经验不是抽象的，而是生活化的，个人的喜怒哀乐、思想态度是构成个人经验的重要部分。生活体验中无处不体现教师的思考与筹划，具有强烈的个人倾向性。这些"主观"的个人经验方式正说明了其真实性。生活和工作研究者把体验看作是人类的经验、行为以及作为群体和个体的生活方式。从这点上看，"体验"不再仅是主观意义上的产物。 教师的生活和工作研究关注教师的个人经验，面向日常教学事件，反映教师对教育的理解。在北美，尤其是在加拿大，许多研究者把生活和工作研究引入教师教育研究领域，将其改造成促进教师专业发展的工具。这主要是让教师有意识地体验教学事件，或采取自传的方法记叙教师自身的教育经历。在体验中，让教师主动观察、反思自己的经验，对自身认识事物的方式进行思考和重新解释，使得教师能更好地监控自己的思想，理解自己的行为，使教师不只是在执行现成措施的水平上，而且是在解决问题的水平上工作。由教师个人或集体进行的"生活体验"能表明教师专业发展的历程。这种研究由教师的内在愿望引起，能理解过程，协调已知和未知的知识，明晰、重构教师对自己和教学的理解，从而使教师的专业素养与能力得到提高。

二、传统教育研究的批判

传统的教育研究在自然科学的影响下，由于片面追求所谓的"科学化"，造成教育研究缺少人文关怀，脱离个体的生活体验，在教育理论与教育实践之间形成了一个不可逾越的鸿沟，这既影响了教育理论对于教育实践的指导作用，又影响了教育实践效果的改进和提高，主要表现在以下几个方面。

(一)教学研究的含义

教学研究是以教学为固有的理论研究对象、以经验科学的方法探究、理解其过程的法则性以及建立、概括教学的技术原理，是以专攻教学研究的教育研究人员为核心，寻求"教学理论"、"教学科学"、"教学论"、"教学技术体系"等的建设的研究，并且逐渐地对一线中小学教师的实践与研究产生广泛影响。

(二)教学研究的组织结构

以师范大学为主体联合组织的"教育学研究协会"举起"教学科学化"、"确立教学论"的旗帜，并且以此为基础，在教学研究会里成立"教学论分会"。"教学研究"也为"学科教育研究"的发展做好了准备，到了20世纪70年代，推动了各门学科的"学科教育学会"陆续成立。

(三)教学研究对教师专业化的影响

"教学研究"在学校现场的推广促进了教育行政的学校管理与在职进修的制度化。在教师进修方面， 20世纪60年代前后，各地陆续设立了在职进修的地方教育中心——进修学校，在地市设有教育学院，在教育部、教育厅、教育局，甚至乡镇教育办公室都设有"教学研究行政管理机构"。在地市县的中心里，每年开办在职进修的讲座。"教学研究"及以此为基础的"学科教育学"的研究，成为教师专业领域的核心之一。这样，"教学研究"的形成与普及超越了推进者的主观意图，控制性的学校管理政策与教师进修的制度难以区分地联结在一起。换言之，"教学研究"的形成与普及，推动了行政化主导的"教师的专业化"运动，并且发挥着加剧这种行政主导体制的作用，这样反而带来了教师专业的"去专业化"。

(四)教学研究的心理学主义化

事实上，"教学研究"是建立在下述多样的理论基础上的。

第一，以认知发展心理学理论为基础的教学的科学研究，首先，确定学科内容的核心——科学概念，然后在教学过程中具体地探讨科学概念的形成，通过这种方法来寻求"教学科学"的建设。

第二，以行为主义心理学和系统工程学理论为基础的教学的科学研究，把种种教材程序、指导技术、学习方法作为独立变量加以设定，把特殊化的教育目标的达成作为从属变量加以评价，或通过对进行教学过程的功能分析，或通过对师生沟通过程的结构分析，以谋求教学的效率化。而旨在克服基于这种行为主义心理学和系统工程学的教学分析的刻板性的研究，借助求取教学计划与学生学习特性关系的最优化的方法，来寻求更富弹性的教学过程与评价方法。

第三，以东欧各国的教学论为榜样，标榜"教学的科学理论建设"的研究，首先，以发展理论与认识论为基础来确立"教育目的"，其次，在通过谋求合乎这种"目的"的"教学技术"的概括化与体系化的方向上，来探讨"普通教学论"与"学科教学论"的建设。

总之，教学研究目的是为了课堂教学技术的科学化与体系化。上述谋求教学的科学化与理论化的"教学研究"，事实上各自都在研究并建构立足于其基础的心理学之上的教育学的性质以及二者的相互关系，观察、记录、分析的方式方法，支撑概括化与理论化的原理。

(五)教学研究的神话

当教学研究作为自我完结的固有的理论领域时，若干假设是默认地作为前提设定了的。依据这些前提，"教学研究"形成了一套"神话"，试列举如下。

神话之一——教学过程的法则性认识的神话。教学的过程是合乎法则的过程，作为确立法则之学的"教学科学"是有可能形成的(教学过程的法则性认识的神话)，而这种"科学的法则"是可以根据学习与发展的心理学研究加以阐明的(学习概念的心理学主义)。

神话之二——普适教学论的神话。教学的过程是凭借合理的技术构成的，凭借出色的教学有可能求得更合理的技术体系。换言之，超越了学科内容的特殊性、课堂情境的特殊性、学生认知的特殊性、教师的特性的普遍的教学理论(普通教学论)是存在的(普适教学论的神话)。

神话之三——学科教育学的神话。既然"教学科学"(普通教学论)能够成立，那么，"学科教育学"也能够依据固有的理论领域得以成立(学科教育学的神话)。

神话之四——教学研究主导性的神话。教学实践的开拓者是教师，教学科学的理论研究的专家是教育研究者(教学研究主导性的神话)。

(六)教学研究神话的批判

教学与学习的概念不能封闭在一定的教学原理与心理学原理的应用过程这样的观点之中。教学与学习是文化实践的一种形态,也是社会实践(它同文化实践相辅相成)的一种形态。倘若把教学与学习视为文化的、社会的实践之一,那么,教学对于教师来说是在复杂的文化、社会背景中产生的旨在复杂问题解决的持续不断的判断与选择的过程;对于学生来说,是参与教材、教师、同学之间对话的文化、社会经验,通过这种参与方式,或实现或丧失文化的、政治的、经济的、社会的、伦理的、价值的活生生的过程。然而,"教学研究"的专家,一方面,把这种过程当作"黑匣子",用量化方法(科学方法)致力于揭示因果关系;另一方面,通过教学过程的描述求得质性分析的人们,也不去经验实践者的生活世界和内心世界,而是通过专业领域的玻璃窗来观察、记录、描述教学,主要依据他们透过玻璃观察到的记录的分析结果来评价、评论执教者的实践。在"教学研究"中,认为这就是"客观"、"科学"、"理论"的研究态度。打开"黑匣子"和"玻璃盒",教学理论研究者亲自走进课堂,去钻研师生直面的、具体的生活实践课题极其少见。

倘若把教学与学习的概念作为文化、社会实践的生活来把握,那么,从以下几个方面来展开对教学研究神话的批判。

第一,教学过程不是简单地对教学内容的说明和对教学内容的传递,而是师生的文化、社会实践的生活过程。作为教育内容的科学、学术、艺术是在课程之中通过师生的沟通生成和创造的。教育内容不是赐予的,而是在课堂之中创造、构成、发展的。因此,不可能是价值中立的过程,而是政治的、经济的、社会的、文化的、伦理的、价值的复杂实现(或是丧失)的过程。课堂是浓缩了文化、政治、社会种种问题的微观世界,是在复杂的社会、文化情境中展开的关于复杂价值的选择及其价值实现的高级思维与判断,那么历来的心理主义的教学研究便失去了存在的根基。

第二,教学的过程不是合理技术的应用过程,就教师而言,是在复杂的职业生活中展开的实践性的问题解决过程,是要求高层次的思考、判断、选择的决策过程。教学研究原本就是实践性研究,其主体是教师。教学研究的目的在于改进教学,其内容在于实践性问题的解决以及教师的实践性见识的形成。

第三,"教学科学"、"教学论"、"学科教育学"这些固有的学科事实上是不存在的;"教学研究"与"学科教育学研究"是显示生成复杂教育问题的对象领域,这些领域首先是作为教师的实践研究形成的对象。其次,就研究者来说,是以多样的学科为基础,作为个别研究与合作研究加以具体化的对象。

第四,作为教育学研究的教学研究,不是特定专家的专有领域,而是所有领域的研究进行综合研究的场所。把教学研究限定于特定理论领域的思路本身,是教育研究的专业分工的不良结果之一。所谓教师进行的教学实践研究与教育研究者进行的教学理论研究,共有同一个对象,则是在课题与责任上形成不同的领域,同时应当开展合作研究。教育研究者所进行的教学的理论研究,可以说是把教师用"实践话语"所提出的问题翻译成适合自己专业领域的课题的"理论话语"来解决的,是形成"理论话语"与"实践话语"之联结的研究，是通过这种研究来援助教师的实践研究。

但是，要从"教学研究"的神话中摆脱出来是不容易的。"教学研究"的架构是受"科学技术合理应用"于实践情境这一现代主义的"理论"与"实践"的关系所支撑的，并且是受由此而组织的教师与研究者的关系而形成的。但是，实践不是单纯的理论应用领域，它也是实践性理论形成的领域。从这个意义上说，教学研究不仅意味着"理论的实践化"，同时也意味着"实践的理论化"。科学技术与合理理论应用于实践的原理，就像当今的中国那样，已经造成制度化的学校教育的众多问题，已是破绽百出，必须针对复杂的实践问题做出具体的解决。

"教学研究"的批判从根本上说蕴含着教育研究的转向，这种转向在 20 世纪 70 年代率先在美国表现为课程研究。

三、教育研究转向

20 世纪 70 年代，美国教育研究领域发生了重要的事件，即课程研究。课程研究在这个时期经历了范式的巨大转换。这种转换表现为，从行为科学为基础的量的研究转向文化人类学、认知心理学和艺术评论等以新人文社会科学为基础的质的研究。基于行为科学的课程研究拥有社会技术学的性质，它的基础是"技术理性"，如泰勒原理所代表的那样，强调"教育目标—教育内容的选择—教育经验的组织—教育结果的评价"。 以新人文社会科学为基础的课程的质的研究，在课程开发、实施与评价中，作为师生经验的文化、社会、伦理意义的研究，借助综合的方法来探究诸如社会学、政治学、伦理、文化人类学、民族学方法论、现象学、艺术评论、女权主义、文化研究等多种样式的知识。

课程研究在 20 世纪 80 年代发生了另一种范式的转换，就是从课程研究转向教师研究。这种转换与上述从量的研究转向质的研究发生了同样程度的大规模的转变。例如，美国教学分会大约有 10 个分会，20 世纪 80 年代新设了教师研究分会，分会是新设的，到 20 世纪 90 年代已经扩大为仅次于"教与学"的巨大分会。不仅如此，即便在最多的"教与学"分会里或是"课程"分会里、"教育行政" 分会里，以教师为对象的研究论文均占了多数。教育改革与教育研究的焦点以 20 世纪 80 年代中期为界，从"课程"转向了"教师"。但是，直至 20 世纪 80 年代中期，除了芝加哥大学的社会学家丹·洛蒂(D.C.Lortie)的《学校教师：社会学研究》(1975)之外，一片空白的教师研究的领域一跃成为教育研究的核心领域，这是一种戏剧性的转换。当然，在范式转换之前，教师的重要性并不是没有得到论述。无论倡导什么教育改革计划，或提供了怎样的课程，在课堂里实践计划与大纲的是教师。教师的素质、能力与思想是决定教育成败的因素。即便如此，直至 20 世纪 80 年代中期，关于教师的研究几近空白。教师角色只是作为一种导管，把课堂之外的现成的课程输送到课堂中；或是一种邮递员，把教育机构选择组织的教育内容输送到学生的大脑中。

教师不是课堂外开发的课程、教科书和大纲的被动执行者。教师是在不断地制定计划、修订课程和大纲、反复地进行教学中多样的选择和判断，凭借自己的信念和理论，展开日常教学活动。这些活动的大半是教师的心智活动，是历来行为科学方法的教学研究置于分析对象之外的领域。舒尔曼(L.Schulman)总结了行为科学的教学研究，指出行为科学的教学研究缺乏"3C"。所谓"3C"是指"内容"(Content)、认知(Cognition)、"语脉"(Context)。可以说，这种指责是对行为科学教育研究的根本性批判。行为科学由于是以可视现象为对象，而且是基于因果关系的认识，其目的在于合理地控制教材的"内容"和学生的"认知"，而关于教师、学生的生活世界，是排除在研究对象之外的。然而，不问教育内容的价值与意义，不问教师和学生的认识，不问课堂与社会的话语背景的教学与学习的研究，能够称得上教育研究么？

行为科学的教学研究被批判后，教学研究转向了教师研究：一是"教师的思维研究"，二是"教师知识的研究"，三是"反思性实践的研究"。"教师的思维研究"是在 20 世纪70 年代中期开展起来的，"教师知识的研究"和"反思性实践的研究"是在 20 世纪 80 年代中期开展起来的。但上述三者均奠基于教师的生活研究。

四、教师生活和工作研究的现实与理论意义

主流社会科学尤其是定量的教育研究的特征就是表现了对控制的工具主义(Instrumentalist)兴趣。也就是说，"经验分析的"(Empirical-analytical)社会科学确立概念或"变量"，并考察它们统计学的相关程度。所产生的"事实"和"概括"的真实性构成了它们的有用性。这种"经验分析"传统意味着个体和世界的根本分离，与认知的现象学模式和美学模式形成鲜明对比。这种分离允许并支持世界中的"客体"(Objects)的可控性(Manipulability)，包括对教师和学生。因为，"主体"和"客体"是两个分离的领域，"经验主义的"研究者就去明确、客观地进行理解(自传性研究鼓励从个体的观点出发来理解该个体的经验，政治课程理论坚持认为，鉴于知识和生产知识的过程在政治上都不是中立的，所以"客观性"在政治上、认识论上也都是不可能的)。"经验分析"传统的相关假设认为，所有的生活都能够被解释，即使没有确定性，至少也具有可能性。因而，对事件的预测，包括人和"自然"，是一种现实主义的科学目标。对教师而言，这种观点被表述为关于"什么在起作用"的确定性，显然就忽视了下列方面的社会经济条件：学生、历史时机和课堂发生的地理文化"空间"。

派纳也对人类行为是能够预测的普遍观点提出了质疑。派纳指出，假如能够使人类行为规律化，那么在社会科学中日益增多的昂贵的"科学"研究就已经成功了。正是因为人的存在表现出意愿、想象以及依据他们自己的"视域"(Horizons)进行选择的能力。所以主流社会科学研究在预测人类行为的确定性方面的追求依然没有实现。他还提到，做出这种尝试的人存在着极其深刻的伦理问题。在教育领域(包含教师教育领域)，经验分析的传统具有丰富多样的表现形式，包括目标管理、能力本位的教育、标准化考试和行为目标，其中教师、学生变成了范畴和类别。总之，这是一个客观化的世界，甚至人都被转化为客体(目标)，他们的主体性被削弱。范梅南认为，主流研究缺乏同"适应学生具体生活的实践的教育学"的联系。从现象学传统来看，主流社会科学在认识论上是不可能的，在伦理上也是无法想象的。

教育研究者对生活感兴趣。生活，借用杜威的话说，即教育。教育者对教和学及其教育是如何发生的感兴趣，对经历不同的生活、价值观、态度、信念、社会系统、机构和结构感兴趣，对所有这些与教和学的联系感兴趣。对杜威来说，教育、经验和生活是紧密交织在一起的。当有人问研究教育意味着什么，答案是以最低的意义来说，就是经验研究。跟从杜威，研究教育就是研究生活。比如，研究顿悟、礼仪、常规、隐喻及日常行为。教育研究要从生活中学习教育，从思考教育中学习生活。这是因为，教师以一定的方式教学，不是因为他们学到了或没有学到某种技能，而是因为他们教学的方式建立在他们的背景、他们的自传以及他们成为的教师类型上……教师发展、教师职业、教师与其同事的关系、地位状况、他们的工作中获得的回报和所受的领导，所有这一切都影响着他们在课堂中的质量。正如艾弗•F.古德森所言：从教师对自己的描述来看，同时还从更为分散的研究来看，教师原先的生活经验和背景帮助他们形成其教学的观点和其实践中本质的要素。教师在学校内外的生活方式以及他或她的潜在的身份和文化影响着他们的教学观和实践观。教师的生活圈是专业生活和发展中的一个方面。教师的职业阶段是很重要的一个研究焦点。在主要职业阶段之外，在教师的生活中尤其是工作中，有一些关键的偶发事件，它们可能至关重要地影响着教师的理解和实践。教师生活的研究应该允许我们看到"历史情境中的个人"。

(一)教师的生活和工作研究的现实意义

教师教育研究需要"生活和工作研究"这种对人做出完整理解和把握的全新理念。这是教师教育研究中至今未能突破的重大问题，也是阻碍教师教育取得重大进展的最大障碍。目前，对于教师专业发展的研究没有提供给我们一个与众不同的视角和思维方式，就是因为它没有自己独特的具有辐射性和解释力的方法论。"生活和工作研究"这一颇具平民色彩的教育思维和话语方式开始登上教育研究的大雅之堂，特别是在教师专业发展研究领域正日渐显示其强大的生命力，主要原因是传统的教师教育研究方法的先天性不足以及实践中的迷茫与困境。

1. 传统教师教育和教师培训日渐失能

在传统的教师专业发展研究中，教师往往简单"移植"、"借用"了大量的教育理论概念术语和僵化呆板的文字，丧失了充满个体体验的"真诚"的教育实践话语。教师对教育情境的整体感知、对教育问题的敏锐把握、对教育冲突的机智处理，则消隐在这种不断地"借用"和"移植"之中。教师培训常常过于强调教师"阅读"他人的教育理论；而且教育理论总是被假定只属于教师生活之外的专家或权威的头脑里。这样的培训使得教师在受训时常常脱离自己的日常教育生活，培训方式往往是以"脱产进修"的方式学习理论，似乎学习理论之后，教师就可以顺理成章地将教育理论运用到其教学实践中。此种培训方式导致教师虽然参加了培训，也拿到了各种专业或是学历证明，但他们对教育理论仍然缺乏基本的了解和必要的兴趣。

传统的职前教师培训采用的是自上而下的模式，这是一种"适合全体教师的统一模式"，关注的是教师"应该知道什么"，而不重视教师"想知道什么"。它试图在教师发展的情境之外来获取、复制和传播"优秀实践"的组成部件，以此更新教育过程。这只是迎合短期的需要，对具有反省能力的专业人员的发展无益，不利于教师在变动不居的情境中有智慧的行动。与传统的工具主义培训方式不同，教师的生活和工作研究"为每一位教师"量身定做了一套基于其自身从教经验、人格和性格特征、以往所受教育经验等为基础的更具个人特质的方法。它必须关注每位教师的教育生活经验，通过教师各自对其教育生活的体验叙述，而设计出不同的发展计划与成长途径。因此，在传统的教师培训日渐失能的情形下，生活和工作研究异军突起，成为当前国际教育界颇有影响力的教师教育研究新路径。

2. 科学取向未能全面揭示教师专业成长本质

科学取向的方法是有价值的，但就促进教师专业成长而言却效果不佳，特别是难以提升教师的教学实践智慧和能力。教育试验法的基本特征是强调"控制"和"假设"等研究策略，试图运用试验与统计推论等方法揭示教师专业成长、教师有效促进与发展的普遍规律，并力求推论到教师群体。这样做显然忽略了教师的不同经验背景、教学实践经历以及个性特征，因此它难以有效揭示教师专业成长的特点与规律。传统的科学方法过于寻求教师成长的普遍规律，而自觉或不自觉地"放弃"了教师成长的背景与个人因素；过于关注教师成长的共同性，而"抹杀"了教师成长的不同特点与个体性；过于追求不同情境下教师发展的总体性，而"排斥"了教师发展的现场性，即教师成长与其教育生活的实践现场密不可分。有什么样的教育实践就会造就什么样的教师，教师专业素养的形成与发展必须在教育现场中生成，除此之外别无他法。

3. 指向教师的"生活体验"

以往的教师教育研究方法在自然科学的影响下，片面追求所谓的"科学化"，而不关注教育研究活动的丰富性、经历性和完整性；关心的是教育活动中的因果关系，而非个体兴趣、需要的满足和自身价值的实现。这就造成教师教育研究缺少人文关怀，脱离个体的生活体验，在教育理论与教师实践之间形成了一个不可逾越的鸿沟，从而既影响了教育理论对教师教学实践的指导作用，又影响了教师教育教学效果的改进和提高。

在这种情况下，教育理论工作者的日常行为恰恰成为其理论批判的对象，一种真正的教育理论研究与个体生活体验的隔阂出现了。因此，在教师专业发展中，最重要的不是"理论联系实际"，即将学术界具有特定逻辑体系和陈述话语、脱离具体教育教学情境的"理论"，应用到教师鲜活的、独特的、变动不居的教育教学实际中，而是通过具体的和亲历亲为的"生活体验"进行研究，在教师的日常工作实践中发现、总结、提升并推广教师个人独特的、身体化的、很多时候是无法言说的"知识"和"个人理论"。只有教师自身已有的"理论"和"知识"被发掘出来，教师在接受外来理论时才能找到结合点，才会进一步去思考是否要改变自己已有的行为规范、价值观和情感感受，以及其他影响教师专业发展的外在因素。

4. 指向教师专业自主发展

教师专业自主是教师专业发展的关键前提。随着社会的发展以及教育改革的深入，教师的职业压力也与日俱增。为了跟上时代步伐，广大教师普遍有着强烈的自我发展意识和迫切的进修提升需求。但碍于繁重的教学任务，他们外出深造或进修的机会十分稀缺。在这种客观形势下，如何促进教师专业发展，实现教师自主成长便成了十分紧迫的时代课题。在强势框架下的科层体制中，教师变成了"沉默"的群体，他们很难找到自己的个人位置和自主话语，更谈不上对个体发展有自觉清醒的建构意识。而讲效率、重评估的机构行为把教师打造成一种只懂得做出自我规训的主体，他们在话语实践的过程中悄然成为执行知识重构所倡导的"运作效能标准"的物化工具。

传统意义上的教师自主，因囿于工具理性与现代科层制度，只是教师被动接受上级主体赋权，通过参与社会共识的建构，在知识传递过程中获得的对受教育者进行改造的"话语权利"。它不仅不利于提升教师主体性发展水平，也难以积极有效地促进教师专业发展。近几十年学校教育研究的焦点已从教学方法和学习理论的探索上转移到教师自身的职业发展上。围绕教师发展机制，学者们提出了反思型实践、行动研究、参与式研究等研究课题。教师自主发展得到广泛重视，人们也逐渐认识到教师发展不可能通过机制教育来取得，而只能通过深刻理解教师探索过程的"生活世界"(Life World)来实现。

5．指向教师的"主体精神"与"个体生活实践"

教师专业发展是一门研究人的学科，教师是与人(学生)打交道的职业。教师教育的发展离不开关于人的诸多经验科学的支持，书本上的教学理论与实际生活中的教学在很大程度上是分离的。大多数人(尤其是那些优秀教师)并不是由于学了教育教学理论，才懂得如何去从事教学的。一些优秀的教学工作者、教学生活的真正体验者并不是教学理论的研究者。这似乎给人一种不是错觉的错觉，不合逻辑的逻辑：教学理论与教学实践不能够合而为一，教学理论与教学实践的脱离并不妨碍教师教育的发展与研究。

教师培训是教师专业发展的重要内容。教师培训工作，其产生、存在的全部价值在于满足基层教师的实际需要和基础教育改革与发展的需求。培训者应当把了解、研究、体验教师及其工作作为自己培训工作的重要方面，经常下到基层学校去听课、评课，了解教育教学的具体工作，参与或支持基层学校的教改教研和课题研究工作。在培训中，要把教师作为主体对待，要求培训者始终尊重教师。在培训中常常可以看到这样的现象：培训者以自我为中心，忽视教师的需求和职业特点，忽视教师的主体性，只想按时和提前完成任务，而不顾教师的所思所想、差异性等；不尊重教师，不注重向教师学习，认为教师是需要学习的，知识是需要更新的，完全依靠制度来约束教师，缺少人文关怀和灵活性。

教师专业发展模式应该关照到教师个体生活实践知识的作用：教师专业自主发展能够使教师专业发展从最初的群体性行为向个体性行为过渡，因而带有明显的个人特征。概言之，教师专业发展不是一个把现成的某种教育知识或教育教学理论学会之后应用于教育实践的简单过程，它不仅需要教师积极参与富有共性的"原理性知识"的学习，更需要尊重和重视教师个人已有的教育生活经验和观念，并能把一般的教育教学"原理性知识"与教师个人的"生活实践性知识"加以整合，而能够做到这一点的只有教师自己。发挥教师个体生活实践性知识的作用，还要求教师专业发展避开泛泛参观之类的各种脱离具体教学场景的形式。

(二)教师的生活和工作研究的理论意义

1．根植于教师个人的直接经验

现象学建议教师研究要回归它的"生活"源泉和基础。梅洛·庞蒂坚信："科学的整个领域是建立在我们直接体验到的世界之上的，如果我们要对科学进行严格的研究……我们必须重新唤起对世界的基本体验开始，其中科学知识是间接经验。"教育研究特别是教师研究是从直接经验中衍生出来的。因而，现象学希望研究生活于此时此地情境中的教师个人。通过描述教师个人的"生活情境"的方式来反映关于教学的"内部人员"的经验。

2．根植于生活情境之中

情境是一个现象学的概念，它是通过个体或群体的"意向性"(感觉和理解的视域)组织起来的环境因素。后胡塞尔主义的现象学研究所产生的知识形式不是自然法则性的(如事实的、法律和科学理论)，而是情境化地理解和交流意义。"实在"不再是"在那儿"，不再脱离实际观察，实在变成了交互主体性地阐述和协商的交互主体性建构。从这种观点来看，教学生活的实在性被看作是那些亲自体验那些情境的人的主体建构。

定量的方法论回避了上述这些问题。实际上，通过生活情境原子化为可以量化的变量，或者通过一系列控制而创造出一个不真实的世界，并把它作为一个不真实的变量的背景，就掩盖了这些问题。教师生活和工作的研究为个体的体验以及社会环境对这种体验的影响提供了机会。它寻求描述和反思性地理解社会环境和主体的过去对个体现时的教育体验所产生的影响。与传统教育研究的经验分析的范式相比，教师生活和工作研究回归个体的经验，寻找使教师不足以思考主流行为科学的那些特质：特殊的历史、前概念的生活的基础、对环境的依赖性以及选择和行动中的自主能力与才智。

3．个体是知识与文化的创造者

传统的教育理论研究与个体生活体验严重脱离这一现象，是由于教育理论工作者往往认为教育研究存在一种前提预设——教育现象是外在于研究者而独立存在的，教育活动具有其内在固有的、可以重复发生的规律，教育研究应该严格遵循逻辑原则，注重教育理论自身的客观性、科学性和规范化，完全排斥教育实践逻辑和教育研究者的价值介入。传统教育理论研究的这一前提预设是以经典的实证主义理论为基础的。实证主义理论认为，在科学研究中，研究者与研究对象、主体与客体、价值与事实之间是二元对立的，教育研究不应该考虑研究者的个体因素，而必须遵循自然科学的规范和标准，以系统实证的方法，探寻教育内部以及与其他事物之间的逻辑因果关系。因此，教育研究的"科学化"成为教育理论工作者孜孜追求的目标和方向。在这种传统的教育研究中，教育理论工作者关注的是教育研究的"科学化"，而非教育活动的丰富性、经历性与完整性；关心的是教育活动中的因果关系，而非个体兴趣、需要的满足和自身价值的实现。

这样，教育研究成为一种追求"普适性"的纯粹的科学主义的理性工具，而忽视了教育活动中蕴涵着丰富的人文价值和人文精神的个体生活体验。在片面追求教育理论"科学化"的过程中，教育研究严重脱离了教育实践工作的需要，排斥了个体的丰富多彩的生活体验，割裂了与现实生活世界之间的有机联系，成为一种探寻"价值无涉"的真理的过程，从而陷入了单纯的经院哲学式的思辨之中。对此，马克思·范梅南曾经尖锐地指出，理论抽象化的倾向所面临的最严厉的指责就是教育研究者和理论学家忘却了他们的最初的研究任务：应在养育、教学的过程中承担起自己的教育责任。他们也忘却了教育体现在不断的实践中，教育的研究与理论仅仅是教育形式的一部分。

教师个体不能被简单地视为教育理论知识的接受者，人类与其环境是相互作用的，在这种相互作用过程中产生了知识，并且运用这些知识进一步促进这种相互作用的过程，从而对其文化环境作出贡献。不仅行使权力者、政府官员、工商巨头、著名作家、学者们创造知识，每一个人都能创造知识，虽然这往往不被承认，但日常生活的历史确实对人类生活和文化做出了非凡的贡献。这种对"日常生活世界"的关注、对人的创造价值的充分肯定，是"教师生活和工作"研究的基本精神。

教师的个体"实践知识"是指教师在面临实现有目的的行为中所具有的课堂情境知识以及与之相关的知识，它是"教师教学经验的提升与创造"。在教育实践中，教师的课堂教学具有情境性，面对不确定性的教学情境，教师能够准确地做出解释和决策，并在具体的思考后采取适合特定情境的教学行为。教师在这种教学情境中所运用的知识，就是来自教师的教学活动和日常生活经验的个体"实践知识"。在实证主义理论看来，教师的个体"实践知识"是一种"非合法化"的知识，因而，它也一直被排斥在科学的教育研究之外。在以往的教育改革中，我们一方面大声呼吁教育理论要服务于教育实践，教师应该成为研究者；另一方面却又把实证主义的"科学"规范和标准强加于教师，迫使教师盲听盲从、照抄照搬，其结果是扩大了教育理论与教育实践之间的鸿沟，并使教师开展教育研究流于形式。

4.　关注前意识经验

教师生活和工作研究极为关注教师个人的"前意识经验"。这不仅因为"前意识经验"是人的完整人格的有机组成部分，而且因为人的前意识经验与其意识及行为是内在统一的，剥离人的"前意识经验"所把握到的意识及行为有着多大的真实性和价值是颇值得怀疑的。美国学者克劳尔(P. Klohr)认为，"前意识"可能与弗洛伊德学派及后弗洛伊德学派的无意识与潜意识理念有关，也可能与更加强调社会和生物方面的荣格的集体无意识有关，还可能与关于身心相互作用研究的当代文献有关，也可能与个体自我及社会自我的精神方面有关。由此看来，教师生活和工作研究可在博采众家理论之长的基础上完善其"前意识经验"的理念，并将之贯穿于其教师研究之中。

第二节 国内外教师生活和工作研究

一、国外教师生活和工作研究

近年来，国外许多著名学者都对教师问题进行了深入研究和探讨，尤其是艾弗·F.古德森认为，要研究教师就要对"教师的工作与生活"进行特别关注。另外，美国课程概念重建学派从自传、传记角度对教师学问和生活进行了研究。教师工作与生活不仅会促进人们对教师重构的理解，推动教育改革进程，而且.对新的教育政策、法规的制定也有重要的参考价值。

罗蒂(Lortie)1975 年曾在他的《学校教师》一书中，对美国教师与教育调查研究的关系作了这样的总结：

学校善于规定，而缺乏描述。我们从在美国公立学校中有两百多万教师这一点就能看出来。人们普遍认为，正规教育的核心位于教师和学生在一起的地方。虽然书籍和报刊都在告诫教师该如何做，然而对教学工作的实证研究，以及对教师观点的实证研究仍然很少。

这里，罗蒂的基本观点是知识或权力已经日益成为与教师相关的研究话题：对教师工作的各种规定、不确切的说明泛滥，而对那些规定和描述进行认真调查、合作研究的又少得可怜。

教师的工作与生活情况如何与其社会地位密切相关。鲍尔和艾弗·F.古德森在其合著的《教师生活与职业》中提出，20 世纪 60 年代，在大规模的调查研究以及对社会地位的历史分析中，教师只是无足轻重的模糊人物，研究人员关注的也只是教学实践过程中"教师的作用"。简而言之，教师只是通过模糊统计以集合体形式存在的，只是发挥教学作用的多个个体，机械地、毫不怀疑地对他们既定角色的高期望作出反应的履行者而已。在 20 世纪 60 年代末 70 年代初，这种方式有所改变(但教师认为这并不是好事)。个案研究人员开始把学校教育当作一个社会过程来审视，特别是以一种"加工"学生的方式来进行研究。不过，研究人员的同情心主要集中在学生身上，尤其是在班里处于劣势的女生身上，认为教师是造成这种局面的罪魁祸首。到了 20 世纪 70 年代末，他们察觉到深层的转变：研究者的注意力开始移向教师工作的紧张性，于是，教师在研究人员眼里开始从祸害者转变为受害者，在某些情况下，也可以说是变成了要求他们这样做的教育制度的受骗者。

那么，教师是怎样看待他们自身的工作与生活的呢？早在 1981 年，艾弗·F.古德森提出，教师是其自身历史的积极创造者，不过研究人员还没有充分认识到这种复杂性。研究人员，即使已经不再把教师当成无数的聚合体、历史的脚注或角色的执行者，但仍然会把他们看成是不因时间和情境而改变的可以相互交接的人物。因此，需要开发一种新的研究方法：即去寻求教师个人亲身经历的和传记的资料信息。可见，要理解这种私人性质较强的教师职业，关键是要通过追踪教师职业生活的足迹，了解教师是什么人。生命历史学家就是从自己的角度追求事业，他们强调的是人"自身经历"的价值。

不过，当人们在教育研究领域，普遍开始对教师职业与生活研究进行争论时，政治与经济改革却朝相反的方向发展。在 20 世纪 80 年代，对教师的政治与行政控制的模式改革很大。就权力和可见度而言，教师要面临新课程方针(在一些国家，如英国，实施全国新课程)、教师评定和应负职责、一连串的政策法令以及学校行政管理的新模式等，这在相当程度上代表了教师"模糊角色的回归"。

20 世纪 70 年代，在课程领域，当代课程理论掌门人派纳和格鲁梅特(Grumet)将自传引入课程理论，他们将自传作为一种方法，旨在帮助课程领域的教师和学生如何描述学校知识、生活史和思想发展之间的关系从而达成自我转变。自传与传记方法是通过"揭示历史(集体的和个人的历史)与希望弥漫于我们当前瞬间的方式，通过讲述教育经验的故事而进行探究"(格鲁梅特，1981)。该方法代表了对个人经验的斟酌："结构主义和系统理论鼎盛期主导社会科学甚至文学解释的匿名化与概括化，在此让位于特定个人经验。"(格鲁梅特，1981)目前自传和传记研究中有三个流派：第一个流派为自传理论与实践，其主要包括存在体验课程、合作、声音、对话日志、地方，对自我、经验、神话、梦与想象的后结构描述；第二种流派是女性主义自传，主要概念包括共同体、中间通道、重建自我；第三种流派是从自传和传记的角度理解教师——研究教师的生活，包括合作性传记、自传实践、教师个人的实践知识、教师学问和教师生活的传记研究。尊重每一个体的存在体验，追求人的自由与意识水平的提升是"自传性/传记性课程理论"的宗旨。自传性/传记性课程理论的主要代表有：派纳、格鲁梅特(Grumet)、戴格诺(J.Daignault)、陶伯曼(P. Taubmm)、多尔(M.A. Doll)、米勒(J. L. Miller)、雷尼格(Reiniger)、巴特(R.Butt)、雷蒙德(Danielle Raymond)、康奈利(F. Michael Connelly)、克兰迪宁(D. Jean Clandinin)、舒伯特(William Schubert)、艾弗·F.古德森(Ivor F. Goodson)等。下面我们重点就第三个流派——从自传和传记的角度理解教师进行描述。

弗尔曼·埃尔伯兹(Freema Elbaz)在《研究教师的知识：一种话语的演变》一文中聚焦于"从内部看教学"，亦即从教师个人生活史(自传和传记)的角度研究了教师的知识。在关于教师学问的研究中，舒伯特(William Schubert)即认为：

我们运用学问(Lore)特定地勾勒那些在教师生活和工作中具有指导意义的知识。我们正在试图超越仅仅将知识视为概念的观点而将其扩展到指导教师日常工作的价值、信念与形象(经验知识与普遍性的概念)。

关于教师学问和个人实践知识的研究，要求教师从自传和其职业生涯的角度汇报他们的经验。艾弗·F.古德森关于教师生活的研究和巴特(Richard Butt)与雷蒙德(Danielle Raymond)关于合作的集体自传的共同研究，也表现了对生活历史与生活经验的兴趣。显然，在此自传和传记的研究是相互交织的。现在从以下六个方面了解自传/传记研究如何促使我们重新理解教师与教学的？

(一)集体传记

巴特试图将自传和传记作为理解教师思想的一个主要方式,她试图把传记与自传理解为教师的职业生涯(教育实践):第一个主题是,个人经验在学校中的作用;第二个主题是,不仅要记录下这一个人的经验,而且有必要将这一自传工作与他人分享。可以看出,在这一流派的自传工作中对共同体作用的强调。在《倡导运用定性方法理解教师思想的理由:传记的案例》中,巴特讨论了传记作为我们更为完全地理解教师如何思考、感觉和行动的方式予以运用的潜力。她将传记界定为,以他们的过去为背景解释一个人的思想行为的训练方法。她认为,要理解教师思想,其基点是理解教师的生活。为此,必须解释和分享这一经验。进行"集体传记"(Collective Biography),其目的是报告和分析教师分享的或共同的经验。巴特和雷蒙德在《教师传记的个人化与集体化阐释》一书中探讨了"集体传记"的价值。自传与传记实践中的合作在巴特看来是很重要的,搜集经验数据的研究者必须通过与教师紧密与持续的合作来开展工作,应该视教师为课堂的合作研究者与开发者。这一合作和视教师为合作研究者的观念,也是在这一领域的其他主要学者的共识。传记的数据包括:对话、访谈、观察、录像与录音、实地笔记、回忆、"意识流"日志与日记。这里对数据的解释是有争议的。除了教学,传记可以利用辅助性定量方法来探求真理。传记将经验、思想、行动、理论、实践、研究开发与自我教育带到一起的方式,促使内部人与外部人之间的研究关系更加紧密,赋予作为认识论出现的传记以巨大的统合、协同和解放的潜能。

(二)自传实践

在该项重要的陈述中,巴特与雷蒙德将自传实践与个人实践知识区别开来,主要的区别在于广度的概念。巴特与雷蒙德认为,通过整个生态背景与生活、工作与行动的意向性的交互作用,教师独特的经验表达于现在之中。在自传实践中,我们可以观察到对经验一体化的寻求。这样一种完全的描述要"包括整个故事,而不仅仅是行动中最为明显的片断"。巴特与雷蒙德等认为,应该包括个人所经历的一切,即自我的所有方面。他们宣称,人类经验在个人实践知识的研究中被简化了。在自传的工作中一体性表现为:现在,随这一个人带来过去的经验赋予现在的行为以意义。他们认为对实践知识的强调似乎排挤了对个人的强调。

巴特断言,自传传递了教师知识如何获得、形成以及如何对此予以研究和理解的过程。自传实践(Autobiographic Praxis)是指教师知识的概念化。实践学(Praxeolgy)是指人类行为的意义和理解。巴特将她的方法论界定为自传实践学(Autobiographic Praxeolgy)。这一方法论允许研究者研究教师的知识,包括"它如何被完善的过程,通过自传探究它如何得以表达的过程"。巴特提出了四个基本的问题:我工作现实的性质是什么?我在那一情境中如何思考和行动,为什么?我如何因自己的工作经验的个人历史而形成那一方式?在我的专业未来中我希望成为什么样的人?

巴特在解释经验时再一次回到合作的重要性。巴特视教师为合作研究者,从而促使我们开始从教师经验的角度来理解课程。巴特的成就部分在于他构建和完善了生成教师经验自传数据的方法论。巴特相信在解释和重构我们的过去、现在和未来时，我们通过行动而超越我们以前的思想。通过实际行动来探讨这些概念，我们能够排演转变的可能性。

(三)回归教师生活世界的个人实践知识

康奈利、克兰迪宁与埃尔伯兹(Elbaz)是这一流派的主要代表。他们提出，教师在他们的日常课堂活动中常规地构建教与学的理论。这些理论也许实际潜在的；它们构成"个人实践知识"。个人实践知识是产生于生活经验的实践知识与理论的结合。布里兹曼(Britzman)也认为，学会教学正如教学本身一样，是一种过程……在此期间，一个人做了什么，他就能够学到什么。克兰迪宁对个人实践知识作了如下描述：

"个人实践知识"的"知识"是指从经验中出现的……和个人的行动中表现出来的有意识或无意识的信念体。有疑问的行动是那些构成教学实践包括其规划与评价的行为。个人实践知识是浸透构成一个人存在的所有经验的知识。它的意义来自一个人的经验历史，包括专业与个人历史，并为其所理解。

(四)对教师职业生涯描述性探究的方法

探讨教师个人实践知识的形态及其表征，指向了对教师生活经验的描述性探究。描述被定义为，通过反思的过程从个人经验中创造意义，其中讲故事成为重要的成分，隐喻与民间知识发挥各自的作用。描述勾勒了教师如何逐步理解他们在课堂上的生活，教师艰辛地工作是为了获得意义与理解，他们劳作并理解他们的世界。为了做到这一点，教师通过各种方法回报自己的经验，包括日志记录、访谈文稿、讲故事、写信、自传写作、课堂计划、新闻信札和其他写作。描述被界定为"经验的再构"。

对课堂个人知识的强调(专注于教师的职业生活)是描述与传记(个人生活史)之间最主要的区别之一。自传和传记的主要焦点是方法，方法的目的在于对个体的揭示。与此不同，描述至少在个人实践知识的研究中，强调的是人们如何理解课堂。

教师个人知识的研究如何从教师职业生活中组织数据？时间和地点是描述经验写作中的两个参考点。时间和地点通过情节和场景的形式成为描述写作经验的构建。时间和地点、情节和场景一起发挥作用创造描述经验性特点。一开始并不能要求人们描写而是鼓励他们写年表，同样，也应避免让他们一开始就写传记和自传。准备开始对自己的生活进行描述写作的人们，通常发现年表是一个可行的任务，而写作一个完全的自传或描写(当强调情节、意义、解释和分析时)是有一定困难的……当然写作的名称最终并不具有真正的理论意义，因为从一个人追求描述、回忆和重构新的事件以及进一步地创造意义来看，所有的记事都是初始的描述，而所有的描述都可以简化为记事。对探究而言，重要的是，对一个人生活事件的诚心记录或对生活的研究记录，并不能确保其价值、意义或目的。

康奈利与克兰迪宁认为，描述记录看起来似乎使经验凝固，但对描述的研究表明，当故事得以重新讲述时，理解便会产生变化。自传的研究者在描述中发现了"多重的我"，即自我具有"多元声音"。他们说："在描述的写作中，重要的是在我们写'我'的时候找出谁的声音占主导。"例如，在合作中描述研究者的"我"变得不清晰，在写作的过程中它得以重新确定：

> 当我们过着合作性研究生活并讲述和重新讲述它的故事之时，我们关注的是合作、信任和关系问题，而谁是研究者或谁是教师的问题就显得不那么重要了……研究者从生动的故事中走出，与他人一起讲述另一个故事。

康奈利与克兰迪宁称他们的领域为描述学，并认为，因其强调人类经验，或者因为它是人类经验的一个基本结构，或者因为它具有整体的特点，描述正在快速地进入其他学科。因为描述探究从社会学的角度而言，关注的是群体与共同体的形成。描述探究移向构建关切共同体：当研究者和实践者讲述研究关系的故事时，这些故事有可能成为解放的故事。能够为共享的观点作出贡献的包括："共享经验的实地笔录"、"日志记录"、"访谈"、"写信"、"讲故事"以及"自传与传记写作"。

总之，对教师个人实践知识的探讨，引向了探讨教师对生活世界的理解如何影响他们建构课堂经验以及与学生、家长、同事、管理人员交互作用的方式。

(五)基于教师自传与职业生涯的教师学问研究

舒伯特(William Schubert)是这一研究流派的主要代表。舒伯特把教师学问(Teacher Lore)定义为：

> 是对教师的知识、想法、观点与理解的研究。部分的它是对指导教师工作的信念、价值与形象的探究。从这一角度而言，它构成了了解教师从他们的经验中学到了什么的尝试。

从上述定义可以看出，舒伯特运用实践的概念来表达教师工作中内在的理论与实践的结合。教师学问的研究旨在发现"指导教学的经验知识或关于教师实际经验的故事"。舒伯特认为教师学问有两个基本来源，如下。

第一个与课程开发有关。舒伯特认为，课程的开发是在教师与学生的日常互动中进行的……当教师的经验性洞察得到重视时，对它会有更好的理解。

第二个来源在于对经验性洞察的研究，包括个人构建与行动理论。

教师学问研究的理论来源于杜威。舒伯特指出，杜威视教师为知识和理论的创造者，而理论可以促进对课程、教学和教育过程的理解。为此，舒伯特提出，对教师学问的研究重要的是：与教师的反思性会话、分析认识的过程、教学作为道德的艺术的观念、教师作为鉴赏家、教师的推理、实践的政治障碍以及教学的精神特点。这些问题—及杜威原理构成了教师学问研究的理论基础。

舒伯特将教师学问研究的发现分为两种类型：第一种，为文献评论，评论有关的知识从而发现对教师故事的洞察、经验知识、日常探究的方式，以及意义与方向的来源；第二种类型，从教师职业生活经验出发进行的研究，即通过访谈和观察与教师直接进行的研究。

舒伯特强调"交往性共同体"的必要性：

通过这些努力，我们想要提倡的是持续地考虑反思过程与教师经验库的背景，经验库是由赋予教师工作以意义和方向的知识及价值构成的。我们也希望教师学问更加成为教育探究的一个合理方式，促成教师、学生与有关方面合作地解释实践，没有严肃的对话、会话和共享，这是不可能的。

总之，自传与职业生涯研究的这一分支——教师学问，因其反省性和生活经验的强调，彰显了对教师生活经验的关注。

(六)个人生活史

在英国，早在1981年，艾弗·F.古德森就提倡运用生活历史作为研究学校教育的来源与方法。生活史和描述构成了教育研究的根本再构、可以表达"教师声音的研究"。教育研究的核心是交流教师声音的重要性，以便"大声地、流畅地听到这一声音"。这一工作以"教师为研究者"的观点为基础。

保罗·汤普森(Paul Thompson)和肯·普拉姆(Ken Plummer)一样，利用生活史来研究成熟的问题，从而使生活史的传统重新复活和发展。

研究教师的生活对于理解教师实践是很重要的。艾弗·F.古德森争辩说：我们将我们的"自我"投入教学、经验和背景的程度有多少，我们就在多大程度上界定我们的实践。尽管阶级、性别和民族是重要的，但教师的生活具有独特的特点，无法将其简化为宽广的社会力量。

艾弗·F.古德森主张，在研究学校时也应运用生活史。审视学校的以互动论以及人种志方法论来研究教师的实践知识，可以看出如下反历史的鲜明特色：由于关注于实践的情境与场合，教师的个人传记、观点和生活方式被忽视了。教师往往被拒绝成一种特殊的进行再生的物种，忙碌、乏味的环境一成不变。不管是什么时代，不管谁是老师，上课仍然是一如既往。

艾弗·F.古德森认为，现在我们对各个层次教师的技巧有一个清晰的画像和清楚的认识，但却不理解教师是如何因人而异运用这些技巧的。在理解教学技巧时，关键是我们需要了解教师本人。教学技巧这种相对来说比较个人化的东西如此，公共性更强一些的教学内容——课程、课程设置等也不应另当别论。艾弗·F.古德森坚信教师不但在教学态度、教学技巧上有重要的区别，在对课程内容的认识、解释上，或围绕课程编排、评估展开的行为模式方面也有其各自的生活史背景。这些区别在不同教师身上、在不同的时刻都可以看出来。为了理解这些区别的重要性，必须将学校的研究重新与个人传记和历史背景的考察联系起来。这里，艾弗·F.古德森要争取的是情境与传记分析的重新整合。他曾这样表述过自己的观点：①教师职业是一个至关重要的研究焦点；②教师原先的职业和生活经历形成了他的教学观点和方式；③教师的校外生活、隐性身份和文化可能对他的教师工作有重要的影响；④必须将个人的生活史放到他的时代的历史中去看待。

于是，在艾弗·F.古德森那里，即使是课程研究，也不再是单纯的教材内容的静态分析，而是与教师个人生活紧密相连的动态分析。课程研究不能缺少对教师本人的主体观照。他断言："一个更有价值和较少薄弱的起点应该是在教师生活的背景中考察教师的工作。"而为什么教师私人生活可以使教师更少具有脆弱性，更少地感到被暴露，他没有明确地解释。"这一领域的工作开始促成教师发展模式的概念重建。我们教师发展的起点是从教师作为实践走向教师作为个人。"显然，艾弗·F.古德森的工作和其他自传学者对我们实现如何研究教师和教学的概念重建作出了贡献。

在《学校科目与课程的演变》一书中，艾弗·F.古德森分析了英国学校中地理、生物与环境学习三门课的历史，尤其重点关注了环境学习这门课是如何在学校的正式课程中获得自己的位置的，以及在这一过程中三门课的科目群体的演变与冲突。在描述这一段学校科目的社会史时，艾弗·F.古德森通过对教师个人的深入访谈，向我们展现了学校内部一系列互相冲突的亚群体对物质方面自我利益的追求，以及某一科目亚群体如何通过投身于学术性传统从而确立科目统治地位的生动画卷。

在教师教育和教师培训方面，塞克斯(Sikes)等人 1985 年的研究成果以及塞克斯和艾弗·F.古德森 2001 年的研究成果，非常有助于提升对教师职业的理解，哈格里夫斯(Hargreaves)的研究，使我们对影响教师生活和工作的全球变化有了更深刻的理解，并增加了一个背景性论述。桑德拉·阿克(Sandra Acker)从性别角度理解对教师和其职业具有启蒙作用。马丁·洛恩(Martin Lawn)探讨了教师传记和教学研究是如何在英格兰和威尔士迅速展开的过程。布洛(Bullough)研究了如何成为教师的过程。迈克尔·洪伯曼(Michael Huberman)则从社会心理学的视角研究了教师生活史。

上述对教师职业生活的重建，纠正了长期以来单单专注于教师实践或个人世界的局限性，即只局限于故事和叙述模式。通过更广阔背景下研究教师的生活和工作的生活历史，其目的是用合作的方式来发展一种对教师职业的社会洞察力。通过这种方式，教师的行动故事可以与历史背景相联系。因此，教学故事将会加深对社会和政治结构的理解，而不是消极地赞美教学的重新建构。

二、国内教师生活和工作研究

目前，国内有关生活史对教师专业发展的影响的研究如下。

姜勇认为从个人生活史出发研究教师专业发展，关怀伦理是新时期对教师人文素质的新要求，教师专业发展必须包括教师的非理性精神的成长。这为教师专业成长提供了新的视野。朴雪涛和林群认为生活史研究可以使教育研究得以普及到一般的教师，而非必须是教育理论研究者，通过课堂观察，"化熟悉为新奇"，通过"制造问题"来不断发展、验证现行的教学理论，提升教师的教学能力，促进其专业发展。我国台湾学者陈美玉以生活史分析作为促进新任教师专业发展的途径进行了比较深入的研究，她认为生活史分析既可以使新任教师增进自我了解、解决实际问题，还可以帮其规划未来专业生涯发展方向。

以上研究都指出了从生活史的角度来研究教师专业发展的重要性，为教师专业成长提供了新的视野和路径，但是真正运用生活史从实践的角度进行的研究只有中国台湾嘉义大学家庭教育研究所的研究生赖怡如的《忧郁的生命长河——忧郁症父亲的生活史研究》文章，文章以生命史角度探究忧郁症患者从小到大所经历的事件，从中发现事件对个案的影响，以此找出患者患病的可能因素。中国台湾屏东邱珍琬的《一位教师的成长——叙说研究》一文，认为教师的专业成长，是一个潜隐内在的过程，不是量的研究方式可以了解其全貌的，固然一位教师的教学理念与成果可以从其教学方式、学生反应或评语等途径做一个粗略的估量，然而要深入去探讨为什么是这样，如何成为这样的，则需要对其进行质的研究，而以质的研究方式来进行教师生涯发展的研究，可以更详实地纪录与描绘教师专业生涯的内涵、过程与进展。研究证实自身不断地觉察与反省是其专业成长很重要的因素，影响教师教学生涯的因素包括以往的生活与学习经验、乐观正向的应对态度、创新不安的性格以及强烈的职业责任感。北京大学教育学院刘云杉的《帝国权力实践下的教师生活形态——一个私塾教师的生活史研究》文章，通过对清末一位私塾教师长达四十余年的日记所做的文献研究，彰显了科举废除前后一位私塾教师所承受的文化、国家、社会的种种权力，以此透析士绅与国家的关系。

2003 年，鞠玉翠在其博士论文《教师个人实践理论的叙事探究》中，用"叙事探究"的方法讲述了一位教师的故事，可以说其给教师研究领域带来了一种新鲜气息。但是，其研究仅仅关注教师的"教育信念"一个层面，理论探讨方面主要是对于"叙事探究"的探究，而且大都是在讲故事，缺乏对教师故事的探究。2003 年，陈振华在其博士论文《论教师成为教育知识的建构者》中，通过阐述公共教育知识和个人教育知识，提出教师要成为教育知识建构者的课题，然后从情感、认知和行动维度考察教师建构教育知识的过程，认为教师是在学习、教学和研究中建构教育知识的。论文提出教师成为教育知识的建构者的论题，本身颇具新意和价值，但其对教师教育知识及其建构只是作了理论上的简单探讨，缺乏实践层面的关照。2004 年赵昌木在"教师成长：实践知识和智慧的形成与发展"一文中，论述了教师实践知识形成及发展的阶段，从初任教职时理论知识、实践知识的匮乏，到从教后教学应对策略的探求，实践知识逐渐丰富，并随着专业知识的发展缓慢而步入"高原期"。他仅仅从教师学会教学的角度来理解实践知识，其论述不免有些偏狭。钟启泉的"'实践性知识'问答录"一文，从教师体验与概念界定两个层面探讨了何谓教师的"实践性知识"，认为它是教师作为实践者发现和洞察自身实践和经验中的"意蕴"的活动，并指出"实践性知识"的研究意味着寻求教学研究方式的转型，教师要成为"反思性教学专家"，其核心就是基于自身实践与认识的"实践性知识"的成长。钟启泉在文中提出许多富有价值的问题："实践性知识"是如何产生和成长的？这种知识的生成机制是什么？它对于教师的生存方式具有何等意义？尽管文中并没有对这些问题作出完整的解答，但这些问题对于本研究具有重要的启示作用。随后，钟启泉发表了"为了'实践性知识'的创造"一文，论文着重阐述了教师的"教学体验"和"实践性知识"的特质、两者的关系及其转化的问题。"论文中提出的如何使"教学体验"上升到"实践性知识"，的问题，为本研究提供了一个思考如何提升教师实践性知识的参照。

我国还有一些教育研究者提出或探讨过诸如"教师实践智慧"、"教师个人实践理论"或"教师个人理论"、"教师个人知识"、"默会知识"等，这些称谓与"教师实践性知识"的含义有交叉之处，其相关研究成果为本研究提供了一定的参照，但它们与实践性知识也存在着很大的差异，研究的旨趣与理路也截然不同。

关于"教师实践智慧"，顾泠沅提出要关注教师的实践智慧，认为教师的专业发展要关注实践智慧的动态发展过程，关注两类知识——明确知识和默会知识之间的互动关系，并且从多年的调查研究中积累了相当丰富的实践经验，他的研究为本研究提供了富有价值的借鉴。邓友超和李小红在《论教师实践智慧》一文中论述了教师实践智慧的要义及各自的实现途径。

关于"教师个人实践理论"或"教师个人理论"的著述主要有李小红的《教师个人理论自议》等。

关于"教师个人知识"的代表著述有张立昌的"'教师个人知识'含义、特征及其自我更新的构想"、姜勇的"论教师的个人知识教师专业发展的新转向"、陈振华的"解读教师个人教育知识"等文章。

此外，我国还有许多学者论述了教师的"默会知识"，这些著述主要是从理论上探讨默会知识与教师教育、教学改革的关系问题，其中石中英的《知识转型与教育改革》一书是这一领域的代表研究。

虽然对教师生活和职业的研究正在被教育理论研究所重视，但不幸的是，目前，甚至相当长一段时间里，社会对教师的管理与教育，是沿着与生活史研究相反的方向进行的，对教师的政治和行政控制自 20 世纪 80 年底以来依然在加强。

案例 6-1：专业被剥夺

作为一种专业，对于教什么和如何教的自由不断地被剥夺，其决定权转向了没有经验的行政政策制定者。

行政人员对专业人员的教学标准作出空洞的指示，而学生真正的需求却得不到满足。这简直是对我的教学宗旨的一种侮辱。

学区要求我们帮助学生准备新的国家考试，这样的工作既单调又毫无意义，对学生和我而言都是在浪费时间。超负荷的题海战术打破了课程的内容和顺序。学生对考试的准备使教育变成了一种支离破碎甚至荒谬的行为……由于这些挫折，我已经陷入了一个沮丧的阶段……今年课程的具体实施、评估与对学生的监管占用了我大量的时间和精力，使我无法获得更全球性的思维，以不断地充电和保持动力。

迫使这些学生忍受国家要求的永远也通不过的高级科学课程，是一种犯罪……依我看来，国家已经失去了它的正确的教育方针。国家教育基金会专注于对媒体批评的回应，以至于忽略了孩子的需求，他们需要为成年的生活作准备。

这些变革给我们的校外生活留下了很多时间。我花很少时间在工作上，部分原因在于我的技术。为考试而教学，要比教给学生所需要的东西容易得多，这需要很少的时间，尤其是对于已经工作了 20 年的教师。非常遗憾，由于士气低落，我在教学上花费的时间很少，我有时怀疑这种教育方式的意义。

（资料来源：艾弗·F.古德森. 专业知识与教师职业生涯. 刘丽丽，译. 北京：北京师范大学出版社，2007）

从上述案例来看，当下教师权力和职责甚至自身的专业发展权都被严重剥夺了，这充分地说明在许多方面教师在教育改革的浪潮中又"回到阴影"，大量强调教师的评估与责任。对教师要求的标准化运动有增无减，这种标准化运动，轻视学校内的实践知识的建立和教师作为教育改革的参与政策制定者以及变化者的作用和价值。轻视教师的倾向，同时也会阻碍研究者关注教师的生活。但是，对将来而言，教师日常生活和身份可能会变得越来越重要。正因如此，吉登斯(Giddens)所说的"自我反思性计划"这一最为有趣的计划，将会在下一个时代为人们所争论。生活政治、身份建构政治以及正在进行之中的身份维系，都将会成为意识形态中理性的、富有生命力的争论点。在这一点上，教师教育侧重个人生活及个人生活史方法将被证明是富有预见性的。

三、评论

从以上论述的国内外教师的生活和工作研究来看，虽然并不能代表该领域研究成果的全部，但从中却能看出国内外关于教师工作和生活以及专业知识研究的某些特征，以下将作两点评论。

(一)关于教师工作与生活的研究并非偶然

国内外对教师的研究长期以来多集中在教师的作用(特别是在教学过程中的作用)等方面，由此转入对教师工作与生活的研究并非偶然。事实上，艾弗·F.古德森等人重视教师工作和生活以及专业知识的研究，是在阿兰·沃尔夫(Alan Wolfe)观点的极大影响下产生的。沃尔夫认为，大多数国家的各种公共机构，如中小学、大学、大众广播、图书馆、医院等都正遭受着不同程度的冲击，政府及社会对这些机构的投资越来越少，大家都认为这是资金短缺的问题。然而，对于警察、军队、私有商业街等私营事业的发展，情况却恰恰相反，资金投入不仅没有减少，反而剧增，且发展规模与数量不断扩大。因此，从总体上看，很显然并不是缺钱。问题在于，人们总是优先选择发展各类私有事业而不是公共事业，这就必然对公共机构事业的发展造成影响，从而使公共机构特别是学校的系统理论专业知识受到冲击。而就知识的类型而言，迈克尔·吉本斯(Michael Giibbons)等在1994年对一类知识和二类知识进行了区分。一类知识是基本的学科知识，一般是在传统的大学获得。二类知识是应用型知识，是在私有产业基地的研究与开发部门以及与这一经济部门密切相关的"思想库"中逐步获得的。当一类知识受到持续冲击时，二类知识就得到提倡和发扬。这也恰好是前面提及的公共事业与私有事业优势转变、学校的理论知识受到冷落的证明。在传统理论专业知识不断受到冲击的同时，是否该关注一下实践中最需要的是什么知识？实践中的工作人员的现状是怎样的？目前，不断有证据表明，无论是否全球化，工人与专业人员正在接受的培训知识都是越来越趋向适合于具体情境、适用于地方发展的实用性知识，而不是一般的、理论性的知识。当然，我们不否认也能找出许多不符合这一模式的相关例子。但就教师职业而言，教师正从"控制自己课程及教育学的智力劳动者"转变成"对他人设计的课程进行解释的技术人员"。他们越来越发展为他人所作规定的递送者，而不是自己命运的设计者。艾弗·F.古德森这里提出了一个中心观点，即"我们研究教师的方式反映了我们的教师观"。我们的研究方式证实了我们认为教师是且应该是什么样的人。更为重要的是，我们呈现的研究知识对于界定教师是什么样的专业人员，以及是否存在真正的教师专业起着巨大作用，因为这种研究知识基础能为合法的专业提供反馈信息。因此，只有深入研究教师的工作与生活，改变我们头脑中固有的"教师观"与"教师研究观"，才能给教师研究注入新的活力。

(二)研究的目标、依据、过程呈现现实性、多元性和合作性

国内外研究教师的学者、专家为数众多，但以艾弗·F.古德森为代表的越来越多的学者认为，研究教师，不能只从研究人员单方面出发，更不能使教师研究仅囿于研究人员的思维、研究方式和研究知识，因为研究人员的教师观、研究信息及方式与实践的距离在某种程度上相左，有时甚至严重相左。对教师声音的关注、对教师工作与生活的了解与尊重是教师研究的生命所在。比起那些闭门造车、逻辑推理出的理论研究框架来，这种以事实与真实情境为基础的教师研究会更有说服力。从研究的理论依据来看，也是多元的。这里的多元是指关于教师工作与生活研究理论依据的多维与实践依据的多样。从理论上讲，任何一项研究的理论与实践之源都不是单一的，这在教师研究方面表现得更为具体。研究教师的工作与生活是反文化理论的继承与发展，是教师社会化理论的局部实践，是后现代主义、女权主义的异域表现，是教育重构与促进改革的现实之需，更是教师研究在新世纪的发展趋向的必然。另外，在教师生活和工作研究过程中，事实资料的提供者(教师)与理论思维的分析者(研究人员)的完善、结合，也表明了校内外人员携手合作研究的必然性和实效性。不过，令人感到一丝遗憾的是，由于客观存在着的官僚等级性，在某种程度上研究报告的公正性会有所削弱，从而影响研究的实用指导价值和推广价值。不过，随着教育领域"生活史"研究的兴起，教师生活和工作研究的辉煌时刻必将到来。

第三节　教师叙事与教师教育

一、教师专业概念的重建：教师作为一个人

20世纪80年代之前是将教师看作社会结构中的一个"角色"，这个角色被体制赋予规约性的意义，而所谓的专业性，即是符合某种客观界定的或机构认可的标准；教师专业发展的目的是为了学校和社会的改善，社会赋予教育何种功能，教师自然要成为某种规制的角色。成为一位教师即是成为社会期望中的角色，具有社会所认定的技能；而要成为一位好教师，必须依据既定的规范和文化的"脚本"。于是，教师充其量是国家与社会的代理人，他们在行动上的自主也是制度或政策上所划定的范围。20世纪80年代以后，以教师作为"一个人"替代了教师作为"技术"抑或作为"实践"，实现了教师专业的概念重建，不再将教师视为一个不带情感的专业知能储存体，而把教师看作是一个独特的个人，有其

生命经验，有其自我认同，有其对教育、教学的认知、情感与价值。教师的"自我"是专业建构中的一个重要因素。

事实上，集体的、固定的专业角色的概念是非生产性的，借着提供一个外来主导的控制架构，可能有利于服务于国家或科层体制的目的，但关于"教师应当如何"的话语是强制性的，剥夺了个人成为被预期角色以外其他身份的可能性。当我们以"角色"的规范要求一个人时，这个角色就覆盖了人的真实自我；传统的、预定的角色，长久以来欺骗了人的自我认同。所谓的专业发展就如同朝圣一般，逐渐接近或符合一套既定的角色规范或专业标准，而将所有的自我框入强制的框架中。所以，专业发展成了一个外在的强制的控制体系，压制了教师的声音，也剥夺了个人界定情感的权力。

案例 6-2：来自家长的压力

家长对教师的期望值太高了，每个家长将孩子交给老师的时候，都希望老师把孩子教育成材，他们选学校，选班级，选教师，搞得大家关系都很尴尬。不同学校之间选择班级或教师还好，但在同一所学校，在不同班级选来选去，就让人心里很不舒服，"选"不上的老师尴尬，被"选"上的老师压力更大，还要小心翼翼地处理敏感的人际关系。还有的家长把孩子交给老师时，甚至对教师说："要打要骂由你，只要你能把孩子培养好就行"，而一旦孩子出现缺点，老师又成为家长们"讨伐"的对象。现在都是独生子女，家长们把所有的希望全寄托在孩子身上，一年级时就巴不得孩子就是一个天才，样样优秀，处处第一。对孩子在学校的一切事情都很重视，不愿让孩子受一点委屈，还想让孩子学习好，既不愿吃苦，又想取得好成绩，这可能嘛！

(资料来源：孙士芹. 初中教师职业生活状态研究. 上海：华东师范大学硕士研究生学位论文，2006)

这位教师说出了家长对教师角色的期望，所形成的对教师控制。社会对各种职业有不同的角色期待，而对教师的角色期待几乎就是一种严厉。教师的社会责任重大，是人类"灵魂的工程师"，肩负着培养下一代的重任，托起的是整个国家和民族的希望。教师的工作上对国家、社会、学校和所有学生的家庭负责，下对几十上百名学生负责，全社会的眼睛都在盯着教师的一举一动，稍有闪失，便会成为众矢之的，换来众多的批评、指责。社会对教师的关注程度空前提高，几乎任何人都可以对教育评价一番，而教师职业历来要求教师无私奉献，社会舆论常常歌颂教师的"春蚕到死丝方尽，蜡烛成灰泪始干"。把教师比喻成"红烛"，燃烧自己照亮别人，比喻成"春蚕"到死丝方尽……还比喻成"人梯"、"石子"、"渡船"、"人类灵魂的工程师"等。这些比喻不仅有其积极的一面，而且起到了暗示和强化的作用，使人们对教师角色生成了过高的期望值。"没有不称职的学生，只有不称职的老师"，"上级不会错，学生没有错，只是你教师不会做。"所有这些，把教师推上神坛，神坛上的教师不是正常的普通的人，而是尽善尽美的神，这种扭曲的角色期待，让教师背上沉重的十字架，正如许多教师所感慨的：教师就像是一群戴着脚镣的舞者。

教师作为"一个人"的话语，学习成长为教师即学习成长为"一个人"。成为教师的意义更超出成为一位拥有知识、技能的专业人士，因为教学是人的关系。所以，教师的情绪、关心、疑惑、问题都围绕着与学生之间的关系，教师必须认识自我这个人，才可能思考如何教学。于是，除了知识与技能，教师自我的生命经验与情感都应当纳入专业发展的重要内容。至此，教师专业发展的概念实现了重建——由专业角色的客观要求，指向了专业自我的建构；由强制的规范式知能的获得，转到了个人经验与价值的建构。当代专业主义指向真正的专业发展应能结合教师个人的需求、兴趣、知识，教师能发现、分享自己的、内部的、真实的声音，有权力也有能力决定其未来的学习。但是，直到目前的教师教育仍局限于"以单一规格应对所有人"的规训方式，以便教师具备执行教育政策的能力。然而这些规训往往是一些抽象概念的混合，脱离了日常的教室生活，极少支持教师的继续学习，也极少关注教师工作中如何应对变化多端的教育事件。在我国，诸如教师行动研究、教学档案等，皆试图改变以往技术训练的模式，激发教师专业发展的能量，所有这些一旦遇到学校科层化的绩效目标管理，反而成了强制和压迫教师的工具，压迫教师产生大量的文件，用来满足专业标准的要求，这才令人惊觉技术理性这个"幽灵"已深入我们学校的骨髓。教师如何摆脱这个"幽灵"，成为一个自主的人，这是教师叙事理论倾力关注的焦点。叙事是这样一种研究，它让人不断地讲述和复述他们自己的生活故事，既描绘过去，又创设未来的愿景，通过这种方式唤醒沉睡的灵魂——研究使个人经验有意义。

二、叙事研究

叙事是对一连串事件做有次序的陈述，并说明其间的关联性；叙事内容不仅包含事件之间的时间顺序、叙述者的观点和倾向，还有叙事者和聆听者之间的关系。叙事可以告诉我们：某件事在何处、何时、在何种背景下发生？谁对谁说了什么，以何种感情、何种情绪、何种限制下？当一个人进行叙事时，他必须先由复杂情境中选出一些事件，再就挑选出来的事件、情节附上意义，于是，情节就成为叙事者经验表述所创造出来的故事。故事涉及当时的时空背景、历史因素，以及事件中人物的行动与影响；叙事者要说出一个故事，就必须交代事件之间的关系和其中的道理，以解决听者对事件的怀疑，所以叙事者必须重新组织自己的知识和经验。任何一个故事都有两个方面，一是事件的序列，二是隐含在重述之中对该事件的评价。所以，叙事研究既是一种思考形态，一种组织知识的途径，也是一种解释和评价事务的方式。

叙事内容是再现叙事者的世界观，是他的信念、思想、意图所建构的真实，但却未必是事件的"真实状态"。事实上，叙事对于事件中行事者的关心更甚于事件的客观真实性，因为真实是由我们内在的语言和想象所构成的，叙事反而让人接近真实。

真正的教师专业发展应当建基于：教师作为一个人，作为不同的人，作为一个有思想的学习者，有其真实的需求，所以教师专业发展应包含人文主义、建构主义精神。所谓人文主义，即关注个人尊严、价值及自我实现的能力，承认一个整全的人既有认知也有情感。所谓建构主义，即肯定人能在生活中藉由对自我经验的认识，从而建构对世界的理解。因此，教师叙事既是人文的也是建构的，它尊重教师的声音，也让教师寻回自己作为一位反思性实践家的权力和能力。过去，在实证主义下的教师研究，所探讨的教师知识基础中缺失了教师自我的声音、教师所问的问题、教师在其工作生活中有意义的会话，以及教师用以理解和改善自己教室实践的解释架构，而这些正是叙事的重要内容。叙事取向重视人的意念、情感、经验与主观解释，关心一个以叙事方式来思考的人，如何有许多可能性。在专业发展概念重建之后，教师的故事和叙事即获得了高度重视，于是个人取向的研究形式，如传记、自传、个人生活史、叙事、轶事，在教育研究领域和教师专业发展领域成为广为接受的方式。有的学者称关注教师作为"一个人"的研究为"传记倾向"，表示传记主体及其生活经验成为分析架构的中心。事实上，传记即是一种叙事形态。"传记倾向"作为教师教育研究重要取向有以下几个方面原因。

第一，专业教育的"整体主义"逐渐为人所接受，而普遍承认专业发展的意义所包含的不只是专业知能，还有个人特质与价值，所以教师专业的发展应纳入自我知识与自我设计的方面。

第二，传记取向的方法借用了"批判—解放"的观念，鼓励教师立足于个人发声的立场上，利用个人的证据、生活史对抗抽象、化约的控制性话语，让边缘的声音被听见。

第三，传记取向研究允许较大的解释权，为理论与个人能动性及社会结构提供更好的联系。由于维持对主体自身价值与经验的忠实，让他们以自己的声音说话，研究者可避免成为他人主体性解释的窃取者。

教师研究的叙事取向结合了教师作为"一个人"的观点，让教师的生活经验与主观解释优先于研究者的客观论点，将实践语言的重要性置于学术语言之上，对于事件特殊关联性的探究更胜于寻求普适规律。试图进一步理解实践人员所创造的知识与意义，而非生产一些用以预测、控制实践的知识。对研究者而言，教师叙事让人了解教师行动的动机，以及教师日常生活的复杂性，并提供有关教学的难题、事件详细案例。对教师而言，则可获得来自自我探究的洞察。在叙事研究中，教师通过叙事反思组织经验、进行自我探究，而研究者则以叙事文本作为分析对象，用来理解教师的观点与行动。然而，当研究者试图由教师的叙事文本取得教师的生命经验时，教师却经常只是个被解释的人，他们并没有真正发声，而是研究者解释了他们的话语、思想、情感、意图与意义。于是，新的叙事运动聚焦于教师为自己陈述，追求对自己生活与工作的理解。此种教师为自己所做的叙事，基于自己作为一个整全的人，重视对于专业自我的寻求历程。这些教师的个人生命故事既反映教育结构与社会背景，也成为个人经验反思与知识建构的通道，故事的阅读者即由一连串事件之后的议题获得新的洞见与理解。

三、叙事研究对教师教育的意义

(一)叙事研究作为教师解放的工具

叙事研究作为教师教育的工具有以下几个方面的缘由。

第一，政治上，教师很少有真正的权力决定课程、学校政策或自己的专业发展，叙事可让教师有权以自己的语汇去分析、批判日常生活中发生的一切。

第二，实践上，故事以一种独特的真实性深入这充满变量的教室生活中，叙事语言正适合这充满不确定性的专业工作。通过叙事的反思，教师可以重新看待、界定教室里的问题，省察个人、机构、社会经济与文化形态的支持与局限。

·第三，伦理上，故事提供教学者反思与持续改进的力量，激发重要的教育改变，也提醒教师所需要的教育判断。

上述三个方面的理由与前面提及的叙事的人文主义和建构主义基本假设是共通的，即肯定教师有能力以其认知方式重新界定、解释问题情境；通过实践经验的叙述，教师解释所经历的事件，赋予事件某种意义，也重新反思其行事方式，并且有自己的语汇表述其对情境的认识与反思。在此过程中，叙事者整合自我的价值，重构自我的知识与认同，从而确立教师作为反思性实践家的权力。所以叙事将是一个解释、理解、批判、创建的历程。这是一种"解放"的专业发展观点——让教师从工具性专业标准、支配性的专业特质话语，以及客观性的知识观点中解放，寻回自己的主体性。依此，教师的专业知能不应只是实验室理论法则的演绎，更应纳入实践知识的建构；专业自主不应只是政策上所允诺的界域，更应来自个人意识的自觉、反省与提升；专业承诺不应只是文化脚本里所预定的行为，更应是个人意志的实践。

(二)叙事研究对教师教育的三个价值

1. 专业自省意识的提升

教师工作的专业化依赖教师的反思与自我更新，因此，反思与批判能力是教师教育话语中备受重视的能力。对于反思与批判方法，常常运用于教学反思的工具为教学日志、教学档案和传记。格如梅特(Grumet，1980)就期望传记可以让人成为其履历的主动解释者，对于其目前所处的共同体提高其成为能动者的兴趣。

首先，教师反思所重视的是背景、个案知识、对目标的慎思，在叙事中，教师可以重新建构其教育的意象。事实上，无论是日志、档案、传记，甚至是轶事记载，都是叙事的一种形态，也都在选择日常生活与工作中重要的事件，并加以解释。叙事包含认知与批判层面，强调教师对其专业决定的背景所做的解释，对于提升教师本身的专业推理，是一强有力的力量。透过叙事，教师分析事件中的问题，赋予事件合理或不合理的说明，表露出隐藏于心中的观念和价值，可以重新思考目前行事的合理性。

其次，教师作为"一个人"，正处于不同的性别、阶级、教育意识形态交汇点上，在每一位教师的生涯中，都经历多重的个人与社会因素交织的事件。然而，我们可能习惯于聆听他人所告知的一切，接受既有社会地位中来自家庭、学校、文化背景所赋予的身份或规定的角色，并保持缄默，却没有机会或管道表达自己不同的意见，或者对于自己这个人的另一种感觉。作为宏观结构中的教师角色，承受来自制度上所交付的职责；而作为"一个人"，有其性别、族群、阶级的属性。对于教师角色及个人社会位置的控制性话语，形成了生命中的紧张与缄默。当教师持续反思、批判和修正既有的叙事时，那些影响教师发展的因素也就逐渐变得清晰可见。于是，教师有机会可以抗拒那些制约他们的文化叙事，改写新的教学与生活故事。叙事之所以能借助于反思和批判在于，叙事所使用的语言是日常的、素朴的，所有人皆运用最适于自我表述的语汇，语法叙说自己的所见、所思、所感。当教师用朴素的语言表露日常经验中的信念与情感，即属于看见自己的紧张不安，而去追寻这压制性的来源，才有机会发现个人或专业共同体所处的意识形态氛围。而叙事，正是一种发声的管道。发声代表着主体性的重新确定，也允许更多的自我知识展现，这不只是主体性的解放，也将导致生活、工作的改善。

叙事让人对自己的地位与处境加以确认和命名，抗拒那被指定的、被压制的角色，聆听自己的声音而不只在听外来的命令，于是人能批判他人所加诸的期望。所以教师以自传、传记、日志进行自我叙事，用以协助自己反思、分析和自我评价，并追踪自己在概念理解上的发展。当更多教师进行叙事时，将形成集体的专业反思意识，促进教师工作的专业化。

2．专业自我认同的建构

在当代教师专业概念中，作为教师更须对"自我"有着深刻的关注，因为教学的内容是由个人所选择有意义的部分，是我们认识、解释这世界的观点，而解释的方式与角度则成为我们引领学生认识世界的途径。教师的专业自我中结合了"社会自我"和"个人自我"，他必须确认其自我认同——亦即确认"我是谁"及"这样的我要成为一个什么样的教师"。

叙事可以将过去和遥远的事件带入故事叙说的情境中，而叙说者则能由不调和的经验或不平衡的故事中整合出协调的自我。因为作为个人故事的作者，每个人都在选择哪些要纳入、哪些又该排除；个人故事的主角即是自我，当我们在叙述自己时，那个自己也就是我所相信的自我。

福柯认为自我的建构乃是透过在论述里找到定位，因此自我可以根据概念或知识来源等用以书写或谈论自己的东西，并加以理论化。每个人主动从事论述，他们及其他人就能借着叙说或书写，成为说话的主体，解释自己，也同时参与那些有关他们的论述。当代对于教师专业发展研究的叙事取向，即是希望透过教师生活故事的叙说，协助教师反思其生活的事件与经历，重新建构那些被视为当然的、习以为常的思考与行动意义。因为专业认同的发展是脱离不了个人认同的。当我们叙说生活故事，也就在恢复经验中的重要事件；当我们追问这故事的意义，也就是在故事中重新建构自己的意义。在叙说中，教师可以将自己作为思考与体会的对象，暂时远离目前他人的界定和期望，由过去、现在的经历，以及对未来的期望，重新发现自我的多重声音，并形成有体系的论述。这样的叙说，是以论证形式，而非以描述形式进行的，此种对自我的理论化过程，也正是认同建构的过程。因为认同的问题并不在于什么才是真实的自我本质，而是自我如何被谈论、如何在论述中被理论化。

叙事，给予一种对未来可能发展的开放性，所以教师可能在叙事中发展自己的故事，也发展自我。叙事也直指人的自我认同，而认同正是人用以证成、解释、建构自己与他人意义及其与背景关系的要素。一位自我认同的教师才能修正那被预定的角色，再界定"教师是什么"。

3. 专业知识体系的重构

技术理性所衍生的简约主义，使得存在专业共同体记忆中的专业实际意象被磨灭了，取而代之的是一组公式化的规则。这些规则可以写在书上，或透过"教练"的方式教给新进教师。在此种思维之下，教师被假设是不具认识能力的人，是有待训练的；又如同是一个个知识储存体，必须灌注一定质量的知识，才能输出给学生。然而，如果我们确认教师是具有认知能力的人，是一起教育改变的能动者，是转变型知识分子，就必须让教师有机会检测其对于教与学的假设，而非仅是一直接受一套被专家学者称为合理可行、真实无误的知识。个人经验与实践知识是实际工作中的慎思、直觉决定、日常行动与道德智慧的来源。教师对其日常工作的考虑，以及由其观点所做的陈述，都可以成为提供专业反思与对话的文本。在叙事中，教师重新整理对教育的观点，由习以为常的行事方式中抽绎出个人的原理原则，将自己过去的经历、事件、体会带入现在的问题中思考，并赋予现在事件某种意义，创造新的理解。透过经验的重新建构，也产生了新的知识。

依据皮亚杰的认知理论，专业知识的成长应是观点的转化。所谓观点的转化，不只包含更多概念与知识的获得，并且要突破看待事物的旧有方式，亦即重新调整我们解释自己经验的参照框架；换言之，即解释结构的重组。因此，在专业知识的成长上，教师所需要的不是研究发现的摘要，而是一个能给予新途径、能促使他们将其对偶然事件的预期组织起来的故事。像这样属于教师工作中的故事，正如其他一般的故事，都是循着"当我……然后就……"的路线在发展，这个"然后……"引领着教师探索不同的行事方式，开启新的视野，并获得个人的理解。亦即，借着叙事的思考方式，故事可能出现另一种后续情况，也让原先的问题出现新的观点或解决方式。所以并不是故事可以给他们一套真正的教学方法，而是故事邀请教师尝试新的方法，并且评估其结果。教师的教材教法知识经常是透过叙事式的认识方式所建立的。在教学生涯中，当教师遇到不同的教材、学生，就进行着不同的故事；每一年，当教师再回顾、思考这些教学事件，也就对教学、教材、学生有了新的认识。叙事者创造了多重可能的意义，也创造了对旧有解释再思考的空间，也因而了解教学中"没有单一的路径或答案"。叙事思考方式的开放性，成为教师个人知识的建构与更新的出口。

经验故事让隐默的个人知识发声，不致埋没那情境性的复杂知识。通过叙事，将专业实践记忆返回到我们的经验中，教师可以获得一种洞见，以掌握眼前的实际工作，才有可能促成专业知识的增长。此外，叙事使教师觉察到自己所拥有的知识，进一步观照自己如何使用知识、如何扩展知识，以成为自己所具有认知力量的主宰者。于是教师能掌握对教育情境的解释权力，重新认识自己作为一个主体的"认识"权力，而不是一味依赖外来权威的引导，或作为外在权威知识的中介者。教师主动建构知识，方能汇聚为集体的专业知识解释权，参与专业知识体系的重构。

鼓励教师成为教室故事中的主角，接受教师教学的相对自主性，这不是个过渡奢侈的想法。因为，解放的自我知识将能增进教师对日常教学中矛盾的省察与责任，其中蕴含有知识转化的可能性，因而最终教师能因了解自己而改变学校。

叙事方法导向一种解放取向的教师教育。它提升教师的反思意识，使教师得以省察影响个人与共同体专业发展的情境性因素与结构性的压制力量，确认"自己作为一个什么样教师"的自我认同，也确信自己作为认识主体的知识建构能力与权力，所以能抗拒那控制性的权威。就此而言，教师才真正获得专业自主，在自我认同的基础上才有真实的专业承诺，主动知识建构的行动才能支持专业知识的更新。在这个意义上，叙事带给教师真正的增能扩权。

最后，叙事研究需要注意两个问题，防止教师叙事无助于教师专业发展，使教师教育无效。一是教师叙事沉溺于个人事件叙述，而未进入事件背景因素的思考。正如艾弗•F.古德森所说，叙事是进一步理解主体与社会结构关系的起点，当我们愈了解故事所在的历史与背景，就愈有能力发觉既存的文化脚本，并进一步改写这文化、生命的脚本。然而，倘若叙事仅仅停留在个人与实际工作的层次上，未能进入广阔的社会背景关联中，就会错失了批判与重构的机会，而只流于个人化、独特、孤立的故事叙述，也对整个专业共同体的改进是有限的。二是，流于道德的相对主义，即误以为每个人所叙述的都各有所据、各自成理，于是可以跟从自己的情感、意图而为所欲为。事实上，叙事重视的是叙述者真实地再现其情感与意图，且真诚地自省并与他人沟通观点。教师应当将解释的、背景的理解与反思置于优先地位，以避免道德相对主义。

第四节 生活史与教师专业发展

第一部生活史问世于 20 世纪初，是人类学家收集整理的美国印第安酋长的传记。自此，生活史研究就一直主要由社会学家来进行，在这一过程中，生活史为社会学家提供了一条探询文化、社会结构与个体生活之间关系的途径。在社会科学范围内，生活史研究大致经历了三个时期：①约从 1920 年到第二次世界大战期间，人们对生活史的研究兴趣有相当大的发展，其中大多数研究涉及个人文件，例如自传、信件和日记的研究；②从第二次世界大战到 20 世纪 60 年代中期，人们越来越多地关注定量和实验的研究方法，对生活史研究的兴趣有所下降；③从 20 世纪 60 年代中期至今，在这几十年中，生活史研究方面的成果大量涌现，并伴随着下列诸领域的发展，如心理病理学生活史研究、生活过程的社会学研究、口述的历史和生活的传说、心理传记、成人发展研究、教师教育研究等。

一、个人生活史的含义

广义的生活史研究是指对人从出生到死亡一生中的事件和经历的研究，是从个人怎样解释和理解周围世界的角度来研究个人的生活经历。生活史也称生命史，主要是指个体生活的经验历程，而生活历程被概念化为一连串个人、行为、情境的互动顺序。也就是一个生活从生到死的过程中一连续的事件与经验，以及这些事件相互影响的一连串个人的状态与情境遭遇。这种研究方法源于对美洲土著历史回忆的研究，盛行于 20 世纪 20—40 年代，是个人回溯记录的一种重要的形式，随着"质的研究"范式的日渐兴盛，教师个人生活史受到越来越多的教育研究者的关注，成为教师教育研究的一个重要领域。它应用于教育领域，主要叙述的是教师自己教育生活的成长史，反映的是教师教育行为、观念是如何建构的。它是将个人如何看待自己、生活情境、事过境迁后对所处的特定观点加以呈现的过程，比较重视个体的主观经验。

教师个人生活史，是指在一定的社会、文化和历史情境中，教师对自己在生活与教育中所发生的事件和经历的描述和刻画，是教师本人在"教育的生活世界"中的体验和感悟。因为它是描述教师在日常生活、课堂教学、研究实践等活动中曾经发生或正在发生的事件，因而它是真实的、具有情境性的，它投射着教师的情感、态度和价值观，是教师建构自己对教育理解的一扇窗户。

教育中的生活史研究是以教育活动中的人(教师和学生)的生活经历为内容而开展的描述性研究，以获得对研究对象以及研究对象在教育活动中行为的深入理解。简单地说，教育中的生活史研究就是生活经历考查，这里的生活经历包含的内容十分广泛，人的思想过程、情感、态度等都可以作为研究的对象。英国的研究者艾弗·F.古德森这样表述自己的切入点：①教师原先的职业和生活经历形成了他的教学观和教学方式；②教师的校外生活，他的隐性认同和文化，可能对他作为一个教师的工作有重要影响；③教师的职业经历是一个至关重要的研究焦点。

传统的教育学将教育问题从真实的教育情境中抽拔出来而加以概念化、理论化，从而造成了教育理论与教育实践的隔离。生活史研究实际上就是把这些教育问题的学术研究放回到鲜活的现实生活中，使教育研究重新进入实践的土壤，把教育交还到它本该存在的地方——教育的生活世界当中，在教育的生活世界中领悟教育的力量，使教育具有自己独特的理论和实践生命力。因为，教育只有扎根于人的现实的生活世界，对教育生活的意义进行探询，对教师的教育生涯进行有意义的指导，教育才能对每个个体的生命成长起到促进作用。

二、个人生活史研究的意义

生活史研究在故事的运用中有着一种追求，这种追求就是不用概念、定义固定，而是用大量丰富的、实实在在的、有情节、有人物的东西让人们感受到生活本身的丰满。从事生活史研究的学者们把教育看作是"个人和社会故事的建构与再建构"，注重生活、注重生活中的故事，认为故事是一个人思考人生的工具，而生活是故事的基础……故事给生活一种特殊感，故事让我们懂得生活是什么。因此，故事是建立在生活的基础之上的。但是，故事并不被生活决定，因为它是生活的一种阐释，赋予生活一种新的、更丰富的意义。此外，生活史研究认为学校应该成为有意义的教育"情境"，即教育的"生活世界"，而不是成为制约学生的"环境"，在此"情境"中，理论和实践才能挂钩，意义和行为才能交融，人的学习才能发挥其创造性，有丰富的意义。生活史研究注重从发生过的具体教育事件及其情节中归纳出教育理念，并且，其核心和本质是在实践中实现对教育意义的探索。

它认为，只有意义才是丰富的、充实的，是人所要追求的。意义是教育现象本质的显现。人的一切活动都离不开实践，意义也只有通过实践来实现。实践并不只是一种理论的执行，更是充满了追求的表现，它伴随着人的生命所具有的一切，是意义得以实现的过程。因此，生活史研究的目的就是要透过教师的教育教学实践，挖掘出其中所蕴含的意义。

生活史与教师的专业发展息息相关。生活史不仅能促进教师的自我反思，促使教师对个人的历史以批判反省的眼光进行审视，还能使教师在反思中改进自己的教育实践，重建自己的教育生活。同时，教师也可以藉由生活史的陈述，将自己的声音作直接的呈现，主动地为自己的生活经验创造意义，生活史研究会成为转变教师教育教学观念和行为的突破口。教师的生活史是融入情境之中的，是建立在教师的生活故事基础之上的，教师不是自己经验的俘虏，这种情境化使得教师关注自己与更广泛的教育理念之间的相互影响。要理解教师的个体知识，就必须通过个人的叙事和生活史的研究来检验个体教师的经验。许多研究者也都是用生活史的方法来研究教师和教学的，认为生活史不仅仅帮助职前教师在以后的学期中使用他们自己的个人观点，而且把他们的观点暴露给教师教育者，以便后者能够设计出直接有力的解决职前教师真实想法的教育学。因此，在教师教育中使用生活史被看作能够加强预备经验效果的一种方式。艾弗·F.古德森认为，教师的行动与个人过去的生活历史密不可分。教师过去所发生的一切生活历史内容，会慢慢发展成为足以支配教师日后思考与行为的"影响史"，对教师后续的经验选择与重组进行无所不在的影响。教师专业实践知识是此种影响史作用下的产物，也是教师生活史具体化的形式，经由生活史分析理解教师实践知识，是极有效的途径，生活史可以被称为是接近教师实践知识形式与内容的一扇窗户。

个人生活史为教师的人生价值反思提供了重要的手段，它被当作开发教师反思能力的起点，教师个人教育理念的形成是与其生活史密切相关的，即教师在自己教育生活实践的历程中，形成了独特的"个人知识"，因此对个人生活史的分析与研究就有助于促进教师自我反思。只有在真实生活故事的叙述中，教师才能正确地审视自己，并在自我反思中对自己的行为获得一种解释，使教师变得自律，对自己的工作和生活负责，因而个人生活史的研究是帮助教师反思自身教育行为背后的教育观念之所以形成的重要方式。

另外，生活史可以帮助新手教师了解个人生活经历对自我发展的意义，进而能更坦然面地对现在的自我，面对所遭遇的问题与处境，并能在与他人合作反省与分析个人的生活史过程中，得到来自学校和家庭等各方面的真诚关怀与支持，以便更有勇气探索并追寻个人未来的专业发展方向。通过生活史研究，还能激发起教师对自己所从事的教育活动的自豪感和使命感，使自身获得理性的升华和精神的愉悦，从而提高教师教育行为的自觉性和示范性。

三、教师个人生活史研究的特征

生活史研究与其他的研究方法不同，研究者采用访谈的方法来收集被研究者过去经历的资料。重视研究者和被研究者的关系，确定方向之后，以访谈对话为主，对话围绕主题进行，强调过去的历史脉络，所以研究者必须对被研究者过去的社会背景、生活环境也有基本的了解，然后有顺序地勾勒出被研究者完整的生活境况。研究者依赖对被研究者生活的解读，这个过程重视主观性及整体性，通过被研究者的陈述去了解其生活故事的多元意义。生活史研究方法重视个体的主观经验、强调时间脉络的重要性和个体的特殊性。它最大的挑战就是寻找焦点或主题来引导生活史的发展，而这个焦点或主题在数据阅读和撰写的过程中可能不断地被修改。教师生活史研究注重教育情境，它强调从教师的"生活世界"出发，从教育的现场出发，从教育实践出发进行研究，主要侧重于人的内心感受的研究，研究对象可以是某个群体，也可以是具体个人。生活史研究是叙事研究的一种，具有如下特点。

(一)以质的研究为方法论

教师生活史研究以"质的研究"为方法论。"质的研究"最大的特点是：在自然情境下对个人的"生活世界"以及社会组织的日常运作进行探究，提倡研究者对研究情境的参与，直面实事……对他们的生活故事和意义建构做出"解释性理解"……。"生活史"研究正是"质的研究"运用的一种表现形式。教师的日常生活为研究者进行质的研究提供了丰富的研究素材，这种研究直面教育的事实本身，关注教师日常的生活故事，倾听教师来自灵魂深处的声音，使教师在教学中更加注意自己的教学行为，并对自己的行为进行反思，从而进一步关注对教育意义的追寻。它是能够促进教师专业发展、改变教师生存方式的研究。

(二)具体性和情境性

教师"生活史"是教师在日常生活、课堂教学、研究实践等活动中发生过的和发生着的事件，它是真实而具有情境性的，是意义相对完整的故事。每个教师都是个体的，每个教师所讲述的每一个生活故事也都是唯一的，无法复制的，而每一个故事都是教师亲身经历的事件，是来自教师实践的真实经验，因此会在教师脑海中留下深刻的印象，并在叙述中让读者感受到教师内心深处丰富而细腻的情感世界，引发出读者强烈的共鸣。这些生活故事对于教师专业成长和个体发展起着不可忽视的作用，它是教师对其生命历程的解释，在实际的教育生活中，比任何教育理论的说教更具有强大的教育感召力。

(三)注重体验

教师的个人生活史包含着教师丰富的内心体验，蕴藏着教师细腻的情感变化，反映着教师对教育意义的探索，记录着教师专业成长的心路历程……教师正是用自己个性化的独特方式赋予教育的生活世界以独特的韵味。教师生活史研究非常重视叙述者的处境和地位，关注教师当时的体验与感受，通过教师对大量有意义的教育事件的细节及情节的体验，展示出他们内心深处复杂的多面性和矛盾之处，进而探究这些事件本身对教师成长的影响与意义。

四、教师个人生活史的构成

教师个人生活史，是指教师教育教学生活的历史，包括作为学习者的学习经历和作为教师的实践经验、遭遇的关键事件、关键时期和遇到的重要他人。

(一) 回望作为学习者的受教育史

伯洛(Bullough)发现，新教师的教学行为、处理问题的方式更多受到个人过去生活史的影响，尤其是教学的第一年更为明显。同时，新教师在教室内使用的许多策略，都与个人的倾向及先前的经验有直接的关系，他们往往是按照从前自己当学生时教师如何教他们来开展教学的。劳恩斯(Knowles)认为，个人生活史不仅是教师建构时间知识的基本素材，更是教师重构其自身知识的动力来源。个人受教育史叙述与研究为教师教育提供了一种新的途径和思路，每一个教师(或即将做成为教师的)都有或长或短的受教育经历，在当学生的时候，自己的老师在用他们的知识、他们的行为、他们的思想和人格操守解释教师的角色。不当教师的人，也许用不着刻意去回忆和审视自己的受教育经历和自己的教师，而如果是要做教师，这种回望就具有了特殊的意义。这种回望是从受教育者的角度出发的，它有利于我们在教育交往对话实践中更好地移情换位。在回望中，我们将从另外一个角度去体味什么是好的教育？什么是好的教师？教师应该追求什么？等等。然后从学生的角度出发，考虑和调整自己的教育行为。也就是说，过去的受教育经历可以和应该成为教师专业发展中的一笔宝贵财富。一般而言，回望受教育的经历和事件，都要经历事件(情境)唤醒、语言再现(在这里，笔者将情境中的人物表情、体态归总为情境中的语言)、意义建构三个阶段。事件唤醒、语言再现是根据专业发展需要进行有意选择和价值明确的过程，而在意义建构阶段，教师所学的教育理论将被激活，用来解释和判断情境及情境中的语言，建构同时将促使他们形成对教育的理解，获得教育的意义。

(二) 省察教育教学实践

生活史叙述是个人回溯记录的一种重要的形式，很像是自传、日记、日志、个人故事小说。但它决不是简单的日记，因为它要叙述的是自己教育生活的成长史，反映的是教师教育行为、观念是如何建构的。当我们阅读生活史时，它反映的是教师的完整或是部分生活，无论采用的书写还是口头形式，都是被他人或他事所激发出的或是影响而形成的。正如诺尔斯(Knowles)所说的，生活史是反映在学习、教育过程中，知识偏好以及角色榜样的态度、原型观点等是如何影响教师个人经验的形成的。因此，关于教育的哲学立场、学科、课堂管理、课程取向、课外活动，以及其他一切学与教的问题，都是生活史要重点探讨的。可见，生活史主要叙述的是教师的教学经验与理念是如何形成的历史。重点可以描述为以下三个方面的内容。

1．反思经常使用的教育教学策略与理念

追忆最常用的是何种教学方法、如何使用及合理程度、选择教学方法的理念何在等，通过对常用教学方法的追溯，揭示其背后的理念、缘由及对教育教学实际的影响因素。

2．反省个人生活经历对目前专业行为与思维方式的影响

个人生活经历包括具有重大影响的事件、人物、方法、环境和个人爱好，重点分析现在的行为与想法是如何形成的、过去的生活与经历对现在的专业行为有何影响。对生活经历的不断反省，有助于正确形成自身的教学风格。

3．特定事件的描述与反思

每位教师都会有一些难忘的事件、难堪的经历、难以释怀的专业困惑，个人对这些事件的看法、同事的评价、专家的分析，都是教师获取知识的丰富资源。

(三)关于关键事件和重要他人

1．关键事件

关键事件是指来自生活史的特殊或是重大经验，它的作用是建构新的认知，刺激新的行为的形成，是促进教师实践性知识更新与重构的重要力量来源，常会通过个人主观的感受与解释理解，塑造新手教师早期的个人价值取向与信念，进而深远地影响教师的专业实践与发展。

2．重要他人

重要他人是指在教师成长过程中遇到的，与其建立相互作用关系，通过言语或行为给予其重要影响的人，甚至被当作角色模仿的。同事、学校领导或社会地位较高的人、权威人物、朋友等可能充当重要他人。下面是刘良华关于重要他人的一段教育自传。

案例 6-3：美女"王老师"和敦厚"路老师"

小学毕业后，我进了镇上的中学(施家港中学)。在中学，我遇到一位姓王的女老师。她教我们英语。王老师中师毕业(那时中师是最好的"大学"，优秀的初中生考中师，成绩一般的初中生读高中然后再考大学)，常给我们讲她在中师时，总是早起，然后躲在操场外边的芦苇丛里读英语。在我的印象中，大学就是一个长芦苇的地方。1988 年我到大学报到的第一天就去找芦苇，可惜没找到。王老师本人大概也没有想到，她说了那么一句话，竟然会成为我们考大学的原始推动力。她随意地讲那么一件生活上的事件，我们却当真。我的想象是：有那么一所大学，有那么一个大操场，不像我们中学是一个小操场。操场外面是一大片芦苇丛，一阵风吹过来，就可以看到有一群美女躲在芦苇丛里面读英语。这意味着一定要考上大学，否则就什么也看不到。王老师很漂亮，准确地说，是很有女性魅力。我坚信：能够拯救中国教育的一条基本的道路，是让很多美女当老师。我的这个想法其实是受了拉伯雷的启示，拉伯雷在《巨人传》里面就透露了修道院的规定：凡入修道院的人，均是容貌端丽、身材适度、秉性温良的女子和气宇轩昂、体格魁梧、秉性温良的男人。

由此看来，我这样说其实并不是什么过分的事情。比较遗憾的问题是，现在还有多少美女在当老师？有些女老师看上去像个老板娘，就不像老师；有些男老师看上去像个"暴发户"。一个老师是否美丽，其实也不在于身体的可观，而在于他/她的精神气质是否动人。有些人看上去比较"华丽"，可实际上不过是一个美丽的能够移动的躯体；有些人看去上其貌不扬，却有精神气质。你一眼望去，就可以断定那是一个好人。至少在我们的眼里，王老师是好老师。那时我们班里一帮男生都自不量力的暗地里喜欢她。自信一些的男生总是找借口往王老师的办公室里跑，比如，问一个英语语法问题，去交作业，或者问她明天英语学什么内容。王老师人长得飘飘然的，教学却严谨。要是谁没有完成作业，她会生气。她的口头禅是"你们这帮鬼人！"她这样的女老师一旦生气，往往比男老师更有威力。于是，我们班没有不按时完成她的作业的。既暗地里喜欢老师，又明摆着充满敬畏。这里面好像有一种神奇的力量，我们班的英语成绩总是超出别的班级一大截。后来在填报高考志愿时，我们班很多同学报考了外语系。这里面自然有王老师的原因。不过，除了王老师，还有另外一位很特别的老师也起了作用。

这位老师姓涂，男的。王老师之后，我们的英语老师是涂老师(涂老师走后，我们的英语老师是闵老师。我们很多同学现在还记得闵老师费了很多周折到仙桃市为我们购买听英语磁带的耳机)。涂老师长得上齐下齐，粗脖子，圆腰，整个身子像个吹足了气的塑料袋。他的左腿好像有点毛病，走路总是一高一低的波动。班上有几个男生一致认为绝不是他的腿有问题，而是路不平，所以背后叫他"路老师"。涂老师身体长得太圆满了，说话也就不灵巧，简直就笨嘴笨舌(他的嘴唇很厚，感觉比正常的比例大了一号)。这样的人竟然教我们英语，你说是不是很滑稽？最初他一开口说英语，我们在下面就偷偷地笑。凡是我们笑的时候，他就很高兴，认为是他自己讲课幽默的效应。他为什么自我感觉那么好，我们好长一段时间没弄明白。但在后来的日子里，我们班上几乎每个同学都喜欢上这位白白胖胖的"路老师"了。这是事实。事情也很简单。这位涂老师对我们好。也说不上究竟对我们有什么好，可是全班同学分明都感觉涂老师对我们好。比如，如果哪位同学上课开小差了，他会拿出一脸的治病救人的样子，说："哎——我讲得这么好，你不听，就有点可惜了嘛。"比如，班上有位同学上课总喜欢打瞌睡，他会走到他的身边，使劲地带着我们读英语。等到他醒了，涂老师就很满脸善良地怂恿他："快，我们正在读这一段了，跟上！"作为一个男老师，人又长得如此的厚重，对他的学生竟然如此的宽容。我们喜欢他。换了你，你如何能够不喜欢他？

(资料来源：刘良华. 教育自传. 北京：高等教育出版社，2010)

五、教师个人生活史研究的类型及其操作策略

传记式教师生活史研究可以归纳为"个体自传研究"和"合作性自传研究"两种。前一种办法比较简单，主要是鼓励教师撰写和研究自己的专业成长史。后一种办法效果更佳，但首先需要培养相互信任、愿意分享的教师专业共同体。

(一)自传

个体自传就是教师叙述发生在自己身边的教育事件和生活事件，以自己的生命经历为背景去观察世界，在自己的教育经历中逐渐形成自己独特的教育信条。这样的教育自传有着教师对自己个人经历的反思。反思使得教师对自己的行为重新加以审视，使所发生过的行为和事件获得了意义，使个人的内心世界更加清晰化，能够增强教师临场的教育机智，从而导致教育行为、教育观念的改变。当教师以类似于"自传"的这种方式叙述自己职业生活中的教育故事时，往往会比传统的教育论文更能引起读者的共鸣，更能帮助教师进行自我反思和提高自己的专业能力，更具有教育的研究价值。

个体"自传"特别关注以下四个方面的内容。

第一，自己在实践中总结出的教育教学方法以及形成的教育理念。教师往往从叙述教育教学中遇到的一种现象或个例开始，详细描述事件发展的过程和自己在处理事件过程中的内心感受。在叙述的过程中，教师会逐渐形成一种教育信念或信条，从而内化为自己的教育教学理念。

案例6-4：微笑

在我刚参加工作不久，受传统教育观念和周边老师的影响，对学生保持一种严肃的面部表情和严厉的管教，对待学生的成绩或过失，也是批评得多、表扬得少。虽然班级秩序井然，学生成绩也有所提高，可我总觉得缺少点什么。有一天我让班长和学习委员记录我一天面部微笑以及表扬和批评的次数，结果让我大吃一惊：微笑两次，批评十二次，表扬三次。我想，如果我是学生，整天坐在这种气氛的班级里，学习的积极性能高吗？能快乐起来吗？所以我开始尝试以微笑面对学生，努力从学生身上找各种优点，哪怕是一点一滴。这些年，我教过的学生和我都有一种朋友式的师生关系。当老师寻找并发现别人优点的时候，也在教育和提高着自己。

(资料来源：曲中林. 结"伴"成熟：教师专业发展无极地——个案叙事描摹专家型教师职业智慧的生成.

上海：教育理论与实践，2006)

在发现问题和解决问题的过程中，教师的教育观念发生了质的变化，教师的角色定位也随之转变，他不再追求那种权威地位，而是热衷于形成一种民主和谐的教育氛围，让学生学得轻松，学得快乐。

有的自传是从一堂课入手，反思自己的教学行为，形成一种新的教学思路或模式。

案例6-5：棋艺

《棋盘与战场》实际是我教中国历史第四册《蒋家王朝的覆灭》这一课遇到的问题，由于这一课的容量大，我将整节课设计为两大模块。第一大模块为师生互动平台，目的是让学生全面感知历史。采用多媒体教学方式进行，老师按照课文内容逐个讲解并演示战役情况，中间有提问，有学生的回答，课堂气氛较好。第二大模块为学生军事指挥才能展示平台、评论平台。目的是通过学生的亲身体验，对《蒋家王朝的覆灭》加深理解，从而巩固所学知识。最后通过评论，培养、提高学生的辩证思维能力。

进行到第二大模块时，本以为学生会充满兴致，我满怀期待地说："请你来当军事指挥家，请你指挥这场生死攸关的战争。"(学生们一片沉寂)

课堂气氛顿时沉闷。小组推选的指挥官勉强到讲台上利用我课件中的示意图进行模拟指挥，战役的方位、起止、主要军事人物都混淆，语言表达模糊而且干涩。我心中一急，马上调整了教学思路。在调整的过程中，有学生兴奋地说那黄河好像棋盘中的界河——楚河，当时一机灵，何不从学生熟悉的棋艺入手？

(资料来源：蒋自清：《回想"棋盘与战场"》)

教师从一次教学机智中发现，自己的教学设计要尽力贴近学生的兴奋点，要用好学生熟悉、感兴趣的话题来为课堂营造活泼、热烈的氛围，让学生敢于参与、乐于参与。

第二，职业生活经历对目前职业行为和教育思想的影响。职业生活可以包括个人生活、具有重大影响的事件、人物、方法、环境和个人爱好。比如下面一则自传案例，可以从中看到关于朱利达的故事。这个故事与朱利达 17 年前的一次令她痛苦而难忘的教学经历有关，那时，她的教师生涯刚刚开始，她却在一个市中心的班级经历了失败。

案例 6-6：逃离童年：长大

1985 年 9 月的第二个星期，校长 S 先生通知我，幼儿园小班由于报名人数太少，需要重新组织，我不得不在午餐时间去另一所学校。尽管这意味着我的"自由"时间减少，我还是很高兴，我终于可以不再沉溺于我在 T 学校为自己营造的舒适的小窝了。我把这半天看成是一个过渡期，在这段时间，假如我能了解一些新学校的复杂情况，那我就会获得一种认知上的愉悦。

那一天，我满怀希望，情绪高昂地驾车驶过了麦考桥。终于离开了 T 学校，我感到特别高兴，特别兴奋。那座桥，成了我放弃过去，面向未来的交叉点和连接点。唉，要是我知道等待我的将是什么，那该多好啊！

17 年前的创伤性经历是在长久等待的下课铃声终于响起时发生的，当时三四岁的孩子闹成一团。我努力使他们安静下来，一会儿去追这个，一会儿去追那个，结果全是白费力。我不记得我们是怎么进入课堂的，清楚记得的是一个长着明亮眼睛的小男孩站在我面前。当我镇静地坐下来并努力使自己看上去很端庄时，他纯洁地看着我，一只手迅速地撩起我的裙子，另一只手指着裙子底下，大声问道："下面是什么？"我惊恐极了，霎时间全然忘记了一直接受的宽容观念，忘记了自己应该表现出宽容和忍耐。我已记不清当时我是怎样处理那件事情的，留在记忆中的只有深深的失败感。我现在想知道，是不是我在那天的经历，导致了我过去持续一年的痛苦。

由于那一个下午的大多数事情现在已变成下意识的了，我决定查阅我那一天的日记。我感到奇怪的是，日记中没有反映出我在思考那个下午的事件时有什么惊恐。这对我确实是一件神秘的事情，尽管我认为无法找回记忆可能与 17 年前我的创伤性经历有关。隐约可见的伤痕被掩盖在温柔而镇定的神情之下，我呈现给别人是一副"快乐的面孔"，但是羞辱感从未消失过。

我的和平之河梦想着……可是只是一个梦！美丽的梦想并没有激起我的兴奋，当我每天下午经过麦考山时，我的心中充满了恐惧和无望。这一点你只有经历过失败才能理解。

(资料来源：康奈利，克兰迪宁. 教师成为课程研究者(经验叙事). 刘良华，邝红军，译.
杭州：浙江教育出版社，2004)

第三，有趣、难忘和难堪的事件，挥之不去的困惑，理想与现实的矛盾。每位教师都有有趣、难忘和难堪的经历，都会遇到难以解开的专业困惑，每个人都能够或多或少听到同事对自己的看法和评价。对这些困惑、矛盾的分析，有时会获得在专业成长中最宝贵的财富。下面这则教师的自传就是对自己成长历程中同事间微妙关系的反思案例。

案例 6-7：竞争与合作

在我刚走上讲坛的时候，为了适应工作的需要、尽快成为一名合格的教师，我虚心请教其他老师，也获得了同行诚恳的帮助，所以我的教学技艺、业务能力提高得很快，我很庆幸。可自从我成为合格的教师，以致被评为优秀教师以后，人际关系变得复杂起来，帮助我的人少了，甚至没了，我的专业发展受到了限制，甚至打击。我慢慢体会到，新手教师容易获得别人的帮助，而一个合格或优秀教师，即使排除态度问题，如果没能帮助别人，想要获得别人的帮助就有很大的难度。优秀教师的优秀是相对的，优秀教师没有发展的终点，教师的教学行为没有最完美的，只有更完美的。传统意义上的"导师制"虽然影响了年轻教师的专业成长，不能忽视资深教师的"领头"作用，但青年教师不竭的动力、青春的朝气、创新的思维、改革的设想，永远是教育发展的优质资源，是资深教师应该学习的。这些年，我不断反思自己，向年长教师虚心请教，向年轻教师虚心学习，与其他教师共同成熟。

(资料来源：曲中林. 结"伴"成熟：教师专业发展无极地——个案叙事描摹专家型教师职业智慧的生成.
上海：教育理论与实践，2006)

这位中年教师以一颗坦诚的心来叙述自己的经历、周围人的心理变化，在反思中不断完善着自己的人格，不断形成自己的健康心态。

第四，对未来职业发展的观照。在了解了自己的教学风格、类型和专业发展脉络后，教师可以依据这些显性化了的知识，对自己的特点、倾向、优势和需要加强的领域有明确的把握。像下面这则自传，通过自己的人生感悟，展现了人过中年之后，教师对自己以后的职业发展方向的把握。

案例 6-8：转折

我可以把这 30 年划分为五至六个阶段。最初的几年，大概在早期的五年之中，我在困境中前进，设法把事情弄清楚。有些事情我做得很好，其他的事情却是一团糟。但是，这个时期我在积累经验，所以才有这种困难中挣扎的感觉。然后，我在 1975 年第一次上写作课，在 1979 年获得了第一个荣誉。1975—1985 年是我事业的鼎盛时期，我从内到外都有无穷的力量。我只是在不停地寻找新事物、新的材料，构建新的思路，尝试新的办法。这是一个伟大的时刻。

1985—1986 年，我进入了一个真正的对自己的能力完全自信的阶段，我觉得自己拥有了可以随心所欲地使用和支配的力量。我变成了一个更加严格的教师。我给学生留 15 页的学期论文，学生需要阅读一个作者的 5 本小说，进行传记和批评研究，撰写并讨论文章。对于一个非常严格的作业，我知道如何教并且让学生完成。我想，那个时候我成了专家。这个时期的教学可能比中期阶段的教学更有意义。但是，至于我真正在教什么，或者学生在学什么，以及他们获得了多少能力，我很少去注意它。我想这第三个阶段应该是我最有技巧的阶段，也是我教给学生东西最多的阶段。

(资料来源：艾弗·F.古德森. 专业知识与教师职业生涯. 刘丽丽，译. 北京：北京师范大学出版社，2007)

(二)合作性传记

合作传记是让教师写关于包括当时工作现实描述、当前教育学和所用课程的描述、对过去个人和专业生活的反思的个人综述，以便促进对现在专业的思考和行动的理解。这些综述以小组的形式来做，为的是让个体倾听能够激发自己思维的别人的自传。

合作传记是提升教师课程批判意识的重要途径。合作传记能有效促进教师的自我了解，形成共同体意识。在个人发展方面，它重视教师的声音及观点的自由表达，可以让教师获得应有的专业地位与尊严，从而建立起自信心与教学效能感；在社会发展方面，它能够突破教师的专业孤立，发展出相互支持与合作的团队与学习共同体意识；在专业发展方面，它可以通过分享经验与方法，使教师发展出更有效的教学策略，并反思自身的教学实践效果。分享性互动能让教师感知到自己的专业声音与观点，激励教师更高的专业意识，提升自信心，以及从中学习到有价值的替代性经验，甚至批判、反省自己的经验。教师通过与同事之间的专业交谈，特别是对于课程实施之后的感想的分享，从而促进其课程批判意识的形成。而且，通过合作传记，使教师有机会从其他教师身上获得专业知识学习和心理上的支持，减轻教师孤立、无助的感觉，它让教师与同事分享专业的感受、经验与体悟，或是在对话交往中产生冲突与矛盾，从而共同合作，一起探寻专业发展的途径与努力目标。

案例 6-9：学会倾听

似乎，在聆听与倾诉的过程中，有一种感觉：与其说是我们在研究于老师，不如说我们是最好的听众更合适。也就是在这次研究中，我们越来越深地体会到，一线教师的内心深处涌动着这样丰富的情感。其实，每个人都有一种诉说的愿望，只是在日积月累的繁杂工作中，他们缺少这种诉说的对象，久而久之，他们也会忘记自己的这种愿望了吧！我们在以往的研究中或多或少地忽视了去倾听她们的声音，事实上，因为教师职业工作的特殊性，她们的声音已经不仅仅是自己的声音了，而是深藏着的满天下的芬芳桃李故事啊！可惜，以前，我们并不懂得去倾听他们的诉说，并没有给他们这样的一个机会！或许，在聆听与倾诉的过程中，去感受和体验教师的生活，这才是研究的价值所在。

在这则教师传记中，我们可清晰地看到合作传记对教师专业成长的价值，清晰地听到教师专业成长的声音。

合作传记的实施通常包括六个步骤：成长团队的组成、自传的叙写、合作的解释性分析、分析出个人理论发展的影响来源与过程、拟订未来的专业发展计划、实践反省与分享新建构的个人专业实践理论。

教师们以年级组为单位成立了专业发展小组，共同诊断、矫正本年级教师职业生活和学生学习生活中存在的问题。这个专业发展小组就是一个成长团队，团队成员可以深入到各自的职业生活中去观察、体验，发现问题并以传记的形式记录下来，然后小组成员交流探讨，以改进教育教学实践。

教师也可以将自己的某节"课堂教学"叙述出来，使之成为一份相对完整的案例。为了操作的便利，可以配合"集体备课制度"和"公开课制度"(或称之为"研讨课制度")。教师在课前以"集体备课"的方式提高教学设计的科学性；课后以"集体讨论"的方式发现自己的教学收获与教学遗憾，然后教师个人将自己的这节"公开课"(或称之为"研讨课")相对完整地记录下来，使之成为一份"课堂教学实录"。我们可以将这个过程形象地称为"用钢笔录像"。这样就做好了合作传记的前期准备：集体备课—集体听课—集体讨论—个人叙事。

但"用钢笔录像"只是合作传记的第一步，这一步使"合作传记"仅仅落实为一份"课堂教学实录"。由于"课堂教学实录"很难反映教师的"反思"以及"反思"之后所引起的"教学改进"与"教学重建"，所以，教师可以"夹叙夹议"，将自己对"教育"的理解以及对这一节课某个"教学事件"的反思插入到相关的教学环节中。教师可以用"当时我想……"、"现在想起来……"、"如果再有机会上这一节课，我会……"等方式来表达自己对"教学改进"、"教学重建"的考虑。这样教师就可以将自己对本节课的感想"插入"到课堂教学实录中，将自己对整个教育或相关教育理念的理解"涂抹"到相关的课堂教学实录中。这是第二步：教师形成了个人传记。

第三步是将个人传记分发到成长团队成员手中，让他们自由抒写感悟、体验。下面就是这样的一则案例。

案例 6-10：精彩观念的诞生

正在这时，突然有一个同学站了起来，"老师，我觉得他们说得不对，苹果、桃子有什么不好？它们既好看，又好吃，我觉得它们比花生要好。我们应该做既讲体面又对别人有好处的人。"

(旁批：基于真实的教学情景，一个教学冲突出现了，这成为我们这个叙事报告的核心部分，因为如果没有它的出现，我们的课堂就和平常的课堂相差不大，有了故事冲突才引人入胜)

教室里一下子安静下来，我的心里也一阵紧张，下意识地从讲桌上摸起了教师用书(我一般是不看教师用书的)，我快速翻到《落花生》这一课，书上不也正是这样吗？赞美花生的实用、默默无闻，不是只讲体面。

这时，又有几个同学说道："老师，我也是觉得花生不如苹果和桃子，它们既体面又实用。我最爱吃了！"

"没想到竟然发生了这种事，多少年来都是赞美花生的默默无闻，怎么这里又成了苹果和桃子好呢？怎么办？"我暗暗问自己。

(旁批：这样一个平时没有想到的问题居然引起那么多同学的共鸣，作为老师，根据课堂情况进行了及时的反思，这样的一个心理过程，在叙事报告中写出来是很重要的，就相当于把我们的隐性认识显性化，大家可以一起分享了)

"但是大家说得也对啊，苹果和桃子就是既好看又好吃的食品，这没有什么不对啊！这可怎样引导呢？"

(旁批：疑问？怎样引导？呵呵，看到这里，我也想知道，怎样去引导)

我又想：先像花生那样做一个实用的人，然后再做到既将体面又实用，不是更好吗？

于是，我对大家说："刚才这些同学说得很好！苹果和桃子是既好看又好吃，但是课文里面并没有光赞美花生而贬低苹果和桃子，我们做人，首先要做花生那样实用、不求外表，然后做到既讲体面，又对别人有好处更好！"

(旁批：通过"首先"到"然后"就把这样一个棘手的问题差不多解决了，嗯，是个好主意)

最后，我让大家把学了本课的感受写在日记本上。

下午刚上班，语文课代表就把日记本送到了我的办公室，我翻开一本，上面写道："学了这篇课文，我觉得我们应该像花生那样实用而不炫耀自己，但我们更应该像苹果那样既好看又好吃，做一个既讲体面而又对别人有好处的人！"

(旁批：教学的成果在学生的日记中得到了体现，我想这将是对教师最大的鼓励)

我飞快地用红笔在上面打了一个大大的"优"，接着又翻开了第二本。

(旁批：本篇叙事报告充分采用深描的手法(就像我们照相来个特写一样)，把整个教学过程和气氛展示在我们眼前，这便是一个成功的叙事报告，其中并不需要什么大的道理和一些教学原理，这些都不是通过教师口头说的，都蕴涵在整个教学过程之中，教师在处理突如其来的学生问题的时候，采取的策略，积极地进行反思，都已成功地贯彻了新的教学理念和思想。

通过这样的教学反思，我们可以发现我们新的教学研究问题，比如：学生对花生和苹果的认识的转变(和我们以前学习时相比，我们并没有想到说我们也要体面)，这个转变是不是从一个侧面反应了时代对学生的影响，而这种影响还有很多很多。我们教师是不是可以进行研究？

如果从另外一个角度来看待这个问题的话，我们又可以发现：现在的学生越来越能表达自己了，勇于表现自己了。这些都和什么有关系呢？可能与学生性格、所处的家庭环境、任课老师当时对此的反应……这个问题恐怕又需要我们去研究和探讨了。可见，生活中不是没有研究的主题，处处都是，就看我们怎么去挖掘，合作传记为我们提供了擦亮慧眼的机会！

成长团队的教师以"旁批"的形式对个人传记(经过"插入"、"涂抹"的课堂教学实录)进行了解释性分析，同时参照别人的传记对自己的教学实践进行反思，使这篇合作传记重新建构起教师个人专业实践理论，相信在团队教师的分享中一定能给人带来更多深刻的启示。

(三)个人生活史研究评析

生活史研究以当事者的叙说与解释为主轴，重视个体的主体性。它提供个人一生的过程资料，说明事情发生的内部机制，使得他人能够了解当事者与其生存时代历史的关系以及社会脉络的影响。这些特质使得生活史研究成为探究个人内心世界与生命经验的合适方式，但生活史研究也有其局限性。首先，只能获得部分的生活经验，获得的数据比较片面；被研究者在做口述时是否真诚地提供数据将个人经验以叙述的方式讲述出来，是否会受到语言的限制；被研究者与研究者之间、被研究者与文本之间、文本与读者之间都可能产生脱节现象而失去真相。这是生命书写的考验，也是最具争议性的地方。其次，生活史研究取样数量少，在推论上有其限制。最后，做研究不但要讲科学，也要讲伦理，不讲伦理的研究者，连研究的科学性都会失去。生活史研究的价值之一是个体真实、忠诚的报导自己的生命历程，因此鼓励被研究者真实公开自我就显得相当重要，就某种程度而言，参与并鼓励某人公开自我是一种隐私的入侵。因此，研究者须小心处理公开过程的伦理性和掌握个人私密资料的程序与道德原则。

本 章 小 结

20世纪70年代以来，教育科学领域发生了重要的"范式转换"：开始由探究普适性的教育规律转向寻求情境化的教育意义。正是在这种"范式转换"的背景下，本章试图通过对教师生活和工作的体验研究而更好地理解教师的活动和各种现象。教师生活和工作研究为教师专业发展提供了新的现实依据和价值取向，对教师专业能力的提高有着促进作用。教师专业发展的理论与实践中日益频繁使用的生活、情境、意义、理解、建构等话语，都与生活和职业生涯研究的叙事、生活史有着密切的联系。本章从教师生活和工作研究的含义与意义，国内外教师生活和工作研究状况，教师叙事，教师个人生活史四个方面对教师生活和工作研究作了系统、全面阐述；本章的难点在于教师叙事和教师个人生活史两种教师生活和工作研究方式，以及对教师教育的意义，特别是教师叙事和教师个人生活史研究对教师专业发展的意义。本章对以上两个方面都做了较深入的阐述。希望读者在学习过程中能够理论联系实践，从分析案例出发来深入探讨教师生活和工作研究的意义，这对教师教育重构的思考将带来深刻的洞见。

复习与思考题

一、名词解释

1. 教学研究的心理主义

2. 前意识经验

3. 传记

4. 集体传记

5. 情境

6. 叙事

7. 个人生活史

8. 关键事件

9. 重要他人

10. 专业自省意识

11. 专业自我认同

二、请同学根据本章引导案例描述的故事，并结合本章中的内容，分析影响 W 教师职业生涯失败的(中途逃离了教师岗位)各种因素。

三、谈谈你对教师生活和工作研究含义、意义的理解。

四、谈谈你对国外教师生活和工作研究的现状和趋势的理解。

五、写一个过去中小学阶段对你产生了重要影响的关键事件，并试着分析该事件如何影响了你现在对教学、学习、教师、学生等的观点。

六、阐述教师个人生活史的构成及其研究意义。

【实践课堂】

请阅读下面一段文字，然后就当代教师生活和工作的状况联系实际发表你的看法，以此增进学生理解、反思当代教师生活和工作的状况，增强学生阅读、叙述交流能力。让课堂听到来自学生的"声音"。

马丁·朗(Lawn)曾经写过一些关于教师的传记，以及关于英格兰和威尔士教师的工作是如何被快速调整的文章，其影响颇大。他认为，教师的工作已经从道德责任转向了狭隘的技术能力。简言之，教学已经大大缩小了其道德范畴和专业评判的范围。他是这样总结如今的这些变化的：

许多教师在传记中把教书描述成对课程的要求承担责任的职业道德与履行课程职责的行为，它是一项实在的职责，而不是课程所要求的教学工作，不是一项教学任务。第一次世界大战后，课程责任逐渐向中小学转移的做法，是战时教育衰败的结果。教师在教育福利和战后重建上起到了重要的、推进民主的作用。这段时期内，专业自治是作为一种理想来加以推崇的。随着战后各种同盟的解体，以及社团主义被撒切尔主义所瓦解，教学再次遭到贬低，在政治及管理层面参与受到制约。教学被贬低为一种"技能"，包括聆听教学计划会议、指导学生、备课以及教学总结等重要的活动，教学要在管理的规范下变得更有"效率"。其实，这只不过是为了使教育政治化，把教师变成教育工作者。如此，课程就变成了督导教师技能的工具。

【推荐阅读】

1．[加]马克斯·范梅南. 生活体验研究——人文科学视野中的教育学. 宋广文，等译. 北京：教育科学育出版社，2003

2．[英]艾弗·F.古德森. 专业知识与教师职业生涯. 刘丽丽，译. 北京：北京师范大学出版社，2007

3．周淑卿. 课程发展与教师专业. 兰州：甘肃文艺出版社，2005

4．[美]利特·麦克劳林. 教师工作. 王庆钰，编译. 兰州：甘肃文艺出版社，2005

第七章　教师教育中的案例分析

本章学习目标

➤　专业教育与案例分析。
➤　案例分析价值、类型。

核心概念

案例(Case)；　案例分析(Case Study)；　教师教育(Teacher Education)

逝去的纯真

本案例由一名实习教师编写。在刚开始教学的最初几个月内，她没有准备好去解决她所遇到的课程和管理的问题。

许多新教师都会自信地认为自己已经熟知班级的运行。毕竟，自己已经在学校待了 17 年。然而，只有当自己站在讲台上，我才知道教学工作多么复杂和艰辛。和其他新老师一样，我很早，并且非常痛苦地知道，这个职业中一门未被欣赏的艺术就是课堂管理。

我出生于美国科罗拉多州的一个乡村小镇，并在伯克利大学获得农学学士学位。我很喜欢我教六年级生态学和成人代数的经历。这段经历促使我喜欢上了教师职业，于是我于 1988 年参加了一所私立大学的教师职业认证项目。那个时候，我还不了解教育高中学生每天要面临的智力和情感挑战，也没预料这个职业将会促使我进行反思、改变。

现在，我知道我对权力和权威的复杂认识影响了我早期的课堂管理策略。我不喜欢指挥他人，我希望我的高中学生能够和我的大学同学一样：充满激情，自觉主动学习。如果学生有更有意义的事情要做，比如，和朋友出去逛街，那么为什么强迫他们学习科学？我可以认为我的课堂对他们来说比和朋友一起玩乐更重要吗？我的脑子里充满了理想主义的想法。我认为我可以把课堂变得快乐有趣，那样学生就会认真听讲，不会捣乱。然而，我大错特错了。

我是一名实习教师，我在一所坐落在富足的加州北部的高中讲授地理，地理是一门选修课程。它不同于学校的其他科学课程。它的班级由各年级的学生组成，有的学生已经学习了高级的科学和数学课程，有的学生讨厌科学，选修这门课程只是为了获得学分。大多数学生聪明伶俐，有些优秀的学生能够很快掌握课堂知识，当有些低水平学生缺乏兴趣充满困惑时，他们就感到厌倦。一些骄傲自满的17岁左右的男生成为我课堂管理主要问题的来源。

地理课最初进行得比较顺利。在九月初，我们共同制定了一些书面规则，强调老师和同学之间以礼相待。我认为我已经通过了学生们对我的考验，事实上，学生们对我的考验还没有开始。

我的书面规则和学生的实际行为的效果截然相反。当我指挥班级的时候，我会感到不舒服。学生知道我不喜欢指挥班级。我记得在九月末的一天实验做完后，我想重新召集全体同学，但却无法召集他们。学生们并不听从我的指挥。我就像一个怀疑自己迷路的司机一样，自己不断否认自己迷路，不断加速，希望找到熟悉的路段，而不是下车查看地图。

我固执地坚持自己的管理政策，直到有一天我的教学督导看到我的境况。当我在教室前面大声讲课的时候，学生们却不安心听讲，嬉笑打闹。书本、零食在教室里飞来飞去。我的教学督导告诉我，他支持我，愿意帮助我处理这些捣蛋的学生。他对我课前引入的方式表示不满，还为我勾勒了一份专制的纪律规定。由于受到教学督导的否定，我感到无比生气——对我自己和我的学生。我用了一周的时间修改我的规则，给家长写信，设计了许多测验和作业。更为有趣的是，我查阅了报纸，想看看有没有去欧洲的单程飞机票，心想如果失败，就离开这里。

在接下来的一周，我的教学督导继续观察我。他记录我每天上课的时间。周一，班级进行一次小测验，在允许离开教室的铃声奏响时，只有一名学生坐在座位上。于是我用10分钟的时间表达了对他们行为的不满，然后关上灯沉默了两分钟。我向他们说明了我的新规定，解释了专制性的纪律、消极的口头参与点、父母的报告、留堂等一些惩罚性措施。我的教学督导认为我的那段演讲过于父母化，我也认为他的评价是正确的，我一直以来深受父母权威模式的影响。

一段时间以来，我一直整顿我的课堂。我上课时严厉地看管我的学生，每次课后布置大量的作业。一旦有学生扰乱课堂，就把他的名字写在黑板上。如果第二次扰乱课堂，就让这个学生留堂15分钟。我的管理策略使我失去了17岁的高中生的信任，同时我的专制角色也将我的不自信彰显无遗。我的教学督导每日对我进行观察令我心烦气躁，我开始怀疑我能否坚持到学期结束。

在热情周，我的大学督导开始观察我的教学。由于心里感到很快乐，我的教学进行得很顺利，学生们也喜欢学习第三部分的矿物勘探知识。我深入到学生中间向他们指导学习技巧，赞扬他们的漂亮衣服。在我与教学督导简短谈话中，他建议我让学生在我的课堂上做笔记，记录下我讲授的内容。他认为我现在看起来比以前舒心多了，并且展示了很多自我风格。我认识到，享受课堂生活比与学生对峙的方式更能产生良好效果。

在以后的几个月里，我观察了其他老师的教学，希望能够获得一些班级管理的技巧。我发现了多种迥异的风格。另一名地理教师不拘泥礼节，他的课堂多采取演讲和讨论形式，学生们回答问题不需要举手。这位老师能够快速、幽默地处理学生的捣乱行为。他以非常有吸引力的外表和充满活力的教学方式把整个课堂秩序维持的井然有序。一位化学老师通过严格的课堂计划和保持忙碌的学习状态维持课堂秩序。一位体育老师就像钟表一样按部就班地进行讲课。这些老师唯一的共同点就是能够维持班级秩序、保证课堂学习效率。他们选择的管理风格与他们的个性、学科和学生相适应。

我放弃了专制纪律的规定，开始寻找适合我的班级管理风格，最后我掌握了班级的控制权，但付出了沉重的代价。学生不再对我尊重，也不再热爱地理学。那次经历让我感受到损失是必要的。在班级管理过程中，我逐渐放弃了对班级的理想主义的期望。现在我知道，高中学生不会主动、自觉地对我或我的教学计划感兴趣。他们内心世界有属于他们自己的事情，其中包括挑战权威。我不能简单地呈现我的教学内容，向他们"兜售"我的教学内容。

我也逐渐失去了我的幻想。我本希望学生把我当作一个知识渊博，能向他们展示学习乐趣的朋友。当他们扰乱我的课堂时，他们也破坏了我们的友谊，伤害了我的感情。我开始懂得要想有效管理班级，就应该把自己看作能自由地使用权威的成熟成人，用这种身份去和学生交往。

(资料来源：舒尔曼. 教师教育中的案例教学法. 郅庭瑾，译. 上海：华东师范大学出版社，2007)

案例分析：

这个案例对于职前教师和新老师来说是非常有益的。这个案例为教师教育者提供了一份高质量的讨论素材。它是一个很好的范例，因为它反映了许多理想化的教师所面临的问题。这些新教师或多或少地在他们的案例中认为，良好的教学取决于对教育的投入和知识掌握的充分性。正如该案例的作者在案例开头所写的："我认为我可以把课堂变得快乐有趣，那样学生就会认真听讲，不会捣乱。然而，我大错特错了。"

总之，该案例为我们展示了案例分析在教师教育中独特的价值。

第一节　专业教育与案例分析

一、作为专业教育的教师教育

约翰·杜威(J.Dewey)在《教育理论与实践》(1904)一文中，首先把大学的教育学院视为同医学院和法学院一样的专业学院，把大学的教师教育视为同医生、律师的教育一样拥有专业教育来构想。他列举了医学院、法学院等专业学院的三个显著特征：一是在专业学习之前要求学科知识的武装；二是在专业学习的核心部分开发"应用科学技术"的学习；三是提供集约性、典型性的实践，而不是概括性、细枝末节的实践，组织实践性的"准专业学习"。那么教育学院教育要符合专业学院的这三个特征必须做到：第一，学科教育(教养教育)是专业教育的前提；第二，专业教育的核心是开发专业原理与技术教育的课程；第三，专业教育的基础是实践性、临床性经验。上述三者是教师专业教育课程的基本构造。

从上述专业学院的特征可以看出，专业教育譬如医生、律师、经济师等的核心问题是如何有机地整合理论与实践的关系。专业学院的专业教育特色方法案例分析就是解决理论与实践关系问题的有效方法，因为案例分析同时满足了上述的专业教育的第二和第三个特征。

从专业学院诞生以来一个多世纪的时间里，专业教育始终建立在两个原则之上：一是将案例分析作为专业教育的传统的基本方法原则；二是把长期的临床研究与实践经验作为专业教育根本的原则。即使历史发展到今天，也是必须和有价值的。

但令人遗憾的是，一个世纪过去了，教师教育的现状同当年杜威的构想依然相差甚远。教师教育依然没有达到同其他的专业教育同等的教育阶段(专业教育在研究生阶段进行)，专业教育的两个原则也没有在教师教育领域得到普及贯彻。作为专业教育原则之一的案例分析，仅仅在零星的部分学校得到实施，远没有得到普及。作为专业教育原则的临床研究与实践经验同其他专业教育相比，无论从量上还是从质上来看都是严重不足的。也就是说，杜威一百多年前构想的教师教育作为专业教育的课题至今仍是空中楼阁。

本章旨在探索教师教育中的专业教育的模式，探讨案例分析在教师专业教育中的可能性，明确作为专业教育的教师教育的未来变革的方向。

二、什么是案例

从广义上讲，事件、故事或者课文都是属于同类范畴的事例。总之，它是关于某些事物的案例，它与简单的趣闻或简介相比，要显得更为周详。无论是多么感性和不正规，每个案例都有自己所属的类别或类型。既有间接转述的案例——一种纯粹的理论类型，也有学生在课堂上使用日常用语讲述的案例。因此，把某一事物称之为案例，事实就是把其作为某类事件的组成部分来对待。在帮助我们认识到案例叙事以外的更多特性时，这种定义也引起我们对其价值的注意。案例的价值就在于具有再认识和多重表征的潜力。

从狭义上讲，案例就是理论课上的实例。这些案例运用特别地具有启发性的方式，指向更为普遍性的原理与情境。但是，即使是典型案例，在新的环境中其功能也会发生改变。同一个案例今年可以作为一种判断的前例，到了明年可能变成另一种完全不同的决定。

在那些以往的教学传统中，例如在商业学院的一些课程中，带有疑问和内容不完整的案例容易触发学生的分析和探讨，这些案例通常是一些危机事件或是未解决的紧张态势。这些案例在需要作出决定的时候结束，并附带一个问题"你该怎么办？"。这些案例大都倾向于危机管理、问题解决和决策活动方面。不过专业人员还要学习一些常规性管理和处理可预见性问题的案例。

除了上述从内容方面对案例进行界定以外，还有一系列案例的术语表征，如下。

案例素材，是用于建构案例的第一手资料，有的是由原作者编写，有的是由第三方编写。案例素材可以是传记、日记、个人信件、学生作业样本、录像带、观察记录、访谈记录等。

案例报告，第一人称叙述，报告是根据某人自己的经历、活动和理解撰写而成的。只有当案例作者是当事人时，我们所阅读的报告才是案例报告。

案例研究，是第三人称叙述——人类学家描写的"田野志"，心理学家撰写的心理实验，教师讲述的一个孩子的故事。甚至当作者是这一事件的重要当事人时，而焦点明显是另一个人的故事，我们称之为案例研究。

教学案例，是原创报告，案例报告和案例研究是为了教学目的而改写、编辑的。用于商学院教学的案例一直都属于这一类别，它们通常是人们根据广泛采集的案例素材改写的，有时候也会补充一些当事人的案例报告和访谈内容。教学案例的篇幅不限，可以是用于医学教学非常简短的临床简述，用于道德规范教学的篇幅更长的叙述故事，还可以是商学院使用的多个章节的商业报告。教学案例通常都是基于真实事件，但是在某些领域中诸如道德规范，教学案例可以是为了说明道德的两难困境而虚构的故事。

案例教学法，是一种教育学方法。在商学院，案例教学法类似于学生高度参与的苏格拉底式的互动。通过阅读带有论评的案例并进行反思，案例教学法也可以为自学人士学习之用。

案例手册，包括案例报告、案例研究，或者是基于特定目的精选、排序、组织和点评的教学案例。编写案例手册的方法可以说是多种多样的。教师教育案例手册可以采取多种多样的组织形式。案例手册有的关注的是教学难点问题，有的关注的是教育学科的教学目标。案例手册的编写成为一项重要的学术活动。要根据案例手册的不同主题搜集、评注并且组织典型案例，法学院的教学经常会使用这些案例。

案例课程，是描述课程或者整体计划，这些课程和计划都是以案例或案例手册的运用为主要内容。许多医学院、商学院、法学院所开设的课程都是案例课程的范例。

三、案例的内容要求

让学生阅读的案例(材料)必须具有足够的复杂性，必须具有可供选择的看法和视角，必须具有相当不同的观点和反对意见，从而体现学习团体在讨论中投入精力的价值。

为达到上述目的，案例的内容应该怎样呢？当然案例应该有叙述，一个故事，在特定地点随着时间推移而展开的一系列事件等。总体而言，案例的叙述要有如下一些共同的特征。

第一，叙事要有情节，事件的起因、经过及后果。叙事可以包括能以某种方式予以化解的戏剧性的紧张状态。

第二，叙事明确而详细。叙事过程并非是一般性的陈述或者是故事梗概的说明。

第三，叙事将事件置于一定的时间和空间框架内。这些故事非常精确和本土化，也就是说，故事的地点和情境都是特定的。

第四，行为或探究叙事揭示了人的心灵、动机、构思、需求、误解、挫败、嫉妒、过失的活动过程。人类的行为和意图是这类叙事报告的核心内容。

第五，叙事反映了事件发生的社会和文化背景。

所以案例从内容上来看，至少有两种有助于学生学习的特点：叙事形式和包含时间与地点的情境化状态。从专业角度出发，案例可能更具有可信性，与专业更有直接的关联。下面将从专业教育角度来探讨案例分析的起源等问题。

四、案例分析的起源

案例分析的课程教学方法产生于"专业学院"的诞生，自此，案例分析成为专业教育中理论与实践关系的交汇点，并由此成为专业教育的基石。

1869 年，担任哈佛大学校长的查尔斯·埃利奥特(C.Eliot)将专业教育从普通教养中分离出来。他要求创建 4 年制的教养教育的哈佛学院，这种学院教育包括近代学科在内的"所有知识"。同时推进教育改革，把以往处于边缘的从事专业教育的系——法学系、医学系的地位提高，加强其教育质量，由此开启了美国式的近代大学与专业教育系的先河。

1870 年，克里斯托弗·兰格德尔(C.C.Langdell)就任哈佛大学的第一任法学院院长。法学院首先开设了任何学年皆可入学的两年制课程，兰格德尔的设想在于研究生阶段实施法学教育，很快延长到三年制课程，不久就提升为研究生阶段的专业教育。

在法学院成立之初就充分体现了专业教育性质的课程是案例分析。从单纯的教授法则、原理转变为探讨具体案例的教学方式。案例分析课程教学的设置，也正是为了加强法学教育的学术性与实践性。案例分析课程被认为是谋求学术理论与实践中的问题所结合的最有效的途径。兰格德尔把"判例分析"作为法学专业教育的核心方法，是大学式的专业教育。

事实上，案例分析课程是学徒制法律学院创新和广泛应用的课程，并非兰格德尔首创，他的贡献在于将案例分析课程提升到科学系统的法学教育核心课程的高度。他认为，法学是科学，是根据一定的原理与学说构成的，倘若它不是科学，只能是学徒制的教育了。案例分析课程能担当法学科学化的重任，也就是把判例作为素材，系统地教授法学原理与学说的课程教学方式。这种案例的选择的依据是清晰体现了法学原理与学说的法庭陈述或辩论素材。这种法学科学化实际上是从判例资料的历史性研究所抽象出的原理与法则。案例分析演习现场不是法律问题派生的现场，而是把判例作为历史性资料收集起来的大学图书馆。正如法学教育的历史研究专家罗伯特·史蒂文斯(Stevens Robert)所言，兰格德尔的作为科学的法学的观念没有超越"19 世纪的科学观"。

案例分析同苏格拉底的问答法相结合，形成了以判例解释和质疑为基本的法学教育的成型的课程。自此，其他大学法学院都模仿哈佛大学的做法，案例分析课程迅速普及于全美。1920 年，哈佛大学设置管理学院，该学院也将案例分析作为管理专业的专业教育的基本课程。此后，在全美所有管理学院得到推广。由此，案例分析成为更广泛的、专业教育的、普遍的基础课程。

1893 年，霍普金斯医科大学创设开始了美国医学教育的现代化历程。入学的前提条件是学习完成了四年制本科教育并获得学士学位后，进入医学院再完成四年制研究生专业教育课程。1910 年，弗莱克纳(Flexner)提出的《弗莱克纳报告》对医学教育现代化起到了决定性作用。该报告提出了医学院课程组织的原则，即医学院的升学课程是基础科学教育，专业课程是"科学探究"和"临床实践教育"。该报告还认为，所谓医学实践家无非就是临床科学家。所谓科学探究和临床实践在精神上、方法上、对象上是一回事。由此，临床实践是作为科学探究的一部分组织在课程之中的。这种临床实践的实质就是作为"病例"的"案例分析"。由于这个因素，在科学探究中发挥主导作用的"附属医院"成为大学医学院必须的机构。

在专业教育的现代化历程中，可以看到专业教育的如下特征。

第一，是以大学的"博雅教育"(Liberal Education)为前提条件，尔后形成独立的、衔接的"专业学院"(专业研究生院)，促进了研究生教育的发展。在此基础上，以各自专业职域为基础的基础科学与应用科学相继建立。

第二，专业教育的基本原则是理论与实践或者科学与现实的结合。其具体表现为案例分析课程或临床实践课程在专业教育课程体系中占据核心课程位置。

第三，同过去的学徒制的专业教育截然不同的是，实践经验被组织在专业教育的课程体系之中。

但是，需要指出的是，上述专业教育的三个特征，皆为科学主义话语下的专业实践。专业直面的实践问题的解决依赖于专业的科学知识的应用。因此，实践性专业教育指向科学知识与专业技术教育，实践性研究与应用科学研究是一意的。实践即科学与技术的应用性实践。这就是前几章提到的，以"科技理性"(也称为工具理性或技术理性)话语下的科学主义和技术主义的原理构成的专业教育的基本原理。正如兰格德尔(Langdell)和弗莱克纳所主张的，在该模式的科技理性的专业教育模式中，是建立在对科学原理与技术的普遍性无前提的信赖的基础上的。这种预设的而同时是暗含的对科学原理技术的普遍性信赖，构造了专业教育的现代化。也就是说，兰格德尔和弗莱克纳所倡导的案例分析，其宗旨在于法学原理与学说理解，而不是对实践问题的理解；是通过对案例素材的抽象和实证法学原理与学说，特别是求得判例中所隐含的法学原理的情境的历史性理解，为将来应用这些原理与学说过渡。

对于兰格德尔案例分析的科技理性原理进行批判的有埃利奥特(Eliot)、法学院教授詹姆斯·艾姆斯(Ames James Barr)、威廉·基纳(Keener William)。他们也都认同案例分析是专业教育的方法，但不同于兰格德尔的科学主义的逻辑，他们主张结合实践问题来探讨法学原理。他们强调律师和法官的专业知识是个人知识发挥作用，而律师和检察官之类的实践家是以复杂问题情境中的问题界定为中心运用专业知识。由此，案例分析的原理的宗旨不是科学原理与学说的教育，而是把科学原理与学说的实践性本身作为教育目的。也就是说，案例分析不是一种法学科学原理的教育方法，而是作为法学问题解决过程的教育方法来界定的，其主要目的是法学家在解决实践问题时所运用的特有的个人知识——特有的思维方式。案例分析的性质就在于，它是作为现实中发生的实践问题的理解，及其解决中专家所固有的反思性实践思考方式的一种教育方法。

五、案例分析的目的

案例与案例法被运用于下列内容的教学：理论性的原理或概念；实践的前例；伦理或道德；策略、部署心智习惯；愿景或可能的设想。另外，案例还可以引发或提升学习动机，让参与论述的案例作者或评论人员特别受益，为原理和前例学习中过度泛化的危险倾向提供专门的解决方法，作为参与者形成讨论或演说的团队的教学资料。

(一)理论旨趣

以原理开始，是因为在原理教学中使用案例无疑是违反常理的行为。似乎没有东西比具体、详细而又无不所在的故事，也就是案例，更容易让人理解了。1875 年，兰格德尔明确提出了把案例法应用于法学教育，因为他相信案例能够成为理论教学最为有力的媒介。虽然学习案例肯定会让学生明确以前的知识，然而法律案立法的辩证逻辑更会让学生研究深层次的原因，从而以特别的方式应用法律原理。兰格德尔认为，唯有通过仔细分析法官在判决重要案件时的推理过程，方能洞悉潜在的法律原理。

看看法学教师和学生间的典型的苏格拉底式教育方式。在这种交流中，教师可能会用一个笼统或是明确的案例开始。"想象一下这样一个场景，一位路人在绿灯亮起时过马路，却被闯红灯的琼斯先生给撞了。谁应该为这一伤害事件承担责任？""当然是琼斯先生。"判定琼斯先生来承担责任的理由是什么呢？现在一个法律理由就被提出来了。现在来看另一种情况，如果琼斯先生的汽车被测定存在刹车故障。现在该谁来承担责任呢？如果这是一辆租来的汽车呢？你秉持这一立场的理由是什么？

案例为理论提供了良机，以解释某些行为合适的原因。一旦提出理论性的原因，其效用将会通过新的案例、环境和条件的改变来检测。早先的理论说明如今要为适应挑战而作出转变，通常人们会提出新的原理以适应新的案例。无论哪一种情形，案例都会被应用于法律理论的教学，而非主要用来介绍以前的例子。因此，案例成为说明或检测原理的工具。

因此，当我们要建构一种以案例为本的课程时，首先确定所要教授的理论原理。一旦确定期望的原理或理论，就可以选择或建构说明这些原理的教学案例。

(二)实践旨趣

当一个案例描述了一位教师面临的问题情形、各种可能采取的办法和一些解决问题的方法时，读者可以将该教师的行为视作一种实践模式、一种将来行动的前例。因此，在英、美法律中，当法官对一个特定案例作出正式判决时，该判决就正式成为一个前例，当其他的律师和法律学者面临类似情况时就会注意到这个判决。

虽然我们经常会把潜力的概念和法律联系起来，但是国际象棋的学习方法更能清楚地表述前例的观念。《国际象棋读物》的作者常常把两类学习方法拿来作比较，一类方法强调国际象棋的原理和行为准则，另一类是强调回顾冠军选手比赛的复盘棋局，也就是国际象棋潜力的构成比赛。

前例被归纳成为一种定理，一种更大、更宽泛的实践原理，这是很平常的事情，常常发生在教师教育中。有这样一个精巧的案例，一位年轻的教师由于尝试要与他的高中学生不拘礼节、过于友好的相处，而为此付出了代价，因此这一案例被总结为一种定理，叫作"不圣诞节不微笑"。然而，与这一案例相联系，定理在认知方面的系统可能有更深远的影响。

同样，吉尔·布罗菲(Jere Brophy)讲述了这样一个故事，故事中的老师经常遇到一个问题，即他的学生经常上课不带钢笔或铅笔。他要通过让这些学生整日没有书写工具的方式来惩罚他们吗？或者还是应该为他们提供铅笔，从而强化他们不负责任的行为呢？这位老师全力搜集了一些最短的铅笔头，通过这一办法解决了困境。当这位老师遇到学生到校没带铅笔时，他宽大处理，要求学生用一支铅笔头来做整天的功课。老师的宽大胸怀，以及随之产生的(使用铅笔头的)不舒服，迅即使绝大多数学生认识到不带铅笔是不合算的。

对教师经常面临的一类问题而言，布罗菲的故事可被视为是一种前例。在铅笔头的细节性内容之外，更多普遍性行为准则和良好规则的原理可能潜藏其中，甚至其中还有一些属于实践性理论。这个例子开始有些能够说明"这是个关于什么内容的案例？"这一问题，就绝对意义而言，可能无法寻找到答案。一个案例可以被精心设计、组织成为特定原理、行动准则或道德远景的样本。一旦读者得以领会和解读其中的意思，这个案例又可以被用作其他观念、态度和实践的示例。因此，案例与其他任何的文学作品并无差异，作者的意图和读者的建构性都是一样的。

当案例以实践为旨趣时，我们所面对的这种教育方法既有潜在的有效性也有潜在的危险性。如果精心设计的案例显得过于强势，那么可能会导致读者不问是非就予以接受，成为过度盲目的"前例的盲从者"。不过，案例描绘了课堂里师生的真实活动及其行为方式导致的真实后果，这些对未来的(以及在职的)教师都是有教益的。

(三)伦理或道德的旨趣

案例作为探究和争辩有关什么是正当伦理或道德行为的工具，已经被运用了好几千年，个案故事可能是传播伦理或道德原理的最为古老的传统方式。当一位教师在案例中提出了一种清晰的被另一位老师效仿的态度或者是行为模式时，这个案例就变成了寓言。另一种情况是，一个学习者的故事可能是出人意料地克服了准备不足和经济劣势的考验，最终获得成功，能够向教师传递一种伦理或道德方面的信息，即教师因为对学生的期望不高而过早地给学生贴上标签，限制他们的发展，这是不恰当的。

(四)专业思维的旨趣——策略、部署、反思等

大多数的专业学院的教育都暗含着这样一个目的：使新手像专家那样思维。专家的思维表现的特点是更具有个人化的倾向和心智习性，他们也更有自己的做事风格和元认知能力，这些都大大超越了专业学院课程中所能学习到的普通知识和技能。

案例分析通过向学生呈现现实问题，并要求他们从某一职业、学科或者政策团体的成熟人士的角度，对这些问题做出应答。案例分析为学生练习专业思维方面提供了机会。案例没有学科的界限，它们是"杂乱无章"的，不存在唯一正确的、标准的"正解"。因此，对于存在的大量不可预测、没有确定性和需要自己判断的观念和工作，案例是将新手引入其中的理想方法。案例非常符合专业教育尤其是教育目标。在许多方面，通过案例模仿思维方式远比说教显得更为有效。由于案例内在的复杂性和多层次性，在一些非常重视教师教育的计划中，往往会出现案例分析的身影。

(五)愿景或可能的设想

在绝大多数的专业教育中，存在着当前的实践与渴望改革的愿景之间持续紧张的对立关系。当学生被派去以观察者、实习医师、实习教师或者学徒身份在真实情形下学习如何工作时，这种紧张的对立关系显得尤为尖锐。从现实来看，许多真实的工作情境是世俗的、单调的、保守的和刻板的。就应该如何完成工作而言，那些接受这种现状的学生，仅仅是模仿上一代人解决问题的方法，去解决他们工作中的问题。在现实世界，如何让新手在没有指导观察和练习机会的情况下学会工作呢？此外，许多教育者认同的改革愿景可能过于理想，完全不切实际，而新手的导师——那些经验丰富的实践者，对于这类所谓的愿景完全不屑一顾。

对于具有承载了改革愿景和良好基础的优秀实践案例范本的分析，可以为理论家和缺乏远见的实践者带来完美的折中方案。案例可以描绘出活动中细致入微的人物形象，以及值得效法的价值观念，因此，案例可以用来激励那些学习如何教学的人一方面根植于真实教学情境中，另一方面又保持理想主义的激情去实践。

(六)其他的旨趣

案例能引发动机，案例会激发学生对其反映的问题产生兴趣。

编写案例可以为编写者带来许多特殊的裨益。例如，编写案例可以使编写者对其教学实践进行反思，增强对案例作品的分析能力。此外，撰写案例可以很好地培养作者的自信心，对于那些具有优秀专业见解却又无人赏识的教师而言，这种自信心尤为重要。

优秀案例背景细节和逼真效果可以有效解决原理和准则的过度简单化和过度泛化的弊病。大量的案例或类别可以冲淡任何单向认知产生的影响。无论是强势的原理教学还是成功的个案教学都存在一种可能的危险，即如果超过了适当的应用限度，这些教学信息都可能被过度泛化。应用得当的案例可以减少单纯根据经验肆意推断的可能性。

案例为专业人员提供了聚在一起复述、反思和分析的机会。医学病例讨论会为我们提供了很好的示范。在教学领域，可以通过对成功案例分析构筑人类学的学习方式的思考，加强新手和专家之家的合作以及同事之间的同事性。

第二节　案例分析价值与类型

案例分析在法律、医学、管理上的应用已经十广泛，但是案例教学在激发动机、促进理论向实践转化，以及培养专业人士问题解决与批判性思考能力方面有着怎样的效果？上一节从理论与实践层面对这个问题做了回答，本节主要是从情境认知和结构不良领域的认知两个方面来回答这个问题。

一、案例分析价值

布鲁纳(Bruner)认为，人类的认知主要有两种方式：一种是典范式的，另一种是叙事式的。典范式方式是一种科学的认知方式，它包括分析、综合、抽象、去个人化与去情境化。典范式认知，就是去除认知当中的个人化因素和特定情境因素的认知。如强化理论、供需发展等都是典范式的认知。叙事式则与之相反，它是特定的、实地的、个人的和情境化的。叙事强调的是逼真性而不是有效性。一篇好的悲剧叙事作品通过唤醒观众的同情心与恐惧感来展示它的逼真性，而一篇好的物理学论文则是通过预测与控制和标准的一致性来显示它的有效性。

在当前，学习和认知心理学的注意力都集中在个人进行典范式学习的成功经验或失败教训上，包括：记忆序列、理解段落大意、掌握理论概念以及进行技能迁移的方法。为什么规则如此难记，而将其应用到新情境中去更是难上加难？与之相反的是，为什么对故事的记忆会相对容易一些？

科学告诉我们只可以相信科学的普适性和量化规律，但我们常常看到科学家与政策制定者会根据他们个人的选择或解释来评判叙事方式的作用。案例分析作为一种叙事式认知，吸引我们注意并存在于我们的记忆中，支配我们的行动。

(一)案例与情境认知

案例兼备叙事和情境化两个重要特征，它镶嵌于一定的地方、历史和情感中。当前，心理学的发展使我们了解到叙事在人类认知过程的作用。

19世纪80年代，心理学与人类学的交叉、交流与会通，诞生了情境学习心理学，行为表现的具体情境成为主要研究主题。叙事的认知方法已经被人类学家运用了几十年，与一般性的研究"文化"的学科不同，人类学没有尝试将人类文化研究纳入到一般性的研究方法当中，而是保留了浓厚的描述的风格，通过富含理论性的叙事方式描述当地的、特定的和高度特定化的事件，在这些研究中，个人的角色和叙事者个人的主观声音是清晰可见的。对人类学来说，故事是正当的数据源。

人类学给心理学带来的另一个挑战体现在研究的方法论上。心理学的研究是建立在实验的任务之上的。将某种事情称作一个任务或测验中的条目，需要去除所有情境因素和个人因素，这意味着所有人都是公平的，然后心理学家根据这些任务对个人的表现进行观察，并由此推论出个人能力、成就以及其他的一些个人属性。通过对情境的去除，一个人大概具备了成人的基本素质。类似的，通过对实验研究中的个人因素的排除，我们大概就可以排除情境的影响。

人类学家在研究其他文化下的人类行为表现的时候，他们发现了一些令人困惑的现象。当人们在自己的本土文化环境中工作时，他们经常会有一些意想不到的出色行为表现，这些在心理测试中却无法预测到。那些在实验中好像"哑巴"的人，在他们熟悉的环境中完成难度相当的任务时，往往表现得非常聪明。例如：卡车司机和超市售货员在他们熟悉的情境中，能够几乎直觉性地解除相当难的算术问题，而让他们在实验室内解决这些问题时，他们却解决不了；一个貌似有学习障碍的孩子借助同伴的互补性，可以在一个集体制作蛋糕的复杂活动中担任领导角色。

认知是情境化的。许多任务并存时，人们在一般的情况下无法胜任，但是在某一特定的情境中却能够出色完成。很多情况下，一个人无法完成任务时，在与同伴的互助协作下，却能够顺利完成。显然，学习就如在其新情境中的迁移性一样，比之前想象的更为情境化。

因此，案例的特定性和本土性作为教学的材料不应当成为学习的问题。事实上，对于学习者来说，相比于更加抽象及去情境化的观点、事实、概念和原则的罗列，它们是一种更加合适的学习媒介。叙事的特征特别适用于情境化的学习过程。当原则在表达上的有效性和经济性发挥作用时，学习者可以发现，通过案例叙事进行学习将使得观念的记忆与运用变得更加容易。不仅如此，由于案例示范了最有效的学习方式所发生的具体的情境，所以它可能减少迁移过程中的问题。

(二)案例与结构不良问题认知

如果我们过去的心理状态是关注典范而非叙事，那么说明我们的学习更多的是在问题结构良好的领域(如物理学、数学、含义十分明确的阅读理解)，而不是在问题结构不良的领域(这是大多数职业的特征，如医疗、法律、管理等是结构不良的领域，教学尤其是一个结构不良的领域)。当代心理学提供了一条新线索可以帮助我们理解，在教学中案例的运用是如何帮助学生处理结构不良领域中的知识和表现的复杂性的。兰德·史毕罗(Rand Spro)指出：

为了达到发展学生在知识表现上的认知灵活性这一目标，从而便于在将来应用，最好的学习和教学方法就是基于案例的讲述方法，它将内容领域视作一幅可以通过多个方向进行交叉式探究的"图景"，可以将不同的相邻案例的情境进行置换，并从不同的抽象维度进行案例的比较。

史毕罗认为，传统的计划理论之所以能在良好的结构领域内尤为有效，其原因在于这些领域是等级分明的，并且是相对牢固的。然而，在结构不良的领域内，"概念"的含义与它所运用的模式是密切相关的。这就意味着在这些领域中，情境化的认知所需要的知识，是在灵活组织起来的各种概念和案例的网络中，而不是生硬地划分到某些计划与等级之中。

总之，通过案例与认知心理学的发展可以清楚地看到，正确地运用案例分析进行教学具有的潜在价值。然而，试图完全抛弃所有形式的说明和说教式教诲，并将案例完全取代的做法也是十分愚蠢的。

二、案例的类型

案例分析的价值经过一个世纪的专业教育的实践以及认知心理学的发展确证了其价值，但现阶段，要在教师教育中推行案例分析还有诸多困难。案例分析有多种类型，哪一种是教师专业本身所固有的呢？下面将介绍解案例分析的类型。

(一)兰格德尔模式

兰格德尔把案例分析作为针对特定心理学原理与教学论原理加以应用，使学生理解理论原理的方法。可以说，许多大学都流行这种类型的方法。在这里，案例仅仅是显示所教的原理与技术的具体素材，却无视了实践问题的复杂性问题。

(二)舒尔曼模式

舒尔曼模式是撰写《准备就绪的国家——21 世纪的教师》报告书的、斯坦福大学的舒尔曼(L.Shulman)小组所采用的模式。以教师直面的实践问题为案例构成，从中进行教育研究与心理研究的原理与技术的整合的教育。舒尔曼是 20 世纪 70 年代从事"问题中心的医学教育"开发的教育学家，这方面的经验支撑了教师教育案例分析的构想。这个小组特别着眼于设定学科的学术内容的教学中教材知识的解读过程，推进了教师专业知识的案例研究。

(三)舍恩模式

舍恩模式是麻省理工学院的哲学教授舍恩倡导的方法，要求"活动过程的反思"具有专业思考的特质，在以案例为对象的反省性思考与探究活动中把握原理。在这种类型里，教师是"反思性实践家"，教育实践是作为师生相互展开探究活动的"反思性实践"来界定的。

(四)克莱因菲尔德模式

克莱因菲尔德模式是阿拉斯加大学的朱迪恩·克莱因菲尔德(J.Kleinfeld)所实践的方法。这是学习管理学院的克里斯坦森(Christensen)教授的方法，组织案例的解释与谈论，对学生进行"教师思考"的教育，也是资深教师直面的、复杂的两难问题与问题解决思考模式。

(五)西弗尔曼模式

西弗尔曼模式是帕尔大学的西弗尔曼(R.Silverman)的方法。它是从鲜活的案例本身出发，综合学生拥有的经验与相关领域的理论与原理，进行具体的实践案例的诊断与分析的类型。

上述案例分析的五个类型，除了第一个类型之外，其他四种类型可以说都师承了杜威倡导的"知性方法(Intellectual Method)"的方法。所谓"知性方法"，是指教师在实践过程中的"观察"、"洞察"和"反思"。它启示我们，教育实践是一种"科学探究"的知性实践。事实上，舒尔曼、舍恩、克莱因菲尔德、西尔弗曼都从杜威的反省性思维与探究的理论中寻求到他们理论的源泉，属于同一个谱系。若从人际关系来看，除了舍恩以外，他们都推进合作研究，在这一点上差异不大。

三、教师专业化与案例分析

前面已经介绍了各种类型案例分析的目的、性质，以及隐藏在背后的各种学习理论和教学理论，它们支撑着案例分析在教育中的价值。那些希望将案例法运用于教师教育中的人们，不仅应该将案例法的创作、编辑和教程的发展视为自己的责任，而且应该对案例的学习和教学进行严格的调查。直至今日，法学有自己的苏格拉底个案法，医药学有临床法，商学有自身的案例法，而教师教育还没有形成自己独特的案例法。随着师范学校的消亡，教育学的教学已经类似于一般大学课堂中的教学，在这些课堂中，充满了各式各样的演说、背诵、项目和实地经验。

案例法能够克服教师教育诸多严重的缺陷。因为案例法是情境化与本土化的，和所有的叙事一样，案例将那些原本分离的部分整合在一起。内容与过程、思维与情感、教学与学习在理论上将不再是截然分开的，它们将时出现，正如它们在真实的生活中那样，它们提出的议题与话题以及对新教师提出的挑战，需要教师运用自己的经验和知识加以判断和辨别。

我们将案例和案例法视作基础性的课程，而方法论的课程是连接理论与实践的桥梁。通过复合案例的运用和对案例的不同层面的解读，教师教育的教育者应抵制那些浅显容易的教学法则，不论是五步教学计划还是五段论。复杂的案例将告诉未来的教师，教学是一个复杂的领域，需要进行敏锐的判断和痛苦的决断。

正如布鲁纳曾就发现学习所作的评述一样，让每一代人都去重复发现或创造前人已经习得的知识似乎太过愚蠢。如果教育者能在讲解式教学的经济性与结构精巧的案例教学的补充性之间取得适当的平衡，那么他们所遭受的挑战将会迎刃而解。只有在原理与比喻的辩证、探求过程中，我们才可能做出明智的选择。

教师专业化及其发展已引起各个家的关注。教师专业化运动包括对"专业"、"教师专业化"与"教师专业发展"及其特征等基本理论的探讨。"教师是一种专业"的观念已得到绝大多数人的认可，且正在成为一门重要的专业。教师职业所具有的专业特征，决定了教师教育或教师培训的发展方向就是要提高教师职业的专业化。

教师专业化是当今世界教育改革的中心议题之一。随着对人才培养在社会经济和文化发展中重要战略地位的认同，在许多国家，教师专业化已成为教育改革与发展中最为重要、最为活跃的组成部分。1986年，美国卡内基教育和经济论坛、霍姆斯小组相继发表了《准备就绪的国家——21世纪的教师》、《明日之教师》两个报告，报告均以教师专业化为核心理念的，提出了在研究生阶段开发同专业教育相应的内容和方法的必要性。所谓内容与方法就是指作为长期的、知性经验的"临床经验"的建构，是教育理论与教育实践相结合的"案例分析"的引进。《准备就绪的国家——21世纪的教师》中这样写道：

(教师教育)中应当采用的方法，就是法学院和管理学院得到充分发展，但在教师教育中却几乎陌生的案例分析。提示了大量教学问题的"案例"教育，应当作为讲授的主要焦点加以开发。

杜威认为理论与实践的二元论是教师职业的主要恶弊：

这种二元论可以说是无意识的、前后矛盾的，却是教职的主要恶弊之一。一方面，是对于抽象自我的活动、自我控制的原理与知性道德原理的崇高理论原理的狂热崇拜；另一方面，是作为前提的教学论信条中的索然无味的学校教育实践。理论与实践之间倘若不是相互一体，基于教师个人的经验求得生长，那么，教师个人经验终究不可能生长。

案例分析能够解决理论与实践的二元论。埃里奥特曾指出，要真正促进教师发展，就必须对教师的知识构成形成新的认识，而其中最为核心的要素就树立"实践科学"的转向，即重视案例分析及教育实践在教师自主发展中的特殊地位与作用，特别是要求教师在案例分析和教育实践中个人知识的形成——个人经验的生长。

但是，令人遗憾的是，案例分析作为教师教育中基本方法的引进，依然是十分艰难。虽然案例分析的目的与性质在理解上取得了共识，但是，案例本身存在多种类型与形式，采用哪一种作为教师教育的模式，实在难以定夺。另外，是教师教育自身固有的一些问题，教师教育领域的基础科学与应用科学尚欠成熟，隐含着复杂问题和复杂价值，教师教育领域中这些固有问题也给案例分析的引进带来了诸多阻力。此外，案例分析的自身也有一些缺陷，比如：投资大，花费时间多，并且"要求现场考试"；很难教好；没有效率；很短暂，没有连续性；容易过于普遍化。尽管有这些缺陷，教师已编写的个案能够而且应该作为职前、在职和研究生教师教育课程的重要部分而发挥作用，它是一种从"内在的"视角理解实践智慧的方式。

案例7-1：孔子的教学特点——博喻善譬

孔子说："能近取譬，可谓仁之方也已。"(《论语·雍也》)意思是指，善于比喻是体悟和贯彻仁义之道的有效方法。对此，《礼记·学记》有中肯的说明："君子既知教之所由兴，又知教之所由废，然后可以为人师也。故君子之教喻也，道而弗牵，强而弗抑，开而弗达。道而弗牵则和，强而弗抑则易，开而弗达则思。和易以思，可谓善喻矣。"《学记》又说："不学博依(广譬喻也)，不能安诗。"从《论语》来看，孔子很重视取譬，也善于比喻。他认为，"不学诗，无以言"(《论语·季氏》)，甚至还说"人而不为《周南》、《召南》，其犹正墙面而立也与！"(《论语·阳货》)。意思是说，如果不学诗那就不能真正地言说，而且还一无所见、寸步难行。而诗的特点正是一种不可说的"象思维"，它显然与取譬、博喻有着至为密切的关系。取譬、博喻的根本特点就是比附类推，或由远及近，或由近及远。

(资料来源：柳士彬. 德性教学的存在之思. 北京：高等教育出版社，2008)

案例分析：

作为教育哲学家的孔子，他的教学特点对我们来说具有更加直接的可借鉴性和可操作性。孔子十分重视这种"博喻善譬"的教学方法，他表示"始可与言诗"的子贡、子夏都属于这种"告诸往来而知来者"，即都能进行"举一反三"的类推比附。子贡自问不如颜回的原因正是"回也闻一知十，赐也闻一以知二"(《论语·公冶长》)。当然这种类比附之"知"不是关于客观自然现成知识，而是关乎学生学会生存的本性。正是由于取譬、博喻具有这样的教学效应，所以孔子才会好譬、善喻，也正由于此，我们才能理解"君子之教喻也"以及"能近取譬可谓仁之方"的真正含义。在这方面孔子的要求是很高的："不愤不启，不悱不发。举一隅不以三隅反，则不复也。"(《论语·述而》)孔子通过"赋诗言志"和"引诗论人"的方式来迂回地表达自己的意图，进行启发式教学，用今天的话来说就是"过度阐释"。这种方法说明孔子既不是向学生展示自己的臆断，也不是在玩弄常识性的华丽辞藻；他既没有以个人名义发明什么，也没有把别人的论调拿来复述一遍；他既没有也不想别出心裁、一鸣惊人，也永远不会与人同流合污。他的方法能够起着"润物细无声"，但又"无声胜有声"的作用。他像智者乐水一样不断地流转，无时无刻、无东无西，而且是永远离学生本真的生存最近，没有任何偏颇，没有任何遮蔽，不用任何一种单向观点来控制束缚学生。

案例 7-2：科学史上的故事

1946 年，这位 53 岁的哈佛校长詹姆斯·B. 柯南特(James B. Conant)面临着一场新的挑战：如何为非自然的科学专业的学生构设一种科学教育，从而克服传统自然科学教学的低效，并促进学生对于自然科学的全面理解。他使用了一种策略，在这种策略中科学历史的案例发挥核心作用。他认为针对非自然科学专业学生的科学教学目标，就是应该让他们适当地学习能够解释科学战术和战略的原理。他觉得最好通过生动地呈现这些科学发展的历史案例来传授这些原理，当这些历史案例的"事实"都为公众所知的时候，通过描述这些科学发现中的失败案例甚至能更为有效地传授科学原理。他的目标之一，就是给当时普遍过于简单化的科学教学方法提出反面的证据，而这些方法的传播者往往就是科学课教材的作者。

柯南特自己对科学史的了解和浓厚兴趣，以及哈佛商学院案例法的成功实施，极大地鼓舞了柯南特对这一事业的信心。尽管案例方法和讨论方法在商学院的教学模式中是不可分割的，但柯南特并没有将案例教学法与讨论法结合起来。事实上，他似乎认为教学将会一如既往的以讲授法为主。这些案例的历史核心是为教师提供更多有趣的素材，就其本质而言，就是具有戏剧化风格的励志故事。这些案例历史本身也会传达一种对科学过程的理解。

(资料来源：黄坤锦. 美国大学的通识教育. 北京：北京师范大学出版社，2006)

案例分析：

柯南特认为，通过原始案例教授科学，其主要目的就是帮助学生理解"科学战术和战略原理"。他通过案例教授特定的科学概念，例如，适应性、进化等概念。以此达成学生对于原理的科学理解。通过科学史上成功与失败的案例，他希望学生能够认识到：科学概念的进化不是一种简单性的集合。好的观念不会将差的观念从科学世界中无情地驱逐出去。

在科学发现的案例历史情境中，柯南特所珍视的这些原理在今天生命力仍然旺盛。一旦脱离这些叙述性情境，科学原理会变成毫无意义的伪善之言，学生能够记住甚至能清晰地阐明这些科学原理的意思，却无法深入理解它们。因此，应用于理论学习中的案例，其价值在于通过栩栩如生的故事体现科学原理，使之实例化和情境化。

案例 7-3：对话与协助

在这段情节里(研究小组摄于 1988 年 5 月 24 日)，教师朱丽叶·诺塔利(Giulia Notari)扮演"时机的分配者"的角色，以协助幼儿从上午的全班聚会转移至他们的第一个活动，注意到她的灵敏度与协助以为尚未有心理准备的小女孩顺利加入一个重要的活动。

上午 9 点 23 分，在 3 岁幼儿的教室里，上午的全班聚会刚刚结束。聚会中，朱丽叶已经告知全班上午将进行的活动主题与春天这个季节有关，然后班上的另一位教师宝拉带着 8 位小朋友到学校的广场进行活动，朱丽叶则照顾其余 12 位幼儿。她在教室里四处走动，鼓励孩子进行活动，并利用短暂的时间协助各组开始进行活动。例如，她给一个由 4 位幼儿组成的小组介绍材料，"摸摸它，这张纸与其他的纸不一样喔！"

"冰冰的。"一位小朋友说道。

"嗯，是冰冰的。"她赞成这位幼儿的说法，是冰冰的。这里还有另一张不一样的纸，而且这里有彩色笔、粉笔与蜡笔，都是黄色的。"

当她从这一桌走到另一桌的时候，她看到幼儿们仍未进入状态，便问道："你们要不要带这些绿色的颜料进小工作坊呢？还是你们想使用剪刀与胶水？"

她走到一张小桌子旁，有两位小朋友坐在那儿，桌上有几张白纸以及一个小篮子，篮子里摆着一大早就采来的树叶与花草。朱丽叶对这两位孩子说："你们看看这是什么？你们找到了一些绿绿的树叶，也摘了一些花朵，你们可以随自己的高兴，将这些摘来的花草树叶摆在纸上。如果一张纸不够的话，你们可以再拿出另一张纸摆在旁边，好不好？"(朱丽叶后来解释这个活动涉及探索的重要性与快乐，并且协助孩子熟悉拼贴画)当朱丽叶走开后那两个孩子很愉快地进行着活动，两人一边做一边聊："你要这个吗？" "我也拿了这一种。" "哇！你看，这样子好漂亮。" "慢慢做。"(明显地可以看出有些对话是模仿教师所说的话)9 点 26 分，朱丽叶回来看看这两位幼儿进行的情况，老师对他们的工作感到很满意，"我很喜欢你们做的东西，你们可以使用另外的纸，假如你们还需要什么东西的话，再告诉我。"

9 点 28 分，朱丽叶走进教室的另一个隔间，两位小女孩坐在桌旁，其中一位正用彩色笔作画。朱丽叶拿出更多的画画材料给第一位小女孩，然后去看第二位小女孩。

"嗯，我们是不是应该看一看你们已经完成的部分？让我看看到底在哪里？"她从抽屉里拿出一个资料夹，逐页逐页地慢慢地翻看，并说："哪一个是你的呢？这个吗？还是这个？或是这个呢？"那位小朋友看起来很沮丧，并且没有回答老师的问题。他们最后找到这位小朋友的画，朱丽叶对她说："这个需要什么呢？要不要更多黑色的彩笔呢？要不要再画另一张图画？需不需要另一张纸和胶水？还是去玩一下呢？我的小可爱，你想做什么？"这位小朋友完全没有回答老师的任何问题，最后老师便蹲下来，亲亲这位小朋友，很温和地和她说话。接着朱丽叶从一个高的书架上拿下几本图画书，把图画搁在一旁。这时另外一位小朋友站在门口等老师的协助，朱丽叶便说："小甜心，我马上来。"她便离开那位正在拭泪和护着图画书的小女孩，当她经过第一位正在画画的小女孩旁边时，还停下来称赞她的图画。

(资料来源：莱拉·甘第尼，等. 儿童的一百种语言. 罗雅芬，等译. 南京：南京师范大学出版社，2006)

案例分析：

朱丽叶老师尽力带给幼儿欢乐，并鼓励他们在各方面的学习，同时也利用关键时刻指导孩子更精密地使用工具和所需材料，运用多元性的符号以及艺术媒介来表达自我。以她的观点来看，在教室里，教师应关注一位或多位幼儿智识增长的启发性的场合，仔细倾听幼儿所说的话，再度启发、扩展幼儿讨论与共同参与的活动。她的个人的教育理念和专业理念是，学习乃是沟通、冲突和共同行动，她认为自己的专业发展也是如此，将教师的工作和专业发展视为学校社区和文化共享生活中的公共活动。她十分清楚实现这些理念所必须付出的心力，收获与维持成果对促进社会与人类福祉的过程而言都是不可或缺的。

本 章 小 结

本章首先系统地分析了专业教育本质特征与专业基本方法——案例分析；其次，阐述了案例的含义，案例的内容，案例分析作为专业教育方法的起源，以及案例分析的目的；再次，探讨了案例分析的价值和案例分析的类型，进而探讨了作为专业教育的教师教育进行案例分析的必要性、存在的问题和可能的解决方略。

复习与思考题

一、请回答什么是案例？其内容是什么？案例分析的目的是什么？
二、谈谈你对案例分析起源的认识。
三、谈谈案例分析的价值、类型。
四、请思考案例分析与教师教育的关系与设想。

【推荐阅读】

1. [日]佐藤学. 课程与教师. 钟启泉，译. 北京：教育科学出版社，2003
2. [美]朱思迪·H.舒尔曼. 教师教育中案例教学法. 郅庭瑾，等译. 上海：华东师范大学出版社，2007

理论的形成过程不是脱离教学经验的一种孤立行为或是试图强迫别人接受的伟大真理，而是一种与生活息息相关，建立在个人实践基础之上，并依赖于不断阐释和不断变化的过程。理论来源于实践，来源于教师生活，来源于价值、信念和实践中深信不疑的规定，来源于围绕着实践所依据的社会背景，来源于所面对的教学之间的那种鲜活的社会关系，教师的理论根植于教学实践……反思是教育实践理论的形成的过程……教师的个人教学实践理论不应该再受到歧视，因为它是教育理论的重要来源之一。

——布里茨曼(Britzman)

第八章　成为反思型教师

本章学习目标

➤　反思的含义、种类、层级与教师教育。
➤　反思型教师的职前教育。
➤　反思型教师的在职教育。

核心概念

　　反思(Reflection)；反思型教师(Reflective Teacher)；实践性知识(Practical Knowledge)；反思性思维(Reflective Thinking)；教师教育(Teacher Education)

果断的决定——用学习的直接经验挑战良好教学的假定

　　在这个案例中，一位教师通过反思自己作为学习者的自传中的一段学习经历，来说明如何学习新的东西，反思这种学习的感觉如何能够从根本上改变自己的教学。作为自传经验的写作结果，通过反思他认识到，必须挑战良好教学的几个因果假定、规范性假定，甚至模式假定，并且改变它们。下面是其经历与反思。

　　在20世纪80年代中期，我已接近40岁，生活在纽约的曼哈顿，体态日渐肥胖。当时我所进行的锻炼就是在天黑后沿着街道散步，漫步在汽车尾气、沿街乞讨和葬身车轮的危险之中。每过一个街区就会有两三个讨钱的乞讨者，过度兴奋的纽约出租车司机随时可以让人葬身于车轮下，这是极刺激的，我从来没有遇到过厌烦的问题，而我那些进行几乎所有锻炼形式的同伴们却常常遇到这种问题。然而，我认为我需要做一些更安全和有益健康的运动，所以我打算要经常去游泳，可能一周游上三次。唯一的问题是我不会游泳，所以，我决定参加一个成人游泳班。

我为什么要这样做？嗯，一位交往不久的女士建议我参加这个游泳班，我反对说："我不需要上游泳班，我可以自己学，非常好。"她指出，关系到游泳的问题，自我指导的学习不会让我游得太好。我告诉她，我从十几岁起就用自我指导的方式学习游泳。在每个假期，每当机会来临，我就在宾馆的游泳池旁、湖边和海滨观看人们游泳，细细地观察和记住他们所做的每个动作，然后，在夜幕的掩护下，当别人熟睡或吃饭时，我溜出房间——就像水生的吸血鬼(这里来自一个传说，传吸血鬼每当夜幕降临便离开坟墓去吸人血，天亮返回)，径直走到水边，肩上系着一条毛巾。我滑进游泳池里、湖里或者海里，在几乎漆黑的夜幕里尽我所能地模仿在白天时观察到的别人的动作。不用说，我在这种自我指导的学习过程中挣扎了好几年。

听完我努力学习游泳的描述，我的那位朋友很小心地指出，我的"自然"的学习方式(自我指导)在这个例子里是不起作用的(尽管她精明的洞察力让我感到羞辱，稍后我们还是结了婚)。她向我指出，我真正害怕的是在别人面前出丑，我坚信不用别人我就能学会我想学的一切，以此来掩盖我内心害羞和傲慢的状态，所有的自我指导只不过是块遮羞布而已。她告诉我，我所需要的是改变我所喜欢的学习方式，到一个能给我提供专家指导的地方去，我应该在一些人的帮助下学习游泳，他们能把极其复杂的技能分解为容易控制的操纵。如果这样做，我肯定会由于掌握了一些基本技能而有了信心，这将让我更加努力，直到我学会游泳。我反对她，认为她所说的是在嘲笑我，但当时我就知道她是对的(这种婚姻的动力机制延续至今)。

到目前为止的启示

(1) 有时学习者最需要的事情是自己偏好的学习方式得到确证。人们只是用他们感到舒适和熟悉的方式来学习，这样会严重限制他们发展的机会。如果我仍停留在熟悉的自我指导的学习游泳的模式，那么可能永远也不会超越只是在水里浮上几秒钟的极点。

(2) 自我指导的学习，它是我创设的学习方式，数年来没有任何疑问，可能源自于比我想象的更深的心灵之泉的深处。它可能代表着某种傲慢和担心当众失败的恐惧，而不是代表着适应性和自我控制的活动意愿。

对实践的意义

我必须重新思考自己毫无疑问的一些观念。原来以为好的教师在初期发现学生喜欢的学习方式，然后再随后的上课时间设计与之适应的评价方法和形式。我认识到在某些时候这么做是很重要的，通过他们感到舒服和熟悉的学习方法，使得学生得到确证。但是，对我来说，在课程的其余时间里有意探索学生所不熟悉的，因而使其感到不舒服的学习方法同样重要，最起码应该让学生开始体验这些不舒服的学习方式。

扩展学生所熟悉的学习方式的范围是良好教育经历的一个方面。人们不可能在自己的绝大部分时间里只是利用自己所喜欢的方式去学习，所以，给学生多种学习方式的学习体验是真正符合他们最大的长远利益的。从现在开始，我要努力综合选择各种学习方法和评价方式，争取在确证学生喜好的学习方式和向他们介绍另类的学习方式之间达到一种均衡。我自己必须改变对自我指导的学习形式(学习契约、独立学习、个人计划)的唯一信任，必须在更具有指导性和集体性的教学、学习和评估形式之间取得一种平衡。

接下来的故事

几个星期以后，我已经在一个不断变化的立方形水域里了。那天晚上是成人游泳班第一次上课，当脱下衣服换上游泳裤的时候，一些念头闪过我的脑海。一个念头是，我憎恨在公共场合下暴露自己苍白而长满丘疹的英格兰人的躯体，瘦骨嶙峋、发育不良的躯干和下肢、松弛的腹部肌肉；另一个念头是，我是美国唯一不会游泳的男人。我已经知道自己是全美国唯一不会开车的人(其实我已经在44岁的时候获得了驾车资格，这简直是一个神话故事，其本身足可以写成一本书了)。从某种意义上来说，我的水上功夫不佳表明自己在运动神经方面存在着一定的问题。

第三个念头是，来参加这个游泳班，并且当众承认我不会游泳需要有一定的勇气。我想："如果我参加成人游泳班这么困难的话，一个不识字的人参加一个成人扫盲班又会怎样呢？这种行动需要多大的勇气啊！"我从那个立方形水域走到游泳池的边上，环顾了班里周围的学生，她们都是女士。此时此地，我原来的猜想得到了确证，那就是在整个美国，我是唯一不会游泳的男人。

在随后的几周里，我用一种非常不服气的方式在水里爬来爬去，我的水上功夫并没有因为有了两位指导教师而改观。其中的一位教师我认为更可怕，他是一位年轻人，我很怕见他。他崇尚运动的气质，他的发达的肌肉、他的年轻以及他所展示的娴熟的水上功夫，使我在他开口说话之前就已经形成了偏见。他看起来不是走向游泳池而是跳过去的，姿态优美。在高中时我就憎恶这种肌肉发达的运动员，再说，他看起来只有18岁，这使我抱憾地想到，当教师和警察把你看作青年的时候，你就会因为自己是中年人而倍感伤怀。

他的教学方法(我想可以称为有号召力的示范法)，使我的学习变得更加困难。这种方法建立在这样一种观念上，即如果他向我们完美地展示他的游姿，那么我们内心就会升起一种不可抗拒的愿望，想去赶上他的示范表演。例如，在第一个晚上，他的开始行动就是从游泳池一端跳入，以惊人的力量、优美的泳姿，时隐时现像流水一样游过泳道，在游泳池的另一端钻出水面。当他从水中上来后，告诉我们应该向他那么做。他说："你们看多么容易，这就是你们要做的——在10个星期后，你们就会做到这样了！"

这导致了一种不和谐的冲突，因为对我来说去做这种不明白的事情，就像刚刚看到的，这远远超越了我的想象，感到就像立刻承认了自己的失败。一天晚上，我把他拉到一边，向他说明我的问题(也就是妨碍我学游泳的真正原因)是我害怕把脸沉在水里。每当这么做时，我就有溺水的感觉，宇宙变成了一个苍白的、充满氯气味道的薄幕，感到平常的一切参照点都变得模糊不清了。我小时候在英格兰看牙医，他用一种气体让我完全失去感觉，那种感觉至今我还记得。那同样是失去控制，并且不能阻止自己被一种奔流的力量所淹没的感觉。把脸放进游泳池里的感觉是我有理性感知以来体会到的一种接近死亡的体验。

我问他我是否可以学习仰泳(至少可以把脸露出水面),但他告诉我,自由泳(爬泳)是必选的泳姿,是一个真正的游泳者必须要学会的。他还说了一些什么我已经忘记了,但他的体态语言传递给我一个清晰的信息:"看在上帝的份儿上,别这样!你一生只学一次游泳,表现得勇敢点!"

到目前为止的启示

最好的学习者是那些学习一项技能时很自然地就能学会的人,但这些人常常成为最糟糕的教师。这是因为,从真正意义上来说,他们没有受到感觉上的任何挑战。他们不能想象人们通过怎样的努力去学习那些对他们来说自然就能学会的事情,因为他们在学习中总是那么成功,所以对他们来说不可能去强调学习者的焦虑和障碍。我的这位指导教师犹如具有天生的水中本领,他 3 岁时跳进深深的游泳池里,这时惊奇地发现他已经知道如何去游泳了。由于他没有经历过我所感到的把脸沉入水里的恐怖,所以他不能从自己学习游泳的经历中提供有意义的建议,以帮助我控制自己的害怕。

沿着这条推理的线索,我认识到,最好的教师可能就是那些经历过一段时间的挣扎和焦虑从而掌握了技能和知识,增长了智力的人们。因为他们知道感到害怕是怎样的,他自己就曾常常确信自己将永远学不会一些东西,这将有利于帮助学生渡过难关。从现在开始,当我在聘任文员会指定教师时,一定看看候选人的履历,寻找那些一开始并不突出但后来学业成绩提高很快的申请者。因为这可能说明,这位候选人作为学习者有过一段痛苦挣扎的学习经历,当他想办法帮助自己的学生解决困难时,就可以从中吸取经验。

对实践的意义

作为一个教师,我需要找到一种方法来了解大多数学生在学习新的和困难的事情时所形成的恐惧。只有做到这一点,我才能帮助学生解决他们学习中存在的问题,我也会从中享受到教学的乐趣。在表面上看来,寻找这样的方法似乎是不可能的。

我考虑这样的方法时,认为有两种:一种方法是,从以前的班级里找些学生,让他们和新生谈论他们在学习中遇到的情感困难;另一种方法是,试图进入学生的情感世界。对我来说,最好的方法可能是偶尔把自己放在学生的位置上——那就是,在某个技能或知识领域成为一个学习者,而这个领域对我来说是新的和可怕的。在我工作中发生的问题也同样存在于同事们身上,我应该找到帮助他们也这样做的方法。

最后一幕

大约那个学期中的一个晚上,我曾向游泳班里的一个同伴抱怨自己的害怕和缺少长进,她递给我她的护目镜说:"试试,说不定会有用。"我戴上护目镜,把头放进水里,效果真是令人惊讶!刹那间,原来的那个可怕的宇宙又回来了!确实,氯气仍然刺激着我的鼻子,但是原来那个可怕的白幕不见了,我能看到游泳池砖铺的池底,看到泳道的标志线,甚至我自己呼出的气泡,我开始努力进行自由泳,把胳膊、腿和呼吸结合起来,不一会儿,我感到手触到池底。"该死的",我自语到,我本想用护目镜可以看到我要到哪儿,但我一定是横着游过了整个游泳池,而不是顺着游泳道游的,所有串了泳道的游泳者都会对我怒目而视,是我扰乱了他们,让他们串了道。

我钻出水面时,被所看到的一切吓了一跳,我已经从几分钟前出发的一端游到了游泳池的另一端，我是顺着泳道游的，而不是横着游的！意识到这一点，我感到了令人震惊的自豪和奔涌而至的快乐，我几乎不能相信这是真的！我曾认为永远也不会有这一刻，我确实游过了整个泳道的长度，没有一次沉到水底，我确信一直在一定水深的地方(整段时间里我一直假装碰巧在深水)。在某种程度上，我曾确信这一天永远也不会到来。现在，这一天却到来了，我开始思考，也许我不是自己总认为的那种神经运动有缺陷的傻瓜，也许不是身体世界的所有方面对我都是关闭的。

获取聘任、得到著书奖金、演讲后得到听众一致的欢呼、学生感激的留言以及通过在有名望的学术期刊中发表论文而进行研究等，所有这些都是美好的，是对自己的确证，但是这些和这一刻的胜利相比显得那么苍白无力，在情感上如此无足轻重，不管怎么说，这是我作为学习者自传中的一个"批判性事件"——一个变革的时刻，让我以完全不同的方式看待作为学习者的自己，让我们开始了解一个新的和具有其他发展可能性的自己的主人。

最后的启示

(1) 如果不是游泳班里的另一位同伴建议我用她的护目镜，我肯定还在备受挫折地在游泳池里挣扎。对于我如何摆脱害怕，她的洞察力和实践性的建议使我的学习世界发生了根本性变化。

(2) 用可以想象的任何能测量水上功夫的标准来看，我的成绩的确是微不足道的。对一个比我年长40岁的人来说，时间是一晃而过，我的努力只不过是一次不和谐的令人气喘吁吁的小困难，只是一次几乎可以忽略不计的奋斗。但是提及这件事对我学习经历的意义，我对此的评价是：这一成就比长期以来发生在我身边的任何事情都重要。

对我的指导教师来说，我一直是个动作不怎么协调的懦弱者，比实际的需要花费了太多的精力才游到了游泳池的终点。但是，我已经做了真正有意义的事情，外界的任何评价对我的这种感觉都失去了意义。在游泳池中游完那一程是我学习的一个成就，是我自传视野中的一个巨大的成果。

对实践的意义

(1) 我必须记住游泳班里的那位同伴让我戴上护目镜的建议，这一建议对我取得学习进步是至关重要的。我要记住，学习专家常常是学习者自己本身。在任何作为学习者的人群中，学生应该把彼此看作能帮助解决学习困难的资源。毕竟，教学中被正式认可的"专家"(教师)对我超越主要的学习障碍是毫无帮助的。真正帮助我度过焦虑的人是另一位学习者。在我的学习中，已经证明同伴的关键作用。我想，我必须找到一种方法，鼓励在自己的课堂上培育同伴学习小组这种方式。我相信这种方式是可行的，我需要投入更多的精力争取更快地建立这些同伴学习小组。

(2) 作为学生学习的一个评价者，我必须时刻铭记，对学生取得的哪怕很小的进步，或者即使完全缺乏发展性，也可以给予肯定。这种肯定可能被那位学生作为重大的学习成果。学习者对学习意义的主观评价可能和外在的评价者作出的客观评价相去甚远，我需要找到一种方法把学生自我评价的方法引进课堂，以使学生可以用自己的词汇记录下他们是如何学习的，学了些什么。

我决定，只要我能做到，不管何时都使用以下两种评价方法，二者同等重要。一种评价方式是，我作为教师对一个学习者的学习成果的意义作出判定；另一种方式是，学生自己对学习成果进行判定。这种想法使我进行了参与性的学习文件夹试验，在这一试验中，学生解释和记录下他们作为学习者的历程已经到达了何种程度。我还开始进行同伴评价的试验，也就是，让学生彼此给出叙述性的评论。这一方面增加了学生学习进行评价性学习的一些体验，当他们整理自己的参与性学习文件夹时，这些体验将为他们提供帮助。

（资料来源：布鲁克菲尔德. 批判反思型教师 ABC. 张伟，译. 北京：中国轻工业出版社，2002）

案例分析：

从上面这个案例来看，教师对自己作为学习者的自传反思可以成为教师教育的基础，这种教育是跨学科的、有目的的、有组织的一种努力。长期以来的教师教育是从外向内的，由专家设计的对教师来说是有益的技能、洞察力或知识从外部输入教师内部。让学习者的教师自己的经历成为教师教育的内容，这种教师教育是反思性的，是从内部开始的——自省、反思、发展教师的内省智能和建构个人化的实践性学识，即成为反思型教师将成为教师教育的另一种选择。

联合国教科文组织的教育报告《学会生存——教育世界的今天和明天》中指出，未来的学校必须把教育的对象变成自己教育自己的主体。受教育的人必须变成自己教育自己的人，别人的教育必须成为这个人自己的教育。这种个人同他自己的关系的根本改变，是今后几十年内科学与技术革命中教育所面临的最困难的一个问题。在教育中教师与自己的关系是否也应该发生这样一种改变，使自己成为自主发展的主体呢？

教师的自主发展就是教师自己自觉地主动追求作为教师职业的人生意义与价值的自我超越过程。教师个体把自己作为教育对象，通过自我认识、自我改造的过程，是人的意识的能动性和相对独立性的表现，是认识对实践的反作用，是实践内化为意识的过程，是自我意识发展到一定阶段的表现。自主教育随着自我意识的发展而发展，由于自我意识的发展，人们对自己的认识逐渐清晰，行为的自觉性逐渐提高。从不自觉到自觉，从他律到自律的发展，是自主发展的基本特征。

教师不断对自己教育教学经验加以反思，能够超越自我，促进教师的自主发展。正是因为通过经验性学习，吸收、反思和重建了经验，教师才获得了专业发展。教师通过对经验加以反思，尤其是对在实践中所形成的隐性知识加以自觉反思，使经验性学习成为一种"反思性经验学习"，充分发挥了主体思维的积极性，努力重建自己的教育经验，开发一些行之有效的策略，从而不断地、有意识地增加自己的实践性学识，提升自己的专业实践能力。

第一节　反思及教师教育

反思是我们日常生活中经常用到的一个概念。它一般指个体结合现实情境，对既有观点、事实重新作深入思考，以挖掘新内容的行为。科学意义上的反思概念具有不同的含义，下面我们将从不同的角度来探讨科学意义上的反思概念。

一、反思的含义

(一)哲学话语中的"反思"

近代思想家谢林(Schelling)认为，哲学就是自身意识的历史。近代西方哲学的发展自笛卡儿(R. Descartes)起就是以"究虚理"(理性中心)与"求自识"为特征；自识包含着自身意识和自我意识，没有自身意识就没有自我意识，也就没有反思，而反思被认为是代表当代西方思维的一个重要走向。

早在古希腊时期的阿波罗神庙的前殿的墙上就刻有"认识你自己"的神谕。苏格拉底由此引出了千古名句："我知道，我一无所知"，意味着他对"认识你自己"的理解是：人可以认识你自己的心灵，能认识心灵中包含着知识和理性明察的那部分。他的另一层理解是："认识你自己的人，知道什么事情对自己合适，并且能够分辨自己能做什么，而且由于做自己懂得的事就得到了自己所需要的东西，从而繁荣昌盛；不做自己所不懂的事，就不至于犯错误，从而避免祸患。而且由于有这种自知之明，他们还能够鉴别他人，通过和别人交往，获得幸福，避免祸患"。柏拉图的"思索"或是对认识的认识，是一种包括道德反省、自身沉思在内的精神活动，这不是近代方法论意义上的反思。亚里士多德在他的《形而上学》一书中将"对自身的思想"或"对思想的思想"称为"最出色的思想"，甚至说"以自身为对象的思想方式是无故不灭的"。可见，人们对反思与自我的认识的意义理解早已有之，古代哲学家对反思的认识是一种朴素的认识。

近代学者一般认为"反思"是一种以思维为对象的思维运动，即"对观念的观念"、"对思维的思维"。

笛卡儿提出的"我思故我在"，将思维分为三个类型：对思维的"直接地认识"或"直接地意识到"、思维的本身和关于思维"反思地认识"。对思维反思结构的确定以及关注在笛卡儿哲学中占据的主导地位，在他看来，思维对自身的"意识到"即为"反思"。斯宾诺莎(B.Spinoza)对反思的理解不同于笛卡儿，他强调方法的反思，将反思定义为"观念的观念"，即"认识的认识"，认为反思是对"最好知识方式的认识"，目的是为了获得"真观念"。"真观念"要求清楚、明白、简单、自足和确然。

洛克(J.Loke)认为，反思是指"观念"的反省，也就是"心"对自身观念活动的反省、觉察和反思。他将经验按来源分为感觉与反思，感觉是外部经验，反思是内部经验。反思是以自己的心灵动作为对象的反观自照，是人们的思维活动与心理活动。反思行为是面对问题和反应问题的一种主人翁方式，是一种比解决逻辑的理性的问题更为复杂的过程，涉及思维、问题意识以及责任感、虚心和坚持不懈等个人品质。

康德(I.Kant)并没有把"反思"当作一个特定的方法概念来使用，他在《纯粹理性批判》一书中曾有专门的一节来论述"反思概念"，他启用了"反思"概念的替代物"自身直观"、"自身感知"、"内直观"，还使用了"先验反思"的概念，它有"回顾性思考"的意识，但是他对于自己最重要的方法——反思的方法使用得最多，论述得最少。

费希特(G. Fichte)认为，有必要做一种反思，需要对人们起初认为的东西进行反思，把一切与此实际无关的东西抽象出去。反思意味着将人的观念活动指向某个东西，而这种指向是按照特定规律来进行的，借此，反思的客体就会是这样而不是那样。

谢林十分推崇"反思"，他曾归纳出"智性的反思"有这样三类：对客体的反思，由此产生直观范畴或关系范畴；对自身的反思，由此产生数量和质的关系；指向客体并同时指向自身的反思，认为这种反思是最高的反思行为。

黑格尔(G.W.F.Hegel)则认为，反思是以思想的本身为内容，力求思想自觉其为思想，也就是"对思想的思想"、"对认识的认识"。黑格尔赋予了反思以较为深刻的内涵和规定，他认为反思是一种事后思维，是跟随在事实之后的反复思考，其任务就是透过现象把握事物的本质和根据。黑格尔还认为，凡是一词含有"反省"、"内省"之义，从本质上来看是一种批判性思维，即通过对当前认识的审视、分析，洞察其本质。

杜威界定反思为"反省思维"(Reflective Thinking)，是"对某个问题进行反复的、严肃的和持续不断的深思"，"对于任何信念或假设的知识，按照其所依据的基础和进一步导出的结论去进行主动、持续和周密的思考，就形成了反思"。杜威认为反思的思维方式相比于其他思维更有成效，它跨越两种情境，历经五个阶段。这两种情境是：①反省前(Pre-reflective)的情境，指反思前的怀疑、犹豫、困惑和心灵困难状态；②反省后(Post-reflective)的情境，指为了发现解决这种怀疑、消除和清除这种困惑的材料而进行的搜集和探究。五个阶段是：①暗示，心智寻找可能的方法；②使感觉到的(直接经验到的)疑难或困难理智化，成为有待解决的难题和必须寻求答案的问题；③以一个接一个的暗示作为导向意见，或称假设，在收集事实资料中开始并指导观察及其他工作；④对一种概念或假设从理智上加以认真推敲(推理是推论的一部分，而不是推论的全部)；⑤通过外显得或想象的行动来检验假设。

关于反思的意义，杜威认为，反思能够知道我们的行动，使之具有预见性，并按照目的去计划行动……我们心中想到了行动的不同方式所导致的结局，就能使我们知道我们正在干什么。反思把单纯情欲的、盲目的和冲动的行动转变为智慧的行动。据此，杜威把反思确定为教育的中心目的。

现象学大师埃德蒙德·胡塞尔(Edmund Hysserl)的现象学通常被认为是一种继承并发展了自笛卡儿欧洲思维传统的反思哲学，认为反思是一种认识自身的活动，这种活动在后现代主义者的视野内受到了关注。"反思"是胡塞尔认识论的中心概念，他认为反思是"对意识一般之认识的意识方法"，并把它作为"绝对的内在感知"而具有绝对的权力。他认为反思只能是再造性的，任何一种反思，包括现象学的和方法的反思，都不是反思性的感知，而只是反思性的再造，是一种后思即后反思，因为人们只能在再造的意义上进行反思，反思的任何一个经验都已经不再是原本，已经是一个变异了的体验，通过再造而在反思中被重新激活的体验。他认为知识的基础并不是客观，而是交互主体性，是主体之间的关系，这就打破了理性主义所崇尚的客观知识的神话，消弭了主体和客体之间的二元对立，为人的自主反思铺平了道路。

海德格尔(M.Heidegger)理解反思有两种含义：回转与反射。他区分了两种反思的概念：

一种是传统意义上的反思,即"回转"或"反转";另一种是反思表述的光学含义,即反射。他特别强调在主体自身理解上所存在的这两种方式之间的根本差异,即"自身敞开"与"自身把握"的差异。"自身敞开"是指一种无须反思的内感知,并且先于所有的反思而进行的此在的自身理解,将自己的存在结构理解为"反思",因此"自身敞开"带有浓厚的实践色彩。"自身把握"是从某物出发在反射中显示自身。

后现代思想家如米歇尔·福柯(M.Foucau)、雅克·德里达(Jacques Derrida)等人提出了"话语"这一概念,用来说明某一特殊的思想和行为方式,以此表明意义在某一群体中是怎样通过对一些关键词语和行为方式进行或明或暗的相互约定而确立的。在这种意义上,大卫·史密斯(David Smith)提出,教师在其长期实践中已经形成了一套有别于其他行业、让教师感到自在的语言和行为规范,从而把教师教育看作是一种话语形式,旨在让教师在其自身的话语系统内自主反思,从而理解自己、认识自身的教学行为。

总之,"反思"在西方哲学话语中一般是指精神的自我活动与内省的方法。

(二)心理学话语中的反思

心理学从哲学中分化出来后,没有延续其对反思的最初研究。反思问题真正引起心理学界的瞩目并继而成为该领域全球性热门话题,是在认知心理学出现并得以繁盛起来之后。20世纪70年代,认知心理学的研究发现,人类学习和认知除受具体、直接操作信息的认知策略的影响外,还被一个潜伏在主体内部的有组织的系统制约着,它监控着认知的过程,左右着认知策略的发展水平。这个系统的运作表现实际上就是学者们曾经论及过的反思。

美国幼儿心理学家弗莱维尔(Flavell)于20世纪70年代首次在心理学界提出反思概念,并将其定义为"关于认知的认知"。反思后来被称为"元认知"(Metacognition)、反审认知、反省认知和超认知等。目前,心理学界关于反思的普遍观点是:反思是人们关于自身认知过程、结果或与它们有关的一切事物,如与信息或材料有关的学习特征的认知;它由元认知知识、元认知体验和元认知监控三种成分组成,三者相互联系,密不可分。

心理学不仅科学地界定了反思,挖掘出它的三种成分,而且还进一步阐释了这三种成分的内容,并对它们之间的关系进行了分析。

(1) 元认知知识是人们对影响自己认知过程与结果的各种因素及其影响方式的认知,内容涉及:关于自身认知本领与风格方面的知识,知晓自己的认知能力与特点,并能识"长"避"短"。一般而言,如果主体能正确认识自己的兴趣、爱好和能力,懂得自己在学习特定内容上的局限或弱点,那么他就具备了这方面的要求。了解认知对象涉及认知材料、认知任务目的和认知活动的层次三个方面。关于认知材料,主体应知道材料的性质(即有无意义)、材料的新颖性(以此来决定主体学习所需花费的时间和精力)、材料的分量、材料的结构特点和逻辑关系,以及材料的呈现方式。关于认知任务目的,主体必须明确不同的认知活动有不同的任务或目的,以便有目的地行动。关于认知活动的层次,主体能区分不同层次的认知活动,以判断和推导它们在难度上的差别。熟悉和自由运用认知策略不仅需要主体明确可用于特定活动的策略有哪些、怎样选择,还要对策略间的相对效度和每个策略的灵活度(即可随哪些条件的变化而变化、变化的幅度如何)有一定的把握。

（2）元认知体验是主体在元认知活动中获得的认知体验和情感体验，二者互相影响，表现为肯定和否定两种情况，分别称为知的体验和不知的体验：当主体在反思中意识到自己以前的认知合乎逻辑，并且方法恰当时，主体就会获得一种以肯定的意识形态表征的认知体验，这种认知体验就会滋生出兴奋和信心倍增的情感体验，进而情感再影响到认知体验，……如此循环；而当主体发现以前的认知推导有误、方法不适时，就会产生颓丧和失望的心理认知体验，导致感情抑郁，甚至影响下一次的认知。元认知体验经历的时间有长有短，可能发生在一个认知活动持续期间，也可能发生在一个认知活动之前或之后。

（3）元认知调控是主体凭借元认知体验的力量运用元认知知识对认知活动不断进行评价、调节的过程，是元认知的核心。它涉及以下几个环节：首先，在认知活动开始前，主体应确定认知目标，制定目标、挑选策略，构想出尽可能多的解决问题的方法，并估计其有效性；其次，在认知过程中，主体要及时调整认知策略或修正目标；最后，在认知活动结束之际，主体还要评价认知结果，正确估计自己完成认知任务的程度，如果发现有较大差异，应采取针对性强的补救措施，以便下一周期的认知能更准确地指向目标，并能有效地实现目标。

在实际认知活动中，元认知知识、体验和调控这三个方面的成分相互关联和彼此作用。元认知知识可以帮助主体在认知活动中选择有效地监控策略，对认知任务进行科学的评价和修正；同时，它还可以引起各种认知体验，丰富主体的意识和理解容量。元认知体验是主体进一步行动的激活力量，它能够补充、删除，甚至修改原有的认知知识，使其在同化、顺应中得到发展。元认知调控一方面是元认知知识和元认知体验直接作用的结果，另一方面还直接制约着元认知知识的获得及其水平，在实际认知活动中，它与元认知体验结伴而行，难以分开，因而常被合起来冠以元认知监控、调节之名加以探究。

当代心理学对反思三种成分的提取以及它们彼此联系和制约作用的描绘不仅勾勒出反思微观的发生情境，充实了杜威关于反思过程的观点，而且还为反思理念指导下的研究和实践提供了切入点。

二、反思的种类和层级

反思的种类和层级是组成反思含义的两个重要部分，对它们进行研究可以帮助我们更深入地理解反思。

(一)反思的种类

反思种类划分的主要依据是反思发生的时间。了解反思的种类可以使我们从时间层面进一步认识反思。

1. 舍恩对反思的划分

舍恩按照反思发生的时间划分为"对行动的反思"和"在行动中反思"。对行动的反思发生在课前对课堂的思考和计划上，或发生在课后对课堂中一切事情的思考上；在行动中反思发生在行动过程中，当教师在努力参与教学实践时，通常会针对所面临的问题进行反思并试图找到问题的解决之道。

舍恩认为，反思性实践者既对行动进行反思，也在行动过程中反思。这两种类型的反思都是建立在于传统的起支配作用的知识观和对教育理论与实践理解不同基础上提出来的。在传统的技术理性观点下，人们将知识人为地分为理论和实践两个方面：认为理论产生并存在于大学或研究院所，而实践存在于中小学之中，教师的工作就是把大学的理论应用于学校实践，而很少注意到内隐于教师实践中的"实践性学识"。他认为，把理论应用于实践，并不能帮助教师解决他们工作中面临的复杂问题。

反思性实践者要善于从工作环境中凝炼问题。问题必须从复杂、疑惑和不确定的问题情境中建构出来。经验的重构过程包括问题的背景和问题的解决两个方面。当我们确定问题，选择把它当一回事的时候，我们就确定了我们注意的边界，而且我们需要连续地关注着它，以便确定什么是错的，哪方面情况必须改变等。

2．五种反思维度的分类

1992 年，英国教师教育研究者莫文纳·格里弗斯(Morwena Griffiths)和塞拉·唐(Sarah Tann)对反思进行了五种分类。

第一个维度——快速反应。这种反思是一种个体和私人的行为，是舍恩所说的行动中的反思部分。他们把它称为快速反应，就是教师在课堂教学中直觉地和本能的一种反思行为。如学生向教师体提出一个问题，教师本能地决定是否回答和回答到什么程度。尽管这种反思是一种常见的和无意识的教学行为，然而不是所有的教师面对同样的情境都能适时解决好这些问题。

第二个维度——修正。在行动中反思时，教师遇到问题并不是马上作出决定，而是稍稍思考一下再作决定。此时，教师参照过去类似的问题的处理结果来观察学生的反应，然后根据观察结果再立即调整他们自己的教学行为。

第三个维度——回顾。这一过程是舍恩所说的对行动的反思方法中的一部分，主要指在行动完成之后所发生的行为。通常是在个人之间和同事之间，时间可以是在工作期间，也可在每阶段的工作之后进行。在这个过程中，教师可以思考或探讨一些问题，最后对正在实施的教学计划进行修改。

第四个维度——研究。教师对问题的思考和观察会变得更加系统，他们更加关注教育教学中的一些特殊问题。对某一问题的观察和分析以及根据其结果对行动计划作出修改的过程可能要持续几周或几个月。

第五个维度——理论化、系统化。这个阶段的反思可能要持续几个月、几年或更长时间，比其他维度的反思更加抽象、理性和严谨。教师根据一些公开的学术理论进行思考，对自己的实践理论进行反思。教师会感到，在实践基础上的反思，促进和丰富了他们自己已有的学术理论知识及其意义的理解，一些问题更系统化，上升为自己的实践理论；同时对实践的反思也会改变教师日复一日、年复一年忙于应付学校常规教学工作的被动局面，使他们避免陷入学校日常教育的两难情境之中，而成为一个反思型教师。

教师须对所有维度进行反思，太关注某一维度而忽视其他维度，反而会导致反思停留在表面层次上，而对教师的实践理论和实践很少研究；五种反思维度都是需要的，教师如果不能进行不同水平的反思，就不能更好地说明他们自己的实践理论并加以批判地检验，或比较相关理论并加以提炼。

上述五种反思维度更全面地扩展了舍恩关于培养反思性实践者的思想，使反思更为具体，更具有操作性，为促进教师的实践和反思提供了很好的方法。

此外，杜威最早从时间的维度对反思进行论说，不过他没有明确提出分类，而是通过分析不同的反省思维的案例及描述反省思维的活动过程，将反思的两个维度("回顾"和"前瞻")展示给读者。

真正探讨反思的分类问题是在 20 世纪七八十年代心理学研究反思之后。心理学家认为，反思针对的是整个实践活动，是主体对自身在其间作出的行为、决策以及由此而产生的结果进行审视和分析，是一种自我觉察的反馈，它不仅是预期未来行动和总结实践经验，而应伴随整个实践过程，存在于整个实践过程。由此，心理学家形成了关于反思分类的普遍观点，即反思可以划分为三类：为行动的反思、行动中的反思和对行动的反思(也称行动后的反思)。

(二)反思的层级

反思的层级意即反思的水平、层次。反思层次划分的主要依据是反思的内容。了解反思的层级可以使我们从空间层面进一步认识反思。

1. 马克斯·范梅南：教师反思水平的三个层次

当代现象学课程理论大师范梅南探究反思内容主要参考的是德国哲学家、批判主义理论代表人物之一哈贝马斯(J. Habermas)关于知识维度的理论。哈贝马斯关于知识维度理论的基础是人类兴趣理论。哈贝马斯认为，兴趣引导知识，把主体与不同的客观对象相连，会产生不同的知识领域。人类的基本兴趣有三个层面：技术的、实践的和解放的。所谓技术的兴趣，体现为主体为了满足自己的基本需要控制和操作外部环境，它通过工作媒介得以实现；实践的兴趣体现为主体间运用言语进行相互交流，达成理解和协调社会行动，主要表现在探知潜藏于主体语言与行动表象下的主观观点以及在其间对客观事件作观察方面；解放的兴趣体现为主体超越自身，是主体通过反思自身的兴趣倾向，形成关于过去经验怎样影响现实状态的认识，从而挖掘到自身自由的兴趣。哈马贝斯基于兴趣理论的基础而形成的关于知识维度的理论称作"知识构成兴趣理论"。这一理论认为，人类兴趣的差异性使人类对特定知识的理解彼此不同，表现为技术的(也称工具的)、实践的和解放的三个维度，与兴趣一一对应，如表 8-1 所示。

哈贝马斯对知识的三个层面的分析使得人们对原本无人论及的反思内容有了进行深入了解的参照，范梅南据此推导出了教师反思水平的三个层次理论：技术的(Technical)、实践的(Interpretive)和批判/解放的(Critical/Emancipator)。这个理论得到了后来的许多研究者的支持。三者的逻辑层次关系是：技术的反思是最初的反思，批判/解放的反思是最高级的反思，实践的反思居于二者之间。

表 8-1　哈贝马斯知识构成兴趣理论兴趣与知识的对应

兴　趣	知　识
技术的	技术的、工具的(注重对知识因果的考究)
实践的	实践的(注重对知识的探究与理解)
解放的	解放的(注重对知识的反思)

最初层次：技术的合理阶段。在这一层次，教师根据自己的经验或观察，看不到教育及教学事件是存在疑问的。在这一层次的教师是基于技术层面的思考，主要是主体考察自身是否遵循了既定的方法、规范和有效地实现了既定的目标，也就是，只考虑所教知识的技术应用，把基本的课程教学在原则上落实，看不到教学目标或者课堂、学校、社区和社会背景中的很多不确定性。教师还不能根据理论和系统对发生的事件进行反思，范梅南将此称之为经验——分析性的反思思维模式，这一阶段是反思的最低级层次。

中间层次：实践行动。在这一层次，教师能通过结合自己已学或内化的理论，超越技术、表面合理性的层面，能看到教育教学事件中存在的问题，同时表现出教师个人对问题的偏见；处于这一层次或阶段上的教师开始注意区分教育目标背后的假设和原因，注意评价特定的教师行为所导致的教育后果；教师通过分析自己和学生的行为，以检查教育教学所面临的目标、任务，教师的教育选择依赖于教师自身的价值观和信仰。教师并不是单纯地对客观结果进行简单描述，而是根据教师本人对所涉及的教育教学情境的主观知觉来解释结果，范梅南将此称为解释学和现象学的思维模式，是反思的中等水平。

最高层次：批判的反思阶段。在这一阶段，教师以开放的意识，将道德和伦理标准整合在他们关于实践行为的论述中，教育教学活动目标、手段、环境、背景均被看成是不确定的，是众多可能性中进行的价值主导性选择，教师不带个人偏见地关注对学生发展有益的知识和社会环境的价值。范梅南对此定义为批判性辨证思维模式，代表了反思的最高水平。

2．兰格和卡尔顿的观点

斯巴克斯·兰格(Sparks Langer)和卡尔顿(G.M.Colton A.B.)通过分析学生所写的反思日记时，根据教师对教学事件的描述方式以及对事件作解释的方法和准则，将教师反思分为七种反思水平，如下。

第一，没有描述性的语言，对教育教学事件不会解释。

第二，会用简单的对话对教育教学事件进行描述。

第三，会用教育学的术语给教育教学中的事件贴上标签。

第四，会用传统的、具有个人偏好的语言对教育教学事件作解释。

第五，用似乎合理的教育规律或理论对教育教学事件进行解释。

第六，对教育教学事件解释时考虑到了各种背景因素。

第七，在进行教育教学事件解释时考虑到了道德、伦理、政治等方面的因素。比如运用合作学习方式，由于各小组中学生的家庭背景不同，学生如果能够跨越家庭经济等因素的影响来认识对方，并尊重与接纳对方，从长远目标来看，这种观点有助于整个人类的发展。

反思是教师对于教育教学中遇到的教育问题进行理性选择的一种思维方式和态度，其成分包括：承认教育困难的存在；在确认该情境的独特性以及与其他情境相似性的基础上，对这种困难作出回答，对这种教学困境进行建构和重建；采用不同的方法进行尝试，以发现其结果和实质；检验所采用方法的预期和非预期的结果，对该方法作出评价。促使教师在教育教学活动中进行反思，就必须依赖教师对于其价值观、知识水平和教学经验等认识上发生变化，也需要对教师的评价系统发生变化，因此对教师的评价应更多地从关注教师在教育教学活动中对遇到问题的确认，建构或重建以及实施方法的可行性判断上来进行。

教师反思水平的提高，也与其自身相应的态度和能力的发展紧密相关，这些能力和态度既包括内省力、思维的开放性和教师对其决定和行为承担责任的愿望，同时也包括从不同的角度看待问题的能力、对教学活动中遇到的问题进行多样化解释的能力以及运用理论支持和评价问题情境与决策的能力等，这些都依赖于教师反思能力的提高。

根据前面对反思研究历程、反思种类及反思层级的阐释，我们可以得出：首先，反思是一种思维品质；其次，反思有助于认知的实现，是推进学习的最有效的手段；最后，培养反思型的思维品质是一项重要的教育任务。

三、反思与教师教育

作为一种能推进认识实现和对学习产生深远影响的思维品质，反思能力的培养无疑对教师的工作提出了新的要求，要培养具有反省思维的学生，那么教师首先得能反思，成为反思型教师。因此，反省思维的培养成为教师教育需要优先关注的问题。从终身教育和终身学习的视角来看，教师反省思维的培养对于推进教师的专业认知、确立教师的专业地位进而实现教师的专业成长都具有深远的意义。

(一)反省思维的培养——杜威的观点

杜威是教育史上第一位论说反省思维培养的教育家。他认为，培养反省思维应成为教育的中心目的，"学习就要学会思维"；具备了反省思维的能力，就能够"将经验到的模糊、疑难、矛盾和某种纷乱的情境转化为清晰、连贯、确定和和谐的情境"，实现有效学习。为此，杜威提出"从做中学"和"从经验中学"的新教育理念。然而，杜威关于反省思维培养的论说只限于教师对学生的维度，并没有明确将其应用在教师教育领域，但是他的基本思想确是可以借鉴的。对于反省思维的培养，杜威强调态度养成和方法训练的结合，认为只注重方法层面的知识是不够的，"没有任何一种系列的思维知识和练习能把人造就成良好的思想家"，还必须有运用方法的愿望和意志，"不能把一般性的抽象的逻辑原理和精神上的特质分离开来"。杜威提倡在培养开放性、专心和责任心这些个人品质和特质的基础上，辅以逻辑方法来培养反思，据此，他设计了一个教学方案，大致遵循以下进程：

①提供给学生"经验的真实情境"，并保证学生对之有兴趣；②准备好情境，使学生产生"真实的问题"；③指导学生通过观察和收集相关的资料，形成解决问题的假设；④协助学生考查、推敲假设，确立方案；⑤让学生按照自己的方案去解决问题，以验证成效。

杜威在反省思维培养方面所作的具有开创性的贡献使他成为教育界公认的"反思鼻祖"，他把后来学者们的研究引入到两个更具体的领域：反思型教学侧重的是培养反思性思维的教学论和教学模型研究；反思型教育则比较宽泛，旨在探讨以培养反省思维为目的的整个教育设计，反思型教学是其中的一部分。

(二)实践认识论话语中教师教育——唐纳德·舍恩的观点

美国管理科学家唐纳德·舍恩把反思性思维第一次真正、卓有成效地贯彻到了教师教育领域。不过，他并不是就教师教育谈反省思维的培养，而是从专业教育与反省思维培养这样一个角度切入的，教师教育是其中的一个组成部分。

舍恩于 20 世纪 80 年代中期出版了两部名著：《反思型实践者：专家在行动中如何思考》和《教育反思型实践者》。在这两本书中，他系统地阐释了职业专业化的问题，认为培养反省思维是推进置业专业化所必需的。至此，反省思维培养与专业教育和教师教育的探讨才真正开始。

舍恩认为，专业教育培养的实践者，对实践者进行教育不能脱离实践，要联系实践，而与实践联系最重要的就是让他们学会从实践中挖掘、获取"行动中的知识"，实现途径就是让他们不断地进行"行动中的反思"，并在"行动中'知道'"。怎么理解行动中的知识和行动中的反思呢？行动中的知识大致同于我们经常提到的"实践性知识"、"经验"、"突发的念头"和"机智"等，舍恩称之为一种不稳定且无法说出的缄默知识。行动中的反思则比较隐秘，我们难以察觉到它的进行，却能感受到它的影响。比如，我们在说话、办事时，会不自觉地适应外在场景和气氛，用舍恩的话说，它是实践者运用行动的知识和发展行动中的知识的过程，其间既包含调集行动中的知识、初步确立和处理问题的方面，同时也包含对行动的验证、评价，以及在它们基础上的对行动中知识的同化和顺应，二者同时进行，交融在一起；行动中的反思是"无心的、非逻辑的、涉及宽泛的，是实践者应对不确定、不稳定、具有独特性、涉及价值冲突情境的中心'艺术'"，……"它联系了过程和结果、理论和实践，并以实践为研究对象"，……"是探究，是沟通'知''行'的有效途径"。

关于反思型实践者的培养，舍恩明确指出：必须突破传统的技术合理性模型，对专业教育进行重新构建。

首先我们有必要对舍恩所批判的技术合理性专业教育做一下介绍。要了解这种技术合理性专业教育，需要抽取并分析它的哲学中心假设。

舍恩认为，科技理性关照下技术合理性的哲学依据是基础科学、应用科学和实践，三者之间有着严格的等级关系：实践处于等级最底层，是执行行为，以应用科学理论为导向；应用科学居于其上，以基础科学理论为指南；基础科学理论处于最上层，享有最高地位。于是，技术合理性哲学把从事基础理论、应用科学理论研究的人员和实践者对号入座。所以，基于技术合理性逻辑构建起来的实践者培养理念将实践者所做的工作诠释为依据现成技术方案的问题解决过程，认为实践者是简单的理论"消费者"，对他们进行教育主要是训练他们正确运用理论，进行规范操作。

舍恩认为，科技理性无法解决实践中的多样性、复杂性情境中的实际问题，有时甚至会把事情变得更糟，因此要寻求实践的不确定、不稳定、独特性以及价值冲突的符号艺术性以及直觉的实践认识论以取得实证的认识论，这就是在"行动中反思"。他认为，一个专业实践者可以作出无数有品质的判断，却无法陈述恰当的判断原则；可以表现出技巧却无法说出其规则和程序，甚至当他有意识地使用以研究为基础的理论和技能时，他依然还是隐含性地确认、判断及熟练的执行方法。这是因为，我们的认识通常是缄默的，而缄默存在于实践行动的感悟里。认识在行动之内，而专业实践依赖于行动中的认识。在"行动中反思"是一门艺术，即实践者在某些时候能在一些情境中很好地处理实践情境中的不确定、不稳定、独特的与价值的冲突。

从培养实践者反省思维入手，促成实践者在不断理解和调整行动中的知识的过程中持续发展。反省思维的培养不与学术水平直接反应，而取决于训练实践艺术。也就是说，反省思维是训练出来的，而不是教出来的。舍恩试图在理论上创建三种反省思维训练的方法：镜子的殿堂、跟我学、合作实验。但遗憾的是，所有他列举的方案都难以抽取出这三种思路的清晰表述。

这里需要引起注意的是，舍恩只谈到了行动中的反思，只是反思的一个组成部分，不能代表反思的整体。因此，舍恩虽然在反思型教师教育研究方面有重大贡献，但他关于反省思维培养的观点及其训练方法仍需要认真探讨并不断被"反思"。

(三)教师教育的新基点：培养个人化的"实践性知识"—— 佐藤学的观点

以"实践性认识论"为基础，着眼于专业知识的性质和专业思考方式，以及"反思性实践家"的概念所提示的新的形象，不仅提供了探讨"教师职业的专业性"概念的新天地，而且提供了矫正以往的"教师教育"概念的有效启示。例如，根据舍恩的研究，教师职业"专业性"的界定，不仅可以从科学技术的合理应用的侧面，而且可以从实践性智慧与见识(在复杂的背景中处置未知问题的专业性选择和判断)的侧面作出界定。历来基础科学和应用科学就是不成熟的，要求高深的知识。通过"反思性实践"和"实践性知识"的开拓，更积极地把握相对于医生、律师来说是"准专业"的性质，也是可能的。

日本学者佐藤学着眼于这样一个事实：在教师的专业领域中存在着教师固有的知识领域，谓之个人化的"实践性知识"，并且提议作为教师教育的中心概念之一。这里所谓的"实践性知识"与其说是在"理论的实践化"中发挥功能的知识，不如说是在教师的实践情境中支撑具体的选择与判断的知识。这种"实践性知识"有如下五个特点。

(1) 教师的"实践性知识"由于依存于背景的经验性知识，同研究者运用的"理论性知识"相比，缺乏严密性和普适性，是一种多义的、活生生的、充满柔性的功能性知识。

(2) 教师的"实践性知识"是以特定教师、特定教室、特定教材、特定学生为对象而形成的知识，是作为案例知识而积累、传承的。因此，案例研究对于阐明"实践性知识"是有效的，揭示其形成的临床研究是必要的。

（3）教师的"实践性知识"具有不能还原于个别的专业领域的综合性，而且并不具备"理论性知识"那样的发现未知事物和作出原理性阐述的性质，是凭借经验主动地解释、矫正、深化现成知识而形成的综合性知识。在实践情境中总是直面某种判断和选择的决策功能的知识，对于即使在"理论性知识"中也未能解决的问题，能够从多种角度加以整体的把握，洞察多种的可能性、促进选择的综合性知识。

（4）教师的"实践性知识"不是显性的知识，它是无意识地运用的、包含隐性知识的功能。

（5）教师的"实践性知识"是以教师的个人经验为基础而形成的，具有个性品格的知识。因此，要有效地传递"实践性知识"，不仅要求"知识"，而且要求"经验"。这种传承具有根据接受者的个性特点和成熟度加以解读、汲取的性质。

着眼于上述性质的个人化的"实践性知识"，对于以往教师教育的方法可以作出若干反思。以往教师教育的开发和研究，不是以一个个教师在实践情境中直面的具体问题的诊断与解决为核心，而是界定对于所有教师有效的理论知识和实践技能、技术领域，着力于确立系统低、网罗式地掌握的计划。这种方法在许多场合表现为"授课"形式，标榜"作为技术者的教师"的教育和训练旨在"科学理论与技术的合理运用"。这种研修不仅降低教师的专业"自律性"，而且追求作为"技术者"的能力本身促进了"效率性原理"的渗透以及对于学生的"控制"与"管理"技术的制度化。

(四)反省思维的培养与教师专业知识的获取——认知心理学的观点

心理学界有很多学者都从认知心理学关于教师"专业"知识的考察的角度来揭示培养教师反省思维的必要性。虽然这些学者阐述教师专业知识的角度不同，但结论似乎都趋向于一点，即教师要成为专家，必须首先成为反思型教师。

有学者考察了教师专业知识的分类，认为教师的专业知识表现为两类：一类是陈述性知识，即回答世界"是什么"的问题；一类是程序性知识，即回答"怎么办"。后者又可分为两个亚类：一是平时所说的熟练的技能，被用于经常出现的熟悉情境；二是现代认知心理学家们提出的"认知策略"，被用于新颖的、需要创造性的情境。陈述性知识代表专业知识的"量"的层面，它只存在多和少，教师们获取陈述性知识只用传统的教育手法(书本、教师的传授或"告诉")即可达成；而程序性知识则代表专业知识的"质"的层面，有无此类知识是专家教师与非专家教师的主要区别，获取程序性知识无法通过传统的教育手段来实现，只能在实践和个人体验中逐渐养成，具体来说，就是要教师在教学中反思，在反思中体会、总结。

奥斯特曼(Oseterman)等探讨了教师对专业知识的理解，认为教师最终将专业知识转化为自己的两类理论：一类是"所倡导的理论"，另一类是"所采用的理论"。两类理论各有特点："所倡导的理论"是在与外部信息交汇过程中形成的，它滞留在教师的外显层面，容易被教师意识到，容易报告出来，更易受到外界新的信息的影响而发生变化，但它不直接影响教师的认知图式，不影响教师的教育决策，它可以转化为可采用的理论。"所采用的理论"则比较稳定，是教师具体行为的原则和依据，但它却潜藏在内，含而不露，既不易被教师感知和意识，也很难被新信息"同化"。奥斯特曼认为，基于两类理论各自的特点，教师既不可能将新学到的专业知识立刻用以改善教学，也搞不明白自己对现有专业知识的理解究竟怎样。他最后提出，解决这种认知不全面的方法只能是教师自己来反思，通过观察、分析、讨论，挖掘出未意识到的部分，最后真正地改观教育实践，"反思是沟通教师'所倡导的理论'与'所采用的理论'的桥梁"。

还有学者把教师的专业知识界定在四个层面：本位性知识、条件性知识、实践性知识和文化知识。其中：本位性知识是教师具有的特定的学科知识；条件性知识是指教师所具有的教育学和心理学知识；实践性知识是教师在实现特定目的的行为中所具有的课堂情境知识以及与之相关的知识，是教师教学经验的积累，表现为教师的教学机智，相当于舍恩的"行动中的知识"；文化知识是用以体现教育文化功能的知识，可理解为教师在某方面的"一技之长"。他们最后的结论是：教师教育的设计应向最具有专业性特征的、应成为教师教育设计主要考虑的实践性知识靠拢，需要新的理念重新规划教师教育，使教师对实践能认知、理解，进行创新。

以上通过考察反思的含义，讨论了反思内隐的思维品质特性和外观的决策能力特性，讨论了反思型教师的培养及其教师专业化的促进作用，力图揭示反思型教师教育成为教师教育领域新的研究话语导向的原因所在。

第二节 反思型教师教育——职前培养

由于反思型教师教育旨在促成教师养成反思性思维，以此获取"实践的知识"，并不断将其发展，而且教师的反思性思维只能在与实践的碰撞中形成，是一种情境性的认知，需要有相应的实践情境来支撑，所以，保障实践情境成为反思型教师教育设计上主要考虑的问题。

一、教学实习

反思型教师教育的实习要求对传统的终端教学实习进行重新设计，唐纳德·R.克鲁克香克(D.R.Cruickshank)和蔡科纳(Kenneth M.Zeichner)对此发表了他们的观点。

(一)克鲁克香克的观点

克鲁克香克关于教学实习设计的贡献之一是，对反思型教师职前培养的概念进行了界定。他认为反思型教师职前培养阶段的教育实习与传统实习相比，在思维定位和具体表现上存在根本性的差异，它与传统实习相比具有两方面的优越性，如下。

第一，含义更广泛，摆脱了传统的两个局限，即不再仅限于职前培养阶段的最后一小段时间，不再囿于实习学校的范围，而成为一个贯穿职前培养全过程的、不间断的、在大学校园内外都可进行的过程。

第二，模式更科学，变早期学徒模式(即跟随资深教师以达到规定从教标准)为推进教师理论知识与实践接轨，培养教师成为能本着虚心、专心和智慧责任心的态度研究自己教学的教师教育新模式。

克鲁克香克的贡献之二是，设计了具体的方案，他称之为"反思型教学"。反思型教学的实质是一个在大学校园内进行实习模式，是学生根据事先准备好的教学材料相互展开的"模拟教学"。克鲁克香克的反思型教学具体操作起来分为两大阶段：教学和教学反思。其间教学阶段的具体步骤如下。

第一步，将学生分组，每组 4～6 人，指定其中一人为教学教师，其他人为学习者。

第二步，给每组"教师"同样的教学内容(称为反思型教学材料)，让他们准备一周，之后在小组内讲授。

第三步，上课时间同时在各组开始教学，可以在一间教室的不同部位，也可以在不同的教室内进行，每组教学历时 15 分钟，期间"教师"不仅要按照准备方案来安排课业的讲述，必要时要进行展示，而且还要在教学结束后花几分钟的时间用教学材料中规定好的评价仪器和评价技术对学习者的成绩和满意程度作出评价。

教学反思阶段有小组内部的反思和全体参与的反思两部分组成，先进行小组内反思，然后再进行全体参与的反思。小组内部的反思方式为讨论，历时 10 分钟，由教学教师主持，主要是探讨影响教和学过程的预期、情境、过程和变量，涉及不同层次的问题：教学内容难易程度怎样？教学教师在备考时考虑了什么？学习者怎样看待自己的学习效果？教学教师采用了怎样的方法使学习者投入到学习中？……全体都参与的反思会由教师(或称课程指导者)主持，期间，教学教师和学习者分享不同的教学方法并进行比较，具体阐释影响教、学行为和学习满意程度的各因素的作用。探讨的问题有：不同教学教师是怎样计划他们的教学的？他们是怎样教的？不同组学习者的学习情况和满意程度分别受哪些因素影响？……

值得一提的是，在克鲁克香克的方案中，重点凸显了反思型教学材料的准备。他认为，反思型教学材料需要教师(即课程指导者)提前准备，期间不仅要理出明确的内容、任务、目标、所用测评工具和标准，还必须遵照并符合以下要求：适合至多 15 分钟的讲授时间；满足教学教师和学习者的双重兴趣；内容相对独立，不在学习者的学科范围内；结果可以通过观察和测量直观地呈现出来。

克鲁克香克的实习设计尝试着改变以往职前教师培养中教学实习阶段学生盲目、不加思考地接受"经验性知识"的状况，欲以反思为指导理念推进学生在学习和教学中的主动思考。他的设计中规定出了专门用以反思的时间，从客观上为促进学生思考创造条件，而且，更难能可贵的是，他还采用提问引导的方法来推进反思向更广域和深入发展。所有这些都为后来研究反思问题的学者所继承，并产生了相当的影响。然而，克鲁克香克在教学材料规定性方面的偏激观点也同时限制着他的思维，阻碍了其观念的继续发展。他强调教学材料脱离学科内容，本来是想引导教学教师们以反思教育性知识为重，不受具体学科知识的干扰，却忽略了教育性知识只有与具体学科环境相配合才能获得意义，才便于学生有效地认知和深层掌握教育专业知识，认知的虚无最终不可能改观和提高教学者的教育观。鉴于此，他的反思型教学一直受到多数学者的批判和否定。

(二)蔡科纳的设计——以视导员为中心

蔡科纳侧重研究"真实"的教学实习如何进行。他认为，落实培养教师的反思性思维应对整体实习资源(包括目标设置、实习内容、教师指导等)进行系统、全程地安排，这种安排以他关于反思型教师教育四要素(学生、教育内容、教与学/师与生关系和教师教育者)的分析为依据，如表 8-2 所示。

表 8-2　蔡科纳对反思型教师教育四要素的分析

基本要素	要素意义	在反思型教师教育中的落实
学生	对知识和教育环境的看法	不迷信权威，能够发现问题
	对教师教育者的看法	道德工匠
教育内容	形式	能够引起思考
	认识论	实践知识与理论知识相结合
	范围	广泛(教学与探究)
教育环境	教与学/师与生关系	以探究为导向
		自我更新
教师教育者	对自己职业的看法	道德工匠
		能自我提升

(资料来源：霍力岩，孙冬梅. 幼儿园课程开发与教师专业发展——比较研究的视角. 北京：教育科学出版社，2006)

按照以上基本思路，蔡科纳设计了以视导员为中心培养反思型教师的教学实习方案。以下，下面就以应用其方案的典型——威廉康星大学教师职业课程的实习部分为例，来对方案进行具体介绍。下面将从三方面来展示蔡科纳的方案。

1. 蔡科纳对实习期间学生反思须达到的标准的规定

蔡科纳根据范梅南对反思三个层级的划分，明确了实习期间学生反思水平应涵盖的四方面的内容：在指导学生和进行教室管理方面能够胜任，明确所教科目的知识并把握教学过程的必要技能和方法；有能力分析教育，确保教育活动以适当方式进行并达到预期或未预期目的；明确教学活动具有的道德层面影响，从而据此作出恰当的行为选择；能体会到学生各方面的需求，有能力创建不同个体间相互尊重的教室和学校氛围。

最后，蔡科纳对标准进行了说明，强调标准需要不断修订，"反思品质、反思能力"的内涵更有待于进一步具体化。

2. 蔡科纳对实习过程中学生学习方式和进程的规划

蔡科纳首先规定了对实习学生的基本要求：实习学生须在完成了规定修业 27 个学分后进入实习；学生的实习时间为 160 小时，共占用 15 周，每周平均 4 天半。蔡科纳还对学生提出了以下四点具体要求。

第一，实习学生要在视导员的指导和督促下进行观察和独立研究，以发展探究能力。观察任务一般至少三次，最后呈现观察报告。独立研究工作包括行动研究、人类学研究、课程分析研究三种形式，可任选一种进行，并递交研究报告。研究报告有具体的要求：实施行动研究需按照调研计划、实施、观察及反思的程序进行；人类学研究可选择主题进行，但要涉及不同能力和家庭背景学生教育资源的分配、学生看学校的视角、不同教室中教师所提问题的类型以及学校考试所用语言的研究等；在课程分析研究中，学生除了要找出既定课程材料和模式贯彻的原则、思想外，还要对其形成的历史、背景进行追踪，解决谁决定课程、这样决定的依据是什么、一些机构是如何影响课程发展的等问题。

第二，学生每周要返回大学上两个小时的讨论课。讨论课由视导员主持，旨在帮助学生对不同教室行为和教学方法所依据的原则进行思考，拓展关于教学的看法，并在指导下开展自我评价。讨论课的组织和实施不做具体硬性规定，提倡多样化，可以规定主题进行，如让学生收集某一教育主题(教室管理、按能力表现将学生分层等)的研究成果，进行分析、评判，挖掘出有用的资源，讨论其如何在实践中施行；也可以不定主题，自由展开。

第三，学生要坚持作教学日志记录。日志是视导员了解学生、实习学校及学校所在社区背景的有效资料。实习期间，视导员要对学生进行日志记录方面的具体指导，让学生记录下他们在教学中对教学和自身发展的思考。

第四，学生要定期参加由视导员召集的视导大会。视导大会在学生完成视察任务之后进行，会上视导员不仅要把曾在讨论课上泛泛涉及的、与具体教学行动和背景有关的原则、策略进行讲解，还可以根据自己的观察、视导情况，对学生作出评价。

3. 蔡科纳对视导员职责的定位——"以视导员为中心"

蔡科纳方案中的视导员指那些大学专派的、深入实习学校指导实习学生教学的人员，一般由课程与指导专业的研究生担任。蔡科纳对视导员工作总的要求是：尽量让学生在教和学的过程中接触，体验教师职能的各个方面。他说，一提到教师培养，教师往往仅想到指导学生、教室管理、组织教学这些方面，而忽视教师在课程开发、学生评价等方面的职能，而实际上后者才是教师走出传统职业发展视野的局限、真正步入"专业化"的关键。他不提倡视导员在具体指导学生时给出唯一的标准答案，而要求视导员采取适当方式启发学生自己思考，通过创设情境，使他们意识到既定内容在规定条件下具有多种呈现方式，让他们体会视导员在调整课业计划、生成创新教学方面的空间和实际切入点。

视导员的工作由会前工作、观察、分析和决策、会后工作四个阶段组成，主要就是观察实习学生、做记录、对实习学生的教室行为做指导。蔡科纳提醒视导员注意体会他们的工作与以前的"诊疗视导"工作的区别。他认为，二者都历经同样的步骤、安排，都重视教室行为的理性分析，视导员也都是在观察和客观记录的基础上指导教室行为，但诊疗视导基于技术性教学思维，关注的是教师教学行为的达标和目的的落实，而在反思型教师教育的视导却更注重教师的体会，表现为：不仅关注实习教师们的外显行为，还要注重对意图和信仰进行分析和思考，挖掘他们的意图与教学行为理论运用间的关系，以发现影响教师的因素；在教学内容方面主要考察为不同教育对象设置的问题和内容；不以圆满实现教学目标为始终目的，而是试图在更高的层面探析教学，注重教学过程中非预见性结果和"隐性效果"的分析。

蔡科纳系统化的方案设计环环相扣，把培养反思型教师的职前阶段实习变得可感觉、可触摸。更为可贵的是，他通过视导员的工作，实现了师范生培养的个体化，这符合个体独特的反思特点，有助于个体形成独特的思维风格和品质，如图8-1所示。

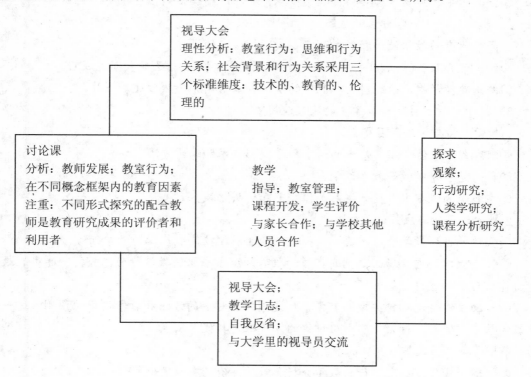

视导大会
理性分析：教室行为；思维和行为
关系；社会背景和行为关系采用三
个标准维度：技术的、教育的、伦
理的

讨论课
分析：教师发展；教室行为；
在不同概念框架内的教育因素
注重：不同形式探究的配合教
师是教育研究成果的评价者和
利用者

教学
指导；教室管理；
课程开发；学生评价
与家长合作；与学校其他
人员合作

探求
观察；
行动研究；
人类学研究；
课程分析研究

视导大会；
教学日志；
自我反省；
与大学里的视导员交流

图 8-1　蔡科纳的实习设计

(资料来源：霍力岩，孙冬梅. 幼儿园课程开发与教师专业发展——比较研究的视角. 北京：教育科学出版社，2006)

【阅读材料】

教师研修项目

为了探讨教师教学实习(又称教师研修)内容，日本的吉田贞介教授分别用三个视点(观摩、思考、行动)加以检讨分析教学实习两个阶段(教学原理的理解阶段和教学技术的训练阶段)的研修内容。下面列举的内容就是根据这种方法抽取的。借助这种方法，可以很好地整理教师研修的总体构造。

一、教学原理的理解阶段

本阶段主要是针对培养阶段和经验薄弱的教师研修，通过观察教学，理解组织教学的原理和基本构成，同时，也重视教学观以及从教学中习得知识。在这里，由于多采取集体指导，各种教育媒体的引进和新的教学方略的开发成为重要课题。教育内容如下。

1. 根据教学解释，理解教学模型

①观摩现场教学和教学记录(文字、图像)，听取有关教学技能的解释，理解其要点。

②观摩现场教学和教学记录(文字、图像)，随着教学的展开，思考下一步的操作。同时叙述各个时点教师所采取的行为。

③就教学中教师的行为分项目收集信息，并加以整理归纳。

2. 教学设计、教学方法的理解

①阅读优秀的教学设计和教材研究案例，模仿它的风格。

②给出优秀教案(例如前半、后半、中间)的片断，根据自己的判断完成它。

③给出典型教材，小组讨论其教学的设计和教材研究，然后反复练习。

3. 教学取材、再现和教学中的决策演习

1)教学取材与方法的习得

①观摩教学录像，了解基本的课堂教学摄影技术和编辑方法。

②讨论怎样才能做好教学记录。

③在教学的流程中，反复练习如何分节和镜头切换。

2)教学的再现与决策的训练

①快捷地再现教学录像，逐一地把握教师的教学技能和基本的教学行为。

②锁定教学的重要场面，判断在该阶段教师应当采取的教学行为，并就一连串的教师行为作出自己的评论。

③借助录像再现各种类型的教学，反复训练其对应的方法和教学过程的预测。进一步就教学录像中的教师行为，以小组讨论的方式探讨其优、缺点。

3)教学数据的收集、处理的演习

①观察、模仿以往所进行的教学分析和教学评价的有效案例。

②从教学数据出发，把握该教学的特点，形成改进教学的意见。

③观摩现场教学和教学录像，反复练习，以便能够即时采纳教学评价的数据。

4. 教学实习的体验性理解

1)借助模拟教学，局部把握

①反复视听教师小队的优秀事例，在模拟教学上面加以运用。

②通过教师小队的事例确认：由于教师的判断不同，就会有不同的教学流程。

③采用教师小队那样的细分化方式，反复练习基本的教学技术。

2)通过教学实习，综合地把握

①通过实习学校的教学观摩，能够发现教学的流程和教学技术，教师各自所采取的不同类型，并能够按照自己的方式加以运用。

②实施教学，并就该教学的流程和教学的分歧点上所采取的自己的判断和处置方式加以检讨，归纳改进措施。

③观摩他人的教学，对于教学的进展和判断的方式能够归纳自己的见解和意见，作出评论。

5．教学实践案例的收集与整理

①定期观摩现场教学，收集可供自己参考的具体的实践事例，分项目加以整理、保存。

②参考有关教学现场所发生的现象的文献、资料，思考解决的方法，倾听资深教师的意见。

③从现场收集自己所需要的教育信息，加以整理，以便利用。

二、教学技术的训练阶段

这个阶段以教学经验薄弱的教师为对象，指导教学的基本技能，并通过反复训练掌握基本技能。在这种场合，着重于小组指导，特别是师徒制。这就是"教育技术的传承"的、在以往比较忽视的领域，却是一个旨在保持教师具有一定水准的教学技术的必要的研修阶段。

1．教学技术的基本训练

1)教学观摩及其记录

①尽可能多地观摩各种类型的教学，发现其差异，进而彻底地观察自己的教学，并探讨教学的行为。

②通过教学观摩笔记，形成自己的见解和方案，并同该教师讨论，确认意见的妥当性。

③分项目整理教学观摩笔记，以便利用。

2)基于教学模仿的实地训练

①根据教学观摩，模仿教师的教学，若有疑问，向该教师询问。

②就模仿的教学作出反思性记录，同时表明自己的见解和感想，接受指导。

③反复实施模仿教学，并接受该教师的实地指导。

3)模仿教学的应用训练

①设想将模仿教学所得的教学技术应用于自己的班级。

②以模仿教学所得的技术为基础，采纳新的媒体，形成自己的方略。

③将收集到的教学技术运用于种种情境，确认其效果。

2．教科书分析、教材研究方法的习得

①了解有定评的教科书分析和教材研究的手法，并尝试加以运用。

②观察已经作出的教科书分析和教材研究的结果，加以解读和考察。

③反复进行不同年级、不同学科的分析，以便习惯于种种案例的分析。

3．班级管理的见习和总结

①持续地观摩资深教师的班级，记录该教师所采取的管理方法，并模仿这种方法。

②对于持续观摩的班级中产生的种种现象，思考自己的判断和处置，探讨班级教师处置方法的差异。

③增加观摩班级数，记录各自班级的管理方法，将材料加以分类、整理，以便比较。

4．了解学生与观察记录的方法

①追踪所抽取的学生，长期记录该生的面貌。

②收集有关该生症状的文献、资料，整理相关信息，考虑自己的对策。

③尽可能地积累、整理、保管该生的行为记录及其处置方法的记录。

5. 教学实践的记录和前辈教师的建议的积累

①阅读已经发表的教学记录，熟悉教学记录的格式和记述的方法，并且模仿它，记录各种教学。

②观察自己所作的教学记录，抽取并整理教学进行中的成败得失。

③将自己的教学尽量多地用文字和图像加以记录，让资深教师观看并接受建议。

二、课程建设

反思型教师教育对课程建设的要求包括宏观课程设置、微观科目呈现方式等方面的全面革新。

(一)宏观课程的设置——罗伯特·A.罗思的观点

学者罗伯特·A.罗思(Roth R.A.)首先分析了培养反思性思维与课程内容的关系，认为反思性思维的培养必须与学科内容结合才能最终完成。学科内容好比是质，反思则好比是形，缺少学科内容(质)支持的反思(形)是虚无的、无意义的。

基于此，罗思初步构想了反思型教师职前课程的体系，它涉及三个维度，如下。

第一个维度，对教学实践做整体规划，把学生的课堂外时间实践作为整个课程的构成要素之一加以设计和整合。

第二个维度，对理论性、知识性的科目重新设计，认为知识性科目的教学也可以培养反省思维。反省思维的培养与对知识的深层认知同时进行，这需要教师在教学中抓住时机，采用灵活的方式。比如，展示课上教师除做具体操作外，可以通过一系列预先设计好的问题引导学习思考、讨论，挖掘技能背后所蕴藏的理论假设，考查其对学习者学习本质、学习方式和调动学习者学习积极性等方面的作用，帮助学生形成初步假设；讲座课上改变教师中心模式，形成学生课下研读教师提供的材料和资源、课上分析和交流看法的新氛围，加强学生的探究意识；教师设计讨论，引导学生比较理论和技能，教师有意选择彼此冲突的内容，让学生来分别找出适合他们的教学情境，或展示同一技能在不同背景中的表现，让学生思考在不同年龄班上运用同一种技能会有怎样不同的结果，在城市和乡村又有怎样的不同，等等。

第三个维度，把关于反思的知识整合到课程体系中，认为应给学生必要的知识支持，包括方法层面的以及理论和实践结合层面的两类。方法层面的可以包括个案研究法、行动研究法等，理论与实践结合层面主要是对调合二者的能力进行专门训练。

(二)微观科目的呈现方式——乔伊斯和肖沃尔的观点

帕特里克·弗格森(Ferguson P.)在文章《以反思为基点的方法课教学》中介绍了乔伊斯(Joyce)和肖沃尔(Shower)设计的学生方法课教学情况，展示给我们一个以反思理念为基点建构的微观课程模式。

乔伊斯和肖沃尔的方法课教学遵循四段式进程：教师在课堂上讲授基本的指导理论和策略；教师展示依存于此理论的具体教学技能；学生在真实教室中实践；学生在实践基础上展开开放式讨论。

以发生地为参照，我们可以看出上述阶段实际上经历了一个"大学—学校—大学"的过程。首先，在大学进行前两个阶段：讲授和展示。这期间，教师要对学生的课程准备提出要求，不能独立完成讲授和展示，而要力求建立起教师与学生互动经营课堂的氛围，即讲授部除老师主动介绍理论基础及策略、做常规讲座外，学生还要作简要概述和评价。展示首先要由教师完成具体操作，然后，教师组织学生讨论，启发他们运用所学过的、考评该方法的最佳量化指标对展示进行评价，同时回答教师的提问。另外，在大学的这段时期，学生还须利用额外时间完成一份运用此方法进行教学的教学计划书，教学计划需经教师点评，给出评语或建议，以便学生进一步修改、完善。接下来，学生被分派到附近的学校进入第三个阶段，即在专业资深教师指导下参与实际教学。这里的资深教师是那些经过严格选拔、对学生的实习效果直接产生影响的学校教师，他们一般具有相应学科的教育硕士学位或同等学力，有至少三年以上的教学经验，并曾指导过学生实习。资深教师和大学中的方法课教师结为同事关系，共同决定实习目标定位、实习主要内容及实习预期效果等事宜。实际教学中对学生的要求是：进入实习教室至少8次，2次进行观察，3次与资深教师商讨教学计划，2次进行实际教学，1次讨论教学效果。具体来说，第一次一般是选择适宜的教学研究主题。接下来的2次是进入教室观察，根据所在班学生的具体情况，研究教学目标、教学方法和教学材料事宜，同时，可以就一些随机的话题与资深教师展开讨论。接下来的3次由学生与资深教师一起计划教学，主要围绕两方面内容：其一是教学的技术层面要求，包括教学需要达到的具体标准是什么，课程时间如何安排，需要准备的学习材料有哪些，如何评价等；其二是教学反思，学生在资深教师指导下，审视自己的教学目标定位，将其与公认性的标准作对比。然后，学生开始教学。教学结束之后，学生还要与资深教师一起来评价教学，评价的主要依据是一份被称为"教学计划指南"的表格，它对教学技术和教学反思两方面都作出了规定。最后，学生返回大学完成第四阶段的任务。实习结束后，学生返回大学校园，重新思考他们的教学观，并将这次的结论与实习前的结论作对比，体会实地经验怎样影响了他们关于教学的观点和态度，并写出书面报告。

教师看完学生的报告后，分别与每个人交谈，最后召开面向全体学生的讨论会，让学生依据自身的理解对所学方法/策略进行评价。

审视反思型教师教育职前培养的这两个重要方面，我们可以推导出如下观点。

首先，在职前阶段培养教师的反思性思维不是简单地增加一两门课，或表面性地改善一下方式就可以达到目的的，而必须全方位地革新教学活动与教学实习，重建一个新的、完整的、有效的培养体系，在这一体系中，教学实习和课程建设是最关键的部分。

其次，要落实重建职前培训体系工作，最根本的是改革培养教师的师范院校的机制，在大学内创建有利于反思型教师教育整体推进的环境，尤其要保障反思型教师教育实践情境的落实。要完成这一任务，很重要的一点就是加强大学与学校的合作。罗思在论及宏观课程设置时曾专门谈及到合作问题，认为合作是保障反思型教师职前课程设置得以实现的两种重要途径之一，他说："在完成培养反思型教师的共同使命的过程中，实验学校和大学应是统一体系中的组成部分，而不仅仅是一起工作的两个单位。"关于二者可能的共建方式，他认为，成立中心是选择之一，在这种模式中，职业的学习和职业的实践可以同时进行。罗思还认为中心的设置可以等同于医学行业内的"教学医院"，可以命名为"职业发展诊疗学校"。他谈到的另一途径是大学自己建立模拟的、诊疗性的时间情境。舍恩也用图示表达过同样的观点，如图 8-2 所示。

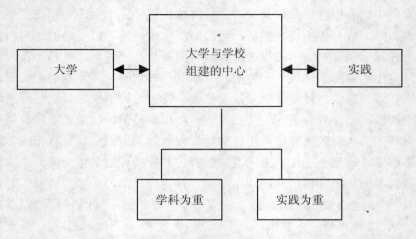

图 8-2　舍恩的反思型教师职前培训模式

(资料来源：霍力岩，孙冬梅. 幼儿园课程开发与教师专业发展——比较研究的视角. 北京：教育科学出版社，2006)

第三节　反思型教师教育——在职研修

与职前培养类似，反思型教师的职后研修也需要突破旧的模型，进行重新建构。教师的专业发展是靠实践性知识保障的，教师成长和发展的关键在于实践性知识的不断丰富，实践智慧的不断提升。实践智慧是缄默的，隐含于教学实践过程中，更多地与个体的思想和行动过程保持着一种"共生"关系；它又是情境性的和个体化的，难以形式化或通过他人直接讲授而获得，只能在具体的教育实践中发展和完善。我国众多优秀教师的成长历程无一例外地显示，应在"课堂拼搏"的行动中"学会教学"。

一、基本模型：走向行动教育

如今对教师怎样教学生要求很高，天天都在呼唤尊重学生的主体性，强调让课程适应学生作为教育的出发点，那么培训者、培训教师是否也应当尊重被培训者的主体地位，让培训课程切合教师个人生活史和职业生涯呢？恰巧在这一点上，以往的培训都出了问题。因此，我们建议把教师培训改为教师教育，甚至认为称教师研修更为妥当。教师自身所计划、实践的教学研修，具有学习"教学"的性质。"学习"的内涵不仅在于"行为的变化"，在罗杰斯(Rogers C.R.)看来，"学习"是覆盖全人、自我主导、渗透人格的，亦即会带来行为、态度乃至个性的变化，其本质是意义的建构。从这个意义上说，教师研修不仅是专业成长的基础，而且是人格成长的基础。"教师教育(Teacher Education)"有别于"教师训练(Teacher Training)"，"教师教育"包含"教师训练"，但不能还原于"教师训练"。要阐明教师教育改造的课题，就得持续地批判"技术熟练者训练模式"的样式与原理，揭示"专家开发模式"的样式与原理，然后，赋予"教师专业"的概念以"实践性知识"的品格，进而提出基于"临床教学研修"的专业研修的方法。"临床教学研修"是教师凭借扎根于教学实践而获得的"实践性知识"和"临床知识"，展开案例分析，诊断教师成长的课题，帮助教师专业成长的行动研究。这种临床教学研究是采用观察、记录、描述、说明、概念化的步骤来进行的，是借助于描述的行动研究，目的是形成教师个人实践性知识。

二、"行动教育"秉持的两个基本理念

(一)教育的实践知识常常"只可意会，不可言传"

20 世纪 50 年代，英国科学家、哲学家波兰尼(M.Polanyi))提出了一个命题：我们所知道的多于我们所能言传的。这引出了波兰尼哲学的一个基本命题：隐性知识和显性知识。显性知识是关于事实和原理的知识，具有可编码、可传递的特点；隐性知识本质上是理解力和领悟，是情境性和个体化的，常常具有不可言传的特点。

在对诸多领域中专家特征的文献检视中发现，专家教师的知识在处理解决实际问题时，至少有三个方面的特征，如下。

第一，专家知识的领域分布。专家具备与其领域或学科相关的巨大知识库，是专门化的，而且局限于特定的领域。一旦需要运用时，他们能熟练地提取与具体任务相关的知识，甚至达到自动化程度。

第二，专家知识的隐性特征。专家所具有的知识大多是缄默的、个人化的，嵌于情境活动之中不能剥离。在决策和解决问题时，专家的行为是以直觉指引下的轻松自如的流畅行为为标志的，常常是不可言传，只可意会的。

第三，专家知识的组织特征。专家知识不仅是对相关领域的事实和公式的罗列，而且它是围绕核心概念或"大观点"组织的，知识基础复杂而结构良好。在遇到现实问题时，这些概念或观点将影响他们所关注的事物和问题再现的方式，具备有意识的思考和反思的特点。

(二)教师的专业学习

成为专家教师的学习和创新应该呈现出四种基本行动方式：听中学、做中学、听懂的东西做出来、做好的东西说出来。由此处理知识与经验、理性思考和行为改善的关系。

教师是在教育行动中成长的，不同的回应学习与工作环境的行动方式是专家教师和新手教师的关键性区别。

教师的专业发展要关注实践智慧的动态发展过程，关注两类知识(显性和隐性)之间的互动关系。

三、行动教育模式

(一)目标：寻找解决问题的策略

从行为方式看，专家教师是不断选择以成长机会最大化的方式处理任务，在能力极限边缘工作；从思维方式看，专家教师是不断把看似常规的行为问题化，凭着大脑资源再投入用以解决拓展性新问题。行动教育为教师的实践智慧的发展提供了一个现实的途径。

(二)程序："三个关注，两个反思"

行动教育模式包含三个阶段：关注个人已有经验的原行为阶段，关注新理念之下的教学实践的新设计阶段，关注学生获得的新行为阶段。连接这三个阶段活动的是两轮有引领的合作反思：反思已有行为与新理念、新经验的差距，完成更新理念的飞跃；反思理性的教学设计与学生实际发展的差距，完成理念向行为的转移。

(三)主体：研究者和教师的合作

行动教育表现为教师与研究者两类人员在理念学习、情境设计、行动反思三个合作平台上有益互动与互补。研究者擅长对学科知识的本质理解，对学习方式内涵的深刻把握，但对常态的学校生活了解不够。教师的优势在于对学生深入细致的了解，教学技巧熟练，但容易局限于自身已有的经验。教师与研究者的合作恰好能弥补各自的缺陷，有利于双方从自身角度思考，透过不同的声音，提供不同层面的资料，以互补互惠的方式建构个人的专业理论与知识，促进各自的专业发展。

四、教师实践反思：实现行动与学习的建构性反思

从世界教师教育发展趋势看，实践反思已成为教师教育的基本模式。"行动教育"中所倡导的实践反思最重要的是建构行动和学习两者间的关系。

(一)行为跟进

1. "行为跟进"意味着对经验反思并采取行动

教师带着丰富的学习经验和工作经验进入学习，这些经验既是教师学习的基础，也是和他人相互交流与学习的资源，因此反思经验的学习是最重要的学习方式。

我们常常从经验中学习，学习的结果是：确保我们对那些使我们痛苦或使我们难堪的事情进行思考，寻找原因，这使得我们再遭遇类似的事件时，会变得更谨慎，能够采取不同的行为避免尴尬和痛苦。然而，随着时间的流逝，这些自发的经验学习对于我们的影响

会越来越小。很多成人教育的研究也表明：丰富的经验可以帮助一个人形成有意义的知识，然而，个人的经验愈丰富就愈不容易改变既有的观念，也不容易吸收他人的经验与观念。

越来越丰富的经验并不能保证产生越来越多的学习，保证我们的工作能够得到改善。很多研究表明，专业发展需要自觉的经验性学习，自觉的经验性学习意味着教师的自觉，这种自觉主要是教师的经验反思和经验重建。离开了教师的自觉，经验是死的经验，经验性学习充其量是自发的经验性学习。行动教育中这种教师自觉的经验学习是通过"行为跟进"实现的。

案例 8-1：比较含磷洗衣粉与无磷洗衣粉对水体影响的实验设计

葛老师非常接受和赞同科学课程的新理念，在课堂中也努力尝试着让学生以探究的方式学习科学。一次区教育学院教研员和葛老师合作的小课题研究——"学生科学探究时教师支持性策略研究"，让葛老师感受很深。

课题以"比较含磷洗衣粉与无磷洗衣粉对水体影响的实验设计"作为具体的教学内容。同样的内容葛老师上了三次，每次课后葛老师都和她所在的教研组全体教师、区教研员进行热烈的讨论和反思，并对课的设计进行修改和再实践(重新上课)。

第一次上课，"学生行吗？"教研员和葛老师一起策划了一堂课的内容：设计一项实验，比较含磷洗衣粉与无磷洗衣粉对水体的影响。

"让初二学生设计实验方案，行吗？"葛老师带着这样的疑问开始了这节课的设计。为了更好地帮助学生顺利完成设计，葛老师初定的策略是：尽可能多地为学生提供资料和范例。老师认为学生既没有实验设计的经验，也缺少这方面的训练，所以提供一个范例作为铺垫，试图通过分析范例，告诉学生实验设计应该注意的问题，然后让学生根据范例进行模仿设计。这是老师的想法和做法，因为老师认为学生是有问题的。

"学生的设计比我预期的要好。"课上，葛老师通过分析出示案例，归纳总结出生物实验设计中需要注意的问题：对照、控制变量和可重复，并指出这是生物学重要的思想方法。之后，葛老师要求学生参照范例设计"洗衣粉对水体影响"的实验。

从课后 24 份学生的设计作业来看，有 20 份设计作业完全模仿了老师的实验方案。其中：有 18 份作业不仅设计了含磷和无磷洗衣粉的对照，而且还设计了含磷洗衣粉的浓度梯度；有 1 份作业设计中显示出学生真正理解了要控制变量，即维持其他实验因素不变的单因素原则。看了学生的设计作业，葛老师说："学生的设计比我预期的要好。"

集体讨论，反思发现不足。教研员、葛老师和教研组的三位老师进行了评课、反馈会议。

老师一致认为：葛老师这节课的处理，引入范例分析、设计和交流谈论，与灌输式的教学没有多大的差别，这样的教学不是真探究。24 份学生设计大多数是对老师提供范例的模仿，课后学生访谈也证实了这点，接受老师关于科学实验设计的原则，但没有理解或者说没有去思考科学实验设计为什么要对照，需要控制和重复等。

葛老师的反思：虽然提供范例的意图是为学生探究提供铺垫，但客观的效果是导致学生机械模仿，不利于掌握理解设计中蕴含的科学方法，也不能起到引导学生探究的作用。

第二次上课，"从学生的生活经验引入"。葛老师修正了她的教学设计，"从学生的生活经验引入探究问题"，这是第二次课的基本思路。

课前，葛老师设计了一次学生调查，让学生在问卷调查的基础上了解日常生活中含磷洗衣粉和无磷洗衣粉的使用状况。然后，将调查统计的结果用于课堂，通过学生讨论以及师生间问答，让学生明确实验设计的关键点。

课上，葛老师对学生小组汇报的调查结果进行了简单的梳理之后，切入正题，要求学生分组设计实验方案，研究含磷洗衣粉和无磷洗衣粉对水体的影响。葛老师的授课语言简练，将课堂上用于老师讲授的时间还给学生探究。

"我高估了他们的能力。"但从课后学生所递交的设计方案中发现，约有 62%的学生设计研究的内容偏离了主题，如，有的学生研究两种洗衣粉的洗净力不同，也有的研究单质磷对蟑螂的影响等。

葛老师课后很感慨地说："学生还是不行，我高估了他们的能力。"

"老师该怎样为学生提供指导。"通过设计调查学生生活情境引入，让学生开始探究很好，但过程中没有强调突出探究主题，以致一些学生讨论之后还没有明确探究的主题。生活情境是复杂的，要求学生探究复杂的生活情境，需要教师适当的教学处理。

在学生递交的实验方案设计中发现：相当部分学生的设计充分注意了"比较和单一因素原则"，而"重复原则"在学生设计中很少有体现。经过分析发现，前两条原则是学生课堂上讨论得出的(这也是教师比较满意的一点)，而后一条原则是教师讲授给学生听的。

"老师该怎样为学生提供指导很重要"，讨论中葛老师反省到这一点很重要。

第三次上课，葛老师接受了老师们的建议，很快做了第三节课的设计："先引导学生讨论将隐性的科学思想显性化。上课流程是引入讨论基本实验要点、学生设计、交流讨论、修改设计、再交流讨论、形成科学实验方法并提炼完整的科学实验设计方法。"

(资料来源：王洁，顾泠沅. 行动教育：教师在职学习的范式革新. 上海：华东师范大学出版社，2007)

案例分析：

在上述案例中，葛老师、教研组的老师和教研员一起进行行动、反思、再跟进行动。这是老师们从经验中进行学习的过程，他们通过对过去发生的行动的反思，寻求原因，开始再一次行动。简言之，这是自觉地、有意识地透过经验进行学习的具体过程，而集体讨论、反思是从实践经验中进行学习，联结以往行动和新行为的关键，反思和行为跟进是实现这个过程的策略。

2. "行为跟进"意味着教师通过行动进行经验的重建

反思是一个行动的前奏，通过明确注意这种关系会大大提高教师从经验中学习的效果，让教师的专业成长有可能成为现实。实践是反思的基础，反思要推进实践。反思是没有终结的，实践也是没有中介的，有了反思后实践是能够深化的，而深化了的实践又可以让反思进一步深化。

建构是一个人把平时点点滴滴的反思所得加以统整，并以文字、符号或图形等作为媒介，将统整的结果加以表征出来的心理活动，而建构的结果则成为教师专业内涵的一部分，并能进一步与他人交流和沟通。"行动教育"中，应通过"行为跟进"，即反思原有行动基础上的新的行为作为经验建构的过程，并将新的行为作为这种经验建构的结果加以显现。

对于教师的成长来说，经验的建构是重要的，它至少有三个作用：第一，选择作用。当人们与环境交互作用时，会产生各种经验，其重要性会呈现出等级状态。思维可以告诉我们哪些经验是重要的。第二，抽象作用。思维通过对经验的抽象、概念化使经验得以升华。第三，组织作用。其表现为人们根据自己已有的概念，对经验或信息进行重新组织。

(二)注重主体悟性

1. 主体悟性需要自我的投入

研究表明，一个教师越有专业经验，就越能以直觉的方式进行专业判断与决定，在教学实践中表现得越得心应手。换言之，一个专业判断或决定的发生，皆不可脱离直觉性地选择。教师的实践行动如果不能提升为直觉的艺术层次，则实践智慧难以形成。教师的反思性实践意在提升教师直觉的艺术层次，形成实践智慧。这需要悟性的介入。教师实践反思效果的差异，取决于实践丰富性、深入性和系统性的差异，也取决于反思中主体悟性的差异。

"行动教育"中教师的实践反思强调主体悟性，这种主体悟性首先表现为需要教师的主动投入。教师的投入是一种态度，它不仅是构成个人悟性的重要因素，而且也是人的理想、信念、世界观等个性倾向性的具体表现；它主导着个体将会看到什么、听什么、关注什么、想什么和做什么，其功能主要表现在：决定着对外界影响的判断和选择，导致行为效果的差异，决定个体的期望和目标。

2. 主体悟性需要发展一种对自我行为方式的责任感

"行动教育"中实践反思的作用在于，对于教师原有的对世界的看法进行审视，且是站在外围来审视它。这种能力的实质是一种对自我行为方式的责任感。"行动教育"模式中的"两次反思"(反思一，寻找自身与他人差距；反思二，寻找设计与现实的差距)能够支持这种责任感的形成，但还需要主体悟性的介入。

(三)同伴的支持，建立与他人的适当关系

实践反思强调教师的主体性，与此同时还应借助于他人的帮助才能从反思中学习，同伴的支持与挑战对教师的专业发展有着重要作用。一起工作的同事是教师正在对其进行反思的情境中的其他行动者，他们的观点、态度、反应和感受，他们以职业人士的角度来观察自己的行动等，能够增加教师个人在反思自己实践中的领悟。

(四)通过实践反思，研究者和教师共同成长

在"行动教育"中教师与研究者的合作，是以教学为媒介、案例为载体的可以聚合教师和研究者的视野，提出并解决共同关注的问题，实现共同成长。

案例 8-2：改变教室权力关系的行动

该个案报告首先介绍了大量的学校背景——学校氛围如何影响参与反思性研究的研究者的课堂实践，然后描述了反思性行动研究如何改变课堂教学实践，使某些不符合权威关系师生关系的活动成为课堂教学活动的主流。

发现与改变教室权力关系：个案报告

我(Hadden J.，一位教师)是在公立学校执教 13 年后才接触反思性行动研究的。虽然我一直注意到教育领域中的层级问题，但是教育的反思性研究迫使我怀着批判的眼光审视学校教育的权力关系，并将我的教学作为这一权力结构的一部分加以探讨。这次对自我和学校教育的检验使我改变了教学风格，能够包容选择和削弱课堂层级关系。

教育的反思性行动研究与我所在的学校为教师提供的氛围有密切关系，因此，使得很多教师的教育实践都发生了重大改变。由于关注通过死记硬背学习基础知识，导致我们许多教师钻牛角尖，急于完成强制性的任务。现在我们学校的教师有一门必须在年底完成的课程，那就是要考核学生的概念，考试的结果也会公布并将在教师会议上讨论。同时，还使用数学国家标准测试对升入初中的某些学生进行学术选拔。对考试结果的强调还导致我们扼杀了新的学习方式，比如关注学生学习，放弃尝试创设更民主的课堂文化，仅仅因为这些都不会体现在多项选择测验中。这的确就是新教师来到我所任教的学校时的情况。

看着新教师逐渐改变也令人沮丧。通常他们都会满怀激情、乐观地投入到第一项任务中去。他们期待自己和学生能取得最好的成绩，他们满心欢喜地装饰公告板、设计游戏、构建活动，他们发挥聪明才智设计教案和富有创造性的科学实验。第一年，教师通常会积极地预想学生和自己的关系。他们想象学生会逐渐志趣相投，互相团结，并且对学校的学习生活有非常端正的态度。

然而几年之后，有时候他们就会对学生失去信心，对装饰新公告板花费的时间耿耿于怀，仅仅因为没有时间放弃一些学生的作业，既不看学生的作业，也不给学生成绩。他们与同事格格不入，为家长的询问忐忑不安，也不相信管理人员。他们与同事融洽相处、积极进取的日子都成为往事。经验往往是在苦恼和失望的时候积累起来的。

我观察过新教师的变化过程。起初，卡伦(来到我校的一位新教师)热衷于富有创造性的教学，并且忙着布置教室。她相信她的每一位毕业生都会尽他们自己最大的努力，而作为教师她只需关心学生、与学生同呼吸共命运就能使学生的生活更美好。她要求自己熟悉每个学生生活的方方面面以及他们的个性特征。她精心选择方便的衣服，以便需要的时候可以坐在地上讲课。她在学生需要的时候拥抱他们，无时无刻地保持着与学生间的个人关系。

转变的过程是渐进的，而不是突然发生的。第一年，我和卡伦教五年级的手工课。学生花上几周的时间用纸、胶水、布和金属线制成了各种动物。他们做了很多稀奇古怪的动物，每只动物的眼睛和肢体数目都不一样，动物的颜色和身体形态也是多种多样。孩子们互相取笑着彼此的作品。他们为自己创造的动物深感自豪。孩子们给自己的动物起名字，指出这个动物的习性和千奇百怪的性格。教室里面乱作一团，孩子们每天盼着继续完成自己的杰作。

手工动物制作完成之后，孩子们为自己的动物写诗。在语言学课上，孩子们写了一篇小故事，幻想自己的动物在一片想象中的大陆生活。在社会研究课上，孩子们则围绕自己的动物编应用题，然后相互交换解答。这些应用题包括计算动物平均有多少只眼睛，如果要为它们做一块毯子，需要多少布料等。而在自然科学课程，孩子们研究了与他们的杰作相似的动物和植物特性，人工为这些动物制造了生态圈。在整整一年的时间里，围绕着这些动物，孩子们开展了很多活动，学年结束时，孩子们认为这是他们五年级一年里面最值得纪念的一部分。

我和卡伦没有再和孩子们一起制作小动物。有很多理由促使我们放弃了第二年继续这门课。制作这些动物需要大量的胶条，可资金有限。这一年里还要发给学生胶水、颜料、双面胶和彩笔。后勤部门不乐意，因为洒在操作台上的颜料必须用松节油才能擦洗干净。第一年，我和卡伦认为，孩子们从制作动物的过程中体会到的乐趣值得为他们做任何额外的清洁工作。但是由于条件有限，领取各种物品实在是太麻烦；由于当时的混乱和污垢，面对后勤人员实在是非常尴尬。而且，孩子们还要通过地方结业考试，应付斯坦福成就测验、学习新的计算机分级系统，制作小动物占用了他们太多的课堂教学时间。

直到发现卡伦的变化之后我才意识到自己的教学也发生了变化。由于这不是我从事教学工作的第一年，因此和卡伦一起工作就像呼吸了新鲜的空气。我希望卡伦在课堂教学中能够保持激情和乐观向上的态度。我感觉到自己的激情和信心已经被毁掉了，尽管我当时不能清楚地说出这一点。我希望这个通过的过程不要发生在卡伦身上。

我现在能够深入地思考这些体验了。站在完成工作、不出问题的立场上，我能够明确那些造成疏远感的因素，我每天的目的是完成课程计划、逐步推进以便能够在学年结束时完成课程或学完教科书。每个学生在第五年后的最后成绩，而不是他们的学习体验。教学成为生产产品的过程而不再是一个过程或一段经历。

结构性的调整也是导致我的疏远感的一个因素。我们的工作要求全神贯注、结果导致筋疲力尽。我们严格遵守固定的时间表。时间表非常紧张，哪怕我们改变原有时间计划仅仅五分钟，其他班的体育课或是音乐课就会受到影响。在随后的两年间，时间安排的更紧张，"专门人员"讲授图书馆、计算机、体育、音乐、社会技能课干扰了课堂学习的环境。数学一班的学生(通常视为"情况不妙")进行了几次，还是不能随时开展不同的课堂活动。英语为母语的班级和作为第二语言学习的班级，如果学生没有按规定的时间到来就会混在一起。一天的教学时间被分得七零八碎，课程表安排又很紧张，甚至每天把全班同学集中起来的时间还不到半个小时。由于实施新的地方统一评分标准，现在每周需要花几个小时填写报告卡，不能再像从前只要学期末用上几个小时填完就可以了。那年经费紧缩，必须向秘书处申请才能领取相关的资金。当时每位学生只有 5 美元，可以分配教师，用来为学生购买教学用具。

教学的合理化，也就是将整体的行为分成部分，是导致我产生疏远感的另一个因素。新的评分标准要求我们判断每一个学习活动是否符合国家核心课程规定的学习目标。学校原本综合化的学科现在不得不为了达到地方统一标准而拆开，以便分别教学。午饭和休息的时间也拆开了，以便保证每个年级有单独使用操场的时间。与此相一致的是，本来多年来教师们一般都一起在休息室吃午饭、休息，而现在也分成了一个个小团体。教师聚在一起的时间越来越少，以致产生了"午饭派别"，校长和她的教师朋友每天一起在校长办公室吃午饭，其他教师则分成不同的小团体分别在教室、图书馆和休息室吃午饭。

孤立本身就是疏远感的一部分。教师们白天工作，晚上回家休息，很少有机会互相接触寻求帮助和建议。如果有人教学遇到困难，就成了无能的标志。对于教育学生中的问题，教师们也往往看成是纪律问题而不是动机方面的原因。一旦我们相互询问："我们怎样设计吸引学生有趣的内容？"那么问题就会被替换成我们问自己："我怎样才能保证学生按我的要求去做？"

全校范围内对卡伦的"自尊养成"活动的关注在第一年就被基本数学技巧的培养取代了。教师每天训练学生，计算机、实验室几乎被数学训练和教师评分全部占用了。为了给教师提供建议并听取教师意见，组成了几个委员会，但是他们的许多新提议还没有应用就已经被遗忘而抛弃了。有的重要提案在由校长主持的委员会会议上受到了轻视。例如：有一个提案因为拼写错误而遭到了批评，然后就草草地处理了；还有一个提案被校长痛骂一顿，因为在她看来，提出那项建议的人显然是"杞人忧天"。

教育的目标被表述成水平测验、学绩测验、处理课文以及完成地方统一推荐的课堂管理计划。国家核心课程本来是"参考框架"，结果渐渐地由于基于特定的目标的考试以及应用学科计划，国家核心课程演变为规定课程。作为教师，我仅仅希望能找到一些方法，让我的教学既便于学习规定课程，又能跟上学校时间安排，还可以达到纪律管理的要求。我觉得自己就像个机器人或是木偶，孤立无援，无能为力。

其他部门不信任教师能够自己设计教学。科学课程都是预先由学区安排好的，学年结束时学生就参照这些接受考核。数学课及其备课方案全都来自一本地方指定的教科书。阅读课程则按照学区的规定，包括一些具体的基本阅读技巧的训练。我几乎不能改变课程建议的单词表，也没有时间就学生关心的问题组织课堂讨论。教学安排如此紧张以致没有时间让学生进行超过分配的30分钟的艺术活动或是科学实验。教学安排基本上没有任何灵活性可言，创造性更是无从谈起。在学区和学校给我的课程和时间安排上，机智教学和未经安排的教学是不可能出现的。

导致我产生疏远感的结构性的阻碍同样还是我改变了对待学生的方式。我用象征性的经济系统作为奖赏和惩罚学生的机制，我独自穿过大厅走进自己的教室，通过所谓的"合作小组"强调每个学生的学业成绩。我自己欺骗自己，相信先前打包销售的教学材料比教师自己设计的更有帮助。我们没有时间玩"花架子"，我们需要时间提高学生的"基础学科"分数，因为那是学区支持的"良好氛围"所提倡的。

管理上的规定更为苛刻，要求要更频繁。教师会议必须每周召开，而不像从前每月一次，而且这些会议更像是惩罚性的而不是为教师提供信息，每次教师会上我们都会因为"抵制"计算机评分系统或是储蓄教学基金受到责备，学生纪律成为讨论的主要的话题，教师们相互指责教室太吵，教师队伍脱离了教学工作。

这些因素还以其他方式影响了师生关系。很多年来，我一直想在我的课堂上建立民主的氛围，学生参与决策，用讨论和小组互动的方式取代传统的教师中心的教学状况，我的作用在于帮助学生建构知识，而不是将所掌握的由专家"生产"的知识简单地传授给学生了事。虽然我想创设民主课堂，可是我已经成为了课堂上的权威。除非是因为我自己幽默一下，我不能忍受课堂上出现笑声，我规定星期五下午可以有些例外，但是我的目的是一旦这一周孩子们不好好干，我就取消他们的乐趣。我尽量把班级的嘈杂声控制在最小的程度，这样就不会有人因此而指责我没有控制好班级。我遵守着管理上的规定，要求学生在休息室相互监督，以免嬉笑打闹惹出麻烦。课堂上的权力关系是从上到下由对我对学生发号施令。日常生活的方方面面都受到严格的控制，没有学生的自主讨论和自由活动。我有我的教学安排，只要我们按照它进行就可以了！每天的教学看起来和第二天完全一样。虽然我还没有认识到我的教学逐渐变得僵化，但是我的确觉得不快乐。

改革之风

1992 年，我决定攻读硕士学位，进入犹他州大学的研究生院。课程的一部分是要求我们检验和评估我们的教学实践。我参加的教育反思性研究项目强调将"发出声音"作为抗议的方式，并且项目建议我们提出问题，挑战现有的学校教育的特征。随着我加入到调查工作中，我逐渐清楚地看到，我个人的目标和实际的教学成果之间有巨大的矛盾。

联系到对学校环境的详细描述，分析我的个人经历，使我明确认识到讲授规定的课程并不重要，这愈发压制了创设民主型课堂的目标。我开始问自己，有些教学工作到底是为了满足谁的兴趣？学生在权威型的学校环境中是张扬个性还是倍感压抑？我真的能帮助我的学生在实现个人目标的同时与他人合作学习吗？我是培养他们相互之间的团结还是背弃这一目标？

基于对自我和学校环境的分析以及同伴对我的观察，我比较了解自己的目标与实际的教学工作，决定探究改变教学的可能性——引入批判性的教学方法，加强课堂教学的民主关系。下面我将描述在权威型权力关系在我的课堂教学中占据统治地位的条件下，实施批判性的教学法对班级风气的影响。

民主氛围的春雨

我实施批判教育学的一个重要的措施是在五、六年级的课堂上询问学生，谁是学校和班级教育的受益者。我们开始从经济学角度审视国家认可的课程，认为这些课程符合法人的利益。我们讨论了服从的含义，询问课程分成连续的不同部分而完成每一部分特定的目标(核心课程的合理化)是出于什么目的，学校紧张的课程安排如何影响学生的学习以及师生之间和学生之间的相互关系。讨论这些问题促使学生提出了大量的新的问题。我们开始谈论学校要求穿校服的规定，并且意识到有时候这可能使我们看不起那些穿不起某些服装的人。我们讨论了"民主"具有的多种不同的含义，以及在课堂上建立民主氛围的可能性。为了明确学校和学区要求我们遵从纪律和规定，却不听取学生和家长的意见的做法符合谁的利益，我们审视了学校和学区的纪律规定。我们就"一周社会技能"检验学校，讨论了为什么某些行为是基本的而某些行为则要受到监督。我们探讨了初中跟踪课程，以及学校设定这些课程的方式。我们还讨论了一旦学校确定之后，改变这些课程的难度，以及这对每个学生的未来会有什么影响。学生不仅提出了问题，还对加在他们身上的种种束缚有了批判性的认识。班上一名学生马歇尔总结了学生的感受，他说："好像他们已经为你把未来计划好了。"

我开始鼓励而不是妨碍针对不同问题的对话。学生开始更自由地表达自己的想法。如果他们认为我不讲情理，他们就会毫不掩饰地在日志上表达他们的不满。比方说，詹姆斯这样写道："因为您，哈登女士，我要气疯了，我认为您过于挑剔……我真的要被气疯了……您怎么这么吹毛求疵。"学生以前从没有对我这样诚实地表达他们的感受，显然我们之间正在建立相互信任的关系。学生对初露端倪的民主计划产生了一定的信心。下面学生的话反映了他们的信心：

"这周可能是自打我上六年级以来最有趣的一周(艾伦)。我喜欢你的教学方法。以前我从未觉得学习有这么多乐趣(格雷)。现在显然每个人都比以前愉快……这是我所知道的最好的体系，也是最公正的事情(马克)。你更自由……服务于每个人的兴趣(马歇尔)。"学生似乎盼望着来到学校，我也热烈地期望着每天的到来。教育(反思)性研究计划加强了学生的投入程度，在班级的讨论中能够明显地观察到其影响。

作为批判性教学的基本方面，学生热衷于有关社会公正的道德话语。比如，一天，五年级女生苏珊说道，女性在职业场所常常被定位在附属地位上。她举例说，在餐厅里，服务员都是女性，可是经理却是男的，她说："这是我们社会上常见的现象。"詹姆斯曾经提出，他认为合作学习技巧对白人孩子比对黑人孩子更有利，因为"白人孩子掌握权力。他们穿耐克鞋和设计师牛仔装，孩子们往往更听从穿耐克鞋牌的同伴的话，穿耐克的孩子会成为小组的领袖。这就是原因所在。"

通常，被动的学生会积极地参加小组讨论。对五、六年级的孩子不存在动员问题，似乎学校教育最终已经成为他们的一部分，他们能够明白有些事情需要他们的工作，我在征询他们的意见。从我开始详细写下教育反思性研究计划，我就在班上和他们交流。他们对教学两个方面都有重要的观点。詹姆斯说："您能向我们学习这很酷。就像我们是老师而您是学生。您按照我们的意见修改您的论文也挺酷。真的很酷。"

学生还参与设计课程。我们进行各种试验，试着用各种有意义的方式呈现教学材料，尝试完成国家核心课程的目标。学生展开了广泛的讨论，提出哪些核心课程是他们喜欢的，哪些是不喜欢的，指出他们认为哪些目标是重要的，哪些不是；核心课程中哪些内容是他们希望深入学习的，哪些是希望从其中删去的。根据学生的建议我们开设了一门经济学课程，通过共同研究确定相关的学习内容。

重要的是，我开始要求学生广泛地参与各种活动，从郊游到备课，再到对我在课堂中运用"隐性课程"进行评估，为回应詹姆斯对合作学习提出的怀疑论，我和学生一起进行了研究。我们特别研究了约翰夫妇以及莱文和卡根的研究小结。我们讨论了开展合作学习的优点和缺点。我们考察了"无效课程"的含义以及为什么某些课程，比如法律体系，被核心课程所忽视或干脆排除在外。马歇尔对法律特别感兴趣，建议在我们的社会研究计划中增加有关法律体系的内容，我们积极地采纳了他的建议，设计几次模拟审判，由学生扮演原告、被告、法官、陪审团和目击证人。

通过参加教育反思性的行动研究，我也获得了极大的收益。我的疏远感减轻了，重新将自己定位为学习过程中的一个角色。学生学业进步的速度和学习热情似乎达到了前所未有的水平。詹姆斯说他从未想到学习可以这样富有乐趣，他真的愿意参与学习过程。

现在，我更多的是听学生在说什么而不像从前总是对他们喋喋不休。詹姆斯在班上声称："从来没有老师向我学习。"在课堂上，为了遵循他们的讨论结果和兴趣，我们随时改变课程计划。学生设计公告板，自己确定下次要探究的科学主题。自己发现数学方面的困难之后，学生就自己设计游戏针对自己的弱点进行训练。我们在教室里尝试了多种类型的舞蹈，在休息时间听到了他们最喜欢的音乐。我读了我的一些文章，征求他们的意见。他们掌握深奥概念并建议我换一种表述方法的能力一次次让我惊讶不已。课堂的权力关系正在逐渐发生变化。

我开始感到的疏远感消失了。我们的课堂关系正在日趋民主，我对实施教学行为合理化的体制因素反抗更强烈。我不再过分看重考试，转而强调产生和交流思想以及为这些思想辩护的能力。作为班集体，我们在考虑自己的课程、实施自我评估方法而不是教师评估方法，以此反对分离目标和意义。我们开始不再在意时间安排，有时在教室里不受干扰地学习两个小时。教育反思性研究的核心部分是对我批判性教学的评价，它促使我们认识到日常课程的社会性和政治性，还引导我们系统分析课堂、学校和社会的权力关系。作为调查的形式，教育反思性研究使我和学生能够对改革的行为和权力提出质疑，它带领我们构建更为民主的关系。

然而，上述成就并不是说从权威型的学校关系转向民主型的学校关系是简单的过程，没有矛盾与冲突。有的学生并没有积极配合我的工作，将学校教育作为质疑权力的论坛。一小部分学生希望我仍然保持在课堂上的权威地位。有的学生发现长时间保持这种批判的姿态非常困难。例如，马歇尔在教育反思性研究伊始认为贫困是选择的条件。在最初的学生调查中，他写道："穷人比富人有更好的机会……他们之所以穷是因为他们总是坐在大酒桶前喝酒。"然而在研究过程中，马歇尔的思想表现出种种变化。他大声反对一组相对比较富裕的学生："如果你出生在上层家庭，你有很多很好的机会去哈佛、斯坦福；然而，假如你生在下层百姓家里，那几乎根本就没有选择的机会。"

不幸的是，随着教育反思性研究计划接近尾声，马歇尔平时的言行表明他最初的观点还依然根深蒂固。他说："领取救济金的人不想工作"，"富人工作更努力，也更聪明"。马歇尔又恢复了原来的刻板印象，他也代表了整个曲折的研究过程。在理解日常现象背后的深层原因方面所取得的教育成果，由于学校体制以及广泛传播的社区和媒体的意识形态观念而削弱，标准化测验仍然塑造着人们的期望，也依然影响着对学生学习和我的教学工作的看法，而且，我也并不总是能够得到学校管理部门的支持(他们认为我新建立的抵制风格与学区的目标不一致)。我总是感受到攻击，保持防御的姿态，担心还能不能继续在课堂上进行批判式的教学。不仅如此，有时，我也会有一点怀疑，我对自我和学校环境的探寻能否有利于重新思考我的教学风格，以便在教学中富有更多选择的可能性以及创设更为民主的关系。整个研究的实施并非易事，但是至少现在我又能够教学，改造我的教育观，建立能使我的教育实践更有意义、减少疏远感的师生关系。

(资料来源：[美]布鲁克菲尔德. 批判反思型教师 ABC. 张伟，译. 北京：中国轻工业出版社，2002)

案例分析：

通过反思性行动研究，教师审视了自己的生活和工作环境。明确了学校体制、教师教育观念和日常教学实践之间的关系。如果反思性行动研究能够形成更积极的学校改革形式，而不仅是复制学校的角色加深阶级、种族和性别之间的鸿沟，那么这些分析就是基本的，因为它使影响教师角色与实践的环境因素得以实现，更重要的是，提供了反思性行动研究的基础——抵制——主动挑战上述体制的扭曲给教学造成的影响。

此外，该案例还拓展了对教师反思性实践的认识，使教育性反思不仅仅局限于技术层次上，学校教育的政治也是重要的反思方向。

案例8-3：紫色的一天

幼儿园老师斯蒂沃特的部分日记。

1985年10月7日

今天是紫色的一天！我在孩子们画的图画上写下他们的故事时，从手指到肘部都染成了紫色。与孩子们在一起可能是最值得做的事。我想他们是太单纯了(也许是太幼稚了)，以至于他们常常会不假思索地说出他们的所想。当写这个故事的时候，如果你认为人具有原始的创造性，那么你是对的——他们知道他们的语言和图画互为补充，且这二者的结合使他们以及他们父母生活中的某些东西成为"真"的。他们不愿让你错过图画的任何一部分，他们现在竟然想将画带回家！

如果仅仅是想象，其他人对这种感觉可能会闭口不谈。他们不经意地画着或者是乱涂乱抹，或者是一连四天画出同样的画来(并且四天里不断地告诉我同样的故事)。他们不像是在画画，他们更像是在做试验——仅仅是在做他们喜欢"做"的事。尽管我不懂孩子们的艺术，但我喜欢和他们在一起。我想，在他们能够讲述某个故事并把它画出来之前，这可能是他们的一个必经阶段。

(资料来源：康奈利，克兰迪宁. 教师成为课程研究者——经验叙事. 刘良华，译. 杭州：浙江教育出版社，2004)

案例分析：

日记是我们的日常行为以及有关日常行为的想法的记录，是对实践以及实践的反思的即时记录。记日记是一种有用的反思的方法。当你重读几天或几个星期的日记时，这些基于日常行为的反思为你洞察自己的个人知识提供了帮助。

这则日记是斯蒂沃特(Stewart)在他教学生涯的早期写的。在这里他记录了教室里的活动情况，他自己的行为，他对特定学生或学生群体的观察以及正在进行的工作；他还记录了他从实践中弄明白的道理——"他们不像是在画画，他们更像是在做试验"。在日记的最后，他思考了他所观察的情景是如何与理论相呼应的——"我想，在他们能够讲述某个故事并把它画出来之前，这可能是他们的一个必经阶段。"

本 章 小 结

本章从反思的含义、层级、种类等几个方面对反思作了系统的阐述，并在这个基础上探讨了反思与教师教育的关系，进而提出了职前反思型和在职反思型教师的培养。本章的难点在反思与教师教育的关系，重点是职前和在职反思型教师教育模式探讨，对以上两个方面本章都作了较深入的阐述。希望读者在阅读过程中能理论联系实践，从分析个案出发来深入探讨反思型教师的养成方式，这是当前理论界关于教师教育研究的重要方向。

复习与思考题

一、谈谈你对反思的含义、种类和层级的认识。
二、谈谈你对反思与教师教育关系的理解。
三、论述反思型教师职前培养。
四、谈谈你对反思型教师在职教育的理解，并试以案例说明。

【推荐阅读】

1. 鱼霞. 反思型教师的成长机制探新. 北京：教育科学出版社，2007
2. 霍力岩，孙冬梅. 幼儿园课程开发与教师专业发展——比较研究的视角. 北京：教育科学出版社，2006
3. [加]康奈利，克兰迪宁. 教师成为课程研究者——经验叙事. 刘良华，译. 杭州：浙江教育出版社，2004
4. 王洁，顾泠沅. 行动教育——教师在职学习的范式革新. 上海：华东师范大学出版社，2007
5. [美]霍林斯沃斯. 国际视野中的行动研究——不同的教育变革实例. 黄宇，等译. 北京：中国轻工业出版社，2002
6. [美]布鲁克菲尔德. 批判反思型教师ABC. 张伟，译. 北京：中国轻工业出版社，2002

在专业教师教育中，对技术知识和技能的依赖，没有良好地培养师范生以一种情境敏感和社会建构的方式去思考学校教育，据此连续地执行他们的教学实践。

——狄克(Andreas Dick)

第九章　走向后形式实践家的教师教育

本章学习目标

➢ 后形式实践家。
➢ 职前教师教育。
➢ 在职教师教育。

核心概念

后专业主义(Postprofessionalism)；后形式实践家(Postfomal Practitioner)；后形式思维(Postfomal Thinking)；后形式内省智能(Postfomal Intrapersonal Intelligence)；教师教育(Teacher Education)

针锋相对

这是发生在美国新世界东方小学的事件，该事件是关系该校二年级老师康艾琳的个案。校方正因为康老师拒绝服从最近学区有关数学课程改进方针而考虑提出戒律来对付她。这新的方针要求在二年级程度必须介绍分数，同时它还指定了一个考试计划以测验学生包括分数在内的各种不同数学技巧的掌握。康老师在尝试执行这些方针后，决定停止施行。在她写给新世界东方小学校长杜安琪的一封解释信函上，叙述着根据她的专业判断，二年级大部分的学生仍无法理解分数。此外，要求他们搞懂这些负荷过重的课程内容所造成的挫折感，已经影响到他们在其他领域的表现，她的班上不再有欢声笑语。因此，她决定不再执行这项方针。

杜安琪的反应是与康老师进行一场非正式的沟通，她让康老师了解能以任何自己认为合适的教学方式来教授规定的内容，但她却没有权利忽视这项方针。杜校长并暗示道：叫嚣怒吼违背指令是不能被校方所容忍的。康老师感谢杜校长的忠告，但也表明这是原则问题。既然她认为该课程对学生情绪的影响和教育的进步有所戕害，她就不能接受。同样，她也不会为了满足一些官僚体制的要求，而表现得对这些方针俯首帖耳，言听计从。学区的当局如果觉得必须议处她，她将愿意在董事会面前为自己的决策辩论。基于对学生职责所在，她别无选择。

(资料来源：史特莱克，索提斯. 教学伦理. 王庆钰，编译. 兰州：甘肃文艺出版社，2005)

案例分析：

康艾琳的个案中有一项重要问题是：谁有能力、谁有合法性为学生做出最佳的决定呢？假如是康艾琳——这种诉求是教师专业精神的基础的话，那么教师必须拥有真正的专家知识。教师在受教育过程中学得独一无二可以胜任专业选择的能力。另外，老师所受的教育必须接受其专业责任及照顾学生福祉的道德规范。这种道德规范可以确保专业的自主可以真的服务大众。

第一节　后形式实践家

专业主义经历了三个阶段：经典专业主义、实践专业主义和后专业主义。基于后专业主义本节提出了后专业主义的教师形象——后形式实践家，进而阐述了后形式实践家的专业基础：后形式思维和后形式内省智能。

一、经典专业主义

经典专业主义是对提高和阐明教学知识基础的学术追求，设法建立一种以科学的确定性为基础的专业主义和专业化的大厦。在经典专业主义中，对地位和资源的追求使教育培训、研究和实践不可避免地产生断裂。这就是通过学术化追求专业化的代价。

在最近的自由市场阶段，新自由主义者认为个人虽然是自利的，然而当他们藉由市场中的购买与消费行为追求其自身最大利益时，"看不见的手"会将个别的自利性转化为公共的利益。过去政府的科层体制控制，被抨击为学校教育的无效率、品质低落的主因。若欲提升学校的教育品质，必须将学校改造为如同私人企业一般的机构，以促进学校间的竞争。然而现实上学校不可能真正成为私人企业，因此，新自由主义者的设计是促进学校自主管理，并赋予家长自由选择学校的权力。如此设计学校成为教育服务的提供者，家长成为消费者，教育体系成为一个超级市场。其基本假设是，家长基于争取子女最大利益的考量，将会选择品质与服务最佳的学校，而学校为了在竞争激烈的市场中生存，势将致力于改善效率与品质。如此将带来整体教育水准的提升。这个自由市场的设计有一个相当关键的要素，即家长依据何种标准来判断学校品质，以什么作为选校的依据？

国家统一课程与全国测验迈向市场化的最重要步骤，因为这些规定提供了消费者在教育市场中做选择时所需要的资料，确保了自由市场运转的可能。学校为了帮助学生在全国测验中获得好成绩，以提高学校的排行层级，争取家长的青睐，则须遵行国家统一课程的相关内容，市场选择与竞争的机制遂成为政府控制学校实施国家统一课程与监控学校的利器。

在此种以全国测验成果作为绩效责任指标的思考路线中，全国测验与表现指标相结合成为外来监督、管制与成果判断的机制，意味着对教师强烈的不信任。国家与专业人员之间的关系起了变化，国家权力逐渐被市场所引导，造成教师专业权力与地位的削弱。另外，为在市场中求生存，并争取政府的补助金，追求效率将是学校经营者的首要考虑，而非教师的专业与教育理念。此种情形使得学校管理趋向科层体制化。科层化促成管理主义的兴起，也迫使教师屈从于"顾客"需求与外来的判断，抑制了教师活力与不同想法。在关于学校与社会"适当"关系的流行假设中，学校似乎总被定为响应社会需求的地位，在这一波新自由主义的市场化思考中，教育专业人员的地位被行政人员取代，管理者和政客成了同路人。

在这种市场阶段，市场化方式推动专业化代替了奠基于学术化推动的专业化。这里，专业人员能够用技术和科技工具传递政策制定者、行政人员和政治家所制定的大纲与改革。自由市场化的专业人员放弃了一些定义和自治的权利，但在新的市场所需求的财政安排中，能够熟练地得到报偿，它能为那些被称为领导和"高级教师"的人提供动力和回报。

在统一的国家课程实施后，英国教师经历了去专业化现象，包括专业技能的丧失、工作的例行化、部门分化取代整体化、科层制工作上的过度负荷、时间上的饱和，教师角色由专业人员转向技术工作者。为了提高绩效，教师只得让测验领导教学。专业主义成为一个政府用以促进市场化行为所做的设计。

二、实践专业主义

实践专业主义试图把教师的尊严和地位与他们工作中所拥有的实践知识和实践判断保持一致。这一方法被称为"以一种把教师当作有知识和理性的人的方式来捕捉经验"，实践经验被看作是教师的专业基础。教师们关于课程材料及其扩展、学科知识、教学策略、课堂环境等，所有这些构成了教师个人实践知识或技术知识。这种知识可以独特的形式来捕捉和交流，尤其是通过意向、比喻、叙事和故事，教师们每天都利用这些来向他们自己和其他人表现他们的工作。

对实践专业主义话语的一个非常有意义的补充是反思性实践观。反思性实践的概念，最早由唐纳德·舍恩作为一种描述和发展教师职业的技巧与思想判断的方式而发展起来的。这里的反思并不仅仅指象牙塔中的沉思，而是直接与实践相连。在这方面，专业主义的核心是锻炼在难以避免的不确定的情况下进行严谨的判断能力。

遵循这一理念，教师教育者揭示了实际教学实践中的教学活动如何体现对思想判断地反思。他们试图调查教师尤其是有经验的教师如何相互表达和解释他们的实践。有些已经偏离了有关课堂细节的更加技术性的反思特点，偏离了行动中的反思和关于行动的反思。也就是说，赞成更加批判性的关于行动的反思，赞成关于作为教师行动的社会条件和结果的更加批判性的反思。很明显，反思有很多的目的和方式：他们更加明确地讲述和分享他们的反思；这种反思是专业的核心，教师教育、监督和提高应该以能够使这种明确的反思更加切实可行和彻底的方式来建构。

教师作为实践的实践专业主义的前景是它能颠覆和推翻以大学为基础的知识的纯粹性和深奥性，并使教师从中解放出来。教师实际的反思与更广阔的平等与解放的社会背景相结合，使实践反思更加具有社会性和批判性、个体性和地方性。但是实践专业主义也存在下列问题。

一是，并不是所有教师的实践知识都是教育性的、有益的和对社会有价值的。

二是，实践专业主义容易被重建为教育不公平的、可疑的政策项目所劫持，并且通过缩小教师的任务和教师的专业领地，技术地、充分地、但毫无疑问地传递体制性目标。在这个意义上，实践专业精神的提升会使教师进入一种去专业化的专业阶段。专业精神狭窄的技术化定义，缺乏关键的主体声音和道德目标，严重地损害了教师对于更大的专业地位和社会认可的长期愿望。

三是，对教师的日常和实践知识的过分推崇，或许会重新使他们的工作远离更广阔的道德、社会规范和社会义务。在这种情况下，政府会以把工作局限在方法技巧和技术能力上的方式，重新建构教师的工作和教师教育，从而使教师们失去任何有关课程问题的道德责任和职业判断，使教师与大学知识脱离，并不能进行独立的思考和判断，不能增进对其他教师的理解。这会使实践知识转变为狭窄的知识。

总之，实践专业主义是它能够解构以大学为基础的知识的控制性。实践知识分子在适当背景下产生并追求有价值的目的，通过反思性方式，能够形成教师专业的重要部分。但是，实践专业主义往往通过缩小教师的任务和专业化领地、技术地、充分地传递体制性目标。这样实践专业精神的提升又会使教师进入一种去专业化的阶段，这会损害教师对更大专业地位和社会地位的追求。

三、后专业主义

要离开经典专业主义和实践专业主义的去专业化，需要尝试把专业实践和更加有意识的理论研究结合起来。这将适时提供新的有关理论研究的专业实践。这里所需要的是受社会实践与道德标准所驱动的专业主义和知识体系。教师专业主义在负责的后现代时期的意义，已经在被艾弗·F.古德森和哈格里夫斯所定义，主要概括为下列七种要素，并将其称作后专业主义(Postprofessionalism)。

第一，必须确立有关教师教学的道德和社会目标，明确提升价值的机会和前景，开发包含这些目标的主要课程和教学标准。

第二，教师有越来越多的机会和责任，自由地实践对学生发展有影响力的教学和课程。

第三，致力于与同事建立一种相互帮助和支持的合作文化，并把它作为一种使用共享资源解决专业实践问题的方式，而不是作为一种实施外部强制的激励手段。

第四，专业而非自治，或者说不是自我保护的自治，而是广泛参与的自治。广大教师在社区中与其他同事进行广泛、自主、公开的合作(尤其是学生家长和学生本人)，对学生的学习提供有益的帮助。

第五，为学生提供积极的教育和服务。专业主义必须在这种意义上承认与信奉教学中的情感和主体意识。同时，也应意识到有效监护中的关键技巧和部署。

第六，以自我为中心的、对于自己专长和实践标准相联系的继续学习的追求，而不是依从于他人所要求的无休止变化且日渐削弱的责任。

第七，充分肯定教学工作的高度复杂性和创造性本质，在理论和实践上对这种复杂性和创造性给予应有的地位与恰当的报偿。

在这个新的有关教学的道德秩序中，后专业主义从道德和伦理规则中发展起来。这种后专业主义重视专业内部的关心，而不是矛盾的和狭隘的自我欣赏。后专业主义将重新关心教学这个职业。教学首先是一个道德和伦理职业，新的专业主义需要将其恢复为一个指导原则。教师能够在伦理和政治的话语之内承担社会批判的责任，能够提出赋予教师在其中工作的背景的意义问题。伦理被看作是教师专业的核心问题，这要求教师要更为全面地理解，不同的话语是如何在建构与社会的关系时，为学生提供不同的伦理参照的。伦理是一种广泛地内涵着个人与社会对他人责任感的实践。所以，伦理被认为是反对不平等的斗争和扩展人类基本权力的话语。后专业主义是建立在教师做一个负责任的、有道德的、自主的个人，教师即一个人，其专业实践须是一种后形式实践，其专业形象也须是"后形式实践家"(Postfomal Practitioner)，其专业基础是后形式实践家的后形式思维(Postfomal Thinking)和后形式内省智能(Postfomal Intrapersonal Intelligence)。

四、后形式实践家

教师作为后形式实践家，压倒性的目标就是创造学生自我获得权能以及把自己建构为政治主体的条件。能够为学生提供条件，参与作为抵抗形式的文化重构。也就是说，教师应创造条件让学生获得机会，参与对主流文化不平等和强制方式的系统分析。同样地，学生也应该被允许通过穿越提供了叙述、语言和经验的文化边界的过程，重构差异。

在教师的后形式实践中，对影响学生的意识形态既能被批评，也能被质疑。教师要认识到并引导学生认识到建构他们自己身份的层次、矛盾的意识形态，而且分析在各种群体内部和之间的差异，怎样能够扩展人类生活的潜力和民主的可能性。

后形式实践家坚持认为，一切文本都有其历史的及文化上的局限性，其"话语"都或多或少地与一个社会的特定文化有关。学校中文本的主要表现形式——教材往往体现的是社会的主流文化，它忽视了其他文化，在形成学生社会化的同时，也使其忽视了分析教材背后隐藏的意义和价值，而历史上形成的东西也是如此。所以，学生在反文本的同时，还要反记忆。学生不能把文本(教材)作为单纯地继承下来的知识，既要批判地分析、解读过去是如何转向现在的，更要通过现在去解读、认识过去。也就是说，通过学生的"声音(Voice)"

来重构历史。

作为后形式实践的教师将把这种反文本、反记忆的呼声转化为课程实践，实质上就是反对忽视学生的不同文化和历史背景的统一的课程，把与主流文化相异的价值、观念、思想(吉鲁称之为"附属文本")引进课程领域，产生文本的"离心(Decentre)"现象；并且打破现有的学科界限，形成多种学科相结合的"后学科(Postdisciplinary)"，使学生超越规定教材的意义和价值，依靠自己的经验重新建构知识，创造自己的"文本"。课程中的"表现符号"也要多样化，不仅仅只限于书籍，还应引进摄影、电影、电视等，使学生接受更多的文化信息。同时，课程还要与大众文化及学生生活紧密结合。随着后工业社会的来临，文化与工业生产及商品结合越来越密切，文化已完全大众化了，高雅文化与通俗文化的距离已经消失了，文化已从那种特定的"文化圈"中扩展开来，进入了人们的日常生活，所以，课程如果还是"束之高阁"，与大众文化割裂开来，就会被"阶级文化"所控制，影响学生对其他文化的接受和主体的建构。

作为后形式实践家的教师在教学过程中，要将批判与质疑贯穿始终，讨论及批判性的分析似乎是其最崇高的方法。后形式实践家反对传递式的教学(Transmission Teaching)，正如弗莱雷(Freire P.)的术语，称之为"银行教育"(Banking Education)。后形式实践家主张用"文本情景"(Textuality)来取代这种传递式教学方式。以语文教学为例，教学过程可分为三个步骤来进行：阅读—解释—批判。阅读是使学生明了作品的文化符号，并进而明确自己如何运用这些符号，在此，学生要有机会重述故事，对它加以概括和扩充；解释是在阅读的同时对课文进行评述，并帮助学生把该课文和其他课文联系起来进行分析，以使他们形成对课文间联系的整体认识，这里，学生要摆正自己的主体地位，要"充分地去阐释，更要去批判"；最后，学生要运用自己的经验去评判课文，分析其缺点与不足，不仅要确定作者意识形态上的真正利益，而且要考察现有权力结构促使该作品产生的因素，以便形成学生独立批判思考的能力。教学的整个过程要体现出促使学生超越意义、知识、社会关系及价值的意图，需要学生运用自己的特殊经验对课文进行批判性的讨论和转换，充分发挥其能动作用。

作为后形式实践家的教师要把权威转换成一种解放实践，为学生的批判提供条件。例如，帮助学生分析学校以外制约教材的力量，了解来自于不同社会背景的学生在学习时为什么会有差异及有什么差异等。后形式实践家的教师更具自我批判性地分析、看待自己的局限性以及政治价值观，并甄别这种局限性和价值观对学生的影响。教师同学生一样要理解并尊重其他文化，在教学中不仅对不同文化间的差异作出阐释，而且要使这种差异合法化，亦即把不同文化的思想、观念、价值集结在一起，创造一个文化边缘地带，引导学生去认识、分析、批判和重构。

在教育过程中鼓励学生参与批判性的讨论、共同协作和后学科探询，对课堂上使用的教材和教师的权威都提出质疑。……学生在这个空间里，为了继续明确围绕意识、愿望、自我和社会身份所存在的问题，理智的责任感便被召唤了起来。因此，传统的以灌输为基础的教育需要被以对话为基础的教育所取代。用哈贝马斯(Habermas)的话说，通过民主的"对话"，创设"理想的语言情境"，重视教育者与受教育者之间的"相互主体性"。

五、后形式实践家思维：后形式思维

(一)后形式思维的含义

后现代课程理论家乔·金奇洛(Joe L. Kincheloe)和雪莉·斯坦伯格(Shirley S. Steinberg)是在批判形式思维的基础上提出了后形式思维。他们把形式思维与皮亚杰和"笛卡儿—牛顿的机械世界观联系起来。笛卡儿—牛顿的机械世界观陷入了推理的因果律、假设—推理体系之中"。也就是说，在形式思维中，因果律、假设—推理的逻辑操作被赋予了有效性和普遍性，从而它所给予它所掌控的论述或理论以必然性和真理性特点，通过它的规定(Prescription)和它的禁令(Proscription)，建立理论或公理。这样形式思维的逻辑操作具有了至高无上的地位，它是制造公理的第一位的、首要的因素，然后，公理又决定概念，支配论述和理论。它是无意识的，它浇灌着有意识的思想，支配它，从这个意义上它又是超意识的、客观的。在形式思维中，事实必须适合理论，矛盾必须被解决或消除，形式运算思维代表了人类认识的最高层次。经它论述而产生的公理或理论向全体人或每一个人树立神圣事物的权威的力量、教条的标准化的力量、禁忌的禁止的力量，给信服者带来证明，给其他人带来抑制作用的恐惧。这样，它便驯服了认识，把认识束缚在一种由绝对禁令、规范、禁忌、僵硬性和阻限构成的机械决定论的机制之中，认识变得循规蹈矩。

凭借下面四点，后形式思维能够改变学校的要旨和教学的未来。

第一，强调师生的自我反思。

第二，结束了以社会精英男人经验作为标准，用以测量所有其他或她人的经验这一特权。

第三，否认想当然的标准化测验和课程编织者的决定，当然包括教师教育课程。

第四，强调理解而不是死记硬背。

(二)后形式思维的特征

第一，后形式思维强调"知识的起源"。

第二，对思维进行思考——探讨想象的、不确定的展示。

第三，提出独特的问题——问题探究。

第四，探讨深层的模式与结构——揭示影响对世界感知的沉默的力量和隐藏的假设。

第五，看见表面不同事物之间的关系——隐喻认知。

第六，揭示思维与生态系统之间各种层次的联系——揭示生命力量的更多的模式。

第七，解构——把世界看作是待读的文本。

第八，把逻辑与感情联系起来——到达意识的边缘。

第九，非线性整体论——超越简单的因果过程概念。

第十，情境化或关注情境。

第十一，理解特殊性和普遍性之间的微妙的相互作用。

第十二，揭示权力在影响世界的表达方式中的作用。后形式思维者能够理解权力塑造他们自己的生活的方式。

总之，所谓后形式思维的思维方式即鼓励不断地进行元对话，是一种与自我的连续性交流，是乔·金奇洛和雪莉·斯坦伯格在派纳的从自传、传记来理解课程(又称"存在体验课程")的基础上，并批判性地吸收和发展了加德纳的"内省智能"提出的一种思维形式，其目的是发展后形式的内省智能。

六、后形式实践家的专业基础：后形式内省智能

(一)后形式内省智能的含义

在认知领域，在存在体验课程和后形式思维的基础上，通过对加德纳的内省智能概念的批判性分析，可以与身份问题发生联系。假如加德纳的内省智能主要涉及个人的内在发展，特别是个人的感觉方式和个人关于情绪或情感的全部意识，那么，后形式思维智能不仅涉及辨别各种情感的能力、区分并定义各种情绪的能力、运用这些能力去规范一个人的行为的能力，而且还涉及分析那些情感和情绪的社会因素及政治因素的能力。也就是说，是从心理学起因和社会根源来探讨人对自己身份的理解，以及人对世界的感知情况。

(二)后形式内省智能的特征

1. 元意识

后形式的自我反思探索我们为什么是现在这个样子，也就是探索词源学意义上的自我。当个体在探索个人意义及其行为的起因时，他们意识到他们生命中的选择和潜力。具有元意识的个体在没有考虑信息的推论性质的情况下，也就是在不清楚信息的来源，什么信息可以正式发布，什么信息不可以正式发布，谁来发布信息，谁是听众的情况下，会拒绝对信息的合法性做出认可或否定。没有这种反思，个体的生活就会受到世俗的偏见或所谓的常识的束缚。随着年龄的增长而产生的信仰会钳制一个人的思想，使其不能再反思事物发生的根源。我们经常是接受了16～20年的教育却没人要求我们对自己的思想做一个思考。这种正规教育总是忽视社会中出现的欺骗行为(包括那些不切实际、乏味的学科)所带来的影响，但是这些过程会在我们的身份形成和发展中留下痕迹。

当进行后形式的自我反思的时候，教师们学着自我反思，也教学生学会自我反思，除了布置写"当……时，我感到……"这样的日记，后形式的教师还鼓励学生进行对话，激发学生相互研究各自的主体性，以此来拓展内在的认知边界。这种微妙的内省思维活动要求我们用批判的元视角关照课堂对话的实质(我们怎样与他人交谈)、课堂学习的本质(什么是知识)、课程决定(我们需要学习什么)和评价(我们做的有效吗)。当思维得到提升，对话内容变得复杂时，学生开始思考他们的学校经验的社会政治本质，质疑他们现有的价值观和世界观是在为谁的利益服务。

2．超越自我中心主义：艰难的外向旅程

后现代超现实主义所创造的社会环境孕育了自我中心的文化，商业诱导不断地鼓励人们进行消费、满足自我。就个人智力发展而言，文化自我中心主义将产生严重的后果。自我中心主义(与关联性对应)削弱了我们对自己直接经验以外的一切事物的认识能力。我们会坚持一切从个人的观点出发，这样会使我们认识不到事物的重要意义。一些人会争论道(通常是在所谓的新时代语境下)，这种自我专注会让我们达到自省性自我知识的更高水平，进而提升经验水平和新的认知维度。后形式的内省智能理念并不接受这种分析的个人主义及反社会性的观点。虽然自我认识极其重要，但是自我中心试图削弱我们批评自己的意识结构的能力——使我们不能获得元意识，去认识塑造了我们的社会力量。除非我们能面对自我中心主义，否则，我们要获得对自身和这个世界的批评性观点的可能性非常有限。也就是说，我们将不能开发后形式的内省智能。虽然后形式的教师必须使学生对自己的感知力和解释力充满自信，但是他们必须同时帮助学生克服只从自己的角度去看世界的习惯。这种自我中心为种族中心主义、种族歧视、同性恋恐惧症和性别歧视奠定了基础。从某种程度上说，后形式的思想家必须学会用一辈子的时间来处理自信和谦卑。我们不寻求解决这个问题的途径，只是寻求二者间的良性张力。

3．创建整合的知识

创建整合的知识：以理解世界的方式理解我们自己，使个人的知识与现实的知识整合，反之亦然。后形式的思想家们在寻求知识和生产知识方面表现出他们的内省智能，这些人不再把自己当作对权威信息的被动接受者。创造知识的行为不仅能教会我们思考、寻求意义，而且还能让我们理解自己。后形式的思想家们从内省智能出发，示范了他们自己创造知识的能力，他们创造了关于世界的知识并用以寻求个人的意义。他们认为，知识是绝不会独立于人类之外而存在的。关于世界的信息和个人的经验相交之处便是整合的知识的发源地。换句话说，在以存在体验课程为基础的后形式环境下，只有与个人生活融为一体的信息才能称为知识。处在复杂多变的文化背景及课堂学习氛围中的后形式主义教师，必须不断强调这一点并以之作为教学行动的指南，这就是知识产出的过程改变着我们。所以，后形式的内省智能概念与后形式主义一样，没有准确的边界，而是一个变化的概念。

4．无等级差异的认知：连接内在的发展与对他人的理解

长期以来，现代主义学者认为，政治思想和伦理道德的基础是建立在一个遵守共同规则，有着紧密联系的社会之上的。沙伦·韦尔奇(Sharon Welch)对此提出了不同的看法，他从后现代主义视角提出，具有不同准则的异质型社会群体更有利于批判性思维和道德判断的培养。同质型社会群体常常没有能力对那些给社会体制带来尴尬的不公正行为和排外行为进行批判。批判主义和文化病理学的改革常常是从对差异的认识开始的，是从经历过不同的不公正或以不同方式处置不公正的个体或社会群体的互动开始的。在与有着不同的重要性判断体系的群体发生直面交锋时，我们总会从中受益。实际上，我们的内省智能和人际智能在这种经历中得到了提升。当我们认识到我们与他人的差异或我们的行为方式与他

人的行为方式的不同时，我们才第一次意识到我们自己是什么人。因此，意识本身也是在差异的刺激下产生的。

韦尔奇认为团结这个概念比一致这个概念更具有包容性和转换性，即使我们觉得"一致"包含对文化病理的共识，并且坚信我们必须共同努力找到治愈方法，我们也不得不先接受人际之间"团结"的价值。韦尔奇声称"团结"有两个重要的含义：①团结的伦理给予社会群体足够的尊重，倾听他们的主张并以这些主张维系现有的社会价值；②团结的伦理承认不同群体内的个体生活在一定程度上是相互关联的，即在每一个体都对其他个体负有责任的程度上有着相互关联。这里没有统一的假设，只有共同努力实现互利互惠的社会变革的承诺。在课堂教学中，对差异及其政治利益和认知意义的价值认可表现在对话式的观点分享上。在此过程中，学生逐渐认识到自己的观点仅是众多的社会性地、历史性地建构起来的感知中的一种。随着课堂教学的发展，学生将面临百家争鸣的局面，他们将参与到其他方式的学习和观察中去。于是，他们的认识范围扩大了，差异扩大了他们的社会想象空间，增强了他们的包容度和对更美好世界的想象力，加深了对自身的了解，这将有助于他们自我身份的形成。

5. 自主精神

在超越权威依赖中发展自主精神：直面伦理和政治上的消极文化。在倒退的现代主义教师教育和学校教育中，教师和学生都适应了一种抑制他们的教学想象力，而不准他们讨论教育目的、教学的社会或经济环境。由于这些教师失去了他们的自主权，他们就开始适应一种被动的学术文化。教会师生适应他们的位置和服从权威，这成为一种文化。于是，师生逐渐养成了对权威的依赖性，一种被动的小市民观，一种听而不思的学习观。对学校权威结构和课程规定的教学科目的质疑，对现行制度描述给教师和学生的前景的排斥，都已经不在考虑之列。独裁政治粗暴地蹂躏了民主的冲动。

后形式主义教师和学生的发展良好的内省智能给了他们足够的自信，使他们不愿接受这种被动。凭借他们创造综合知识的能力，师生们研究锻造他们身份的力量以及能够抗拒这些力量的途径。在这种情形下，学生们探索他们在同伴群体中的社会等级地位，他们的浪漫关系、职业抱负、与教师的关系以及对成功的认识等。换句话说，他们是研究者，在现时代的超时空中，通过研究，获取对自身和自身变化的后形式元意识。

七、后形式实践家的教师教育

后现代课程理论家乔·金奇洛和雪莉·斯坦伯格提出了"探究取向的教师教育的后形式拓展"，这是一种受政治理论和批判性后现代主义所启发的观点。乔·金奇洛提出了教师教育者的四种特征，如下。

(1) 能深刻意识到教学和专业教育所有范围内的权利角色。

(2) 努力"发现塑造教育和社会的深层结构"。

(3) "鼓励通过意识形态的反镶嵌而去社会化"，也就是说，要阐明超现实是如何塑造学生和教师的生活的。

(4) 支持以社区为本的小组,去与受到保护的政治和商业精英竞争。

乔·金奇洛认为,基于在被压迫者和被排除者之间进行联合的一个概念,教师教育寻求与民主组织建立联系,这种民主组织致力于对文化政治进行解放性变革。在这里,乔·金奇洛、吉鲁和麦克拉伦(Peter L. Mclaren)的密切联系是清晰可见的。

乔·金奇洛也关注教师教育方案中的学生。他列举了六项原则, "后形式"的教师教育正是建立在这六项原则之上的。

(1) 未来教师将发展一种设计情境的能力,在这种情境中学生通过他们自己的努力而学习世界。

(2) 未来教师将学会理解批判性建构主义,也就是说,世界是通过人类的活动或相互活动而社会性地建构和塑造起来的。

(3) 学生将在与世界的关系中看待自己,并思考如何把这种关系传递给他们的学生。

(4) 未来教师将致力于改写世界,致力于书写新的历史篇章,致力于复兴由后现代条件所驱散的民主。

(5) 学生将面对质疑一种抑制他们及其未来学生的神话。

(6) 未来教师学会译解世界,成为 "后形式的思考者和批判反思的实践者"。

第二节　后形式实践家的职前教育

很多年来,教师教育者已经很好地意识到学校的保守权力以及职前经验的重要性,以使未来教师能够批判性地从事既定的教师实践。中小学及幼儿园课程的质量极大地依赖于教师的质量,教师的质量又极大地依赖于他们的职前教育经验的质量。古德莱德(John I. Goodlad)认为,教师教育必须高度享受国家的优先权。

一、目前教师教育的问题

在全球视野内对目前的教师教育进行考察之后,李威特(Leavit)在教师教育领域提出了七个主要问题:招收;职前教师教育方案的内容;管理与质量控制(地方与中央);研究;专业化;理论教师教育计划与应用教师教育计划;在职教育。

在全球化趋势下,李威特对美国教师教育的问题作了如下界定。

(1) 除了很少的例外,教师教育不断被置于大学的控制之下。

(2) 不断增加的异质学生群体使得教学更为复杂。

(3) 教师的招聘是一个世界性的问题。

(4) 较少从国外移植教师教育模式,更强调地方文化的本土化。

(5) 革新及其他修订受到支持,包括技术上的改革。

对于主流教育实践的总结性批判可以应用于传统教师教育。事实上,我们可以说,正是对于许多这些批评的接纳，为重新思考师资培养创造了条件。巴罗(Brrow)的批评包括以下内容。

(1) 没有注意对教员心理学信条的承诺。

(2) 认为智力品质是一些技能的一种假设。

(3) 思想在与其历史和文化情境相脱离的情况下也可以被理解的一种假设。

(4) 支持物质和技术价值的假设。

(5) 认为价值是相对的一种假设。

(6) 认为科学模式是开发最充分的模式、最好的探究模式的一种假设。

人们也认识到，传统教师教育方案对于培养教师来说是不充分的，尤其是在城市情境中，工薪阶层尤其是下层家庭的学生在教育上是处于劣势的……我们必须提供改进了的培养方案以帮助教师学会如何处理(关于教授这些学生的)问题。为了重新提出这些不足并使教师教育更充满生机，一些证书机构开发出"教师教育知识基础框架"。这些标准包括如下方面。

(1) 它必须包括源于所有相关的学术传统的知识。

(2) 它必须呈现教学和学校教育的竞争观。

(3) 它必须展现教学的技术和标准化方面的关系。

(4) 对于实践者来说它必须是有用的和可以获得的。

(5) 它必须鼓励反思性实践。

在某种程度上，根据上述的标准判断，现实中的教师教育的一切都是不充分的。很多改革建议关注教师教育，认为教师教育是更大的学校改革项目的本质之所在。加德纳(H. Gardner)依赖于他的"多元智能"的概念，强调教师成为内省的、富有弹性的和自律的教师。当前重新考察和重新界定教师教育的努力，使得人们意识到教师课程知识基础的重要性。国际上许多教师教育机构均建议对教师教育进行基本重构。

在美国对于教师教育改革的一些主要建议是由霍姆斯小组提出的，美国一些大学采用了他们的建议。霍姆斯的目标如下。

(1) 巩固教师教育的智力基础。

(2) 认识到教师的知识、技能和义务的差异，认识到在他们所接受的教育、他们的证书和工作中表现出的差异。如果教师们成为更为有效的专业人员，我们必须对新手和有能力的专业成员以及高水平的专业领导者进行区分。

(3) 建立进入该专业的标准——考试和教育要求——这些是与专业相关的，并保障智力水平的。

(4) 把我们自己的学院(研究大学)跟学校连接起来。

(5) 使学校成为更好的工作场所。

在美国，一定数量的大学采纳了这些目标，在这些大学中本科教育课程出现滑坡。在艺术和科学的相关领域要求学士学位；教育课程移到第五年。聘用一批临床教员，他们的大部分时间在学校里度过，与新任教师一起工作并对学校课程做出修订。那些经过选择的、与研究大学的教育学校密切联系的学校被命名为"专业发展学校"。在这种修订的、扩展了的学校与大学之间的关系之中，也许会包含拓展了的"实习"教学或内在经验，这是克服有效教学实践的最普遍障碍的一种尝试，这些障碍表现为师范生缺乏解决个人教学问题的机会，由于没有很好地界定辅助教师或监督教师的角色，这一问题变得颇为复杂。

二、教师教育概念重建

(一)教师教育概念重建的可能性与必要性

与今天的教师教育相联系的大部分问题表明，课程对权力及其等级化的属性问题以及批判社会理论的研究缺乏重视。由于受到主流行为主义心理学和认知心理学的巨大影响，教育理论是围绕强调学习直接的、可测量的和方法论的方面的话语和实践而建立起来的，缺乏的是关于权力、意识形态和文化的本质的问题，以及这些问题如何构成关于社会的具体概念和如何生产学生经验的具体形式。虽然新产生的社会理论在重构激进教育理论的过程中扮演了重要的角色，但是，这种兴趣并没有真正进入教师教育计划。

派纳提醒教师教育机构或工作者，事实上，现在理论仪器已为教师教育课程的概念重建做好了准备。如果中小学学校和幼儿园成为概念重建的"第二场所"，教师教育将是重要的途径。事实上，人们已经开发出利用 20 世纪 70 年代该领域概念重建相联系的特定思想框架，并发现传统的本科水平的教师教育方案已经变得较弱。

传统的"实践取向"的教师教育方案强调一种狭隘的职业主义，而不是培养专业判断或严肃思考的课程。假如教师教育方案是基于艺术、人文科学、科学和课程理论方面的深入研究之上，派纳认为专业判断和"智慧"是对未来教师的合适期望。他认为，在如下的来自密歇根大学法律学校公告的声明中，人们对学术与职业或技术课程做出了很好的区别：

法律学校是一个专业学校，但它显然不是一个职业学校。在学校里，并没有培训学生去执行一些或大部分要求其毕业生作为律师要做的任务，在毕业之际，也不希望学生为提供一种宽泛的法律服务做好充分准备。学生可能获得或开始发展一些实践性的或技术性的技能，并获得一种能够作为律师而执行任务的自信。但是，我们的实践取向的课程和实习，仅仅提供一种对于技能和实践框架的介绍，这些东西只有通过多年体验才能得以界定。我们大部分的毕业生进入法律公司，在那里存在着大量的机会使他们在有经验的实践者的监督之下发展技能，这些监督者与新手在提供的服务质量方面分享共同的责任。跟其他法律学校相比，密歇根大学法律学校更加寻求为学生提供智力和理论背景，借助这种背景，律师能够执行一些更为反思和具有回报性的实践。已经感觉到，没有律师行为所发生的宽广的和批判的框架这种观念，过急或过多强调职业技能会带来培训技师而不是专业人员的危险。

(二)教师教育课程的重构——经验课程

1. 转变经验，提升意识的跨学科课程

派纳认为，不能把本科阶段的学科教育课程和研究生教师专业教育课程学习割裂开来。

相反，第五年和研究生的学习那一年必须扩大并超越经验和理解，这些经验和理解在本科期间学生已经积累起来。专业教育的研究生阶段的课程不应只是一些普通的学术科目，如教育心理学、社会学、哲学等。这些科目已从"方法"和课程中剥离了出来。

训练技工的不明智还因为它割裂了本科经验和专业教育经验。专业教育中的研究生学习不一定脱离本科的文理科课程，而且，它还必须加强、转换和超越学生在学习教育理论之前的时间里累积起来的经验和理解。专业硕士学位课程会与本科经验相交叉，但不会重合，它会抓住并转化、扩展那些经验。学习课程理论的第五年学士后阶段，能够提供给学生的是对置身于课程并受到专业启发的文科和理科知识的分析。这些课程是科学史(例如数学)、知识社会学(包括科学)、学科的性别分析、教育经验的现象学、美学的认知方式和学校知识的政治学，就是把课程看作是历史的特殊叙述以及把教育看作是文化政治学形式的社会的和政治的含义。对这些课程的疑问是，它们究竟是发挥、还是湮没人的不同能力，这些能力允许学生基于自身的经验发言，为自己的历史中定位和为扩展民主的公众生活可能性的自由社会形式的创造而行动。尤其需要强调的是，认识到大学不是单纯地积累学科知识的场所的重要性，学科知识可以换来体面的职业和升迁，大学的目的也不是在于培养精神生活或在生产"名作戏剧"的文化等价物的地方。高等教育机构包含教师教育学院，不管它的学术地位如何，但它是确定和使现行世界观合法化的地场所，它是产生新的世界观的场所，它是形成和使特殊的社会关系权威化的场所。简单地说，它是道德和社会控制的场所，它是深刻政治化的场所。上述课程的教师教育专业毕业生更有可能成为"转型知识分子"，而不是一个技工和官僚公务员。在这个意义上，知识不是无可置疑的敬畏的客体，而是尚未完成的、多层的和永远开放的、可以协商的精神的和物质关系的流动领域。因此，这种观点把知识界定为社会的实践，这种实践允许师范生的主体性在意义的生产过程中把自己建构为能动的力量。

教师专业教育课程应该是跨学科的，而不是学科的。例如，取代一门典型的儿童发展和心理学课程，这些紧密联系的领域可以用跨学科的内容在几门课程中教授。又如，可以利用本科生在艺术和社会科学学科中的知识开发一门叫作"儿童时代的经验"的跨学科课程，而不是传统的儿童发展心理学课程。这门"儿童时代的经验"的课程会包括发展心理学的读物，也会包括儿童时代的历史和现象学、成长的文学叙述(小说和诗歌)，还有对家庭、儿童和学校教育的政治和经济分析。其他的一些跨学科课程可能包括"知识的本质"，包括艺术、科学、人文典型的认知方式，应特别关注每一个认知传统的教学范例。非欧洲的知识和来自边缘化的阶级和群体材料必须被包括在其中。

虽然主题式的知识组织并不新奇，但是由现代课程理论激活的师资培养课程将会显而易见是统整的课程。如果考虑到教师学院教师教育的经济因素，这些跨学科的课程可以以讲座形式来教授，然后用深入的小组研讨会进行弥补。这些跨学科课程必须是严格的学术经验，建构这些经验是为了将本科的文理科知识整合到不同的学科中。对实践的考量最好留给方法课课程，这些方法课课程可由临床人员来讲授。在理想的情况下，临床人员会是教师教育专业的毕业生。在教师教育专业项目中受到训练的临床人员将更有可能使课堂工作和教学经验之间具有连续性。

早期的教师教育专业课程提供的经验将会有深刻的学术性，后来的教师教育专业课程提供的经验将会有深刻的实践性。也就是说，方法课课程可以在中小学由经过充分理论准备的一线教师讲授。对师范生实习教学的指导应该包括中小学的直接责任教师和至少一位大学里的教师，应该将来自学生、社会和管理人员的证明材料放进实习教师的档案袋中。这些材料应用于反思性的指导实践中，因为这允许学生批判地分析她或他自己的表现。最好避免标准化的工具，因为它们强迫实施机械化的教学。艾斯纳的"美学"的"教育鉴赏"评价方法更为可取。学生的实习地点应该是多种多样的。

2．自传和传记课程

传统的教师教育课程因强调"客观主义"和"机械主义"而导致师范生的自我异化和自我分裂。这种课程几乎没有对话、自我探索和自发性机会。派纳提出的自传法(回归的、进步的、分析的、综合的方法)是一个揭示个人生命史和历史运动的系统化尝试，通过这一方法，成熟的师范生可以确定目前他或她的兴趣在生活历史中的地位。运用这一方法进行研究，师范生可以希望更完整地发现自己，因而使自己的智慧生活富有朝气。这一方法预示着描绘"知者与被知者"、师范生、教师教育者和课程之间的复杂性。运用这一方法，师范生可以重新经历他或她的过去、想象自己的未来，分析这两种叙述在自己现在的位置、多视角地、暂时地拓展它，更充分地意识到并反思自己的经验。

教师教育就意味着师范生的身份的变化，其关键在于对师范生的身份进行重新建构，使这些师范生超越传统身份走向适应教师专业的身份。师范生身份的重建在教育过程中不仅需要专业援助，而且需要自身敢于挑战，超越现有身份，形成新的自我。作为一种精神建构的自我，本质上是自传性的，它是在自我的生活和教育性情境中建构和重构的。因此，在教师教育课程中开辟自传体的一块场地是有意义的。体验和声音的自传性问题应该作为教师教育过程的中心。在发展理解职前和新任教师的自传模式中，教师专业身份认同是一个教师发展中很重要的但传统上受到忽略的概念。在教师培养方案中没有能够成功地提出个人生活史，教师经常根据他们所受的教育而教学。克兰迪宁认为，对新任教师的支持必须允许对新手经验叙事进行反思性重建。

案例 9-1：重构儿童经验

故事来自两个教师的谈话，他们是马丁(Martin)和格瑞(Gary)。其中一名教师在反思他作为儿童的体验和一些他熟悉的教学方法。马丁的问题是："在你有教学经验之前，你是如何成为一个实干家的？"这引出了格瑞的回答：

我认为一名实干家的想法真正形成于我的童年时期。当时，我们家拥有一个家族生意。像罗西塔所说的那样，我要担负一定的工作。

我 12 岁时，我们家有一个出租车的营运生意。作为一个家庭成员，你就要做一些事情，诸如在简陋的地基上给汽车加油、洗车、吸尘等。当你长大一些时，你对于公众的反应能力就会发展起来，就可以做一名出租车调度员，每天工作到很晚。当然，一旦你到了 16 岁，你很自然地就要承担起大部分责任，例如开出租车或货车，因为我们有一个运输网络。由于我们同时有一个救护车的营运生意和一个校车的营运生意，这使我们形成了极为广泛的责任感。在这些基础上形成的必须做事情的想法和责任感，成为我们整个教育背景中的重要因素。因此，我认为我有责任感，必须去承担一些责任。现在，当我思考我们所具有的责任感时，就是必须去做。我们树立这种想法即教育工作就是必须去做，并且将它视为一个信条。如果具有必须将工作做完的想法，那么你对于完成工作的期望就容易实现。每当我早上 8 点载着一车货物离开城里的大桥时，我就沿着记忆里驾驶货车的路线去思考如何完成运送任务。你的期望就是你能在晚上 10 点钟或半夜赶回来，你的期望就是货车是空的，而你成功地运送了所有的货物。我认为，你在教育中的期望，作为一名学生和一名教师，你可以很容易地实现它们。但是我承认，我作为一名学生的体验基本上不像作为一名教师或者作为一名成人学生的体验那样成功，这主要是因为做其他工作使我分心了，如开货车和开校车等，我的求学体验中没有什么积极的东西。

有的学者强调，教师教育者必须重新规划课程教学和学习的边界以包容不同声音的论争。通过自传考察一个人自己的文本，他可以走向自我反思：通过对我们语言的仔细分析，我们将逐渐意识到对我们思维的一些精微的影响……我们认识到，不能满足于希望解决我们提出的这些问题，我们必须学会适应这种没有意识到的问题的不确定性的张力，这是反思性实践的本质 (Oberg & Artz, 1992)。

加拿大阿尔伯塔大学的现象学家特里·卡森(Terry Carson)是这样认识这一问题的：教师教育中的反思意味着，我们希望师范生会意识到他们将成为教师。当他们记录和回忆成为教师的困难时，他们逐渐接受了这样一个事实：在这次旅行中有很多途径可走，而且这次旅行是没有尽头的。作为教师教育者，我们有责任在他们处于困难时给予支持，途径是鼓励他们会话并帮助他们在课堂中构建一种支持性情境。

自我反思的过程并不总是单独的，事实上，它经常是合作的，并与政治、性别和种族问题联系在一起。

(资料来源：康奈利，克兰迪宁. 教师成为课程研究者：经验叙事. 刘良华，译. 杭州：浙江教育出版社，2004)

第三节　后形式实践家的在职教育

一、在职教师教育新取向

在职教师教育传统上被称为"教员发展"，在职教师教育表征的是一种一线教师继续发展的机会。英国政府于 2001 年 3 月推展 CPD(Continuing Professional Development，教师继续专业发展)国家策略，未来发展的主要领域，如下。

(1) 强调个人化学习的重要性，整合 CPD 与行政管理，增进学校效能。

(2) 建立学校本位的 CPD。

(3) 唤起学校整体的进修文化，创新教学。

(4) 对于任教五年以上的教师，订定教学技巧及专业知能所需达到的水平。

何谓良好的教师专业发展？根据英国伦敦大学教育学院巴布(Sara Bubb)教授的说法，应包含下列 8 个要素。

(1) 关于有效教学，应有清楚及获得认可的模式。

(2) 教师专业应以增进教学为基础。

(3) 应考虑教师专业发展之前的知识及经验。

(4) 使教师在任教科目内容、教学策略、科技使用上获得更多的经验。

(5) 教师专业必须以持续的长期计划发展。

(6) 透过学校日常工作提出问题与解决问题来促进教师专业发展。

(7) 教学辅导制度(Coaching and Mentoring)必须获得有经验的同侪协助。

(8) 教学必须有具影响力的评鉴指引后续的教师专业发展。

(一)教师发展内涵的转向

今天，在职教育似乎认识到，理解教师如何看待世界是很重要的。而且，现在很多学者认为，在理论和教育学的关于人类学习本质和发展的讨论中，教师是很重要的参与者。在最近由不列颠哥伦比亚的教师联盟出版的《教学的声音》一书中，教师们反思了他们作为教师的经验，现象学家奥凯(Aoki)指出：

我们的学者很担心我们把教学职业作为工作来理解的习惯性方式……(这些教师)寻求一种允许他们即使是细微地去倾听召唤的协调方式。(他们)提供给我们有关教学经验某些时刻的叙述，由此他们进入活生生的教学意义。

与这种现象学的教学观形成了鲜明的对比，传统的教员发展趋向于关注教学技能和策略。当前的著作(许多人称之为教师发展)更为广泛地关注教师的生活：

教师以一定的方式教学，不是因为他们学到了或没有学到某种技能。他们教学的方式还建立在他们的背景、他们的自传以及他们所成为的教师类型之上……教师发展、教师职业、教师与其同事的关系、地位状况、他们在工作中获得的回报和所受的领导，所有这一切都影响着他们在课堂中的质量(Hargreavs & Fullan，1992)。

研究教师的生活，目的是要创造一种反思和批评性的空间与平台。这一研究的目的是发展教师反思和分析他们教学活动的策略，并且对学校教育的社会建构领域进行深刻而有力的回应。

生活经验和背景实际上是促使一个人投入到教学中的主要因素，经验和背景构成了教师的专业实践。

案例 9-2：从生活环境中学习

故事来自两个教师的谈话，他们是罗西塔和格瑞。其中罗西塔谈了关于她作为一名儿童的体验(自己家庭是工人家庭的背景与经验)，以及这些背景和体验形成的她的教学方式。

罗西塔：我自认为是一个工人。我基本上认为，只要我有一个明确的目标，我就喜欢工作。也许，这就是为什么我要从事教学的原因，因为我意识到那里有许多我喜欢做的事情。

格瑞：你试想自己是一个工人，你认为这是来自你过去的体验吗？

罗西塔：非常正确。我很小的时候就从我在的农场的体验中有所学习。这个农场有一些事情要做，而这些事情是在一定规范基础之上的。我想我很早就形成了良好的工作习惯。这一习惯是一个学校的传统背景所要求的，它真正来自于必须工作的观念。这个观念是从一个夏天与我一起工作的人那里得来的。当我谈到我的理想时，我清楚地记得她告诉我，无论树立什么样的目标，如果你为此努力工作，你就必定会实现它。所以，我想我的理想观念形成于此。

格瑞：你对于作为一名工人的自我形象最初来自于你的家庭传统和自身的教育，你把自己是个工人的自我形象带进了你的教学之中，你认为自己的这个自我形象是否依然存在？你现在还认为自己是一名工人吗？

罗西塔：是，我还是一名工人……我觉得还是一名工人，我希望看到公正地对待。当我看见有些人没有得到他们应有的公正对待时，我就极力参与其中并为之奋斗。也许，正是这几年在面对学生的困难环境中，我变得更加勇敢了。我们没有政治头脑，但当我看到学生受到不公正的对待时，我就觉得没有人被指责，也没有人真正为此受到应有的处罚，这是不应该的。因此，我决定应该做一些事情。于是，我参与其中，带着一种粗浅的认识……但是，我确实说出了事情为什么会越来越糟。我试图与重要人物会面，并向他们解释事情为什么会变得这样糟。(法语方面)不称职的教师在法语学校教书是不公正——这真的伤害了我。我看到我们的社会是一个拥有平等权利的双语社会。但是，当权利被侵犯时，作为一名工人，我觉得我要积极参与其中。我参加了法语咨询委员会，我还是反对学校协会的董事会顾问。我必须说，在许多方面，我工作得真是辛苦，因为我时常发现整个国家机器的运行太政治化，并没有公正地对待学生。我参与其中就意味着在 6 个月之内每晚都有会议——从下午 4 点到晚上 10 点或 11 点，有时我们在会议中吃晚饭。至少曾有一周我们开会开到半夜。因此，我觉得如果我不是一名工人，我也许早就放弃了。所有这些最后都被证明是有收获的。我加入官方的法语委员会并担任首席发言人，而且我曾担任了一段时间的反对者协会的主席。我觉得我对于事情的转变做了许多工作，我为此感到高兴。

格瑞：因此，我关注工人的形象。我觉得你年轻时是一个身体力行、用于实践的工人。你说你打过零工，然后进入高等学校。你第一次做与书有关的工作，是一份誉写打字的工作。现在，你已经改变了你的形象，但它依然是一名工人……这是一名类似顾问或发言人的工人……或者它将会是一名顾问。

罗西塔：是的，我认为，我最终必然按照新的角色去工作，即做一名发言人。我想，我是在一个能够发挥自我的位置上。哦……今年我有了新伙伴，他也想拥有类似于我的在各个年级进行教学的体验。我可以帮这名教师一点忙。有时，它只是精神上的帮助，但有时它意味着走进他的教室，或是要求其他教师走进他的教室并帮助他。因此，在这里我把自己看作一名工人。我相信你不能告诉别人去做什么，但是你可以邀请他们参与其中，这就是我试图去做的。我觉得我更多地在尝试走出去工作，并邀请其他人来帮助而不是说明哪些需要做。哦……我准备回答你的问题，"做我所做的而不是做我所说的"，这就是我的座右铭。

格瑞：概括起来，也许我们可以谈谈杜威的经验的连续性。从中可以看出，你所有的知识都是建立在杜威的经验连续性之上的。你已经从一名实实在在的工人转变为一名书写的工人。你现在所说的是：当你参与你所从事的事情时，是以你的过去的体验为基础的。因此，在不间断的教育中你的学习就是经验的连续性延伸。

罗西塔：非常正确。我想这一点在去年表现得更为突出。我现在工作的学校是一所快速发展的学校。它是社区里唯一的一所法语学校，并且许多人将我们学校看作一所法语专修学校。非常恰当，它是一所法语学校。由于我有在 PENETANG 相似情形的体验，因此我对此非常关注。我们招收了许多说英语的学生到我们学校，他们积极学习法语。当时我们非常乐意招收他们，但是我们没有认识到它的负面影响，在 PENETANG，这种体验是负面的。因此，为了避免重蹈覆辙，今年我积极致力于建立入学委员会，以确保我们能够挑选出谁是真正法国腔的学生。通过这样的措施，我们招到了足够多的法语发音较为标准的学生。

格瑞：哦。

罗西塔：这看起来没有什么，可是却有许多工作要做。

(资料来源: 康奈利, 克兰迪宁. 教师成为课程研究者——经验叙事. 刘良华, 译. 杭州: 浙江教育出版社, 2004)

(二)教师发展的主要领域

哈格里夫斯(David Hargreavs)和迈克尔·富兰(Michael Fullan)提出了教师发展的三个主要领域：知识和技能的发展；自我理解；生态的变化，包括同伴教练和合作变革。

有的人说，教师发展学问的所有主要部分都认识到教师工作的复杂性。一位教师发展方面的学者观察到：事实上，一种成功的教学实践在根本上依赖于解释、问题解决和反思，而不仅仅是掌握教学技能的分类，在这一意义上教学不断地被看作是智力行为。巴姆斯(Bames)写道：

构成其基础的一般观点是，教师对其教学任务的解释(就是他们当前的框架)似乎建立在处理制度规则的策略基础之上，这是一种更为有力的策略，因为它被分享。如果教学变革要发生，教师的框架必须变革。

几乎所有的人都认为，教师的专业选择受到众多因素的影响，但课堂是改革成功与否的场所。

(三)教师发展的途径

飞利浦·杰克逊(Philip Jackson，1992)列举了教师发展的四条途径，如下。
第一，"知道如何"技术。简单地告诉教师如何去教学，如果他们早知道，那么告诉他们如何更有效地教学。

第二，改进教师工作的环境，包括支持教师作为专家的独立性或自主性。

第三，帮助教师与教学需求达成协商，其特点是角色适应的途径，包括使用杂志、自传和日记……以及学校内部的支持团体和一种有经验的教师与新手教师结成对子的伙伴关系体制。

第四，"艺术途径"。因为这种教师发展的模式……与人们遇到一项艺术工作并深受其影响时所发生的情境极为类似。在这种经验中，教师的视野被拓宽，意识被拓展。与以前相比，看到了更多的东西。这种经验的秩序允许教师更为深刻地理解他们在做什么。

(四)教师发展研究的概念体系

对教师发展感兴趣的学者建构的概念有：在自主的专业发展中教师即设计者；以课堂为本的教师发展；生命与职业圈研究；经验重新组织；合作研究；审议；建构理论；教学文化和教师的生活与经验；教师的身份认同与教师发展；自传也许是最适合于解释教师和学生观点的。

克兰迪宁和康奈利认为，最后一种教师发展是非常重要的，不仅对于一般意义上教师发展有意义，而且对于更具体地理解教师的思维也是很重要的。教师发展研究的主流植根于努力把课程理解为自传和传记文本。狄克(Dick)写道：自传在目的上是人种学的，它意欲考察现在而不是过去。 狄克继续道，要旨在于：对于师范生和资深教师的研究(在人种学的过程中共同体验到教学的课程和日常的教育学)必须植根于教学事件，以及教学课程和教育学的自传之中。

二、教师专业知识形成：教师学问工程

舒伯特(Schbert)把教师学问界定为：在自己的教学中从其他教师那里获得的，以及从自己的经验中为其他教师所能提供的东西。威廉姆·艾尔斯(William Ayers)指出：

我们将在局部的细节上和教师的日常生活中发现教学的秘密；教师可以作为教学知识的最丰富、最有用的资源；那些希望理解教学的人必须在某些方面转向教师自身。

由那些对教师学问感兴趣的人们提出的问题包括：为什么教师总是甚至在他们自己的世界中也是默默无闻呢……有什么能够给予教师的生活以意义和指导。舒伯特和艾尔斯确信，尽职尽责的教师总是严肃地反思自己的工作。对于教师学问的界定，舒伯特这样写道：

我对于教师学问的流动性想象非常满意。我反对那种通常的期望：学术总应开发出一个理论框架。我担心，这种框架会过于深入地探究一个教学计划对教学所起的作用——就是说，把学习与自发性相分离。

珍妮·米勒(Janet L.Miller，1992)认为教师学问这一工程在于教学的首创性、形式、自发性和客观性方面。她写道：我们知道，学问就是我们知道的教学经验中类似的东西，正

如我们讲述自己的故事来指出我们之间的差别。

案例9-3：爱丽丝和"特殊时刻"

说明教师学问工程的是一项由米莉(Palma Millies)主持的对教师生活和教学之间关系的研究。米莉报道了爱丽丝(Alce)的反思。爱丽丝是一位60岁的教师，对她来说，时间是一个核心的问题。对于爱丽丝，生命中的"特殊时刻"变得很重要，当她教学时，她经常指向文献中的这些"时刻"，尤其是诗歌中的。这种时刻作为她教学的焦点而发挥作用。爱丽丝观察到：

我真诚地感到，生命由美丽的时刻构成。但不是庄严宏伟的事件。在生活中等待这些美丽的时刻，你将等待很久。但是如果你发现一点点的中断……它只是一些在明天支持你的东西，那么你会经常用必要的手段去处理任何到来的事情(Millies，1992)。

同时，米莉报道说，爱丽丝感到对于她自己而言，时间变得难以捉摸。爱丽丝反思道：

时间以有滋味的事情欺骗我们；我们可以体验它但我们不能品尝它，一种儿童的或少女的体验。你不能品味什么，甚至在你意识到它时它已经溜走了……回头并品味，真实地享受它，我想这是很多女人的普遍的怨恨，但我不知道男人的情况。女人都有这种压力；我们经常会听到她们说，"我需要一些自己的时间；一些有质量的时间"。一天中没有多少时间是有质量的(Millies，1992)。

米莉相信爱丽丝的"学问"并不是僵硬的和不变的。她的生命对时间感兴趣，尤其对重要的时刻感兴趣，这在其教学中已表达出。米莉报道说，"通过爱丽丝，我看到了在教师的精神生活和课程之间的紧密联系"。她总结道："反思是教师在自我发展中认真地、创造性地参与的一种手段"。

(资料来源：派纳，等. 理解课程. 张华，等译. 北京：教育科学出版社，2003)

案例9-4：柯纳报告的个案

下面是柯纳(Mari E.Koemer，1992)在《教师的想象：自身的反思》中研究教师学问所报告的案例。

一位教师眼里最好的教学

柯纳说，一位教师反思了她的课堂社区，认为最好的教学是：

在课堂中相互作用，获得兴趣、兴奋、交流反馈……这不是走向了过于松散的、每一个人都乱说并流传的一个极端。在这里，我们能够相互尊重。他们尊重我……我尊重他们。我们拥有美妙的健康的交流。他们知道他们到这里来是学习的。他们知道我到这里来是教学的——正像这样。这是美好的(柯纳，1992)。

一位教师的术语：流

柯纳报道了另一位叫托妮(Toni)的老师所描述的在课堂中她称为"流"的术语：

我认为教学是一项令人兴奋的工作，因为我可以进入教室，当我真正低落的时候……我不得不使自己激动……这些天，我既愉悦又吃惊，因为突然这里有一种流。你和儿童们朝向同一种精神状态……这就是每次最纯净的感觉。我爱这种流的感觉，在那些天，所有的一切都拥抱在一起(柯纳，1992)。

一位教师眼中最坏的一天

是什么带给教师"坏"的一天？柯纳报道了一位叫鲍勃(Bob)的教师的事情：

有很多……外来的事情使一天变坏……像防火训练。人们按响火警，事情发生了。你试图开始，但为时已晚。孩子们已经进来了，然后……在下一课中会出现危机，一个孩子进来，扭伤了脚踝，有人吸毒……似乎你从来就不能正常工作……我想：当阻止奇妙的、美好的事情发生的情境出现时，这就是坏的一天 (柯纳，1992)。

(资料来源：派纳，等.理解课程.张华，等译.北京：教育科学出版社，2003)

教师学问的这种积累的工程对教师发展有什么重要意义呢？柯纳总结道，他们需要意识到自己的思想和知觉、自己的教学想象以及其他人对教师的想象，正如一位教师学问研究者认为，教师只有通过充满感情地与学生、学科内容和环境融合在一起，才能形成理想的教学。教师每天应用想象和直觉对引导的、真实的教学来说是必要的。真正的教育把人们从黑暗引向光明，它是与直觉的火苗相伴随的，是与想象的热情的火焰相伴随的，是与和蔼的关爱相伴随的，是与容光焕发的爱的火焰相伴随的。

三、教师发展的生活原理

除了教师学问工程，对于教师生活的研究还有很多方式：有对于教师个性的研究，对教师历史的研究，以及对教师的生与死的研究。过去一段时间以来，基于生命史方法的研究有所复兴。这种引人注目的现象的荣耀应归功于艾弗•F.古德森，他有力地促进了对教师生活的研究。艾弗•F.古德森指出：

教师的生活在很多交叉点上展开。第一，生活中个性的交叉点有两个层面……表面和深层……第二，教师的生活在情境交叉点上展开，正如在种族和性别问题上那样。第三，教师的生活在作为经验的生活和作为文本的生活的交叉点上展开……应该以一种方式进行生活的描述，这种方式尽可能地在这三种层面上达成一种和谐。

随后艾弗•F.古德森提出了他的术语"层面"，在"层面"上能够收集生活历史的数据信息，如下。

(1) 从教师自己的描述来看，同时还从更为分散的研究来看，很明显，教师原先的生活经验和背景帮助他们形成其教学的观点和其实践中本质的要素。

(2) 教师在学校内外的生活方式和他或她的潜在的身份和文化影响着教学观和实践观。

(3) 教师的生活圈是专业生活和发展中很重要的一个方面。

(4) 教师的职业阶段是很重要的一个研究焦点。

(5) 在主要职业阶段之外，在教师的生活尤其是工作中，有一些关键的偶发事件，它们可能至关重要地影响着其理解和实践。

(6) 教师生活的研究应该允许我们"历史情境中的个人"。

这表明教育领域的研究已经开始对教师发展理论进行重新建构。总之，研究的出发点已经实现了将教师作为实践到将教师作为个人的转变。

(一)背景是专业实践的主要动力

背景因素是在教师生活和实践中极为重要的因素。一个出身工人阶级家庭的教师可能会在教育来自相似背景的学生时提供更有价值的经验和见识。

艾弗·F.古德森曾在伦敦东区的一个学校听过一堂来自工人阶级家庭的教师的课。以下是他的描述：

他惊人的亲和力是他取得成功的一个因素。在访谈中，我谈到了他的亲和力，他说这是因为他有来自平民背景的生活经验。背景和生活经验是他教学实践的一个重要因素。

来自中产阶级的教师很容易教有着工人阶级背景的学生，来自工人阶级的教师也可以教有着中产阶级背景的学生。背景是专业实践的主要动力。

当然，和性别和伦理一样，阶级只是多种背景因素中的一个方面，教师的背景和生活经验是异质的、独特的，必须全面地进行考察、描述。此外，目前无论是历史的角度还是社会角度，对性别问题的研究都是不充分的。

(二)生活方式对教师发展有着重要影响

教师在校内外的生活方式都影响着他们进行教学的立场和观点。1971 年，贝克(Becker)和吉尔(Geer)对潜在身份和社会文化的研究，为此提供了一个有价值的理论基础。当然生活方式经常是某一团体的特征。例如，20 世纪 60 年代的教师研究把教育作为一种社会变革和实现公平的工具是有价值的。在一个关注教师生活方式的个案研究中，顾德森和沃尔克(Walker)发现：

青年文化与 20 世纪 60 年代课程改革运动的联系比我们最初的想象要复杂得多。罗恩·费舍(Ron Fisher)肯定了这种联系，他界定了青年文化并认为这在他的教学中非常重要。但是他除了对摇滚乐和青年生活方式感兴趣外，还全身心地投入学校教育之中，这几乎与他的研究方向相反。他对改革的参与，至少对于罗恩是这样，不是简单的技术参与，而是深刻地触及个人的身份层面。这为课程改革提供了一个方向，如果一项改革明确地从改变教师入手而不是从改变课程入手，这项改革会是什么样子？如何设计一项改革使教师成为人而不是教育者？实施这样一项改革的效果又会如何呢？

(三)教师的生活圈对教师发展的影响

教师的生活圈子是其职业生活和发展的重要方面，这是教学的唯一特色。由于教师经常面对没有年龄界限的人，这强化了教师在生活圈子中的实践和感受的重要性。对生活圈子的重视将启发我们对很多教学的独特要素的思考。的确，教学特色将成为反思教师世界的一个显而易见的出发点。

案例 9-5：梦想

李文森通过对一个大学的生物学家约翰·巴恩斯的个案研究他描述了自己希望成为声名显赫的生物学研究者的"梦想"。

巴恩斯的梦想在他快到 40 岁时变得非常紧迫。他认为自己在科学上的重大发明都已经做出来了。在此期间，他与父亲的老朋友的谈话对他产生了很大的影响。老人说他现在已经接受了不能成为"法律明星"的事实，但为有可能成为一个有能力的并受人尊重的税务法官而感到高兴。他已经认识到，明星的身份并不是幸福生活的同义词："事事完美反而不是最好的"。然而，巴恩斯并不准备降低自己的理想，于是他决定放弃学术主席职务，全身心投入研究。

当他快 41 岁的时候，从主席的位子上退了下来，并且他的研究也到了最后阶段。这个时期对他来说十分关键，正是厚积薄发的时候。但几个月来，他注意力分散并变得焦虑。在同一个星期内，他成了一个小男孩的父亲，在耶鲁大学找到了一个非常有名望的职位。他感觉这是自己最后的机会，激动之余，巴恩斯还是放弃了。因为他认为自己在这个工作阶段不能作出任何改变。而且，对家庭和朋友的维系以及对社区的热爱，对他和妻子安来说都非常重要。他妻子说："荣誉几乎使他冲昏了头脑，但是现在我们很好地应付过去了，非常高兴。"

(资料来源：艾弗·F.古德森. 专业知识与教师职业生涯. 刘丽丽，译. 北京：北京师范大学出版社，2007)

该案例说明了人们是如何通过对生命的深刻理解来获得职业的定位和方向的。对职业生活和职业发展模式的研究必须用于提高个人的价值。

(四)教师的职业生涯

教师生活与职业的研究越来越要求关注职业发展的条件和课程。对职业课程的重新组织要求人们对教师职业生涯的关注，表明教师生涯的特点和方式已经发生了重要变化。

除了教师生活与职业的研究，一系列新的研究正开始关注教师职业生涯中被忽略的方面。艾弗·F.古德森和赛克斯的研究为教师如何看待他们的教学生涯提供了有价值的新观点。除了早期关于男性生活方式的研究之外，最近更多的关于妇女生活方式的研究将有助于这一领域的新进展。

此外，关于教师职业生涯的研究表明，在教师的生活中有很多重要的事件，尤其是那些在工作中影响教师们感受和实践的事件。当然，新教师的研究也表明在塑造教师的方式和实践上，某些事件的影响是十分重要的。

案例 9-6：学生遭遇车祸

该故事是一个教师对于她在车祸中丧生的学生的体验。这个故事对这名教师触动很大，因为它让她认识到师生关系的重要性。这种关系对于教学和学生来说是非常重要的。

大约 1 点钟，电话来了。我们出去买东西并吃了午饭。事实上，当时我们刚刚进家门。这是马格瑞特的电话，而她所说的话改变了我今后的生活。"克里斯被车撞了，他现在在医院，他没有生还的希望了。"

克里斯也许是班里最聪明的学生，他不仅是一个优等生，而且是一个不错的运动健将，是全班同学的一个重要朋友。只要我感到烦躁，他就会叫同学们安静。在短短的两个月中，我就渐渐地信赖他，因为他在班里表现出机智和成熟的态度。我颤抖的手挂上电话并在电话簿上寻找这个医院的号码，但是太难了。我叫我的丈夫丹帮我。

我教书没有太长时间，丹也不太理解我，不太理解一名教师对她班里学生的热爱程度。当我叫他帮忙时，我感到他的不解。但是，我没有说什么，我正专心想着眼前发生的悲惨事件。

我拨通了号码，准备询问这一突发事件的情况。当我问克里斯的情况时，护士变得沉默了，最后她问我想知道什么。我解释说我是克里斯的老师。立刻，她的态度变得温和了，并伤心地告诉我："克里斯在今天中午 12 点 40 分去世了。"

我不知道我是怎样结束谈话的。但是，我一放下电话就禁不住哭了。丹看着我，虽然他不理解发生了什么。

你如何向一个局外人去解释呢？一个亲密的朋友现在发生了什么？你如何让他明白那双微笑、炯炯有神的蓝眼睛，那个不到 24 小时之前走下楼梯，停下来回头对我说"周末愉快，史密斯老师，星期一见！"的男孩？

由于一些人没有教育的经验，即使他们有了自己的孩子，也不明白委托给你照顾了 10 个月的灵魂已经成了你的一部分。他们不明白班级会成为你的一部分，而你已与学生一起踏上人生的路途。

这个周末我有许多事情要做。我觉得我无法面对星期一将发生的一些事情。因此，我星期日花了一个晚上联络班里的学生家长，告诉他们在星期一上学之前与他们的孩子谈心。早上，我早早来到学校，将克里斯的桌子搬出教室。回过头看，我不知道这样做是否正确，因为这样就表明克里斯不在了。但是，这是我对一个死去的学生的第一反应，我只是凭直觉去做。

当同学们走进教室时，令我吃惊的是没有人议论这件事，我不知道是否家长们建议学生不要再提这件事，或者整个事件对于七八岁的学生是难以理解的，因为他们没有经历过这些。

当我回想起 15 年前的这一刻时，我现在希望我会以不同的方式来对待这件事。现在我也许能理解一周后金问是否克里斯的灵魂会在万圣节的晚上回来。而她和我一样不会被吓倒的问题。我也会鼓励学生像我一样，在 10 月里的那天大声地哭泣。但是，我当时太年轻又没有经验，我猜，我害怕面对这些。

因此，我记住并猜想是否班里其他同学会为这个三年级穿着红夹克的男孩做些什么。

(资料来源：艾弗·F.古德森. 专业知识与教师职业生涯. 刘丽丽，译. 北京：北京师范大学出版社，2007)

有的关于教师生涯的重要事件的研究还从人的一生发展的背景下来探讨教师职业生涯。戴维·特利普(David Tripp, 1994)的研究就提供了很多这类重要事件的恰当例子。尤其是女性教师和激进教师的辞职现象。她的公正对理解这种现象非常具有启发性，人们越来越关注教师缺员的问题。然而，很少有国家对教师生涯的研究进行资助，以增进我们对教师辞职现象的理解。我认为，只有这种方式才能加深我们的理解。

同样，正如很多教师研究中的其他重要问题一样，教师的身心压力问题也应当在生活史研究中受到重视。同样，有效教学、教育革新和新的管理措施也应得到研究。总而言之，在对教师工作条件的研究中，这种方式可以提供很多有价值的东西。

对教师生活的研究可以使我们看清个体与其成长历程的关系，看清生活史和社会史的关系，帮助个体进行更好的选择。学校的"生活史"、学科和教学将提供相关方面的重要背景信息。因此，对教师生活的研究将从根本上重构我们对学校教育的研究。

四、教师教育中的案例方法

对教师生活的研究使人们听到了教师的声音。应用自传、传记体的研究使用了案例方法，它是一种在当前被美国学者朱迪思·舒尔曼(Judith Shulman)和李·舒尔曼(Lee Shulman)所阐明的方法。李·舒尔曼解释道，以第三人称描述的案例研究，是从以第一人称描述的案例报告中抽取出的数据信息。这些第一人称的描述是日记、私人信件、学生的作业样本、录音带以及观察者的记录。他继续解释道，"教学案例是一些原始说明、案例报告，或为教学目的而撰写、编辑的个案研究"。

根据李·舒尔曼的观点，这种研究材料的顺序存在先天不足。他认为，这种方法：投资大，花费时间多，并且"要求现场考试"；很难教好；没有效率；很短暂，没有连续性；容易过于普遍化。

尽管有这些缺陷，李·舒尔曼依然认同朱迪思·舒尔曼的观点：

教师写出的个案能够而且应该作为职前、在职和研究生教师教育课程的重要部分而发挥作用，它是一种从"内在的"视角理解实践智慧的方式。

案例教学不仅是一种教学方法，其本质属性应是一种教与学并举的教学理念。案例教学的专家朱迪·舒尔曼认为：

教师所写的、其他教师可能会面临的现实世界问题的案例是对实践反思的一种强有力的工具。它们有助于教师从他人的现实故事中学会预测和解决问题。

一个例子胜过一打说明，在教师培训中开展案例教学，有利于教育学、心理学以及学科理论知识与教学实践的结合，有利于促进培训者与学员以及学员之间的合作与交流，有利于学员的教学反思意识和能力形成，有利于学员处理教学实际问题能力的提高，同时也有利于培训者自身水平的提高。案例教学中使用的教学案例应是真实的、自然的，它们反映的应该是教学中的真实故事、实际困惑和原始的教学事件。在教师培训中开展案例教学，一个很重要的前提是需要建立专家教师库和教学案例库，以便学员从中挖掘问题、学习借鉴。供研讨的案例可以是成功的、具有借鉴意义的教学案例，也可以是存在典型问题、具有反思意义的教学案例。案例教学之前，培训者与学员要熟悉案例，找出问题、提出质疑；

开展案例教学时，培训者应与学员一道进行讨论交流，从"教与学对应"、"教与学科对应"的原理出发，对教学案例进行全方位的问题剖析和深层次的理论探讨，从有利于教与学的角度出发，对教学案例进行教学法加工和重新设计；进一步的案例教学可以是角色扮演、讲评结合，让学员自行设计与讲授相同的课程内容，并进行实践反思。

五、教师思维和发展

乔·金奇洛探讨了由政治理论和批判后现代主义所形成的一种教师思维观。乔·金奇洛的观点表征了另一种在职教师教育或专业发展的概念重建。他称这种教师为"后形式实践家"，这种实践家从事的思考特征，如下。

(1) 探究取向。

(2) 社会情境化和权力意识。

(3) 致力于重塑社会。

(4) 致力于即兴创作的艺术。

(5) 献身于普遍参与。

(6) 关注批判性自我反思和社会分析。

(7) 致力于民主的自主教育。

(8) 对于多元主义的很敏感。

(9) 致力于行动。

(10) 留心情感维度。

在过去几十年里，主流教师教育并没有体现这些因素。

在有些与应用生活史和批判理论相关的著作中，史密斯(Smith)形成了他的课堂术语"课堂实践的批判教育学"。史密斯一开始就针对很多在职教师教育强调教学技巧这个特点展开了批评。史密斯认为自己著作的特点是"开发政治性交互话语的一种尝试"。他提出了四个问题，如下。

第一，描述：我做什么？

第二，告知：我教学的背后意味着什么？

第三，面对：我是如何变成这个样子？

第四，重建：我如何以不同的方式做事？

他相信：

质疑建设学校的明显的常识性的科层化方式，以及在其位置上更民主、丰富的方式去思考和工作，这是可能的……通过一种批判教育学的信条，我试图提供一个原理和一些一般原则，通过它们，教师自己能够超越技术能力的问题，由此挑战教学所发生于其中的规则、角色和结构。

六、教师发展的目标理想

盖里·格里芬(Gary Griffin)相信，理想的教师是有见识、有组织、和谐的课堂的领导者，他与学生、同事和赞助者有意义地、有效地相互作用。加拿大约克大学的教授德波拉·布里茨曼(Deborah Britzman)认为，提高教学的四个条件，如下。

第一，教师有机会以超越与他人隔离、与他们社区隔离的状态。

第二，教师拥有时间和空间以他们自己决定的方式继续接受教育。

第三，以尊重新手和资深教师的方式把他们联系起来。

第四，拓展现存的学与教的疆域。

丹尼斯·卡尔森(Diane Carlson)把上述这些条件与社会和政治组织的形式联系起来，他希望：

如果那些基本技能改革没有赋权的各种组织(以与阶级、性别和种族相关的方式)提出各自关注的不同问题，并把这些问题作为挑战教育中科层化话语和实践的普遍运动的一部分，那么有可能形成一种新的民主——进步的"声音"，有可能进行一些变革，以超越危机管理和管理不善，走向解除危机。

总之，今天的教育所面临的最严重的问题是教学专业化问题。专业化不仅包括赋予教师地位和报酬，它还包括教师所拥有的对其工作的内容的控制程度，即专业自治以及社会对教师工作的尊重程度。通过由这些当代理论提出的各种方式来研究教师的生活，将非常有助于实现教师职业的专业化。

案例 9-7：教师继续专业发展——中国台湾地区经验

中国台湾地区的专家学者提出学校本位教师专业的看法，以下是根据周淑卿研究成果就中国台湾地区学校本位教师专业发展与传统教师进修的比较，如表 9-1 所示。

表 9-1　学校本位教师专业发展与传统教师进修

内　容	学校本位教师专业发展	传统教师进修
运作方式	学校本位 以校内教师为主导，由校内专责单位设计、规划、推行与评估活动	外控方式 规划及管理都是由教育行政单位推动，少有教师参与其事或提供意见
课程内容	兼顾理论与实务 内容是依教师和校内需要而设计的，将所学到的理论印证于实际工作上	偏重理论 流于表面化、形式化，未能真正切合教师的实际需要
活动地点	多在校内或邻近学校进行 教师无须离开工作岗位，亦可参与	多在校外进行 教师必须离开本身工作岗位，故不利于学校工作

内　容	学校本位教师专业发展	传统教师进修
教师角色	角色主动 针对教师的需求而主动参与，其角色主动，具较大动机和投入感	角色被动 参加者一般都是为了满足教育行政单位要求、被学校委派参加，角色被动、缺乏动机和投入感
参与动机	内在成长动机 发展活动符合教师的需求，有助实际工作，参加者重视内在成长，把握专业务展机会	外在报酬动机 主办者为鼓励参加者积极参与，多以外在报酬作鼓励，但教师的内在动机不高
活动规划	系统性 活动纳入学校发展方案内，且学校全力支持，并加以策划、执行及评估	缺乏系统性 活动一般是临时性质，没有长远发展的规划，且缺乏系统性的管理安排
活动形式	形式多元化 活动多元化，以不同形式灵活地进行，其中包括教学新知研讨会、读书会、教学心得分享	多为讲授法 活动形式单调，主要以讲授方式进行，教师被动参加，对内容兴趣不大
需　求	兼顾教师个人与学校的需求 目标兼顾教师个人与学校多层面，主要目标是为提升学校整体效能	偏重教师个人的需求 目标多集中于个别成员，无助于学校整体发展
目标规划	以自我导向进修为目标 关心与尊重教师自主学习、自我学习与成长	目标不明确 只注重短暂问题的解决，没有关心到教师自我学习与成长

(资料来源：根据[中国台湾]周淑卿. 课程发展与教师专业. 兰州：甘肃文化出版社，2005.一书绘制)

案例分析：

由表 9-1 可以看出，以学校为本位的教师专业发展确实具有部分优点，但是区域性、全国性的教师专业发展仍是有绝对的意义与价值的，即宏观有助于了解专业发展的整体趋势，并观摩他校的发展情形，微观则有助于将教师专业落实在教学成果上。

案例 9-8：重构成年学生的经历

教师们经常分享他们自己作为学生时的体验。许多教师叙述了关于大学本科课程的体验，特别是教学生的体验。以下的故事是一个成年学习者的体验。

作为一名教师，我确信我从学生身上学到的东西比学生从我身上学到的东西要多。这重要的一课发生在九年级的一个班上，我发现对"坏学生"或"低水平学习者"可以进行不同的描述。由于某些原因，专门设立了九年级，其中包括模仿别人说话者、违反纪律者。在其他两个八年级的班上我有一段愉快的体验，之后我的合作教师认为该是考验我的勇气的时候了。她安排我教九年级的课文《古代水手之歌》。

第一天上课，我看见兰迪站着，16 岁的他发育良好。他比同班同学至少大 2 岁，而且比他们高 10 到 12 英寸。他看起来体格强壮，肌肉发达，态度粗鲁，一副"卖弄自己"的表情。从身材来看，他的身边应该围绕着一群男孩和女孩。但他总是显得乱糟糟的：穿着褪色的、没有熨过的衣服，一头蓬松的乱发，脸上长满了粉刺。兰迪从来没有笑过，眼睛碧绿，却显得十分疲惫，透露出他正忍受着来自外界的辛劳。每当他进出教室时，其他同学就会让开一条路。他似乎没有什么朋友，也不参加"重要的"课堂闲聊或同伴群体。兰迪是孤独的。

开始，我还想保留继续做判断的权利，但很快我就放弃了这个想法，与他进行了一次面对面的公平的对话。虽然他经常迟到，但还能每天坚持上课，只是上课时总打瞌睡。也许这就是《古代水手之歌》或者我的教学所给予他的一切。然而，我觉得似乎不应该是这样的。大约在发生了三次类似的事情后，我叫他下课后留下。我发现他的衬衣口袋里有一大卷钱，于是我们的谈话就从随身带一大卷钱是否明智这个话题开始了。结果我发现他带这一大卷钱、上课打瞌睡、与同学关系疏远都是有情可原的。

他自懂事起就没了父亲。2 年前，在他 14 岁时母亲抛弃了他。那天，他放学回家，发现母亲不见了。一个邻居收留了他，让他住在他家的地下室。兰迪有一份送牛奶的工作，每天早上 4～8 点钟他要去送牛奶。他用这种方式养活自己，并下决心一定要高中毕业。难怪，他把自己管理得这么糟！但他能够养活自己，这简直是一个奇迹！

我学到了什么？我学到了不要一切想当然。我学到了不要根据不全面的信息去做判断。在我这个班的学生里，时常有许多类似的事情发生。我时常提醒着自己，这些事情也时常提醒着我。

(资料来源：康奈利，克兰迪宁. 教师成为课程研究者：经验叙事. 刘良华，译. 杭州：浙江教育出版社，2004)

案例分析：

当我们倾听教师时，我们意识到其中隐含了某种教育意义，隐含了一个隐喻：教师多么需要倾听学生的故事。就像教育改革者需要倾听教师一样，教师的专业发展也需要倾听他们的学生的故事——因倾听而成长。这样看来，我们可以将课堂比喻为一个师生互相讲故事的地方，通过讲故事而使他们曾经生活的地方变得有意义，以此促进他们未来的成长和发展。我们听的越多，我们越相信：教师专业发展的本质在于课堂里生活故事的互动。

本 章 小 结

本章第一节首先从教师专业主义的三个阶段引出后专业主义，界定了后专业主义的教师形象——后形式实践家；然后分析了教师作为后实践家的专业基础——后形式思维和后形式内省智能；在以上基础上提出了后形式教师教育。在第二节分析了后形式实践家的职前教师教育内涵，实现了教师教育概念的重建；然后提出了后形式实践家的教师教育的课程。最后一节，首先从内涵、领域、途径、概念等方面阐述了后形式实践家的教师在职教育；然后，探讨教师学问工程；接着从背景和经验、生活圈、职业生涯等几个方面分析了教师发展的生活原理；最后提出了教师发展的目标理想。

复习与思考题

一、名词解释

1．后专业主义

2．后形式思维

3．后形式内省智能

4．后形式实践家

5．教师学问

二、谈谈你对后形式思维特征的理解。

三、谈谈你对后形式内省智能特征的理解。

四、请分析教师作为"反思型实践家"和教师作为"后形式实践家"的区别和联系？

五、谈谈你对教师作为后形式实践家的教师教育的理解。

【推荐阅读】

1．[美]史特莱克．索提斯．教学伦理．王庆钰，译．兰州：甘肃文化出版社，2005

2．[英]艾弗·F.古德森．专业知识与教师职业生涯．刘丽丽，译．北京：北京师范大学出版社，2007

3．[美]亨利·A.吉鲁．教师作为知识分子——迈向批判教育学．朱红文，译．北京：教育科学出版社，2008

4．[美]派纳，等．理解课程．张华，等译．北京：教育科学出版社，2003

5．[巴]保罗·弗莱雷．被压迫者教育学．顾建新，等译．上海：华东师范大学出版社，2001

参 考 文 献

1. [巴]保罗·弗莱雷.被压迫者教育学.顾建新,等译.上海:华东师范大学出版社,2001
2. [美]唐纳德·A.舍恩.反映的实践者:专业工作者如何在行动中思考.夏林清,译.北京:教育科学出版社,2007
3. [美]派纳·雷诺兹·陶伯曼.理解课程.张华,等译.北京:教育科学出版社,2003
4. [日]佐藤学.课程与教师.钟启泉,译.北京:教育科学出版社,2003
5. [日]佐藤学.学习的快乐——走向对话.钟启泉,译.北京:教育科学出版社,2004
6. [美]亨利·A.吉鲁.教师作为知识分子.朱红文,译.北京:教育科学出版社,2003
7. [美]派纳.课程:走向新的身份.陈时见,等译.北京:教育科学出版社,2008
8. [加]马克斯·范梅南.教学机智——教育智慧的意蕴.李树英,译.北京:教育科学出版社,2001
9. [加]马克斯·范梅南.生活体验研究——人文科学视野中的教育学.宋广文,等译.北京:教育科学出版社,2003
10. [美]小威廉姆·E.多尔.后现代课程观.王宏宇,译.北京:教育科学出版社,2000
11. [美]小威廉姆·E.多尔,[澳]诺尔·高夫.课程愿景.张文军,等译.北京:教育科学出版社,2004
12. [美]内尔·诺丁斯.学会关心——教育的另一种模式.于天龙,译.北京:教育科学出版社,2003
13. [美]派纳.自传·政治与性别.陈雨亭,等译.北京:教育科学出版社,2003
14. [美]珍妮特·米勒.打破沉默之声——女性、自传与课程.王宏宇,等译.北京:教育科学出版社,2008
15. [加]乔治·H.理查森,大卫·W.布莱兹.质疑公民教育的准则.北郭洋生,邓海,译.北京:教育科学出版社,2009
16. [美]威廉·M.雷诺兹,朱莉·A.韦伯.课程理论新突破——课程理论研究航线的解构与重构.张文军,译.杭州:浙江教育出版社,2008
17. [美]帕梅拉·博洛廷·约瑟夫.课程文化.余强,译.杭州:浙江教育出版社,2008
18. [加]F.迈克尔·康纳利,D.琼·克兰迪宁.教师成为课程研究者——经验叙事.刘良华,等译.杭州:浙江教育出版社,2004
19. [加]D.琼·克兰迪宁,F.迈克尔·康纳利.叙事探究——质的研究中的经验和故事.张园,等译,北京:北京大学出版社,2008
20. [英]艾弗·F.古德森.专业知识与教师职业生涯.刘丽丽,译.北京:北京师范大学出版社,2007
21. [英]安杰拉·索迪,巴巴拉·格雷.成功教师的教育策略.杨秀冶,谢艳红,译.北京:北京师范大学出版社,2007
22. [英]约翰·贝克,玛丽·厄尔.中学教师应关注的热点问题.王鹏,王向旭,译.北京:北京师范大学出版社,2007
23. [美]玛格丽特·赫姆莉,帕特丽夏·F.卡利尼.从另一个视角看:儿童的力量和学校标准——"展望中心"之儿童叙事评论.仲建维,译.北京:高等教育出版社,2005
24. [美]帕特丽夏·F.卡利尼.让学生强壮起来——关于儿童、学校和标准的不同观点.张华,等译.北京:高等教育出版社,2005
25. [美]爱莉诺·达克沃斯.精彩观念的诞生.张华,等译.北京:高等教育出版社,2005
26. [美]爱莉诺·达克沃斯.多多益善——倾听学习者解释.张华,等译.北京:高等教育出版社,2005

27. [美]安迪·哈格里夫斯. 知识社会中的教学. 熊建辉，等译. 上海：华东师范大学出版社，2007

28. [美]詹姆斯·D.克莱因，J.迈克尔·斯派克特，亨娜·德拉·泰贾. 教师能力标准——面对面、在线及混合情境. 顾小清，译. 上海：华东师范大学出版社，2007

29. 王洁，顾泠沅. 行动教育——教师在职学习的范式革新. 上海：华东师范大学出版社，2007

30. 周南照，赵丽，任友群. 教师教育改革与教师专业发展：国际视野与本土实践. 上海：华东师范大学出版社，2007

31. 操太圣，卢乃桂. 伙伴协作与教师赋权——教师专业发展新视角. 北京：教育科学出版社，2007

32. [美]朱迪思·H.舒尔曼. 教师教育中的案例教学法. 郅庭瑾，译. 上海：华东师范大学出版社，2007

33. [美]戴维·H.乔纳森. 学习环境的理论基础. 郑太年，任友群，译. 上海：华东师范大学出版社，2007

34. [美]霍林斯沃斯. 国际视野中的行动研究——不同的教育变革实例. 黄宇，等译. 北京：中国轻工业出版社，2002

35. [美]斯蒂芬·D.布鲁克菲尔德. 批判反思型教师ABC. 张伟，译. 北京：中国轻工业出版社，2001

36. 干春松. 儒学概论. 北京：中国人民大学出版社，2009

37. 周淑卿. 课程发展与教师专业. 兰州：甘肃文艺出版社，2005

38. [美]海克·威廉斯. 教师角色. 康华，译. 兰州：甘肃文艺出版社，2005

39. [美]史特莱克·索提斯. 教学伦理. 王庆钰，译. 兰州：甘肃文艺出版社，2005

40. 张德锐. 教学档案——促进教师专业发展. 兰州：甘肃文艺出版社，2005

41. [美]利特·麦克劳林. 教师工作. 王庆钰，译. 兰州：甘肃文艺出版社，2005

42. 台湾海洋的大学师资培育中心. 课程领导与有效教学. 兰州：甘肃文艺出版社，2005

43. 鱼霞. 反思型教师的成长机制探新. 北京：教育科学出版社，2007

44. 霍力岩，孙冬梅. 幼儿园课程开发与教师专业发展——比较研究的视角. 北京：教育科学出版社，2006

45. 卡洛琳·爱德华兹，莱拉·甘第尼，乔治·福尔曼. 儿童的一百种语言. 罗雅芬，等译. 南京：南京师范大学出版社，2006

46. 丁钢. 中国教育：研究与评论(1-11). 北京：教育科学出版社，2003—2009

47. 宋广文. 教师教育发展研究. 济南：山东人民出版社，2004

48. 丁钢. 声音与经验：教育叙事探究. 北京：教育科学出版社，2008

49. [南非]保罗·西利亚斯. 复杂性与后现代主义. 曾国屏，译. 上海：上海科技教育出版社，2006

50. M.阿普尔，L.克丽斯蒂安·史密斯. 教科书政治学. 侯定凯，译. 上海：华东师范大学出版社，2005

51. [美]斯蒂芬·鲍尔. 政治与教育政策制定——政策社会学探索. 王玉秋，孙益，译. 上海：华东师范大学出版社，2003

52. [英]麦克·F.D.杨. 知识与控制. 谢维和，朱旭东，译. 上海：华东师范大学出版社，2002

53. [西]拉蒙·弗莱夏. 分享语言——对话学习的理论与实践. 温建平，译. 上海：华东师范大学出版社，2005

54. [美]斯蒂芬·鲍尔. 教育改革——批判和后结构主义的视角. 侯定凯，译. 上海：华东师范大学出版社，2002

55. [美]阿普尔，等. 国家与知识政治. 黄忠敬，等译. 上海：华东师范大学出版社，2006

56. [美]伊斯雷尔·谢弗勒. 人类的潜能——一项教育哲学的研究. 石中英，土元玲，译. 上海：华东师范大学出版社，2005

57. [美]亨利·A.吉罗克斯. 跨越边界——文化工作者与教育政治学. 刘慧珍，等译. 上海：上海科技教育出版社，2002

读者回执卡

欢迎您立即填妥回函

您好！感谢您购买本书，请您抽出宝贵的时间填写这份回执卡，并将此页剪下寄回我公司读者服务部。我们会在以后的工作中充分考虑您的意见和建议，并将您的信息加入公司的客户档案中，以便向您提供全程的一体化服务。您享有的权益：

★ 免费获得我公司的新书资料；　　　　　★ 免费参加我公司组织的技术交流会及讲座；

★ 寻求解答阅读中遇到的问题；　　　　　★ 可参加不定期的促销活动，免费获取赠品；

读者基本资料

姓　名 ＿＿＿＿＿＿＿＿	性　别 □男　□女　年　龄 ＿＿＿＿＿＿
电　话 ＿＿＿＿＿＿＿＿	职　业 ＿＿＿＿＿＿＿ 文化程度 ＿＿＿＿
E-mail ＿＿＿＿＿＿＿＿	邮　编 ＿＿＿＿＿＿＿
通讯地址 ＿＿＿＿＿＿＿＿＿＿＿＿＿＿＿＿＿＿＿＿

请在您认可处打✓（6至10题可多选）

1、您购买的图书名称是什么：＿＿＿＿＿＿＿＿＿＿＿＿＿＿＿＿＿＿＿＿

2、您在何处购买的此书：＿＿＿＿＿＿＿＿＿＿＿＿＿＿＿＿＿

3、您对电脑的掌握程度：　　□不懂　　　　□基本掌握　　□熟练应用　　□精通某一领域

4、您学习此书的主要目的是：□工作需要　　□个人爱好　　□获得证书

5、您希望通过学习达到何种程度：□基本掌握　　□熟练应用　　□专业水平

6、您想学习的其他电脑知识有：□电脑入门　　□操作系统　　□办公软件　　□多媒体设计
　　　　　　　　　　　　　　□编程知识　　□图像设计　　□网页设计　　□互联网知识

7、影响您购买图书的因素：　□书名　　　　□作者　　　　□出版机构　　□印刷、装帧质量
　　　　　　　　　　　　　　□内容简介　　□网络宣传　　□图书定价　　□书店宣传
　　　　　　　　　　　　　　□封面、插图及版式　□知名作家（学者）的推荐或书评　□其他

8、您比较喜欢哪些形式的学习方式：□看图书　　□上网学习　　□用教学光盘　　□参加培训班

9、您可以接受的图书的价格是：□20元以内　□30元以内　□50元以内　□100元以内

10、您从何处获知本公司产品信息：□报纸、杂志　□广播、电视　□同事或朋友推荐　□网站

11、您对本书的满意度：　　□很满意　　　□较满意　　　□一般　　　□不满意

12、您对我们的建议：＿＿＿＿＿＿＿＿＿＿＿＿＿＿＿＿＿＿＿＿＿＿

请剪下本页填写清楚，放入信封寄回，谢谢！

1 0 0 0 8 4

北京100084—157信箱

读者服务部　　　　　　收

贴　邮
票　处

邮政编码：□□□□□□

技术支持与资源下载：http://www.tup.com.cn　http://www.wenyuan.com.cn

读 者 服 务 邮 箱：service@wenyuan.com.cn

邮　购　电　话：(010)62791865　(010)62791863　(010)62792097-220

组　稿　编　辑：孙兴芳

投　稿　电　话：(010)62788562-311　13810495417

投　稿　邮　箱：yuyu_fang@163.com